MICHELLE RAVEN
TURT/LE
Geheime Mission

Die Romane von Michelle Raven bei LYX:

Romantic Thrill:

TURT/LE-Reihe:
1. TURT/LE. Gefährlicher Einsatz
2. TURT/LE. Riskantes Manöver
3. TURT/LE. Geheime Mission

Hunter-Reihe:
1. Vertraute Gefahr
2. Riskante Nähe
3. Gefährliche Vergangenheit
4. Trügerisches Spiel
5. Späte Vergeltung

Dyson-Dilogie:
1. Eine unheilvolle Begegnung
2. Verhängnisvolle Jagd

Außerdem erhältlich:
Tödliche Verfolgung
Verhängnisvolle Sehnsucht
Perfektion *(erscheint Juli 2014)*

Romantic Fantasy:

Ghostwalker-Reihe:
1. Ghostwalker. Die Spur der Katze
2. Ghostwalker. Pfad der Träume
3. Ghostwalker. Auf lautlosen Schwingen
4. Ghostwalker. Fluch der Wahrheit
5. Ghostwalker. Ruf der Erinnerung
6. Ghostwalker. Tag der Rache

Weitere Romane der Autorin sind bei LYX in Vorbereitung.

Michelle Raven

GEHEIME MISSION

Roman

LYX
EGMONT

Dieses Buch ist ein fiktives Werk. Namen, Figuren, Unternehmen, Organisationen, Orte, Begebenheiten und Ereignisse werden fiktiv verwendet. Ähnlichkeiten mit tatsächlichen Personen, realen Handlungen und Schauplätzen sind rein zufällig und nicht beabsichtigt.

Originalausgabe Mai 2014 bei LYX,
verlegt durch EGMONT Verlagsgesellschaften mbH,
Gertrudenstr. 30–36, 50667 Köln

1. Auflage
Lektorat: Sonja Fehling
Satz: Greiner & Reichel, Köln
Printed in Germany (671575)
ISBN 978-3-8025-9233-1

www.egmont-lyx.de

Glossar

ATF	Bureau of Alcohol, Tobacco, Firearms and Explosives; US-Amt für Alkohol, Tabak, Schusswaffen und Sprengstoffe
BUD/S	Basic Underwater Demolition/SEAL; 24-wöchiges Training für SEAL-Anwärter
CO	Commanding Officer; Offizier, der das Kommando über ein SEAL-Team hat
FBI	Federal Bureau of Investigation; Inlandsgeheimdienst der USA, zuständig u. a. für Terrorismusbekämpfung, Spionageabwehr und den Schutz vor Cybercrime
IP-Adresse	Eine auf dem Internetprotokoll (IP) basierende Adresse in Computernetzen
NGA	National Geospatial-Intelligence Agency
SEAL	SEa, Air, Land; Spezialeinheit der US Navy
SWAT	Special Weapons and Tactics; taktische Spezialeinheit der Polizei

Swim-Buddy	Teampartner beim BUD/S-Training (Basic Underwater Demolition/SEAL-Training)
TURT/LE	Terrorism Undercover Reconnaissance Team/Ladies Elite
UDT	Underwater Demolition Team; Spezialeinheit der US Navy und Vorgänger der Navy SEALs
XO	Executive Officer; Stellvertreter des Kommandierenden Offiziers, Zweiter in der Befehlskette nach dem CO

Prolog

Was mache ich eigentlich hier? Normalerweise ging er nicht so ein Risiko ein, doch der Frust der letzten Wochen hatte sich dermaßen in ihm aufgestaut, dass er nach einem Ventil gesucht hatte, um nicht daran zu ersticken. Brandon Kerry gab sich dem Gefühl der wummernden Bässe hin, die in seinem Körper vibrierten, und ließ den Blick durch den angesagten Szeneclub schweifen. Überall standen Männer herum und führten lautstarke Unterhaltungen, um die Musik zu übertönen, die aus den Lautsprechern dröhnte. Nur wenige Frauen waren zu sehen – kein Wunder, schließlich handelte es sich um einen Schwulenclub. Auch die Tanzflächen waren gerammelt voll, und dort ließ sich wirklich nicht übersehen, welche Klientel sich hier wohlfühlte.

Ein Hauch von Erregung breitete sich in ihm aus, während Brandon seinen Blick über die Pärchen wandern ließ, die sich meist eng aneinandergepresst zur Musik bewegten. Sein Herz zog sich zusammen, als er sich vorstellte, irgendwann vielleicht selbst jemanden zu haben, mit dem er sich in der Öffentlichkeit zeigen konnte. Doch das war nicht möglich, sein Job als Detective beim San Francisco Police Department war ihm zu wichtig, um ihn dadurch aufs Spiel zu setzen. Auch wenn es offiziell hieß, es gäbe keine Diskriminierung homosexueller Polizisten, sah die Realität ganz anders aus. In Wirklichkeit wurde hinter ihrem Rücken über sie geredet, wurden ständig üble Streiche verübt und es wurden ihnen regelmäßig neue Partner zugewiesen, weil die alten es nicht schafften, sie so zu akzeptieren, wie sie waren.

Deshalb hatte er nie jemandem erzählt, dass er Männer Frauen vorzog, und hielt diesen Teil seines Lebens völlig geheim.

Meistens funktionierte das ganz gut und er war zufrieden mit seinem Leben, auch wenn es bei heimlichen One-Night-Stands blieb, die ihn immer öfter unbefriedigt zurückließen. Doch in letzter Zeit war sein Job beinahe unerträglich geworden, denn er hatte den Fehler begangen, sich in seinen Partner zu verlieben, der leider eindeutig auf Frauen stand. Vermutlich wäre es besser, sich einen anderen Partner zuteilen zu lassen, aber das brachte er nicht fertig, denn ihre Freundschaft wollte er auf keinen Fall aufgeben. Außerdem arbeiteten sie perfekt zusammen, was bei der Polizei nicht immer der Fall war.

Heute hätte er beinahe während einer Autofahrt im Gespräch seine Hand auf den Oberschenkel seines Partners gelegt, was sicher zu einer Katastrophe geführt hätte. Brandon wollte ihn nicht verlieren, weder als Partner noch als Freund. Die Frage war nur, wie lange es ihm noch gelingen würde, sich permanent im Alltag zu verstellen. Und genau deshalb war er heute Abend hierhergekommen, um diesen ständigen Druck ein wenig abzubauen. Es sollte nicht allzu schwierig sein, in dieser Menge einen Mann zu finden, der ihm gefiel, auch wenn der ihm nicht das geben konnte, was ihm wirklich fehlte: jemanden, mit dem er sein Leben teilen konnte.

Brandon straffte die Schultern und setzte ein Lächeln auf, das in der Vergangenheit schon öfter Wirkung gezeigt hatte. Wegen seiner Größe und muskulösen Figur erregte er damit fast jedes Mal Aufmerksamkeit. Er schlenderte an der Tanzfläche entlang, bis er jemanden entdeckte, der ihm gefiel. Ein Blick reichte, der Mann ließ seinen Tanzpartner einfach stehen und kam zu ihm herüber.

Er blickte Brandon von Kopf bis Fuß an und lächelte dann. »Hallo, suchen Sie jemanden?«

Sein Herz klopfte schneller. »Das kommt darauf an.«

Neugier war im Gesicht des Fremden zu erkennen. »Worauf?«

In diesem Moment erinnerte er ihn so stark an seinen Partner bei der Polizei, dass Brandon der Atem stockte. Natürlich war er es nicht, aber es wäre nicht schwierig, es sich für eine Nacht vorzumachen. Er trat näher heran, um nicht wegen der Musik schreien zu müssen. »Ob du verfügbar bist.« Das Lächeln verbreiterte sich, und Brandon spürte Erregung in sich aufsteigen.

»Warum tanzen wir nicht erst einmal und sehen dann weiter? Ich bin übrigens Ryan.«

Brandon ergriff Ryans Hand und schloss seine Finger darum. »Brandon.« Ein Kribbeln lief seinen Arm hinauf, und er erkannte mit Erleichterung, dass die Gefühle für seinen Partner ihn noch nicht völlig für andere Männer verdorben hatten.

»Sehr erfreut.« Ryan zog ihn mit sich auf die Tanzfläche.

Brandon zögerte kurz, dann schlang er seine Arme um Ryan und ließ sich von der Musik aus der Realität entführen.

Nach einigen Tänzen entschieden sie, woanders hinzugehen, wo sie sich besser unterhalten konnten. Zu seiner Überraschung erkannte Brandon, dass sie sich tatsächlich auf einer Wellenlänge zu befinden schienen. Ein absoluter Glückstreffer. Viel zu oft stellten sich die Männer entweder als totale Langweiler oder als Aufschneider heraus, die nur für den Sex hierherkamen. Doch Ryan war interessant, witzig und schien sich in einer ähnlichen Lage zu befinden wie Brandon.

Deshalb folgte er Ryan bereitwillig, als der seine Hand nahm und sich mit ihm in Richtung Ausgang durchkämpfte, damit sie ihr Kennenlernen in einer privateren Atmosphäre fortsetzen konnten. Sie waren beinahe dort angekommen, als ein ohrenbetäubender Knall ertönte, dicht gefolgt von zwei weiteren.

Ryan wurde zurückgeschleudert und begrub Brandon unter sich. Einen Moment lang lag Brandon nur da und versuchte, Luft in seine gequetschten Lungen zu saugen, zu schockiert, um zu verstehen, was gerade geschehen war. Dann setzte sein Überlebensinstinkt ein, und er schob sich unter Ryan heraus. Schreie wurden laut, überall sah er im flackernden Licht Menschen am Boden liegen, die teilweise schwer verletzt waren. Andere liefen panisch umher, auch über die Gefallenen hinweg. Rauch bildete sich und erschwerte das Atmen. Es war, als würde Brandon sich mitten in einem Albtraum befinden.

Er griff nach Ryans Schulter und schüttelte sie. »Ryan, wir müssen hier weg!«

Ryan rührte sich nicht. Es war zu dunkel, um viel zu sehen, deshalb beugte Brandon sich dicht über ihn. Ryans Augen waren geöffnet, doch er schien ihn nicht zu sehen. Etwas Dunkles klebte an seiner Wange, und Brandon strich darüber. *Blut.* Noch immer bewegte Ryan sich nicht, deshalb hielt Brandon seine Hand über dessen Mund, um die Atmung zu kontrollieren. Nichts. Mit einem unguten Gefühl legte Brandon zwei Finger an Ryans Hals, um den Puls zu fühlen. Wieder nichts, oder vielleicht klopfte auch sein eigenes Herz so stark, dass er nichts anderes wahrnahm.

Er presste seine Hand auf Ryans Herz, doch es schien nicht mehr zu schlagen. *Verdammt!* Brandon öffnete das Hemd, um zur Wiederbelebung eine Herzmassage durchzuführen, und erstarrte, als er das viele Blut sah, das die glatte Haut bedeckte. Fieberhaft suchte er nach einer Wunde und entdeckte sie schließlich direkt am Herzen. Ein Stück Metall war vermutlich von der Wucht der Explosion, oder was auch immer die Ursache für den Knall gewesen war, durch die Luft geschossen und hatte Ryan getroffen. Er war tot, und es gab nichts mehr, was Brandon für ihn tun konnte. Seine Kehle schnürte sich zusammen, und er beugte sich herab, um Ryans Augen zu schließen.

»Es tut mir so leid, Ryan.«

Trauer erfasste ihn um den Mann, den er gerade erst kennengelernt hatte, und Wehmut darüber, was möglicherweise zwischen ihnen hätte wachsen können. Schließlich blickte er auf und erkannte, dass die Luft von Rauch erfüllt war und Flammen nur wenige Meter von ihm entfernt loderten. Die Menschen, die noch laufen konnten oder unverletzt waren, hatten sich vom Ausgang zurückgezogen und versuchten, woanders aus dieser Hölle zu entkommen. Brandon erhob sich und atmete flach durch. Immerhin war er nicht schwer verletzt und noch fähig, vor den Flammen zu einer der anderen Türen zu flüchten. Zögernd blickte er vom Feuer zu Ryan und hob ihn sich dann über die Schulter. Zwar war er schon tot, aber Brandon wollte nicht, dass er verbrannte. Das würde es auch für seine Familie leichter machen, wenn sie ihn identifizieren musste.

Mit einer Hand zog er den Ausschnitt seines T-Shirts über die Nase, damit er leichter atmen konnte. Er versuchte, nicht über Möbel, Schutt oder Menschen zu stolpern, die am Boden lagen, während er sich einen Weg durch das Chaos bahnte. Immer öfter musste er husten, seine Lunge schrie nach Sauerstoff, seine Augen tränten, und er konnte kaum noch etwas sehen. Menschen drängten sich in den engen Gängen im hinteren Teil des Clubs, wo sich ein Notausgang befand. Schreie erfüllten noch immer die Luft, und Brandon sah Personen mit schwersten Verletzungen. Bisher hatte er angenommen, dass er schon irgendwie hier rauskommen würde, aber langsam wurde ihm bewusst, dass er an diesem Ort sterben könnte. So wie Ryan. So wie unzählige andere Männer im Club.

Ein Mann kam ihm entgegen, die Augen in seinem rußverschmierten Gesicht weit aufgerissen. »Die Türen sind alle verrammelt, wir kommen hier nicht raus! Wir werden alle sterben!«

Brandon packte ihn am Arm, als er an ihm vorbeilaufen wollte. »Sind Sie sicher? Was ist mit den anderen Notausgängen oder den Fenstern?«

Der Mann sah ihn nur panisch an, riss sich dann los und drängte sich durch die Menge. Brandon verlagerte Ryans Gewicht auf seiner Schulter und erinnerte sich an das Handy in seiner Hosentasche. Verdammt, wie hatte er vergessen können, einen Notruf abzugeben? Vermutlich hatten das schon etliche Leute getan, aber wenn sie alle so verwirrt und schockiert waren wie er, wollte er lieber auf Nummer sicher gehen. Blind wählte er 9-1-1 und meldete Explosionen und Feuer im Club. Seinen Namen nannte er nicht, sondern legte wieder auf, als danach gefragt wurde. Wenn möglich, wollte er hier herauskommen, ohne dass seine Kollegen von seiner Anwesenheit erfuhren. Obwohl das in dieser Situation vermutlich schwierig werden würde.

Das Gedränge wurde immer dichter, und Brandon erkannte, dass er etwas tun musste, um ein wenig Ordnung und Ruhe hineinzubringen, bevor eine Panik ausbrach und alle zertrampelt wurden. Mit Bedauern legte er Ryan hinter eine Balustrade, wo er ihn hoffentlich später wiederfinden würde. Jetzt konnte er sich deutlich besser durch die Menge bewegen. Trotzdem kam immer wieder Angst in ihm auf, wenn er zwischen den Menschen eingekeilt wurde. Die Geräuschkulisse war unglaublich: Schreie, Stimmengewirr, das Rauschen der Flammen, lautes Krachen und Knallen, wenn etwas umfiel oder vom Feuer konsumiert wurde. Seine Instinkte schrien ihm zu, so schnell wie möglich zu fliehen, doch als Polizist fühlte er sich verantwortlich. Auch wenn er in seiner Freizeit hier war, musste er versuchen, den anderen Menschen irgendwie zu helfen.

Mühsam fand er einige Männer, die so aussahen, als könnten sie sich behaupten, und wies sie an, die Leute so weit wie möglich zu beruhigen und die Flucht zu lenken. Nachdem das geregelt war, schob Brandon sich zum Notausgang durch und schaute sich die Tür an. Von innen war sie völlig frei, so wie es die Brandschutzverordnung vorsah. Trotzdem ließ sie sich nicht öffnen. Da sie aus Stahl bestand, konnte er sie auch nicht einfach aufbrechen oder auftreten. Mit seiner Dienstwaffe hätte er versuchen können, das Schloss aufzuschießen, aber die lag sicher in seinem Spind.

Er wandte sich an einen Mann in seiner Nähe. »Versucht, einen Angestellten zu finden, der einen Schlüssel zur Tür hat.«

»Wir kommen hier nicht durch, es ist zu voll.«

Ungeduldig verengte Brandon die Augen. »Dann gib es weiter!«

Er bückte sich und hielt sein Handy vor das Schlüsselloch. Dank der Taschenlampenfunktion konnte er etwas besser sehen, es schien ein normales Schloss zu sein. Hätte er seine Dietriche dabeigehabt, hätte er es vielleicht aufbekommen, aber die lagen zu Hause. Erneut wandte er sich um. »Hat jemand einen Schraubenzieher dabei? Taschenmesser? Einen Dietrich?«

Kurze Zeit später wurden ihm diverse Taschenmesser gereicht. Okay, besser als nichts. Mit den daran befestigten Werkzeugen und der Messerklinge machte er sich an die Arbeit. Schweiß lief ihm über die Stirn und brannte in seinen Augen, aber er konnte nicht aufgeben. Der Rauch wurde immer dichter. Wenn sie nicht bald herauskämen, würden sie hier sterben. Die Schreie hinter ihm wurden lauter, offenbar breitete das Feuer sich rasch aus. Immer dichter drängte die Menschenmenge in seine Richtung, sodass er kaum noch Platz hatte, sich zu bewegen. Das schienen die Männer hinter ihm zu bemerken, sie bildeten eine lebendige Wand, die ihm ein wenig mehr Luft verschaffte.

Fieberhaft arbeitete er weiter, bis er schließlich ein Klicken fühlte. Erleichtert zog er die Werkzeuge zurück und richtete sich auf. Brandon wollte gerade die Hand nach der Klinke ausstrecken, als ein weiterer Knall ertönte und ihm die Tür entgegenflog. Es ging zu schnell, um reagieren zu können. Mit voller Wucht wurde er getroffen und fühlte, wie etliche Knochen in seinem Körper zertrümmert wurden. Ein Schrei entrang sich ihm, doch er ging in dem Lärm unter, als das Feuer tosend in den Gang schoss und die nun von beiden Seiten eingeschlossenen Männer panisch versuchten zu entkommen.

Schmerz übermannte ihn und er versank in einem Strudel von Schwarz und Rot. *So fühlte sich also der Tod an.*

1

Wyoming, 14 Monate später

Mit einem erleichterten Seufzer schloss Shannon Hunter die Tür hinter sich und blickte sich in dem Hotelzimmer des *Wilderness Mountain Resorts* um. Es war geradezu luxuriös ausgestattet, genauso wie der Rest des Spas, doch viel lieber wäre sie jetzt auf der Ranch ihrer Eltern gewesen oder noch besser zu Hause bei Matt. Stattdessen hatte sie sich von Karen, der Lebensgefährtin ihres ältesten Bruders Clint, zu einem Wohlfühlwochenende überreden lassen. Eigentlich hatte sie nur in der Gewissheit zugestimmt, dass Karen alleine nicht fahren würde, obwohl sie die Erholung dringend brauchte. Als Waffenexpertin im Pentagon und Mutter einer viereinhalbjährigen Tochter stand Karen ständig unter Strom, deshalb war die Auszeit dringend nötig.

Gestern Abend hatten sie sich auf der *Diamond Bar Ranch* ihrer Eltern getroffen, um dann frühmorgens gemeinsam zum Spa zu fahren. Leider war Karens Tochter Maya plötzlich an einer Mittelohrentzündung erkrankt und hatte ihnen somit einen Strich durch die Rechnung gemacht. Karen hatte kurzfristig absagen müssen und war auf der Ranch geblieben, wo sich Shannons Eltern um sie kümmern würden. Da Maya wegen der Krankheit nicht fliegen durfte, saßen sie und ihre Mutter erst einmal dort fest. Karens Lebensgefährte Clint wusste noch nichts davon, denn er war mit einem seiner SEAL-Teams gerade auf einer Übungsmission und konnte nur im Notfall kontaktiert werden. Shannon hatte daraufhin die Buchung stornieren wollen – schließlich mochte sie alleine erst recht keine Spa-Behandlungen über sich ergehen lassen –, doch Karen hatte darauf bestanden, dass Shannon ohne sie fuhr. Um das Wochenende noch zu retten, hatte Shannon ihre Freundin Caitlin Walker angerufen, die nun am nächsten Tag dazustoßen würde.

Shannon freute sich schon darauf, sie endlich einmal wiederzusehen. Zwar trafen sie sich hin und wieder auf Autorenkonferenzen und ähnlichen Veranstaltungen, aber meist hatten sie dort einfach nicht genug Zeit oder wurden ständig unterbrochen. Caitlin war wie Shannon Autorin, und vor einigen Jahren hatte sie mit einem Buch über Berglöwengestaltwandler einen großen Erfolg gelandet. Seltsamerweise hatte sie sich danach entschieden, keine Fortsetzung zu schreiben, sondern zu ihren Wurzeln der romantischen Thriller zurückzukehren. Vielleicht würde Shannon nun, da sie ein ganzes Wochenende zusammen entspannen konnten, endlich von ihr erfahren, warum sie sich dazu entschlossen hatte.

Shannon rollte ihre verspannten Schultern und durchquerte das Zimmer. Die Fahrt war ereignislos verlaufen, und es war auch kein Problem gewesen, für Karen an der Lobby mit einzuchecken und beide Schlüssel in Empfang zu nehmen. Der Einfachheit halber ließ sie das Zimmer weiter auf Karens Namen laufen und erwähnte nicht, dass eigentlich jemand anders darin übernachten würde. Da Caitlin erst am nächsten Tag anreisen würde, hatte Shannon beschlossen, für diese Nacht das Zimmer mit dem tollen Ausblick auf die umliegende Berglandschaft zu nehmen, morgen konnte sie dann in ihr eigenes Zimmer umziehen.

Sie trat auf den Balkon und lehnte die Arme auf das Geländer. Tief atmete sie die nach Kiefern duftende Luft ein und spürte, wie die Anspannung der letzten Monate langsam von ihr abfiel. Ausnahmsweise hatte sie mal nichts zu tun. Kein neues Buch zu schreiben, kein Lektorat und keine Druckfahne zu bearbeiten, keine Lesungen oder Signierstunden. Herrlich! Ein warmer Wind strich über ihre nackten Arme, und Shannon schloss die Augen. Das Einzige, was sie hier vermisste, war Matt. Aber vielleicht war es auch gar nicht schlecht, mal für kurze Zeit getrennt zu sein, dann war die Wiedersehensfreude umso größer.

Ein Lächeln spielte um ihre Lippen. Die Sehnsucht nacheinander war immer noch so stark wie in den ersten Tagen ihrer Beziehung. Wenn nicht sogar noch stärker. Selbst wenn sie nur für wenige Stunden voneinander getrennt waren, kam es ihr vor wie eine Ewigkeit und sie sehnte sich nach Matt. Mit Sicherheit ging es ihm genauso. Seine Reaktion, wenn er sie sah, war immer die gleiche: ein breites Lächeln, gefolgt von einem verlangenden Funkeln in den Augen. Wenn er sie dann küsste, tat er das so liebevoll und gleichzeitig mit einem solchen Hunger, dass ihr Herz sich jedes Mal schmerzhaft zusammenzog. Sie wusste nicht, womit sie es verdient hatte, so einen tollen Mann zu finden, aber sie würde ihn nie wieder loslassen.

Ein Blick auf die Uhr zeigte ihr, dass sie noch ein paar Stunden würde warten müssen, bis sie ihn endlich anrufen konnte, deshalb beschloss sie, einen Spaziergang in die Umgebung zu unternehmen. Die Natur würde sie sicher entspannen und ihre ständigen Gedanken an Matt zerstreuen. Vielleicht gab es hier sogar Pferde und sie könnte einen Ausritt unternehmen. In San Diego kam sie viel zu selten dazu, sie hatte selbst kein Pferd dort, und vor allem war Matt den Tieren nicht wirklich zugetan. Grinsend erinnerte sie sich daran, wie sein erster Ausritt auf der Ranch geendet hatte: mit einem spektakulären Abwurf und ihrer Verarztung seiner Wunden.

Hitze stieg in ihre Wangen, und sie war froh, dass niemand sie sehen konnte. Die Erinnerung an diesen Tag löste immer Erregung in ihr aus, weil ihr Gedächtnis ihr sofort das nachfolgende Abendessen vorspielte, als Matt sie noch vor dem Essen an der Wand genommen hatte. Ein Schauer lief durch ihren Körper, und sie ignorierte das sehnsüchtige Ziehen in ihrem Innern. Sie würde doch wohl noch zwei Tage ohne Matt auskommen! Rasch verließ sie das Gebäude, um sich abzulenken.

Erst Stunden später kehrte Shannon zum Hotel zurück, zufrieden und herrlich erschöpft. Sie beschloss, dass sie heute keine Lust auf andere Leute hatte, und ließ sich ihr Abendessen auf das Zimmer bringen. Nachdem der Kellner gegangen war, setzte sie sich an den Balkontisch und sah zu, wie die Sonne spektakulär hinter den Bäumen versank und die Berge rötlich färbte. Rasch holte sie ihr Handy heraus und machte ein Foto. Sie sandte es mit der kurzen Nachricht an Matt, dass sie sich wünschte, er wäre bei ihr. Vermutlich war er noch bei der Arbeit – er neigte dazu, viel zu lange auf der SEAL-Basis zu bleiben, wenn sie nicht zu Hause auf ihn wartete –, aber dann würde er es bekommen, sobald er Feierabend machte.

Nach dem Essen blieb sie noch auf dem Balkon sitzen und zog sich erst ins Zimmer zurück, als es kühler wurde und die Mücken in Scharen einfielen. Sie schaute noch ein wenig fern und machte sich dann fürs Bett fertig. Mit einem zufriedenen Seufzer ließ sie sich in die weichen Kissen zurücksinken. Es war die richtige Entscheidung gewesen, hierherzukommen, auch wenn Karen leider verhindert war. Jetzt war Shannon dankbar, dass ihre Freundin sie zu diesem Wochenende gezwungen hatte. Die Luftveränderung tat ihr gut, und die Bewegung in der grandiosen Natur führte dazu, dass bereits wieder die ersten neuen Ideen in ihr sprudelten. Und das war eine echte Erleichterung, denn davor hatte sie das Gefühl gehabt, ihre Muse hätte sie verlassen.

Sie war gerade dabei, in den Schlaf zu driften, als ihr Handy klingelte. Sofort war sie wieder hellwach und griff nach dem Telefon, das sie auf den Nachttisch gelegt hatte. »Hallo?«

»Hi, ich bin's. Entschuldige, dass ich so spät anrufe, wir hatten noch eine Besprechung. Habe ich dich geweckt?«

Matts tiefe Stimme löste ein Flattern in ihrem Magen aus. »Nein, ich war noch wach.« Sie zögerte. »Ich vermisse dich.«

Ein Stöhnen drang durch die Leitung. »Oh Gott, was glaubst du, wie es mir geht? Den ganzen Tag habe ich an dich gedacht und mir gewünscht, du wärst zu Hause, wenn ich heimkomme.« Matt räusperte sich. »Aber das wollte ich gar nicht sagen. Ich weiß, wie nötig du die Auszeit hast. Wie gefällt es dir dort? Musstest du die Männer schon mit einem Knüppel von dir fernhalten?«

Shannon lachte. »Nicht wirklich. Bisher habe ich hier kaum jemanden gesehen. Ich habe mir ein Pferd geliehen und war in der Natur unterwegs. Es ist wirklich schön hier, ich wünschte, du könntest es auch sehen.«

»Das Foto sah jedenfalls grandios aus. Ist das der Blick aus deinem Fenster?«

»Balkon.«

»Wie geht es Karen?«

Shannon setzte sich gerader auf. Sie hatte völlig vergessen, ihm das zu erzählen. Schnell berichtete sie ihm von Mayas Krankheit, die Karen dazu gezwungen hatte, ihre Pläne zu ändern. »Karen muss die nächsten Tage noch auf der Ranch bleiben, wegen der Ohrentzündung soll Maya nicht fliegen.«

»Verdammt, Clint wird darüber nicht erfreut sein. Es macht ihn wahnsinnig, wenn Karen oder Maya krank sind und er nicht bei ihnen sein kann.«

Dem konnte Shannon nur zustimmen. »Ich bezweifle, dass er das überhaupt schon weiß, er ist gerade mit seinem Team auf einer Trainingsmission, und das bedeutet, keinerlei Kommunikation außer es handelt sich um einen Notfall.«

»Stimmt, das hatte ich vergessen. Dann hoffe ich, dass es der Kleinen bald besser geht und Clint es gar nicht erfahren muss.«

»Das wäre vermutlich besser.«

»Und jetzt sitzt du da ganz alleine herum? Ich dachte, du machst dir nichts aus Spa-Anwendungen.«

Shannon seufzte. »Tue ich auch nicht, aber die Reise wäre sonst verfallen, deshalb habe ich Caitlin gefragt, ob sie nicht kommen will. Sie reist morgen früh an. Und ich muss ehrlich sagen, ich bin froh, hier zu sein. Es ist wunderschön, und vor allem scheint meine Muse wieder aufgewacht zu sein.«

»Das ist gut. Und ich denke, ich werde die zwei Tage ohne dich überleben. Eventuell.« Sie konnte das Lächeln in seiner Stimme hören.

»Das hoffe ich doch. Wenn ich nach Hause komme, erwarte ich von dir einen tollen Empfang und will dich nicht als Skelett in der Ecke finden.«

Matt lachte auf. »Das kriege ich vermutlich hin. Ich habe da schon einige Ideen.«

»Oh ja, welche?«

»Das verrate ich natürlich nicht.« Er senkte die Stimme. »Nur so viel: Es hat etwas mit Karamellsoße und Sahne zu tun.«

Ein Stoß heißen Verlangens schoss durch ihren Körper. Sie krallte ihre Hand in die Bettdecke. »Das war fies!«

»Warum sollte ich der Einzige sein, der leidet?« Seine Stimme klang rauer als gewöhnlich.

»Du bist so gemein.«

»Aber du liebst mich trotzdem.«

Shannon stieß einen lautlosen Seufzer aus. »Mehr als alles andere.«

Matt schwieg einen Moment. Als er wieder sprach, klang seine Stimme belegt. »Du bist mein Leben, Shannon Hunter.«

Tränen traten in ihre Augen. Kein Wunder, dass sie diesen Mann so liebte. »Ich freue mich schon auf Sonntagabend.«

»Ich mich auch. Schlaf schön.«

»Du auch. Und träum von mir.« Zögernd beendete Shannon die Verbindung und fühlte sich sofort einsamer. Matt nahm einen so großen Teil ihrer Gedanken ein, dass es ihr beinahe Angst machte. Gleichzeitig war es aber auch das schönste Gefühl der Welt, bei ihm zu sein.

Mit einem Schnauben legte Shannon ihr Handy auf den Nachttisch und ließ sich wieder in die Kissen sinken. Ihre Gedanken glichen beinahe denen der Heldinnen in ihren Liebesromanen. Und mit denen wollte sie wirklich nicht tauschen, denn sie spielte ihren Charakteren regelmäßig übel mit. Sie hatte ihr eigenes Happy End mit Matt schon erreicht und war sehr glücklich darüber. Lächelnd schloss sie die Augen und glitt in den Schlaf hinüber.

Ein Geräusch weckte Shannon auf, oder vielleicht war es auch das Gefühl, dass sie nicht allein im Raum war. »Matt?« Schon während sie den Namen aussprach, erinnerte sie sich daran, dass er gar nicht hier war. Aber was hatte sie dann geweckt? Atemlos lauschte sie, doch es war nichts mehr zu hören. Wahrscheinlich war nur jemand am Zimmer vorbeigegangen, oder Geräusche von nebenan waren durch die dünnen Wände gedrungen. Trotz dieser logischen Erklärungen wollte sich ihr Herz nicht beruhigen. Die zugezogenen Vorhänge ließen keinen Lichtstrahl durch das Fenster dringen, das Zimmer war so finster, dass sie die Hand nicht vor Augen sehen konnte.

Shannon beugte sich in Richtung des Nachttisches, um das Licht anzumachen, als sie erneut ein leises Geräusch hörte. Was immer es war, es befand sich hier mit ihr im Zimmer! Ihr Nacken prickelte, und Shannon entschied, dass sie keine Sekunde länger hierbleiben würde. Langsam griff sie nach ihrem Handy und atmete lautlos auf, als sich ihre Finger darum schlossen. Sie brauchte jetzt diese Verbindung zu Matt. Vermutlich war es überhaupt nichts und sie würde hinterher darüber lachen, aber im Moment strömte die Furcht ungehindert durch ihren Körper. Als Autorin konnte sie sich unzählige Szenarien vorstellen, was hier gerade vorging, und das trug nicht gerade zu ihrer Beruhigung bei.

Zentimeter für Zentimeter entledigte sie sich der Bettdecke und schob die Beine aus dem Bett. Gerade als sie sich aufrichten wollte, spürte sie einen Luftzug. Für einen kurzen Moment bewegte sich der Vorhang, und ein Lichtstrahl fiel auf eine dunkle Gestalt, die direkt vor ihr stand. Entsetzt starrte sie die Figur an, dann setzte ihr Fluchtinstinkt ein. Sie ließ sich nach hinten kippen und rollte einmal quer über das Bett. Es war egal, wie viel Lärm sie dabei veranstaltete, der Eindringling konnte sie sowieso nicht übersehen haben.

Das bewahrheitete sich, als etwas Schweres auf ihrem Rücken landete, gerade als sie auf der anderen Seite aus dem Bett springen wollte. Shannon wurde zurückgerissen, Hände schlossen sich brutal um ihre Arme. Mit aller Kraft wehrte sie sich und versuchte, all die Selbstverteidigungstricks anzuwenden, die ihre Brüder und Matt ihr beigebracht hatten. Doch sie lag rücklings auf einer weichen Matratze, jemand beugte sich über sie und hielt ihre Arme fest – die denkbar schlechteste Ausgangslage. Trotzdem trat und schlug sie wild um sich. Sie öffnete den Mund, um zu schreien, aber sofort wurde etwas unsanft hineingestopft. Verzweifelt versuchte sie es auszuspucken, es schien jedoch in ihrem Mund zu kleben.

Shannon schüttelte den Kopf und stieß mit ihrer Hüfte nach oben, war aber hoffnungslos unterlegen. Jetzt hielt auch noch jemand ihre Beine fest und sie war völlig hilflos. Anscheinend hatte sie nicht nur einen, sondern zwei Gegner. Oh Gott, was hatten sie mit ihr vor? *Matt!* Doch er war weit entfernt und konnte ihr nicht helfen. Noch einmal bäumte sie sich auf.

»Halten Sie still, Ms Lombard, Sie haben keine Chance.«

Das raue Flüstern ließ sie erstarren. *Lombard?* Anscheinend dachten diese Kerle, sie wäre Karen! Shannon wollte ihnen sagen, dass sie die Falsche hatten, doch sie brachte nicht mehr als einen dumpfen Laut heraus. Dann war es zu spät, etwas wurde über ihren Kopf gezogen und nahm ihr beinahe den Atem. Verzweifelt atmete sie durch die Nase ein.

»Okay, packt sie ein, es wird Zeit, dass wir verschwinden.«

Nein! Shannon spürte einen Stich an ihrem Arm, dann begannen ihre Gedanken zu verschwimmen. Sie kämpfte dagegen an, versank jedoch immer tiefer in einem undurchdringlichen Nebel.

2

Captain Clint Hunter hob den Kopf, als er das Knattern von Hubschrauberrotoren hörte. Das war kein Bestandteil ihrer Trainingsmission, so viel stand fest. In Tarnkleidung kauerte sein SEAL-Team zwischen der spärlichen Vegetation und war von oben nicht sichtbar. Er sollte den Hubschrauber besser dirigieren, bevor er noch auf jemandem landete.

Er drehte das Mikrofon an seinem Kopfhörer auf. »Kurze Unterbrechung, alle bleiben an ihrem Platz.«

Langsam stand er auf und gab dem Piloten des Hubschraubers ein Handsignal, auf der Lichtung einige Hundert Meter entfernt zu landen. Offensichtlich hatte der ihn verstanden, denn er drehte in die Richtung ab. Mit einem schlechten Gefühl im Bauch folgte Clint ihm zu Fuß. Es würde niemand das Training stören, wenn es dafür nicht einen wichtigen Grund gäbe. Ein erneuter Terroranschlag? Ein Unglück? In seinen Jahren bei der Navy hatte er so viel Schreckliches gesehen, dass er keine Mühe hatte, sich die schlimmsten Dinge vorzustellen. Da er aber auch wusste, wie kontraproduktiv diese Gedanken waren, drängte er sie zurück, um wieder ruhiger zu werden.

Als er die Lichtung erreicht hatte, war der Hubschrauber bereits gelandet, die Rotoren drehten sich langsamer. Kurz bevor Clint dort ankam, öffnete sich die Tür und eine vertraute Gestalt erschien. Hatte er vorher nur eine leichte Unruhe verspürt, brach sie sich jetzt völlig Bahn. Es gab keinen einzigen vernünftigen Grund, warum sein persönlicher Assistent Lieutenant Hersh unter normalen Umständen hier sein sollte. Seine Arbeit war rein administrativer Natur, mit den Missionen hatte er nur am Rande zu tun. Allerdings hatte Clint ihm gesagt, wo das Training stattfinden würde, damit er ihn im Notfall finden konnte. Anscheinend war so ein Notfall gerade eingetreten.

»Captain, entschuldigen Sie die Störung, ich …«

Clint packte ihn am Ärmel und zog ihn unter den Rotoren heraus, damit er nicht brüllen musste, um sich verständlich zu machen. »Was ist passiert?«

Nervös fingerte Hersh an seinem Uniformkragen, ein weiteres schlechtes Zeichen. »Nun, Sir, ich weiß nicht, ob etwas passiert ist, aber als ich Ihre Post geöffnet habe, ist mir ein Umschlag aufgefallen, der an Sie persönlich adressiert war. Er hatte keinen Absender und kam mir komisch vor, deshalb habe ich ihn noch einmal auf Sprengstoff und Nervengifte untersuchen lassen. Es wurde nichts gefunden. Also habe ich ihn geöffnet, weil Sie ja gesagt hatten …«

Ungeduldig unterbrach Clint ihn. »Sie haben die Erlaubnis, meine persönliche Post zu öffnen, wenn ich nicht da bin und es Ihnen wichtig erscheint.«

Lieutenant Hersh schluckte heftig. »Aye, Sir.«

»Also, was war in dem Umschlag?«

Schweigend zog Hersh ihn aus der Tasche seiner Uniformjacke und reichte ihn Clint.

Er nahm den Umschlag, auf dem in Druckbuchstaben *Clint Hunter – persönlich* – stand, in Empfang und zog einen einfachen Zettel heraus. Seine Hand begann zu zittern, als er ihn las.

Wir haben Karen Lombard. Wenn Sie Ihre Lebensgefährtin noch einmal lebend wiedersehen wollen, begeben Sie sich ohne Widerstand in unsere Hände. Im Laufe des Tages werden wir uns wieder bei Ihnen melden und Ihnen einen Treffpunkt nennen. Wenn Sie versuchen, sie zu befreien, ist sie tot.

Unterzeichnet war die kurze Nachricht mit einem Symbol, das die *Krieger Gottes* verwendeten. Das Blut wich aus Clints Kopf, und er begann zu schwanken. Die amerikanische Terrorgruppe hatte Karen vor einigen Jahren aus ihrem Haus entführt und nach Costa Rica verschleppt. Clints SEAL Team 11 hatte sie damals befreit, doch vier Jahre später waren erneut Anschläge auf Karen verübt worden. Sie hatte sich an Clint gewandt und um seinen Schutz gebeten. Auf ihrer Flucht durch die Wildnis des Yellowstone National Parks waren sie beinahe getötet worden.

Mit Matts Hilfe war es Clint im letzten Moment gelungen, ihre Verfolger zu überwältigen. Den Anführer, Packard, hatte er eigenhändig getötet. Seitdem hatte die Terrorgruppe noch mehrere Anschläge auf amerikanischem Boden verübt, aber es war den Behörden nie gelungen, sie zu fassen. Eine Berührung an seinem Arm riss Clint aus seinen Erinnerungen. Sein Blick klärte sich, und er starrte Hersh schweigend an.

Der räusperte sich und ließ ihn los. »Das ist ein Scherz, oder?«

Clint rieb über seine schmerzende Brust und versuchte, sich nicht anmerken zu lassen, wie sehr ihn dieser Brief erschüttert hatte. »Ich hoffe es sehr, aber diesen Bastarden ist alles zuzutrauen. Vor allem haben sie mit Karen und mir noch eine Rechnung offen.« Er tastete seine Taschen ab, dann fiel ihm ein, dass er sein Handy im Lager gelassen hatte. »Haben Sie ein Telefon dabei?«

»Ja, natürlich.« Hersh zog sein Handy heraus und reichte es Clint.

»Danke.«

Rasch wählte Clint Karens Nummer und versuchte, seinen rasenden Puls zu beruhigen. Es durfte einfach nicht wahr sein! Die Vorstellung, Karen könnte sich in den Händen dieser Mörder befinden, ließ das Blut in seinen Adern gefrieren. Anstelle eines Klingeltons meldete sich gleich die Mailbox. Clint beendete die Verbindung und versuchte, Ruhe zu bewahren. Es konnte immerhin sein, dass sich Karen gerade in einer Spa-Anwendung befand und deshalb das Telefon ausgestellt hatte. Er wünschte nur, er könnte seinen eigenen Worten glauben. Verzweiflung drohte in ihm aufzusteigen, und Clint kämpfte sie eisern zurück. Wenn Karen wirklich in den Händen dieser Verbrecher war, musste er funktionieren, um sie befreien zu können.

Mühsam brachte er sich wieder unter Kontrolle, und es gelang ihm, halbwegs logisch zu denken. Wenn Karen etwas passiert wäre, hätte Shannon sich längst bei ihm gemeldet. Rasch wählte er die Nummer seiner Schwester und wartete mit angehaltenem Atem darauf, dass sie sich meldete.

»Hallo?«

»Shannon? Gott sei Dank! Weißt du, ob …?«

»Entschuldigung, wer ist da? Matt? Hier ist Caitlin Walker.« Die aufgeregte Frauenstimme gehörte eindeutig nicht Shannon.

Clints Puls schoss in die Höhe. »Wer sind Sie, und wo ist Shannon? Ich bin Clint Hunter, ihr Bruder.«

»Oh, gut, dass Sie anrufen! Ich weiß nicht, was ich machen soll.« Caitlin stockte und atmete tief durch. »Ich bin eine Autorenkollegin von Shannon, wir wollten uns eigentlich hier treffen. Doch als ich ankam, war sie verschwunden. Ich bin gerade in ihrem Zimmer, das Bett ist zerwühlt und ihr Handy lag auf dem Boden.« Ihre Stimme zitterte deutlich. »Und auf der Bettdecke sind Flecken, die wie Blut aussehen.«

Clints Herzschlag setzte aus. *Oh Gott, hatten sie nicht nur Karen, sondern auch Shannon entführt?* »Ist Karen auch dort? Kann ich sie sprechen?«

Einen Moment lang herrschte Stille. »Karen ist auf der Ranch Ihrer Eltern geblieben, weil Ihre Tochter krank ist. Sie war nie hier. Shannon hat ihr Zimmer genommen und mich gefragt, ob ich das andere haben will. Ich konnte erst heute kommen, deshalb wollte ich mir gerade von Shannon den Schlüssel holen.«

Karen war bei seinen Eltern und in Sicherheit! Erleichterung setzte mit solcher Macht ein, dass Clints Beine weich wurden. Mit Mühe hielt er sich aufrecht und umklammerte weiterhin das Handy. Dann ging ihm auf, was das sonst noch bedeuten musste: Die Terroristen hatten wahrscheinlich Shannon anstelle von Karen gekidnappt! Oder wussten sie, dass Karen sich auf der Ranch befand, und hatten sie von dort entführt? Aber wo war dann Shannon? Erneut steigerte sich die Anspannung. Seit Jahren befürchtete er schon, dass noch einmal jemand versuchen könnte, Karen zu entführen, die als Washingtons führende Waffenexpertin ein lohnendes Ziel für die Terroristen abgab.

Nachdem er Caitlin gebeten hatte, dafür zu sorgen, dass keiner das Hotelzimmer betreten würde, beendete Clint das Gespräch und wählte sofort die Nummer der Ranch. Während er darauf wartete, dass jemand abnahm, wandte er sich Hersh zu. Er räusperte sich, weil die Furcht um Shannon ihm die Kehle zuschnürte. »Anscheinend ist meine Schwester verschwunden, Karen ist dagegen auf der Ranch geblieben.«

In dem Moment meldete sich eine Stimme am Telefon. »*Diamond Bar Ranch*, Hunter.«

»Dad? Ich bin es, Clint.« Seine Stimme versagte für einen Moment. »Ist Karen bei euch?«

»Ja, sie ist gerade oben bei Maya. Ich hätte dich normalerweise benachrichtigt, aber ich dachte, dass du auf deiner Trainingsmission nicht erreicht werden kannst. Mayas Krankheit ist nicht so schlimm, kein Grund zur Sorge.«

Erleichterung darüber, dass Karen und Maya tatsächlich in Sicherheit waren, ließ seine Beine diesmal wirklich schwach werden, und Clint setzte sich hart auf den Boden. »Gott sei Dank!«

Als ehemaliger UDT, einem Vorläufer der SEALs, merkte George Hunter sofort, dass etwas nicht stimmte. »Was ist passiert?«

»Ich habe eine Nachricht der *Krieger Gottes* bekommen, dass sie Karen entführt hätten. Du bist sicher, dass alles in Ordnung ist? Sie ist eben nicht an ihr Handy gegangen.«

»Ja, ich habe sie vor zwei Minuten erst gesehen, aber ich bringe das Telefon nach oben, damit du selbst mit ihr sprechen kannst.« Er senkte seine Stimme. »Glaubst du wirklich, die Nachricht ist echt? Ihr habt seit Jahren nichts von diesen Kerlen gehört, und Karen arbeitet doch gar nicht mehr mit hochsensiblen Daten, seit Maya da ist.«

Clint rieb über seine Stirn. »Ich habe keine Ahnung, ob sie das wissen. Außerdem hört es sich für mich auch eher nach Rache an.«

»Ich bin jedenfalls froh, dass sie ihre Drohung offenbar nicht wahr gemacht haben. Hier ist Karen.«

»Clint?«

Als er Karens Stimme hörte, schloss Clint die Augen. »Geht es dir gut?«

»Ja, natürlich.«

»Und Maya? Was hat sie?«

»Eine Mittelohrentzündung, geschwollene Mandeln, Fieber. Aber es geht ihr schon etwas besser. Woher weißt du davon? Ich habe extra nichts gesagt, damit du dich auf das Training konzentrieren kannst.«

»Ich erfahre alles.« Der Scherz blieb fast in seiner Kehle stecken.

Einen Moment lang herrschte Stille. »Was ist los, Clint? Du klingst nicht wie sonst. Bist du etwa verletzt?«

»Nein, bei mir ist alles in Ordnung.« Einen Moment debattierte er mit sich, dann entschied er, dass Karen die Wahrheit erfahren musste. »Ich habe bei Shannon angerufen, als ich dich auf deinem Handy nicht erreicht habe.«

»Ich habe es ausgestellt, damit Maya nicht geweckt wird. Was hat Shannon gesagt, gefällt es ihr im Spa?«

Clint antwortete mit einer Gegenfrage. »Wann hast du zuletzt von ihr gehört?«

»Gestern Nachmittag hat sie kurz angerufen, um zu sagen, dass sie gut angekommen ist.« Ein Klacken war zu hören, dann redete Karen in normaler Lautstärke weiter. »Sagst du mir jetzt, was los ist? Du kommst nicht mitten im Training auf die Idee, dich bei mir zu melden, einfach weil du meine Stimme hören willst.« Sie atmete scharf ein. »Ist etwas mit Shannon?«

»Ich weiß es nicht. Eine Caitlin ist ans Telefon gegangen und hat gesagt, dass sie mit Shannon verabredet war, diese aber verschwunden ist. Ohne ihr Handy, das lag noch in ihrem Zimmer auf dem Boden.«

»Shannon würde nie ohne dieses Handy irgendwo hingehen! Darauf sind all ihre Kontakte gespeichert, und außerdem schreibt sie sich ständig mit Matt irgendwelche Nachrichten.«

Das war ihm bewusst, deshalb machte er sich ja auch solche Sorgen. »Ja.«

»Was verschweigst du mir?«

Clint unterdrückte einen Seufzer. Er wollte ihr keine Sorgen bereiten, aber sie musste die Wahrheit erfahren, auch zu ihrem eigenen Schutz. »Ich habe eine Nachricht der *Krieger Gottes* bekommen, dass sie dich entführt hätten.«

Karen atmete scharf ein. »Oh Gott, du denkst, dass sie Shannon haben? Es kann durchaus sein, dass sie mein Zimmer genommen hat, die ganze Buchung lief auf meinen Namen.« Ihre Stimme klang belegt. »Bitte sag mir, dass es nicht so ist.«

Clint wünschte, er könnte es. »Ich weiß nicht, was genau passiert ist. Aber Tatsache ist, dass Shannon nicht aufzufinden ist. Wir müssen die Drohung ernst nehmen. Tu mir den Gefallen und bleib im Haus, ich werde so schnell wie möglich zu euch kommen. Gib mir noch mal Dad, bitte.«

»Okay. Willst du auch Matt informieren?«

Clint rieb sich über die Brust, die sich bei dem Gedanken an Matt schmerzhaft zusammenzog. Für seinen Freund würde die Nachricht ein furchtbarer Schlag sein, und Clint wünschte, er hätte schon mehr Informationen, bevor er ihn anrief. Aber er konnte nicht länger damit warten. »Ja, das muss ich wohl.«

»Es tut mir so leid, das ist alles meine Schuld. Nur weil ich so einen blöden Urlaub haben wollte, ist Shannon jetzt möglicherweise in Lebensgefahr.« Tränen klangen in ihrer Stimme mit.

»Das ist Unsinn, Karen. Du konntest nicht wissen, was passieren würde. Vielleicht gibt es auch eine ganz harmlose Erklärung und Shannon taucht bald wieder auf. Wahrscheinlich hat sie sich nur in einer ihrer Geschichten verloren und die Zeit vergessen.« Doch so sehr Clint das auch hoffte, glaubte er nicht wirklich daran. Die *Krieger Gottes* hätten ihm keine Nachricht geschickt, wenn sie nicht wirklich denken würden, Karen in ihrer Gewalt zu haben. Außerdem würde Shannon nicht ohne ein Wort verschwinden.

»Glaubst du das wirklich?« Karen konnte seine Zweifel anscheinend spüren.

»Es ist alles möglich. Aber egal was passiert ist: Sollten die *Krieger Gottes* irgendetwas mit Shannons Verschwinden zu tun haben, werden wir alles daransetzen, sie zu finden.« Auch wenn es trotz jahrelanger intensiver Suche nie jemandem gelungen war, die Terrorgruppe auszuheben … Doch das behielt er für sich. »Ich melde mich wieder bei dir, wenn ich mehr weiß, okay? Gib Maya einen Kuss von mir.«

Clint beendete das Gespräch und erhob sich schwerfällig. Blicklos starrte er auf die Bäume und versuchte, seine Gedanken zu ordnen. Schließlich gab er sich einen Ruck und begann, Hersh Instruktionen zu erteilen. Danach kehrte er zum Team zurück, das weiterhin in Position war, und bat Red über Funk, zu ihm zu kommen. Zuerst wollte er seinem Freund nicht erzählen, was geschehen war, aber Red kannte ihn zu gut, um sich täuschen zu lassen. Also berichtete er von der Nachricht der Terrorgruppe und Shannons Verschwinden, bevor er Red den Befehl gab, die Trainingsmission fortzusetzen.

Während Clint sich mit dem Hubschrauber zu einem Flughafen fliegen ließ, drehten sich seine Gedanken die ganze Zeit um die Frage, wie sie Shannon helfen konnten, wenn sie wirklich von der Terrorgruppe entführt worden war. Das FBI einzuschalten würde sie vermutlich in Gefahr bringen, weil Geiseln bei solchen Operationen nicht immer überlebten, wie Waco eindrucksvoll gezeigt hatte. Damals hatten ATF und FBI eine Razzia bei einer Sekte vornehmen wollen, und infolgedessen waren mehrere Polizisten und zweiundachtzig Sektenmitglieder getötet worden. Außerdem würde es sicher auch zu lange dauern, bis sich die bürokratische Maschinerie in Gang gesetzt hatte und die eigentliche Suche nach seiner Schwester begann. Und das Militär durfte im eigenen Land nicht eingreifen, sonst hätte er sofort ein SEAL-Team angefordert. Doch das beste Team nützte ohnehin nichts, wenn sie keinen Anhaltspunkt hatten, wo Shannon sich aufhielt. Hoffentlich fanden sie im Spa etwas heraus, das ihnen helfen würde.

3

Der Schmerz drang als Erstes in Shannons Bewusstsein. Dann spürte sie den harten Untergrund und bemerkte, dass sie ihre Arme und Beine nicht bewegen konnte. Genau genommen schien ihr gesamter Körper steif zu sein. Ein dumpfes Pochen dröhnte in ihrem Schädel, ein bitterer Geschmack lag auf ihrer Zunge. *Verdammt, war das ein furchtbarer Traum gewesen!* Es hatte sich beinahe echt angefühlt, aber so etwas geschah ihr öfter. Wieder einmal war sie von ihrer Fantasie mitgerissen worden, die sie mitten in eines ihrer Bücher katapultiert hatte. Ihre lebendige Vorstellungskraft hatte durchaus Vorteile, weil sie dadurch oft auf neue Ideen kam und sich gut in ihre Charaktere hineinversetzen konnte, andererseits war das alles auch irgendwie beängstigend. Noch jetzt meinte sie, das wilde Klopfen ihres Herzens spüren zu können und den brutalen Griff ihres Angreifers, als er sie überwältigt hatte.

Ein Schauer lief durch Shannons Körper, und sie schob die Erinnerung an den Albtraum rasch beiseite. Sie sollte sich lieber auf die Realität konzentrieren. Langsam öffnete sie die Augen und blickte sich um. Es war stockdunkel, sie konnte nicht erkennen, wie spät es war. Ihr Gefühl bestand darauf, dass es schon morgens sei, doch die vorgezogenen Vorhänge verhinderten jeden Blick aus dem Fenster. Warum gab es hier überhaupt solche dichten Vorhänge? Glaubten die Leiter des Spas, dass man dadurch besser schlafen konnte? Ihr ging es jedenfalls nicht so, ganz im Gegenteil.

Als Shannon nach dem Lichtschalter greifen wollte, stellte

sie fest, dass sie ihren Arm tatsächlich nicht bewegen konnte. Das weckte sie endgültig auf. Mit einem ungeduldigen Laut drehte sie sich auf den Rücken, um ihre Arme endlich zu befreien. Ein heftiger Schmerz schoss durch ihre Schultern, und sie biss sich auf die Lippe, um nicht laut aufzuschreien. Jetzt erkannte sie, dass ihre Arme wirklich unter ihrem Körper gefangen waren. War sie etwa gefesselt? Nein, das konnte nicht sein. Sicher war nur ihr Arm eingeschlafen, weil sie ungünstig darauf gelegen hatte.

Shannon versuchte sich aufzusetzen, brach aber sofort wieder zusammen, als der Schmerz in ihrem Kopf stärker wurde, gepaart mit einem sehr unangenehmen Schwindelgefühl. Verdammt noch mal, was war los mit ihr? Sie hatte es noch nie erlebt, dass sie nach dem Aufwachen so verwirrt und orientierungslos war. Zudem war sie auch körperlich angeschlagen und schaffte es nicht, aus dem Bett zu steigen.

Schwer atmend lag sie einen Moment da und versuchte, ihre Kräfte zu sammeln. Mühsam drängte sie den Anflug von Furcht zurück. Das war lächerlich, sie war nie krank, ganz sicher würde sie nicht gerade jetzt damit anfangen. Außer, sie hatte sich bei Maya angesteckt. Shannon schnitt eine Grimasse. Ja, das wäre ein gelungener Start ihres Urlaubs, keine Frage. Okay, sie würde es jetzt noch einmal versuchen, und wenn es ihr dann immer noch nicht besser ging, würde sie ihr Handy vom Nachttisch nehmen und jemanden anrufen. Matts Gesicht tauchte vor ihrem geistigen Auge auf, und Sehnsucht breitete sich in ihr aus. Wie gerne würde sie jetzt seine Stimme hören.

Shannon zuckte zusammen, als in diesem Moment tatsächlich eine Männerstimme erklang, allerdings handelte es sich nicht um Matts. Wahrscheinlich ging jemand den Gang entlang, sie konnte keine Worte ausmachen. Gerade als sie noch einmal probieren wollte, sich aufzusetzen, wurden die Stimmen lauter. Fast so als näherten sie sich ihr. Aber das war doch gar nicht möglich, ihre Tür war abgeschlossen und …

Eiskalte Furcht kroch durch Shannons Körper, als ihr Verstand die Möglichkeit in Betracht zog, dass das alles kein Traum gewesen war. Konnte wirklich jemand in ihr Zimmer eingedrungen sein und sie überwältigt haben? Sie hatte versucht, aus dem Bett zu flüchten, aber jemand hatte sie aufgehalten und ihre Arme nach hinten gebogen. Etwas war ihr über den Kopf gestülpt worden, und dann … nichts mehr. Mühsam bewegte Shannon ihre Finger und fühlte Stoff. Immerhin schien sie noch ihr Nachthemd anzuhaben.

»… solch einen Fehler machen! Ihr hattet eine ganz einfache Aufgabe.« Die harsche Stimme ließ sie erstarren.

»Aber Boss, was können wir dafür, wenn jemand anders im Zimmer war?« Der Antwort folgte ein dumpfes Geräusch und ein schmerzerfülltes Stöhnen.

Shannons Herz hämmerte in ihrer Brust, während sie auf weitere Geräusche lauschte. *Was ging hier vor? Wer waren diese Männer?*

»Habt ihr schon herausgefunden, wer sie ist?«

»Noch nicht. Vielleicht können wir in den Hotelunterlagen …«

»Nein!« Das Wort peitschte durch den Raum. »Ich möchte nicht, dass ihr noch mal in die Nähe des Spas kommt. So blöd, wie ihr euch anstellt, würden wir nur riskieren, dass euch jemand hierher folgt. Niemand weiß bisher, wo wir uns aufhalten, und so soll es auch bleiben.«

In ihrer Nähe knirschte es, und Shannon stockte der Atem. Sie musste hier weg, sofort! Doch so sehr sie es auch versuchte, sie konnte sich noch immer nicht rühren. Und dann war es zu spät. Ein Lichtstrahl drang an ihre Augen, und sie kniff sie rasch zusammen, als die Helligkeit einen scharfen Schmerz in ihrem Kopf verursachte. So gern sie auch Antworten bekommen hätte, es war wohl besser, wenn ihre Entführer nicht merkten, dass sie wach war. Zumindest war es in ihren Romanen immer so, dass ein schlafendes Entführungsopfer nicht behelligt wurde.

Einen Moment lang passierte nichts, dann traf ein Tritt Shannons Rippen und sie gab einen erschrockenen Laut von sich. Okay, eindeutig nicht realistisch, sie würde das beim nächsten Buch anpassen müssen. Sie bemühte sich, so flach wie möglich zu atmen und möglichst keine Miene zu verziehen.

»Du glaubst doch nicht wirklich, dass wir denken, du wärst noch bewusstlos, oder? Das Betäubungsmittel ist längst verflogen.«

Betäubungsmittel? Das würde erklären, warum sie sich so schlecht fühlte. Shannon hielt den Atem an und blieb stocksteif liegen. Gleich würde er noch einmal zutreten und …

»Wer bist du, und warum warst du in dem Zimmer von Karen Lombard?«

Ein Krampf machte sich in ihrem Bein bemerkbar, doch Shannon versuchte, ihn zu ignorieren. Oh Gott, sie hatte recht gehabt: Diese Kerle hatten es wirklich auf Karen abgesehen! Zum Glück war ihre Schwägerin nicht auch in deren Hände geraten, sondern befand sich auf der Ranch in Sicherheit. Ihr Herz zog sich schmerzhaft zusammen, als Shannon sich vorstellte, dass jemand versuchen könnte, Karen auf der Ranch anzugreifen. Ihre Eltern, die kleine Maya, die Rancharbeiter und Gäste wären alle in Gefahr.

»Du willst also nichts sagen?« Ein Klicken ertönte. »Tötet sie und dann begrabt sie im Wald, sie ist wertlos für uns.«

Gegen ihren Willen flogen ihre Augen auf, und ein Keuchen entfuhr ihr. Shannons Blick glitt an jeansbekleideten Beinen hinauf, über ein T-Shirt bis zu einem Gesicht, das sie in jeder anderen Situation als gut aussehend bezeichnet hätte. Jetzt wirkten die hellen Haare und eisblauen Augen des Entführers jedoch überaus beängstigend, fast dämonisch, besonders als ein zufriedenes Lächeln über sein Gesicht glitt. In der Hand hielt er eine Pistole, und es sah so aus, als könnte er damit umgehen.

»Ah, eine spontane Wunderheilung. Sehr schön. Wenn du mir sagst, was ich wissen will, lasse ich dich vielleicht sogar am Leben.«

Selbst wenn sie ihm das geglaubt hätte, unter keinen Umständen würde sie ihm verraten, wer sie war. Anstelle einer Antwort überschüttete sie ihn mit Fragen. »Wer sind Sie? Wo bin ich hier? Warum haben Sie mich entführt?«

Sein kalter Blick ließ sie verstummen. »Du kennst mich nicht, deshalb gebe ich dir noch eine Chance. Ich mache keine Witze und stoße auch keine leeren Drohungen aus, das nur als Warnung, falls du denkst, du könntest mich mit deiner Taktik hinhalten.«

Leider glaubte sie ihm das unbesehen. Trotzdem konnte sie ihm nicht ihren Namen sagen, denn wenn sich diese Verbrecher über Karen Lombard informiert hatten, wussten sie, dass sie mit einem Clint Hunter zusammenlebte. Die Tatsache, dass Shannon Clints Schwester war, wäre ein ideales Druckmittel. Ihre einzige Chance war es, die Kerle davon zu überzeugen, dass es sich um eine Verwechslung handelte. »Ich … weiß nicht, was Sie von mir wollen.«

»Falsche Antwort.« Der Mann hockte sich neben sie und presste den Lauf der Pistole an ihre Stirn. »Es ist wirklich eine Schande, ich mag gut aussehende Rotschöpfe normalerweise.«

Die Gedanken jagten durch Shannons Kopf, sie begann zu zittern. Wenn es ein Traum war, sollte sie jetzt wirklich langsam aufwachen. Doch es war die Realität: In wenigen Sekunden würde sich der Finger um den Abzug krümmen und sie würde tot sein. Ihr Überlebenswille erwachte, und ein Name platzte aus ihr heraus. »Shannon Colter.«

Sowie sie ihn laut hörte, schloss sie die Augen. Sie war Autorin, hätte ihr wirklich nichts Besseres einfallen können, etwas, das überhaupt nichts mit ihr zu tun hatte? Andererseits wurde immer geraten, man solle möglichst nah bei der Wahrheit bleiben, um sich hinterher nicht zu verplappern. Noch immer presste sich der kalte Stahl gegen ihre Stirn, und Shannon wünschte sich, sie könnte wenigstens noch einmal mit Matt reden, ihn sehen und berühren, bevor sie starb.

Ein Klicken ertönte, dann verschwand der Druck. »Okay, wir werden das überprüfen. Wenn du gelogen hast, bist du tot.« Der Mann erhob sich und ragte nun wieder bedrohlich über ihr auf. Er wandte sich an jemanden, der neben ihm stand, den sie aber wegen des grellen Lichtes nicht genauer erkennen konnte. »Bindet sie los und bringt sie in einen der Kellerräume. Ich möchte nicht, dass jemand von ihrer Anwesenheit erfährt.«

»Ich denke nicht, dass es eine gute Idee ist, sie hierzubehalten.« Eine neue Stimme erklang, tiefer als die erste. Obwohl der Mann leise redete, schienen seine Worte den ganzen Raum zu durchdringen. »Schon gar nicht jetzt, so kurz bevor …«

Der Blonde unterbrach ihn. »Du bist nur für die Sicherheit des Lagers zuständig, Derek. Alles andere lass meine Sorge sein.«

Einen Moment lang herrschte Stille, und Shannon hielt unwillkürlich den Atem an. »Wie du meinst. Aber ich werde zur Sicherheit die Wachen verstärken.«

Die Zähne des Verbrechers blitzten auf, als er lächelte. »Tu das. Ich wusste doch, dass es einen Grund dafür gab, warum ich dich als Sicherheitschef eingesetzt habe.« Der Anflug von Heiterkeit verschwand jedoch schnell wieder. »Ich erwarte, dass du dich um unseren *Gast* kümmerst und dafür sorgst, dass er nicht abhaut.«

»Natürlich.«

Gast. Shannon unterdrückte mühsam ihr Zittern. Dieser Mistkerl hatte sie beinahe erschossen und nannte sie einen Gast? Dann wollte sie nicht wissen, wie diese Leute mit ihren Feinden umgingen. Woher kannten diese Verbrecher Karen überhaupt, und was wollten sie von ihr? Bevor Shannon diese Fragen laut stellen konnte, wurde sie unsanft auf den Bauch gedreht und von den Fesseln befreit, die ihre Handgelenke auf dem Rücken fixiert hatten. Unterdrückt schrie sie auf, als ihre Arme nach unten sackten und ein stechender Schmerz durch ihre Schultergelenke fuhr.

»Bewegen Sie Ihre Arme, dann kommt die Durchblutung schneller in Gang.« Während er das sagte, schnitt Derek ihre Fußfesseln durch. Auch ihre Beine begannen zu prickeln, und Shannon biss sich auf die Lippe, um einen weiteren Schmerzenslaut zu verhindern. Sie zog schnell ihr Bein zum Körper, als ein Krampf durch die Wade zuckte.

Der Mann hockte sich neben sie und begann, mit knetenden Berührungen ihre verspannten Muskeln zu lockern. Shannon hielt den Atem an und blieb stocksteif liegen, weil sie nicht wusste, wie sie darauf reagieren sollte.

»Lassen Sie locker, sonst geht der Krampf nicht weg.« Das sagte er beinahe tonlos, vermutlich in dem Versuch, seine Stimme nicht durch das gesamte Gebäude schallen zu lassen.

Nach einigen Minuten endete der Krampf, und Shannon ließ sich erschöpft zurücksinken. Übelkeit stieg in ihr auf, während ihr Kopf noch immer dröhnte. Sie wollte einfach nur noch hier liegen und schlafen. Und wieder in ihrem Bett sein, wenn sie aufwachte – vorzugsweise mit Matt neben sich. Langsam schlossen sich ihre Lider.

»Können Sie gehen?«

Erschrocken riss sie die Augen auf. Sie durfte jetzt nicht schlafen, sie musste versuchen, diesen Verbrechern zu entkommen! Bevor sie den Gedanken zu Ende gebracht hatte, trat sie instinktiv zu. Sie traf Derek an der Brust, aber offensichtlich mit so wenig Kraft, dass er noch nicht einmal nach hinten geworfen wurde.

Seine Augen verengten sich, und er legte warnend seine Hand auf ihr Bein. »Das würde ich nicht noch einmal versuchen. Oder war das Ihre Antwort auf meine Frage?«

Wie sollte sie fliehen, wenn sie sich körperlich so schwach fühlte? Verzweiflung erfasste Shannon, und sie drehte sich abrupt um, damit der Verbrecher nicht die Tränen sah, die ihr in die Augen stiegen. Sie musste entkommen, bevor sie in den ominösen Kellerraum gesperrt wurde, denn sie bezweifelte, dass sich von dort aus eine Fluchtmöglichkeit ergeben würde. Gerade als sie überlegte, wie sie Derek am besten daran hindern könnte, sie dorthin zu bringen, wurde sie ohne jede Vorwarnung hochgehoben. Der Griff an ihren Beinen und ihrem Arm war zwar nicht schmerzhaft, aber so fest, dass sie keine Möglichkeit hatte, ihm zu entfliehen. Trotzdem versuchte sie, sich aus Dereks Armen zu winden, es erinnerte sie einfach zu sehr daran, wie Matt sie manchmal durch das Haus trug. Ein schmerzhafter Druck entstand in ihrer Brust.

Warnend drückte der Verbrecher ihren Arm. »Halten Sie still, wenn Sie nicht wollen, dass ich Sie hinter mir herschleife. Das dürfte sehr unangenehm sein.«

Sofort stellte Shannon jede Bewegung ein. Obwohl sie nicht wollte, dass jemand sie so trug, konnte sie sich keine weiteren Verletzungen leisten.

»Sehr vernünftig.«

Sie konnte praktisch fühlen, wie die Stimme aus seinem Brustkorb drang. Vorsichtig blickte sie nach oben, konnte aber außer einem markanten Kinn und kurzgeschorenen dunklen Haaren nicht viel erkennen. Ihr Instinkt sagte ihr, dass der Blonde deutlich gewissenloser war, aber da sie in solchen Dingen keinerlei Erfahrung hatte, verließ sie sich lieber nicht darauf. Momentan war sie mehr oder weniger wehrlos. Wenn Derek wollte, könnte er sie jederzeit überwältigen und … Ein Schauer lief durch ihren Körper. Nein, darüber würde sie gar nicht erst nachdenken. Aus Matts Erzählungen wusste sie, wie sehr die TURT/LE-Agentin Jade immer noch unter ihrer Zeit in Gefangenschaft eines Warlords litt, obwohl das inzwischen schon über ein Jahr her war. Es hatte Monate gedauert, bis Jade überhaupt unter die Lebenden zurückgekehrt war und ein halbwegs normales Leben führen konnte. Doch noch immer wurde sie von Albträumen und Panikattacken gequält. So etwas wollte Shannon nicht durchmachen müssen.

Aber wenn es Jade als TURT/LE-Agentin nicht gelungen war, zu fliehen und die Sache schadlos zu überstehen, was konnte sie als Liebesromanautorin dann schon ausrichten?

Plötzlich verschwand der Halt unter ihren Beinen, sodass sie nur noch an dem Arm hing, den Derek um ihren Oberkörper geschlungen hatte. Mühsam sog sie Luft in ihre zusammengepresste Lunge und hob den Kopf. Ihre Haare hingen wild in ihr Gesicht, und sie pustete sie zur Seite, um etwas sehen zu können. Sie standen vor einer massiven Holztür, die Derek nun mit einem Schlüssel öffnete. Als sie den Riegel entdeckte, der zusätzlich noch außen angebracht war, sank ihr Mut. Selbst wenn sie irgendwie an den Schlüssel kommen sollte – was mehr als unwahrscheinlich war –, würde sie den Riegel nie von innen öffnen können. Sowie sie in dem Loch landete – und mehr war es nicht, wie sie jetzt sah, als Licht vom Gang in den Verschlag fiel –, würde sie nicht mehr hier herauskommen.

Erneut begann sie zu kämpfen, auch wenn es hoffnungslos war, denn gegen Dereks festen Griff konnte sie nichts ausrichten. Selbst ihre verzweifelten Tritte schienen ihn nicht weiter zu behindern. Ohne eine Miene zu verziehen, trug er sie in den kleinen Raum und setzte sie dort nicht gerade sanft auf die Füße. Die Beine gaben unter ihr nach, und sie sank auf den rauen Betonboden. Sie versuchte, sich abzustützen, doch auch ihre Arme funktionierten noch nicht richtig. Mit Mühe hielt sie ihren Oberkörper aufrecht.

Flehend blickte sie Derek an. »Bitte, tun Sie das nicht!«

Seine Miene blieb starr, als er sich zur Tür zurückzog. »Ich lasse Ihnen gleich etwas zu essen bringen. Ruhen Sie sich aus, Sie werden es brauchen.«

Mit dieser Aussage trat er zurück auf den Gang und zog rasch die Tür hinter sich zu. Dunkelheit senkte sich über sie. Shannon wollte auf die Tür zustürzen, doch sie brach schon nach wenigen Schritten zusammen. Die Wange an den kalten Betonboden gepresst, starrte sie verzweifelt auf den einzigen Ausgang. Das Geräusch des Schlüssels, der sich im Schloss drehte, brachte ihre Tränen zum Überfließen. Nur der Gedanke an Matt gab ihr genug Kraft, ihrer Furcht nicht ganz nachzugeben. Sie musste überleben, für ihn.

4

Zufrieden beobachtete Matt Colter das Training der neuesten TURT-Rekruten. Anderthalb Jahre nach dem Start des Undercover-Programms *Terrorism Undercover Reconnaissance Team/Ladies Elite* waren die Probleme, die sich zwischenzeitlich ergeben hatten, endlich überwunden und alles schien rund zu laufen. Selbst die SEALs hatten sich daran gewöhnt, ihre Basis mit den Agenten, und vor allem den Agentinnen, teilen zu müssen, und halfen jetzt freiwillig bei der Ausbildung. Glücklicherweise waren in letzter Zeit sämtliche Agenten lebend und unverletzt von ihren Undercover-Missionen zurückgekehrt, und es verlief wieder alles in ruhigen Bahnen. Nachdem nun sowohl der Warlord Mogadir als auch der Terrorist und ehemalige CIA-Agent Black tot waren, konnten Kyla und Jade, aber auch alle anderen TURTs und die SEALs wieder freier atmen.

Matt lächelte, als er daran dachte, wie sehr Kyla sich gewandelt hatte, seit der ehemalige BND-Agent Christoph Nevia ebenfalls bei den TURTs arbeitete. Sie schien jetzt wesentlich in sich gefestigter und ruhiger zu sein, auch wenn sie bisher noch keine neue Mission zugewiesen bekommen hatte. Die Liebe bewirkte eindeutig Wunder, das hatte er vor Jahren auch an sich selbst bemerkt, als er Shannon kennengelernt und sich fast vom ersten Moment an in sie verliebt hatte. Matt blickte auf die Uhr und seufzte, als er feststellte, dass es immer noch nicht spät genug war und er sich noch gedulden musste, bis sie endlich zu ihm zurückkommen würde. Zwar hatte er sie dazu ermutigt, sich ein Wochenende lang verwöhnen zu lassen, doch in Wahrheit vermisste er sie schrecklich. Ohne sie war es viel zu still im Haus und er wusste nichts mit sich anzufangen. Zwar hatte er selbst auch genug andere Hobbys, aber irgendwie machte es ihm keinen Spaß, wenn sie nicht dabei war oder im Arbeitszimmer saß und an ihren Geschichten schrieb.

Matt verdrehte die Augen. Wie oft hatte er Clint damit aufgezogen, dass seine Laune jedes Mal in den Keller ging, wenn Karen nicht in seiner Nähe war, und jetzt benahm er sich ganz genauso. Nur gut, dass es bisher noch niemandem aufgefallen war, sonst hätte er sich vor dem gutmütigen Spott seiner Kameraden nicht mehr retten können.

»Wann kommt sie zurück?«

Die tiefe Stimme hinter ihm ließ Matt zusammenzucken. Rasch steckte er das Handy zurück in seine Hosentasche und drehte sich um. Als er seinen ehemaligen Teamkameraden Roderic Basilone erkannte, schnitt er innerlich eine Grimasse. Rock war einer der wenigen, die ihn gut genug kannten, um zu wissen, was mit ihm los war. »Wie bitte?«

Rock stellte sich neben ihn und verschränkte die Arme vor der muskulösen Brust. Obwohl er kein aktiver SEAL mehr war, sondern inzwischen die TURTs trainierte, schien er weiterhin in exzellenter Form zu sein. Ein breites Grinsen zog sich über sein Gesicht und verwandelte seine sonst meist finstere Miene. »Glaubst du wirklich, ich hätte nicht bemerkt, wie sehnsüchtig du schon seit gestern das Handy anstarrst? Ist Shannon wieder auf Lesereise?«

Matts Hand legte sich automatisch um das Handy in seiner Tasche, damit er auch ja nicht verpasste, wenn das Vibrieren einen Anruf oder eine Textnachricht ankündigte. »Nein, ausnahmsweise macht sie Urlaub. Ein Spa-Besuch mit einer Autorenfreundin.«

Matt war froh, dass er den aktiven Dienst zugunsten seiner leitenden Funktion bei den TURTs aufgegeben hatte, auch wenn es immer noch Momente gab, in denen er die Missionen und vor allem die Kameradschaft innerhalb des Teams vermisste. Hätte er Shannon nicht kennengelernt, wäre er eventuell noch ein oder zwei Jahre CO von Team 11 geblieben, doch er wollte jeden Abend bei ihr sein und ihr vor allem die Sicherheit geben, dass er immer zu ihr zurückkehren würde. Da sie über SEALs schrieb und viel über das Thema recherchiert hatte, wusste sie genau, was alles passieren konnte und wie gefährlich sein Beruf tatsächlich war.

»Du hast meine Frage übrigens noch nicht beantwortet.« Rocks Stimme drang in seine Gedanken.

»Welche war das noch mal?«

»Wann Shannon zurückkommt.« Seine Mundwinkel hoben sich. »Ich will nur wissen, wie lange ich dir aus dem Weg gehen sollte.«

Matt schnaubte. »Was machst du eigentlich an einem Samstag hier? Hält Rose es nicht mehr mit dir aus und hat dich weggeschickt?«

»Sehr witzig.« Amüsiert blickte Rock ihn an. »Rose trifft sich mit Nurja und den Kindern.« Er wurde ernst. »Nurja hat immer noch Probleme mit der Nähe zu Männern, besonders wenn sie groß sind.« Mit der Hand deutete er auf seinen Körper.

Rock war nicht nur groß, sondern vor allem extrem breit und muskulös gebaut. Kein Wunder, dass die Afghanin in seiner Nähe an die furchtbare Zeit in Mogadirs Gefangenschaft erinnert wurde. Der Warlord hatte nicht nur ihren Mann vor ihren Augen ermordet, sondern sie auch noch foltern lassen. Inzwischen lebte sie mit ihren fünf Kindern in den USA und kümmerte sich um I-Mac, einen SEAL, der bei dem Einsatz verletzt worden war.

Matt nickte. »Verständlich. Shannon kommt erst am Sonntagabend wieder, also kannst du damit rechnen, dass ich morgen auch hier sein werde.«

»Okay, dann halte ich mich bis Montag von dir fern.« Rock hob lachend die Hände, als Matt so tat, als wollte er ihn angreifen. »Rose hat es auch lieber, wenn ich am Wochenende bei ihr bin.«

»Das lasse ich gelten.« Matt blickte zu den Rekruten hinüber, die jetzt zu Sit-ups übergegangen waren. »Wie machen sich eigentlich …?« Sein Handy vibrierte, und er zog es rasch heraus. Nach einem Blick auf das Display atmete er enttäuscht aus. Eine unbekannte Nummer wurde angezeigt.

»TURT-Command, Colter.«

»Hier ist Clint.« Die raue Stimme seines Freundes war unverkennbar.

Überrascht hoben sich Matts Augenbrauen. »Hey Clint, schön von dir zu hören! Aber ich dachte, du bist gerade auf einer Trainingsmission.«

»Das war ich auch.« Einen Moment herrschte Stille, dann räusperte Clint sich. »Hast du heute schon von Shannon gehört?«

Etwas in Clints Ton ließ ihn aufhorchen. Matt kannte seinen Freund und Swim-Buddy schon so lange, dass sie sich beinahe ohne Worte verständigen konnten. Irgendetwas stimmte hier ganz und gar nicht. »Ist etwas mit Karen oder Maya? Shannon sagte gestern, dass die Kleine eine ganz normale Ohrentzündung hätte.«

»Nein, den beiden geht es so weit gut. Beantworte bitte meine Frage.« Der Befehlston verdeckte nur unzureichend die Tatsache, dass Clints Stimme noch rauer geworden war, wie immer, wenn er nervös war oder sich fürchtete. Das würde sein Freund allerdings niemals zugeben.

Matts Herz hämmerte los, und er presste das Handy automatisch dichter ans Ohr. »Nein, ich habe heute noch nichts von Shannon gehört, sie meinte gestern, dass sie endlich mal ausschlafen wollte. Sagst du mir jetzt bitte, was los ist? Bist du verletzt?«

Ein schwerer Atemzug drang durch die Leitung und ließ Matts Nackenhaare hochstehen. »Ich habe eben mit Caitlin Walker telefoniert, Shannon ist anscheinend verschwunden.«

Matts Herz blieb stehen, Kälte breitete sich in seinem Körper aus. »Das ist ein Scherz, oder?«

»Leider nicht. Eigentlich wollten sich die beiden heute Morgen treffen, aber Shannon war nicht im Zimmer. Ihr Handy lag auf dem Boden, das Bett war zerwühlt. Und sie ist im Hotel nirgends zu finden.«

Matt rieb über seine Stirn. »Okay, das ist ungewöhnlich, aber es kann sein, dass Shannon spazieren geht oder ausreitet und einfach so in ihrer Fantasiewelt verloren ist, dass sie an nichts anderes mehr denkt. Das habe ich schon öfter erlebt. Sie taucht sicher bald wieder auf und …«

»Das ist noch nicht alles.« Clint unterbrach ihn mit beinahe sanfter Stimme.

Blind starrte Matt auf den Sand zu seinen Füßen. Er wusste, dass Clint nicht dazu neigte, ohne Grund die Pferde scheu zu machen. »Was noch?«

»Ich habe eine Nachricht von den *Kriegern Gottes* bekommen. Sie war an mich persönlich adressiert und besagte, dass sie Karen entführt hätten und ich mich ihnen ausliefern soll, wenn ich sie lebend wiedersehen will.«

»Was? Aber wie …?« Matt verließen die Worte, und er schluckte heftig.

»Hersh hat mir die Nachricht hierhergebracht. Ich nehme sie sehr ernst.«

Matts Knie begannen zu zittern. »Aber du hast doch gesagt, dass es Karen gut geht.«

»Das tut es auch, sie ist bei meinen Eltern auf der Ranch.«

»Aber dann …« Matts Kehle zog sich zusammen, als ihm bewusst wurde, was das bedeuten musste. »Sag mir, dass sie nicht Shannon haben!«

»Es tut mir leid, Mad.« Er bekam kaum mit, dass Clint automatisch seinen Spitznamen verwendete. »Caitlin sagte, dass Shannon in Karens ursprünglichem Zimmer geschlafen hat. Das zusammen mit der Tatsache, dass sie nirgends zu finden ist und auf ihrer Bettdecke ein paar rote Tropfen gefunden wurden, die Blut sein könnten …«

Ein lautes Rauschen füllte Matts Ohren, und er bekam den Rest gar nicht mehr mit. Das konnte nicht sein, es musste Shannon einfach gut gehen! Bestimmt waren die Terroristen nicht so dumm, Karen und Shannon zu verwechseln, sie sahen sich nicht einmal ähnlich! Sicher würde Shannon bald wieder auftauchen und …

Eine Hand legte sich fest um seinen Oberarm. »Alles in Ordnung, Mad?«

Matt blickte auf und erkannte Rock, der ihn besorgt musterte. Er wollte etwas sagen, aber irgendwie schien er die Sprache verloren zu haben. Sein ehemaliger Teamkamerad schien instinktiv zu verstehen, dass die Situation ernst war, denn er nahm ihm das Handy aus den steifen Fingern, identifizierte sich und lauschte dann längere Zeit.

Schließlich nickte er. »Ich werde mich darum kümmern. Bis später.« Rock beendete die Verbindung und wandte sich dann wieder Matt zu. »Wir gehen jetzt in die Baracke und planen, wie wir vorgehen werden.«

»Aber ich muss …« Völlige Leere herrschte in seinem Gehirn. Er hatte keinerlei Ahnung, was er jetzt tun sollte. Normalerweise behielt er in jeder Situation die Ruhe, aber der Gedanke, dass Shannon gerade in diesem Moment leiden oder vielleicht sogar sterben könnte, lähmte ihn. Mit der Hand wischte er über sein Gesicht. Was würde er ohne Shannon tun? Sie war sein Leben.

Dankbar für Rocks Hilfe kehrte er langsam zur Baracke zurück, in der die TURTs ihr Hauptquartier hatten. Wie in Trance ließ er sich von Rock mit sanftem Druck zur Rückseite des Gebäudes führen, wo direkt der Gang mit den Büros begann. Die Wahrscheinlichkeit, jemandem zu begegnen, war dort deutlich geringer als draußen. Kühle Luft schlug ihm entgegen und wirkte wie eine Faust in seinem Gesicht. Noch immer war er wie betäubt vor Schock, doch immerhin begann sein Gehirn wieder zu arbeiten.

Matt rieb sich über die schmerzende Brust und ließ sich in seinen Schreibtischstuhl fallen. Als er den Kopf hob, traf sein Blick den Hawks auf der anderen Schreibtischseite. Daniel Hawk leitete mit ihm zusammen die TURTs und war in ihrer gemeinsamen Zeit auch zu einem Freund geworden.

Einen Moment lang betrachteten sie sich schweigend, dann beugte Hawk sich vor, Besorgnis stand in seinen grünen Augen. »Was ist passiert?«

Bevor Matt etwas sagen konnte, stellte Rock eine Dose Cola vor ihn auf den Tisch. Matt nickte ihm dankbar zu, öffnete sie und trank die Dose in einem Zug aus. Erst dann verschränkte er die zitternden Hände vor sich auf dem Tisch und berichtete seinem Kollegen, was geschehen war.

Hawk wurde unter seiner Sonnenbräune deutlich blasser, Falten erschienen neben seinen Mundwinkeln. »Wie wahrscheinlich ist die Entführung durch die *Krieger Gottes*? Was könnten sie sich davon versprechen, Clints Lebensgefährtin zu entführen?«

»Du weißt, dass Karen Waffenexpertin in Washington, D. C. ist?« Als Hawk nickte, fuhr Matt fort: »Vor über zehn Jahren wurde Karen aus ihrem Haus entführt und nach Costa Rica gebracht. SEAL Team 11, damals noch mit Clint als CO, erhielt den Auftrag, sie zu befreien. Das ist uns auch gelungen, aber es ging etwas schief, und eines unserer Teammitglieder, Ghost, kam dabei ums Leben.« Matt spürte, wie Rock sich hinter ihm unruhig bewegte.

»Ghost war mit Rose verheiratet, oder?« Hawk blickte Rock entschuldigend an.

»Genau. Jedenfalls kamen wir nach Hause, und Karen kehrte zu ihrem Mann zurück. Vier Jahre später, nach wiederholten Anschlägen auf ihr Leben und der Erkenntnis, dass ihr Mann mit den *Kriegern Gottes* zusammenarbeitete und diese hinter der damaligen Entführung steckten, flüchtete Karen sich zu Clint auf die Ranch. Clint hat versucht, sie zu beschützen, aber die Terroristen hätten es trotzdem beinahe geschafft, sie beide umzubringen. Clint hat den Anführer, einen gewissen Packard, getötet, die anderen Männer kamen ins Gefängnis.«

Matt trommelte mit den Fingern auf die Tischplatte. »Danach war es einige Jahre ruhig, auch wenn wir wussten, dass die Terrorgruppe noch existierte. Doch in letzter Zeit waren die *Krieger Gottes* wieder deutlich aktiver. Einige Anschläge auf verschiedene Einrichtungen gehen vermutlich auf ihr Konto. Unter anderem ein Bombenanschlag auf einen bei Homosexuellen beliebten Szeneclub in San Francisco vor etwas über einem Jahr mit nahezu fünfzig Toten und unzähligen Verletzten. Damals haben sie eine Nachricht hinterlassen, dass sie nicht zusehen würden, wie sich die ›schwule Plage‹ immer weiter in den USA ausbreite. Deren Worte, nicht meine. Es kann durchaus sein, dass sie auch ihren Plan, Karen zu entführen, um von ihr Informationen über Waffensysteme zu erpressen, wieder aufgenommen haben. Vielleicht wollen sie sich auch einfach an ihr rächen, dazu würde passen, dass Clint aufgefordert wurde, sich ihnen auszuliefern.« Sein Magen zog sich bei dem Gedanken zusammen. Er hatte eigenhändig miterlebt, wozu diese Kerle fähig waren. Und es war ihnen völlig egal, ob sie dafür eine unschuldige Frau töten mussten.

Rock stieß hinter ihm ein Grollen aus. »Diese Bastarde müssen gestoppt werden!«

Hawk nickte knapp. »Das werden sie. Du kannst auf mich zählen, Matt.«

Mit Mühe schluckte er seine Verzweiflung hinunter. »Danke. Was hat Clint noch gesagt, Rock?«

»Er fliegt zur Ranch, überprüft, dass Karen, Maya und seine Eltern in Sicherheit sind, und fährt dann weiter zum Spa. Er trifft dich dort.«

»Okay.« Einen Moment lang saß Matt nur da und stellte sich vor, wie es wäre, wenn Shannon in der Zwischenzeit wieder auftauchte und er sie bald in die Arme schließen könnte.

»Wo ist dieses Spa? Dann buche ich ein Ticket für dich.« Hawks Frage durchbrach Matts Fantasien.

Er nannte den Ort. »Danke. Ich wüsste nicht, was ich ohne euch täte.«

»Kein Problem. Warum fährst du nicht schnell nach Hause, packst ein paar Sachen, und ich rufe dich dann an, sobald ich den Flugplan habe. Ich kümmere mich hier um alles, Chris kann mich unterstützen.«

Am liebsten wäre Matt sofort in ein Flugzeug gesprungen, aber da er nicht wusste, wie lange er wegbleiben würde, war Hawks Vorschlag vernünftig. Er stand auf und stützte sich auf der Tischplatte ab. »Gute Idee.« Rasch durchquerte Matt den Raum. Als er die Tür hinter sich zuziehen wollte, hielt Rock ihn davon ab.

»Ich komme mit raus.«

Schweigend trat Matt vor das Gebäude und blinzelte gegen die Sonne. Wie konnte es so ein herrlicher Sommertag sein, während sein Innerstes mit jeder Sekunde, in der Shannon in den Händen der Terroristen war, ein Stück abstarb?

Rock legte seine Hand auf Matts Schulter. »Du wirst sie bald wiedersehen, daran musst du glauben.«

Matt starrte in die Ferne, damit Rock seine feuchten Augen nicht sah. »Was ist, wenn die Mistkerle merken, dass sie nicht Karen Lombard ist, und sie gleich töten, weil Shannon für sie wertlos ist?«

Rocks Griff wurde fester. »So darfst du nicht denken, sonst kannst du ihr nicht helfen. Shannon lebt und verlässt sich darauf, dass du sie rettest.«

Matt holte tief Atem und ließ ihn langsam wieder entweichen. Mühsam riss er sich zusammen. »Du hast recht, Shannon braucht mich jetzt.« Ein Muskel zuckte in seiner Wange. »Ich werde diese elenden Schweine vernichten, wenn sie ihr auch nur ein Haar gekrümmt haben. Und wenn es das Letzte ist, was ich tue.«

Rock lächelte grimmig. »So ist es richtig. Und du weißt, wenn du irgendetwas brauchst, ruf einfach an.«

Es war gut zu wissen, dass er auf seine Freunde zählen konnte, aber Matt wollte nur noch eines: Shannon endlich wieder in seine Arme schließen. »Mache ich, danke.«

»Kannst du fahren?« Rock hob beschwichtigend die Hände, als Matt ihn ungläubig anstarrte. »Es war nur eine Frage.«

Und gar nicht mal so unberechtigt, doch das würde Matt nie zugeben. »Ich melde mich, wenn ich Näheres weiß.«

»Alles klar. Viel Glück!«

Ohne weitere Verzögerungen erreichte Matt seinen Wagen und fuhr los. Als er schließlich bei seinem Haus ankam, konnte er sich nicht mehr an die Fahrt dorthin erinnern. Kein gutes Zeichen. Er musste sich unbedingt wieder unter Kontrolle bringen, wenn er Shannon helfen wollte. Seine Hände klammerten sich um das Lenkrad, während er einen Moment still dasaß, bis er das Gefühl hatte, die Furcht um Shannon ein wenig im Griff zu haben.

Mit einem Fluch riss Matt die Fahrertür auf, sprintete zum Haus und schloss die Tür auf. Als er den Eingangsbereich betrat, stockte er. An der Garderobe hing eine Jacke von Shannon. Automatisch streckte er die Hand aus und strich mit den Fingern über den Stoff. Beinahe glaubte er, Shannons unverwechselbaren Geruch wahrnehmen zu können. Seine Hand schloss sich fester darum. *Gott, bitte, sie muss noch leben!*

5

Wie so oft strich Vanessa Martin mit der Fingerspitze über die Narbe dicht unter ihrem Schlüsselbein. Es war eine leichte Erhebung zu spüren, die wie ein beinahe kreisrunder, leicht rötlicher Fleck aussah, wenn sie sie im Spiegel betrachtete. Meist bemerkte sie gar nichts davon, nur hin und wieder juckte die Narbe, so wie heute. Es war reinste Ironie, dass sie bei ihren vielen Missionen als CIA-Agentin in den gefährlichsten Gegenden der Welt oft nicht mal einen Kratzer abbekommen hatte, aber in einem Privathaus in Washington, D.C. beinahe gestorben wäre. Und nicht mal an der Verletzung selbst – denn die Kugel hatte alle wichtigen Organe verfehlt, als sie in ihren Körper eingedrungen war –, sondern am hohen Blutverlust. Glücklicherweise hatten ihre Kollegin Jade und der SEAL I-Mac die Verbrecher aufhalten können, die in das Haus eingedrungen waren und auf Vanessa geschossen hatten, bevor sie deren Anwesenheit überhaupt bemerkt hatte. Ein Anfängerfehler, der sie immer noch ärgerte.

Ihren Job nahm sie sehr ernst, vermutlich zu ernst, und sie hatte sich bisher für eine fähige Agentin gehalten. Das tat sie immer noch, aber es gab Momente, in denen sie daran zweifelte. Meistens nachts, wenn Albträume sie quälten oder sie stundenlang wach lag und über vergangene Missionen grübelte. Auch wenn bisher all ihre Undercover-Einsätze gut geendet hatten und sie ihr jeweiliges Ziel erreicht hatte, war immer etwas davon in ihr zurückgeblieben, das jahrelang im Verborgenen vor sich hin gärte. Erinnerungen an Personen, deren Vertrauen sie ausgenutzt hatte, um ihren Job zu erledigen, oder Menschen, die sie gemocht hatte und trotzdem ohne ein Wort hatte zurücklassen müssen. Dazu kamen die Momente, in denen sie Gewalt anwenden musste oder herausfand, dass ein Unschuldiger den Preis bezahlt hatte.

Die Arbeit bei der CIA hatte zudem einige Schattenseiten, die sie nach und nach immer mehr zermürbt hatten. Dort herrschte ein ewiger Kampf um die besten Informationen, ein Konkurrenzdruck, der eine produktive Zusammenarbeit untereinander erschwerte und einen freundschaftlichen Umgang fast nicht zuließ. Das Verhältnis zu Vorgesetzten und Kollegen war daher gleichgültig und distanziert, und Vanessa hatte es in mehreren Jahren bis auf eine Ausnahme nicht geschafft, zu jemandem in ihrem beruflichen Umfeld eine gute Beziehung aufzubauen.

Irgendwann war ihr bewusst geworden, dass sie so nicht weitermachen wollte, und sie war von der CIA zum neuen TURT/LE-Programm gewechselt. Der Vorteil daran war nicht nur, dass sie nun auf der anderen Seite des Landes arbeitete, sondern auch, dass die Art der Arbeit weit von dem entfernt war, was sie für die CIA getan hatte.

Bisher hatte sie es noch keinen Tag bereut, von Washington, D.C. nach Coronado an die Westküste gekommen zu sein, wo die TURTs auf einem SEAL-Stützpunkt stationiert waren. Sie verstand sich gut mit ihren Kollegen und den SEALs, vor allem aber war der Umgang untereinander ein ganz anderer als bei der CIA. Viel lockerer und ungezwungener. Und das Beste an der Sache waren die beiden Anführer der TURTs, Matt Colter und Daniel Hawk. Besonders Matt mochte sie, denn er war immer gut drauf und schaffte es, die Leute, die aus den unterschiedlichsten Zweigen der Geheimdienste, des Militärs und der Polizei kamen, zu einem wirklichen Team zusammenzuschweißen. Bisher hätte sie sich nie als Teamplayer bezeichnet, aber hier stellte sie fest, dass es ihr nichts ausmachte und sogar gefiel, Teil einer Gruppe zu sein. Zumindest bis zu einem gewissen Grad.

Noch einmal strich Vanessa über ihre Narbe, bevor sie die Hand zurückzog und den Ausschnitt ihres T-Shirts richtete. Viel schlimmer als ihre eigene Wunde war für sie der Verlust ihres Freundes und früheren Liebhabers. Dorian war gestorben, weil er Informationen über den gesuchten Terroristen Jason Black an sie weitergeleitet hatte, der sich als ehemaliger CIA-Agent entpuppt hatte. Immer noch sah sie Dorian vor sich, wie sie ihn damals in seinem Bett vorgefunden hatte. Zuerst hatte sie gedacht, dass er schlafen würde, aber als sie ihn berührt hatte, war seine Haut eiskalt gewesen. Noch immer wusste sie nicht, wer der oder die Mörder waren – die Waffenhändler auf der Suche nach Black oder vielleicht sogar jemand von der CIA, weil Dorian unerlaubt geheime Informationen weitergegeben hatte. Im Grunde war das auch nebensächlich, denn Dorian war tot. *Tot.* Es gab Momente, in denen sie zu ihrem Handy griff, um ihn anzurufen, und sich erst dann wieder daran erinnerte, dass er nicht mehr lebte.

Abrupt stand Vanessa auf und ging rasch zum Waschraum. Sie schloss die Tür hinter sich und atmete erleichtert auf, als sie feststellte, dass sie allein war. Ohne in den Spiegel zu sehen, drehte sie den Hahn auf und ließ kaltes Wasser über ihre Handgelenke laufen. Sie wusste auch so, dass ihre Augen ihre Gefühle widerspiegeln würden. Schuldgefühle, Trauer und Verletzlichkeit. Einsamkeit. Da sie nicht wollte, dass ihre Kollegen sie so sahen, straffte sie die Schultern und setzte ihr Pokerface auf. Etwas, worin sie immer gut gewesen war und das ihr bei ihren Undercover-Missionen sehr half.

Jetzt blickte sie doch in den Spiegel und atmete auf, als ihre grünbraunen Augen ihr ruhig begegneten. Nur wenige Menschen konnten hinter die Maske sehen, die sie immer trug. Dorian war einer von ihnen gewesen und hatte sie so akzeptiert, wie sie wirklich war. Auch deshalb schmerzte sein Verlust so. Sie konnte sich nicht vorstellen, sich noch einmal jemandem so weit zu öffnen. Es tat einfach zu sehr weh, wenn man den Menschen dann verlor. Das hatte sie schon früh erfahren müssen, als sie ihre Eltern – und damit ihre einzigen Verwandten – im Alter von zwölf Jahren durch einen Autounfall verloren hatte. Vermutlich war sie schon immer eine Einzelgängerin gewesen, aber ihre Zeit bei der CIA hatte diese Seite von ihr noch verstärkt. Wenn man dort überhaupt andere Agenten traf, wurde eher gegeneinander als miteinander gearbeitet.

Deshalb hatten Dorian und sie ihre Freundschaft – und davor auch ihre Beziehung – geheim gehalten oder zumindest nicht öffentlich gemacht. Bestimmt hatte die CIA trotzdem davon gewusst, aber es hatte sie nie jemand darauf angesprochen. Wofür sie sehr dankbar gewesen war, denn sie hasste es, wenn ihre Gefühle öffentlich seziert wurden. Sie wäre auch nie in Versuchung gekommen, einem ihrer Vorgesetzten etwas Privates zu erzählen, während sie hier tatsächlich manchmal wünschte, sie könnte einfach mit ihren Kollegen plaudern, wie es alle anderen taten. Matt war es sogar ein- oder zweimal gelungen, sie in ein Gespräch zu verwickeln, das nichts mit der Arbeit zu tun hatte.

Ein Lächeln huschte über ihr Gesicht. Er war wirklich ein toller Mann, um den sie seine Lebensgefährtin Shannon sogar ein wenig beneidete. Nicht, weil sie in ihn verliebt gewesen wäre – er war nicht ihr Typ –, sondern weil Shannon einen Mann gefunden hatte, mit dem sie ihr Leben teilen konnte und der ihr immer zur Seite stand. Ganz zu schweigen davon, dass Matt sie ganz offenkundig anhimmelte und ihr jeden Wunsch von den Augen ablas. Zwar hatte Vanessa die beiden erst ein paarmal zusammen gesehen, aber ihre Gefühle füreinander waren ohne Zweifel für jeden zu erkennen. Kein Wunder, dass Matt immer so gut gelaunt war, wenn er zur Arbeit kam. Und sie hoffte, dass es lange so blieb, denn er war das Herz von TURT/LE.

Vanessa trocknete die Hände ab und verließ den Waschraum. Auf dem Weg zu ihrem Arbeitsplatz fiel ihr ein, dass sie noch mit Matt über die Trainingspläne reden musste, und so änderte sie ihren Kurs zum hinteren Bereich der Baracke. Als sie die Tür zu Matts Büro öffnete, sah sie gerade noch, wie er mit Rock das Gebäude durch die Hintertür verließ. Ein Blick auf Rocks ernstes Gesicht reichte ihr, um zu wissen, dass sie jetzt besser nicht mit etwas Trivialem stören sollte. Ihre Frage konnte noch ein paar Stunden warten, nach der Mittagspause war Matt sicher wieder an seinem Platz. Vanessa schloss die Tür wieder und kehrte in den offen gehaltenen Teil der Baracke zurück, in dem sich die Agenten aufhielten, wenn sie nicht gerade auf Mission, beim Unterricht oder Training waren.

Vielleicht konnte sie im Internet ein wenig nach den neuesten Entwicklungen auf der Welt stöbern, es war immer gut, informiert zu sein, selbst wenn sie im Moment für keine Mission eingeplant war. Langsam wurde es sowieso Zeit, sich um einen Undercover-Auftrag zu bemühen, damit sie wieder richtig in den Tritt kam. Ihre Wunde war längst verheilt, und es gab keinen Grund mehr, hier länger tatenlos herumzusitzen. Die letzten Monate hatte sie wegen der Verletzung pausiert, aber auch, weil sie mit den Gedanken nicht bei der Sache gewesen war. Doch jetzt war die Schonzeit vorbei, und sie musste ihr Leben endlich wieder in den Griff kriegen. Die Arbeit würde ihr dabei helfen.

Shannons Finger taten weh von dem Versuch, einen Weg aus ihrer Zelle zu finden. Sämtliche Wände und die Tür hatte sie abgetastet, doch es schien nirgends eine Fluchtmöglichkeit zu geben. Mutlos rutschte sie mit dem Rücken an der Wand nach unten. Wenn sie wenigstens etwas sehen könnte! Doch es war stockdunkel in ihrem Verlies, nur unter der Tür schimmerte ein winziger Lichtstreifen hindurch, wodurch der Rest des Raumes noch dunkler wirkte. Ihre Verwirrung und Panik waren einer tiefsitzenden Verzweiflung gewichen. Sie hatte genug recherchiert und von Matt erfahren, um zu wissen, wie gering die Chance war, hier lebend wieder herauszukommen. Die Verbrecher hatten sich nicht die Mühe gemacht, ihre Gesichter zu verbergen, sie kannte sogar Namen. Hätten sie vorgehabt, sie wieder freizulassen, wären sie vorsichtiger gewesen.

Jetzt konnte sie nur noch versuchen, auf eigene Faust zu entkommen oder zumindest lange genug am Leben zu bleiben, um gerettet zu werden. Denn dass Matt kommen würde, bezweifelte sie nicht eine Sekunde. Die Frage war nur, ob sie dann noch lebte. Sie konnte sich vorstellen, wie es Matt jetzt gehen musste, vermutlich war er völlig außer sich und setzte Himmel und Hölle in Bewegung. Genervt wischte sie die Tränen weg, die schon wieder über ihre Wangen rannen. Das half ihr jetzt nicht, sie musste stark bleiben. Für Matt, aber auch für sich selbst. Wie würde das aussehen, wenn sie immer über mutige Heldinnen schrieb und sich dann selbst vor Angst in einer Ecke verkroch.

Shannon schnitt eine Grimasse. Dummerweise war so etwas in der Theorie und in ihren Geschichten immer viel einfacher, als es sich in der Realität darstellte. Sie war müde, spürte noch die Nachwirkungen des Betäubungsmittels und der Fesseln – und vor allem war sie wirklich durstig. Wann kam endlich jemand und brachte ihr etwas zu trinken? Oder wollten sie sie hier unten einfach verdursten lassen? Der Gedanke sandte einen neuen Adrenalinstoß durch ihren Körper. Die Verbrecher könnten sie einfach hier verrotten lassen, und sie könnte nichts dagegen tun. Die einfachste Lösung vermutlich, sie müssten nur einige Tage warten und könnten dann ihre Leiche beseitigen.

Nein, irgendetwas musste sie sich überlegen, sonst würde sie noch verrückt werden! Ob überhaupt schon jemand bemerkt hatte, dass sie nicht mehr in dem Spa war? Caitlin würde sich sicher wundern, wenn sie sie nicht antreffen würde, und irgendwann jemanden kontaktieren. Oder? Auf jeden Fall würde aber Matt wissen, dass etwas nicht stimmte, wenn sie sich den ganzen Tag nicht bei ihm meldete. Verdammt, wenn sie wenigstens ihr Handy dabeihätte, dann könnte sie versuchen, Hilfe zu rufen.

Würde sie sich in einem ihrer Bücher befinden, hätte sie jetzt irgendwo an ihrem Körper einen Sender versteckt, der es ihren Rettern ermöglichen würde, sie zu finden. Aber wer hatte schon ahnen können, dass sie als Liebesromanautorin jemals in solch eine Situation kommen würde?

Langsam richtete Shannon sich wieder auf. Ihre einzige Chance war, die nächste Person anzugreifen, die durch diese Tür kam. Leider gab es hier nichts, was sie als Waffe hätte verwenden können, deshalb würde sie auf ihre eingerosteten Kenntnisse im waffenlosen Kampf zurückgreifen müssen. Jetzt wünschte sie, sie hätte damals besser aufgepasst, als ihre Brüder ihr die verschiedenen Tricks beigebracht hatten. Matt hatte ihr auch noch einiges gezeigt. Ob das im Ernstfall reichen würde, wusste sie nicht, aber sie musste es auf jeden Fall versuchen – schließlich stand ihr Leben auf dem Spiel.

Ungeduldig fädelte sich Clint durch den langsamen Touristenverkehr auf dem Weg zum Yellowstone National Park, vor dessen Toren die *Diamond Bar Ranch* lag. Er wollte endlich bei Karen und Maya sein und sie in seine Arme schließen. Der Gedanke, Karen könnte jetzt in den Händen der Terroristen sein, ließ sein Blut jedes Mal in den Adern gefrieren. Während des Fluges hatte er viel Zeit zum Nachdenken gehabt und ihm war bewusst geworden, dass die Terroristen offensichtlich Zugang zu Informationen über Karens private Aktivitäten besaßen. Seit ihrer Entführung war sie sehr vorsichtig geworden und behielt ihr gesamtes Privatleben für sich. Ganz sicher hatte sie außer ihren engsten Familienmitgliedern und Freunden niemandem erzählt, wohin sie fahren wollte.

Wahrscheinlich hatten die *Krieger Gottes* also Zugang zum inneren Kreis ihrer Familie und Freunde. Der Gedanke verursachte ihm Bauchschmerzen. Aber ohne einen Hinweis wären die Verbrecher sicher nie auf die Idee gekommen, gerade in diesem Spa nach Washingtons hochrangigster Waffenexpertin zu suchen. Nein, irgendjemand hatte geredet. Nur wer?

Der Gedanke geriet in den Hintergrund, als Clint vor dem Ranchhaus hielt. Noch bevor er aussteigen konnte, flog die Haustür auf und Karen lief ihm entgegen. Rasch stieg er aus dem Mietwagen und eilte auf sie zu. Sein Herz klopfte schneller, wie immer, wenn er sie sah, doch diesmal überwog die Dankbarkeit, dass es ihr gut ging. Als Karen sich an seine Brust warf, schlang Clint die Arme fest um sie. Er vergrub das Gesicht in ihren Haaren und schloss die Augen. Nach einer Weile löste er sich ein wenig von ihr und blickte in ihr blasses Gesicht. Sorgenfalten hatten sich auf ihrer Stirn gebildet, ihre Augen waren gerötet.

»Ich bin so froh, dass du da bist!«

Clint küsste ihre Stirn. »Ich auch. Wie geht es Maya?«

»Schon deutlich besser, aber sie kann wegen der Ohrentzündung noch nicht fliegen.«

»Das macht nichts. Ich möchte sowieso, dass ihr hierbleibt, bis … die Gefahr vorüber ist.« Er strich eine Haarsträhne aus ihrem Gesicht.

»Aber ich kann mich doch nicht so lange hier verstecken! Ich will diesen Schweinen nicht die Genugtuung geben, dass …«

Clint legte einen Finger auf ihren Mund. »Ich werde dafür sorgen, dass sie weder dich noch ein anderes Mitglied meiner Familie jemals wieder belästigen.«

Ihre Augen weiteten sich. »Was hast du vor? Du kannst doch nicht alleine gegen diese Verbrecher vorgehen!«

»Keine Angst, das werde ich nicht.« Schließlich hatte er ja noch Matt. Er blickte über ihre Schulter zur Haustür, aus der gerade seine Eltern traten. George hatte seinen Arm um die Taille seiner Frau gelegt, die Maya auf dem Arm hielt. Ihr Anblick verdeutlichte ihm noch einmal, was er verlieren würde, wenn Karen etwas geschah.

Karens Hand fest in seiner ging er zu seinen Eltern. Mit einem zittrigen Lächeln reichte Angela ihm seine Tochter. Es war deutlich zu erkennen, dass sie geweint hatte – etwas, das seine Mutter sonst so gut wie nie tat. Clint setzte Maya auf seine Hüfte und küsste Angela dann auf die Wange. »Mom, Dad.« Er wollte mehr sagen, aber die Worte verließen ihn. Wie sollte er ihnen erklären, dass ihre Tochter vermutlich seinetwegen von Terroristen entführt worden war? Außerdem wäre es nicht gut, so etwas in Hörweite seiner Tochter zu besprechen.

George räusperte sich. »Gut, dass du hier bist. Lasst uns ins Haus gehen.« Sein Blick glitt dabei über das freie Gelände und den Wald, der auf ihrem Grundstück lag.

Clint nickte und verlagerte Mayas Sitz auf seiner Hüfte, damit er leichter an seine Waffe kam. Normalerweise trug er in seiner Freizeit keine Pistole, aber unter diesen Bedingungen würde er alles tun, um seine Familie zu schützen. Im Haus brachte er Maya ins Bett und ging dann langsam die Treppe wieder hinunter. Seine Eltern und Karen saßen in der großen Küche und blickten ihm angespannt entgegen. Clint setzte sich dazu und griff nach dem Kaffeebecher, den seine Mutter ihm zuschob.

Schließlich räusperte sich sein Vater. »Stimmt das, was Karen gesagt hat? Ist Shannon wirklich verschwunden?«

Mit einem Kloß im Hals schilderte Clint die Situation. »Matt ist auf dem Weg zum Spa, und ich werde auch gleich hinfahren. Wir versuchen herauszufinden, was geschehen ist und ob wir Hinweise entdecken können, die uns auf die Spur der Entführer bringen.« Jedenfalls hoffte er das.

»Und wenn diese … Terroristen sie haben, was werden sie mit ihr tun?« Angelas Stimme zitterte.

»Ich weiß es nicht. Das kommt auch darauf an, wie schnell sie herausfinden, dass sie nicht Karen haben, sondern jemand anderen.« Er wollte ihnen keine falschen Hoffnungen machen, dass sie Shannon dann einfach freilassen würden – denn das wäre gelogen.

»Aber du wirst nicht dort hingehen und ihrer Forderung nachkommen, dich ihnen auszuliefern, oder?« Die Frage kam von Karen.

»Das kommt darauf an, wie sich die Situation entwickelt. Wenn es die einzige Möglichkeit ist, Shannon freizubekommen, dann ja.« Als er Karens erstickten Laut hörte, setzte er rasch hinzu: »Aber natürlich nicht so, wie die sich das vorstellen. Ich werde Back-up haben und den Verbrechern ganz sicher nicht die Oberhand lassen.« Er erwähnte besser nicht, dass er alles tun würde, um seine Schwester zu retten.

Sein Vater blickte ihn scharf an. Als ehemaliger UDT konnte er sich sicher in die Gedankengänge seines Sohnes hineinversetzen. Ruhig hielt Clint seinem Blick stand, bis George ihm widerwillig zunickte. So wie Clint ihn kannte, würde er genau das Gleiche für seine Familie tun.

»Wichtig ist jetzt nur, dass ihr in Sicherheit seid, denn wenn die Terroristen merken, dass ihre Entführung ein Reinfall war, werden sie es vielleicht erneut probieren. Ich kann euch an einen sicheren Ort …«

»Nein. Wir bleiben hier.« Angelas Stimme duldete keinen Widerspruch.

George nickte zustimmend. »Wir nehmen gerne jede Hilfe an, aber wir werden uns nicht von unserem Land vertreiben lassen.«

Das war Clint zwar von vornherein klar gewesen, aber er hatte es zumindest versuchen müssen. »Dann werde ich Wachleute organisieren. Ich kenne ein paar ehemalige SEALs, die sich mit einer Sicherheitsfirma selbstständig gemacht haben. Es ist nur ziemlich kurzfristig, ich hoffe, sie haben Zeit. Ihr solltet aber die Gäste und Rancharbeiter zumindest für einige Tage wegschicken.« Clint stand auf, um das Handy aus seiner hinteren Hosentasche zu ziehen. Dabei fiel sein Blick aus der Terrassentür auf die Einfahrt. Sein gesamter Körper spannte sich an, als er den Lieferwagen sah, der die Auffahrt herauffuhr.

»Erwartet ihr eine Lieferung?«

George stellte sich neben ihn. »Nein, nicht dass ich wüsste.«

Ohne seinen Blick von dem Wagen zu lösen, wandte Clint sich an die beiden Frauen. »Nach oben, schnell! Kommt erst wieder raus, wenn einer von uns euch sagt, dass alles in Ordnung ist.«

Die Arme schützend um Maya gelegt, blieb Karen hinter ihm stehen. »Seid vorsichtig.«

Beruhigend strich er über ihren Arm. »Natürlich.« Er hörte, wie sich die Tür leise hinter ihnen schloss, und richtete seine gesamte Konzentration dann auf den Lieferwagen. Es war zwar unwahrscheinlich, dass die Terroristen mitten am Tag vorfahren würden, doch er wollte kein Risiko eingehen.

»Soll ich die Rancharbeiter rufen?« Georges Stimme war ruhig, doch Clint konnte seine Anspannung spüren.

»Noch nicht.« Eine der Autotüren öffnete sich, und Clint zog seine Pistole. George tat es ihm gleich.

Ein Bein in Tarnhose erschien an der Beifahrerseite, dann folgte ein massiger Körper. Mehr brauchte Clint nicht zu sehen, um zu wissen, wer sich in dem Lieferwagen befand. Ein raues Lachen entfuhr ihm, und er atmete erleichtert auf.

Sein Vater blickte ihn forschend von der Seite an. »Ich nehme an, du kennst den Mann?«

Clint steckte die Pistole in seinen Hosenbund zurück und öffnete die Terrassentür. Erst dann drehte er sich zu seinem Vater um. »Ja, das ist Bull von Team 8. Frag mich nicht, was er hier tut, eigentlich hatte ich befohlen, dass sie das Training fortsetzen sollen.«

»Es sind deine Freunde. Du würdest genauso handeln, wenn einer von ihnen ein Problem hätte.«

»Ja, vermutlich.« Und so sehr er auch Wert darauf legte, dass seine Befehle befolgt wurden, so unglaublich froh war er in diesem Moment, Bull zu sehen. Er trat vor die Tür, verschränkte die Arme über der Brust und sah zu, wie auch der Rest des Teams aus dem Lieferwagen kletterte. Während die anderen beim Auto blieben und sich neugierig umsahen, kam Red auf ihn zu.

»War mein Befehl nicht eindeutig genug, Lieutenant Commander?«

Red blieb dicht vor ihm stehen. »Doch, völlig eindeutig, Captain.«

Clints Augenbrauen hoben sich. »Was macht ihr dann hier?«

Demonstrativ blickte Red sich auf der Ranch um. »Wir weiten unsere Trainingsmission in anderes Gelände aus. Erfahrungen in hügeligerem Terrain sind wichtig für das Team.«

Ungläubig schüttelte Clint den Kopf. »Ich weiß nicht, wie du das immer beim Oberkommando durchbekommst, Red.«

Ein scharfes Lächeln blitzte auf. »Ich kann sehr überzeugend sein, wenn ich will.«

»Und dickköpfig.«

»Das auch.« Red wurde ernst. »Was können wir tun, Clint?«

Dankbarkeit breitete sich in ihm aus. »Ich möchte nicht, dass ihr in Schwierigkeiten geratet. Wenn ihr also zurückmüsst, verstehe ich das.« Er wartete Reds knappes Nicken ab, bevor er weitersprach. »Meine Eltern, Karen und Maya bleiben hier auf der Ranch. Ich habe keine Ahnung, ob die Terroristen von der Ranch wissen und davon, dass Karen sich gerade hier aufhält, aber es ist durchaus möglich. Wenn …« Er brach ab, als sich seine Kehle vor Angst um Karen zusammenzog.

»Schon verstanden. Ich kenne mich hier aus und kann dafür sorgen, dass niemand in ihre Nähe kommt.«

Erleichtert atmete Clint durch. »Danke, Red. Aber wenn ihr zurückmüsst …«

»Werde ich dir sofort Bescheid sagen, damit du andere Maßnahmen treffen kannst.« Red senkte seine Stimme. »Deine Eltern waren so nett, mich hier aufzunehmen, als ich einen Platz brauchte, um meine Beinverletzung auszukurieren. Ich freue mich über die Gelegenheit, ihnen das zurückzuzahlen.«

Clint legte seine Hand auf Reds Schulter. »Das wäre zwar nicht nötig, aber ich bin trotzdem dankbar.«

Red winkte ab. »Kein Problem.«

Clint blickte zum Team, das gerade die nötige Ausrüstung aus dem Lieferwagen holte. »Ich weiß, dass ihr noch mehr Training braucht, aber ich vertraue dem Team. Es sind gute Männer.«

»Ich weiß, sonst hätte ich sie ja nicht ausgesucht.« Neue Selbstsicherheit sprach aus Reds Stimme, die er nach dem Hubschrauberabsturz in Afghanistan und dem Tod seiner Männer lange nicht gezeigt hatte. Offensichtlich tat es ihm wirklich gut, endlich wieder ein Team anzuführen.

Clint begleitete Red ins Haus und verabschiedete sich dort von seinen Eltern. Mit Karen ging er zu seinem Mietwagen und umarmte sie fest. Nach einem letzten, beinahe verzweifelten Kuss ließ er sie los und stieg in das Auto.

Kurz bevor er abfuhr, rollte er die Scheibe hinunter. »Ich liebe dich.« Er wartete ihre Antwort nicht ab, sondern trat aufs Gas. Im Rückspiegel sah er, wie sie immer kleiner wurde.

6

Mit einem Ruck schreckte Shannon aus dem Halbschlaf auf, als sie ein Geräusch hörte. Desorientiert blickte sie sich um, doch da war wieder nur Dunkelheit. Sie lehnte mit dem Rücken an der kalten Wand, Feuchtigkeit drang durch ihr dünnes Nachthemd, und sie fröstelte. Nach und nach kam die Erinnerung an die Geschehnisse zurück, und Shannons Herz galoppierte los. Sie hatte keine Möglichkeit herauszufinden, wie viel Zeit bisher vergangen war, aber ihr kam es wie Stunden vor, seit man sie im Keller eingesperrt hatte. Die angekündigte Nahrung war bisher noch nicht eingetroffen, und ihr Mund fühlte sich inzwischen wie ausgetrocknet an. Ihr Magen zog sich vor Hunger zusammen, und Shannon presste eine Hand darauf.

Wieder ertönte ein leises Kratzen, das sie sofort alles andere vergessen ließ. Mit einer Hand stützte sie sich an der Wand ab und stemmte sich mühsam in die Höhe. Obwohl sie nichts erkennen konnte, blickte sie in die Richtung, aus der das Geräusch gekommen war und wo sie die Tür vermutete. Langsam bewegte sie sich darauf zu, um angreifen zu können, sowie sich die Gelegenheit dazu bot. Sie hatte nur eine Chance. Wenn der Versuch misslang … Shannon mochte sich nicht vorstellen, was die Verbrecher dann mit ihr tun würden. Aber sie hatte keine Wahl, sie konnte nicht darauf warten, bis jemand sie befreite. Was, wenn nie jemand herausfand, wo sie gefangen gehalten wurde?

Nur weil in ihren Büchern solche Entführungen immer gut ausgingen, hieß das nicht, dass es in der Realität auch so war.

Ganz im Gegenteil. Es war wahrscheinlicher, dass man sie einfach beseitigen würde, weil sie nicht Karen und damit für die Entführer wertlos war. Und sie war völlig machtlos dagegen. Sie hatte keinerlei Waffen oder die Möglichkeit, Hilfe zu rufen. Es könnte durchaus sein, dass sie hier sterben würde, ohne noch einmal das Tageslicht gesehen zu haben. Ohne sich von Matt verabschieden zu können. Da diese negativen Gedanken sie jedoch nur schwächten, schob Shannon sie rasch wieder beiseite. Sie musste stark bleiben, wenn sie hier rauskommen wollte. Und es würde ihr gelingen, sie musste einfach daran glauben!

Ohne Vorwarnung erschien ein gleißender Lichtstrahl, und Shannon schloss geblendet die Augen. Obwohl sie nichts sah, stürzte sie vorwärts, auf denjenigen zu, der die Lampe hielt. Ihre Hand traf auf Stoff, und ein Fluch ertönte. Mit einem brutalen Stoß wurde sie in den Raum zurückgeschleudert und landete auf dem Boden. Shannon ignorierte die Schmerzen, die durch ihren Ellbogen schossen, und rappelte sich sofort wieder auf. Schnell, bevor derjenige mit dem Licht wieder verschwand und sie hier allein ließ!

Inzwischen wurde sie nicht mehr so stark geblendet und konnte immerhin wieder Umrisse in ihrer Umgebung wahrnehmen. Ein Mann stand in der Tür, in einer Hand vermutlich eine Taschenlampe und in der anderen ein Tablett, auf dem sich ihr Essen befand. Ihr Magen knurrte bei dem Anblick, aber der Wille, hier herauszukommen, siegte über den Hunger. Shannon sammelte ihre letzten Kräfte und stürmte erneut auf den Ausgang zu.

Diesmal traf ihre Hand tiefer, und der Mann knickte in der Taille ein. »Verfluchtes Miststück!«

Shannon versuchte, sich an ihm vorbeizudrängen, doch sein massiger Körper blockierte die Türöffnung. Gerade als sie mit einem Bein draußen war, schlang sich sein Arm um ihre Hüfte und zog sie zurück. Panik und Wut vereinten sich in ihr und ließen sie verbissen um sich schlagen und treten. Ein wütendes Knurren war die Antwort. Sie wurde hochgehoben und zurück in den Raum geworfen. Diesmal blieb ihr beim Aufprall die Luft weg, und sie sah Sterne. Ihr Mund füllte sich mit Blut, der metallische Geschmack ließ sie würgen. Als der Mann auf sie zukam, wusste Shannon, dass sie jetzt sterben würde.

Eine große Pranke legte sich auf ihren Brustkorb und presste sie auf den Boden. »Das war es für dich, Miststück! Dachtest du wirklich, dass du mir entkommen könntest?« Immer stärker drückte er zu, bis sie nicht mehr atmen konnte.

»Nicht …« Sie konnte ihre eigene Stimme kaum verstehen, so laut rauschte das Blut in ihren Ohren. Sie hob die Arme und versuchte, den Verbrecher von sich wegzuschieben, aber er bewegte sich keinen Millimeter. Es war, als versuchte sie, einen Betonklotz zu bewegen.

Der Mann lachte nur und griff mit der anderen Hand in ihr Haar. Er zog daran, bis sie glaubte, ihr Genick würde brechen. Tränen schossen in ihre Augen und ließen ihre Sicht verschwimmen, während sie verbissen darum kämpfte, bei Bewusstsein zu bleiben. Ihre Lunge brannte, und der Sauerstoffmangel ließ ihre letzte Energie schwinden.

»Lass sie los. Sofort!« Der scharfe Befehl drang durch den Nebel in ihrem Kopf. Mit Verzögerung erkannte sie, dass nicht der Verbrecher über ihr gesprochen hatte.

Der Druck ließ etwas nach, aber er verschwand nicht vollständig. »Dieses Miststück hat mich angegriffen, als ich ihr das Essen bringen wollte! Sie hat eine Lektion verdient.«

Einen Moment lang herrschte Stille. »Ich wiederhole mich nicht gern. Du sollst sie loslassen. Eric will sie lebend.«

»Aber sie ist doch noch nicht mal die Richtige!« Trotz des

Protestes zog der Verbrecher seine Hände zurück, aber nicht ohne vorher noch einmal kräftig an ihren Haaren zu reißen. »Wir sollten sie töten und irgendwo verscharren.«

»Das ist nicht deine Entscheidung.« Noch immer klang die Stimme ruhig, aber es lag eine deutliche Warnung darin. »Geh jetzt, ich kümmere mich darum, dass sie es nicht noch einmal versucht.«

Der kurze Moment der Erleichterung wurde wieder durch aufsteigende Angst ersetzt. Was hatte der Kerl mit ihr vor? Immerhin würde er sie nicht umbringen – sofern sie seinen Worten trauen konnte –, aber es gab sicher viele unangenehme Methoden, sie von der Flucht abzuhalten. Shannon wartete, bis der erste Mann ihre Kellerzelle verlassen hatte, bevor sie sich langsam aufrichtete. Sofort begann sie zu husten.

»Bleiben Sie still liegen und versuchen Sie, gleichmäßig zu atmen.« Die Stimme kam weiterhin von der Tür her. Offensichtlich würde sich der zweite Mann – Derek war sein Name, wenn sie sich recht erinnerte – nicht so leicht überrumpeln lassen. Deshalb folgte sie seinem Vorschlag und versuchte, wieder zu Atem zu kommen. Es schadete vermutlich nicht, erst einmal abzuwarten, wie er auf ihren misslungenen Fluchtversuch reagieren würde.

»Geht es wieder?« Leider konnte sie seinen Gesichtsausdruck nicht erkennen. Auch seine tiefe Stimme gab keinerlei Hinweis darauf, was er dachte.

Vorsichtig setzte Shannon sich auf und strich sich ihre zerzausten Haare aus dem Gesicht. »Ja.«

»Gut.« Er trat langsam näher, und Shannon blinzelte zu ihm hinauf. »Ich würde Ihnen raten, so etwas nicht noch einmal zu versuchen. Ihre Situation hier ist derzeit sehr wackelig. Eric könnte jederzeit entscheiden, dass Sie den Ärger nicht wert sind.«

Auch wenn er genau das bestätigte, was sie sowieso schon vermutet hatte, zog sich ihre Kehle bei seinen Worten vor Panik zusammen. »Warum wollten Sie die andere Frau überhaupt entführen?«

Einen Moment lang sah er sie nur schweigend an. »Das wollen Sie nicht wissen.« Langsam ging er rückwärts zur Tür. »Essen Sie etwas, Sie werden die Energie brauchen.«

Shannon starrte ihm nach, bis die Tür hinter ihm ins Schloss fiel und sie wieder in tiefe Dunkelheit gehüllt war. Ein quietschendes Geräusch ertönte, als von außen der Riegel vorgeschoben wurde. Ein Zittern lief durch Shannons Körper, und sie schlang die Arme um ihre angezogenen Knie. Es dauerte einen Moment, bis sie sich wieder an das Tablett mit Essen erinnerte, das nahe der Tür auf dem Boden stand. Zwar hatte sie keinen richtigen Hunger mehr, aber furchtbaren Durst, und Derek hatte völlig recht: Sie musste ihre Kraft bewahren, wenn sie eine Chance haben wollte, hier lebend herauszukommen.

Auf Händen und Knien bewegte sie sich tastend vorwärts, bis ihre Fingerspitzen das Tablett berührten. Dankbar, dass die Verbrecher es nicht zur Strafe mitgenommen hatten, machte Shannon sich über das Essen her. Es war kalt und schmeckte nicht besonders gut, aber das war ihr im Moment völlig egal. Obwohl sie die Plastikwasserflasche am liebsten in einem Zug ausgetrunken hätte, zwang sie sich dazu, nur wenige Schlucke zu nehmen und den Rest für später aufzuheben. Wer wusste, wann sie wieder etwas bekommen würde. Oder ob überhaupt …

Matt stellte den Motor des Mietwagens ab und schloss für einen Moment die Augen. Bevor er das Spa betrat, musste er dringend seine Angst um Shannon unter Kontrolle bringen. Normalerweise blieb er auch in den gefährlichsten Situationen ruhig, doch wenn es um seine Lebensgefährtin ging, versagte seine berühmte Gelassenheit. Was im Moment fatal war, weil er gerade jetzt klar und logisch denken musste. Er öffnete die Augen wieder und blickte auf das aus Stein und Holz gebaute Gebäude, das sich harmonisch in die umliegende Landschaft fügte. Im Sonnenschein wirkte es vollkommen harmlos, so als könnte hier nichts Schlimmes geschehen. Trotzdem war Shannon höchstwahrscheinlich aus ihrem Zimmer entführt worden, ohne dass jemand etwas bemerkt hatte.

Matt atmete heftig aus und stieg dann aus dem Wagen. Energisch überquerte er den Parkplatz und stieß ungeduldig die große Glastür des Gebäudes auf, um die gewaltige Lobby zu durchqueren.

»Matt, Gott sei Dank, dass du da bist!« Caitlin Walker rannte auf ihn zu und kam schließlich schlitternd auf dem Marmor zum Stehen. Ein großer, indianisch aussehender Mann, der wirkte, als würde er jeden auseinandernehmen, der Caitlin auch nur schief anblickte, stoppte nur wenige Zentimeter hinter ihr.

Matt umfasste ihre Oberarme. »Ist Shannon wieder aufgetaucht?« Ein knurrender Laut drang aus der Kehle des Mannes, weshalb Matt rasch seine Hände zurückzog. »Entschuldige.«

Caitlin lächelte ihn schwach an. »Das macht nichts, ich kann verstehen, dass du aufgebracht bist. Das ist übrigens Torik, mein Lebensgefährte. Torik, das ist Matt, Shannons Freund.«

Torik nickte knapp, offensichtlich hielt er nicht viel vom Reden. Matt tat es ihm gleich und wandte sich dann wieder an Caitlin. Ein Blick in ihr Gesicht reichte, um zu wissen, dass seine kurze Hoffnung umsonst gewesen war.

»Wir haben hier alles abgesucht und Shannon nirgends gefunden. Und niemand hat sie heute schon gesehen. Sie ist weder ausgeritten noch hat sie eine der Anwendungen getestet.

Es ist, als wäre sie vom Erdboden verschluckt.« Tränen standen in Caitlins Augen. »Es tut mir so leid, Matt, ich wünschte, ich könnte dir etwas anderes sagen.«

Matt nickte nur, weil seine Kehle wie zugeschnürt war. »Ich will … ihr Zimmer sehen.«

Der Geschäftsführer wurde gerufen, und er führte sie zu den Räumen, die Karen gebucht hatte. Nachdem er die Schlüsselkarte ins Schloss geschoben hatte, hielt er mit der Hand auf dem Türgriff inne. »Sind Sie sicher, dass wir nicht lieber die Polizei rufen sollten? Falls es sich hier um ein Verbrechen handelt …« Er sprach so leise, dass es keiner der anderen Gäste hören konnte.

»Ich bin sicher. Ich arbeite für das Verteidigungsministerium und weiß, was ich tue.« Gut, das war nicht ganz korrekt, aber es reichte, um den Geschäftsführer dazu zu bringen, ihnen zu öffnen und sich dann zurückzuziehen.

Caitlin folgte ihm in den Raum und schloss die Tür hinter sich. Sie deutete auf die zerwühlte Bettdecke, die halb vom Bett herabhing. »Das sind doch Blutflecken, oder?«

Matt beugte sich hinunter und sah, dass Torik das Gleiche tat. Die Nasenflügel des Mannes blähten sich, und ein Muskel zuckte in seiner Wange. Nur zögernd ließ Matt seinen Blick zu den getrockneten roten Flecken auf der Decke wandern. Mit dem Daumen strich er darüber. So sehr er sich auch wünschte, Shannon hätte einfach nur ein wenig Rotwein verschüttet, wusste er doch, dass es nicht der Wahrheit entsprach. Sein Magen zog sich zusammen, als er sich vorstellte, dass Shannon verletzt war.

Er richtete sich wieder auf. »Mit hoher Wahrscheinlichkeit, ja.«

Torik nickte zustimmend, und Caitlin wurde blasser. Sie zog einen Gegenstand aus ihrer Hosentasche und reichte ihn Matt.

»Hier ist Shannons Handy. Es lag dort vor dem Bett.« Sie deutete auf die Stelle, an der die Bettdecke nach unten hing.

Matt nahm das Telefon entgegen und schloss seine Finger darum. Gestern Abend hatte sie es noch in der Hand gehalten und mit ihm gesprochen. Hätte er gewusst, dass es vielleicht das letzte Mal gewesen war … Mit einem stummen Fluch beendete er diesen Gedankengang und machte sich daran, die Anruflisten zu überprüfen. Als er jedoch nichts fand, das ihm hätte weiterhelfen können, steckte er das Handy in seine Hosentasche und blickte sich stattdessen im Raum um. Die Kleidung, in der sie losgefahren war, hing über der Stuhllehne, die Sachen zum Wechseln quollen aus ihrem offenen Koffer.

Matt hockte sich hin und betrachtete die Kleidungsstücke näher. Er konnte es nicht mit Sicherheit sagen, meinte aber, dass nichts fehlte – außer dem Nachthemd. Hätte er nur besser aufgepasst, was sie in den Koffer gepackt hatte, aber er war zu sehr damit beschäftigt gewesen, Shannon anzusehen. Selbst ihr Laptop stand aufgeklappt auf dem Tisch. Ihre Kulturtasche mit den wenigen Utensilien fand er schließlich im Bad.

Mitten im Raum blieb Matt stehen und starrte auf den Boden. Es gab zwei Dinge, von denen Shannon sich nie für längere Zeit getrennt hätte: ihr Handy und ihr Laptop, auf dem sie all ihre Manuskripte und neuen Ideen gespeichert hatte. Er hatte zwar versucht, es zu verdrängen, doch nun war endgültig klar, dass Shannon nicht freiwillig verschwunden war.

»Die Balkontür ist offen.«

Toriks Stimme riss Matt aus seinen trüben Gedanken. Mit wenigen Schritten war er dort und begutachtete das Schloss. Es war eindeutig von außen aufgehebelt worden. Matt biss so fest die Zähne zusammen, dass sie knirschten. Das war der letzte Beweis für Shannons Entführung aus dem Hotelzimmer. Und er hätte lieber nicht gewusst, wer dahintersteckte. Allein bei dem

Gedanken an die Terrorgruppe zog Eiseskälte über sein Rückgrat. Diese Leute waren absolut skrupellos und hätten auch Karen damals umgebracht, ohne mit der Wimper zu zucken, wenn Clint nicht eingegriffen und den Anführer getötet hätte.

Matt rieb sich über die Brust, während er mit leerem Blick nach draußen starrte. Irgendwie mussten sie den Unterschlupf der Terroristen finden und Shannon befreien. Nur wie? Soweit er wusste, hatte bisher nicht einmal das FBI herausgefunden, wo sich die Verbrecher versteckten. Vielleicht hatte Hawk Kontakte …

Als es an der Tür klopfte, wirbelte er herum und legte automatisch die Hand auf den Pistolengriff. Torik hatte sich vor Caitlin geschoben und sah aus, als würde er jeden angreifen, der sich auch nur in ihre Nähe wagte. Matt ging vorsichtig zur Tür und blickte durch den Spion. Erleichtert atmete er auf, als er Clint erkannte, und öffnete ihm sofort. Wortlos starrten sie sich einen Moment lang an, dann trat Clint in den Raum und blickte sich um.

Nachdem Matt die Tür wieder hinter ihm geschlossen hatte, stellte er ihn den beiden anderen vor, da sie sich noch nicht persönlich kannten.

Clint nickte ihnen zu. »Danke, dass du Shannon gesucht hast, Caitlin. Nicht jeder hätte sofort gemerkt, dass etwas nicht stimmt.«

Verlegen hob Caitlin die Schultern. »Ich wünschte nur, ich hätte sie gefunden. Es ist keine normale Entführung, oder?«

»Wie kommst du darauf?« Clints Stimme zeigte keine Regung. Nur wer ihn wirklich gut kannte, wusste, dass er lange nicht so ruhig war, wie er wirkte.

»Sonst hättet ihr schon längst die Polizei gerufen. Außerdem ergibt das alles keinen Sinn, Shannon lag noch nicht mal in ihrem eigentlichen Zimmer. Entweder hat jemand sie beobachtet, oder …« Caitlin brach ab und starrte Clint mit weit aufgerissenen Augen an. »Sie sollte gar nicht entführt werden, sondern Karen!«

Das war das Problem an Autorinnen – sie waren eindeutig zu gut darin, Informationen sinnvoll zu verbinden und die nötigen Schlüsse zu ziehen. Matt wollte gerade antworten, als Clint ihm zuvorkam. »Ich glaube, ihr solltet jetzt besser gehen. Wir werden dir Bescheid sagen, sobald Shannon in Sicherheit ist, Caitlin. Danke für deine Hilfe.«

Caitlin verzog den Mund. »Ich …«

»Komm.« Torik nahm ihre Hand. »Lass uns gehen, wir können hier nichts mehr tun.«

Die Autorin sah aus, als wollte sie dagegen protestieren, ließ sich aber schließlich zur Tür führen. Dort drehte sie sich noch einmal um. »Meine Nummer steht in Shannons Handy. Egal was ihr erfahrt, ich möchte es wissen. Bitte bringt Shannon zurück.«

Matt räusperte sich. »Das werden wir.« Ohne sie würde er nicht nach Hause gehen.

Als sie allein waren, wandte Matt sich an Clint. »Könnte sie nicht auch jemand anders entführt haben als die *Krieger Gottes*? Was weiß ich, ein gestörter Fan, jemand, der Geld erpressen will …«

Mitgefühl und Wut standen in Clints hellbraunen Augen. »Ich wünschte fast, es wäre so, aber die Wahrscheinlichkeit, dass ein Bekennerschreiben der Terroristen bei mir eingeht und Shannon unabhängig davon verschwindet, ist einfach zu gering. Wir müssen davon ausgehen, dass die Terroristen sie haben.«

Matt ließ sich auf das Bett sinken und rieb heftig über sein Gesicht. »Gott, ich weiß nicht, was ich machen soll. Die Vorstellung, dass Shannon in diesem Moment leiden oder sogar sterben könnte …« Er brach ab und starrte mit brennenden Augen auf den Fußboden.

Clint legte seine Hand auf Matts Schulter. »Ich kann dich verstehen, aber du musst einfach daran glauben, dass wir Shannon unversehrt wiederbekommen. Ich brauche dich, um meine kleine Schwester da rauszuholen.« Seine ohnehin schon raue Stimme klang noch heiserer als gewöhnlich.

Matt hob den Kopf. »Wie stellst du dir das vor, wenn wir nicht mal wissen, wo die Terrorgruppe ihren Unterschlupf hat, ganz zu schweigen davon, dass sie Shannon ganz woanders hingebracht haben könnten?« Verzweiflung schwang in seinen Worten mit.

Clint straffte die Schultern. »Nun, sie wollen ja, dass ich mich ihnen ausliefere. Dafür müssen sie mir einen Ort nennen. Und wenn ich den kenne, können wir zugreifen.«

Mit offenem Mund starrte Matt ihn an. »Das ist nicht dein Ernst. Du kannst dich den Verbrechern nicht ausliefern, sie würden dich sofort töten!«

Clint presste die Lippen zusammen. »Was schlägst du sonst vor? Soll ich meine Schwester noch länger in den Händen von Terroristen lassen?«

Nein, das wollte er ganz und gar nicht, aber es musste doch irgendeinen anderen Weg geben. »Zuerst werde ich Hawk fragen, ob er über seine Kontakte etwas herausfinden kann, und ich denke, wir sollten auch I-Mac dransetzen. Vielleicht ist ja im Internet irgendwas zu finden.«

Er wusste selbst, dass die Wahrscheinlichkeit äußerst gering war, aber sie mussten es zumindest versuchen. Wenn dann immer noch keine Spur von Shannon zu finden war, würden sie sich eben etwas anderes überlegen müssen. Aber mit der Schuld, das Leben der Frau, die er liebte, gegen das seines besten Freundes eingetauscht zu haben, wollte er nicht leben.

7

Als Vanessa kurz nach Mittag das Büro von Hawk und Matt in der TURT/LE-Baracke betrat, stellte sie verwundert fest, dass der ehemalige BND-Agent Chris an Matts Schreibtisch saß. Offensichtlich war Matt immer noch nicht wieder zurückgekehrt, das war ungewöhnlich. Bei ihrem Eintreten sah Chris auf und nickte ihr zu. Hawk lief mit dem Telefon am Ohr durch den Raum und redete eindringlich auf jemanden ein. Normalerweise war er immer gelassen und hatte mittlerweile – seit Mogadir und Black tot waren und sich seine Lebensgefährtin Jade langsam von der Gefangenschaft und Folter in Afghanistan erholte – sogar seinen Humor wiedergefunden. Jetzt aber hatte er wieder diesen gehetzten Ausdruck im Gesicht wie im letzten Jahr, als Black aus dem Gefängnis entkommen war.

Vanessa beugte sich zu Chris hinunter. »Was ist hier los? Ist etwas mit Jade?« Sie redete extra leise, um Hawk nicht zu stören.

Chris schüttelte den Kopf. »Nein, alles in Ordnung.«

Das wirkte auf sie zwar nicht so, aber anscheinend würde sie nicht mehr erfahren. »Dann ist es ja gut.«

Sein Lächeln wirkte gezwungen. »Wolltest du etwas Bestimmtes?«

»Eigentlich wollte ich Matt wegen der Trainingspläne sprechen. Kommt er heute noch rein?«

Chris' Lippen wurden schmaler. »Das nehme ich nicht an. Er hat die nächsten Tage frei. Wenn es ums Training geht, wende dich am besten an Rock, er hat einen besseren Überblick als ich.«

»Okay, dann werde ich mal sehen, wo ich ihn finden kann.« Wieder nickte Chris nur und wandte sich dann seinem Computer zu. Von seinem Verhalten beunruhigt, verließ Vanessa das Büro und ging rasch durch die Baracke. Auf ihrem Weg nach draußen sah sie Kyla an einem der Tische sitzen und änderte ihren Kurs. Als Chris' Lebensgefährtin würde sie am ehesten wissen, was hier los war.

Vanessa kannte Kyla schon, seit sie vor anderthalb Jahren von der CIA zu den TURT/LEs gewechselt hatte. Damals war Kyla bereits fertig ausgebildete Undercover-Agentin gewesen und kurz darauf zusammen mit Jade nach Afghanistan geschickt worden, um Informationen über den Warlord Mogadir zu sammeln. Sechs Monate später waren sowohl Kyla als auch Jade verletzt zurückgekommen, und der Warlord sowie sein Hintermann Khalawihiri – alias Ex-CIA-Agent Jason Black – waren verhaftet worden.

Doch vor einigen Monaten war Black aus dem Gefängnis geflohen. Vanessa war im Zuge dessen schwer verletzt worden und Dorian sogar gestorben. Verdammt, sie wollte nicht zweimal an einem Tag daran denken müssen! Sie hatte Dorian geliebt, wenn auch nur als Freund, nachdem sie irgendwann gemerkt hatten, dass sie nicht wirklich ineinander verliebt gewesen waren.

Vanessa schüttelte die trüben Gedanken ab und konzentrierte sich stattdessen wieder auf Kyla. Die blickte auf, als sie sich ihr näherte, und strich sich die langen blonden Haare zurück. Wenn man Kyla so sah, hätte man nie vermutet, dass sie eine exzellente Scharfschützin war und im Hindernisparcours die meisten SEAL-Rekruten schlagen konnte. Aber genau so sollte es bei Undercover-Agentinnen ja auch sein. Bei ihrer eigenen, eher kleinen Statur, den roten Haaren und Sommersprossen hätte auch niemand geglaubt, dass Vanessa eine ehemalige CIA-Agentin war und fähig, Menschen zu töten, wenn es sein musste.

Kyla lächelte sie an, als Vanessa sich auf die Tischkante setzte. »Hi, schön dich zu sehen.«

Es war unglaublich, wie sehr sich Kylas Stimmung verbessert hatte, seit Chris hier war. Ihr Lächeln wirkte ansteckend, und Vanessa vergaß beinahe, weshalb sie eigentlich mit ihr sprechen wollte. »Hallo. Es sieht so aus, als würde Chris dir wirklich guttun.«

Kylas Wangen färbten sich rötlich, aber ihre grünen Augen strahlten. »Das tut er auch.«

»Das freut mich.« Und sie war auch nur ein kleines bisschen neidisch, dass ihre Kollegin jemanden gefunden hatte, der sie so glücklich machte. Was würde sie dafür geben, auch einen Mann zu haben, mit dem sie ihr Leben teilen konnte. »Ich war eben im Büro. Anscheinend hat Chris gerade Matts Job übernommen. Weißt du etwas darüber?«

Kylas Lächeln verging. »Nur, dass er für ihn einspringt. Es wollte mir niemand sagen, was los ist. Ich bin aber vorhin, als ich vom Training kam, kurz Matt begegnet und muss sagen, er sah überhaupt nicht gut aus. Als wäre jemand gestorben, der ihm alles bedeutet.«

Vanessa setzte sich ruckartig auf. »Oh Gott, Shannon ist doch hoffentlich nichts passiert?«

Kyla verzog den Mund. »Ich hoffe nicht. Sie ist alles für ihn.«

Vanessa zupfte an einer Haarsträhne, während sie nachdachte. »Nein, es muss noch etwas anderes sein. Hawk war eben am Telefon, und wenn ich mich nicht irre, hatte es irgendetwas mit dem FBI und einer Terrorgruppe zu tun.«

Unruhig trommelte Kyla mit den Fingerspitzen auf den Tisch. »Sehr ominös. Ich glaube, ich muss gleich mal mit Chris reden. Er kennt mich gut genug, um zu wissen, dass ich nicht Ruhe gebe, bis er mir alles gesagt hat.«

Das entlockte Vanessa ein Grinsen. »Das kann ich mir lebhaft vorstellen. Sagst du mir dann Bescheid?«

»Natürlich.« Kyla erhob sich und zog ihr T-Shirt zurecht, sodass der V-Ausschnitt den Ansatz ihrer Brüste zeigte. »Chris hat keine Chance.«

Lachend wandte Vanessa sich zur Tür. »Viel Glück.« Kopfschüttelnd verließ sie die Baracke und machte sich auf die Suche nach Rock.

Sie fand den ehemaligen SEAL schließlich in der Baracke von SEAL Team 11. Dort beugte er sich über die Schulter von I-Mac, der aufgrund der schweren Verletzungen, die er bei der Befreiungsmission in Afghanistan erlitten hatte, noch nicht wieder im aktiven Dienst war. Als Computerexperte des Teams wurde er dringend für die Informationsbeschaffung gebraucht, deshalb verbrachte er einige Tage der Woche auf der Basis, auch wenn er körperlich immer noch durch die Verletzung seiner Wirbelsäule behindert wurde. Immerhin konnte er inzwischen wieder gehen und war nicht mehr auf den Rollstuhl angewiesen.

Als sie näher kam, verstummte Rock, und I-Mac wechselte rasch zu einer anderen Seite auf seinem Bildschirm. Sie war nicht umsonst früher CIA-Agentin gewesen und merkte sofort, wenn jemand etwas vor ihr geheim halten wollte. Zwar war sie als einfache TURT/LE-Agentin nicht unbedingt in sämtliche Geheimnisse eingeweiht, trotzdem schmerzte es sie, wenn ihr Personen, die sie sehr schätzte, etwas verheimlichten.

Rocks Gesichtsausdruck konnte sie entnehmen, dass er genau wusste, was sie dachte. Und dass irgendetwas Wichtiges vorging. Die Linien, die sein Gesicht durchzogen, waren tiefer, seine grauen Augen blickten ernst. »Hallo, Vanessa.«

»Rock. I-Mac.«

»Gut, dass ich dich sehe, Vanessa. Ich soll dich von Nurja schön grüßen, sie möchte dir für die Geschenke danken, die du den Kindern geschickt hast. Sie waren ganz begeistert.«

Vanessa hatte Nurja in Washington kennengelernt und war beeindruckt von der stillen Stärke der Afghanin und davon, wie sie sich bemühte, sich dem Leben in den USA anzupassen, ohne ihre eigene Identität aufzugeben. Nach einem Besuch von Dorians Grab in Washington war Vanessa an einem Spielzeugladen vorbeigekommen und hatte dort im Schaufenster ganz niedliche Plüschtiere bemerkt, die sie sofort an Nurja und deren Kinder erinnert hatten.

Da sie sonst auch niemanden mit Kindern kannte und wusste, dass Nurja nur wenig Geld zur Verfügung stand, hatte sie den Kindern eine kleine Freude machen wollen. Es fehlte Nurja und den Kindern zwar an nichts, aber sie lebten auch nicht gerade im Überfluss, da Nurja von I-Mac nur ein kleines Gehalt annahm.

»Ich freue mich, dass sie ihnen gefallen.«

Rock bewegte sich unruhig. »Wolltest du etwas von uns?«

Vanessa wandte ihm ihre volle Aufmerksamkeit zu. »Chris sagte, du wärst jetzt für die Planung des Trainings zuständig, weil Matt derzeit nicht hier ist.«

Beinahe erleichtert nickte er. »Das stimmt. Ist es ganz dringend oder reicht es auch, wenn ich etwa in einer Stunde zu dir komme?«

»Es hat noch ein wenig Zeit.«

»Okay, wir sehen uns dann.« Rock wandte sich wieder dem Bildschirm zu.

Vanessa sah ihm eine Weile zu, dann hielt sie es nicht mehr aus und und platzte ungeduldig heraus: »Kann mir endlich mal jemand sagen, was hier los ist? Ihr benehmt euch alle sehr merkwürdig.«

Mit einem tiefen Seufzer blickte Rock wieder auf. »Könnte ich dich überreden, die Sache einfach zu vergessen?«

Sie verschränkte die Arme über der Brust. »Keine Chance.«

Rock rieb über sein Gesicht. »Es ist eine Privatsache, die Matt betrifft, nichts was mit TURT zu tun hat.«

»Das würde ich dir ja glauben, wenn ich nicht Hawk am Telefon erlebt hätte und euch beide, wie ihr hier irgendetwas ausheckt. Bei einer Privatangelegenheit würdet ihr bestimmt nicht so geheimnisvoll tun.«

Das Geklapper von I-Macs Tastatur stoppte. »Wir können dir nichts sagen, Vanessa, so leid es mir auch tut. Matt hat uns gebeten, die Sache absolut vertraulich zu behandeln. Wir helfen ihm wirklich nur in einer privaten Angelegenheit.«

Vanessa nickte stumm. Gerade die SEALs waren untereinander äußerst loyal, deshalb konnte sie verstehen, dass sie ihr nichts sagten, auch wenn es sie noch so frustrierte. »Falls ich irgendwie helfen kann, sagt mir Bescheid.«

Ein Lächeln brachte I-Macs hageres Gesicht zum Leuchten. »Danke, vielleicht kommen wir darauf zurück.«

Mit einem knappen Nicken drehte Vanessa sich um und verließ die Baracke. Dabei bemerkte sie, dass die anderen SEALs damit beschäftigt waren, ihre Ausrüstung zu überprüfen. Wenn das eine rein private Angelegenheit war, würde sie einen Besen fressen. Auf jeden Fall reichte es, um ein ganzes SEAL-Team in Alarmbereitschaft zu versetzen. Aber sie würde nur dann etwas darüber erfahren, wenn jemand entschied, dass sie behilflich sein könnte. Die Wahrscheinlichkeit dafür schien ihr allerdings nicht sonderlich hoch. Frustriert entschied sie, ihr

Schießtraining zu absolvieren, vielleicht würde das ihre Stimmung verbessern.

Daniel Hawk fuhr sich mit der Hand durch seine hoffnungslos zerzausten Haare. Diese Wirkung hatten Gespräche mit dem FBI häufig auf ihn. Vor allem wenn die Behörde mal wieder mauerte, anstatt wichtige Informationen preiszugeben. Dummerweise konnte Hawk nicht mit dem Verteidigungsministerium drohen, weil es sich um keine offizielle Ermittlung handelte. Stattdessen versuchte er, auf freundschaftlichem Wege etwas über die *Krieger Gottes* herauszufinden. Zwar hatte er Zugriff auf eine Datenbank, in denen die bisher bekannten Fakten zur Terrorgruppe gesammelt waren, aber was er brauchte, waren Hinweise über den Aufenthaltsort oder auch Personen, die zu der Gruppe gehörten.

Chris blickte ihn über den Tisch hinweg an. »Nichts?«

»Sie reden nicht, solange ich ihnen nicht sage, warum ich so ein Interesse an den Terroristen habe. Und das kann ich nicht, wenn ich nicht will, dass sich das FBI einmischt.«

»Wäre das so schlecht?«

Hawk lehnte sich in seinem Stuhl zurück. »Sagen wir es so: Die Wahrscheinlichkeit, Shannon schnell und vor allem lebendig da rauszubekommen, würde sich dadurch erheblich verringern.«

Chris neigte den Kopf. »Jade war auch beim FBI.«

»Ja, und sie ist dort weggegangen, weil sie es frustrierend fand, jahrelang zu ermitteln und nichts tun zu können. Es ist nun mal eine Behörde, und sie können nur handeln, wenn sie hundertprozentige Beweise haben. Aber wir wissen ja nicht mal, ob die Terroristen Shannon überhaupt in ihrer Gewalt haben, auch wenn es sehr wahrscheinlich ist.«

»Okay, und was machen wir jetzt?«

Erneut fuhr Hawk sich durch die Haare. »Matt sagen, dass ich nichts erfahren habe. Hoffentlich hat I-Mac mehr Glück.«

»Wenn die Terroristen Clint wirklich haben wollen, werden sie sich erneut bei ihm melden.«

»Ja, aber da wir nicht wissen, wann und wo, hilft uns das erst mal auch nicht weiter. Vielleicht melden sie sich auch gar nicht mehr, wenn sie feststellen, dass ihre Geisel nicht Karen Lombard ist.«

Hawk konnte sich noch gut an die Tage erinnern, als er befürchtet hatte, dass Jade bereits tot war. Glücklicherweise lebte sie noch, war aber dafür in der Festung des Warlords Mogadir tagelang gefoltert worden. Er hatte nicht mehr essen und schlafen können, bis sie endlich wieder bei ihm gewesen war. Matt war während seiner gemeinsamen Zeit bei TURT zu einem Freund geworden, und sie hatten sich seit der Verbesserung von Jades Zustand öfter privat zu viert getroffen. Er mochte Shannon sehr, und es tat ihm weh, sie sich in den Händen der Terroristen vorzustellen. Sollte sie nicht unversehrt zurückkehren, würde Matt sich garantiert stark verändern, vielleicht sogar seinen Job aufgeben. Das würde der noch jungen Undercover-Gruppe schaden, denn es war gerade Matts lockere und freundliche Art, die sie alle enger zusammenschweißte.

Ruckartig stand Hawk auf. Er musste hier dringend raus. »Ich werde mal sehen, ob I-Mac etwas herausgefunden hat. Kannst du hier die Stellung halten?«

Chris sah ihn wissend an. »Natürlich.«

Dankbar nickte Hawk ihm zu und verließ fluchtartig das Büro. Auf dem Flur traf er Kyla, war aber jetzt nicht in der Stimmung, mit ihr zu reden. Bevor sie etwas sagen konnte, flüchtete er nach draußen. Als die Tür hinter ihm mit einem Klicken ins Schloss fiel, atmete er erleichtert auf. Einen Moment lang lehnte er sich einfach nur dagegen und sog die salzige Seeluft ein, dann stieß er sich mit einem Seufzer ab. Nach einem kurzen Abstecher zu den Schulungsräumen – weil er sich plötzlich ganz dringend vergewissern musste, dass Jade noch da war –, schlug er den Weg zur SEAL-Baracke ein.

Kurz nachdem er bei I-Macs Schreibtisch angekommen war, traf auch Jade ein. Sie musste den Unterricht früher beendet haben, um an der Besprechung teilnehmen zu können. Hawk beobachtete, wie sie einem der SEALs flüchtig zulächelte, ansonsten jedoch einen weiten Bogen um die Männer machte. Aber immerhin schaffte sie es, sich überhaupt hier aufzuhalten, was kurz nach Afghanistan noch nicht möglich gewesen wäre. Als sie bei ihm ankam, schlang er seinen Arm um ihre Taille und fühlte, wie sie sich an ihn schmiegte. Sein Herz klopfte schneller, und er hätte sie am liebsten über die Schulter geworfen und wäre mit ihr hinausgelaufen.

Mit Mühe wandte er sich I-Mac zu. »Hast du etwas herausgefunden?«

Der Gesichtsausdruck des Computerexperten gab ihm bereits die Antwort, genauso wie seine zerzausten roten Haare. »Nichts Eindeutiges. Nur viele Spekulationen.«

Hawk verzog den Mund. »Das kann ich Matt nicht sagen, dann rastet er völlig aus.«

»Ich wünschte, ich hätte etwas Besseres anzubieten, aber anscheinend sind die *Krieger Gottes* so geschickt, dass weder das FBI noch sonst jemand sie bisher aufgespürt hat. Wenn sie so blöd wären, ihren Aufenthaltsort im Internet zu posten, wären sie schon längst nicht mehr in Freiheit. Ich habe mich in einigen radikalen Chatrooms umgehört, aber von Shannon oder einer entführten Frau war nirgends die Rede. Und auch dort gab es nur Spekulationen, wo sich die Terrorgruppe aufhalten könnte oder was sie als Nächstes plant. Meiner Meinung nach sind die meisten von denen Spinner, die mit ihren Postings angeben wollen, dennoch werde ich die Angaben überprüfen. Das kostet allerdings Zeit, die wir nicht haben.«

»Soll ich jemanden schicken, der dir hilft?«

»Gimmick.« Auf Hawks verständnislosen Blick hin verbesserte er sich. »Ich meine Cole Hanson, du weißt schon, mein Ersatz im Team.«

I-Mac versuchte zwar, sich den Schmerz nicht ansehen zu lassen, doch Hawk kannte ihn inzwischen gut genug, um es trotzdem zu bemerken. Es musste schlimm sein, während einer Mission verletzt zu werden und nur hilflos zusehen zu können, wie das Team ohne einen weitermachte.

Rock räusperte sich. »Niemand könnte dich wirklich ersetzen, und das weißt du, I-Mac.«

Mit einiger Mühe brachte er eine halbwegs gute Imitation seines früheren Grinsens zustande. »Natürlich, ich bin ja auch ein Genie.«

Hawk hob eine Augenbraue. »Dein Selbstbewusstsein ist jedenfalls offensichtlich in bester Verfassung.«

I-Mac wurde ernst. »Ich kenne meine Stärken – und meine Schwächen. Aber Hilfe könnte ich trotzdem gebrauchen.«

Rock nickte und verließ die Baracke, um den anderen SEAL zu suchen.

»Ich habe es auch in der FBI-Datenbank versucht, aber es wäre vielleicht gut, noch einmal mit jemandem persönlich zu reden. Es kann sein, dass sie nicht alle Informationen dort eingegeben haben.«

Hawk rieb sich über den Kopf. »Das habe ich schon versucht, jedoch ohne Erfolg. Dieser elitäre Haufen gibt nichts an Außenstehende weiter.« Aus den Augenwinkeln blickte er Jade an. »Entschuldige.«

»Wieso? Es stimmt doch. Aber mit mir werden sie sicher sprechen. Ich kenne einige Leute beim FBI, die etwas wissen könnten oder mich zumindest an den Special Agent in Charge verweisen können, der für die *Krieger Gottes* zuständig ist.«

Hawk berührte ihren Rücken. »Wie willst du dein Interesse daran begründen? Das FBI darf nichts von der Entführung wissen, sonst mischt es sich in die Sache ein, und das könnte Shannons Tod bedeuten.«

»Lass das nur meine Sorge sein, ich weiß, was ich tue.«

Hawk war schlau genug, nicht das zu sagen, was ihm auf der Zunge lag. Stattdessen blickte er zu I-Mac hinüber.

Der SEAL nickte nur. »Gut, je schneller, desto besser. Nach allem, was ich bisher über die *Krieger* gelesen und gehört habe, ist es ihnen egal, wen und wie viele Leute sie umbringen, solange sie ihre ›Botschaft‹ loswerden. Jeder, der im Weg ist – oder nur zur falschen Zeit am falschen Ort –, wird beseitigt.« Seine Haut spannte sich über den Wangenknochen. »Shannons einzige Chance könnte ihre Verbindung zu Clint sein und dass die Terroristen sie noch als Pfand brauchen. Allerdings bezweifele ich, dass sie ihnen freiwillig ihren Namen sagen oder ihre Beziehung zu Clint offenbaren wird.«

Davon ging Hawk auch aus. Wenn Shannon glaubte, jemanden damit zu schützen, würde sie so lange wie möglich schweigen. Er konnte sich nicht vorstellen, wie es ihr jetzt gehen mochte. Shannon war Zivilistin, jemand, der mit dieser Seite des Lebens nie in Berührung kam oder zumindest kommen sollte. Hoffentlich hielt sie so lange durch, bis Hilfe kam.

Jade löste sich von Hawk. »War das alles, I-Mac? Dann gehe ich jetzt ins Büro und führe ein paar Telefonate.«

»Ja.« Er hielt ihr einen Zettel hin. »Nimm meine Notizen mit, vielleicht kannst du sie gebrauchen. FBI-Agenten reden ja gerne in Rätseln oder lassen die wichtigsten Punkte aus.«

Jade verdrehte die Augen, nahm aber das Blatt entgegen.

»Du hast überhaupt keine Vorurteile, oder? Aber das kennen wir ja von den muskulösen, hirnlosen Elitesoldaten.«

I-Mac grinste sie an. »Genau.« Beinahe sofort wurde er wieder ernst. »Viel Erfolg, Jade. Jede kleinste Information kann schon helfen, das Puzzle zusammenzusetzen.«

Sie legte ihre Hand auf seine Schulter. »Ich gebe mein Bestes.« Als sie sich umdrehte, konnte Hawk die Zweifel in ihrem Gesicht sehen.

8

Derek blickte nicht vom Computer auf, als Eric den Raum betrat. Der Kopf der *Krieger Gottes* konnte warten, bis er mit der Feinjustierung der Kameraanlage fertig war, die das Gelände umgab. Seine Aufgabe, ein riesiges Gebiet mitten im Wald zu überwachen, war ein einziger Albtraum. Ständig lösten irgendwelche Tiere oder herunterfallende Äste den Alarm aus. Menschen allerdings kamen so gut wie nie hierher – kein Wunder, schließlich führten keinerlei offizielle Wege in dieses abgelegene Gebiet. Das war auch so gewollt und machte den ganzen Aufwand der Überwachung eigentlich unnötig. Aber ihm war es recht, schließlich hatte er nur so den Job hier bekommen.

»Kirk hat mir erzählt, dass die Gefangene Ärger gemacht hat.« Eric sagte es in einem harmlosen Konversationston, immer ein Zeichen, dass er innerlich kurz vor der Explosion stand.

Derek zuckte nur mit den Schultern. »Es war kein Problem, sie hat jetzt verstanden, dass ein Fluchtversuch keinerlei Aussicht auf Erfolg hat.«

Eric stellte sich neben ihn und blickte ebenfalls auf den Monitor. »Und wie hast du ihr das klargemacht?«

Diesmal sah Derek doch auf. »Ich verstehe etwas von meinem Job, Eric. Deshalb hast du mich hergeholt. Es kommt niemand hier raus oder rein, wenn ich das nicht will.«

Nachdenklich rieb Eric über die Kette, die er immer um den Hals trug. Sie ließ sich öffnen, doch was sich in dem Anhänger befand, wusste niemand. »Das habe ich auch nicht bezweifelt.«

Derek drehte sich mit dem Stuhl zu ihm um und beugte sich vor. »Was denn dann?«

»Ich frage mich, ob du hart genug bist, wenn es um eine Frau geht – eine gut aussehende noch dazu. Mir ist aufgefallen, dass du noch mit keiner der Frauen hier oder im Ort angebandelt hast.«

»Kein Interesse.«

Eric hob eine Augenbraue. »Du bist doch nicht etwa schwul?« Aus seinem Mund klang es wie ein Schimpfwort.

Derek schnaubte, um Eric nicht das zu sagen, was ihm auf der Zunge lag. »Wohl kaum. Bevor ich herkam, habe ich gerade eine langjährige Beziehung beendet und bin nun froh, endlich kein Gezicke mehr ertragen zu müssen.«

Eric grinste ihn breit an. »Ich weiß, was du meinst. Hin und wieder ein wenig Spaß mit einem Rotschopf, das reicht mir völlig. Den Rest der Zeit will ich meine Ruhe haben.«

Derek nickte zustimmend. »Was machen wir jetzt mit der Frau?«

Sofort verschwand jeglicher Humor aus Erics Miene. »Am liebsten würde ich sie gleich beseitigen, aber erst will ich wissen, wer sie ist und was sie in dem Zimmer von Karen Lombard gemacht hat. Ich plane diese Sache schließlich schon ziemlich lange und weigere mich, jetzt einfach aufzugeben, nur weil meine Männer zu blöd sind, einen Auftrag auszuführen.«

»Weißt du denn, wo die eigentliche Zielperson jetzt ist?« Er ließ seine Stimme absichtlich uninteressiert klingen.

Ein Muskel zuckte in Erics Wange. »Ja. Aber jetzt ist Hunter gewarnt, und es wird viel schwieriger sein, noch einmal an sie heranzukommen.«

»Dann ist die Sache also abgeblasen? Ich fand den Zeitpunkt sowieso ungünstig bei allem anderen, was gerade vor sich geht. Das könnte alles zerstören.«

Eric blickte ihn eine Weile schweigend an. »Du bist lange genug hier, um zu wissen, dass ich es nicht schätze, wenn man meine Entscheidungen infrage stellt, Derek. Bisher hast du nie einen Ton dazu gesagt. Wie kommt es, dass du jetzt plötzlich damit anfängst? Bekommst du kalte Füße, nur weil es sich um eine Frau handelt?«

Derek wusste, dass er vorsichtig sein musste, wenn er weiterhin in Erics Gunst stehen wollte. Andererseits mochte Eric aber auch keine Schwächlinge. Also blickte er ihm ruhig in die Augen. »Ich stelle nichts infrage, ich versuche nur, uns so wenig angreifbar wie möglich zu halten. Bisher hat das gut funktioniert, weil es ums Geschäft ging. Aber die Sache mit Hunter und seiner Lebensgefährtin scheint persönlicher zu sein. Und das macht es gefährlich.«

Er hatte keinen Zweifel daran, dass Hunter gekommen wäre und versucht hätte, seine Geliebte zurückzuholen, wenn die Entführung geglückt wäre. Und er wollte es nur ungern mit einem SEAL zu tun bekommen, dessen Job es war, gegen Terrorgruppen vorzugehen. Zwar würden seine Sicherheitsmaßnahmen normale Leute vom Lager fernhalten, aber wenn jemand wirklich hier eindringen wollte, würde es ihm gelingen. Und Derek hatte keine Lust, gegen so einen Profi anzutreten. Außerdem hatten sie momentan andere Prioritäten, und er wollte nicht, dass ihn irgendetwas davon ablenkte. Zu lange hatte er auf diesen Moment hingearbeitet.

Eric schnaubte verächtlich. »Um Hunter brauchst du dir keine Gedanken machen. Wenn ich erst mal seine Frau in der Hand habe, wird er alles tun, was ich ihm sage.« Seine hellblauen Augen strahlten unendliche Kälte aus. »Ich werde ihm keine Gelegenheit geben, irgendetwas zu versuchen.«

Derek sagte nichts dazu. Schon vor einiger Zeit hatte er erkannt, dass dieses Thema für Eric sehr persönlich war und jeder, der sich dagegenstellte, seine Gunst verlor. Und das konnte er sich auf keinen Fall leisten. Alles hing davon ab, wie sich ihre Pläne weiterentwickelten. »Wann kann die Lieferung abgeholt werden?«

Wie ein Laser durchbohrte Eric ihn mit seinem Blick. »Darum brauchst du dich im Moment nicht zu kümmern, finde lieber heraus, wer die Frau ist und ob sie für uns noch irgendwie nützlich sein kann.«

Derek unterdrückte gerade noch ein Stöhnen. Genau das hatte er befürchtet. Es würde nichts bringen, dagegen zu protestieren oder zu argumentieren. Das würde Eric nur aufbringen und seine Entscheidung nicht ändern. »Ich tue mein Bestes.«

Eric lächelte und klopfte ihm auf die Schulter. »Das weiß ich doch. Ich hätte dir die Entführung auftragen sollen, du hättest mich nicht so enttäuscht wie diese Idioten.«

Stumm blickte Derek ihm nach, als er den Raum verließ. Das fehlte ihm gerade noch, er wollte mit der ganzen Geschichte nichts zu tun haben. Er hatte sich der Terrorgruppe nicht angeschlossen, um Frauen zu entführen. Mit einem Seufzer wandte er sich wieder dem Computer zu. Je schneller er die Aufgabe erledigte, desto eher konnte er zu seiner eigentlichen Arbeit zurückkehren. Und das war alles, was im Moment zählte.

I-Mac war kurz davor, aus Frust den Monitor aus dem Fenster zu werfen, als das Telefon klingelte. Cole blickte kurz auf, bevor er sich wieder auf seine Arbeit konzentrierte. Sein Ersatzmann war wirklich gut, trotzdem – oder vielleicht gerade deshalb – schaffte I-Mac es nicht, ihn als seinen Nachfolger anzuerkennen. Es war kindisch, das war ihm selbst klar, aber er konnte es einfach nicht abstellen. Cole schien das sogar zu verstehen und ging ihm so weit wie möglich aus dem Weg. Deshalb war es umso bemerkenswerter, dass er hier saß, ohne Fragen zu stellen, und die Hinweise aus den Chatrooms weiterverfolgte. Es half I-Mac auch nicht wirklich, dass Cole im Gegensatz zu ihm topfit und deutlich muskulöser war als er selbst in seinen besten Zeiten.

Genervt verdrehte er die Augen und hielt den Hörer an sein Ohr. »MacPhearson.«

»Hier ist Matt.«

I-Mac setzte sich gerader auf. Matts Stimme klang, als hätten sie etwas entdeckt. »Gibt es was Neues?«

»Wir haben das Spa ausgiebig abgesucht, aber nicht viel gefunden. Nur zwei Fußabdrücke unter dem Balkon von Shannons Zimmer, die aber auch von jemand anderem stammen könnten. Vielleicht wurde sie so aus dem Gebäude gebracht, aber leider gibt es keine Videokameras auf dem Gelände, um es nachzuprüfen. Niemand scheint etwas gesehen zu haben. Allerdings wissen wir jetzt, was für einen Fluchtwagen sie gefahren haben, sie haben ihn wenige Kilometer vom Spa entfernt stehen lassen.« Der Frust war deutlich aus Matts Stimme herauszuhören.

»Wie habt ihr den denn gefunden? Gab es Spuren dorthin?«

Matt schnaubte. »Nein, Shannons Freundin Caitlin hat uns darauf gebracht. Anscheinend ist ihr Lebensgefährte Torik gut in solchen Dingen. Frag mich nicht, wie er das gemacht hat.«

»Okay, gib mir alle Infos über den Wagen und wo ihr ihn genau gefunden habt. Dann schaue ich mal, ob ich etwas mehr herausbekomme.« Matt diktierte ihm die gewünschten Daten. »Ich werde mich gleich dransetzen. Leider habe ich noch keine weiteren Ergebnisse für euch, aber wir sind weiter dran. Jade versucht, über ihre FBI-Kontakte etwas zu erfahren, das uns vielleicht weiterhilft.«

»Das kann ich nur hoffen, denn wir sind hier am Ende mit unseren Ermittlungen. Wenn wir keine weiteren Hinweise bekommen …« Matt brach ab, aber I-Mac verstand ihn auch so.

»Wir tun unser Bestes, Matt. Halt durch.«

»Danke.«

Ein Klicken ertönte, und I-Mac legte den Hörer langsam wieder auf. Es war schwer, Matts offensichtliche Verzweiflung zu ertragen, aber sie spornte ihn gleichzeitig an, so schnell wie möglich etwas herauszufinden.

»Was haben sie gefunden?«

Coles Frage riss ihn aus seinen Gedanken. Prüfend blickte I-Mac ihn an. Devil, der kommandierende Offizier von Team 11 hatte gesagt, dass man Cole trauen könne, und auch die anderen Teammitglieder hielten viel von ihm, obwohl sie I-Mac immer wieder versicherten, dass sie seine Rückkehr erhofften. Es wäre nicht fair und außerdem kontraproduktiv, ihn an einer Sache mitarbeiten zu lassen, ohne ihn einzuweihen.

I-Mac lehnte sich in seinem Stuhl zurück und verschränkte die Hände über seinem flachen Bauch. »Die Sache ist absolut inoffiziell. Wenn du damit ein Problem hast, dann sag es besser jetzt.«

Cole hob die Schultern. »Was ich in meiner Pause mache, geht niemanden etwas an.«

Ein widerwilliges Lächeln hob I-Macs Mundwinkel. »Eine sehr lange Pause.«

»Ich habe genug Überstunden, um das zu rechtfertigen. Außerdem finde ich die Suche nach einer Terrorgruppe wichtiger als irgendwelche Befindlichkeiten der oberen Etage.«

»Gute Einstellung.« I-Mac traf seine Entscheidung. »Was ich jetzt sage, darf diesen Raum nicht verlassen.« Als Cole lediglich nickte, schilderte I-Mac ihm rasch die Situation und endete mit dem Fund des Wagens.

»Okay.« Mehr sagte Cole nicht, bevor er sich wieder in die Arbeit vertiefte.

Verwundert blickte I-Mac ihn an. Ein wenig mehr Reaktion hätte er nun doch erwartet. Schließlich führten sie hier genau genommen eine illegale Aktion durch, die von oben nicht abgesegnet war. »Das ist alles?«

Cole hob den Kopf. »Was?«

»Du möchtest nicht noch mehr Infos oder zumindest darüber nachdenken?«

»Nicht nötig. Die Frau eines SEALs wurde entführt, mehr brauche ich nicht zu wissen. Wenn ich in einer solchen Lage wäre, würde ich auch gern auf meine Teamkollegen zählen können.«

I-Mac blickte ihn einen Moment lang überrascht an. »Du bist in Ordnung, Cole.«

»Du auch, obwohl du mich nicht hierhaben willst.«

»Das …«, begann I-Mac zu protestieren, aber Cole hob eine Hand.

»Ich verstehe das, es würde mir nicht anders gehen. Und ich will nicht lügen, mir gefällt es im Team, und ich würde gerne weiter mit ihm arbeiten. Aber wenn du wieder fit bist, kannst du sicher sein, dass ich den Platz freiwillig räumen werde.«

Verdammt, langsam mochte er den Kerl wirklich. I-Mac gelang ein schiefes Lächeln. »Das ist gut zu hören, aber es ist ziemlich unwahrscheinlich, dass ich je wieder an einem Einsatz teilnehmen werde. Ich kann schon froh sein, dass meine Wirbelsäule so weit wieder hergestellt ist, dass ich gehen kann. Größere Belastungen würden die Wirbel nicht aushalten, und ich kann nicht riskieren, dass ich während einer Mission plötzlich ausfalle.« Es laut zu sagen, machte das Ende seines Lebens als aktiver SEAL umso realer, und der Druck auf seine Brust wurde größer.

Cole neigte den Kopf. »Schade, ich hätte dich gerne mal in Aktion erlebt.«

I-Mac räusperte sich und wechselte das Thema. »Ich werde versuchen, herauszufinden, wo der Wagen herkam. Bestimmt wurde er gestohlen oder unter falschem Namen gemietet. Ist schon was an der Chatfront herausgekommen?«

»Noch nicht. Es ist alles sehr vage, aber es kann durchaus sein, dass irgendwo ein guter Hinweis steckt.« Es war keinerlei Ungeduld in seiner Stimme zu hören. Eine Eigenschaft, die I-Mac leider völlig abging.

»Vielleicht finden wir ja einen Zusammenhang, wenn ich mehr über den Wagen weiß.« Ohne Coles Zustimmung abzuwarten, vertiefte er sich wieder in die Arbeit.

Es dauerte nur wenige Minuten, bis er die Besitzerin des Wagens ausfindig gemacht hatte, der morgens als gestohlen gemeldet worden war. Seine Hoffnung, dadurch vielleicht wenigstens die Richtung zu erfahren, aus der die Terroristen gekommen waren, musste er jedoch begraben. Der Diebstahl war in einer Kleinstadt in unmittelbarer Nähe zum Spa begangen worden.

Rasch rief er Matt an und gab die Information weiter. Der wollte mit der Besitzerin reden, würde dabei aber vermutlich auch nicht wesentlich mehr erfahren. Deshalb machte I-Mac sich daran, die Adresse zu überprüfen und herauszufinden, ob sich in der Nähe Verkehrskameras befanden. Als er damit nicht weiterkam, sah er sich die einzelnen Geschäfte an. Eine Tankstelle könnte vielleicht etwas bringen oder auch die Bank an der Ecke, nur eine Querstraße vom Ort des Diebstahls entfernt. Leider waren beide nicht über das Internet zu erreichen, sodass er die Information an Matt weitergab, damit er und Clint dort vor Ort nach den Aufnahmen fragen konnten. Obwohl sie nicht von der Polizei waren, würde es sicher keiner wagen, den beiden etwas abzuschlagen.

Gerade als er sich fragte, welche Schritte er noch unternehmen könnte, kam Jade zurück. Ihrem Gesicht war deutlich anzusehen, dass sie etwas Neues erfahren hatte. Cole schien es auch zu spüren, denn er hörte auf zu tippen und wandte sich ihr zu. Jade blickte vielsagend zwischen ihm und Cole hin und her.

I-Mac kam ihrer Frage zuvor. »Du kannst ruhig erzählen, was du erfahren hast, Cole ist eingeweiht.«

Jade nickte knapp. »Okay.«

Cole war keine Regung anzusehen, I-Mac meinte aber, eine gewisse Befriedigung wahrzunehmen. Konnte es sein, dass sein Ersatzmann darauf gewartet hatte, von ihm anerkannt zu werden? Darüber würde er später noch nachdenken müssen, jetzt war etwas anderes wichtiger. Er wandte sich wieder an Jade. »Konnte dir dein FBI-Kontakt etwas sagen?«

»Keinen direkten Standort, aber in letzter Zeit haben sich wohl die Hinweise verdichtet, dass die Terrorgruppe aus dem Grenzgebiet zwischen Idaho und Montana heraus agiert.«

I-Mac rief eine Karte der Region auf und schnitt eine Grimasse. »Die besteht ja fast nur aus Hügeln, Wäldern, State Parks und ein paar kleineren Orten dazwischen. Wie sollen wir sie da ohne eine genauere Angabe finden?«

»Genau deshalb hat das FBI auch noch nichts versucht. Sie wollen die Terroristen nicht mit einer generellen Aktion darauf aufmerksam machen, dass sie ihnen auf den Fersen sind. Das würde nur dazu führen, dass sie sich einen neuen Standort suchen und die Ermittlungen wieder von vorne beginnen müssen.«

I-Mac rieb über seine Stirn. »Okay. Gehen wir davon aus, dass die Information richtig ist, dann können wir unsere Suche zumindest ein wenig eingrenzen.« Er blickte zu Cole hinüber. »Irgendwas über die Region?«

»Ich sortiere schon, kleinen Moment.«

Hawk betrat die Baracke und kam zum Schreibtisch herüber. »Gibt es was Neues von Matt und Clint?«

»Noch nichts Konkretes, sie sprechen gerade mit der Besitzerin des gestohlenen Wagens. Danach versuchen sie, an die Videoaufnahmen aus dem Ort zu kommen, vielleicht können wir darauf sehen, welches Auto die Entführer davor fuhren.« Es war nur ein Schuss ins Blaue, aber solange sie keine anderen Anhaltspunkte hatten, war es den Versuch wert.

»Okay, hier ist etwas. Mehrere Berichte in einem Waffen-Chatroom von einem Typen namens MontanaGunslinger …« Cole verdrehte die Augen. »… der damit angibt, einen gesuchten Terroristen zu kennen. Die anderen haben ihn verspottet, aber er bleibt bei der Geschichte. Sagt, er hätte ihn mehrmals in einer Kneipe getroffen.«

»Wo?«

»Das sagt er nicht, aber ich kann versuchen, das über die IP-Adresse herauszubekommen.« Ohne eine Antwort abzuwarten, machte Cole sich an die Arbeit.

I-Mac musste sich zwingen, die Aufgabe nicht an sich zu reißen. Es war seltsam, nicht mehr der Einzige im Team zu sein, der komplexere Dinge am Computer erledigen konnte. Aber es war auch ein Test, ob Cole wirklich ein guter Ersatz für ihn im Team war. Falls er nicht mal eine so einfache Aufgabe hinbekommen sollte …

»Tennison, Montana. Das liegt im Bitterroot Valley. Die Einwohnerzahl wird mit 4500 angegeben, mit den umliegenden Gemeinden 15 000.« Sein Gesichtsausdruck versteinerte. »Dort gibt es auch zwei Forschungseinrichtungen, eine davon forscht an hochgradig pathogenen Viren.«

Hawk fuhr sich mit der Hand über das Gesicht. »Verdammt.«

Ungläubig blickte Jade Cole an. »Woher weißt du das?«

Der verzog den Mund. »Ob du es glaubst oder nicht, so was steht heutzutage in Wikipedia.«

»Unglaublich. Was denken die sich dabei? Da können sie ja auch gleich ein Schild aufstellen: Liebe Terroristen – bitte hier zugreifen!«

»Das brauchen sie gar nicht.« Ärger brodelte in I-Macs Magen. »Die Terroristen haben inzwischen auch gute Leute, die mit ein paar gezielten Recherchen im Internet alles herausfinden können. Deshalb ist es ja so schwer, sie von ihren Taten abzuhalten.«

»Lassen wir das mal beiseite, zuerst müssen wir herauskriegen, ob dieser Typ die Wahrheit sagt oder einfach nur angeben will. Und wenn es die Wahrheit sein sollte, ob dieser Terrorist überhaupt zu den *Kriegern Gottes* zählt. Er könnte ja auch einer der unzähligen anderen Gruppen angehören oder ein Spinner sein, der sich für einen Terroristen hält.«

»Ich suche nach weiteren Aussagen im Chatroom oder auf anderen Plattformen, wo er vielleicht auch noch angemeldet ist. Facebook oder so. Geografisch stimmt es schon mal, Tenison liegt zwar in Montana, aber nach Idaho ist es nur ein Katzensprung.«

»Es klingt zumindest logisch, dass sich Terroristen in einer wenig besiedelten Gegend verstecken, in der es normal ist, dass jeder Waffen besitzt und sich an jeder Ecke Munition und weitere Waffen kaufen kann.«

»Einen kleinen Flughafen gibt es auch. Und für alles andere liegt Missoula nur etwa siebzig Kilometer entfernt.«

Jade richtete sich auf. »Ich werde Matt anrufen und von unseren Fortschritten berichten. Vielleicht haben sie ja inzwischen auch noch etwas erfahren.«

Cole reichte ihr einen Zettel. »Hier steht alles zu Gunslinger drauf, was ich bisher gefunden habe. Aber ich bin weiter dran.«

»Danke.« Jade lächelte ihn an.

I-Mac mischte sich ein. »Ich werde Informationen über den Ort und die Forschungseinrichtungen zusammentragen, nur für den Fall, dass sich die *Krieger* tatsächlich dort aufhalten.«

Jade nickte und verließ mit Hawk die Baracke.

I-Mac sah ihnen einen Moment nach, bevor er sich darauf konzentrierte, so viel Nützliches zu sammeln wie möglich.

9

Das Quietschen des Riegels alarmierte Shannon und kündigte neuen Besuch an. Rasch stand sie auf und presste sich mit dem Rücken gegen die feuchte Wand. Furcht breitete sich in ihr aus, als sie im Lichtschein einer Taschenlampe drei Männer erkennen konnte, die ihre Zelle betraten. Die hellblonden Haare waren unverkennbar: Wenn der Anführer selbst kam, würde sie vermutlich gleich sterben. Alles in ihr wehrte sich dagegen. *Sie wollte leben, Matt und ihre Familie wiedersehen!* Aber sie besaß keine Waffe, mit der sie kämpfen konnte, war diesen Verbrechern hilflos ausgeliefert.

Während die beiden anderen Männer an der Tür stehen blieben, trat der Anführer in die Zelle, hielt aber gebührenden Abstand zu ihr. Dumm war er zumindest nicht, was ihr die Sache noch viel schwerer machen würde. Trotzdem wollte sie auf keinen Fall kampflos aufgeben.

»Wie gefällt es dir bei uns?«

Ein Schauer lief über Shannons Rücken. Wie konnte dieser Verbrecher so … normal klingen? Sie presste die Lippen zusammen und schwieg. Niemals würde sie sich auf die Spielchen des Bastards einlassen.

Er lachte nur. »Oh, so gut? Das freut mich. Sag, Shannon, fühlt es sich so aufregend an, wie du es in deinen Büchern beschreibst?«

Eiseskälte kroch in Shannon hoch. Er wusste, wer sie war! Und das bedeutete, dass er ein Druckmittel gegen Clint in der Hand hatte. Oder er tötete sie aus Rache doch sofort. Falls er sich aber nicht sicher war, würde sie seinen Verdacht auf keinen Fall bestätigen. »Ich weiß nicht, wovon Sie reden.«

Sein Lächeln verging, seine eisblauen Augen wurden noch kälter. »Glaub ja nicht, dass ich mich von dir für blöd verkaufen lasse.« Er wandte sich um. »Bringt sie nach oben.« Damit verließ er ihre Zelle, und die beiden anderen Verbrecher kamen grinsend auf sie zu.

Shannon wusste, dass sie keine Chance gegen die Kerle hatte, die aussahen, als würden sie ganze Spanferkel zum Frühstück verspeisen. Angespannt beobachtete sie, wie die Männer näher kamen, und wartete, bis einer der beiden nach ihrem Arm griff. Im letzten Moment zog sie ihn aus seiner Reichweite und trat stattdessen zu. Sie traf seinen Oberschenkel. Leider brachte ihr nackter Fuß ihn nur kurzzeitig aus der Balance, dann stürmte er auf sie zu. In seinem Gesicht konnte sie sehen, dass er es genießen würde, ihr dafür wehzutun.

Diesmal war er vorgewarnt, sodass ein weiterer Angriff nun noch schwieriger werden würde. Shannon behielt gleichzeitig den zweiten Mann im Auge, der von der anderen Seite her auf sie zukam. Ihr Rücken berührte die Wand, sie konnte nicht weiter zurück. Die Verbrecher grinsten sich an, ihnen war klar, dass sie in der Falle saß. Diese kurze Unaufmerksamkeit nutzte Shannon aus. Sie stieß sich von der Wand ab und stürzte vorwärts. Dicht vor den Verbrechern ließ sie sich fallen und rutschte zwischen ihnen hindurch, zu tief, um mit den Händen erreichbar zu sein.

Ihr Bein brannte wie Feuer, wo es über den rauen Boden geschrammt war, aber durch das Adrenalin in ihrem Körper bemerkte sie es kaum. Unglaublicherweise funktionierte ihr Plan! Fluchend drehten sich die Männer zu ihr um, doch Shannon wartete ihre Reaktion nicht ab, sondern rannte auf die Tür zu. Angst und Hoffnung setzten neue Kräfte in ihr frei. Wenn sie nur die Tür hinter sich zuschlagen und den Riegel zuschieben könnte …

Sie schlitterte in den Gang und stieß unsanft mit jemandem zusammen. Der Zusammenprall brachte sie aus dem Gleichgewicht, und sie stürzte zu Boden. Bevor sie sich aufrappeln konnte, waren die beiden Verbrecher schon bei ihr. Brutal griff einer in ihre Haare und zerrte sie daran hoch. Shannon konnte den Schmerzensschrei nicht unterdrücken und versuchte, das Zerren an ihrer Kopfhaut zu verringern.

»Seid ihr beiden Idioten eigentlich völlig unfähig? Wie kann es sein, dass ihr nicht mal mit einer schmächtigen Frau fertig werdet?« Erics Stimme war unverkennbar.

Die beiden Männer versuchten stammelnd, sich gegenseitig die Schuld zu geben, bevor sie Shannon als die Schuldige deklarierten.

»Schluss!«

Der Befehl peitschte durch den Gang und hinterließ völlige Stille. Selbst das Klopfen ihres Herzens schien vor Schreck ausgesetzt zu haben.

»Haltet den Mund und bringt endlich die Frau nach oben. Und zwar ohne weitere Zwischenfälle, ist das klar? Sollte sie euch noch mal entkommen, werdet ihr euch wünschen, nie geboren zu sein. War das jetzt deutlich genug?«

»Ja, Boss.«

»Wird nicht wieder vorkommen.«

Verzweifelt blickte Shannon sich in dem schwach beleuchteten Gang um, doch es gab keine Fluchtmöglichkeit, selbst wenn sie sich noch einmal hätte losreißen können. Ohne Vorwarnung packte einer der Männer sie und warf sie sich über die Schulter. Durch den Aufprall entwich ihr Atem abrupt aus ihrer Lunge, und sie begann zu husten. Übelkeit stieg in ihr auf, und sie hatte alle Mühe, ihren Mageninhalt nicht zu verlieren. Davon völlig unbeeindruckt hielt der Mistkerl ihre Beine fest und setzte sich in Bewegung. Es dauerte einen Moment, bis Shannon merkte, dass die raue Hand direkt auf ihrer nackten Haut lag, weil das Nachthemd hochgerutscht war.

Wut und Ekel ließen sie alles andere vergessen. Ohne einen Gedanken an ihre Sicherheit begann sie, um sich zu schlagen und ihren Oberkörper herumzuwerfen.

»Verdammt, tu doch was! Die Tussi ist vollkommen irre.«

Wieder griff eine Hand in ihre Haare und riss ihren Kopf daran nach hinten, sodass sie befürchtete, ihr Genick würde jeden Moment brechen. Sofort stellte sie jede Bewegung ein.

»Kommt ihr jetzt endlich, oder muss ich die Sache selbst erledigen?«

Die inzwischen vertraute Stimme des Anführers ließ Shannon erzittern. *Oh Gott, sie würde sterben!* Tränen schossen in ihre Augen, und sie schloss die Lider. In Gedanken sah sie Matt vor sich, mit blitzenden Augen und seinem typischen Lächeln, das sie schon vom ersten Moment an geliebt hatte. Wie gerne wollte sie es noch einmal sehen, wenigstens ein einziges Mal.

Clint bemühte sich, seine Frustration und die zunehmende Furcht um Shannon unter Kontrolle zu bringen. Er hatte den Ruf, auf Missionen immer die Ruhe zu bewahren und nie Gefühle zuzulassen. Das fiel ihm zunehmend schwerer, je öfter sie gegen Wände liefen. Die Besitzerin des gestohlenen Wagens hatte ihnen nichts über den Diebstahl erzählen können. Eine weitere Sackgasse. Danach hatten sie die Aufnahmen der digitalen Sicherheitskameras einer Tankstelle und einer Bank an I-Mac schicken lassen. Mehr konnten sie nicht tun.

Ein Blick auf Matt auf dem Fahrersitz zeigte, dass sein Freund mindestens genauso frustriert war. Die lange weiße

Narbe auf seiner gebräunten Wange trat deutlich hervor, ein sicheres Zeichen für das, was gerade in ihm vorging. Er drehte sich zu Clint um. »Und was jetzt?«

Clint trommelte auf sein Bein. »Wir warten und hoffen, dass I-Mac etwas findet. Vielleicht …« Sein Handy klingelte, und er zuckte zusammen. Die Nummer kannten nur wenige Menschen, daher befürchtete er, eine schlechte Nachricht zu erhalten. Zögernd zog er das Telefon aus seiner Hosentasche und blickte auf das Display. Eine unbekannte Nummer wurde angezeigt. Seine Anspannung stieg, als er das Handy ans Ohr hielt. »Ja?«

»Hallo, Captain Hunter. Wie schön, dass wir endlich einmal Gelegenheit zu einem kleinen Plausch haben.«

Jeder Muskel in seinem Körper erstarrte, als er die Stimme hörte. Auch wenn er sich nicht mit Namen gemeldet hatte, wusste Clint sofort, dass er mit dem Anführer der Terroristen sprach. Er schaltete das Telefon auf Lautsprecher, damit Matt mithören konnte. »Wer sind Sie?«

Ein Lachen ertönte, das in keiner Weise amüsiert klang. »Sie wissen genau, wer ich bin, Hunter. Und ich weiß, wer Sie sind, also lassen wir die Spielchen. Ich nehme an, Sie haben meine Nachricht bekommen.«

»Ja, und ich kann dazu nur sagen, dass Ihre Aktion ein Misserfolg war. Karen ist in Sicherheit, und Sie werden nie in ihre Nähe kommen.«

Der Terrorist schnalzte mit der Zunge. »Man soll nie ›nie‹ sagen. Sind Sie ganz sicher, dass ich niemanden in der Gewalt habe, der Ihnen etwas bedeutet?«

Clint sandte einen entschuldigenden Blick an Matt. »Ja.«

Die graublauen Augen seines Freundes brannten, die Knöchel seiner Hände färbten sich weiß, als er das Lenkrad umklammerte.

Einen Moment lang herrschte Stille, und Clint hielt automatisch den Atem an.

»Okay, wenn das so ist, kann ich die Frau ja töten. Vielleicht möchten Sie sich noch von ihr verabschieden.«

Ein dumpfer Laut ertönte, dann ein Stöhnen. Matts Gesicht verlor jede Farbe. Clint musste sich beherrschen, um das Handy nicht aus dem Fenster zu werfen. Das Gehäuse knackte Unheil verkündend, und er lockerte mühsam seinen Griff.

»H…hallo?« Die zögernde Stimme seiner Schwester traf ihn mitten ins Herz.

Rasch hielt er das Handy außer Reichweite, als Matt es ihm aus der Hand reißen wollte. Bedauernd schüttelte er den Kopf. »Hallo. Hier ist Clint Hunter. Mit wem spreche ich?« Er musste jedes Wort aus sich herauspressen.

»Sh…Shannon Colter.«

Matt schloss mit einem rauen Laut die Augen und lehnte die Stirn ans Lenkrad. Clint legte eine Hand auf seine Schulter, während er sich überlegte, wie er weiter vorgehen sollte.

»Werden Sie gut behandelt?«

Eine kleine Pause entstand. »Ich l…lebe noch. Bitte …« Geräusche drangen durch den Hörer, die nach einem Kampf klangen.

Seine Eingeweide zogen sich zusammen. »Hallo?«

»Wollen Sie das wirklich durchziehen, Hunter? Noch lebt sie, aber das kann sich auch ganz schnell ändern.«

Clint presste die Zähne zusammen. »Was wollen Sie?«

»Das Gleiche wie vorher: dass Sie sich mir ausliefern. Tun Sie das, hat Shannon noch eine Chance, wenn nicht …« Er setzte den Satz nicht fort, aber das war auch nicht nötig. Ihre Zeit war gerade abgelaufen.

»Wo und wie?«

Matt hob ruckartig den Kopf und blickte ihn scharf an. Es

war klar, dass er etwas sagen wollte und sich nur mühsam zurückhielt.

»Jetzt reden wir endlich Klartext, wie schön.« Genugtuung schwang in der Stimme des Terroristen mit. »Wo sind Sie gerade?«

»Beim Spa.«

»Das ist gut. Ich melde mich später mit weiteren Instruktionen zurück. Und ich erwarte, dass Sie die genau erfüllen, Hunter. Wenn nicht, stirbt Shannon, und es wäre doch sehr schade, so viel Schönheit und Talent zu verschwenden.«

»Verstanden.« Clint presste es durch seine Zähne.

»Und Hunter …«

»Ja?«

»Sagen Sie Shannons SEAL-Freund, dass ich mich in der Zwischenzeit gut um seine Geliebte kümmern werde. Ich mag Rotschöpfe.« Damit brach die Verbindung ab.

Sorgfältig legte Clint das Handy auf die Konsole, bevor er die Tür aufriss und aus dem Auto sprang. Mit der Faust schlug er auf das Dach und verursachte eine Beule. Aber das war ihm egal.

Matt kam um den Wagen herum, seine Augen waren gerötet. »Wir müssen sie da rausholen, Clint! Du weißt genauso gut wie ich, dass die Terroristen sie nicht gehen lassen werden, selbst wenn du dich auslieferst.«

»Das ist mir klar.«

»Und was machen wir jetzt?«

Clint schob sein Kinn vor. »Dafür sorgen, dass wir vorbereitet sind, wenn sie sich wieder melden. Wir werden Shannon befreien, wenn nötig mit Gewalt.«

»Dafür brauchen wir ein Team.« Matt schien jede Hoffnung verloren zu haben.

»Ja. Und wir werden eines bekommen.« In Gedanken ging

er das gesamte Gespräch noch einmal durch. »Aber eine Sache irritiert mich.«

Matt blickte ihn an. »Welche?«

»Meine Handynummer haben nur meine Familie, einige Freunde und wenige Kollegen. Woher haben die Terroristen sie?«

»Von Shannon vielleicht?« Matt wirkte, als müsste er sich übergeben.

Clint überlegte kurz, schüttelte dann aber den Kopf. »Das glaube ich nicht, sonst hätte sie sich nicht mit ›Colter‹ vorgestellt. Offenbar hat sie ihnen nicht gesagt, dass sie meine Schwester ist. Das müssen sie irgendwie anders herausgefunden haben.«

»Durch ihre Bücher ist sie im Internet sehr präsent. Ich schätze, es dürfte nicht besonders schwer gewesen sein, ihre Identität herauszufinden.«

»Stimmt. Aber dort steht sicher nichts über unser Verwandtschaftsverhältnis. Und woher haben sie meine Telefonnummer?« Seine Hand ballte sich zur Faust. »Was ist, wenn sie jemanden umgedreht haben, dem ich vertraue? Schließlich wussten sie auch, dass Karen im Spa sein würde.«

Stumm kämpfte Shannon gegen den Schmerz an, der von ihrer Kopfhaut ausging, da der Anführer ihre Haare immer noch fest im Griff hielt. Während des Telefonats hatte er ihr keine Möglichkeit gegeben, ihm zu entwischen. Und selbst wenn, wohin hätte sie fliehen sollen? Sollte sie irgendwo in der Wildnis gefangen sein, würde sie bei ihrer Flucht vermutlich erst recht sterben.

Sehnsüchtig blickte sie zum Fenster, durch das sie grüne Vegetation erkennen konnte. Sie hatte doch sonst so viel Fantasie, warum fiel ihr jetzt nichts ein? Mühsam drängte sie die

Tränen zurück, als sie darüber nachdachte, wie furchtbar es für Clint gewesen sein musste, ihre Stimme zu hören und zu wissen, dass sie in den Händen dieser Verbrecher war. Ob Matt in der Nähe gewesen war? Zu gerne hätte sie mit ihm gesprochen und ihm versichert, dass es ihr gut ging. Diese Situation musste ihn wahnsinnig machen.

Der Anführer riss erneut an ihren Haaren, um ihre Aufmerksamkeit zu erlangen. Sein Blick bohrte sich in ihren und ließ sie erschaudern, als sie die Kälte darin erkannte. »Eine nette kleine Scharade war das, aber du kannst damit aufhören. Ich weiß genau, wer du bist, Shannon Hunter. Du glaubst nicht, wie einfach es heutzutage ist, im Internet nach einem bestimmten Menschen zu suchen, besonders wenn derjenige in der Öffentlichkeit steht. Man braucht dafür nur ein Foto. Und danach muss man nur noch die richtigen Leute kennen, die einem die Informationen liefern.« Bei seinem hinterhältigen Lächeln zog sich ihr Magen zusammen. »Dachte Clint wirklich, dass er mich täuschen kann? Ich hätte nicht geglaubt, dass er so dumm ist.«

Shannon biss sich auf die Lippe, um ihren Bruder nicht zu verteidigen.

Mit einem angewiderten Laut stieß der Anführer sie von sich. Sie verlor das Gleichgewicht und stürzte zu Boden. Hart kam sie auf. Einen Moment lang war sie wie betäubt, dann versuchte sie, sich aufzurichten, doch einer der anderen Verbrecher hinderte sie daran, indem er auf ihre Haare trat. Hilflos blieb sie liegen und wünschte sich, sie hätte eine Waffe, irgendetwas, mit dem sie sich wehren könnte.

»Bringt sie wieder nach unten.« An Shannon gewandt fügte er hinzu: »Du hast Glück, dass ich dich noch als Druckmittel brauche, sonst wärst du jetzt schon tot.«

»He, Boss, können wir uns ein wenig mit ihr vergnügen? Wir lassen sie auch am Leben.«

Der Anführer, der schon auf dem Weg nach draußen war, wandte sich an der Tür noch einmal um und blickte Shannon stumm an. Innerlich schrie sie auf. *Nein, nur das nicht!* Sie konnte mit allem fertig werden, aber damit nicht.

Es schien unendlich lange zu dauern, bis er schließlich den Kopf schüttelte. »Wir sind keine Barbaren. Wenn ihr eine Frau braucht, sucht euch eine in der Stadt. Bekomme ich heraus, dass ihr meinen Befehl missachtet habt, werdet ihr das bereuen.« Er warf den Männern einen scharfen Blick zu. »Habe ich mich klar genug ausgedrückt?«

Missmutig nickten sie. »Ja, Boss.« Sie waren mit der Entscheidung offensichtlich nicht zufrieden, wagten aber nicht, ihm zu widersprechen.

Erleichtert atmete Shannon auf. Jetzt konnte sie nur hoffen, dass die Angst der Männer vor ihrem Anführer größer war als ihr Verlangen, sie zu vergewaltigen. Übelkeit stieg in ihr auf, die sie rasch zurückdrängte. Sie durfte ihnen nicht zeigen, wie viel Angst sie vor ihnen hatte, das würde sie nur noch mehr reizen. Nach einem letzten Blick verließ der Anführer den Raum.

Die Verbrecher schauten sich an, bevor sie auf Shannon heruntersahen. Sie wünschte, sie hätte mehr angehabt als ein kurzes, viel zu dünnes Nachthemd, das vermutlich auch noch hochgerutscht war und wesentlich mehr enthüllte, als ihr lieb war. Mit den Händen versuchte sie, es unauffällig herunterzuziehen, doch das funktionierte nicht, weil sie darauf lag. Um nicht noch weitere Aufmerksamkeit darauf zu lenken, entschied sie, sich lieber nicht zu bewegen.

»So ein Spielverderber! Es ist eine Schande, so ein heißes Stück umzubringen, ohne sie vorher ordentlich rangenommen zu haben.« Der Mann beugte sich zu ihr hinunter und fuhr mit dem Finger ihren Hals entlang.

Eiseskälte breitete sich in ihr aus, ihr Herzschlag stockte.

Würden sie es wirklich wagen, den Befehl des Anführers zu missachten? Shannon versuchte, sich so unscheinbar wie möglich zu machen, doch offensichtlich funktionierte das nicht, wenn sie die Beule als Indiz nahm, die sich in der Hose desjenigen bildete, der weiterhin auf ihren Haaren stand. *Oh Gott, oh Gott!* Fieberhaft suchte sie nach einer Möglichkeit, ihnen zu entkommen oder die Sache auszureden, aber sie wusste, dass alles an ihnen abprallen würde. Sehnsüchtig blickte sie zur Tür. In einem ihrer Romane würde spätestens jetzt jemand in den Raum treten und die Heldin retten. Nur leider war dies kein Roman, sondern die Wirklichkeit.

Die schwitzigen Finger waren jetzt auf der Rundung ihrer Brust angekommen. Ein paar Zentimeter weiter und sie würde sich übergeben. Ob sie das dann immer noch so heiß fänden?

Der Kerl grinste sie an. »Er hat nicht gesagt, dass wir nicht ein wenig unseren Spaß mit dir haben können. Es darf nur nichts zu sehen sein.«

Shannons Mund wurde trocken. Offensichtlich hatten die Verbrecher beschlossen, die Worte ihres Anführers so auszulegen, wie es ihnen passte. »Ich werde es eurem Boss sagen, wenn ihr mich nicht sofort loslasst.«

Seine Augen verengten sich zu Schlitzen. »Wem wird er wohl mehr glauben, einer Geisel oder seinen eigenen Leuten? Und du wirst es nie beweisen können.«

Mit Mühe hielt sie ihre Stimme ruhig. »Wollt ihr es wirklich darauf ankommen lassen?« *Bitte nicht!*

Nachdenklich blickte der Mann sie an. »Du könntest es wert sein. Was ich bisher gesehen habe, ist jedenfalls sehr verlockend.« Seine Finger schlossen sich um den Ausschnitt ihres Nachthemds, und er zog daran.

Ihr Oberkörper bog sich nach oben, während sich der Druck auf ihre Kopfhaut durch die unter dem Schuh gefangenen Haare verstärkte. Ein reißendes Geräusch erklang, und ihr Rücken schlug wieder auf den Boden. Kühle Luft blies über ihre Brüste, aber sie blickte nicht an sich hinunter. Wut stieg in ihr auf. Hätte sie eine Waffe gehabt, wäre sie in diesem Moment auf die beiden Mistkerle losgegangen. Beinahe körperlich konnte sie ihre gierigen Blicke fühlen. Mühsam drängte sie den Ekel zurück.

Sie widerstand dem Drang, das zerrissene Dekolleté ihres Nachthemds zusammenzuhalten. »Jetzt habe ich einen Beweis für euren Boss.«

Das ließ die Männer für einen Moment innehalten, dann zuckte der über sie Gebeugte mit den Schultern. »Kann auch bei einem Kampf passiert sein. Du wolltest fliehen, und wir haben dich davon abgehalten.«

Ein Zittern lief deutlich sichtbar durch ihren Körper, sie konnte es nicht aufhalten. Sie musste handeln, wenn sie verhindern wollte, dass diese Schweine das taten, was ihre Mienen ankündigten. Shannon schloss die Augen und sammelte ihre gesamte Kraft. Als der Mann darauf konzentriert war, seine Hand in den zerrissenen Ausschnitt zu schieben, riss sie ihr Knie hoch und rammte es zwischen seine Beine. Mit einem hohen Jaulen brach er auf ihr zusammen. Shannon versuchte, ihn von sich zu schieben, aber er war zu schwer, und der andere Verbrecher stand weiterhin auf ihren Haaren. Trotzdem versuchte sie, ihren Kopf hochzureißen, doch sie kam nicht los.

»Miststück!« Schwer atmend und fluchend wälzte sich der Getroffene auf ihr. Sein Ellbogen traf ihre Brust, und Shannon zuckte vor Schmerz zusammen.

Der andere Mann begann zu lachen. »He, Cal, lässt du dich wirklich von so einer Schlampe kleinkriegen? Wenn du das nicht hinbekommst, dann lass mich ran, ich weiß, wie ich mit ihr umzugehen habe.« In sein Gesicht war deutlich die Lust geschrieben, ihr Schmerzen zu bereiten.

Noch einmal bäumte Shannon sich auf und kämpfte mit aller Kraft gegen den Verbrecher an. Es war ihr egal, wo sie ihn mit ihren Schlägen und Tritten traf, Hauptsache, er ging endlich von ihr runter. Der Mann grunzte, bewegte sich aber nicht von ihr weg. Im Gegenteil, sie schien ihn durch die Gegenwehr nur anzuheizen. Brutal schlossen sich seine Hände um ihre Handgelenke und rissen sie nach oben.

»Wenn du dich nützlich machen willst, halt sie fest.«

Sein Kumpan schien darüber nachzudenken, dann hockte er sich hin. Dadurch waren ihre Haare weiter gefangen, während er gleichzeitig ihre Arme nach oben zog. *Nein!* Wenn nicht noch ein Wunder geschah, hatte sie keine Chance gegen die beiden. Mit den Knien lehnte er sich auf ihre Arme und hielt sie damit effektiv fest, während er gleichzeitig die Hände frei hatte. Shannon wusste, dass sie nur noch eine einzige Möglichkeit hatte. Sie öffnete den Mund und begann zu schreien. Doch nach dem ersten schrillen Ton legte ihr der Mann eine Hand auf den Mund und erstickte ihre Rufe. In ihrer Not biss Shannon ihn, aber er fluchte nur unterdrückt und presste fester zu.

Verzweifelt atmete sie durch die Nase ein, damit sie nicht erstickte. Der andere Verbrecher legte sich zwischen ihre Beine, womit sie auch die Möglichkeit verlor, ihn zu treten. Sie war völlig hilflos. Tränen der Wut und Verzweiflung liefen über ihr Gesicht. *Matt!* Grobe Hände schoben ihr Nachthemd immer weiter hoch, heißer Atem streifte ihren Bauch. Mühsam drängte sie die Übelkeit zurück. Wenn sie sich jetzt übergab, würde sie ersticken. *Sie wollte nicht hier sterben!* Fest presste sie die Augen zusammen und versuchte, sich in Gedanken an einen anderen Ort zu begeben, einen glücklicheren.

Ohne Vorwarnung verschwand das Gewicht über ihr. »Seid ihr jetzt völlig verrückt geworden? Eric hat euch explizit gewarnt, die Geisel anzufassen!« Die Stimme kannte sie, tief und ein wenig rau. *Derek.* Zwar hatte er sie in den Keller gesperrt und auch nicht herausgelassen, aber immerhin hatte er ihr bisher noch nicht wehgetan und ihr sogar schon einmal geholfen. Zögernd hob sie die Augenlider. Sie wollte etwas sagen, aber der andere Verbrecher hielt ihr immer noch den Mund zu.

Er fletschte die Zähne. »Was geht das dich an? Wir wollen nur ein wenig spielen.«

Spielen? Wenn er sie nicht noch festgehalten hätte, wäre sie jetzt auf ihn losgegangen.

»Idiot! Weißt du, was Eric mit euch machen wird, wenn er davon erfährt? Ihr wisst, dass er es absolut nicht leiden kann, wenn man seine Befehle missachtet.«

Der andere Mann saß ein Stück entfernt von ihr und rieb seine Schulter. »Willst du es ihm etwa sagen?« Er klang deutlich weniger selbstsicher als noch vor wenigen Minuten. »Verdammt, ich glaube, du hast mir die Schulter ausgekugelt.«

»Ich hätte noch viel mehr machen sollen.« Derek blickte ihn fest an. »Ich sollte es ihm sagen, aber ich will nicht, dass er jetzt abgelenkt wird. Ihr habt also Glück gehabt. Aber wenn ich euch noch einmal dabei erwische, dass ihr die Gefangene auch nur schief anseht, werde ich euch melden. Habt ihr das verstanden?«

Der andere Mann schnaubte. »Und warum sollten wir tun, was du sagst? Wir sind viel länger bei den *Kriegern Gottes* als du.«

Derek verzog den Mund. »Weil ich hier für die Sicherheit zuständig bin und euch jederzeit eine Kugel in den Kopf jagen könnte.«

Offenbar erkannten sie den Wahrheitsgehalt dieser Aussage, denn der Mann hinter ihr erhob sich endlich, und Shannon konnte sich wieder frei bewegen. Jede einzelne Haarwurzel, jeder Muskel in ihrem Körper schmerzte, und zu allem Überfluss hatte sie sich auch noch die Lippe an ihren Zähnen verletzt. Der metallische Geschmack von Blut füllte ihren Mund. Sie rieb sich die Handgelenke und setzte sich vorsichtig auf. Ihr Blick ruhte so lange auf den beiden Verbrechern, bis diese den Raum verlassen hatten.

Erst dann wandte sie sich Derek zu, der sich neben sie kniete. Hastig zog sie ihr Nachthemd zurecht, sodass es alle strategischen Punkte verdeckte.

»Sind Sie okay?«

Ein hysterisches Lachen entfuhr ihr, bevor sie rasch ihre Hand vor den Mund schlug. »Ich wurde gerade fast v…vergewaltigt, und Sie fragen, ob ich o…okay bin?«

»Tut mir leid, dass ich nicht früher da war.« Für einen Moment glaubte sie, Mitgefühl in seinen braunen Augen zu sehen, dann wurde seine Miene wieder hart. »Können Sie gehen?«

Shannon versuchte, sich aufzurichten, doch ihre Beine knickten sofort unter ihr ein. Ohne ein weiteres Wort hob Derek sie hoch. Shannon versteifte sich, als seine Hände ihre Haut berührten.

»Keine Angst, ich bringe Sie nur nach unten. Ich habe keinerlei Interesse an Ihnen als Frau.«

Wofür Shannon unendlich dankbar war, als er sie durch nur schwach beleuchtete Gänge trug. Es kam ihr beinahe so vor, als wären sie unter der Erde, aber das konnte nicht sein, oder? Durch das Fenster hatte sie doch Bäume gesehen. Sie versuchte, sich alles einzuprägen, aber der Schock setzte ein und ließ sie zittern.

Behutsam setzte Derek sie kurz darauf in ihrer Zelle ab. Wortlos verließ er sie und zog die schwere Tür hinter sich zu. Erst als Shannon den Riegel hörte, brach sie zusammen und begann zu weinen.

Sie war so in ihr Elend vertieft, dass sie nicht mitbekam, als die Tür sich wieder öffnete. Eine Hand berührte ihre Schulter. »Ziehen Sie das über.«

Shannon hob den Kopf und blinzelte in die Dunkelheit. Sie ertastete den Stoff eines Kleidungsstückes, das Derek ihr hinhielt. »Danke.«

Derek räusperte sich. »Kein Grund, so etwas noch einmal heraufzubeschwören. Ich hoffe, die Kleidung hilft.« Damit verschwand er so leise wieder, wie er gekommen war.

10

Matt fiel es unheimlich schwer, still zu sitzen, während sie durch Tennison, Montana fuhren. Es wirkte so friedlich hier, nicht wie ein Ort, an dem sich die gefährlichste Terrorgruppe der USA versteckt hielt. Hoffentlich führte die Spur wirklich zu Shannon, denn er würde die Sorge um sie nicht mehr lange durchhalten. Er wollte endlich zu ihr und mit eigenen Augen sehen, dass es ihr gut ging. Seit dem Anruf wusste er zwar, dass sie noch lebte, das hieß aber nicht, dass sie ihr nicht mittlerweile etwas Furchtbares angetan hatten oder sie nicht töten würden, sobald sie ihren Zweck erfüllt hatte.

Mehr als einmal hatte er seinem Freund raten wollen, sich nicht den Terroristen auszuliefern, aber jedes Mal hatte er geschwiegen, obwohl sein Gewissen dagegen rebellierte. Lieber hätte er sich selbst geopfert, aber er war für die Verbrecher völlig uninteressant. Dennoch wollte er weder seine Frau verlieren noch seinen besten Freund.

»Wir müssen an der Ampel rechts.« Clint wirkte, als wären sie auf einer Spazierfahrt.

Etwas in Matt zerbrach. »Wie kannst du so ruhig sein? Es ist deine Schwester, mit der sie gerade sonst was anstellen, verdammt noch mal! Vielleicht sehen wir sie nie wieder und …« Seine Kehle zog sich zusammen, und er brachte kein Wort mehr heraus.

Clint zog eine Augenbraue hoch. »Denkst du, es würde helfen, wenn ich hier panisch kreischend herumrenne und mit den Armen fuchtele?«

Normalerweise hätte dieses Bild gereicht, um Matt zum Lachen zu bringen – zumal Clint der ruhigste und ausgeglichenste Mensch war, den er kannte –, doch er hatte seinen Humor verloren, als Shannon verschwunden war. »Nein, aber es würde mir helfen, wenn ich das Gefühl hätte, nicht der Einzige zu sein, der ein nervöses Wrack ist.«

Als sie an der roten Ampel hielten, drehte sich Clint zu ihm um und blickte ihm direkt in die Augen. »Ich habe eine Scheißangst um Shannon und davor, dass wir zu spät kommen. Aber es hilft nicht, wenn ich diese Gefühle mein Handeln bestimmen lasse. Denn dann kann ich ihr nicht mehr helfen.«

Matt atmete scharf aus. »Ich weiß, tut mir leid. Ich komme mir nur so hilflos vor, so unfähig.« Mühsam riss er sich zusammen. »Du warst schon immer besser darin, deine Gefühle zu kontrollieren und dich auf das Wesentliche zu konzentrieren.«

»Stimmt.«

»Idiot.«

»Hitzkopf.« Der Hauch eines Lächelns hob Clints Mundwinkel. »Es ist grün.«

Kopfschüttelnd fuhr Matt an und bog in die Straße ein, die I-Mac ihnen genannt hatte. Eine andere Art der Anspannung ersetzte die hilflose Furcht, die ihn jetzt ständig begleitete. Mit dem konkreten Ziel vor Augen erinnerte er sich an seine Ausbildung und wurde ein wenig ruhiger. Zumindest äußerlich.

»Park hier, es ist das Haus da vorne auf der linken Seite.« Clints Stimme hatte inzwischen wieder den gewohnten Befehlston angenommen.

Matt fuhr in die Parklücke vor dem Einfamilienhaus und stellte den Motor ab. Ohne ein weiteres Wort stiegen beide aus und gingen auf das Haus zu. Jahrelange Erfahrung als SEALs machte jede Unterhaltung oder Absprache unnötig, sie wussten, wie der andere dachte und was zu tun war. Während Matt klingelte, schlich Clint um das Haus herum zur Hintertür. Sie würden versuchen, zuerst vernünftig mit dem Kerl zu reden, und nur dann härtere Bandagen anlegen, wenn er nicht kooperierte.

Die Tür öffnete sich einen Spaltbreit. »Ja?«

Matt bemühte sich, sein freundlichstes Gesicht aufzusetzen, was ihm momentan extrem schwerfiel. »Mr Roberts? Mein Name ist Matt Colter, ich habe ein paar Fragen an Sie.«

»Ich kaufe nichts!« Der Mann wollte die Tür wieder schließen, doch Matt stemmte eine Hand dagegen und hinderte ihn daran.

»Ich will auch nichts verkaufen, nur ein paar Antworten.« Mit der anderen Hand zog er seinen Ausweis vom Verteidigungsministerium heraus und hielt ihn vor den Spalt. »Es wird nicht lange dauern.«

Die Augen des Mannes weiteten sich. »Worum geht es? Ich habe nichts getan.«

»Das habe ich auch nicht behauptet. Es geht um eine wichtige Sache, bei der ich auf Ihre Hilfe angewiesen bin.« Nur mühsam hielt Matt seine Ungeduld in Schach. Am liebsten hätte er die Tür einfach aufgebrochen, Roberts am Kragen gepackt und ihn so lange geschüttelt, bis er ihnen mitteilte, wo sie den Terroristen finden konnten, über den er gechattet hatte.

Stattdessen zog sich der Mann zurück, doch statt das Kettenschloss aufzumachen, verschwand er einfach. Matt stieß einen Seufzer aus und drückte mit der Schulter gegen die Tür, bis die Kette aus der Verankerung gerissen wurde und er das Haus betreten konnte. Der dunkle, muffige Flur war leer, wenn man von den ausgestopften Tierköpfen absah, die in regelmäßigen Abständen an den Wänden hingen. *MontanaGunslinger*, sehr passend. Anscheinend war Roberts jemand, der sich ganz stark dabei fühlte, wenn er auf wehrlose Tiere schoss.

Angewidert folgte Matt dem Flüchtenden durch das Haus. Das war nicht besonders schwer, denn in diesem Moment ertönte von der anderen Seite des Hauses ein Poltern, gefolgt von einem hohen Schrei. Offenbar hatte Clint schon dafür gesorgt, dass Roberts ihnen nicht entkommen würde. Trotzdem beeilte Matt sich, denn er wollte die Sache so schnell wie möglich hinter sich bringen, damit er Shannon endlich befreien konnte.

Er stieß die Tür zur Küche auf und blieb im Eingang stehen, als er sah, dass Clint dem Flüchtigen die Arme auf den Rücken gedreht hatte und seinen Oberkörper damit auf den Tisch drückte. Eine Waffe lag außer Reichweite auf dem Boden. Matt schlenderte durch den Raum und hob sie auf.

»Wo wollten Sie denn hin, Mr Roberts?«

Der bäumte sich in Clints Griff auf und stöhnte dann. »Sie können mir nichts anhängen, ich habe einen Waffenschein!«

»Warum sind Sie dann abgehauen?«

Roberts' schmächtiger Körper zuckte. »Vielleicht wollte ich einfach nicht mit Ihnen reden. Es ist doch wohl mein Recht, in meinem eigenen Haus nicht belästigt zu werden.«

Matt verschränkte die Arme vor der Brust und hielt die Waffe so, dass Roberts sie genau sehen konnte. »Wenn jemand vom Verteidigungsministerium bei Ihnen klingelt, dann sicher nicht aus Spaß. Ein Rat für die Zukunft: Wenn Sie nichts zu verbergen haben – was ich nicht glaube –, dann sollten Sie auch nicht weglaufen. Dadurch sieht man so schuldig aus.«

Clint zog den Mann an den Armen hoch und kümmerte sich nicht um dessen Beschwerden, dass er ihm dabei fast die Schultern auskugelte. »Wir interessieren uns nicht dafür, ob Ihre Waffen legal sind, dafür sind andere zuständig.«

»Was wollen Sie dann?« Eine Spur Hoffnung klang in der Frage mit.

Matt blieb dicht vor ihm stehen. »Es geht um Ihre Behauptung, dass Sie mit einem Terroristen in Kontakt stehen.«

Sämtliches Blut wich aus Roberts' Gesicht. »Das habe ich nie gesagt!«

Matt griff nach seinem Hemdkragen und zog den Mann dicht zu sich heran. »Lügen Sie uns nicht an. Sie sind MontanaGunslinger und haben in einem Chatroom damit angegeben, dass Sie einen Terroristen kennen würden. Wollen Sie uns etwa sagen, dass das nicht stimmt?«

Roberts nickte eifrig. »Genau.«

»Wohnen Sie hier alleine?«

Verwirrt blickte der Mann Matt an. »Was hat das damit zu tun?«

»Beantworten Sie die Frage.«

»Ja, verdammt noch mal.«

Matt schob sein Gesicht noch dichter an ihn heran. »Schon mal was von IP-Adresse gehört? Die wird aufgezeichnet, wenn Sie im Internet etwas machen. Und die von MontanaGunslinger führte uns genau hierher. Interessant, oder?«

Roberts zitterte, Schweiß bildete sich auf seiner Stirn. »Ich …«

Matts Geduldsfaden riss. »Hören Sie auf mit dem Mist! Entweder sagen Sie uns jetzt die Wahrheit, oder es wird deutlich unangenehmer für Sie.« Er senkte die Stimme. »Es geht um das Leben einer jungen Frau. Sollte ihr etwas passieren, werde ich Sie dafür verantwortlich machen. Haben Sie das verstanden?«

»J…ja.«

»Gut.« Matt blickte über Roberts' Schulter zu Clint. Der nickte ihm zu und lockerte seinen Griff.

Roberts stöhnte auf, als das Blut in seine Arme zurückströmte.

Matt wartete kurz, bis der Mann sich erholt hatte, bevor er seine Frage wiederholte. »Kennen Sie nun einen Terroristen?«

Der Blick des Mannes wanderte durch den Raum, als suchte er verzweifelt einen Ausweg. »K…kennen ist vermutlich zu viel gesagt. Ich hatte ein paar Gespräche mit jemandem in einer Kneipe, der behauptete, zu einer Terrorgruppe zu gehören.«

Clint mischte sich ein. »Erwähnte er auch, welche Terrorgruppe?«

»Nein, das hat er nicht gesagt. Er hat dazu auch nichts Näheres erzählt, nur damit geprahlt, dass sie schon unzählige Anschläge verübt hätten und nie gefasst wurden. Und dass sie einen ganz großen Coup planen.« Er drehte den Kopf, sodass er Clint sehen konnte, der noch immer hinter ihm stand. »Ich bin davon ausgegangen, dass er ein Aufschneider ist. Das ist er doch, oder?«

Matt antwortete für Clint. »Das versuchen wir gerade herauszufinden. Sagen Sie uns alles, was Sie über ihn wissen, wie er aussieht, was für ein Auto er fährt, wo er lebt, alles, was er noch gesagt hat.«

Roberts wurde noch bleicher. »Oh Gott, Sie nehmen den wirklich ernst, oder? Wenn er wirklich ein Terrorist ist und erfährt, dass ich etwas ausgeplaudert habe …«

»Wird er Sie vermutlich töten, ja. Andererseits wird er sowieso erfahren, dass Sie mit uns geredet haben, und wenn Sie uns nichts sagen, werden wir Sie nicht schützen. Was glauben Sie, wie lange Sie alleine überleben werden?« Er bezweifelte, dass Roberts ein harmloser Bürger war, der noch nie etwas Verbotenes getan hatte. Und ihnen lief die Zeit davon.

Roberts begann zu zittern – und er redete. Danach sperrten sie ihn in ein fensterloses Badezimmer und zogen sich zurück, um das weitere Vorgehen zu planen.

Matt strich sich frustriert mit der Hand durch die Haare. »Was machen wir jetzt? Wir können ihn nicht freilassen, entweder wird er zu seinem Kumpel laufen, es irgendwo ausplaudern oder sich von den Terroristen ermorden lassen.«

»Wir müssen ihn solange festhalten. Zur Polizei können wir ihn nicht bringen, also müssen wir uns selbst darum kümmern.« Clint blickte aus dem Fenster. »Wir brauchen dringend Verstärkung. Ich würde Red bitten, aber ich brauche ihn, um die Ranch zu schützen.«

Matt ging in dem Zimmer auf und ab. »Ich rufe Hawk an. Vielleicht kann er jemanden organisieren. Dann bleibt aber immer noch die Frage, wie wir die Terrorgruppe finden. Wir können uns ja kaum in die Kneipe setzen und warten, bis er irgendwann noch mal vorbeikommt. So viel Zeit haben wir nicht. Außerdem könnte er dich erkennen, wenn du dich sehen lässt.«

Clint drehte sich zu ihm um, ein Muskel zuckte in seiner Wange. »Es wird Zeit für eine taktische Besprechung.«

Matt nickte nur, zog sein Handy heraus und wählte Hawks Nummer. Er stellte es auf Lautsprecher, damit Clint mithören und sich bei Bedarf auch einschalten konnte. Glücklicherweise hob Hawk sofort ab.

»Hier ist Matt. Wir haben den Gunslinger.« Rasch brachte er Hawk auf den neuesten Stand der Dinge.

»Mist. Es wäre ja auch zu einfach gewesen, wenn er eine Adresse der Terroristen gehabt hätte.« Einen Moment lang herrschte Stille, während Hawk nachdachte. »Okay, ich stelle ein Team zusammen, auf rein freiwilliger Basis natürlich, da wir keinen Auftrag dafür haben.«

»Das …«

Hawk ließ ihn nicht ausreden. »Ist die einzig sinnvolle Vorgehensweise.«

Dankbarkeit überkam Matt, und er räusperte sich. »Genau das wollte ich sagen.«

»Dann ist es ja gut. Ein paar Freiwillige habe ich schon, Rock und I-Mac sind auf jeden Fall dabei, und Rock ist gerade drüben beim Alpha Squad von Team 11 und fragt, ob bei ihnen gerade eine Übungsmission ansteht. Die Landschaft da oben könnte eine gute Herausforderung für sie sein.«

Ein bittersüßes Gefühl durchzuckte Matt bei dem Gedanken, noch einmal mit seinem alten Team zusammenarbeiten zu können. In Clints Gesicht konnte er ähnliche Empfindungen ablesen. Aber die Freude wurde sofort wieder durch den Gedanken an Shannon gedämpft. Es zählte nur, sie heil dort herauszubekommen, egal wer, egal wie. »Das wäre toll, aber mach ihnen klar, dass sie großen Ärger bekommen werden, wenn das herauskommt. Ich könnte es verstehen, wenn sie das nicht riskieren wollen.«

Hawk schnaubte. »Das ist nicht dein Ernst, oder? Die können es kaum erwarten, diesen Terroristen in den Arsch zu treten. Ich frage mich, wann endlich mal jemand in der Regierung aufwacht und erkennt, dass es sinnvoll ist, SEALs bei bestimmten Aktionen auch im eigenen Land einzusetzen.«

»Wenn jemand den Verteidigungsminister dazu überreden kann, dann du.« Die Diskussion hatten sie schon öfter geführt. »Danke, Hawk. Ich schulde dir was.«

»Dann bring Shannon wieder nach Hause.«

Matts Kehle zog sich zusammen. »Mache ich.« Er beendete die Verbindung und blickte dann Clint an. »Glaubst du, Team 11 wird kommen?«

»Sofern sie keine Mission anstehen haben oder sonst irgendwie unabkömmlich sind – ja. Einmal ein Team, immer ein Team.«

»Verdammt, ich vermisse das. Zwar wächst das TURT-Team

auch langsam zusammen, aber es ist doch etwas anderes, als wenn man jahrelang zusammen trainiert und etliche Missionen durchlebt hat.«

Clint nickte. »Ich weiß, was du meinst.«

Unruhig blickte Matt nach draußen. »Was machen wir jetzt?«

»Warten, bis die anderen hier sind. Wir können Roberts nicht alleine lassen, und wenn wir uns draußen sehen lassen, kann es sein, dass uns jemand erkennt.«

Er brauchte nicht auszuführen, welche Konsequenzen das haben würde. Entweder würden sie Shannon sofort töten oder mit ihr flüchten. Allein die Vorstellung ließ Matt bis ins Innerste erstarren. »Wir können doch nicht die ganze Zeit hier tatenlos rumsitzen.«

»Etwas anderes bleibt uns derzeit leider nicht übrig.« Clints Mundwinkel hob sich leicht. »Sieh es positiv: Immerhin haben wir jetzt eine solide Behausung als Hauptquartier.«

Vanessa hatte zwar Skrupel, aber wenn ihr niemand etwas erzählen wollte, dann musste sie sich eben auf andere Weise informieren. Deshalb belauschte sie heimlich ein Gespräch zwischen Jade und Hawk, das die beiden vor der Baracke führten. Offenbar waren sie so darin vertieft, dass sie nicht bemerkt hatten, wie Vanessa hinter ihnen aus der Tür getreten war und sich dann seitlich in die Büsche geschlagen hatte. Vermutlich sollte sie wirklich ein schlechtes Gewissen haben, aber das hatte sie sich während ihrer Zeit bei der CIA abgewöhnt. Informationen zu sammeln war etwas, das sie automatisch zu jeder Zeit tat.

»Shannon braucht unsere Hilfe, Daniel. Wir können sie nicht im Stich lassen.« Jade klang nicht besonders glücklich.

Durch die Blätter konnte Vanessa sehen, wie Hawk mit der Hand durch seine Haare fuhr, wie immer, wenn er aufgeregt war. »Das sage ich doch auch gar nicht! Ich kann hier nur nicht weg, während Matt in Montana ist, und dich brauche ich auch hier.«

»Wofür? Was tue ich schon, das nicht auch etwas Zeit hätte?«

Hawk seufzte tief auf. Mit den Händen umfasste er Jades Gesicht und blickte ihr tief in die Augen. Automatisch duckte Vanessa sich tiefer. »Ich muss wissen, dass du in Sicherheit bist. Und bevor du jetzt antwortest – ja, ich weiß, dass du selbst auf dich aufpassen kannst, aber ich hätte trotzdem keine ruhige Minute.«

»Das ist mein Job, Hawk. Wenn du nicht ertragen kannst, dass ich auf eine Mission gehe, dann habe ich bei den TURTs nichts mehr verloren.« Jades Stimme klang völlig ruhig. Offenbar hatten sie diese Diskussion schon öfter geführt.

»Gib dir und vor allem mir noch ein wenig Zeit, Jade. In diesem Fall glaube ich wirklich, dass du Matt und Shannon von hier aus besser helfen kannst. Wenn es darum geht, ein Terroristenlager zu stürmen, sind die SEALs einfach besser geeignet.«

Überrascht atmete Vanessa ein. Terroristen? SEALs? Ging es um einen Auslandseinsatz? Aber warum machte Hawk so ein Geheimnis darum? Und vor allem: Was hatte das mit den TURTs zu tun? Normalerweise kam deren Einsatz, bevor ein SEAL-Team entsandt wurde und nicht erst danach. Außerdem hatte Hawk gerade erst gesagt, dass Matt sich in Montana befand. Die Sache wurde immer seltsamer.

Es dauerte nicht lange, bis Vanessa die Verbindung zog, nachdem sie noch mehr Gesprächsfetzen aufgeschnappt hatte. Es ging um einen Einsatz im Inland, und zwar in Montana, und der hatte etwas mit Shannon und Terroristen zu tun! Und die SEALs würden ein Team dorthin senden. Unautorisiert vermutlich, deshalb durfte es auch keiner erfahren. *Oh verflucht!*

»Bitte, Jade. Ich brauche dich hier, wenn ich diese Sache regeln will, ohne dass wir alle verhaftet und die SEALs unehrenhaft entlassen werden.«

Jade stieß einen tiefen Seufzer aus. »Glaub nicht, dass ich nicht genau weiß, was du tust. Du brauchst mich hier gar nicht, du hast Chris und I-Mac und …«

»I-Mac fliegt auch nach Montana.«

Vanessa zog sich vorsichtig zurück. Wenn I-Mac auch involviert war, dann wusste sie, von wem sie die nötigen Informationen bekommen würde. Sowie sie außer Sicht- und Hörweite war, lief sie los. Als sie zur Baracke von Team 11 kam, schien dort allgemeiner Aufbruch zu herrschen. Die SEALs eilten geschäftig hin und her und sammelten ihre Ausrüstung zusammen. Ein Knoten bildete sich in ihrem Magen. Was auch immer los war, es schien ernst zu sein. Auch I-Mac war dabei, seine Computer und diverse Gadgets einzupacken. Vanessa blieb vor seinem Schreibtisch stehen und wartete, bis er aufblickte.

»Oh, hallo Vanessa. Entschuldige, ich habe gerade wenig Zeit, wir starten gleich zu einer Trainingsmission. Wolltest du etwas Bestimmtes?«

Vanessa stützte sich mit beiden Fäusten auf den Schreibtisch und senkte die Stimme. »Ja, ich will wissen, was zum Teufel hier los ist.«

I-Macs sonst so ausdrucksstarkes Gesicht zeigte keine Regung. »Das habe ich doch eben schon gesagt.«

»Ja, und ich glaube dir kein Wort. Den ganzen Tag ist hier schon so eine merkwürdige Stimmung, und eben hörte ich etwas von Shannon, Terroristen und Montana – und einer Rettungsmission …«

Weiter kam sie nicht, denn I-Mac winkte sie zu sich. Erst als sie neben ihm stand, sprach er. »Ich weiß nicht, wo du das aufgeschnappt hast, aber das ist nichts, was hier jemand erfahren sollte. Wenn du es weitererzählst, kann uns das in üble Schwierigkeiten bringen, und vor allem Shannons Leben gefährden.«

»Das möchte ich natürlich nicht, aber ich will wissen, was hier los ist, I-Mac! Ich möchte Matt nicht als Vorgesetzten verlieren, und das könnte passieren, wenn er eine Aktion startet, die nicht genehmigt ist.«

I-Mac blickte sie grimmig an. »Denkst du, das weiß er nicht? Aber es ist ihm im Moment völlig egal, er will nur Shannon zurück.« Er rutschte in seinem Stuhl nach hinten und berichtete ihr dann, was sich zugetragen hatte.

Danach saß Vanessa eine Weile stumm da. Die Sache war höchst illegal und würde alle Teilnehmenden in echte Schwierigkeiten bringen, wenn es herauskam. Aber Shannons Leben war in Gefahr, das überwog alles andere. Es konnte sich jeder ausmalen, was die Terroristen mit ihr machen würden, wenn sie nicht ganz schnell dort herausgeholt wurde. Und was es für Matt bedeuten würde, sie zu verlieren.

Ihr Herz zog sich schmerzhaft zusammen, als sie an ihre Eltern und Dorian dachte. Sie wusste, was es bedeutete, mit einem Verlust zurechtkommen zu müssen. So wie sie Matt und Shannon zusammen erlebt hatte, glaubte sie nicht, dass er sich davon erholen würde. Und sie wollte den beiden helfen und verhindern, dass Matt und die Hunters leiden mussten. Es war außerdem eine Chance, sich endlich wieder nützlich zu fühlen und etwas Sinnvolles zu tun, auch wenn es kein neuer, offizieller Auftrag war. Ihre Entscheidung stand fest. Vielleicht würde sie so wirklich etwas bewirken, das über das reine Sammeln von Informationen hinausging. Wenn es ihnen gelang, die Terrorgruppe auszuheben, konnte das viele Leben retten.

Schließlich nickte sie. »Okay, ich komme mit.«

Ein beinahe panischer Ausdruck trat auf I-Macs Gesicht. »Das ist nicht …«

»… verhandelbar. Ich weiß, was ich tue.« Sie lächelte ihn schief an. »Und ihr habt keine andere Wahl.«

Anstatt noch weiter zu protestieren, sah I-Mac sie nur einen Moment lang an, dann nickte er. »Okay. Aber denk dran, dass die Sache höchst inoffiziell ist. Wenn also etwas passiert …«

»Werde ich die Konsequenzen tragen, schon klar. Die Sache in Washington war ja nun auch nicht wirklich offiziell.« Automatisch wollte sie nach ihrer Schulter greifen, wo die Kugel des Verbrechers eingedrungen war, ließ die Hand aber sofort wieder sinken, als ihr I-Macs wissender Blick bewusst wurde.

»Wenn du das nur aus Langeweile tun willst, dann lass es, Vanessa. Ich weiß genau, wie sich das anfühlt, glaub mir. Dafür solltest du nicht deine Karriere bei den TURT/LEs aufs Spiel setzen.« Sie konnte I-Mac ansehen, dass er sie wirklich verstand und nicht dafür verurteilte.

Vanessa räusperte sich, um den Kloß aus ihrem Hals zu bekommen. »Es ist sicher ein Grund, dass ich nach meiner Verletzung endlich wieder dabei sein will, aber mein Hauptgrund ist ein anderer.«

»Und der wäre?«

»Ich mag Matt wirklich. Er ist ein guter Chef, von dem ich weiß, dass er Shannon mehr als alles andere liebt. Ich könnte nicht ruhig hier sitzen und Däumchen drehen, wenn ich weiß, dass er Hilfe braucht.« Nun rieb sie doch über ihre Schulter. »Und ich hasse Terroristen und das Leid, das sie verursachen. Wenn ich dabei helfen kann, die meistgesuchte Terrorgruppe der USA unschädlich zu machen, umso besser.«

I-Mac grinste sie an. »Dann willkommen im Team.«

Wärme breitete sich in ihr aus, als sie zurücklächelte. »Danke.« Es würde auch für sie eine neue Erfahrung sein, denn bisher hatten all ihre Aufträge im Ausland stattgefunden. Innerhalb der USA zu operieren hatte einen gewissen Reiz.

»Okay, pack alles zusammen, was du brauchst, wir fahren hier in einer Stunde los. Eine Transportmaschine bringt uns direkt nach Missoula.«

Vanessa fragte ihn nicht, wie sie das hinbekommen hatten, sondern nickte nur und wandte sich zum Gehen.

»Vanessa.« Sie blickte zu I-Mac zurück. »Ich freue mich darauf, wieder mit dir zusammenzuarbeiten.«

11

I-Mac beobachtete, wie Vanessa die Baracke verließ, bevor er sich wieder der Aufgabe zuwandte, seine Ausrüstung einzupacken. Die bestand seit der Mission in Afghanistan nur noch aus Computer-Hardware. Okay, die eine oder andere Waffe durfte auch nicht fehlen, aber es war ihm klar, dass er nicht an der Action teilhaben würde. Obwohl er es inzwischen schon gewohnt sein sollte, tat es ihm immer noch weh. Sein Blick fiel auf Cole, der zusammen mit dem Rest des Teams seine Ausrüstung packte. Das schmerzte noch mehr – wenn das überhaupt möglich war. Aber da musste er jetzt durch, denn auf keinen Fall würde er Matt und Clint im Stich lassen.

Mit einem tiefen Atemzug zog I-Mac sein Handy heraus. Er hatte es so lange wie möglich hinausgezögert, doch jetzt musste er Nurja anrufen und ihr beichten, dass er mit dem Rest des Teams wegfahren würde. Hätte er es ihr früher gesagt, hätte sie sicher mitkommen wollen. Doch es war besser, wenn sie bei ihren fünf Kindern zu Hause blieb. Das schlechte Gewissen breitete sich in ihm aus, denn wenn er ehrlich war, hätte er sie auch gerne bei sich, auch wenn sie in seinem Haus in San Diego sicher war.

»Bei MacPhearson. Hallo?«

I-Mac verdrehte die Augen. »Hier ist John. Wie oft habe ich dir schon gesagt, dass du dich nicht so zu melden brauchst, Nurja. Es ist genauso dein Zuhause wie meines.«

Ihre Antwort kam sofort. »Es ist dein Haus, und ich bin Gast. Es wäre nicht richtig …«

Er unterbrach sie, denn er wusste, dass sie trotz ihrer ruhigen Art und der sanften Stimme unglaublich stur sein konnte. Und genau das liebte er normalerweise an ihr. »Heben wir uns die Diskussion darüber für ein anderes Mal auf. Ich wollte nur Bescheid sagen, dass ich für einige Tage mit dem Team wegfahre.« Absichtlich vermied er das Wort ›Mission‹ und ließ es mehr wie einen Kegelausflug klingen.

»Ich komme mit. Ich muss nur …«

Wieder ließ er sie nicht ausreden. »Nein, diesmal nicht.« Er ließ seine Stimme sanfter klingen. »Wir müssen gleich los, und ich möchte, dass du zu Hause bei den Kindern bleibst.«

Einen Moment lang herrschte Stille. »Und wer kümmert sich um dich?«

Wärme breitete sich in ihm aus. Nurja war tatsächlich nicht von seiner Seite gewichen, seit er damals aus dem Krankenhaus entlassen worden war. Obwohl er dagegen protestiert hatte, schien sie es als ihre Pflicht anzusehen, ihn zu pflegen, weil er verletzt worden war, als er sie aus der Terroristenfestung in Sicherheit hatte bringen wollen. Egal wie oft er ihr auch sagte, dass sie keine Schuld trug, beharrte sie darauf. Und er genoss ihre Gesellschaft zu sehr, um sie weiterhin überzeugen zu wollen. Tatsächlich wäre er vermutlich nie so schwer verletzt worden, wenn er nicht ein Geräusch gehört hätte und noch einmal umgekehrt wäre.

Als er Nurja gesehen hatte, völlig verängstigt und geschunden, die Haare abrasiert, mit üblen Wunden auf dem Kopf und im Gesicht, hatte er sie nicht dort zurücklassen können. Also hatte er sie sich kurzerhand über die Schulter geschwungen und war so schnell wie möglich aus der Festung gerannt. Leider nicht schnell genug, um der Druckwelle der Explosion zu entgehen. Er war mit voller Wucht gegen eine Wand geprallt und hatte sich dabei mehrere Halswirbel so schwer verletzt, dass er danach nur noch seinen Kopf hatte bewegen können, der Rest seines Körpers war gelähmt gewesen. Mittlerweile konnte er wieder einigermaßen laufen, dank zahlreicher Therapien und knochenharter Krankengymnastik, aber die Schäden an seiner Wirbelsäule und den Muskeln machten es unmöglich, dass er noch einmal in den Einsatz gehen konnte.

Als ihm bewusst wurde, dass er zu lange geschwiegen hatte, kehrte er rasch wieder in die Gegenwart zurück und räusperte sich. »Auch wenn es mir schwerfallen wird, werde ich vermutlich ein paar Tage alleine zurechtkommen.« I-Mac erkannte erstaunt, dass es keine Lüge war. Er hatte sich so an Nurja und ihre Kinder gewöhnt, dass er sich nicht vorstellen konnte, wie es sein würde, wenn sie ihn jemals verließen. Sein Herz zog sich bei dem Gedanken zusammen. »Aber ich werde dich vermissen.« Das hatte er gar nicht laut sagen wollen, aber jetzt war es heraus, und er wollte es auch nicht mehr zurücknehmen.

Ein leiser Laut drang durch den Hörer. »Komm heil zurück.«

Um die angespannte Stimmung etwas zu lockern, lachte er. »Ich werde mich wohl kaum an meinem Computer verletzen.«

»Versprich es mir.«

I-Mac wusste, dass immer etwas schiefgehen konnte, dennoch wollte er sie wenigstens beruhigen. »Ich verspreche es.« Und sollte er sterben, würde er Nurja seine gesamten Besitztümer vererben.

»Gut. Komm bald zurück. Die Kinder vermissen dich.« Wie er schon öfter bemerkt hatte, verstärkte sich Nurjas Akzent, wenn sie aufgewühlt war.

Normalerweise umschiffte er sämtliche Bemerkungen, die sie als Druck verstehen könnte, doch diesmal konnte er sich nicht zurückhalten. Die Tatsache, dass er nie mit Sicherheit wusste, was Nurja wirklich empfand, weil sie es gewohnt war, ihre Gefühle zu verstecken, frustrierte ihn mit jedem Tag mehr. Er vermutete, dass sie ihn auch mochte, aber er war sich eben nicht sicher. Und das nagte an ihm.

»Nur die Kinder?« I-Mac schloss die Augen, als nur angespannte Stille herrschte. Lediglich Nurjas schnelle Atemzüge waren zu hören. Gott, er war ein selbstsüchtiger Idiot! Nurja hatte in Afghanistan zusehen müssen, wie ihr Mann von Mogadirs Schergen zu Tode gefoltert worden war, ganz sicher wollte sie sich nicht so schnell wieder auf einen neuen Mann einlassen, den sie verlieren konnte. Immer vorausgesetzt, sie fühlte sich überhaupt zu ihm hingezogen. Vielleicht stand sie gar nicht auf schlaksige, rothaarige Amerikaner. Zudem waren die kulturellen Unterschiede immens, eine Hürde, die nicht so leicht zu überwinden war. »Entschuldige, ich hätte nicht …«

Diesmal war sie es, die ihn unterbrach. »Du fehlst mir immer, wenn du nicht hier bist.«

Sein Herz schlug höher, und er wünschte, er könnte ihr jetzt in die Augen sehen. Zum ersten Mal hatte sie überhaupt von ihren Gefühlen gesprochen! Bevor er sich eine gute Antwort überlegen konnte, fing er aus den Augenwinkeln eine Bewegung auf. Devil ließ seine Hand durch die Luft kreisen, um ihn darauf hinzuweisen, dass sie losmussten. Verdammt! »Ich freue mich sehr darüber, Nurja. Leider muss ich jetzt los, ich melde mich, sobald ich Gelegenheit dazu habe, okay?«

»Ja. Ich warte darauf.«

Ein Klicken ertönte, und I-Mac ließ langsam den Hörer sinken. Eine Mischung aus Freude und Furcht strömte durch seinen Körper und ließ seine Hände zittern. Keine guten Voraussetzungen, wenn er sich eigentlich auf eine Mission vorbereiten sollte, auch wenn er dabei vermutlich nur im Hintergrund bleiben würde.

Besorgt blickte Rock ihn an. »Alles in Ordnung?«

I-Mac räusperte sich und versuchte, sich nichts anmerken zu lassen. »Ja, natürlich. Ich habe nur Nurja Bescheid gesagt, dass ich wohl ein paar Tage fort bin.«

Rock schnitt eine Grimasse. »Das Gespräch hatte ich mit Rose auch. Und es wird nie leichter. Aber immerhin war sie gerade hier, und ich konnte es ihr persönlich sagen.«

Vermutlich war es für Rose noch schlimmer, weil ihr Mann Ramon während einer Mission gestorben war und sie jedes Mal Angst haben musste, auch Rock zu verlieren. »Ich hatte befürchtet, dass es nicht besser wird.«

Rock legte seine Hand auf I-Macs Schulter. »Rose, Kyla und Jade werden sich um Nurja kümmern und dafür sorgen, dass es ihr gut geht.«

Erleichtert lächelte I-Mac ihn an. »Danke, das beruhigt mich. Auch wenn ich mich lieber selbst darum kümmern würde.«

Die Falten um Rocks Augen vertieften sich. »Dann seid ihr endlich zusammen? Hat ja lange genug gedauert.«

I-Mac spürte, wie Hitze in seine Wangen schoss. »Äh, nein. Wir leben nur im gleichen Haus.« *Lügner!*

Rocks skeptischer Blick sagte alles. »Seltsam, immer wenn ich euch bisher zusammen gesehen habe, schien es mir, als wäre da eindeutig mehr als nur eine Wohngemeinschaft.«

Heldenhaft widerstand I-Mac dem Drang, den Kopf auf die Tischplatte zu knallen. Das passierte, wenn er seinen Mund nicht halten konnte. »Ich mag Nurja, und ich denke, sie mag mich auch.« Er holte tief Luft. »Können wir uns jetzt auf die Mission konzentrieren? Devil wird langsam ungeduldig, und ich muss noch einige Sachen einpacken.«

Rock zuckte mit den Schultern. »Natürlich. Ich dachte nur, es würde dich interessieren, dass Nurja immer nur von dir redet, wenn sie mit Rose zusammen ist.«

I-Mac presste die Lippen aufeinander, um sich nicht auf diese Aussage zu stürzen und nachzufragen, was Nurja von ihm erzählte.

Rock grinste ihn an. »Wenn du mehr darüber wissen willst, frag einfach.« Er wurde wieder ernst. »Falls dich meine Meinung interessiert: Ich finde, ihr passt sehr gut zusammen.«

I-Mac stöhnte auf. »Wirklich, Rock, ich glaube, ich mochte dich lieber, als du noch ein griesgrämiger Bastard warst.« Als sein Freund sich lachend entfernte, wandte I-Mac sich wieder seiner Ausrüstung zu. Während er automatisch die Handgriffe erledigte, kreisten seine Gedanken um Rocks Aussage. Es war ein gutes Zeichen, wenn Nurja immer über ihn redete, oder? Verdammt, jetzt wollte er wirklich wissen, was sie über ihn gesagt hatte.

Vanessa hielt sich nicht damit auf, noch einmal zu ihrer Wohnung zu fahren, sondern nahm nur die Tasche aus ihrem Spind, die sie dort für solche Notfälle aufbewahrte. Wobei das bei den TURTs eigentlich nicht notwendig war, die Undercover-Missionen wurden meist bis ins Detail geplant, bevor ein Agent losgeschickt wurde. Die Notfalltasche war ein Überbleibsel aus ihrer Zeit als CIA-Agentin, bei einigen Missionen hatte sie tatsächlich so schnell verschwinden müssen, dass sie nur Zeit gehabt hatte, ihre Tasche zu greifen, hin und wieder nicht einmal das. Mehr als einmal war sie nur mit dem entkommen, was sie am Körper getragen hatte. Dagegen kam ihr die Situation bei den TURTs manchmal wie bezahlter Urlaub vor.

Bis auf den Tag, als sie angeschossen worden war und beinahe verblutet wäre. Noch immer ärgerte sie sich darüber, dass sie den Verbrecher nicht bemerkt hatte, als der in Reds Haus eingedrungen war. Sie war gerade aus dem Büro gekommen und im unbeleuchteten Flur sofort niedergeschossen worden.

Glücklicherweise hatte der Mistkerl nicht vernünftig gezielt und nur ihre Schulter erwischt, sonst wäre sie jetzt tot, genauso wie Dorian. Er würde vermutlich noch leben, wenn er nicht entschieden hätte, dass die CIA mit ihrer Vertuschungsaktion bezüglich Jason Black nicht durchkommen sollte. Noch immer fragte Vanessa sich, ob sie irgendetwas hätte tun können, um den Mord zu verhindern.

Entschlossen schüttelte sie die Gedanken ab. Ihre Schuldgefühle machten ihn auch nicht wieder lebendig, und Vanessa war sicher, dass Dorian nie gewollt hätte, dass sie sich seinetwegen schuldig fühlte. Als CIA-Agent hatte er gewusst, dass nicht nur seine Arbeit höchst gefährlich war, sondern auch sein Arbeitgeber selbst. Bewusst hatte er dieses Risiko auf sich genommen, weil er das Leben als Agent geliebt hatte. Die Gefahr, die Geheimnisse, die Intrigen, alles was dazugehörte. Dorian war voll in seinem Element gewesen. Etwas, das ihr nie ganz gelungen war und irgendwann immer schwerer fiel, je länger sie die Arbeit machte. Das war auch Dorian aufgefallen, und er hatte sie darin unterstützt, zu den TURT/LEs zu wechseln.

Sicherlich gab es zwischen ihrem alten und neuen Job einige Parallelen, trotzdem gefiel ihr die Gemeinschaft bei den TURT/LEs deutlich besser. Hier gab es keine Einzelkämpfer oder Gerangel darum, wer eine höhere Position hatte. Informationen und Erfahrungen wurden geteilt, und gemeinsam wurde eine Strategie erarbeitet. Natürlich hatten Hawk und Matt die Fäden in der Hand und trafen letztendlich die Entscheidungen, aber Vanessa hatte es noch nie erlebt, dass sie jemanden einfach übergingen. Genau deshalb würde sie alles dafür tun, dass sich nichts an der Führung änderte. Mal ganz davon abgesehen, dass sie Matt sehr mochte und nicht wollte, dass er Shannon verlor.

Als Vanessa wieder in die SEAL-Baracke trat, hatten sich bereits alle dort versammelt. Sie erntete einige irritierte Blicke, aber niemand sagte etwas über ihre Anwesenheit. Gut so, sie hatte keine Lust, sich für ihre Teilnahme an einer inoffiziellen Mission rechtfertigen zu müssen. Das Stimmengewirr legte sich, als Hawk sein Gespräch mit Devil beendete und nach vorne trat. Er sah sie in der Reihe stehen und blickte sie scharf an, bevor er resigniert nickte.

»Danke, dass ihr euch bereit erklärt habt, Matt und Clint zu helfen. Ich denke, ich muss nicht betonen, dass es sich um einen nicht genehmigten Einsatz handelt, wenn also jemand davon erfährt, haben wir ein großes Problem. Für SEAL Team 11 hat Devil eine Trainingsmission deklariert, für die TURTs …« Wieder der Blick zu Vanessa, bevor er zu Rock wanderte. »… handelt es sich um Aufklärungsarbeit. Diese Begründungen werden aber einer genaueren Untersuchung nicht standhalten. Von daher lasst euch bitte nicht erwischen.«

Devil antwortete für sie alle. »Verstanden.«

Zufrieden nickte Hawk. »Okay. Im Falle eines Feindkontaktes versucht, die Gegner gefangen zu nehmen und nicht zu töten, sonst führt das zu noch mehr Papierkram. Noch besser wäre es, sie würden euch gar nicht erst bemerken.«

Devil hob eine Augenbraue. »Das ist unser Job, Hawk. Wir wissen, was wir tun müssen.«

Mit einem tiefen Seufzer fuhr Hawk sich mit der Hand durchs Haar. »Ja, ich weiß. Gut, wenn alles klar ist, fahrt schnell los, sonst verpasst ihr den Flug. Viel Glück!«

Vanessa folgte den anderen zum Flugplatz, wo die Maschine bereits auf sie wartete. Als sie die Stufen hinaufging, spürte sie einen Anflug von Aufregung, wie immer, wenn sie auf eine Mission ging. Sie hatte das Gefühl wirklich vermisst, es war viel zu lange her, seit sie das letzte Mal Teil eines Teams gewesen war. Dorians Tod hatte die Aktion in Washington überschattet, ganz zu schweigen von ihrer Verletzung und der Tatsache, dass sie selbst außer einigen CIA-Informationen über Black nichts Entscheidendes zum Gelingen hatte beitragen können. Diesmal würde das nicht so sein, das schwor sie sich. Sie verstaute ihr Gepäck, ließ sich auf ihren Sitz sinken, lehnte den Kopf zurück und schloss die Augen. Es war besser, jetzt ein wenig zu schlafen, wer wusste schon, wann sie das nächste Mal Gelegenheit dazu haben würde.

Als Derek von seinem üblichen Rundgang über das Gelände zurückkam, saß Eric an seinem Schreibtisch und blickte auf den Monitor. Mühsam unterdrückte Derek seine Verärgerung darüber, dass der Anführer in seinen Hoheitsbereich eindrang, während er unterwegs war. Es würde zu nichts führen, wenn er dagegen protestierte, das war jetzt schon klar. Er konnte nur hoffen, dass Eric nichts an den Einstellungen geändert oder sonst irgendwas verpfuscht hatte. Sein Boss glaubte zwar, er könne gut mit Computern umgehen, aber das war eine riesige Übertreibung.

»Suchst du etwas?« Derek schnitt innerlich eine Grimasse. Die Frage klang beinahe wie ein Vorwurf, dabei wollte er den Anführer nicht gegen sich aufbringen. Schon gar nicht jetzt.

Eric blickte vom Bildschirm auf, und seine hellblauen Augen wirkten noch kälter als sonst. »Und wenn es so wäre?«

»Dann könnte ich dir helfen, es zu finden. Es hat ja doch jeder eine eigene Ordnung an seinem Computer.« Und wieder klang es ein wenig wie eine Anschuldigung. Verdammt, was war heute mit ihm los? Anscheinend ging ihm die Sache mit der Geisel doch mehr an die Nieren, als er gedacht hatte.

Langsam stand Eric auf. »Ich habe mir die Positionen der Kameras angeschaut. Ich will, dass rund um das Lager herum kein Winkel unbeobachtet ist.«

»Ich tue mein Bestes, aber bei der dichten Vegetation ist das schwierig. Wir müssten dafür alles rundherum in einem breiten Streifen abholzen, aber dann würden wir hier auch wie auf dem Präsentierteller sitzen und auf Satellitenbildern sofort auffallen.«

Eric kam um den Schreibtisch herum und blieb dicht vor ihm stehen. »Ich muss wohl nicht betonen, wie wichtig es ist, dass uns hier niemand findet, bevor wir so weit sind.«

Unwillkürlich richtete Derek sich gerader auf. »Seit Wochen arbeite ich fast rund um die Uhr, ich war nicht mal mehr im Ort. Die Sicherheitsmaßnahmen haben bisher immer ausgereicht und waren gut genug, aber da ging es nur darum, Neugierige zu verscheuchen. Wenn diese Frau nicht hier wäre, würde das völlig ausreichen, denn dann müssten wir nicht damit rechnen, dass irgendwann Profis versuchen, hier einzudringen.«

Erics Augen verengten sich. »Ausreichend ist mir nicht gut genug. Entweder du bekommst das hin, oder ich muss mir einen neuen Sicherheitschef suchen.«

Wunderbar, genau das, was ihm jetzt noch gefehlt hatte. »Ich tue, was ich kann. Aber wenn ich mich gleichzeitig auch noch um die innere Sicherheit kümmern muss, weil die Männer deine Befehle missachten, hilft mir das auch nicht gerade weiter.« Verdammt, das hatte er doch für sich behalten wollen!

Stocksteif blieb Eric stehen. »Was?«

Jetzt konnte er nicht mehr ausweichen. »Die beiden Idioten sind über die Gefangene hergefallen. Wenn ich nicht zufällig vorbeigekommen wäre, hätten sie sie vergewaltigt.« Gut, zufällig war gelogen, er hatte geahnt, dass so etwas passieren würde und hatte sich deshalb in der Nähe aufgehalten.

Röte stieg in Erics blasse Wangen. Eine Ader schwoll auf seiner Stirn an. »Ich hatte ihnen ausdrücklich gesagt, dass sie den Rotschopf in Ruhe lassen sollen.«

Derek hob die Schultern. »Offensichtlich haben sie das nicht verstanden.«

Erics Wut war deutlich sichtbar. »Ich werde mich darum kümmern. Nur ich darf die Frau anfassen. Ist das klar?«

»Mir schon. Aber ich denke immer noch, dass es besser wäre, die Sache schnell zu beenden. Sonst wirft das den ganzen Zeitplan über den Haufen, und die monatelange Planung war umsonst.«

Eric legte seine Hand auf Dereks Schulter, seine Finger gruben sich in die Muskeln. »Du bist noch nicht so lange hier, aber du wirst merken, dass meine Pläne immer funktionieren.« Er drückte noch einmal zu. »Immer.«

Derek blickte ihm nach, als er zur Tür ging. Mit Mühe hinderte er sich daran, ihm zu widersprechen, es würde nur dazu führen, dass Eric sich noch mehr aufregte. Schließlich entschied er sich für ein unverfängliches Thema. »Ist die Sache mit den Zugangscodes für das Labor schon erledigt?«

»Wir arbeiten daran. Ich fahre heute Abend in die Stadt und erwarte, dass du dafür sorgst, dass meiner Geisel nichts geschieht.«

»Natürlich.« Frustriert darüber, dass Eric ihn wieder nicht in die genauen Pläne eingeweiht hatte und er nicht mitbekommen würde, was in der Stadt vor sich ging, setzte Derek sich an den Schreibtisch.

»Und Derek …« In der Türöffnung hatte Eric sich noch einmal umgedreht und starrte ihn an. »Wenn die Geisel weg sein sollte, wenn ich wiederkomme, bist du tot.«

Derek wusste, dass das keine leere Drohung war, deshalb nickte er nur.

Mit ein paar Mausklicks rief er das Video einer Überwachungskamera auf. Ein krisseliges Bild erschien, auf dem er die Geisel als zusammengekauerten weißen Fleck sehen konnte. Derek schob das Fenster in die obere Ecke des Bildschirms, damit er die Zelle während der Arbeit immer im Blick hatte. Er traute den beiden Idioten zu, dass sie es noch einmal versuchen würden, wenn sie sich unbeobachtet fühlten.

12

Erleichtert öffnete Matt die Tür, als das Team endlich ankam. Nach einem kurzen Blick in die Nachbarschaft, um zu überprüfen, dass sie von niemandem beobachtet wurden, eilte er hinaus, um beim Ausladen der Ausrüstung zu helfen. Schließlich konnten sie nicht mitten in einer Kleinstadt mehrere Wagen mit Waffen, Explosionsmitteln und sonstigen Dingen parken. Seine Brust zog sich zusammen, als er erkannte, dass das gesamte Team 11 hier war, inklusive I-Mac und Rock, der nun zu den TURTs gehörte. Wenn ihm jemand helfen konnte, Shannon wiederzubekommen, dann dieses Team.

Matt räusperte sich. »Danke, dass ihr gekommen seid. Ich bin sehr froh, euch zu sehen. Aber wenn jemand irgendwann gehen muss, verstehe ich das vollkommen.«

Es war Devil, der antwortete. »Wir sind so lange hier, bis Shannon freigekommen ist. Das Team ist auf einer ausgedehnten Trainingsmission, die auch beinhaltet, dass wir von der Kommunikation zum Hauptquartier abgeschnitten sind.«

Matt lächelte ihn an. »Danke. Ich schulde euch was.«

Cat, der XO und damit Stellvertreter des kommandierenden Offiziers, schüttelte den Kopf. »Gib uns einfach ein Bier aus, wenn alles vorbei ist. Du hast so viel für das Team getan, es wird Zeit, dass wir ein bisschen was davon zurückzahlen.« Die anderen nickten zustimmend.

Da seine Kehle wie zugeschnürt war, konnte er nicht antworten. Glücklicherweise mischte sich in diesem Moment Clint ein.

»Wie wäre es, wenn wir die Sache nach drinnen verlegen? Ich möchte nicht, dass sich jemand fragt, was ein Haufen fremder Männer hier tut.«

Es war beinahe wie in früheren Zeiten: Sowie Clint seine Kommandostimme einsetzte, beeilten sich alle, das zu tun, was er befahl. Matt wartete, bis die anderen sich ihr Gepäck geschnappt hatten, bevor er sich in den Wagen beugte und eine große Kiste herausnahm. Als er sich umdrehte, stand plötzlich Vanessa vor ihm. Verwirrt starrte er sie an. »Du bist auch hier? Ich habe dich eben gar nicht gesehen.«

Vanessa verdrehte die Augen. »Das ist das Los derjenigen, die nicht über eins achtzig groß sind. Man wird immer übersehen.«

Matt schnaubte. »Ich bezweifle, dass dich jemals jemand übersehen könnte. Aber im Ernst: Ich hatte nicht erwartet, dich hier zu sehen. Ich glaube nicht, dass wir Bedarf für einen Undercover-Agenten haben werden.«

Sie hob die Schultern. »Wir werden sehen. Da für mich in nächster Zeit keine Mission ansteht, wollte ich gerne helfen. Wie du ja sicher weißt, bin ich auch mit Waffen vertraut und weiß sie einzusetzen.«

»Ich bin für jeden dankbar, der mir dabei hilft, Shannon zurückzubekommen, das kannst du mir glauben. Macht dir deine Verletzung auch keine Probleme?«

»Nur bei Kälte, aber das ist im Moment ja nicht zu erwarten.« Sie berührte seinen Arm. »Wir werden Shannon finden und sie dir zurückbringen, daran musst du immer glauben.«

»Ich bemühe mich.« Innerlich allerdings nahm die Furcht mit jeder Minute, in der er Shannon nicht in seinen Armen halten konnte, mehr zu. Wer wusste schon, wie die Terroristen mit ihr umgingen? Während des kurzen Telefonats hatte es jedenfalls so geklungen, als hätte sie Schmerzen gehabt.

»Bring die Kiste lieber schnell rein, I-Mac wartet schon ungeduldig auf seinen PC.« Rocks Stimme hinter ihm riss ihn aus der peinigenden Erinnerung.

Matt blickte auf die Kiste in seinen Händen, er hatte sie völlig vergessen. »Oh, ja, natürlich.«

Er trug sie ins Wohnzimmer, wo I-Macs Computer aufgebaut werden sollte. Das eher kleine Haus wirkte durch die Anwesenheit von so vielen kräftigen Männern noch viel winziger. Aber sie hatten schon unter schlimmeren Bedingungen gehaust, für eine Mission war es hier, mit fließendem Wasser und Badezimmer, der pure Luxus.

I-Mac war schon dabei, seine Ausrüstung aufzubauen, und blickte kaum auf, als Matt die Kiste auf den Boden neben ihn stellte. »Danke.«

Es versetzte Matt einen Stich, wie sehr ihn das an vergangene Einsätze erinnerte. Sowie I-Mac einen Laptop oder eine Tastatur vor sich hatte, vertiefte er sich völlig in seine Arbeit und vergaß alles andere. Cole Hanson ging ihm schweigend zur Hand, hielt sich aber weitgehend im Hintergrund. Matt konnte sich vorstellen, wie schwierig es für I-Mac war, seinen Platz gezwungenermaßen aufgeben zu müssen. Er selbst hatte sich freiwillig dazu entschlossen, konnte aber trotzdem manchmal einen neidischen Stich nicht unterdrücken, wenn er Devil mit *seinem* Team sah.

Nach einem letzten Blick auf I-Mac zog Matt sich zurück und ging wieder zum Wagen. Innerhalb kürzester Zeit hatten sie das gesamte Gepäck im Haus und die Tür fest geschlossen. Die beiden jüngsten Teammitglieder Emilio Sanchez – Snake – und Dave Qi'Cheng – Jackie – wurden zum Wachdienst verdonnert, was sie mit den üblichen Beschwerden kommentierten. Verdammt, er vermisste das wirklich, auch wenn er seine Entscheidung nicht bedauerte. Denn so konnte er jeden Abend zu Shannon nach Hause gehen und … Matt schluckte schwer.

Gott, wenn sie starb, wusste er nicht, wie er weiterleben sollte. Mühsam riss er sich zusammen. Noch lebte sie, daran musste er sich festhalten. Sie würden Shannon retten, eine andere Möglichkeit gab es gar nicht.

Als er Clint sah, ging er zu ihm hinüber. »Wer passt auf Gunslinger auf?«

»Vanessa hat sich freiwillig gemeldet, bis sie für etwas anderes gebraucht wird.« Clint schüttelte den Kopf. »Ich kann mich immer noch nicht daran gewöhnen, mit Frauen zusammenzuarbeiten.«

»Ach, das geht inzwischen ganz gut. Ich halte sie für eine Bereicherung, weil sie eine ganz andere Sichtweise mitbringen als Männer. Du solltest sehen, auf was für Ideen die manchmal kommen.«

Clint schüttelte den Kopf. »Ich glaube, ich bleibe doch lieber bei den traditionellen SEAL-Teams. Gut, dass das an der Ostküste noch kein Thema ist.«

Matt gelang ein leichtes Grinsen. »Spießer.« Sofort verlor sich der Anflug von Humor jedoch wieder. »Was machen wir jetzt?«

»Zuerst eine Besprechung, damit alle auf einem Informationsstand sind. Danach schicken wir am besten jemanden durch den Ort, um zu sehen, ob es Hinweise auf die Terroristen gibt. Es sollte auch jemand die Kneipe im Auge behalten, falls der Typ auftaucht, mit dem Gunslinger gesprochen hatte. Wenn wir ihm folgen könnten …«

Hoffnung keimte in Matt auf. »Das wäre natürlich die einfachste Lösung. Aber Gunslinger meinte auch, dass der Typ nicht allzu oft in der Kneipe ist. Was tun wir, wenn er wegbleibt?«

»Dafür machen wir die Besprechung, wir sammeln Ideen. Ich glaube, wir sind beide momentan nicht in der besten Verfassung, um besonders kreativ zu sein.«

Die Untertreibung des Jahrhunderts. Er war kaum in der Lage, einen klaren Gedanken zu fassen. »Okay. Soll ich alle zusammenrufen?«

»Ja, sie sollen ins Wohnzimmer kommen. Snake und Jackie sollen auf ihren Posten bleiben und gleichzeitig auch auf den Gefangenen achten, damit Vanessa auch an der Besprechung teilnehmen kann.« Er lächelte schief. »Du weißt schon, wegen der weiblichen Perspektive und so.«

Matt verdrehte die Augen. »Mach dich nur lustig, du wirst es sehen.«

»Ehrlich, ich hoffe, dass Vanessa ganz grandiose Ideen hat, denn die werden wir brauchen.« Die Anspannung war Clint deutlich anzuhören. Genauso wie das Schuldgefühl, aber es gab nichts, was Matt dagegen hätte sagen können. Clint war beinahe legendär dickköpfig und glaubte, für alles verantwortlich zu sein. Wie damals auf der Mission, bei der sie Karen gerettet hatten, als Ghost von einem Querschläger tödlich getroffen worden war. Daraufhin hatte Clint seinen Kommandoposten bei SEAL Team 11 aufgegeben. Matt mochte sich gar nicht vorstellen, was sein Freund tun würde, sollte Shannon etwas passieren.

Um nicht weiter darüber nachdenken zu müssen, verließ Matt den Raum und trommelte die anderen zusammen. Das kleine Wohnzimmer war völlig überfüllt, als sich alle versammelt hatten.

»Nächstes Mal okkupiert bitte ein größeres Haus, ich komme mir vor wie ein Grillwürstchen.« Doc konnte sich die Bemerkung offensichtlich nicht verkneifen.

Vanessa presste ihm ihren Ellbogen in die Seite. »Was soll ich denn sagen? Rutsch mal ein wenig zur Seite, du Würstchen, ich kriege langsam Platzangst.«

Als die Erheiterung abgeklungen war, trat Clint vor. »Noch

einmal danke, dass ihr gekommen seid. Ich werde jetzt eine kurze Zusammenfassung der Geschehnisse geben, einschließlich der Hinweise, die dazu geführt haben, dass wir jetzt hier sind und glauben, die Terrorgruppe hält sich hier irgendwo in der Nähe auf.«

Matt hörte nur mit einem Ohr zu, während Clint davon berichtete, wie Shannon entführt worden war. Stattdessen beobachtete er die Gesichter der SEALs und TURTs, auf denen deutlich ihre Wut zu erkennen war. Alle wussten genau, mit wem sie es zu tun hatten. Die *Krieger Gottes* waren jedem SEAL ein Begriff, auch wenn sie nie damit gerechnet hatten, jemals gegen sie vorgehen zu können, weil die Terrorgruppe nur auf heimischem Boden agierte.

Als Clint seine Erzählung beendet hatte, herrschte einen Moment lang tiefe Stille. Dann räusperte Devil sich. »Ich hätte nichts dagegen, die Schweine auszuräuchern. Sie halten schon zu lange die Behörden zum Narren und töten Unschuldige.«

Zustimmendes Gemurmel ertönte.

Clint hob die Hand. »Oberste Priorität ist die Rettung von Shannon, aber wenn uns dabei zufällig auch noch ein paar der Terroristen in die Hände fallen und wir sie unschädlich machen können, dann habe ich nichts dagegen. Hat noch jemand etwas Neues beizutragen? Vorschläge, wie wir weiter vorgehen können, sind jederzeit willkommen.«

I-Mac meldete sich von seinem Platz am Tisch. »Ich werde mir mit dem Programm, das ich von der NGA bekommen habe, die Satellitenbilder der Gegend anschauen. Außerdem werde ich mit Joe Spade sprechen, vielleicht kann er mir dabei helfen oder hat noch weitere Ideen.«

Joe Spade war Agent der National Geospatial-Intelligence Agency und ein wahres Wunder, wenn es darum ging, kleinste Hinweise auf Satellitenbildern zu entdecken. Er hatte ihnen schon öfter geholfen, zuletzt dabei, den Aufenthaltsort von Christoph Nevia zu finden, der von Jason Black verschleppt worden war.

»Okay. Noch was?« Clint blickte I-Mac erwartungsvoll an.

Der hob die Schultern. »Ich würde vorschlagen, Vanessa in die Kneipe zu schicken, die Terroristen werden vermutlich vorsichtig sein, aber ich bezweifle, dass sie damit rechnen, eine Frau könnte ihnen gefährlich werden.« Entschuldigend blickte er sie an. »Und Vanessa sieht so harmlos aus, deshalb ist sie unter anderem so eine gute Undercover-Agentin.«

Damit hatte er allerdings recht, mit den langen roten Haaren, den großen grünbraunen Augen und den Sommersprossen in ihrem blassen Gesicht wirkte sie absolut harmlos.

Vanessa schnitt eine Grimasse, als alle sie anstarrten. »Danke, denke ich.«

I-Mac grinste sie an. »Das sollte ein Kompliment sein. Außerdem gibt es noch einen anderen Grund, warum ich das vorschlage.«

»Welchen?« Clint schaute ihn finster an. Es gefiel ihm eindeutig nicht, dass sich eine Frau in Gefahr begeben sollte, selbst wenn sie Agentin war.

»Der Anführer der *Krieger* erwähnte, dass er Rotschöpfe mag.«

Einen Moment lang herrschte Totenstille im Raum. Dann schüttelte Clint den Kopf. »Du denkst doch nicht etwa daran, sie undercover da reinzuschicken? Vergiss das gleich wieder. Das wäre viel zu gefährlich, wir wissen so gut wie nichts über die Gruppe und den Anführer. Außerdem würde es auch zu lange dauern, sie dort zu etablieren.«

I-Mac hob die Hände. »Ich sage nur, dass es eine Möglichkeit wäre, wenn sich zufällig so eine Situation ergibt. Du wolltest Ideen hören, wie wir vorgehen können.«

Bevor Clint etwas sagen konnte, trat Vanessa vor. »Ich wäre dazu bereit, falls es sich ergeben sollte.«

Matt fühlte sich gezwungen, einzuschreiten. »Du weißt, dass dies eine inoffizielle Mission ist und jeder auf eigene Gefahr mitmacht. Wir haben kein Extraktionsteam auf Standby oder ausreichende Möglichkeiten, dir zu helfen, solltest du dort in Schwierigkeiten geraten. Du kannst einfach Nein sagen, und niemand hier würde schlecht von dir denken.«

Vanessa lächelte ihn schwach an. »Das ist mir völlig bewusst. Aber wenn ich dabei jemanden retten und eine Terrorgruppe hochgehen lassen kann, bin ich gerne dazu bereit. Ich weiß, was ich tue, Matt.«

Er nickte knapp. »Danke.«

Clint nahm den Faden wieder auf. »Okay, noch andere Ideen oder Vorschläge?«

Eine Weile diskutierten sie verschiedene Vorgehensweisen, doch da sie immer noch nicht wussten, wo die Terrorgruppe Shannon versteckt hielt, konnten sie momentan noch nichts unternehmen. Sie wussten nicht einmal, ob Shannon überhaupt hierher gebracht worden war, sie konnte sich genauso gut auch ganz woanders befinden. Je mehr Matt darüber nachdachte, desto größer wurden seine Zweifel und die Angst, Shannon vielleicht nie wiederzusehen. Er wünschte, sie würden sich in einem ihrer Bücher befinden, bei denen das Happy End schon vorprogrammiert war. Aber in der Realität konnten sie sich leider nicht darauf verlassen.

Ein Zittern lief durch Shannons Körper, instinktiv zog sie die Beine enger an sich. Natürlich nützte es nicht viel, denn ihre Gliedmaßen fühlten sich inzwischen wie Eisklötze an. Kein Wunder, in dem Kellerraum war es kalt, und außer dem jetzt zerfetzten Nachthemd trug sie lediglich den Pullover, den Derek ihr netterweise gegeben hatte. Er war weit und lang genug, um ihn über die Knie ziehen zu können, aber auch das half nur bedingt. Zusätzlich zu der niedrigen Temperatur kam die Kälte von innen. Ihre Energie war restlos erschöpft, und die ständige Anspannung forderte ihren Tribut. Am liebsten hätte sie einfach nur geschlafen, aber sie wollte nicht von einem Angriff überrascht werden.

Das Warten zerrte genauso an ihren Nerven wie die Furcht, dass Clint und Matt etwas Dummes anstellen könnten, um sie zu retten. Natürlich wusste sie, dass die beiden unglaublich gut ausgebildet waren und eine reelle Chance gegen die Verbrecher hatten. Aber sie würden auch ihr eigenes Leben geben, um sie zu befreien. So nobel das auch war, sie brauchte die beiden lebend. Wie sollte sie jemals wieder glücklich werden, wenn ihretwegen jemand starb, den sie liebte?

Der Schauer, der sie bei diesen Gedanken überlief, war so stark, dass sie mit dem Kinn gegen ihr Knie stieß und die Wunde in ihrem Mund wieder zu bluten begann. Wütend auf sich selbst setzte sie sich auf. Schon immer hatte sie es gehasst, untätig herumzusitzen – außer wenn sie sich gerade innerlich in einer anderen Welt aufhielt und ihre Geschichten spann. Leider schaffte sie es hier nicht, sich in eine schönere Umgebung zu versetzen, deshalb setzte ihr die Untätigkeit doppelt zu. Zum sicher tausendsten Mal überlegte sie, ob es etwas gab, das sie tun konnte, um freizukommen, aber ihr fiel nichts ein. Solange sich die Tür nicht magisch öffnete, würde sie hier warten müssen, bis der Anführer ihr Schicksal entschied oder sie gerettet wurde.

Wütend hieb Shannon ihre Faust auf den Boden und wünschte sich gleich darauf, sie hätte es nicht getan. Schmerz zuckte durch ihren Handballen und ihren Arm hinauf. Wenn sie … Ruckartig setzte Shannon sich auf, als sie das Geräusch des Türriegels hörte. Übelkeit stieg in ihr auf. Gott, hoffentlich waren das nicht die beiden Mistkerle, die ihr Werk jetzt vollenden wollten! Automatisch rückte sie weiter nach hinten, als könnte sie dadurch das Unvermeidliche aufhalten.

Ein Lichtstrahl fiel in den Raum, und Shannon hielt den Arm vor die Augen, um nicht geblendet zu werden.

»Hallo, Shannon. Ich hoffe, du genießt deinen Aufenthalt hier.«

Die Stimme des Anführers hätte sie überall erkannt. War jetzt der Augenblick gekommen, in dem sie sterben würde? Bemüht, ihm ihre Angst nicht zu zeigen, hob sie das Kinn. »Der Ausblick könnte etwas besser sein.«

Einen Moment lang herrschte Stille, dann lachte der Mann los. »Ich bin froh, dass du deinen Humor noch nicht verloren hast.« Er kam ein Stück in den Raum hinein, hielt sich aber so weit entfernt, dass sie ihn nicht angreifen konnte. »Ich mag Frauen mit Biss, die sich nicht so leicht aus der Bahn werfen lassen.«

»Deshalb haben Sie mich entführen lassen? Weil Sie anders keine Frau bekommen?« Shannons Innerstes zog sich zusammen. Was tat sie da, um Himmels willen? Es war dumm und gefährlich, den Mann zu reizen, er könnte sie jederzeit töten.

Doch er reagierte zu ihrer Überraschung mit einem amüsierten Schnauben. »Wohl kaum. Du weißt ja sicher, dass ich es eigentlich auf Karen Lombard abgesehen hatte. Dummerweise habe ich stattdessen nun dich als meinen Gast, aber wenn alles so läuft wie geplant, wird das nicht viel ändern.«

Ihre Augen hatten sich inzwischen so weit an die Lichtverhältnisse gewöhnt, dass sie den Arm herunternehmen konnte und mehr als nur Umrisse sah. Mit den von der Taschenlampe beleuchteten hellen Haaren wirkte der Verbrecher beinahe wie ein Engel. »Ich weiß allerdings immer noch nicht, was Sie von ihr wollen. Karen hat noch nie jemandem etwas zuleide getan.«

Jeglicher Humor schwand aus seinem Gesicht. »Da irrst du dich. Sie dient der korrupten Regierung und entwickelt Waffen, die Zehntausende, wenn nicht gar Hunderttausende oder Millionen töten können. Sie mag harmlos aussehen mit ihren Goldlöckchen und dem weichen Körper, aber sie ist eine Mörderin.«

Shannons Herz begann schneller zu schlagen. Der Kerl war eindeutig verrückt. Aber immerhin redete er noch und fing nicht an zu schießen, wofür sie sehr dankbar war. »Es gibt doch sicher noch andere Waffenexperten. Warum gerade Karen?« Verzweifelt suchte sie nach einem Schwachpunkt, einer Begründung, warum der Verbrecher so unerbittlich war. Wenn sie wusste, was ihn bewegte, konnte sie ihn vielleicht damit manipulieren.

Der Anführer legte den Kopf schräg und sah sie neugierig an. »Du weißt gar nichts darüber, oder?«

»Worüber?«

»Karens Entführung vor einigen Jahren durch unsere Gruppe. Es lief alles wunderbar glatt, bis dein Bruder daherkam und alles zerstört hat. Wäre er nicht gewesen, hätten die *Krieger Gottes* das Waffensystem bekommen und Karen Lombard längst getötet. Wir hatten die Sache von langer Hand geplant und jede Menge Geld reingesteckt. Und dann mischte sich Clint Hunter ein und …« Abgrundtiefer Hass stand in seinem Gesicht.

Natürlich hatte sie von der Terrorgruppe gehört, nicht nur durch die Ereignisse damals im Yellowstone, sondern auch im Rahmen ihrer Recherchen. Deshalb wusste Shannon auch, dass sie hier sterben würde. »Sie sind also nur auf Rache aus.« Sie brachte die Worte kaum über ihre staubtrockenen Lippen.

Der Mann grinste sie an, aber es glich mehr einem Zähnefletschen. »Ganz genau. Und ich werde sie bekommen.«

»Clint wird …« Sie biss sich auf die Lippe, um die Worte zu stoppen.

»Hierherkommen und sich gegen dich eintauschen, ich weiß. Und er wird sterben.« Er wandte sich zum Gehen. »Aber zuerst wird er noch eine Nacht in Ungewissheit verbringen. Er wird sich fragen, warum ich mich nicht melde, ob du überhaupt noch lebst, ob du misshandelt oder vergewaltigt wurdest. Und morgen ist der große Tag. Ich habe lange darauf gewartet, und ich werde ihn mir von niemandem verderben lassen.« Er lächelte Shannon an. »Du solltest hoffen, dass dein Bruder mich nicht enttäuscht, denn dann wirst du dafür leiden müssen.«

»Sie werden mich doch sowieso töten!« Auch das hatte sie eigentlich nicht sagen wollen, aber sie schien sich in Gegenwart des Terroristen nicht zurückhalten zu können.

Nachdenklich blickte der Verbrecher sie an. »Vermutlich. Vielleicht aber auch nicht, wenn du dich gut benimmst. Normalerweise töten wir keine Frauen und Kinder, zumindest nicht ohne Grund.«

Shannon bebte am ganzen Körper, als sie daran dachte, wie viele Anschläge auf das Konto der Terrorgruppe gingen, und mehr als einmal waren dabei auch Frauen und Kinder umgekommen. Sie waren vielleicht nicht das Hauptziel, aber offenbar als Kollateralschaden durchaus akzeptabel. »Und wenn sie zufällig im Weg sind, dann ist es völlig in Ordnung, sie zu töten?«

Er presste seine Lippen zusammen. »In jedem Krieg gibt es Opfer. Und wenn du nicht aufpasst, wirst du eines davon.«

Obwohl sie ihm zu gerne ihre Meinung dazu gesagt hätte, schwieg sie lieber. Es war nicht sinnvoll, jemanden zu reizen, der ihr Leben in der Hand hielt und sich sowieso nie eines Besseren belehren lassen würde.

»Sehr schlau von dir.« Er wandte sich um und ging zur Tür. »Und noch etwas …« Im Eingang drehte er sich noch einmal zu ihr um. »Versuch nicht zu fliehen, während ich weg bin. Du wirst ständig bewacht.«

Shannon überlief es eiskalt. Wenn der Anführer weg war, würden sich die Kerle von vorhin vielleicht stark genug fühlen, um es noch einmal zu versuchen. »Aber …«

Er unterbrach sie. »Keine Angst. Derek wird dafür sorgen, dass du nicht herauskommst, aber auch niemand dich belästigt.« Erleichtert atmete Shannon auf. »Die beiden Idioten dienen als abschreckendes Beispiel, was passiert, wenn man mich hintergeht.«

Ihr wurde bei der Vorstellung übel, was mit den beiden Männern geschehen sein könnte. Vor allem erschreckte sie, wie wenig es dem Anführer auszumachen schien, mal abgesehen davon, dass er seine Autorität beweisen wollte. Er spielte mit Menschenleben, selbst mit den Leuten, die zu seiner Gruppe gehörten. Offenbar fehlte ihm jede Menschlichkeit – ein Mangel, der ihren Tod bedeuten würde. Shannon sackte in sich zusammen, als die Tür hinter ihm ins Schloss fiel und sie das Geräusch des einrastenden Riegels hörte. Wie gerne würde sie jetzt Matts Arme um sich spüren, das beruhigende Gefühl seiner Nähe erleben. Sie schloss die Augen und stellte sich vor, sie läge in seinen Armen und könnte seinen beruhigenden Herzschlag unter ihrem Ohr spüren. Mit dieser Vorstellung sank sie in einen unruhigen Schlaf.

13

Vanessa blickte sich in der Kneipe um und verzog den Mund. Die Innenausstattung ließ sehr zu wünschen übrig, und auch die Gerüche nach Essen, Schweiß und Rauch trugen nicht gerade dazu bei, dass sie sich wohler fühlte. Beinahe glaubte sie, das Testosteron riechen zu können, das hier anscheinend in übergroßem Maße vorhanden war. Genau genommen war sie eine der wenigen Frauen in diesem Etablissement und vermutlich auch die einzige mit einem Universitätsabschluss und ohne die offensichtliche Absicht, hier einen Mann aufzureißen. Oder doch, eigentlich war sie genau deshalb hier, sofern der Terrorist auftauchte, den Gunslinger ihnen beschrieben hatte.

Neben ihr waren noch drei der SEALs anwesend. Devil, Doc und Cole wurden ausgewählt, weil sie in der Kleinstadt nicht zu sehr auffallen würden. Damit waren alle ausgeschlossen, die nach einer anderen ethnischen Herkunft aussahen. Sie wollten die Terroristen beobachten und sich nicht in eine Schlägerei verwickeln lassen. Obwohl das auch eine letzte Möglichkeit war, falls sie sonst kein Glück hatten. Alle drei SEALs waren mit kleinen Kameras ausgerüstet, die sie unauffällig an ihrer Kleidung trugen und mit denen sie alle Anwesenden einfingen. Die Bilder wurden direkt auf I-Macs Computer übermittelt, der sie durch eine Datenbank laufen ließ. Gleichzeitig würde Gunslinger ihnen Bescheid sagen, sobald er den vermeintlichen Terroristen entdeckte.

Bis es so weit war, nippte Vanessa an ihrem Drink, während sie eine Anmache nach der anderen abwehrte. Von Subtilität hatten die Leute hier wohl noch nie etwas gehört. Es beschränkte sich mehr auf die Variante: »Hey Süße, willst du mit mir …«, die sie entweder überhörte oder mit einem knappen Nein beantwortete. Glücklicherweise hatte sie bei der CIA ein intensives Training absolviert, sonst wäre es ihr nie gelungen, ihre wahren Gedanken zu verbergen.

Aber sie war ja auch nicht zum Spaß hier, sondern um Shannon und damit auch Matt und Clint zu helfen. Deshalb erduldete sie das Getätschel des Betrunkenen neben sich, ohne ihm die Finger zu brechen – auch wenn es ihr verdammt schwer fiel. Sie fing einen Blick von Devil auf, der einen versteckten Kopfhörer trug und auf ihre lautlose Frage, ob es etwas Neues gebe, den Kopf schüttelte. Nur mit Mühe unterdrückte Vanessa einen Seufzer und nahm noch einen Schluck von ihrem Bier. Normalerweise trank sie nie, wenn sie im Einsatz war, aber das machte ihre Rolle realistischer. Und falls der Terrorist sich blicken ließ, musste sie so tun, als wäre sie angeheitert, was seltsam wirken würde, wenn ihr Atem dann nicht nach Alkohol roch.

Also trank sie ein wenig und verteilte unauffällig einige Tropfen auf ihren Pulspunkten. Allerdings würde das vermutlich niemand bemerken, denn sicherlich überdeckte der Kneipengestank sowieso alles andere. Erneut ließ sie ihren Blick durch den Raum schweifen, sah aber wieder nur eine Horde Männer, die sich lautstark an den Tischen und der Theke unterhielten oder Pool spielten. In der Ecke stand eine alte Jukebox, die unentwegt viel zu laute Musik von sich gab. Wenn man es überhaupt so nennen konnte – mit Country-Musik hatte sie noch nie viel anfangen können.

Es fiel Vanessa schwer, ihre Ungeduld zu zügeln. Normalerweise hatte sie kein Problem damit, über Tage oder sogar Wochen und Monate einfach nur zu beobachten und im Stillen Informationen zu sammeln, doch sie wusste, dass Shannons Zeit ablief. Der Anführer der Terroristen würde sich bald bei Clint melden, und wenn sie bis dahin nicht herausgefunden hatten, wo Shannon festgehalten wurde, und dort in Position gehen konnten, würden sich ihre Chancen erheblich verschlechtern.

Gerade als sie noch einen Schluck trinken wollte, bemerkte sie eine Bewegung in ihrem Blickfeld. Cole gab ihr ein Zeichen, das so viel bedeutete wie »Achtung«. So unauffällig wie möglich sah sie sich im Raum um, konnte aber nicht erkennen, was sich geändert hatte. Ein Stoß traf sie plötzlich von der Seite, und sie sah gerade noch, wie der Mann, der neben ihr gesessen hatte, unsanft von seinem Hocker befördert wurde. Devil setzte sich stattdessen neben sie, blickte sie aber nicht an. Vanessa tat, als würde sie ihn gar nicht bemerken, und lehnte ihren Rücken wieder an die Theke. Damit brachte sie ihr Ohr dichter zu ihm heran.

»Siehst du den Mann mit den hellblonden Haaren, der gerade reingekommen ist?« Seine Stimme war so leise, dass sie ihn gerade noch hören konnte.

Langsam senkte sie das Kinn, als sie den Mann erblickte, den Devil meinte. Er war schlank, offensichtlich gut in Form und sah mit den hellblonden Haaren und hellen Augen auf eine kalte Art und Weise gut aus. Vor allem aber jagte er ihr einen Schauer über den Rücken, den sie sich nicht erklären konnte.

»Wir haben noch nicht herausgefunden, wer er ist, aber Clint hat ihn erkannt. Er sieht genauso aus wie der Anführer der *Krieger Gottes*, der ihn und Karen damals im Yellowstone gefangen genommen hat.« Devil senkte die Stimme noch mehr. »Den Clint damals getötet hat.«

Vanessa hob das Glas vor ihren Mund, damit niemand die Lippenbewegungen sah. »Wie ist das möglich?«

Devils Schultern hoben sich beinahe unmerklich. »Vermutlich ein naher Verwandter. Und der Mann bei ihm ist laut Gunslinger derjenige, mit dem er hier gesprochen hatte. Das reicht mir als Beweis.«

Ja, ihr auch. Die Frage war nur, was sie jetzt machen sollten. Um Shannon zu schützen, konnten sie ihn schlecht einfach überwältigen. Außerdem wussten sie nicht, wie viele andere Mitglieder der Terrorgruppe noch in der Kneipe waren. Wäre es nur Gunslingers Kontakt, würde sie es wagen, aber der Blonde wirkte nicht so, als würde ihn ein plumper Annäherungsversuch überzeugen. Nein, sie musste wesentlich subtiler vorgehen, sodass er das Gefühl hatte, sie zu erobern und nicht umgekehrt. Natürlich vorausgesetzt, dass sie überhaupt sein Interesse wecken konnte. Nicht jeder Mann stand auf lange rote Haare, helle Haut und Sommersprossen.

Es dauerte nicht lange, bis sein Blick den ihren traf. Deutlich konnte sie darin sein Interesse sehen, aber auch seine Intelligenz. Nein, er würde nicht leicht zu manipulieren sein, aber als CIA-Agentin hatte sie einige Erfahrung darin. Vanessa ließ den Blickkontakt einen Moment lang anhalten, dann senkte sie den Kopf und drehte sich auf ihrem Stuhl herum, bis sie die Theke vor sich hatte. Während sie mit den Augen im Spiegel beobachtete, wie der Terrorist einen Moment lang stehenblieb und dann langsam auf sie zukam, traf sie eine Entscheidung.

Unauffällig drückte sie ihr Knie gegen Devils. »Improvisieren wir ein wenig.«

»Wie?« Seine Augen verengten sich, als er im Spiegel sehen konnte, dass der Terrorist bereits fast hinter ihnen stand.

»Spiel mit.« Das flüsterte sie kaum hörbar, aber Devils leichtes Nicken zeigte, dass er sie verstanden hatte.

Der Mann blieb dicht hinter ihr stehen. »Hallo, kann ich Ihnen einen Drink spendieren?« Seine Stimme klang angenehm und kultiviert, keineswegs so, wie sie sich jemanden vorgestellt hätte, der bereits unzählige Menschen auf dem Gewissen hatte.

Aber genau deshalb hatten diese Kriminellen Erfolg und waren so schwer zu fassen: Sie waren nicht auf den ersten Blick als Terroristen zu erkennen.

Vanessa kramte ihre gesamte Schauspielkunst hervor, wandte sich zu ihm um und blickte ihn mit großen Augen an. Ihre Hand legte sie auf die Brust, als hätte sie sich erschreckt. Dann lächelte sie ihn zaghaft an. »Das ist sehr freundlich, aber ich bin mit meinem Mann hier.« Mit den Augen deutete sie auf Devil.

Der Terrorist lächelte sie charmant an. »Zu schade. Ich wünsche Ihnen einen schönen Abend.« Sein Blick glitt dabei über ihre Haare bis zu ihrem Ausschnitt und folgte dann der Linie ihres Körpers von dem hautengen langärmeligen Oberteil zu ihrem schmalen Rock, der knapp oberhalb der Knie endete.

Vanessa unterdrückte ihr Ekelgefühl und setzte stattdessen eine Miene auf, die sie zerbrechlich und ein wenig ängstlich wirken ließ. »Danke.«

Wieder stieß sie Devil unbemerkt an, der genauso reagierte, wie sie gehofft hatte. Vielleicht konnte er tatsächlich Gedanken lesen, denn er drehte sich zu dem Terroristen um und richtete sich zu voller Höhe auf. »Bist du jetzt damit fertig, meine Frau anzubaggern?« Dabei schaffte er es, unerwartet bedrohlich zu wirken. Die graue Strähne in seinen dunklen Haaren sowie der stechende Blick seiner grünbraunen Augen trugen noch dazu bei. Hätte sie ihn nicht gekannt, hätte sie glatt Angst vor ihm gehabt.

Der Blonde hob beide Hände in einer beschwichtigenden Geste und lächelte wieder, diesmal konnte Vanessa aber deutlich hinter die joviale Fassade blicken. Wären sie nicht mitten in einer Kneipe gewesen, hätte er jetzt vermutlich die Pistole gezogen, die nicht wirklich unauffällig im Hosenbund steckte – verdeckt durch ein Jackett –, und Devil einfach erschossen. »Tut mir leid, ich wusste ja nicht, dass Sie zusammengehören.«

Devil packte unsanft ihren Arm. »Sie gehört mir.« Er zog Vanessa an sich, als müsste er es körperlich beweisen.

Sie stützte sich auf der Theke ab, um nicht vom Hocker zu rutschen, während sie gleichzeitig dem Terroristen einen flehenden Blick zuwarf. »Natürlich gehöre ich dir. Es war nur ein Missverständnis.«

Einen Moment lang sah es so aus, als würde der Blonde etwas unternehmen, dann aber nickte er nur knapp. »Ganz genau. Nichts für ungut.« Damit wandte er sich um und ging weg.

Devil ließ sie los, sowie der Terrorist ihnen den Rücken zukehrte. »Tut mir leid, ich hoffe, ich habe dir nicht wehgetan. Auf jeden Fall war das eine sehr interessante Taktik, sein Interesse zu schüren.«

»Ich weiß.« Vanessa ließ kurz ein Lächeln aufblitzen, bevor sie wieder ernst wurde. »Mir kam er nicht wie ein Typ vor, der sich verführen lassen würde. Das würde ihn schnell langweilen. Aber wenn er dafür arbeiten muss oder sich sogar als Held fühlen kann …«

»… wird er anbeißen und sich nicht einmal fragen, ob du vielleicht aus anderen Gründen Interesse an ihm haben könntest. Sehr geschickt.«

»Danke.«

Interessiert blickte Devil sie an. »Wie geht es jetzt weiter?«

»Beobachtet er uns noch?«

Unauffällig sah Devil um sie herum. »Ja. Wenn Blicke töten könnten, würde ich jetzt am Boden liegen.«

Anscheinend schien ihre kleine Scharade tatsächlich aufzugehen. »Okay, dann werden wir jetzt noch ein wenig weiterspielen. Du musst immer ausfallender werden und mich dann irgendwann hinter dir her hinauszerren. Wenn wir Glück haben, folgt er uns.«

»Und dann?«

Vanessa hob die Schultern. »Abwarten, was geschieht.« Sie hatte schon einige Optionen im Kopf, aber sie bezweifelte, dass Devil mitmachen würde. Besonders wenn die anderen im Hauptquartier mitbekamen, was sie plante. Das war wiederum der Vorteil ihrer Arbeit als CIA-Agentin gewesen: Es hatte kein Team gegeben, mit dem sie ihre Aktionen hatte absprechen müssen. Allerdings war dann auch niemand zu ihrer Rettung gekommen, wenn etwas schiefgegangen war – doch darauf baute sie diesmal. Denn wenn sie es tatsächlich schaffen sollte, sich in die Terrorgruppe einzuschleichen, würde sie aller Voraussicht nach nicht mit eigenen Mitteln wieder herauskommen. Schon gar nicht mit Shannon Hunter im Schlepptau. Leicht erstaunt erkannte sie, dass sie ihrem neuen Team tatsächlich vertraute. Ein seltsames Gefühl, nachdem sie sich so lange nur auf sich selbst verlassen hatte.

Die nächsten fünfundvierzig Minuten spielten Vanessa und Devil das zerstrittene Ehepaar, während Vanessa gleichzeitig beobachtete, wie der Terrorist darauf reagierte. Mehr als einmal sah es so aus, als würde er am liebsten dazwischengehen, besonders, wenn Devil sie grober anfasste, und das gab Vanessa die Sicherheit, mit ihrem Plan fortzufahren. Sie nutzte die Gelegenheit, dass Devil gerade seinen Arm um sie geschlungen hatte und ihre Köpfe nah beieinander waren. »Ich denke, er ist am Haken.«

Devil schnaubte. »Er hat in der letzten halben Stunde nicht einmal die Augen von dir genommen.«

»Gut. Dann zerr mich jetzt nach draußen zum Auto.« Sie hatten sich von Gunslinger den Jeep geliehen, weil der Mietwagen zu auffällig gewesen wäre. »Sei möglichst grob, damit er wirklich handelt.«

»Ich möchte dir nicht wehtun.«

Die Haare verdeckten ihr Gesicht, deshalb lächelte sie ihn

an. »Das tust du nicht. Aber es muss echt wirken, sonst verlieren wir ihn.«

»Ich weiß immer noch nicht, ob ich richtig finde, was du vorhast.«

Daran, dass die Männer sie immer beschützen wollten, hatte sie sich bei den TURT/LEs auch erst einmal gewöhnen müssen. Ein weiterer Unterschied zur CIA. Und irgendwie fand sie das auf eine etwas altmodische Art rührend. »Das ist mein Job, Chase, ich weiß, was ich tue.«

Er wirkte überrascht, als sie seinen Vornamen benutzte. »Dir traue ich ja auch, es ist dieser kalte Fisch dahinten, der mir Sorgen macht. Auch wenn er harmlos wirkt, glaube ich, er geht buchstäblich über Leichen.«

Vanessa drückte unauffällig seinen Arm. »Ich werde vorsichtig sein, ich verspreche es.«

Devil nickte knapp, dann richtete er sich auf, zog einen Geldschein heraus und knallte ihn auf den Tresen. »Wir gehen.« Er umschloss fest mit seiner Hand ihren Oberarm und zog sie vom Hocker. »Komm endlich, dumme Kuh! Mir reicht es, dass du ständig mit anderen Männern flirtest.«

Ein wenig widerstrebend ließ Vanessa sich von ihm durch die Kneipe zerren, während ihre Wangen brannten. Das war dank ihrer hellen Haut ein sehr einfacher Trick, der immer große Wirkung zeigte. Sie stolperte hinter Devil her und ließ es so aussehen, als würde er viel kräftiger ziehen, als er es eigentlich tat. Denn obwohl er so stark war, hielt er sich sehr zurück, viel mehr, als es ein gewalttätiger Ehemann eigentlich täte. Das machte ihr Sorgen, denn es musste echt wirken, wenn der Terrorist darauf reagieren sollte.

Erneut stolperte sie und stieß dabei gegen Devil. »Du musst das etwas überzeugender rüberbringen, Devil. Keine Angst, ich bin nicht zerbrechlich.«

Düster starrte er sie an. »Ich hasse das.« Dann schlang er seinen Arm um sie und griff in ihre Haare. Seine Stimme wurde lauter. »Glaubst du, ich habe nicht gesehen, wie du Blondie da drüben angegafft hast? Dachtest du, er wäre so blöd, sich mit mir anzulegen, nur um deinen dürren Arsch zu retten?«

Tränen traten in ihre Augen, als sein Griff in ihren Haaren stärker wurde. Mit einer Hand im Nacken schob er sie zur Tür. »Aber ich habe nichts getan! Du musst mir glauben, Eddie!«

Bei dem Namen hob sich Devils Augenbraue ein wenig, aber sein Gesichtsausdruck wurde noch düsterer. »Genug mit den Lügen! Wir fahren jetzt nach Hause und dann zeige ich dir, was passiert, wenn du mich betrügst.«

Vanessa war beeindruckt davon, wie echt Devil den wütenden Ehemann spielte. Hätte sie es nicht besser gewusst, sie hätte ihm ohne Weiteres geglaubt. Tränen flossen über ihre Wangen. »Bitte, Eddie … Ich werde alles tun.«

Ein grausames Lächeln zog über Devils Gesicht. »Oh ja, das wirst du.«

Es war überhaupt nicht schwer, die Angst der armen Ehefrau nachzuempfinden und darzustellen. Sie steckte so tief in der Rolle, dass sie beinahe daran glaubte. Ihr Körper begann zu zittern und sie versuchte, sich von Devil zu lösen. Doch er hielt sie weiter fest, während er sie zum Wagen zerrte. Ein heimlicher Blick zurück zeigte ihr, dass der Blonde ihnen einige Meter entfernt folgte. Ja, sie hatten ihn! Jetzt mussten sie nur noch ihr Schauspiel weiterführen und es vor allem so drehen, dass Devil dabei nichts passierte.

»Schnell zum Wagen und fahr sofort los.« Sie hielt ihre Stimme so leise, dass nur er sie hören konnte.

Devil zögerte nicht lange, sondern zerrte sie mit sich, schloss den Wagen auf und schubste sie auf den Beifahrersitz. Schnell ging er um das Auto herum, schwang sich auf den Fahrersitz und gab Gas. Es dauerte nur wenige Sekunden, bis sie mit quietschenden Reifen vom Parkplatz fuhren. Im Spiegel sah Vanessa, wie der Terrorist mitten auf dem Parkplatz stehen blieb und dann zu einem Wagen rannte.

»Okay, wir haben ihn. Fahr etwas langsamer, damit er uns nicht verliert.«

Wortlos tat Devil, was sie ihm sagte. Auch sein Blick richtete sich auf den Rückspiegel. »Habe ich dich verletzt?«

Vermutlich hatte sie einige blaue Flecken davongetragen, aber das würde sie ihm bestimmt nicht sagen. Stattdessen lächelte sie ihn an. »Aber nein, du warst großartig. Sehr glaubwürdig.«

Devil schnitt eine Grimasse. »Wunderbar, ich wollte schon immer mal ein Frauenschänder sein.«

Sie legte ihre Hand auf seinen Arm. »Es ist für einen guten Zweck.«

Er grunzte nur. »Und was jetzt?«

»Wir werden dafür sorgen, dass er gar nicht anders kann, als mich mitzunehmen.« Vanessa begann, an dem Stoff ihres Oberteils zu ziehen, bis die Naht an der Schulter riss. Anschließend schob sie ihren Rock ein Stück hoch.

»Was machst du da?« Unsicherheit klang in Devils Stimme mit, aber er hielt seinen Blick stur auf die Straße gerichtet. Guter Mann.

»Ich lasse es so aussehen, als hättest du versucht, mir etwas anzutun.« Sie zerzauste ihre Haare und verschmierte ihr Make-up ein wenig. »Und, sieht es echt aus?«

Devil warf ihr einen kurzen Blick zu und wurde deutlich blasser. Ein Muskel zuckte in seiner Wange. »Ich bin mir nicht mehr so sicher, ob das wirklich eine gute Idee ist. Matt sagt auch, du sollst zurück zum Hauptquartier kommen.«

»Sag ihm, wenn er Shannon zurückbekommen will, ist das die einzige Möglichkeit, die ich sehe. Alles andere würde zu lange dauern.« Im Seitenspiegel sah sie, dass der Terrorist langsam aufholte. »Ich lasse die Tasche hier, nehme aber das Handy mit. Dann könnt ihr meine Position orten.«

»Vanessa …«

»Bis später.« Damit öffnete sie die Tür. Sie hörte noch Devils Fluch und das Quietschen der Bremsen, als sie sich hinauswarf und hart auf dem Asphalt aufkam. Sie rollte sich ab und kam schließlich zum Liegen. Erleichtert atmete sie auf, als sie erkannte, dass sie sich bis auf einige Abschürfungen keine Verletzungen zugezogen hatte. Devil hatte den Wagen etwa hundert Meter weiter zum Stehen gebracht. Verdammt, warum fuhr er nicht weiter?

Ein Jeep hielt neben ihr an, jemand kam herum und hockte sich neben sie. Die Haare des Mannes schimmerten hell im Mondlicht. »Sind Sie verletzt?«

»I…ich weiß n…nicht.« Vanessa ließ große Tränen in ihren Augen entstehen. »Ich w…wollte nur w…weg.«

Der Terrorist legte eine Hand auf ihre Schulter. »Kommen Sie, ich bringe Sie zu einem Arzt.«

»N…nein, kein Arzt!« Sie rappelte sich auf und kam schließlich schwankend zum Stehen. »Sehen Sie, ich bin g…gar nicht verletzt.«

Mit der Hand strich er über ihren Arm, und Vanessa musste sich zwingen, nicht zurückzuzucken. »Sie bluten, aber es scheint nur eine Schürfwunde zu sein. Kann ich Sie irgendwohin mitnehmen?«

Vanessa biss sich auf die Lippe und blickte ihn mit großen Augen an. »Ich kann nirgends hin, wo Eddie mich findet. Er wird mich umbringen!« Eine Träne löste sich und lief über ihre Wange.

Der Blonde legte seinen Arm um ihre Taille und stützte sie, während er sie zu seinem Wagen brachte. Seine Hand lag auf ihrer nackten Haut, und sie schauderte. »Ich kenne einen Ort, an dem er Sie nie finden wird. Dort sind Sie in Sicherheit.«

Dankbar lächelte Vanessa ihn zittrig an. »Wirklich? Das wäre toll. Ich will mich schon so lange scheiden lassen, aber ich habe kein eigenes Geld und komme nicht von Eddie los, weil er mich immer wieder findet und überredet zurückzukommen.«

»Das wird diesmal nicht passieren, glauben Sie mir.« Er öffnete die hintere Tür und schob sie sanft hinein.

Vanessa sah, dass jemand hinter dem Lenkrad saß, vermutlich der zweite Terrorist. Der Blonde warf ihre Tür zu, dann ging er um den Wagen herum und stieg ebenfalls hinten ein. Er setzte sich neben sie und nickte dann dem Mann vorne zu. »Fahr los.«

Nervös blickte Vanessa nach draußen. »Eddie wird mich nicht gehen lassen.«

Der Terrorist lächelte sie kalt an. »Oh doch, das wird er. Wir können sehr überzeugend sein.« Dabei schlug er das Jackett zurück und zeigte seine Pistole.

Vanessa zuckte absichtlich zusammen, als sie die Waffe sah. »Danke, dass Sie mir geholfen haben. Ich wüsste nicht, was ich getan hätte, wenn Eddie wieder …« Sie brach ab und senkte den Kopf.

Der Blonde rückte näher an sie heran und legte seinen Arm um ihre Schultern. »Er wird Ihnen nichts mehr tun. Ich werde Sie beschützen.« Seine Finger spielten mit ihren Haarsträhnen. »Ich heiße übrigens Eric, und Sie?«

Mit äußerster Mühe lächelte sie ihn an. »Vanessa.«

Sein Lächeln verbreiterte sich. »Ein passender Name für eine faszinierende Frau.« Sein Finger strich über ihre Wange. »Wir werden uns gut verstehen.«

Nicht, wenn es nach ihr ging. Während sie die Lichter des Ortes hinter sich ließen, fragte sich Vanessa, ob sie ihr Team noch einmal wiedersehen würde. Sie hatte keine Waffe bei sich und keinerlei technisches Spielzeug, das sie einsetzen konnte. Nur ihre zerrissene Kleidung und ihr Handy, das hoffentlich bei dem Sturz nicht kaputtgegangen war. Nicht gerade viel, wenn sie vermutlich im Versteck der gefährlichsten Terrorgruppe Amerikas landen würde.

14

»Verdammt!« Matt raufte sich die Haare. »Devil, was geht da vor?« Hilflos hatte er mit anhören müssen, dass Vanessa etwas ziemlich Riskantes plante. Aber da er nicht direkt mit ihr reden konnte, fehlte ihm die Möglichkeit, ihr das wieder auszureden.

»Die Verrückte ist einfach aus dem fahrenden Auto gesprungen!« Devils sonst so unerschütterliche Art schien verschwunden, seine Stimme klang brüchig.

Matt hieb mit der Hand gegen die Wand. »Geht es ihr gut?«

»Keine Ahnung, sie ist in das Auto der Terroristen gestiegen, zumindest konnte sie noch gehen. Soll ich ihnen hinterherfahren?«

»Kannst du das tun, ohne dass sie dich sehen?«

Eine kurze Pause entstand. »Ich kann es zumindest versuchen. Aber sie werden vermutlich nach mir Ausschau halten.«

»Wir sind in Position und folgen ihr.« Docs Stimme drang durch den Kopfhörer. »Uns haben sie nicht gesehen und dürften keinen Verdacht schöpfen.«

Erleichtert atmete Matt auf. »Gut. Devil, komm zurück zur Basis.«

Erneut herrschte Stille. »Okay. Verfolgt ihr das Signal ihres Handys?«

»I-Mac ist dran.«

Devil meldete sich ab, und Matt konzentrierte sich darauf, den Berichten von Doc und Cole zu lauschen. Dabei ging er zum Schreibtisch hinüber und blickte über I-Macs Schulter auf den Monitor. Eine Karte war angezeigt, auf der ein kleiner blinkender Punkt entlangfuhr.

Matt drehte sein Mikrofon zu, damit die anderen nicht mithören konnten. »Ist das Vanessas Handysignal?«

I-Mac nickte. »Ja. Es setzt manchmal aus, taucht dann aber wieder auf. Ich hoffe, es stabilisiert sich noch.«

Widerstreitende Gefühle stiegen in Matt auf: Trotz der Angst um Vanessa keimte so etwas wie Hoffnung in ihm auf, Shannon auf diese waghalsige Weise doch noch retten zu können. Aufregung erfasste ihn, und er zwang sich, seine Gefühle unter Kontrolle zu halten. Es konnte so vieles schiefgehen. Sobald sie das Signal verlieren würden, konnten sie Vanessa nicht mehr finden und ihr auch nicht helfen. Ohne Waffen oder sonstige Hilfsmittel wäre sie dann ganz auf sich allein gestellt. *Verdammt!*

Er drehte das Mikrofon wieder an. »Doc, Cole, verliert sie bloß nicht! Aber bleibt weit genug weg, damit sie euch nicht sehen, sonst gefährden wir ihre Tarnung.«

»Das ist uns klar.« Docs Stimme klang gepresst.

Rock kam in den Raum gestürmt. »Ich fahre los und hole sie da wieder raus.«

Matt schüttelte den Kopf. »Das wäre ihr Todesurteil und Shannons vermutlich gleich mit. Wir können nur möglichst unauffällig an ihr dranbleiben und hoffen, die Terroristen merken nie, dass sie ein Spiel mit ihnen treibt.«

Rock wischte sich den Schweiß von der Stirn. »Wir haben eben noch mal versucht, etwas aus Gunslinger herauszubekommen, aber er weiß offenbar nicht mehr, als er bisher gesagt hat. Den Blonden hat er wohl noch nicht gesehen, und Namen kennt er auch keine.«

Natürlich nicht, das wäre ja auch zu einfach gewesen. Genau

bei dieser Mission, bei der es für ihn um alles ging, tappten sie völlig im Dunkeln. Ihnen blieb nur übrig zu reagieren, anstatt zu planen und gezielt zuzuschlagen. Vanessa wusste das auch, sonst wäre sie nie so ein hohes Risiko eingegangen. Noch etwas, das auf ihm lasten würde, bis er sie gesund und munter wiedersah. Im Moment wurde das jedoch immer unwahrscheinlicher, je weiter sich der blinkende Punkt vom Ort entfernte. Es sah so aus, als würde er sich geradewegs in die Hügel bewegen.

»Mist, wir haben sie verloren!« Das kam von Doc.

»Wo seid ihr jetzt?« I-Macs Stimme klang ruhig, aber an seinen zerstrubbelten, hochstehenden Haaren und den scharfen Falten um seine Augen konnte Matt erkennen, wie sehr ihn die Sache mitnahm.

Cole nannte einen Straßennamen, und I-Mac konsultierte daraufhin die Karte. »Okay, fahrt noch zwei Querstraßen weiter, dann nach links.«

»Alles klar.«

»Fahrt nicht zu schnell, sonst kommt ihr zu dicht dran, sie scheinen ihre Geschwindigkeit verringert zu haben.«

Jetzt sah Matt es auch. Der Punkt bewegte sich wesentlich langsamer vorwärts. Konnte es sein, dass sie schon kurz vor dem Ziel standen? Das wäre zu schön, um wahr zu sein. Denn eigentlich waren sie zu nah am Ort, und die Terroristen konnten sich hier schwer verbergen.

Matt schaltete sein Mikrofon aus und wandte sich an Rock. »Sag den anderen, sie sollen sich bereit machen, falls die Terroristen gleich am Ziel sind.«

Rock nickte stumm und zog sich wieder zurück.

Angespannt beobachtete Matt weiter den blinkenden Punkt, der inzwischen Gesellschaft von einem anderen bekommen hatte. »Was ist das?«

»Docs Handy. So kann ich besser sehen, ob sie zu dicht dran

sind.« Er berührte sein Mikrofon. »Doc, etwas langsamer, und macht die Scheinwerfer aus.«

»Schon geschehen.« Doc fluchte leise. »Es ist stockdunkel hier, wir können höchstens ein paar Meter weit sehen. Die Straße wird auch immer schlechter.«

»In etwa dreihundert Metern kommt ein Gebäude.« I-Mac hatte ein Satellitenbild auf dem zweiten Bildschirm aufgerufen, das er jetzt vergrößerte. »Die Straße endet dort.«

Aufregung kroch durch Matts Körper. *Sollten sie wirklich so dicht an Shannon dran sein?* Gott, er hoffte es! Alles in ihm schrie danach, sie endlich wieder in den Armen zu halten und sich zu vergewissern, dass es ihr gut ging.

»Okay, wir sehen es. In dem Haus brennt Licht, aber es ist alles ruhig.« Coles Stimme drang durch den Kopfhörer. »Sieht ein wenig klein aus für eine Terrorgruppe, aber vielleicht ist das auch nur Tarnung.«

Matt wandte sich an I-Mac. »Gibt es dort noch andere Gebäude?«

»Nein, im Umkreis von mehreren Kilometern nicht. Und die Häuser sind auch alle an der Straße gelegen, nicht so weit im Hinterland. Das gehört alles zum Bitterroot National Forest und ist Naturschutzgebiet.« Er verzog den Mund. »Als wenn das die Terroristen interessieren würde.«

Matts Blick klebte an den Punkten auf dem Monitor. »Wo fahren sie jetzt hin? Ich dachte, da gibt es keine Straßen.«

»Zumindest keine offiziellen, vielleicht ein Schotterweg oder nur Fahrspuren.«

»Doc, Cole, bleibt dort stehen, es wäre zu auffällig, wenn ihr ihnen hinterherfahrt.« Vielleicht gab es dort auch Sicherheitsvorrichtungen, die ihre Ankunft melden würden. »Sorgt dafür, dass keiner dort herauskommt und euch niemand sieht.«

»Alles klar.«

»I-Mac, finde heraus, wem das Haus gehört.«

»Schon dabei. Laut Register einem gewissen Bob Carlton. Alter: fünfundsiebzig Jahre. Er lebt dort seit über vierzig Jahren. Ich glaube nicht, dass er unbedingt zu den Terroristen gehört. Aber es ist natürlich alles möglich.«

»Okay, sehen wir uns das an. I-Mac, bleibst du hier und verfolgst Vanessas Signal weiter?«

I-Mac verzog den Mund. »Natürlich, wo sollte ich schon hin?« Als Matt sich entschuldigen wollte, winkte er ab. »Kein Problem, das ist sowieso die beste Entscheidung. Ich halte euch auf dem Laufenden.«

»Danke.« Matt blickte die anderen an, die inzwischen in den Raum gekommen waren. »Rock, Jackie, ihr bleibt hier und bewacht den Gunslinger.«

»Oh, warum schon wieder ich?« Natürlich musste Jackie dagegen protestieren, was Matt zum Teil auch nachvollziehen konnte. Momentan besaß er jedoch keinerlei Geduld für solche Spielchen.

»Weil du kein Scharfschütze bist, so wie Snake. Den brauchen wir momentan dringender, wenn dort tatsächlich Terroristen sind. Außerdem hast du die Aufgabe, das Hauptquartier zu schützen, falls wir entdeckt werden.«

Leise vor sich hin grummelnd fügte sich Jackie der Entscheidung. Dankbar nickte Matt Rock zu, der seine Anweisung schweigend akzeptiert hatte. »Wenn sich herausstellt, dass es tatsächlich die Behausung der Terroristen ist, brauche ich dich an vorderster Front, Rock, denn ich bezweifle, dass sie uns die Tür freiwillig öffnen werden. Außerdem brauchen wir das Überraschungsmoment, wenn wir verhindern wollen, dass sie Shannon …« Seine Stimme versagte und er räusperte sich. »Doc, Statusbericht.«

»Alles ruhig hier.«

»Okay, wir treffen uns in zwei Minuten draußen. Devil, wo bist du?«

»Fahre gerade vor.«

Matt wartete, bis alle aus dem Raum waren, dann wandte er sich wieder an I-Mac. »Du sagst sofort Bescheid, sobald sich irgendetwas ändert, okay?«

Geduldig blickte ihn I-Mac an. »Dafür bin ich hier. Und sorg dafür, dass Vanessa heil zurückkommt, ich mag sie.«

»Das werde ich, und danach mache ich ihr klar, was ich von ihrer Soloaktion halte.« Matt zog rasch seine schusssichere Weste über und packte dann seinen Seesack mit den Waffen. »Bis später.«

I-Mac blickte ihn über den Monitor an. »Seid vorsichtig.«

»Das sind wir doch immer.« Und egal wie, er würde die beiden Frauen retten. Alles andere mochte er sich nicht vorstellen.

Gerade als Red sich fast davon überzeugt hatte, dass niemand das Risiko eingehen würde, die Ranch zu überfallen, hörte er das Motorengeräusch eines Autos, das in die Einfahrt einbog. Obwohl das sicherlich kein Terrorist war, musste er die Sache kontrollieren. Red lief durch die Vegetation, die den Rand des Grundstücks umgab, während er gleichzeitig in sein Mikrofon sprach. »Ein Auto kommt die Einfahrt herauf, haltet euch bereit.«

Das Team hatte sich vorher aufgeteilt: Die Scharfschützen hatten sich an den Fenstern postiert, zwei weitere SEALs patrouillierten um das Haus herum und Bull hatte sich mit Karen, Maya und Clints Eltern in einem Zimmer verschanzt. Red und zwei weitere kontrollierten das weitläufige Grundstück. Obwohl das bei der Größe schier unmöglich war, wollte er die Chance nutzen, die Terroristen schon vor dem Haus abzufangen.

Das Motorengeräusch kam jetzt näher, und Red sah die Scheinwerfer langsam auf sich zukommen. »Ich stoppe den Wagen, haltet euch bereit.« Er wartete die Bestätigung seines Teams nicht ab, sondern sprang aus dem Gebüsch und landete einige Meter vor dem Wagen auf dem Schotterweg. Sein Gewehr richtete er direkt auf den Fahrer, der ihn im Licht der Scheinwerfer nicht übersehen konnte. Wie erwartet trat der hart auf die Bremse, und der Wagen kam schlitternd dicht vor ihm zum Stehen.

Eine Reihe von Flüchen drang durch das geöffnete Seitenfenster. »Verdammt noch mal, bist du verrückt geworden?«

Red ging um den Wagen herum und blickte hinein.

Jay Hunter starrte ihn fassungslos an. »Ich hätte dich beinahe überfahren!«

Red lehnte sich mit dem Ellbogen an den Wagen. »Nein, das hättest du nicht.« Mit Mühe hielt er seine Stimme ruhig. »Was tust du hier, Jay?«

Jays Augenbrauen zogen sich zusammen, er sah aus, als stünde er kurz vor einem Wutausbruch. »Ich bin hier, um meine Familie zu schützen, also geh mir aus dem Weg, Red.«

Red bewegte sich nicht. »Hat Clint dich angerufen?«

»Nein, und jetzt hör endlich auf mit den blöden Fragen, ich will zu meinen Eltern.«

Offenbar war es Jocelyn noch nicht gelungen, Jays hitziges Temperament zu zügeln. Bei dem Gedanken richtete Red sich auf. »Wo ist Jocelyn?« Sein Blick glitt durch den Wagen, doch der schien bis auf Jay leer zu sein.

»Zu Hause.« Jays dunkle Augen bohrten sich in Reds. »Dachtest du, ich würde sie mit in eine Gefahrenzone bringen?«

Red ignorierte die Frage. »Ist sie dort sicher?«

»Ich lasse sie von Kollegen beschützen, nicht, dass es dich zu interessieren hätte.«

»Keine Angst, ich werde sie dir nicht wegnehmen, ich wollte nur wissen, ob sie in Sicherheit ist.«

»Das könntest du auch gar nicht!«

Red grinste ihn an. »Dann sind wir uns ja einig.« Ein Blinder mit Krückstock konnte sehen, dass Jocelyn nur Augen für Jay hatte – warum auch immer.

Das nahm Jay den Wind aus den Segeln. Er blickte Red einen Moment lang stumm an, dann schüttelte er den Kopf. »Tut mir leid, ich weiß, dass Jocelyn in dir nur einen Freund sieht. Irgendwie schaltet sich mein Gehirn immer aus, sobald ich dich sehe.«

»Diese Wirkung habe ich öfter, sonst allerdings eher auf Frauen.«

Jay schnaubte. »Steigst du jetzt ein, oder soll ich alleine zum Haus fahren?«

»Bist du sicher, dass du nicht lieber wieder nach San Francisco zurückwillst?« Jay blickte ihn nur stumm an, deshalb ging Red um den Wagen herum und stieg auf der Beifahrerseite ein. »An alle: falscher Alarm. Ich komme zum Haus.«

Jay startete den Motor und blickte ihn von der Seite an. »Das sagst du ihnen erst jetzt? Und wenn sie mich für einen Terroristen gehalten und erschossen hätten?«

»Sehr unwahrscheinlich, sie konnten jedes Wort hören.« Seine Mundwinkel hoben sich. »Aber nur zur Sicherheit waren die Präzisionsgewehre die ganze Zeit auf deinen Kopf gerichtet.« Er schaltete das Mikrofon ab.

Jay wurde deutlich blasser. »Gut zu wissen.« Damit schien die Angelegenheit für ihn erledigt, denn er gab Gas und fuhr zum Haus. Erst dort blickte er Red wieder an. »Wie geht es allen?«

»Den Umständen entsprechend. Shannons Entführung hat sie sehr getroffen, vor allem auch Karen. Sie macht sich Vorwürfe, weil sie das eigentliche Ziel war.«

Jays Lippen pressten sich zusammen. »Das ist völliger Unsinn.«

»Ganz genau. Vielleicht glaubt sie dir ja, wir anderen hatten damit kein Glück. Außerdem hat sie furchtbare Angst um Clint. Vermutlich, weil sie befürchtet, dass er der Forderung der Terroristen, sich ihnen auszuliefern, nachkommen wird, um Shannon zu retten.«

Ein Muskel zuckte in Jays Wange. »Wird er das?«

Red hob die Schultern. »Wenn es keine andere Möglichkeit gibt, vermutlich. Aber er hat ein gutes Team, und wenn es jemand schafft, diese Schweine zur Strecke zu bringen, dann Clint.«

»Wissen meine Eltern davon?«

»Nein. Und sie sollen es auch nicht erfahren. Die ganze Sache ist geheim.«

Jay hob die Augenbrauen. »Und warum erzählst du es mir dann?«

Mit einem unterdrückten Seufzer öffnete Red die Tür und stieg aus. Offensichtlich waren alle Hunters so schwierig und mussten immer alles genau wissen. »Weil du ein Cop bist und damit umgehen kannst. Außerdem will ich, dass du weißt, was auf dich zukommt, wenn du hierbleibst. Es kann durchaus sein, dass die Terroristen noch einmal versuchen, an Karen heranzukommen, und ich weiß nicht, zu welchen Mitteln sie greifen werden. Ich habe ein gutes Team, aber wir sind nur sieben Leute und das Gelände hier ist sehr weitläufig.«

Jay nickte knapp. »Verstanden.« Er stieg ebenfalls aus und blickte Red über das Dach des Wagens an. »Danke, dass ihr uns helft. Ich weiß, dass ihr euch dafür vermutlich unerlaubt vom Stützpunkt entfernt habt.«

Red winkte ab. »Aber nein, wir trainieren nur auf unwegsamem Gelände.« Er wurde ernst. »Wir können natürlich nicht unbegrenzt hierbleiben. Irgendwann werdet ihr euch überlegen müssen, wie ihr Karen, aber auch den Rest der Familie schützen könnt, sollte es Clint und Matt nicht gelingen, die Terroristen auszuschalten.«

»Ich werde mit Karen und meinen Eltern darüber reden.« Jay schlug die Tür zu und ging neben Red auf das Haus zu. »Du wärst vermutlich lieber bei Clint und würdest gegen die Terroristen vorgehen, als hier Wachdienst zu schieben.«

Der Detective bemerkte eindeutig zu viel, aber Red sah keinen Grund zu lügen. »Ja, aber ich kenne mich hier schon aus, deshalb war es die sinnvollste Lösung, dass ich mit dem Team hierherkomme. Außerdem ist Devils Team einfach besser aufeinander eingespielt, ich habe noch zu viele neue Leute dabei, die sich erst aneinander gewöhnen müssen. Ich würde Shannon dadurch nicht gefährden wollen – und meine Leute auch nicht.«

»Ich glaube, ich mag deine Einstellung.« Jay blieb stehen und sah ihn mit großen Augen an. »Verdammt, ich dachte nicht, dass ich das mal sagen würde.«

Ein kurzes Grinsen huschte über Reds Gesicht. »Dann lass es.«

Wenn er ehrlich war, erinnerte ihn Jay an Clint – auch wenn der jüngere Bruder wesentlich mehr redete. Aber die Art, wie sie sofort alles stehen und liegen ließen, sobald einer aus der Familie oder auch ein Freund Hilfe brauchten, ließ ihn wünschen, auch ein Teil einer solch engen Gruppe zu sein. Mit seinem alten Team war es fast so gewesen, aber seit über die Hälfte der SEALs bei dem Hubschrauberabsturz gestorben war, hatte er dieses Gefühl der Verbundenheit nicht mehr. Sicher, Bull und Tex stand er weiterhin sehr nahe, aber die anderen waren wenig mehr als Fremde. Was sicher auch an ihm lag, denn er hatte sich nach dem Absturz sehr zurückgezogen.

Vermutlich auch, um sich zu schützen, denn je weniger ihm jemand bedeutete, desto weniger würde es auch schmerzen, wenn demjenigen etwas passierte.

Kopfschüttelnd folgte Red Jay ins Haus und beobachtete, wie der erst seine Eltern und dann Karen umarmte. Lange Zeit hielten sie sich so umfangen, während Jay beruhigend auf sie einredete. Reds Kehle zog sich zusammen, und er flüchtete rasch aus dem Haus, um nicht in das Drama mit hineingezogen zu werden. Er fühlte sich deutlich wohler hier draußen unter dem sternenklaren Himmel, wo ihm nur das Rascheln der Blätter Gesellschaft leistete.

15

Während sich das Team lautlos um das alte Haus versammelte, erkundigte sich Matt bei I-Mac nach dem Standort von Vanessas Handysignal. Die wenig ermutigende Antwort lautete, dass es sich weiter bewegte, immer tiefer in die Hügel des Bitterroot National Forests hinein. Vermutlich lag der Stützpunkt der Terroristen irgendwo dort draußen, und dies hier war nur Zeitverschwendung. Doch sie mussten zuerst das Haus überprüfen, auch wenn es nur dazu diente, neue Informationen zu sammeln. Falls der alte Mann hier noch wohnte, würde er wissen, wer ständig über sein Grundstück fuhr. Vielleicht hatte er sogar etwas Nützliches beobachtet.

Matt rückte das Gewehr auf seinem Rücken zurecht und gab das Signal zum Zugriff. Cat und Snake sicherten als Scharfschützen die Umgebung aus der Ferne, während Cole mit einem Wärmebildscanner überprüfte, wie viele Personen sich im Gebäude befanden. Er hielt einen Finger hoch. Enttäuschung breitete sich in Matt aus. Sehnsüchtig blickte er zum Waldrand, wo die Terroristen mit Vanessa verschwunden waren.

Clint waren für einen kurzen Moment die gleichen Gefühle anzusehen, bevor seine Miene gefror und er sich langsam der Haustür näherte. Dicht davor blieb er stehen und sprach in sein Mikrofon. »Cole, Telefonleitung gekappt?«

»Aye.«

Matts Muskeln spannten sich an, als Clint die durchgetretenen Stufen hinaufstieg. Er drückte auf die Klingel und trat dann ein paar Schritte zurück. Der Gong war laut genug, um

Tote zu wecken. Einen Moment lang passierte nichts, dann erschien ein Gesicht am Fenster, das den Eingang überblickte. Es verschwand wieder, dann war das Geräusch eines Riegels zu hören, der zurückgeschoben wurde. Matt hob das Gewehr und zielte auf die Tür.

Sie öffnete sich, und ein alter Mann blickte Clint misstrauisch an. »Ja?«

»Entschuldigen Sie die Störung, Mr Carlton. Mein Name ist Hunter, und ich müsste etwas Wichtiges mit Ihnen besprechen.« Bei der Nennung des Namens war keinerlei Erkennen in der Miene des alten Mannes zu sehen. Entweder war er ein begnadeter Schauspieler, oder er hatte tatsächlich keinen Kontakt zu den Terroristen und deshalb noch nichts von den Hunters gehört.

Die Falten in seinem Gesicht vertieften sich. »Wenn Sie von der Telefongesellschaft kommen, sagen Sie Ihren Vorgesetzten, dass ich …«

Clint unterbrach ihn. »Ich komme nicht von der Telefongesellschaft. Mr Carlton, könnte ich …«

»Von der Kirche? Dann will ich erst recht nichts mit Ihnen zu tun haben.« Er wollte die Tür wieder zuschieben, doch Clint stemmte sich dagegen.

»Mr Carlton …«

»Wenn Sie jetzt nicht verschwinden, rufe ich die Polizei.«

Matt hatte schon geahnt, dass es nicht so einfach werden würde. Offensichtlich verließ Clint in diesem Moment die Geduld, denn er zog seine Waffe und schob sich ins Haus.

»Verdammt! Okay, Devil, Doc, folgt East, die anderen bleiben auf ihrem Posten.« Kopfschüttelnd folgte Matt den anderen beiden eilig ins Haus. Sie konnten jetzt keine Probleme mit einem Anwohner gebrauchen, erst recht nicht, wenn dieser eventuell in Verbindung zu den Terroristen stand.

Als er sah, dass Clint den Mann in das kleine Wohnzimmer verfrachtet hatte und weiterhin die Waffe auf ihn gerichtet hielt, schritt Matt ein. Er zog seinen Ausweis des Verteidigungsministeriums heraus und hielt ihn Carlton unter die Nase. »Entschuldigen Sie unser unangemeldetes Eindringen, Mr Carlton, aber wir sind dringend auf Ihre Mitarbeit angewiesen.«

Das Gesicht des Mannes lief rot an. »Unangemeldetes Eindringen? Ich werde hier in meinem eigenen Haus mit einer Waffe bedroht, ich würde es eher einen Überfall nennen. Ist das überhaupt legal?«

Matt stieß einen stummen Seufzer aus. »Das ließ sich leider nicht vermeiden, da es um eine dringende Sache geht, die größte Geheimhaltung erfordert. Gibt es jemanden außer Ihnen, der Ihre Einfahrt benutzt?«

Misstrauisch blickte Carlton ihn an. »Warum wollen Sie das wissen?«

Matt war klar, dass er ihm etwas sagen musste, wenn er ihn dazu bringen wollte, zu kooperieren. Nur was? »Es geht um die Entführung einer jungen Frau.« Das letzte Wort blieb ihm fast in der Kehle stecken, und er räusperte sich. »Wenn wir sie nicht schnell finden, könnte sie sterben.« *Oh Gott, bloß das nicht.*

»Ich weiß nichts von irgendeiner Frau.«

Mühsam riss Matt sich zusammen. Aus den Augenwinkeln sah er, wie Clints Kiefer sich anspannte – immer ein schlechtes Zeichen. »Das habe ich auch nicht gesagt. Es geht nur darum zu erfahren, ob noch jemand den Weg über Ihr Grundstück nutzt.«

Carlton blickte ihn einen Moment lang stumm an, dann schien er zu einer Entscheidung zu kommen. »Sie meinen, die haben diese Frau entführt?«

Matts Herz klopfte schneller. »Also gibt es jemanden, der hier langfährt?«

Der alte Mann hob die Schultern. »Irgendwelche Männer, die da draußen im Wald wohnen. Ich kriege von ihnen ein paar Dollar, damit sie den Weg benutzen können.«

»Sehen Sie sie manchmal?«

»Hin und wieder, wenn mal ein Auto vorbeifährt. Von Nahem habe ich nur den einen gesehen, der mir das Angebot gemacht hat.« Carlton strich über seinen Bart.

»Hat er einen Namen genannt?« Matt hielt automatisch den Atem an.

»Wenn, dann kann ich mich nicht mehr daran erinnern. Ist sicher schon ein oder zwei Jahre her.«

Clint schien sich wieder so weit unter Kontrolle zu haben, dass er sich an der Unterhaltung beteiligen konnte. »Wie sah er aus?«

Carlton warf ihm einen säuerlichen Blick zu. Dann wandte er sich wieder Matt zu. »Hellblonde Haare, vielleicht Ende dreißig. Am auffälligsten waren seine hellblauen Augen. Die waren irgendwie unheimlich.«

Matt rief das Bild des Terroristen auf seinem Handy auf und hielt es dem Mann hin. »War es dieser hier?«

»Ja, genau!« Carlton deutete mit seinem Finger auf das Foto. »Wer ist er?«

Diesmal antwortete Devil. »Das wissen wir noch nicht, aber er hat die Frau entführt.«

Carlton kniff die Augen zusammen. »Und Sie wollen die Frau jetzt zurückholen? Dann wünsche ich Ihnen viel Glück dabei, denn sie könnten dort überall in den Wäldern stecken. Und die Wege können Sie nicht nutzen, weil sie überwacht werden. Ich habe im Ort mal gehört, dass jemand sagte, man werde sofort vertrieben, wenn man dort entlangfährt.«

Damit hatte er ihnen wichtige Informationen gegeben, auch wenn Matt wünschte, es wäre anders. Sie könnten zu Fuß gehen, aber solange sie nicht wussten, wo genau sich das Lager befand, wäre das sinnlos und vor allem gefährlich. Er wählte I-Macs Nummer und hielt das Handy ans Ohr. »Was sagt Vanessas Signal?«

Einen Moment lang herrschte Schweigen, und seine Nackenhaare richteten sich auf. »Leider ist es verschwunden. Ich weiß nicht, ob es am dichten Wald liegt oder ob das Telefon defekt ist. Tatsache ist, wir wissen nicht, wo sie sich jetzt befindet. Ich habe den letzten Ort markiert, von dort aus müssen wir weitersuchen, sofern sie sich nicht meldet oder das Signal wiederkehrt. Tut mir leid, Matt.«

Nur mit Mühe unterdrückte Matt einen Fluch. »Schon gut, wir werden sie finden. Bleib auf jeden Fall dran und melde dich sofort, wenn es etwas Neues gibt.«

»Alles klar.«

Matt steckte das Handy wieder ein und warf Clint einen Blick zu. Stumm schüttelte er den Kopf.

»Verdammt!« Clint war offensichtlich nicht so zurückhaltend. »Und er hat sich auch noch nicht gemeldet. Worauf wartet er?«

Devil mischte sich ein. »Ich schätze mal, er will euch – vor allem dich, Clint – mürbe machen. Und es gelingt ihm offenbar.«

»Wenn es deine …« Clint schloss den Mund, seine Lippen pressten sich zusammen. »Entschuldige.« Damit stapfte er durch den Raum zur Tür, trat hinaus und schloss sie leise hinter sich.

Doc blickte Matt fragend an. »Und was passiert jetzt?«

So gerne er auch sofort losstürmen wollte, es wäre zu gefährlich für alle. »Wir warten hier, bis wir Genaueres über den Standort wissen, dann schlagen wir zu.«

Unendlich lange schienen sie im Licht der Autoscheinwerfer durch den stockdunklen Wald zu holpern. Die Wege waren so schlecht, dass sie nur im Schritttempo vorwärtskamen. Vanessa biss die Zähne zusammen und bemühte sich, nicht unter dem Arm des Terroristen wegzutauchen, den er gleich zu Beginn der Fahrt um ihre Schultern gelegt hatte. Angeblich, um sie zu beruhigen, nachdem sie ihren Mann verlassen hatte, aber Vanessa merkte, wie er dabei ihren Ausschnitt immer weiter zur Seite zog, um besser auf ihre Brüste starren zu können. Einem anderen Mann hätte sie schon längst die Finger gebrochen, doch leider ging das in diesem Fall nicht.

Sie hoffte, dass ihre Aktion wenigstens erfolgreich sein würde und Matts Lebensgefährtin sich auch wirklich an ihrem Ziel aufhielt. Okay, wenn sie sowieso schon mal im Unterschlupf der Terroristen war, würde sie sich natürlich auch gleich umsehen, schließlich war das ihr Job. Vanessa blickte aus der Windschutzscheibe, aber noch immer war dort nichts zu sehen, das einer Behausung ähnelte. Konnte es sein, dass die Terroristen sie überhaupt nicht zu ihrem Lager bringen würden, sondern sie nur weit genug aus der Stadt herausbrachten, um keine Zeugen zu haben, wenn sie ihr etwas antaten? Bei dieser Vorstellung lief unwillkürlich ein Zittern durch ihren Körper.

Eric nutzte die Gelegenheit, sich noch näher an sie heranzuschieben. »Ist dir kalt?«

Vanessa zwang sich, ihn anzusehen. »Ein wenig. Ich bin nicht für den Wald angezogen.«

Sein Blick tauchte wieder in ihren Ausschnitt. »Das sehe ich. Ich lasse dir etwas anderes zum Anziehen bringen, wenn wir da sind.«

Zögernd lächelte Vanessa ihn an. »Das ist sehr freundlich. Es tut mir leid, dass ich so viele Umstände mache. Ich sollte …«

Eric unterbrach sie. »Wir versorgen deine Wunden, und dann kannst du dich ausruhen. Dein Mann wird dich bei uns niemals finden, du bist in Sicherheit.« Er legte eine Hand auf ihr Bein, direkt unterhalb ihres Rocksaums. »Ich werde mich um dich kümmern.«

Nur ihre langjährige Erfahrung bei Undercover-Missionen verhinderte, dass sich auf ihren Gesichtszügen ihre wahren Gefühle widerspiegelten, als sie ihn unter ihren Wimpern heraus scheu ansah. »Danke. Ich könnte ein wenig Ruhe gut vertragen. Die letzten Monate mit Eddie …« Sie brach ab und ließ Tränen in ihre Augen steigen.

»Er wird dich nie wieder anfassen, dafür werde ich sorgen.« Härte stand in Erics eisblauen Augen.

»W…wie willst du das machen?«

Sein Lächeln war so kalt, dass es sie fröstelte. »Darüber brauchst du dir deinen hübschen Kopf nicht zu zerbrechen. Ich kümmere mich schon darum.«

Vanessa widerstand dem Impuls, die Augen zu verdrehen. Konnte er mit so etwas wirklich bei anderen Frauen landen? Selbst wenn sie nicht gewusst hätte, dass er ein Terrorist war, wäre sie spätestens jetzt ausgestiegen. Stattdessen zwang sie sich, ihre Hand auf seine zu legen. »Ich weiß nicht, wie ich das je zurückzahlen kann.«

Eric zwinkerte ihr zu. »Wir werden schon eine Möglichkeit finden.«

Glücklicherweise erwartete er darauf keine Antwort, denn sie hätte ihm keine geben können, ohne sich auf seinen Schoß zu übergeben. Was einerseits an seiner Nähe lag, andererseits aber auch an dem Geschaukel des Wagens. »Ist es noch weit? Mir ist ein wenig übel.«

Der Terrorist blickte aus dem Fenster, als könnte er dort etwas erkennen. »Wir sind bald da.« Vorsichtshalber rückte er ein wenig von ihr ab. »Wenn du es nicht mehr aushältst, sag Bescheid, dann halten wir kurz an.«

Vanessa legte es nicht unbedingt darauf an, im Dunkeln durch den Wald zu laufen, vor allem ohne jede Orientierungsmöglichkeit. »Nein, nein, es geht schon, denke ich. Wenn wir bald da sind, halte ich es aus.« Tapfer lächelte sie ihn an.

Der Wagen schlenkerte, und Vanessa wurde gegen Eric geschleudert. »Ups, entschuldige.« Rasch richtete sie sich wieder auf und rutschte auf ihre Seite zurück. »Vielleicht sollte ich mich doch lieber anschnallen.«

Eric grinste sie an. »Nicht nötig, ich fange dich gerne auf. Außerdem fahren wir so langsam, dass überhaupt nichts passieren kann.«

Mist, das wäre eine gute Gelegenheit gewesen, wenigstens für den Rest der Fahrt aus seinen Klauen zu entkommen. Unauffällig tastete sie nach ihrem Handy. Sie konnte nur hoffen, dass es noch funktionierte und den anderen ihre Position melden würde. Normalerweise hatte sie immer Back-up in Form mehrerer Waffen und eines GPS-Chips dabei, damit ihr Team sie im Notfall extrahieren konnte. Auch wenn das nicht immer geklappt hatte. Allzu oft war sie ganz auf sich allein gestellt gewesen, doch noch nie hatte sie sich so nackt gefühlt. Den Verbrechern wehrlos ausgeliefert. Vanessa biss die Zähne zusammen. Nein, solange die Terroristen dachten, sie wäre eine naive, unterdrückte Frau, war sie nicht in Gefahr.

Hoffentlich erwartete Eric nicht, dass sie gleich mit ihm ins Bett hüpfte, aber zur Not konnte sie ihre Verletzungen und das erlittene Trauma anführen, um ihn von sich fernzuhalten. Und viel länger als eine Nacht wollte sie sowieso nicht bleiben. Spätestens wenn die Entführer Clint kontaktierten oder Shannon töten wollten, würde sie handeln müssen. Wobei sie hoffte, dass das Team schon in der Nacht in der Nähe Stellung beziehen würde, damit sie im Notfall eingreifen konnten. Es war erstaunlich, wie sehr sie sich in den letzten Monaten daran gewöhnt hatte, nicht mehr alleine agieren zu müssen und Kollegen zu haben, auf die sie sich verlassen konnte.

»Da sind wir.«

Vanessa fuhr aus ihren Gedanken auf und blickte aus dem Fenster. Es sah noch genauso aus wie vorher: dunkle Schatten, die dicht neben den Scheiben vorbeihuschten. Ansonsten nur Finsternis. Woher wusste Eric, wo sie waren? Aber vermutlich kannte er sich hier gut genug aus, um den Weg auch im Dunkeln zu finden.

Ihren verwirrten Gesichtsausdruck deutete er offensichtlich richtig, denn er lachte. »Du wirst gleich etwas sehen, keine Angst.«

Gespannt beugte sie sich vor und starrte nach draußen. Tatsächlich wurden jetzt die Umrisse eines Tores deutlich, auf das sie direkt zufuhren. Es war in einen hohen Metallzaun eingelassen, der ein größeres Areal zu umgeben schien. In der Dunkelheit konnte sie aber nur einen kleinen Teil davon sehen. In diesem Moment öffnete sich das Tor wie von Geisterhand, und der Wagen fuhr hindurch. Vanessa versuchte, so viel wie möglich aufzunehmen, ohne sich zu auffällig für ihre Umgebung zu interessieren. Es konnte nie schaden, möglichst viele Informationen zu sammeln. Nach einigen Metern schloss sich das Tor hinter ihnen wieder, entweder gab es im Wagen eine Fernbedienung, oder sie wurden in diesem Moment von einer Kamera beobachtet. Das wäre ungünstig für sie, wenn sie irgendwann verschwinden musste, denn dann würde sie zuerst denjenigen ausschalten müssen, der für die Überwachung zuständig war. Kein unerhebliches Risiko.

Der Wagen bewegte sich langsam auf einem Waldweg weiter, der auf beiden Seiten dicht von Bäumen umschlossen war.

Eines musste sie den Terroristen lassen: Es würde extremen Aufwand erfordern, sie hier zu finden, auch mit GPS-Signal – falls ihr Handy hier überhaupt Empfang hatte und noch funktionierte. Wenn sie sich nicht täuschte, verbarg das Blätterdach sogar die Fahrspuren, die vermutlich nur schwer auf Satellitenbildern zu erkennen sein würden. Und aus Versehen würde sicher auch niemand über sie stolpern.

Der Wagen fuhr langsamer und hielt schließlich an. Eric stieg aus. »Willkommen in meinem kleinen Reich.« Er reichte ihr seine Hand.

Während sie danach griff, verbarg Vanessa ihren Widerwillen hinter einem kleinen Lächeln. »Danke.« Sie ließ sich aus dem Wagen helfen und blickte sich um. Unter dem schützenden Blätterdach verteilt standen einige Hütten. »Ist das hier so etwas wie eine Kommune?«

Eric lachte erneut. »So ähnlich.« Seine Finger schlossen sich um ihren Ellbogen. »Komm, ich zeige dir meine bescheidene Behausung.«

Lieber hätte sie sofort gesehen, wo Shannon gefangen gehalten wurde, aber das würde warten müssen. Je schneller sie Eric loswurde, desto eher konnte sie mit der Suche beginnen. Doch er schien etwas anderes im Sinn zu haben, denn er ließ ihren Arm nicht los, während er sie zu einer Hütte führte, die etwas größer war als die anderen. Auch sie bestand aus Holz, soweit sie das in der Dunkelheit sehen konnte, und das Dach war mit Gräsern und anderer Vegetation bepflanzt. Sehr geschickt getarnt, damit man das Lager nicht aus der Luft entdecken konnte.

Eric öffnete die Tür und schaltete das Licht ein. Der Raum wirkte überraschend groß und freundlich, überhaupt nicht so, wie sie es mitten in der Wildnis erwartet hätte. Es musste viel Zeit und Geld in Anspruch genommen haben, die ganzen Möbel hierherzutransportieren. Ganz zu schweigen von dem großen Fernseher und der Stereoanlage. Offensichtlich hatte Eric vor, hier länger zu bleiben oder war zumindest nicht bereit, auf jeglichen Komfort zu verzichten.

Als er kurz mit seinem Untergebenen sprach, nutzte Vanessa die Gelegenheit und ging zur anderen Seite des Raumes. Genau sah sie sich alles an und suchte gleichzeitig nach verborgenen Kameras und einem Hinweis auf Shannons Verbleib. Natürlich war es auch möglich, dass sie in einer der anderen Hütten gefangen gehalten wurde, aber Vanessa hoffte darauf, dass Eric die Geisel in seiner Nähe behalten wollte. Er kam ihr nicht wie jemand vor, der gerne etwas aus der Hand gab, das er als Seines betrachtete.

In dem Moment spürte sie eine Hand auf ihrem Rücken, und sie zwang sich, erschreckt zusammenzuzucken. Schließlich sollte Eric weiterhin glauben, dass sie verängstigt war und die Nähe eines Mannes ihr Unbehagen bereitete. Sie wandte sich zu dem Terroristen um und lächelte ihn zaghaft an. »Entschuldige, du hast mich erschreckt.«

Eric zog sie näher an sich heran und legte beide Hände um ihre Hüften. »Das war nicht meine Absicht. Du wirst dich bestimmt bald an meine Nähe gewöhnen, denn ich möchte dich gerne berühren, ohne dass du jedes Mal zusammenzuckst.«

Genau, als würde es ihn interessieren, wie sie sich fühlte. Hauptsache, er bekam das, was er wollte. Vanessa bemühte sich um eine hoffnungsvolle Miene. »Ich werde mein Möglichstes tun.« Sie zwang sich, sich enger an ihn zu schmiegen. »Du bist so gut zu mir, danke.«

Sein Griff an ihrer Hüfte festigte sich, und er beugte seinen Kopf zu ihr herunter. In seinen Augen konnte sie sehen, dass er sie gleich küssen würde. Verdammt, wo war die Ablenkung, wenn man mal eine brauchte?

»Wer ist das denn?« Die tiefe, leicht raue Stimme vibrierte trotz des schroffen Tonfalls angenehm in Vanessas Körper.

Sie nutzte die Gelegenheit, sich von Eric zu lösen und etwas Abstand zwischen sie zu bringen. Sein Gesichtsausdruck zeigte, dass er alles andere als glücklich über die Störung war. Langsam drehte Vanessa sich zu dem Mann um, der in der Türöffnung stand. Er war ein Stück größer als Eric und deutlich muskulöser, seine braunen Augen starrten sie missbilligend an, und sie bezwang den Drang, ihre Kleidung zu richten. Seine Haare waren ebenfalls dunkel, zusammen mit seiner gebräunten Haut war er das genaue Gegenteil von Eric. Wie Licht und Schatten – nur dass in diesem Fall der Schatten weitaus reizvoller wirkte. Wenn sie ihn nicht in einem Terroristenlager getroffen hätte, wäre er eindeutig ihr Typ, so viel stand auf den ersten Blick fest.

Eric trat einen Schritt vor. »Dein Ton gefällt mir nicht, Derek. Vanessa ist mein Gast, und ich erwarte, dass du sie respektvoll behandelst.«

Derek sah zwar nicht so aus, als würde er das gutheißen, doch er nickte kaum wahrnehmbar. »Natürlich. Aber als Sicherheitschef muss ich überprüfen, dass niemand ins Lager kommt, der uns in irgendeiner Weise schaden kann.«

Genervt verdrehte Eric die Augen. »Sie ist mit mir gekommen, das ist nicht nötig.«

Mit über der Brust verschränkten Armen musterte Derek Vanessa. »Wie lange kennst du sie schon? Was weißt du über sie?«

Sie konnte sehen, dass die Worte in Erics lustgetränktes Hirn drangen und er tatsächlich darüber nachdachte. Verdammt! Am liebsten hätte sie diesen Derek wütend angefunkelt, aber das hätte nicht zu ihrer Rolle gepasst. Stattdessen blickte sie zu Boden und versuchte, so harmlos wie möglich zu wirken.

»Okay, durchsuch sie. Aber vorsichtig.« Eric legte einen Finger unter ihr Kinn. »Tut mir leid, Süße, das ist ein wenig unangenehm, aber wenn er erst mal sieht, dass du nichts zu verbergen hast, wird Derek dich nie wieder belästigen.« Das Letzte klang wie eine Warnung in Richtung des Sicherheitschefs.

»Ich verstehe.« Der Vorteil an der Sache war, dass sie deutlich mehr Freiraum haben würde, wenn Eric und seine Bulldogge sich erst mal davon überzeugt hatten, dass sie keine Gefahr darstellte. Allerdings würde sie sich dazu überall anfassen lassen müssen, worauf sie gut verzichten konnte.

Erics Lächeln kehrte zurück, bevor er sich an Derek wandte. »Na los, bringen wir es hinter uns, ich will nicht den ganzen Abend damit vergeuden!«

16

Verdammt noch mal, was dachte Eric sich dabei, noch eine Frau hierherzubringen? Als hätten sie mit der einen nicht schon genug Probleme! Bisher hatte er gedacht, dass sich der Anführer durch nichts von seinem Plan ablenken ließ, aber offensichtlich war das eine Fehleinschätzung gewesen. Eine, die fatale Folgen haben könnte, und nicht nur für ihn. Derek presste die Lippen zusammen, um nicht das zu sagen, was ihm auf der Zunge lag. Eric mochte es nicht, kritisiert zu werden, schon gar nicht im Beisein anderer. Aber irgendwie musste er versuchen, diese Vanessa hier so schnell wie möglich wieder rauszukriegen.

Er beobachtete, wie sie sich an Eric klammerte, und hatte Mühe, seine Verachtung nicht zu zeigen. Welche Frau war dumm genug, auf so einen Mann hereinzufallen? Aber vermutlich hatte er einfach zu hohe Ansprüche an Frauen. Auf jeden Fall sollte er die Sache so schnell wie möglich hinter sich bringen. »Verschränken Sie Ihre Hände über dem Kopf.«

Ihre Augen weiteten sich, und für einen Moment glaubte er, etwas anderes darin aufblitzen zu sehen, doch dann drehte sie sich zu Eric um. »Muss das wirklich sein?« Sie breitete die Arme aus. »Wo sollte ich schon was verstecken?«

Insgeheim musste Derek ihr recht geben, denn ihre Kleidung schien förmlich an ihrem Körper zu kleben, so eng war sie, doch seiner Erfahrung nach gab es noch etliche Stellen, an denen sich eine Waffe oder ein Sender verbergen ließen.

Eric zuckte bedauernd mit den Schultern. »Tut mir leid, dafür bezahle ich ihn. Ich wäre dumm, nicht auf seinen Rat zu hören.«

Das stimmte allerdings, doch sonst hielt es Eric auch nicht davon ab, Derek zu übergehen, wenn es ihm in den Kram passte. Offenbar hatte er bei dieser Sache entschieden, dass es den Ärger nicht wert war.

Die Frau erkannte das wohl auch, denn sie machte sich von Eric los, drehte ihm den Rücken zu und faltete ihre Hände über dem Kopf. Derek ging um sie herum, denn er wollte ihren Gesichtsausdruck sehen, während er sie durchsuchte. Aus der Nähe konnte er die vielen Sommersprossen sehen, die ihr Gesicht und das tief ausgeschnittene Dekolleté bedeckten. Ein Funken Verständnis für Eric kam in ihm auf. Hätte er Vanessa irgendwo anders getroffen, wäre er vielleicht auch in Versuchung geraten, sie anzusprechen.

Um nicht noch weitere Zeit zu verschwenden, ließ er seine Hände über ihre Arme gleiten. Er strich über ihre Schultern, den Nacken und unter ihre offenen Haare. Die seidigen Strähnen wickelten sich um seine Finger, als wollten sie ihn gefangen halten. Rasch zog er sie wieder heraus und setzte die Durchsuchung fort. Er schob die Hände unter ihre Achseln und ließ sie von dort aus an ihrem Körper nach unten wandern. Obwohl er versuchte, die Rundungen ihrer Brüste zu ignorieren, funktionierte es nicht. Besonders nicht, als er sich bückte, um auch ihre Hüften und Beine abzutasten, und sein Gesicht nur wenige Zentimeter von ihrem Ausschnitt trennten. Wie leicht wäre es, sich ein wenig vorzubeugen und …

Derek riss den Kopf zurück, als er merkte, dass er sich automatisch auf sie zubewegt hatte. Verdammt noch mal, solche Komplikationen konnte er sich jetzt nicht leisten, auch wenn ihn die durch den eng anliegenden Stoff deutlich sichtbaren Brustspitzen noch so sehr reizten. Zuallererst kam der Job, alles andere konnte Derek dann nachholen, wenn dieser erledigt war. Während er seine Hände über ihre Beine gleiten ließ, blickte er kurz nach oben und stockte. Ein seltsamer Ausdruck stand auf Vanessas Gesicht, den er nicht recht deuten konnte. Ihre hochgezogene Augenbraue zeigte, dass sie dagegen wohl keine Mühe gehabt hatte, *seine* Gedanken zu lesen. Aber er wusste nicht, was sie davon hielt. Ärgerte sie sich darüber, fand sie ihn abstoßend? Oder empfand sie selbst etwas, während er sie berührte?

Über sich selbst verärgert nahm Derek die Arbeit wieder auf. Die Frau war ein Hindernis, das er möglichst schnell wieder loswerden wollte, nichts weiter. Geschäftsmäßig fuhr er mit den Händen wieder ihr Bein hinauf, unter ihren kurzen Rock, immer weiter, bis er bei ihrer Scham ankam. Er tastete sie kurz ab, um sicherzustellen, dass dort nichts versteckt war, dann ließ er die Hände am anderen Bein wieder hinuntergleiten.

»Heben Sie das Bein.«

Als sie nicht sofort auf den Befehl reagierte, blickte er nach oben. Ah, jetzt konnte er eindeutig Wut auf ihrem Gesicht erkennen. Ihre Wangen waren gerötet, die Augen blitzten. Wenn Blicke töten könnten, hätte er jetzt wahrscheinlich schon am Boden gelegen.

»Hoch damit, ich will die Schuhe untersuchen.«

Langsam hob sie den Fuß und stellte ihn auf Dereks Oberschenkel. Er zog ihr den Schuh aus. Keine Waffen waren darin versteckt, genauso wenig wie in dem zweiten. Ohne die hohen Hacken ging sie ihm nur noch bis zur Schulter und wirkte gleich viel verletzlicher. Vielleicht lag es aber auch daran, dass Eric jetzt in ihrer Sichtweite stand und sie wollte, dass er sie so sah. Es war möglich, dass er sich irrte, aber es schien ihm, als reagierte Vanessa auf ihn selbst ganz anders als auf den Anführer. Was hatte sie vor? Suchte sie einfach nur nach einem

Mann, von dem sie sich aushalten ließ? Dann hatte sie bei Eric schlechte Karten, er war nicht gerade dafür bekannt, sich mehr als ein paar Tage mit der gleichen Frau abzugeben. Aber das passte irgendwie nicht, spätestens jetzt müsste sie bemerkt haben, dass sie hier kein luxuriöses Leben führen würde.

»Bist du jetzt bald fertig?« Ungeduld klang in Erics Stimme mit.

Derek ließ sich davon nicht drängen. Wenn er seinen Job nicht ernst nahm, konnte das furchtbare Folgen haben. »Einen Moment noch.« Langsam richtete er sich auf und strich dabei von vorn über Vanessas Körper. Er bemühte sich, ihre Brüste nur unpersönlich anzufassen, konnte aber eine gewisse Erregung nicht unterdrücken. Von sich selbst angewidert, zog er schnell die Hände zurück und trat um die Frau herum. Rasch tastete er ihre Rückseite ab und dachte schon, dass er nichts finden würde, als seine Fingerspitzen auf etwas Hartes stießen. Er spürte, wie Vanessa erstarrte.

Vorsichtig zog er den Gegenstand heraus und betrachtete ihn. Ein Handy. Das Display war gesprungen, und als er darauf tippte, passierte nichts. Auch nicht, als er auf den Anschaltknopf drückte. Derek beschloss, es später zu untersuchen und schob es in seine Hosentasche. Gründlich widmete er sich ihrem Rücken und den Seiten, doch außer dem Verschluss ihres BHs war nichts zu ertasten. Sie schien sauber zu sein. Trotzdem wurde er das Gefühl nicht los, dass sie etwas verbarg. Vielleicht war er einfach nur zu misstrauisch, aber bei seinem Job zahlte sich das eindeutig aus. Von daher würde er sich von dem unschuldigen Gesicht mit den großen grünbraunen Augen, den Sommersprossen und dem großzügigen Mund nicht täuschen lassen.

Erleichtert atmete er auf, als er schließlich fertig war. Er trat einen Schritt zurück und nickte Eric zu.

»Schön, dann ist das ja erledigt. Entschuldige die Unannehmlichkeiten, Vanessa, aber man kann in meiner Position nicht vorsichtig genug sein. Warum setzt du dich nicht schon auf das Sofa, und ich hole den Verbandskasten. Ich möchte nicht, dass sich deine Wunden entzünden.«

Zögernd lächelte Vanessa Eric an. »Danke.« Es war offensichtlich, dass sie Derek absichtlich ignorierte.

Das nahm er als Zeichen, sich zurückzuziehen. Er kam nur wenige Schritte, bevor ihre Stimme ihn aufhielt.

»Bekomme ich jetzt mein Handy zurück?«

Derek holte es aus der Hosentasche. »Es ist kaputt. Ich nehme es mit und versuche, ob ich es wieder zum Laufen bekomme. Hier draußen hätten Sie sowieso keinen Empfang.«

An der Art, wie sie ihre Lippen zusammenpresste, erkannte er, dass sie nicht damit einverstanden war, aber wusste, dass ein Protest nichts bringen würde. »Danke, dass Sie es reparieren.« Trotz ihrer Worte wirkte sie eher, als wollte sie ihm bei nächster Gelegenheit einen Knüppel über den Kopf ziehen.

Derek nickte ihr nur zu und verließ den Raum. Er konnte seine Zeit sinnvoller verbringen, als hier herumzuhängen und darüber nachzugrübeln, warum ihn der Gedanke störte, dass Eric sie berühren würde. Offensichtlich hatte Vanessa ja nichts dagegen einzuwenden, sonst wäre sie überhaupt nicht erst mitgekommen. Warum sollte er sich also darüber Gedanken machen? Sie war erwachsen, und Eric hatte sie nicht gewaltsam hierher verschleppt, so wie Shannon.

Er beschleunigte seinen Schritt, als ihm bewusst wurde, dass niemand auf die Gefangene aufpasste, während er sich von Sommersprossen ablenken ließ. Es wurde eindeutig Zeit, sich mal wieder von einer Frau verwöhnen zu lassen, wenn er es nicht schaffte, eine Tussi zu ignorieren, die sich von einem Mann wie Eric abschleppen ließ. Wütend auf sich selbst und auch auf Vanessa stieß er die Tür zu seinem Büro auf. Er würde noch einen Blick auf Shannon werfen und dann schlafen gehen. Hoffentlich würde er sich morgen besser unter Kontrolle haben.

Als er hinter sich ein Geräusch hörte, wirbelte er herum, während er gleichzeitig nach seiner Waffe griff.

Eric stand in der Türöffnung und blickte ihn mit hochgezogenen Brauen an. »Willst du mich jetzt erschießen, oder was? Steck das Ding weg.«

Nach kurzem Zögern gehorchte Derek. »Reine Vorsichtsmaßnahme, nachdem wir nun noch eine potenzielle Gefahr im Lager haben.«

Der Anführer verdrehte die Augen. »Nun übertreib nicht so, sie ist eine harmlose Frau. Außerdem, was sollte ich denn tun, sie auf der Straße liegen lassen, nachdem sie sich aus dem fahrenden Auto ihres Mannes gestürzt hatte?«

Das erklärte natürlich die Schürfwunden und ihr Zusammenzucken, als er sie berührt hatte. »Wenn du mich schon so fragst: Ja, das wäre sicherer gewesen. Wir wissen nichts über sie.« Außer wie sich ihre Rundungen unter seinen Händen anfühlten.

Eric grinste ihn an. »Dafür habe ich ja dich. Ich will, dass du alles über sie herausfindest.«

»Hat sie auch einen Nachnamen?«

»Vermutlich.« Eric schob die Hände in die Hosentaschen. »Bis ich den herausgefunden habe, bearbeite ihr Handy.« Seine Miene wurde hart. »Sollte sie mich belogen haben, wird ihr das nicht gut bekommen.«

Anscheinend war Eric doch nicht so ganz von seiner Lust benebelt, wie Derek zuerst angenommen hatte. Ein gutes Zeichen … vermutlich. »Okay.«

»Gut. Ich will heute nicht mehr gestört werden, außer im äußersten Notfall, verstanden?«

»Natürlich.« Es war nicht schwer zu erraten, dass Eric davon ausging, heute nicht alleine zu schlafen. Derek zog das Handy aus der Hosentasche und setzte sich an seinen Schreibtisch, um nichts zu sagen, das er später bereuen würde.

Eric blickte ihn prüfend an. »Dir gefällt das nicht, oder?«

Innerlich seufzend hob Derek den Kopf. »Es geht mich nichts an, ihr seid beide erwachsen.«

»Das stimmt allerdings. Hast du ihre Brüste gesehen? Zum Niederknien.«

Nur mühsam konnte Derek ein Augenrollen verhindern. »Wie sollte mir das entgehen?« Zumal ihm die harten Spitzen jetzt noch ein Loch in die Handflächen zu brennen drohten. Hitze stieg in ihm auf, die er Eric auf keinen Fall zeigen wollte.

»Ich muss zugeben, es war ganz schön heiß, dir dabei zuzusehen, wie du sie abgetastet hast.«

Dereks Zähne knirschten, so fest presste er sie zusammen. »Das war ein Job, kein Vergnügen.« Er hielt das Handy hoch. »Und jetzt muss ich anfangen, wenn ich heute noch irgendwann ins Bett will.«

»Sorg dafür, dass jemand anders die Außenkameras im Blick behält, wenn du weg bist. Ich will keine Überraschungen erleben.«

»Natürlich.« Dann hätte er vielleicht nicht die Schwester und Lebensgefährtin von SEALs entführen sollen. Bisher war die Sicherheit des Lagers überhaupt kein Problem gewesen. Aber es brachte nichts, sich darüber aufzuregen, es war so, und er musste die Tatsache in seine Pläne mit einbeziehen, auch wenn dadurch alles noch komplizierter wurde.

»Was macht mein anderer Rotschopf?«

Derek warf einen Blick auf den Monitor. Shannon war als undeutliche Form zu erkennen, es schien nicht so, als hätte sie sich gerührt. »Schläft vermutlich.«

»Vielleicht sollte ich sie noch mal besuchen, damit sie nicht zu einsam ist.« Sein Grinsen verbreiterte sich. »Ach nein, heute Nacht habe ich anderes zu tun.« Glücklicherweise erwartete er darauf keine Antwort, sondern verließ zufrieden pfeifend den Raum.

Mit allergrößter Mühe schaffte Derek es, ihm nichts hinterherzuwerfen. Stattdessen nahm er sich das Handy vor und begann, es in seine Einzelteile zu zerlegen.

Vanessa kochte vor Wut, als sie darauf wartete, dass Eric zurückkehrte. Was bildete sich dieser aufgeblasene Mistkerl von Sicherheitschef eigentlich ein? Wäre er nicht gewesen, hätte Eric nie darauf bestanden, dass sie durchsucht wurde, und dann hätte sie ihr Handy noch. Anscheinend war es durch den Sturz auf die Straße beschädigt worden. Sie hätte alles darum gegeben, überprüfen zu können, ob der GPS-Chip noch funktionierte. Wenn dieser Neandertaler daran herumfummelte und das Signal störte, würde sie ihn umbringen. Noch schlimmer wäre es allerdings, wenn er ihr Passwort knackte und ihre Daten überprüfte.

Zwar hatte sie keine Geheimnisse oder persönlichen Daten abgespeichert und löschte die Anruflisten und SMS regelmäßig, doch genau das würde sie verdächtig machen. Und das musste sie unbedingt verhindern. Am besten sollte sie Eric schnell loswerden und sich dann ihr Handy zurückholen. Leider wusste sie noch nicht wie, aber ihr würde schon etwas einfallen. Irgendwann musste dieser Derek ja mal schlafen.

»Entschuldige die Verzögerung.« Eric betrat den Raum mit einem raubtierhaften Lächeln auf den Lippen und einer Erste-Hilfe-Tasche unter dem Arm. »Jetzt bin ich nur noch für dich da.«

Genau das hatte sie befürchtet. Vanessa ließ einen Hauch

ihrer Verärgerung durchschimmern. »Ich hoffe, dein Gorilla taucht nicht wieder auf.«

Eric lachte amüsiert. »Derek? Keine Angst, er wird uns nicht mehr stören. Du hast mich ganz für dich allein.«

Es war nicht leicht, dabei keine Miene zu verziehen, aber es gelang ihr dennoch. »Das beruhigt mich. Ich lasse mich ungern von fremden Männern einfach so antatschen.«

Der Terrorist setzte sich neben sie und legte eine Hand auf ihren Unterarm. »Bin ich denn kein Fremder?«

Vanessa bemühte sich um ein zittriges Lächeln. »Du bist mein Retter! Ohne dich hätte mein Mann mich bestimmt gezwungen, mit ihm zu kommen und dann …« Ein Schauer rollte durch ihren Körper.

Wie erwartet schob Eric sich noch dichter an sie heran und legte seinen Arm um ihren Rücken. »Du bist jetzt in Sicherheit. Wenn du es nicht willst, wird er dich nie wieder finden.«

»I…ich denke, es reicht, wenn ich mich für eine gewisse Zeit verstecke und mich dann scheiden lasse. Wenn ich Glück habe, wird er irgendwann vergessen, dass ich überhaupt existiere.«

Erics legte seine Finger um ihre Taille, gefährlich nah an ihrer Brust. »Ich glaube zwar nicht, dass ein Mann dich jemals vergessen könnte, aber es wäre gesünder für ihn, wenn er es täte. Sollte ich merken, dass er dich nicht in Ruhe lässt, werde ich ihn mir vorknöpfen.«

Vanessa richtete sich auf. »Das ist nicht …«

Unsanft drückte er ihre Seite, um sie zum Schweigen zu bringen. »Ich toleriere keine Gewalt gegen Frauen, die unter meinem Schutz stehen.«

Vanessa zwang sich dazu, ihn nicht mit offenem Mund anzustarren. Wie konnte er so etwas sagen, gleichzeitig aber Anschläge verüben, bei denen auch Frauen und Kinder starben? Sein moralischer Kompass war offensichtlich völlig aus dem

Lot geraten. Aber die Erfahrung hatte sie schon öfter gemacht, selbst die grausamsten Verbrecher hatten meist eine andere Seite, die ihren eigenen moralischen Standards folgte. Sie hatte einen skrupellosen Killer erlebt, der geweint hatte, als sein Hund gestorben war. Oder einen afghanischen Warlord, der alles für seine kleine Tochter getan hätte. Als Agentin war es immer gut, solche Schwachpunkte bei ihren Gegnern zu kennen. Allerdings glaubte sie nicht, dass Frauen bei Eric wirklich einen solchen Wert besaßen.

Da er offensichtlich auf eine Antwort wartete, zwang sie sich zu einem dankbaren Lächeln. »Das ist nett von dir.«

Eric öffnete die Tasche und blickte hinein. »Kümmern wir uns erst einmal um deine Wunden, und dann machen wir uns einen schönen Abend.«

Vanessa legte ihre Hand auf seine. »Ich glaube, es ist besser, wenn ich die Wunden erst auswasche, damit sie sich nicht entzünden. Vermutlich sind es nur ein paar Prellungen und Abschürfungen, die kann ich auch selbst verarzten.«

Sein Gesichtsausdruck machte deutlich, dass er über ihren Vorschlag nicht sonderlich glücklich war. »Ich helfe dir dabei.«

»Das ist wirklich nicht nötig, Eric.« Sie senkte den Blick. »Ich bin es gewohnt, mich um meine Blessuren selbst zu kümmern.«

»Ich bringe den Bastard um.« Das sagte er in einem so normalen Tonfall, dass Vanessa erst dachte, sie hätte sich verhört.

Eilig griff sie nach seinen Händen. »Nein! Sag so etwas nicht. Ich möchte nicht, dass er stirbt, egal was er mir angetan hat. Und ich möchte auch nicht, dass du meinetwegen in Schwierigkeiten gerätst.« Sie ließ Tränen in ihre Augen steigen. »Ich bin nur froh, dass du mich gefunden hast.«

Eric beugte sich zu ihr und berührte mit seinen Lippen ihre Schläfe. »Ich auch.« Seine Stimme klang heiser und verursachte in ihr ein Zittern, das er hoffentlich für Erregung hielt anstelle der Abneigung, die sie für ihn empfand. Er zog sie näher an sich und ließ sich mit ihr zurück in die Sofakissen sinken. Eine Hand legte er auf ihren Rücken, die andere ließ er über ihre Seite gleiten. Mit seinem Mund strich er über ihre Wange.

Mit Mühe stieß Vanessa ihn nicht von sich. Wenn sie verhindern wollte, dass er sie gleich wieder wegschickte, musste sie ihm etwas geben, das ihn bei der Stange hielt. Aber auch nicht so viel, dass er zu schnell das Interesse verlor. Sie hielt sich still und ertrug seine Berührungen und seinen Atem an ihrer Haut, solange es ging. Oft genug setzten die CIA und andere Geheimdienste Agenten ein, die eine Beziehung mit dem oder der Verdächtigen oder jemandem im Umfeld eingingen, um an die nötigen Informationen zu kommen. Bei solchen Einsätzen hatte sie jedoch nur bis zu einem bestimmten Punkt mitgemacht. Sie hatte kein Problem damit, ihren Körper als Waffe einzusetzen, um jemanden anzulocken, aber danach hielt sie immer einen gewissen Abstand.

Da sie hier schnelle Ergebnisse brauchte, ging sie etwas weiter als sonst, aber Eric überschritt die Grenze, als er seine Hand auf ihre Brust legte. Vanessa machte sich von ihm los und rückte ein Stück ab.

Seine Wangen waren gerötet, die Augen brannten in einem hellblauen Feuer. »Was ist?«

»Es tut mir leid, ich kann nicht …« Sie zwang einen Schauer durch ihren Körper. »Es ist noch zu früh. Ich bin verheiratet, auch wenn Eddie mich schlecht behandelt hat. Es fühlt sich an, als würde ich ihn betrügen, wenn ich mich einem anderen Mann hingebe.« Es war ein gewisses Risiko, aber sie setzte darauf, dass Eric so von sich überzeugt war, dass er glaubte, sie umstimmen zu können, wenn er sie lange genug bearbeitete.

Seine Augen verengten sich. »Für mich bist du nicht verheiratet, wenn dich der Idiot nicht zu schätzen weiß.«

Vanessa lächelte zittrig. »Aber ich habe vor Gott geschworen, ihm treu zu sein, und so sehr ich auch möchte, es käme mir falsch vor.« Das würde vermutlich zeigen, wie gläubig die *Krieger Gottes* wirklich waren.

Mit einem genervten Laut setzte Eric sich zurück. Die Leidenschaft war aus seinen Augen verschwunden. »Du weißt, dass ich es weiter probieren werde, solange du hierbleibst.«

Sie berührte mit der Fingerspitze seine Wange. »Davon gehe ich fest aus. Ich brauche nur ein wenig Zeit, mich an die neue Situation zu gewöhnen.« Ihr Finger glitt zu seinem Mundwinkel. »Noch kein Mann war so gut zu mir wie du.«

Eric stand abrupt auf. »Vergiss das nicht.« Er hielt ihr seine Hand hin. »Komm, ich bringe dich zu deinem Raum.«

Ja, sie hatte ihn! Sie legte ihre Hand in seine und ließ sich beim Aufstehen helfen. Das Stöhnen und Humpeln musste sie nicht spielen, denn die beim Sturz aus dem fahrenden Auto erlittenen Prellungen machten sich deutlich bemerkbar. Es wäre schön, wenn sie sich jetzt in ein schönes weiches Bett legen könnte. Stattdessen würde sie die Nacht damit verbringen, durch unbekannte Räume zu schleichen. Immer der Gefahr ausgesetzt, getötet zu werden, wenn sie dabei erwischt würde. Ein sehr guter Anreiz, besser zu sein als die Terroristen.

Eric führte sie einen schwach beleuchteten Gang entlang und blieb dann vor einer Tür stehen. »Das Bad ist gleich nebenan. Wenn du etwas brauchst, sag Bescheid.«

»Vielen Dank, Eric.« Sie überwand ihre Abneigung und küsste ihn auf die Wange. »Bis morgen.«

Er hielt ihre Hand länger als nötig fest, dann trat er zurück. »Schlaf gut.«

Sehr unwahrscheinlich, aber das würde sie ihm sicher nicht sagen. Erleichtert atmete sie auf, als sie endlich die Tür hinter sich schließen und die Maske fallen lassen konnte. Mit einem tiefen Seufzer ließ sie sich auf das schmale Bett sinken, das an einer Wand des kleinen Raumes stand, und rieb mit den Händen über ihr Gesicht. Sie musste dringend duschen, um das Gefühl loszuwerden, von den Berührungen des Terroristen beschmutzt worden zu sein. Seltsam war nur, dass sie das nicht so empfunden hatte, als Derek sie überall berührt hatte. Sie war wütend gewesen, ja, aber nicht angewidert.

17

Ein leises Knacken schreckte Red aus seinen Gedanken auf. Sofort richtete er seine ganzen Sinne auf die Umgebung. Die Gefahr bei einer solch langen Überwachung war, dass man irgendwann abstumpfte und vergaß, warum man eigentlich mitten in der Nacht in einem Waldstück kauerte. Es war ermüdend, besonders, wenn man, wie hier, nicht wusste, ob überhaupt etwas passieren würde. Es könnte sein, dass sein Team vergebens die Ranch überwachte und sich die Terroristen nie blicken lassen würden. Das wäre natürlich eine gute Sache. Aber solange die *Krieger Gottes* nicht ausgeschaltet waren, durften sie nicht in ihrer Wachsamkeit nachlassen.

Red hielt sich ganz still und lauschte angestrengt. Eine ganze Weile herrschte Stille, dann ertönte wieder ein leises Rascheln. Es konnte sich einfach nur um ein nachtaktives Tier handeln, das durch den Wald lief, doch sein Instinkt sagte ihm etwas anderes. Seine Nackenhaare richteten sich auf, das Herz schlug schneller. Adrenalin schoss durch seinen Körper und bereitete ihn auf einen Kampf vor. Vorsichtig schlich er auf das Geräusch zu, immer bemüht, dabei keinen Laut zu verursachen.

Sobald er etwas hörte, passte Red seinen Kurs an und kam damit stetig näher an das heran, was sich durch den Wald bewegte. Die Geräusche klangen zu unnatürlich für ein Tier, das sich auf Futtersuche befand. Sie schienen sich direkt auf das Haus zuzubewegen, ein weiteres Indiz für Menschen. Ganz sicher war er, als ein gedämpfter Fluch durch das Dickicht drang. Red holte seine Nachtsichtbrille heraus und setzte sie auf. Durch den Restlichtverstärker wurden die Details der Umgebung viel deutlicher. Jetzt konnte er auch den Mann sehen, der sich einige Meter weiter durch den Wald kämpfte. Gesichtszüge konnte er nicht erkennen, aber immerhin wusste er jetzt, dass sein Gegner kein Nachtsichtgerät trug und Red damit erst dann sehen könnte, wenn er direkt vor ihm stehen würde.

Zufrieden duckte Red sich hinter einen Baumstamm und drehte sein Mikrofon auf. »Red hier, Feindkontakt.« Er hielt seine Stimme tonlos, damit sie nicht bis zu dem Eindringling drang.

Beinahe sofort kam eine Antwort von Tex. »Bist du noch im Wald?«

Red klickte als Bestätigung mit der Zunge, während er weiterhin das Fortkommen des Mannes beobachtete.

»Wie viele Eindringlinge?«

Red klickte einmal.

»Schaffst du das alleine?«

»Ja. Erhöhte Wachsamkeit für alle, falls er nicht allein ist.«

»Verstanden. Sei vorsichtig.«

Seine Antwort darauf behielt Red für sich. Er wusste, dass Tex es nur gut meinte, aber vor seiner Verletzung hatte das niemand zu ihm gesagt, und er kam sich dadurch wie ein Versager vor. Also klickte er nur und konzentrierte sich ganz auf seinen Job. Die Sache hier war gleichzeitig auch ein guter Test dafür, ob sein Team funktionierte. Sie konnten so viele Testmissionen absolvieren, wie sie wollten, ein echter Einsatz war etwas völlig anderes. Es würde sich zeigen, wie gut seine Männer mit dem Stress zurechtkamen.

Je näher er dem Haus kam, desto schneller bewegte sich der Mann vorwärts. Offenbar erwartete er nicht, jetzt noch aufgehalten zu werden. Oder er wollte die Sache schnell hinter sich bringen. Wie hatte er eigentlich geplant, Karen alleine und ohne ein Fahrzeug von hier wegzubekommen? Wieder schlug Reds Instinkt Alarm. Vorsichtig blickte er sich um, während er gleichzeitig versuchte, den Eindringling nicht aus den Augen zu verlieren. Das Nachtsichtgerät hatte er bereits abgesetzt – damit er nicht geblendet wurde, wenn sie zum Haus kamen –, sodass er nur wenige Meter weit sehen konnte. Plötzlich prickelte es in seinem Nacken, und er wirbelte herum, gerade, als etwas Schweres auf seinem Rücken landete.

Durch die unerwartete Belastung knickte sein Bein ein, und Red ging mit einem Fluch zu Boden. Sofort wälzte er sich herum und trat seinem Angreifer die Beine weg. Dieser verlor das Gleichgewicht und stürzte auf ihn. Gerade noch rechtzeitig konnte Red sich unter dem fremden Körper herausrollen und hieb seinen Ellbogen gegen den Brustkorb des Mannes. Der schrie unterdrückt auf und versuchte seinerseits, Red mit einem Schlag zu treffen. Da er damit keinen Erfolg hatte, trat er zu und traf Red genau an seinem in Afghanistan verletzten Oberschenkel. Weißglühender Schmerz zuckte durch sein Bein und ließ Red beinahe aufschreien. Er schmeckte Blut, so heftig hatte er sich auf die Lippe gebissen. Weiße Punkte flimmerten vor seinen Augen, und ein Summen ertönte in seinen Ohren.

Der Verbrecher schien zu merken, dass er abgelenkt war, denn er nutzte die Gelegenheit, ihn erneut zu attackieren. Im letzten Moment konnte Red einem weiteren Tritt gegen sein Bein entgehen, indem er es mit seinem anderen schützte. So war es zwar schmerzhaft, aber der Angriff richtete keinen weiteren Schaden an. Gleichzeitig verdrängte Red den Schmerz in die hinterste Ecke seines Gehirns und schaltete auf Kampfmodus um. Wenn er diesen Mann nicht aufhielt, würde er den Hunters möglicherweise schaden. Das musste er mit allen Mitteln verhindern.

Mit einem gezielten Hieb löste er den Griff des Verbrechers und ging in den Angriff über. Innerhalb kürzester Zeit hatte er den Terroristen niedergerungen und begann, ihn zu verschnüren und ihm seine Waffen abzunehmen. Ein Blick in Richtung Haus zeigte ihm, dass der Mann, den er zuvor verfolgt hatte, jetzt verschwunden war. *Verdammt!*

Red drehte sein Mikrofon auf. »Tex, einen Mann habe ich erledigt, ein zweiter ist allerdings auf dem Weg zum Haus.«

»Wir kümmern uns drum.«

Obwohl er wusste, dass er sich auf sein Team verlassen konnte, hatte Red nicht vor, es ihnen allein zu überlassen. Es konnte immer etwas schiefgehen oder es konnten noch mehr Verbrecher auftauchen, deshalb mussten sie auf alles vorbereitet sein und in voller Stärke zur Verfügung stehen. Red erhob sich und unterdrückte ein Stöhnen, als sich der Schmerz in seinem Bein intensivierte. Doch das musste er jetzt ignorieren. Er packte den Mann am Arm und zwang ihn, aufzustehen. Klugerweise hatte er ihm nur die Hände auf den Rücken gefesselt und nicht die Beine zusammengebunden.

Der Verbrecher versuchte sich zu wehren, aber Red bog dessen Arme weiter nach oben und drückte eine Pistole gegen seine Rippen. »Wir machen jetzt einen kleinen Spaziergang. Wenn du dich wehrst, wird das sehr unangenehm für dich werden.«

»Du kannst mich mal.«

Red verzog den Mund. »Nein, danke. Und jetzt beweg dich.«

Als der Mann weiter zögerte, zwang Red ihn mit Gewalt dazu, in Richtung Haus zu gehen. Gleichzeitig versuchte er, seine Umgebung im Auge zu behalten, damit ihn nicht erneut jemand überraschte. Dicht vor dem Waldrand glaubte er eine Bewegung auszumachen. Bevor er reagieren konnte, ertönte ein Klicken in seinem Kopfhörer, und er entspannte sich. Wenig später tauchte Bulls massige Gestalt vor ihm auf.

»Alles klar?«

Red knirschte mit den Zähnen, als er die Besorgnis in Bulls Stimme hörte. »Ja. Habt ihr den anderen Kerl schon?«

»Nein. Aber er wird nicht ins Haus kommen, dafür sorgen wir schon.« Bull deutete auf den Verbrecher. »Soll ich dir den abnehmen?«

Red nickte knapp. Es gefiel ihm zwar nicht, von Bull bemuttert zu werden, aber er würde nicht die Mission in Gefahr bringen, nur um sein Gesicht zu wahren. Deshalb händigte er den Terroristen an Bull aus und atmete heimlich auf, als sich dadurch der Druck auf sein Bein verringerte. Jetzt konnte er sich besser darauf konzentrieren, seinen Fuß behutsam aufzusetzen, um seine alte Verletzung weniger zu belasten, während er gleichzeitig die Umgebung beobachtete.

Am Waldrand angekommen blieben sie stehen. Nichts rührte sich auf der freien Rasenfläche zwischen Wald und Haus. Red holte das Nachtsichtgerät wieder heraus und setzte es auf. Doch so sehr er auch suchte, er konnte keine Bewegung feststellen. *Verflucht!*

Rasch drehte er sich zu dem Gefangenen um und packte ihn am Jackenkragen. »Was hat er vor?«

Der Mann grinste ihn nur an. »Warum sollte ich euch das sagen? Findet es doch selbst raus.«

Red hasste diese Typen. Selbst wenn er ein Mittel hätte, ihn zum Reden zu bringen – und davon gab es einige –, würde es viel zu lange dauern, als dass es ihnen irgendetwas nützen würde. Sie mussten handeln und schnell die Bedrohung ausschalten.

Bull schien seine Gedanken zu teilen. »Versuchen wir, zum Haus zu kommen, oder bleiben wir hier?«

»Es ist sicherer, hierzubleiben, bis wir wissen, wo der Kerl ist.«

Bull nickte und versetzte dem Verbrecher einen Hieb, der ihn bewusstlos zu Boden sinken ließ. Auf Reds fragenden Blick hin zuckte er mit den Schultern. »Ich dachte, es ist besser, wenn er nicht hört, was wir sagen.«

Red musste grinsen. »Du hast mir gefehlt.«

Sein Freund blickte ihn weiterhin ernst an. »Dito. Was macht das Bein?«

Mit einem tiefen Seufzer erkannte Red, dass er nicht um eine Antwort herumkommen würde. »Schmerzt, aber ich kann noch laufen. Wahrscheinlich eine fiese Prellung. Es wäre völlig in Ordnung, wenn der Idiot mir nicht dagegen getreten hätte.«

»Das kann bei einer Mission immer passieren.«

Reds Magen verkrampfte sich. »Das ist mir völlig bewusst. Aber ich muss es probieren, Bull. Meine Arbeit als SEAL ist mein Leben. Wenn ich das nicht mehr habe …«

Bull legte eine Hand auf Reds Schulter. »Ich weiß.«

Sein Mitgefühl tat gut, aber Red wusste, dass er das Team verlassen musste, sobald er durch seine Schwäche jemanden gefährdete. Aber im Moment hatten sie andere Probleme, um die sie sich kümmern mussten.

Red drehte das Mikrofon auf. »Hier ist Red. Bull und ich sind mit dem Gefangenen am Waldrand. Habt ihr den zweiten Eindringling schon entdeckt?« Natürlich wusste er, wie die Antwort ausfallen würde, denn die anderen hätten sich sofort gemeldet, wenn er aufgetaucht wäre.

»Negativ.« Wieder war es Tex, der antwortete. »Das Haus ist weiterhin sicher. Ich patrouilliere auf der Rückseite, Mojo und Doc sind an den Flanken, die anderen bleiben im Haus. Wir sehen es sofort, wenn er auftaucht.«

»Okay. Ist Clint informiert?«

Tex räusperte sich. »Ja. Ich konnte ihm anhören, dass er am liebsten hier wäre, aber er vertraut uns, dass wir seine

Familie beschützen. Und ich habe nicht vor, ihn zu enttäuschen.«

»Nicht nur du. Melde dich sofort, wenn sich was bewegt, wir bleiben hier, damit wir nicht als Zielscheiben enden.« Nach Tex' Bestätigung drehte Red das Mikro zu und wandte sich an Bull. »Erkunde du ein wenig die Umgebung, während ich mich um unseren Freund hier kümmere.«

Bull nickte lediglich und verschmolz mit der Vegetation. Kein Laut war zu hören, obwohl er nicht gerade ein Leichtgewicht war. Red nahm zwar nicht an, dass der zweite Mann noch in der Nähe war, aber sie mussten sicherstellen, dass er ihnen nicht auflauerte. Red setzte sich neben den Bewusstlosen und massierte seinen Oberschenkel, während er die Umgebung beobachtete. Glücklicherweise schien der Knochen nicht beeinträchtigt zu sein, aber auch eine schwere Prellung würde ihn vermutlich einige Zeit außer Gefecht setzen, weil sie die Beweglichkeit des Knies einschränken würde.

Wütend starrte Red den Mann an. Er hatte so hart dafür trainiert, sein Bein wieder benutzen zu können und die Leistungsstandards der SEAL-Teams zu erfüllen, und nun könnte all das umsonst gewesen sein, weil der Verbrecher einen Glückstreffer gelandet hatte. Am liebsten würde er ihn …

Ein seltsames Rauschen gefolgt von einem dumpfen Knall ließ Red aufspringen. Gerade noch rechtzeitig erinnerte er sich daran, sein verletztes Bein zu schonen, als er einen Schritt auf das Geräusch zu machte. Es schien nicht vom Haus zu kommen, sondern von weiter rechts. Was zum Teufel war das? Weiteres Knacken und Rauschen ertönte, dann ein schrilles Wiehern.

»Red, hörst du mich?« Tex' Stimme drang durch den Kopfhörer.

»Ja, was ist das?«

»Der Bastard hat Feuer im Stall gelegt! Was sollen wir jetzt tun? Wenn wir da rausgehen, werden sie uns einfach abschießen.«

»Haben die Scharfschützen einen guten Blick auf den Stall?«

»Ja, allerdings nur von der Hausseite aus.« Im Hintergrund waren Stimmen zu hören. »Nein, ihr könnt nicht … Verdammt!« Tex' Stimme wurde wieder deutlicher. »George und Jay lassen sich nicht davon abhalten, rauszugehen.«

Red fluchte stumm. »Okay, geh mit ihnen, ich komme zum Stall. Bull, wo bist du?«

»Bereits auf dem Weg zu dir. Fessel den Bastard, damit er nicht abhaut, während wir uns darum kümmern.«

»Schon dabei. Tex, sorg dafür, dass nicht noch mehr Hunters zu Schaden kommen!«

»Ich tue mein Bestes. Und die beiden sind auch bewaffnet.«

Immerhin etwas, aber es brauchte nur jemand aus dem Hinterhalt auf sie zu schießen, um sie auszuschalten. Mit einem Ruck zog Red die Fußfessel enger und verband sie dann noch mit den Handgelenken. Von selbst würde der Verbrecher sich so auf keinen Fall befreien können. So schnell es ging, humpelte Red los. Je länger er lief, desto geschmeidiger wurden seine Bewegungen, und der Schmerz trat in den Hintergrund.

»Red, bin gleich bei dir.«

Bulls Warnung verhinderte, dass Red aus Versehen auf ihn schoss. »Gut. Zumindest wissen wir jetzt, wo der zweite Mann steckt.«

Bull tauchte neben ihm auf. »Außer es gibt noch mehr Angreifer, und das ist nur ein Ablenkungsmanöver, um zur gleichen Zeit das Haus anzugreifen.«

»Dann werden Eye und Run ihnen zeigen, dass das eine schlechte Idee war.« Zumindest hoffte er das. Aber zwei Leute konnten nicht alle Seiten zur gleichen Zeit abdecken. Wenn es genug Angreifer gab und sie schlau genug waren, würden sie einen Weg finden, ins Haus zu kommen. Und das bedeutete, dass sie sich beeilen mussten, wenn sie die Pferde retten und gleichzeitig Karen, Maya und Clints Mutter beschützen wollten.

Je näher sie dem Stall kamen, desto lauter wurde das Knistern und Knacken des brennenden Holzes. Die Nacht war beinahe taghell erleuchtet, als sie aus dem Wald kamen und zum Stall liefen. Es war gefährlich, sich im Freien aufzuhalten, denn der Brandstifter befand sich vermutlich noch ganz in der Nähe. Doch je schneller sie sich bewegten, desto schwieriger würden sie zu treffen sein. Außerdem war es keine Option, Jay und seinen Vater dort alleinzulassen.

Das schrille Wiehern der im Stall gefangenen Pferde ließ Reds Nackenhaare hochstehen. Zwar war er nicht unbedingt ein Pferdenarr, aber auf der Ranch hatte er es genossen, die Pferde zu beobachten und hin und wieder mit einem auszureiten. Irgendwie hatte es etwas seltsam Beruhigendes. Davon konnte jetzt allerdings keine Rede sein.

»Tex, wo seid ihr?« Er wollte nicht aus Versehen auf sie schießen, der Rauch und die prasselnden Flammen verhinderten eine klare Sicht.

Die Antwort kam prompt. »Auf der Nordseite beim großen Tor. Es sind sechzehn Pferde in einzelnen Boxen, die wir so schnell wie möglich herausholen müssen, bevor sich das Feuer noch weiter ausbreitet.«

Verdammt, das sah nicht gut aus. »Bull, halt am Tor Wache. Ich öffne das Gatter zur Weide, die direkt hinter dem Stall beginnt. Irgendwie müssen wir die Pferde aus dem Stall bringen. Wenn alle draußen sind, müssen wir so schnell wie möglich zum Haus zurück. Falls der Verbrecher dort auch Feuer legt …«

Bulls finsterer Miene war anzusehen, dass er seine Befürchtungen teilte. »Ich gebe dir Deckung. Lass dich nicht erschießen.«

Red gelang ein halbes Grinsen. »Ich bemühe mich.« Tatsache war, dass ein glücklicher Schuss reichen würde, um ihn permanent außer Gefecht zu setzen, obwohl er eine schusssichere Weste trug. Dieser Gedanke ließ seinen Herzschlag in die Höhe schnellen, und er nahm sich kurz die Zeit, sich noch einmal in alle Richtungen umzusehen, bevor er losrannte. Anstatt das Tor im Zaun zu öffnen, schwang er sich kurzerhand darüber und sprang auf der anderen Seite wieder hinunter. Im Laufschritt überquerte er die Rasenfläche und öffnete das Gatter zur dahinter gelegenen Wiese.

Er stieß es weit auf und lief dann quer über die Wiese zurück zum Stall. Bull hielt weiterhin Wache, während George gerade das erste Pferd herausbrachte. Auf dem hellen Fell waren dunklere Flecken zu sehen, aber er konnte nicht erkennen, ob es sich um Ruß oder Blut handelte. Panisch stieg das Pferd auf, die Augen weit aufgerissen. Mit Mühe brachte George es unter Kontrolle und ließ es schließlich mit einem festen Klaps auf die Flanke frei. Sofort raste es davon.

Rasch packte Red einen der Feuerlöscher, der in der Nähe des Tores angebracht war. »Bringt die Pferde raus, ich versuche, das Feuer so lange zurückzuhalten, bis alle draußen sind.«

Mit fest zusammengepressten Lippen nickte George, bevor er den Gang zur nächsten Box entlanglief. Jay kam mit einem weiteren Pferd auf sie zu, um dessen Hals eine lederne Schlinge gezogen war, als Ersatz für das fehlende Zaumzeug. Nach ein paar Worten, die Red aufgrund des Lärms im Stall nicht verstehen konnte, übernahm George das Pferd, löste die Schlinge und schickte es nach draußen. Selbst das kostete zu viel Zeit. Das Heu am hinteren Ende des Gebäudes hatte Feuer gefangen und würde rasend schnell auf die Boxen übergreifen. Die Pferde schrien vor Angst und Schmerzen – es war ein grauenerregendes Geräusch.

Während Red mit dem Feuerlöscher gegen die Flammen im hinteren Bereich kämpfte und sie zumindest für den Moment vom Gang fernhielt, brachten Jay, George und Tex die Pferde einzeln nach draußen. Einigen hatten sie Satteldecken über den Kopf geworfen, damit sie sich führen ließen und nicht beim Anblick des Feuers vor Angst erstarrten. Erleichtert atmete Red auf, als sie schließlich fast alle Pferde draußen hatten. Er warf den leeren Feuerlöscher in eine Ecke und drehte sich um. Neben sich hörte er ein panisches Wiehern.

Ein dumpfer Knall ertönte, als einzelne Bretter des hölzernen Daches ins Innere des Gebäudes stürzten. Ein Blick nach oben zeigte Red, dass das Dach in voller Länge brannte. Es wurde höchste Zeit, hier rauszukommen, bevor alles zusammenstürzte. Gerade als Red die Tür der Box öffnete, brach direkt neben ihm ein großes Stück des Daches ein. Funken stoben auf und setzten den Boden rund um ihn herum in Brand. Brennendes Holz fiel auf sie herab, ein Stück traf den Rücken des Pferdes. Reds Herz zog sich zusammen, als er Devil erkannte, Clints heißgeliebten Hengst. Auf keinen Fall konnte er ihn zurücklassen.

Devil stieg auf und schlug mit den Vorderhufen gegen die Wände seiner Box. Verdammt! Red hatte keine Ahnung, wie man mit panischen Pferden umging, er wusste nur, dass er den Hengst aus der Box bekommen musste, bevor das Gebäude vollends zusammenbrach. Ein lautes Krachen ertönte, und Red wusste, dass ihre Zeit abgelaufen war. Mit beiden Händen griff er in die Mähne und schwang sich auf den Pferderücken. Sofort stieg Devil wieder auf, doch Red klammerte sich mit Händen und Beinen an das Pferd und presste sich dicht an das warme Fell. »Lauf!«

»Verdammt noch mal, Red, komm da endlich raus! Das Gebäude bricht gleich zusammen.« Nur leise hörte er Bulls Stimme in seinem Ohr.

»Bin unterwegs.« Jedenfalls hoffte er das. Er grub seine Hacken in Devils Flanken und schickte ein kleines Stoßgebet gen Himmel. »Los, Devil, beweg dich!«

Der Hengst machte einen Satz nach vorn und streifte dabei die Tür der Box. Ein glühender Schmerz pulsierte durch Reds Bein, aber er ließ nicht los. Im Gang herrschte ein Inferno, von hinten und aus den anderen Boxen drangen ihnen die Flammen entgegen. Ein heißer Hauch strich über Reds Gesicht, und er schloss instinktiv die Augen, während er sich gleichzeitig dichter an Devils schweißdurchtränktes Fell presste. Das Donnern der Hufe war über dem Brüllen der Flammen und dem Bersten der hölzernen Konstruktion kaum zu hören. Es war beinahe, als würden sie durch die Hölle schweben, losgelöst von der Realität.

Ein schrilles Wiehern vibrierte durch Reds Körper, unter sich fühlte er, wie sich Devils Muskeln anspannten. Dann schienen sie abzuheben, während hinter ihm ein grollendes Donnern immer lauter anschwoll. Hitze brannte auf seinem Rücken und ließ seine Haare knistern. Für Red existierte nichts mehr außer dem warmen Körper unter ihm und dem Wunsch, dem Feuer zu entkommen. Erst als kühle Luft über seine Haut strich, öffnete er die Augen. Dunkelheit umgab ihn, und er war allein. Langsam drangen die Schmerzen durch die Betäubung des Adrenalins zu ihm durch, sodass er die Zähne zusammenbeißen musste, um nicht laut aufzustöhnen.

Doch er musste erst kontrollieren, ob der Verbrecher in der Nähe war. Vorsichtig hob er den Kopf und blickte sich um. Sie befanden sich mitten auf einer Wiese, weit und breit war niemand in Sicht – allerdings auch keine Gebäude. Mist. Er hatte keine Ahnung, wie weit Devil in seiner Panik gelaufen war. In der Ferne meinte er einen rötlichen Schimmer zu sehen, das war vermutlich der brennende Stall. Panik jagte durch seinen Körper, als er daran dachte, dass die Hunters und seine Männer in Gefahr waren. Egal wie, er musste sofort zurück.

Langsam richtete er sich ein wenig auf und tätschelte Devils Hals. »Alles gut, mein Junge. Wir müssen jetzt zurück zum Haus.«

Der Hengst rührte sich nicht. Stattdessen schüttelte er unwillig mit dem Kopf.

Das wäre ja auch zu einfach gewesen. Zu Fuß würde es viel zu lange dauern. »Los, Devil, tu es für Clint.«

Devil wandte den Kopf zu ihm um und betrachtete ihn prüfend. Dann schnaubte er.

»Ich weiß, ich bin nicht Clint, aber ich bin ein Freund. Und wir müssen uns beeilen, wenn wir Karen und Maya retten wollen.«

Offensichtlich teilte das Pferd Clints Gefühle für seine Familie, denn es trabte langsam los. Erleichterung überkam Red. »Tex, Bull, könnt ihr mich hören?«

Keine Antwort. Er tastete nach seinem Mikrofon. Es war noch da, aber offensichtlich war es defekt – oder die anderen konnten nicht mehr antworten. »Falls mich jemand hören kann, ich lebe noch und komme jetzt zum Haus. Ich höre euch nicht, vielleicht ist der Kopfhörer kaputt.«

Dann grub Red Devil die Hacken in die Flanken und klammerte sich an der Mähne fest, als der Hengst losgaloppierte. Mit jedem harten Aufkommen der Hufe jagte der Schmerz durch seinen Körper, aber das war nebensächlich. Er durfte nicht versagen! Wenn er noch ein Team verlor …

18

Karen blickte aus dem Fenster auf den in Flammen gehüllten Stall und versuchte, die Gestalten von George, Jay und den SEALs zu erkennen. Hoffentlich waren sie alle unverletzt dem Inferno entkommen! Ihre Hand schloss sich fester um das Gewehr, das Jay ihr nur zögernd gegeben hatte. Es hatte einige Diskussionen gekostet, bis die SEALs eingesehen hatten, dass es sinnvoll war, wenn sie ebenfalls ein Stück des Grundstücks vom Fenster aus überwachte. Das Haus hatte nun mal vier Seiten, und die SEALs waren nur zu zweit.

Angela kauerte mit Maya auf dem Schoß in der Ecke des Raumes, so wie es ihr von den SEALs aufgetragen worden war. Der Anblick versetzte Karen einen Stich ins Herz. Es war schwer, hierzubleiben und zuzusehen, wie die Ranch zerstört wurde und möglicherweise Menschen und Tiere zu Schaden kamen. Trotz der geschlossenen Fenster konnte sie das Krachen hören, als Teile des Stalls zusammenbrachen. Ein Hauch von Brandluft drang in ihre Nase. Waren die Fenster undicht oder hatte jemand die Tür geöffnet?

Nach einem weiteren langen Blick nach draußen drehte sie sich zur Tür um. Im Flur des Obergeschosses war nichts zu sehen, deshalb schaltete sie das Mikrofon des Headsets an, das ihr Tex gegeben hatte. Es kam ihr seltsam vor, die SEALs mit Spitznamen anzusprechen, aber da sie die wahren Namen gar nicht kannte, blieb ihr nichts anderes übrig. »Ähm, Eye und Run, riecht ihr auch Rauch? Kann das von draußen kommen?«

Einen Moment lang herrschte Stille, dann ertönte ein leiser

Fluch. »Ja, ich rieche es auch. Sofern niemand ein Fenster geöffnet hat, muss es woanders herkommen.« Run klang nervös, was ihre eigene Angst gewaltig verstärkte. »Karen, verschließen Sie Ihre Tür und halten Sie das Gewehr bereit.«

»Was ist los?« Angela hielt ihre Stimme leise, um Maya nicht zu wecken.

»Kannst du bitte die Tür abschließen? Zur Sicherheit, falls sich jemand im Haus befindet.«

»Natürlich. Es nervt mich sowieso, die ganze Zeit nur hier herumzusitzen wie ein braves Frauchen. Als wüsste ich nicht, wie man mit einer Waffe umgeht, obwohl ich seit fünfunddreißig Jahren auf einer Ranch lebe.«

In jeder anderen Situation hätte Karen darüber gelacht, aber ihre Furcht war stärker. Mit einem Auge beobachtete sie, wie Angela mit Maya im Arm aufstand und zur Tür ging. Gleichzeitig versuchte sie, die Umgebung des Hauses weiter im Blick zu behalten. Sie wollte nicht schuld daran sein, dass die Verbrecher einen Weg ins Innere fanden. Schweiß trat auf ihre Stirn, und sie griff das Gewehr fester. Ihr Instinkt warnte sie, dass etwas nicht stimmte, aber sie konnte nichts entdecken.

Gerade wollte sie Angela zurückrufen, als ein Mann in Tarnkleidung in der Türöffnung auftauchte. Zuerst dachte sie, es wäre ein Mitglied des SEAL-Teams, doch dann wurde ihr bewusst, dass sie ihn nicht kannte. Bevor sie die anderen warnen konnte, packte der Mann Angela grob am Arm und zog sie vor sich. Den Lauf seiner Pistole presste er an Mayas Kopf. Die tödliche Waffe in unmittelbarer Nähe ihrer Tochter zu sehen, ließ Karen erstarren. Oh Gott, nur ein kleines Zucken des Fingers und Maya wäre tot. Ein Zittern zog durch ihren Körper, das sie nicht kontrollieren konnte.

»Gewehr weg, sonst ist die Kleine tot.« Der Verbrecher sprach so leise, dass er nicht in den anderen Räumen oder über das Mikrofon zu hören war. Und er stand so hinter Angela, dass Karen nicht auf ihn schießen konnte, ohne befürchten zu müssen, sie oder Maya zu treffen. Offensichtlich wusste der Bastard genau, was er tat.

Vorsichtig legte Karen das Gewehr zur Seite, damit sich aus Versehen kein Schuss löste. Sie öffnete den Mund, um etwas zu sagen, doch der Mann schnitt sie mit einer scharfen Handbewegung ab. Gleichzeitig presste er die Mündung der Waffe fester an Mayas Kopf, woraufhin sie zu wimmern begann. Hass regte sich in Karen, den sie geradezu körperlich spürte. Sie ballte ihre Hände zu Fäusten, um sich nicht auf den Verbrecher zu stürzen. Allein Mayas Gegenwart hielt sie davon ab.

»Sehr vernünftig. Und jetzt komm langsam hier rüber. Hände, wo ich sie sehen kann.«

Solange er nicht verlangte, dass sie die Pistole weglegte, die unter ihrem T-Shirt im Bund ihrer Hose steckte, hatte sie kein Problem damit. Sie wollte nur zu ihrer Tochter und sie diesem Monster entreißen. Was mit ihr selbst geschah, war in der Situation nebensächlich. Allerdings musste sie auch dafür sorgen, dass Angela nichts passierte. Deren Augen waren weit aufgerissen, ihr Gesicht kalkweiß. Sie hielt Maya aber weiterhin fest und verhinderte so, dass der Verbrecher sie ihr einfach entriss.

Langsam ging Karen auf den Mann zu und wünschte, sie könnte den SEALs ein Zeichen geben, doch das war im Moment zu gefährlich. Außer Reichweite blieb sie stehen.

Maya begann zu weinen und streckte die Hände nach ihr aus. »Mommy ...«

Instinktiv wollte Karen zu ihr, doch sofort presste der Mann die Waffe härter gegen Mayas zarte Wange. Unwillkürlich blieb Karen stehen und ließ ihre Hände sinken. Der Verbrecher griff an ihren Kopf und riss das Headset herunter. Hilflos sah Karen zu, wie er es durch den Raum schleuderte.

»Lassen Sie meine Tochter los!«

Der Mann lachte nur. »Das wäre doch ziemlich dumm, wenn sie mein Garant dafür ist, dass du mitkommst, ohne Alarm zu schlagen.«

Ein eisiger Schauer lief über Karens Rücken. Genau das hatte sie befürchtet, aber sie musste es zumindest versuchen. »Bitte lassen Sie die Kleine hier, ich komme freiwillig mit.« Was nicht hieß, dass sie die Verbrecher nicht sofort bekämpfen würde, sowie ihre Tochter außer Gefahr war.

Vermutlich konnte der Mann ihr das am Gesicht ablesen, denn er ignorierte ihre Bitte. Stattdessen hob er die Waffe und schlug sie Angela gegen die Schläfe. Ohne einen Laut von sich zu geben, sackte Clints Mutter in sich zusammen und fiel zu Boden. *Oh Gott!* Karen wollte nach ihr sehen, doch der Angreifer hinderte sie daran. Maya hing wie eine Puppe in seinem Arm, irgendwie hatte er es geschafft, sie festzuhalten, als Angela gestürzt war. Maya starrte auf ihre Großmutter und weinte stärker. In dem Moment brach Karens Herz, und sie wollte nichts lieber, als ihre Tochter in die Arme zu schließen und sie zu trösten. Doch der Verbrecher ging rückwärts zur Tür, die Pistole weiterhin auf Mayas Kopf gerichtet.

Ohne lange zu überlegen folgte Karen ihnen, genau das, was der Terrorist erreichen wollte. Aber sie konnte nicht anders, Maya war ihr Leben. Nur kurz ließ sie ihre Tochter aus den Augen, um nach Angela zu sehen. Ihre Augen waren geschlossen, und sie rührte sich nicht. Blut lief über ihre Schläfe, wo die Haut aufgrund des heftigen Schlages aufgeplatzt war. Erleichtert atmete Karen auf, als sie schließlich sah, wie ihre Brust sich hob und senkte. Sie lebte! Hoffentlich war Angela nicht schwer verletzt und wurde bald von einem der SEALs gefunden.

Wo waren die SEALs überhaupt? Die Vorstellung, so viel Leid über die Ranch und die anwesenden Personen gebracht zu haben, entsetzte Karen. Vermutlich wäre es wirklich besser gewesen, wenn die Terroristen sie gleich im Spa entführt hätten, dann wäre all das Furchtbare nicht passiert.

Im Gang war es seltsam ruhig, so als wäre überhaupt nichts passiert. Allerdings roch es auch hier nach Rauch, und der rote Schein der Flammen wurde durch ihr Fenster an die weiße Wand des Gangs projiziert. Verzweifelt blickte Karen sich um, doch die beiden SEALs waren nirgends zu sehen. Hatten sie überhaupt nicht mitbekommen, was hier vorging? Ihr Atem stockte, als sich dunkle Gestalten förmlich aus dem Nichts heraus im Gang materialisierten und sich auf sie zu bewegten. Leider waren es nicht Eye und Run, obwohl auch sie Tarnkleidung trugen. Waren die beiden SEALs etwa getötet worden?

Karen wagte nicht, nach der Waffe zu tasten, die sie immer noch versteckt trug. Zuerst musste sie Maya aus der Reichweite dieser Verbrecher entfernen, bevor sie das Risiko eingehen konnte zu schießen. Die beiden anderen Männer schlossen zu ihnen auf und sicherten sie nach hinten ab. Selbst wenn Eye und Run noch lebten, könnten sie nicht riskieren, auf die Terroristen zu schießen. Allein der Gedanke, dass eine verirrte Kugel Maya treffen könnte, ließ die Panik in ihr steigen. *Alles, nur das nicht!*

Immer mehr Qualm drang in das Haus und erschwerte ihr das Atmen, während sie die Treppe hinunterliefen. Karens Herz zog sich zusammen, als Maya zu husten begann. Schließlich hielt sie es nicht mehr aus und packte den Verbrecher am Arm. »Geben Sie mir meine Tochter, sie ist krank.«

Der Mann blickte erst sie, dann Maya an und entschied offenbar, dass sie die Wahrheit sagte, denn er beugte sich zu ihr herunter. »Wenn du auch nur eine falsche Bewegung machst, ist sie tot, klar? Wir sollen nur dich mitbringen, von einem Kind war nicht die Rede. Sollte es uns also stören, habe ich kein Problem damit, es zu beseitigen.«

Karen biss sich auf die Lippe, um sich davon abzuhalten, dem Mistkerl ihre Meinung zu sagen. Stattdessen nickte sie nur und streckte ihre Arme aus. Mit einem Aufschluchzen warf Maya sich förmlich hinein, ihr ganzer Körper zitterte.

»Mommy …«

»Ist ja gut, mein Schatz, ich bin bei dir.« Beruhigend rieb sie über den Rücken ihrer Tochter und setzte sie sich auf die Hüfte, damit sie bei Gelegenheit ungehindert zu ihrer Waffe greifen konnte.

»Was ist mit Grandma?«

»Es wird sich gleich jemand um sie kümmern, keine Angst.« Sie konnte nur hoffen, dass es auch stimmte.

Jemand ergriff brutal ihren Oberarm. »Ruhe jetzt!« Der Verbrecher zerrte sie mit sich zum Keller des Hauses und stieß die Tür auf.

Was wollten sie hier unten? Sie würden in der Falle sitzen! Doch der Terrorist führte sie zielstrebig in einen kleinen Verschlag. *Würden sie hier unten sterben?* Unwillkürlich schlossen sich ihre Arme fester um Maya, die ein Wimmern ausstieß. Doch anstatt sie zu töten, schob der Mann sie einfach weiter. An ihrem Rücken konnte sie die Mündung der Pistole spüren. Dann erkannte sie, dass es doch keine Sackgasse war. Eine kleine Klappe wurde geöffnet, sie stolperte ein paar Stufen hinauf und stand plötzlich im Freien. Von den SEALs war weit und breit nichts zu sehen, so sehr Karen auch darauf hoffte.

Der Rauchgeruch war hier draußen noch stärker, und Karen wünschte, sie hätte etwas, um Mayas ohnehin schon durch den Infekt angegriffene Atemwege zu schützen. Doch sie konnte ihr lediglich das T-Shirt über die Nase ziehen. »So ist es besser, oder? Versuch, ganz flach zu atmen.«

Mit einem Ruck wurde sie an den Haaren zurückgerissen. Unwillkürlich entfuhr ihr ein Schmerzenslaut. Der Verbrecher schob sein Gesicht dicht an ihres, und sie zuckte zurück, als sie die Wut in seinen Augen sah. »Das ist hier kein Spaß, kapiert? Wenn du nicht still bist, breche ich der Kleinen das Genick.«

Karen war wie erstarrt und wagte nicht einmal zu atmen.

»Hast du das jetzt endlich verstanden, oder muss ich noch deutlicher werden?«

Rasch schüttelte Karen den Kopf, während sie fieberhaft überlegte, wie sie Maya retten könnte. Denn es war klar, dass sich die Verbrecher ihrer entledigen würden, sowie sie nicht mehr nützlich war. Bei dem Gedanken, dass jemand ihrer Tochter etwas antun könnte, krampfte sich alles in ihr zusammen. Irgendwie musste sie das verhindern, und wenn es ihr eigenes Leben kostete.

Der Mann zog noch einmal heftig an ihren Haaren. »Ab jetzt keinen Ton mehr, von euch beiden. Und glaub nicht, dass ich bluffe, dafür ist die Sache zu wichtig.«

Diesmal nickte Karen. Nach ein paar Sekunden, in denen der Verbrecher sie nur anstarrte, ließ er sie schließlich los. Erleichtert rollte Karen ihre verspannten Schultern und hielt Maya so fest sie konnte. Ihr Herz zog sich zusammen, als sie die Tränen sah, die über das Gesicht ihrer Tochter liefen. Offensichtlich hatte Maya aber verstanden, dass sie still sein musste, denn kein Laut drang über ihre Lippen. Dafür schüttelte ein Schluckauf ihren Körper. Den bekam Maya öfter, wenn sie sich aufregte, und meist ging er erst dann weg, wenn ihr Vater sie in den Arm nahm. Der Gedanke an Clint ließ beinahe ihre eigenen Tränen fließen. Wie sehr wünschte sie sich, er wäre jetzt hier. Karen hatte keinen Zweifel, dass er alles tun würde, um sie zu befreien, egal wie gefährlich das auch sein mochte. Aber er war mehrere Hundert Meilen entfernt.

Wieder griff der Terrorist ihren Arm und zerrte sie über den Rasen, nachdem ihm einer der beiden anderen ein Zeichen gegeben hatte, dass die Luft rein war. Wie konnte es sein, dass niemand hier war? Waren sämtliche SEALs beim Stall? Es war doch klar, dass das Feuer ein Ablenkungsmanöver war. Hoffentlich waren sie nicht getötet worden! Karen versuchte, nicht daran zu denken.

Verzweifelt blickte sie sich um, sie musste einen Weg finden, wie sie entkommen konnte. Die Rasenfläche lag verlassen vor ihnen, nirgends bewegte sich etwas. Der Mann führte sie zu den Bäumen, die hinter dem Gemüsegarten begannen und dann in einen kleinen Wald übergingen. Tauchten sie erst einmal darin ein, würde kein Scharfschütze ihr noch helfen können. Sie könnte versuchen, die Sache hinauszuzögern, aber das würde Maya vermutlich nur in Gefahr bringen. Und sie selbst auch. Außerdem schien der Verbrecher keine Geduld mehr mit ihr zu haben. Er zerrte sie einfach hinter sich her, egal, ob sie ihm folgen konnte oder nicht.

Kurz bevor sie in den Schutz der Bäume eintauchten, ertönte ein scharfer Knall. Instinktiv wollte Karen sich zu Boden werfen, doch der Verbrecher hinderte sie daran. Aus den Augenwinkeln sah sie, wie einer der Männer taumelte und schließlich zu Boden fiel. In der Dunkelheit konnte sie nicht sehen, wo er getroffen war, aber es sah nicht so aus, als würde er in nächster Zeit wieder aufstehen. Mit der Hand bedeckte sie Mayas Gesicht, damit sie nichts davon sehen konnte, was um sie herum passierte.

Mit einem Fluch zerrte der Terrorist sie als menschlichen Schutzschild vor sich. *Oh Gott, nein!* Sie versuchte, sich aus dem Griff zu winden, um wenigstens Maya in Sicherheit zu bringen, doch sie konnte sich nicht losreißen. Er hielt sie noch brutaler fest – sofern das überhaupt möglich war –, und seine

Pistole presste sich an Karens Schläfe. Ein weiterer Schuss und der zweite Mann stieß einen rauen Schrei aus, bevor er sich umdrehte und auf den Wald zustürzte. Eine zweite Kugel traf ihn im Rücken, er kippte lautlos um.

»Aufhören, sofort, sonst ist sie tot!«

Stille folgte auf die Drohung, und Karen versuchte, nicht die Nerven zu verlieren. Sie konnte die Anspannung im Körper des Verbrechers spüren. Wenn er sich bedroht fühlte und keine Chance sah zu entkommen, würde er dann abdrücken? Sein fester Griff um ihren Oberkörper verhinderte, dass sie sich einfach fallen lassen konnte, um damit den SEALs die Gelegenheit zu geben, ihn auszuschalten. Wenn es nur um sie ginge, würde sie es riskieren, aber er hielt auch Maya fest.

»Langsam zurück. Eine Bewegung und ich schieße.«

Notgedrungen ließ sich Karen von ihm in Richtung der Bäume zerren. Verzweifelt blickte sie um sich. Es musste doch jemand hier sein, der ihr helfen konnte! Die SEALs hatten geschossen, also mussten sie hier in der Nähe sein und alles beobachten. Dadurch dass der Verbrecher jetzt alleine war, hatte sie zwar einen Vorteil, doch solange er sie mit der Waffe bedrohte, half das nichts. Sie musste warten, bis sich eine Situation ergeben würde, in der er abgelenkt war.

Diese kam schneller als erwartet. Rückwärts bewegten sie sich in den Wald hinein. Tiefe Dunkelheit schloss sich um sie, das Blätterdach über ihnen verhinderte, dass auch nur ein Bruchteil vom Mondlicht oder der Schein des Feuers zu ihnen drang. Dadurch konnten sie weder den Boden sehen noch die Zweige und Äste, die ihr Vorwärtskommen behinderten. Der Verbrecher fluchte, als er über eine Wurzel stolperte und beinahe das Gleichgewicht verlor. Hoffentlich löste sich so nicht aus Versehen ein Schuss, und eine verirrte Kugel traf sie.

Sein Griff lockerte sich ein wenig. Karen nutzte das sofort aus und drehte Maya in ihren Armen von ihm weg. Das schien der Mann überhaupt nicht zu bemerken, er war zu sehr damit beschäftigt, sich auf den Beinen zu halten und ihnen einen Weg durch den weitgehend naturbelassenen Wald zu bahnen. Als er erneut stolperte, ließ Karen ihre Tochter mit einem stummen Stoßgebet an ihrem Körper hinunterrutschen. Nach einem letzten beruhigenden Druck ihrer Hand landete Maya auf dem Boden. In der Dunkelheit dürfte er sie nicht bemerken – jedenfalls wenn Maya verstand, wie wichtig es war, dass sie keinen Laut von sich gab. Einer von den SEALs oder die Hunters würden sie innerhalb weniger Minuten finden und in Sicherheit bringen.

Ihr Herz raste, als Karen sich weiter von dem Verbrecher durch den Wald schieben ließ, als wäre nichts passiert. Sie versuchte sogar, die Sache zu beschleunigen, damit sie möglichst weit von Maya entfernt waren, bevor der Terrorist ihr Fehlen bemerkte. Sicher würde er dann nicht umkehren, um ein Kind zu suchen, das er sowieso nicht haben wollte – oder nur als Pfand, um Karens Kooperation zu erzwingen. Jedenfalls hoffte sie das. Der Druck um ihren Brustkorb verstärkte sich, als der Mann sie zum Anhalten zwang.

»Verdammt, wo ist das Kind?« Seine Stimme klang rau in ihrem Ohr, sein Atem blies über ihre Wange.

»Weg.«

Sein Griff wurde härter. »Was bist du für eine Mutter, die ihr Kind einfach so in einem Wald allein lässt?«

Seine Anschuldigung stach ihr ins Herz, aber sie weigerte sich, sich deshalb schlecht zu fühlen. »Wenn ich die Wahl habe zwischen dem Wald und der Bedrohung durch einen Terroristen mit Blut an den Händen? Dann würde ich es jederzeit wieder tun.«

Die Mündung der Pistole bohrte sich in ihre Schläfe und ließ sie zusammenzucken. »Ich sollte dich gleich hier erschießen, du hast uns schon zu viel gekostet.«

»Dann wären die anderen umsonst gestorben.«

Der Mann schnaubte. »Die interessieren mich einen Scheiß. Und jetzt komm, ich habe nicht die ganze Nacht Zeit.«

Wieder zerrte er sie mit sich. Als sie sich so weit von Maya entfernt hatten, dass Karen sie in Sicherheit wusste, schob sie ihren Fuß nach hinten, zwischen die Beine des Terroristen. Von ihrer Aktion überrascht, versuchte er, sein Gleichgewicht zu bewahren, doch Karens Gewicht behinderte ihn, sodass er stürzte. Das nutzte sie sofort aus und stieß die Pistole zur Seite. Der Mann schlang seinen Arm um sie und zog sie mit sich nach unten.

Schmerzhaft krachte sie auf den Boden, der Terrorist landete auf ihr. Nach einer kleinen Schrecksekunde begann Karen, gegen ihn zu kämpfen. Sie wandte ihre gesamten Selbstverteidigungskenntnisse an, um sich unter dem Verbrecher herauszuwinden. Mit dem Ellbogen schlug sie nach hinten und spürte, wie etwas brach. Er stieß einen Schmerzenslaut aus, und für einen Moment lockerte sich sein Griff. Sofort schlängelte Karen sich unter ihm heraus. Auf die Unterarme gestützt robbte sie über den Waldboden und versuchte, so schnell wie möglich von dem Verbrecher wegzukommen.

Fast dachte sie, dass sie es schaffen könnte, dann schlang sich eine Hand um ihren Knöchel und zog sie zurück. *Nein!* Verzweifelt versuchte sie, sich an allem festzuhalten, was sie erreichen konnte, aber sie wurde unweigerlich über den Boden gezerrt. Ihr T-Shirt rutschte hoch und abgebrochene Zweige, Wurzeln und Steine kratzten über ihren nackten Bauch. Karen bemerkte den brennenden Schmerz kaum, ihre gesamte Konzentration lag auf der Flucht. Ein kämpferischer Laut entfuhr ihr, und sie trat mit ihrem freien Bein zu. So lange, bis der Verbrecher seinen Griff löste und sie vorwärtskriechen konnte.

Erst als sie außer Reichweite seiner Hände war, stemmte sie sich hoch und lief taumelnd los. Ihre Beine zitterten vor Anspannung so stark, dass sie kaum vorwärtskam. Karen schlug sich ins Gebüsch in der Hoffnung, dass der Terrorist sie im Dunkeln nicht finden würde. Das Waldstück war nicht groß genug, um sich darin zu verirren, irgendwann würde sie wieder herauskommen und Hilfe suchen können. Vor allem aber musste sie dafür sorgen, dass Maya in Sicherheit war, deshalb schlug sie eine andere Richtung ein als die, aus der sie gekommen waren. Clint hatte versucht, ihr beizubringen, wie man sich lautlos bewegte, aber sie hatte dafür eindeutig kein Talent. Ständig trat sie auf trockenes Holz und knisterndes Laub und wies ihrem Verfolger damit unabsichtlich den Weg.

Karen blieb stehen und lauschte. Über ihren lauten Atemzügen konnte sie nichts anderes hören. Hatte der Mann aufgegeben oder war er ihr noch auf den Fersen? Liefen hier vielleicht sogar noch andere Terroristen herum? Die Vorstellung ließ ein Zittern durch ihren Körper laufen. Nein, darüber durfte sie jetzt nicht nachdenken, sonst würde sie vor Angst erstarren. Sie hatte in ihrem Leben schon so viel durchgemacht und würde sich auch jetzt nicht geschlagen geben.

Karen bewegte sich weiter vorwärts. Sicher würde ihr Verfolger denken, dass sie geradewegs zu ihrer Tochter oder zum Haus zurücklief. Doch dort würde er sie nicht finden. Nur was war, wenn er ihrem vermeintlichen Weg folgte und dabei auf Maya traf? Abrupt blieb Karen stehen und presste eine Hand auf ihre Brust, um ihren rasenden Herzschlag zu beruhigen. Das konnte sie nicht zulassen. In dem Moment erinnerte sie sich an die Waffe, die immer noch hinten in ihrer Hose steckte. Zumindest, wenn sie sie nicht beim Kampf verloren hatte.

Aufgeregt tastete Karen danach und atmete erleichtert auf, als ihre Finger sich um den Griff der Pistole schlossen. Vorsichtig zog sie sie aus ihrem Hosenbund und entsicherte sie. Dann begann sie, in die Richtung zurückzuschleichen, aus der sie gekommen war. Auch wenn das in der Dunkelheit extrem schwierig war, da alles gleich auszusehen schien.

Kurze Zeit später nahm sie aus den Augenwinkeln eine Bewegung wahr. Sofort duckte sie sich hinter einen umgestürzten Baumstamm und spähte darüber hinweg. Eine Gestalt tauchte zwischen zwei Bäumen auf, und Karen verspürte eine ungeheure Erleichterung, als sie Red erkannte. *Sie war gerettet!* Freudentränen verschleierten ihre Sicht, als sie sich erhob und auf ihn zustolperte. Er fuhr zu ihr herum, erkannte sie aber glücklicherweise rechtzeitig, um sie nicht zu erschießen. Jetzt erst wurde ihr bewusst, wie leichtsinnig ihr Handeln gewesen war.

Er machte eine Handbewegung, doch Karen wusste nicht, was sie bedeuten sollte. Bevor sie reagieren konnte, ertönte ein Knall und gleichzeitig verspürte sie einen scharfen Schmerz in der Seite. Fast wie in Zeitlupe kippte sie nach vorne und landete hart. Weitere Schüsse ertönten, aber sie fühlte keine weiteren Verletzungen mehr. Anscheinend hatte der Verbrecher vorbeigeschossen. Es dauerte einen Moment, bis sie wirklich realisierte, dass sie angeschossen worden war.

Nachdem die Betäubung durch den Schock abgeklungen war, erfasste ein reißender Schmerz ihren gesamten Körper. Mühsam glitt ihre Hand zu ihrer Seite, und sie spürte warme Feuchtigkeit, die aus ihr heraussickerte. Blut. Ihre Wange presste sich in den Waldboden, Dreck wirbelte auf, als sie heftig ausatmete. Durch ihre Position sah sie nur Dunkelheit, es kam ihr vor, als wäre sie die einzige Person hier, dabei wusste sie, dass sowohl der Terrorist als auch Red in der Nähe sein mussten. *Oh Gott, Red!* Hatte der Verbrecher ihn auch angeschossen? Oder war er schon tot?

Maya, sie musste zu ihrer Tochter! Karen sammelte ihre letzte Kraft und hob vorsichtig den Kopf. Die leichte Bewegung ließ den Schmerz in ihrer Seite beinahe unerträglich werden. Nur der Gedanke daran, was mit Maya passieren würde, wenn der Verbrecher noch frei herumlief, gab ihr die Kraft, sich langsam aufzusetzen. Sie presste eine Hand vor den Mund, um einen Schmerzensschrei zurückzuhalten. Wo war die Waffe geblieben? Panisch sah sie sich um. Wie sollte sie den Terroristen aufhalten, wenn sie verletzt und unbewaffnet war?

Gerade als sie mit der Hand auf dem Boden nach der Pistole tastete, hörte sie ein Geräusch hinter sich und erstarrte. Ihr Kopf fuhr herum, und sie stöhnte auf, als die Bewegung an ihrer Wunde zerrte. Punkte flimmerten vor ihren Augen, und sie schwankte.

»Oh Gott, Karen! Ist alles in Ordnung?« Red warf sich neben ihr auf die Knie und stützte sie, als sie umzukippen drohte.

»Wo … Verbrecher?«

Glücklicherweise schien Red sie zu verstehen, obwohl die Worte in ihren eigenen Ohren seltsam fremd klangen. »Ich habe ihn außer Gefecht gesetzt. Keine Angst, er wird dir nichts mehr tun.«

»Maya?«

»George kümmert sich um sie. Es geht ihr gut.«

Erleichterung breitete sich in ihr aus, und sie spürte, wie der letzte Rest ihrer Kraft sie verließ. Hätte Red sie nicht gehalten, wäre sie zu Boden gesunken. »Gut.«

»Karen. Karen! Sag mir, wo du verletzt bist.«

»S…Seite.« Schon dieses eine Wort schien zu viel.

Sanft schob Red ihre Hand beiseite und betrachtete im Licht einer Taschenlampe ihre Seite. »Verdammt! Doc, ich brauche dich hier. Tex, ruf einen Krankenwagen oder besser noch einen Helikopter. Karen ist angeschossen und muss dringend behandelt werden. Sie verliert zu viel Blut.«

Karen hörte seine Worte, konnte sie aber nicht mit ihrer eigenen Situation in Verbindung bringen. Sie fühlte sich fast ein wenig losgelöst, so als ginge sie das alles nichts mehr an. Ihre Augen schlossen sich langsam.

»Karen, sieh mich an. Wir werden uns um dich kümmern, es wird dir bald wieder gut gehen.«

Sie versuchte, ihm zu gehorchen, aber sie schaffte es nicht, ihre schweren Lider zu heben.

»Denk an Maya und Clint, sie brauchen dich.« Der Druck auf ihre Seite nahm zu, als er etwas dagegen presste.

Mit letzter Kraft berührte sie Reds Hand. »Sag ihnen … dass ich sie liebe.«

»Das machst du gefälligst selbst! Clint wird mich umbringen, wenn ich dich hier einfach sterben lasse.«

Karen wollte nicht, dass ihm etwas passierte, aber sie konnte nichts gegen die Schwärze tun, die sich über sie herabsenkte. Noch einmal kämpfte sie dagegen an, dann gab sie auf. Clint und Maya waren sicher, das war die Hauptsache. Sie hörte noch, wie Red ihren Namen rief, doch sie konnte nicht mehr antworten.

19

Ein leises Kratzen ertönte von der Tür her, und Shannon setzte sich ruckartig auf. Sie hatte versucht, ein wenig zu schlafen, aber dazu war der Boden ihrer Zelle zu unbequem und ihr zu kalt. Schon lange konnte sie das Zittern nicht mehr unterdrücken, das inzwischen ihren ganzen Körper erfasst hatte. Ihr Kiefer tat weh, weil sie ihn die ganze Zeit zusammenpressen musste, um ihre Zähne am Klappern zu hindern. Ob es tatsächlich an den niedrigen Temperaturen lag oder eher an der Anspannung, konnte sie nicht sagen. Vermutlich eine Mischung aus beidem.

Als kein Schlüssel ins Schloss gesteckt und auch der Riegel nicht zur Seite geschoben wurde, sackte Shannon in sich zusammen. Wahrscheinlich hatte sie sich das Geräusch nur eingebildet, weil sie hier unten jeglicher Stimulation ihrer Sinne beraubt war. Es herrschte eine so tiefe Stille, dass sie beinahe das Blut in ihren Adern rauschen hörte. Und manchmal auch ein leises Rascheln, so als wäre sie nicht allein in der Zelle. Sie mochte gar nicht wissen, welches Krabbelviech hier lebte. Solange es auf seiner Seite blieb, hatte sie damit kein Problem.

Erneut hörte sie ein Schaben, dann wurde der Riegel bewegt. Angespannt starrte Shannon in Richtung Tür, obwohl sie nur Schwärze sah. Als das Geräusch des Schlüssels ausblieb, kroch sie leise auf den Ausgang zu. Sie hatte keine Ahnung, was das alles bedeutete, aber sollte sich eine Möglichkeit zur Flucht ergeben, würde sie vorbereitet sein. Die Türklinke quietschte leicht, wie immer, wenn sie betätigt wurde, doch die Tür blieb zu. Kein Wunder, schließlich war sie noch abgeschlossen. Wer auch immer dort draußen war, brauchte einen Schlüssel, um zu ihr zu gelangen.

Furcht stieg in ihr auf, als sie daran dachte, dass es die beiden Männer sein könnten, die versucht hatten, sie zu vergewaltigen. Aber würden sie nicht auch wissen, dass sie ohne einen Schlüssel nicht zu ihr kamen? Shannon hoffte, dass er sehr gut versteckt war und sie ihn nicht fanden. Ein Schauer lief durch ihren Körper, der nichts mit der Kälte zu tun hatte. Die Vorstellung, wie die Männer sie angefasst und begafft hatten, löste Ekel in ihr aus. Als wäre es nicht schon schlimm genug, entführt worden zu sein, lauerten noch ganz andere Gefahren hier auf sie. Aber Derek hatte gesagt, dass er darauf achten würde, dass diese Schweine nicht mehr in ihre Nähe kamen, und sie glaubte ihm. Die Frage war nur, ob er nicht auch irgendwann einmal etwas anderes zu tun hatte und sie hier schutzlos zurücklassen würde.

Shannon schnaubte leise. Es war irre, einem Terroristen zu vertrauen, selbst wenn er sie schon einmal vor unerwünschten Zudringlichkeiten bewahrt hatte. Er blieb trotzdem ein Verbrecher und würde mit keiner Wimper zucken, wenn der Anführer entschied, sie zu töten. Das musste sie immer im Hinterkopf behalten. Es gab hier niemanden, der ihr helfen würde, sie war ganz auf sich allein gestellt. Eine furchtbare Vorstellung. Shannon versuchte, sich die Gesichter ihrer Familie in Erinnerung zu rufen, um ein wenig Gesellschaft in der kalten Zelle zu haben, doch es gelang ihr nicht ganz.

Ein weiteres, kaum hörbares Kratzen erklang, offenbar hatte derjenige an der Tür noch nicht aufgegeben. Fast meinte sie, einen leisen Laut zu hören, wie von einer Stimme. Einen Moment lang lauschte sie noch, dann bewegte sie sich lautlos weiter auf die Tür zu. Dicht davor hockte sie sich hin und blickte durch das Schlüsselloch. Auch wenn ein wenig Licht hereindrang, war es zu wenig, um etwas zu erkennen.

»Shannon, bist du da drin?«

Die Frage drang so deutlich an ihr Ohr, dass sie im ersten Moment erschrocken zurückzuckte. Ihr Knie stieß dabei gegen die Tür. Die Gedanken wirbelten in ihrem Kopf durcheinander. Es war eindeutig eine Frauenstimme gewesen, keiner der Verbrecher. Aber wer konnte es sein? Vielleicht eine Falle? Furcht und Hoffnung kämpften miteinander, und sie wusste nicht, was sie machen sollte.

»Shannon? Hier ist Vanessa.«

Sie versuchte, den Namen zuzuordnen, aber es erschien kein Gesicht vor ihrem geistigen Auge. Natürlich kannte sie etliche Vanessas, Autorinnen, Verlagsleute, Leserinnen, aber niemanden, der einen Grund hatte, hier zu sein. Oder doch? Warum sollte diese Vanessa vor der Tür sitzen und mit ihr sprechen? Schließlich nahm sie ihren ganzen Mut zusammen und hielt ihren Mund an das Schlüsselloch. Das Herz hämmerte in ihrer Brust, und sie musste sich räuspern, bevor sie etwas sagen konnte.

»Ich bin hier.«

»Oh, gut.« Erleichterung klang deutlich in der Stimme mit. Sie war beinahe tonlos und so leise, dass Shannon sich anstrengen musste, sie zu verstehen. »Matt schickt mich.«

Allein der Name ließ Tränen in ihre Augen schießen. »Ist er auch hier?«

»Noch nicht ganz, aber wir arbeiten daran.«

Jetzt endlich konnte sie den Namen zuordnen. Vanessa war eine der TURT/LE-Agentinnen! Wie auch immer sie hierhergekommen war, Shannon war unendlich dankbar für ihre Anwesenheit. »Kannst du mich rausholen?«

»Nein, leider noch nicht. Ich werde den Schlüssel suchen,

aber ich kann mich nicht zu lange hier aufhalten, sonst erwischt mich noch jemand.«

»Sei vorsichtig!« So sehr sie auch befreit werden wollte, sie könnte es nicht ertragen, wenn ihretwegen noch jemand in Gefahr geriet. Und es war sicherlich sehr gefährlich, wenn Vanessa sich in die Terrorgruppe eingeschlichen hatte.

»Ich muss jetzt weg, ich wollte dir nur sagen, dass ich hier bin und wir dich bald befreien werden. Allerdings weiß ich nicht, ob es heute Nacht noch klappt. Halte durch! Und falls wir uns irgendwo sehen sollten, tu so, als würdest du mich nicht kennen. Das ist ganz wichtig, Shannon.«

»Ja, ich verstehe.« Shannon legte ihre Hand an die Tür. »Wie geht es Matt?

Ein Moment der Stille entstand, und sie befürchtete schon, dass Vanessa nicht mehr da war. »Er ist außer sich vor Sorge. Genauso wie Clint. Aber wir haben ein gutes Team und werden dich rausholen. Daran musst du glauben.«

»Das tue ich. Danke, Vanessa.«

Die Antwort bestand aus einem leisen Schaben an der Tür. Shannon lauschte noch eine Weile, aber sie war wieder allein. Nur fühlte sie diesmal keine Verzweiflung, sondern Hoffnung. Matt wusste, wo sie war und würde sie retten! Natürlich konnte immer etwas schiefgehen, aber sie beschloss, positiv zu denken. Dass sie so schnell ihren Aufenthaltsort herausgefunden hatten, war mehr, als sie je zu hoffen gewagt hatte. Vor allem fühlte sie sich jetzt nicht mehr so einsam, es war fast, als könnte sie bereits Matts Umarmung spüren. Sie konnte es kaum erwarten.

Derek unterdrückte ein Gähnen und rieb mit der Hand über sein Gesicht. Vermutlich hätte er schon längst ins Bett gehen sollen, aber er hatte zuerst die Sache mit dem Handy erledigen wollen. Der Sprung im Display war nicht so schlimm, aber es hatte sich ein Kontakt auf der Platine gelöst, den er repariert hatte. Jetzt funktionierte das Telefon wieder. Das Handy war passwortgeschützt, aber es sollte kein großes Problem sein, das zu umgehen und an die Daten zu kommen. Mit seiner Suche nach Informationen über Vanessa war er noch nicht weitergekommen. Solange er nicht ihren Nachnamen kannte, war das, als würde man versuchen, eine Stecknadel im Heuhaufen zu finden. Das würde Eric zwar nicht passen, aber er musste damit leben. Es war seine eigene Schuld, wenn er ständig Frauen hierherbrachte, über die er überhaupt nichts wusste.

Mit einem Stöhnen lehnte Derek sich im Schreibtischstuhl zurück und starrte blicklos auf den Monitor. Eine Bewegung erweckte seine Aufmerksamkeit. Abrupt lehnte er sich vor und betrachtete das Kamerabild aus dem Kellerverschlag aufmerksam. Shannon schien sich auf die Tür zuzubewegen, während sie davor die ganze Zeit ruhig etwa in der Mitte der Zelle gelegen hatte. Was sollte das werden? Hörte sie etwas von draußen oder versuchte sie zu fliehen? Obwohl er nicht glaubte, dass ihr das ohne Hilfe gelingen würde, beschloss er, trotzdem nach dem Rechten zu sehen. Noch einmal würde er einen Vorfall wie vorhin mit den beiden Idioten nicht zulassen.

Entschlossen stand Derek auf und zuckte zusammen, als sich sein schmerzender Rücken meldete. Er wurde langsam zu alt, um noch die halbe Nacht am Schreibtisch zu sitzen. Als Sicherheitschef der *Krieger Gottes* musste er fit sein, deshalb wurde es Zeit, seine vernachlässigten Übungen bald wieder aufzunehmen. Vielleicht, wenn die Sache mit Shannon erledigt war und er wieder etwas mehr Ruhe hatte. Und wenn diese Vanessa wieder verschwunden war, vorher würde er nicht entspannen können. Er wusste nicht, was es war, aber irgendetwas an ihr ließ bei ihm sämtliche Alarmglocken schrillen.

Derek verzog den Mund. Vielleicht wollte er auch einfach

nicht wahrhaben, dass eine Frau wie sie sich mit jemandem wie Eric abgab. Doch das ging ihn nichts an, solange es nicht die Sicherheit der Gruppe und des Lagers betraf. Was Eric und andere Gruppenmitglieder privat machten, interessierte ihn nicht. Zumindest hatte er es bisher immer so gehalten, aber da waren ihm auch noch keine roten Haare, Sommersprossen und grünbraune Augen im Kopf herumgespukt. Verdammt! Er musste sich wirklich auf seine Aufgabe konzentrieren. Ein paar Wochen oder Monate noch und dann konnte er endlich das machen, was er wollte.

Mit zusammengebissenen Zähnen verließ er sein Büro und ging durch das stille Haus. Normalerweise mochte er die Nachtzeit, wenn er seine Ruhe hatte und nicht Gefahr lief, einen der anderen zu treffen. Doch heute sagte ihm sein Gefühl, dass er nicht der Einzige war, der sich lautlos durch die Dunkelheit bewegte. Eric? Nein, das konnte er sich nicht vorstellen, er war sicher mit dieser Vanessa beschäftigt. Was Dereks Stimmung auch nicht gerade besserte. Aber immerhin kam ihm der Anführer so nicht in die Quere.

Derek schaltete das Licht nicht an, als er im unterirdischen Bereich des Hauses ankam. Im Gang waren einige wenige Nachtlichter angebracht, die völlig ausreichten, um etwas zu erkennen. Niemand machte sich an der Tür der Zelle zu schaffen, es war alles ruhig. Vorsichtshalber kontrollierte er, ob sie noch abgeschlossen und verriegelt war. Es schien alles so zu sein, wie er es vor einigen Stunden hinterlassen hatte. Wenn es einen Grund gegeben hatte, warum sich Shannon in der Nähe der Tür aufhielt, konnte er ihn jetzt nicht mehr erkennen.

Obwohl niemand zu sehen war, konnte er förmlich die Anwesenheit einer anderen Person spüren, die ihn beobachtete. Shannon konnte es nicht sein, wie er nach einem kurzen Blick auf sein Handy feststellte, über das er auch das Bild der Sicherheitskamera abrufen konnte. Die Geisel hatte sich wieder in die Mitte des Raumes zurückgezogen und bewegte sich nicht. Da er dem Beobachter nicht zeigen wollte, dass er ihn bemerkt hatte, tat Derek so, als würde er den Keller wieder verlassen. Dabei machte er genug Lärm, um ihn in falscher Sicherheit zu wiegen. Anstatt aber in sein Büro zurückzukehren, schlich er leise wieder die Treppe hinunter.

Es konnte verschiedene Gründe haben, warum sich jemand hier aufhielt, aber normalerweise hätte sich derjenige zu erkennen gegeben. Dass er es nicht getan hatte, zeigte schon, dass er nicht gesehen werden wollte. Und das war für ihn als Sicherheitschef im Lager nicht akzeptabel. Besonders nicht, wenn sich hier unten eine Geisel befand, auf die Eric sehr viel Wert legte. Sollte sie entkommen oder befreit werden … Derek mochte sich nicht ausmalen, wie unangenehm sein Leben dann werden würde. Auch wenn er gegen die Entführung gewesen war, musste er doch dafür sorgen, dass nichts den reibungslosen Ablauf ihrer Pläne störte. Das zählte für ihn mehr als alles andere.

Lautlos bewegte er sich in den tiefen Schatten an der Wand entlang. Da sich der Beobachter nur in einer der Nischen auf dieser Seite des Gangs aufhalten konnte, war Derek für ihn unsichtbar. Zumindest bis er sich direkt vor ihm befand, und dann würde es zu spät sein. Adrenalin pulste durch seine Adern und schärfte seine Sinne. Wenige Schritte weiter stieg ihm ein unerwarteter Geruch in die Nase. Irritiert blieb er stehen und roch an seiner Kleidung. Nein, daher konnte der Duft nicht kommen. Es war nur ein leichter Hauch, aber Derek wusste, wo er ihn schon einmal gerochen hatte.

Seine Muskeln spannten sich an, und er fluchte tonlos. Das hatte ihm gerade noch gefehlt. Zwar hätte er sich sagen können, dass sein Instinkt richtig gewesen war, aber das würde die Komplikationen auch nicht mindern, die gerade auf ihn zukamen. Mit gehöriger Wut im Bauch schlich er weiter und hatte die Quelle des Geruchs fast erreicht, als er hinter sich Schritte auf der Treppe hörte. Verdammt, auch das noch! Ohne nachzudenken handelte er instinktiv und überwand schnell die letzten Meter. Mit einem Sprung tauchte er in die Nische ein.

Vanessa hatte gerade gedacht, dass sie endlich den Keller verlassen konnte, als auf der Treppe erneut Schritte erklangen. Kam dieser elende Sicherheitschef etwa noch einmal wieder? Irgendetwas musste ihn dazu gebracht haben, in den Keller zu kommen und das Schloss des Raumes, in dem Shannon festgehalten wurde, zu prüfen. Als er wieder gegangen war, hatte Vanessa angenommen, die Tatsache, alles unverändert vorzufinden, hätte ihn zufriedengestellt. Zwar hatte sie hier unten keine Kameras gesehen, aber es war möglich, dass sie versteckt angebracht waren. Lange hatte sie überlegt, ob sie das Risiko eingehen sollte, aber sie hatte zum einen herausfinden wollen, wo Shannon sich befand und ob es ihr gut ging, und zum anderen die Lage der Räume erkunden wollen. Immerhin wusste sie jetzt, dass im Haus keine Waffen oder Sprengstoffe gelagert wurden.

Dummerweise war sie hier aber auch gefangen. Solange sich jemand in der Nähe befand, konnte sie nicht zu ihrem Raum zurückkehren. Hoffentlich kam Eric nicht auf die Idee, nach ihr zu sehen. Vorsichtig schob sie den Kopf vor, um zu erkennen, wer hier nachts herumlief. Etwas prallte mit Wucht gegen sie, und sie stolperte nach hinten. Bevor sie reagieren konnte, hatten sich Arme um sie geschlungen, und sie wurde gegen eine feste Männerbrust gepresst. Eine Hand lag über ihrem Mund. Stumm begann sie, gegen die Umklammerung anzukämpfen, während sie versuchte, die Panik zurückzudrängen.

»Keinen Ton.«

Die Stimme war nur ein Hauch, aber Vanessa erkannte sie trotzdem. Derek! Dieser elende … Es dauerte einen Moment, bis sie es hörte: Schritte im Gang. Wer auch immer da kam, war nicht der Sicherheitschef, denn der befand sich dicht an sie gepresst in der kleinen Nische. Doch wer könnte sich hier noch aufhalten und vor allem: Warum versteckte Derek sich mit ihr? Im Gegensatz zu ihr hatte er doch jedes Recht, hier unten zu sein. Sie konnte sich nicht vorstellen, dass er es tat, um sie zu decken. Was hätte er davon? Außer er wollte die Tatsache verschleiern, dass er die Sache nicht unter Kontrolle hatte und sie seiner Bewachung entgangen war. Ja, das musste es sein.

Vanessa erstarrte, als sie hörte, wie die Tür der Zelle aufgeschlossen und entriegelt wurde. Es konnte nur einen Grund haben, warum mitten in der Nacht jemand die Gefangene sehen wollte. Oder vielmehr zwei, und keiner davon gefiel Vanessa. Sie versuchte, Dereks Griff abzuschütteln, aber er hielt sie nur noch fester. Ihre gesamte Vorderseite war an seine gepresst, sie konnte jeden Muskel und jede Erhebung spüren. Ohne es zu wollen, erhöhte sich ihr Herzschlag, ihre Haut begann zu kribbeln. Über sich selbst entsetzt, versuchte sie von ihm abzurücken, aber das ließ er nicht zu. Sein Atem strich über ihre Schläfe, und sie spürte, wie sich an ihrem Bauch etwas rührte.

»Halt still.« Sein Flüstern erklang direkt an ihrem Ohr, und diesmal hörte sie auf ihn. Es war zu dunkel um seinen Gesichtsausdruck zu erkennen, aber sie glaubte, in seiner Stimme das gleiche Unbehagen erkannt zu haben, das auch sie spürte.

»Los, hoch mit dir!« Die Stimme drang laut über den Gang.

Vanessa erkannte sie eindeutig als Erics. Sie hatte gehofft, dass er inzwischen längst schlafen würde, aber offensichtlich hielt er es für wichtiger, Shannon zu schikanieren. Hatte er bemerkt, dass sie ihm dicht auf den Fersen waren? Unwillkürlich hielt sie den Atem an. Wenn er ihre Anwesenheit hier mit seiner Geisel in Verbindung brachte, konnte das – nein, würde das – unangenehme Folgen haben, sowohl für sie selbst als auch für Shannon. Und das konnte sie nicht zulassen. Automatisch griff sie nach ihrer Waffe, doch sie war nicht dort. Kein Wunder, sie hatte sie schließlich im Auto lassen müssen und hier hatte sie noch keine gefunden, die sie unbemerkt hätte entwenden können.

»Was wollen Sie von mir?« Furcht klang deutlich in Shannons Stimme mit, genauso wie Entschlossenheit. Gut so, sie würde diese Kraft brauchen, wenn sie hier lebend herauskommen wollten.

Vanessa versuchte, etwas zu sehen, doch so sehr sie ihren Hals auch verrenkte, um über Dereks Schulter zu blicken, außer einem leichten Lichtschimmer vom Gang war nichts zu erkennen. Anscheinend waren sowohl Eric als auch Shannon immer noch in dem Raum. Und sie konnte wohl kaum dort hineinstürmen und es ohne Waffen mit dem Anführer der Terroristen aufnehmen. Mal ganz davon abgesehen, dass Derek sie immer noch festhielt und damit verhinderte, dass sie eingriff.

»Gerade haben die Leute deines Bruders vier meiner Männer aus dem Verkehr gezogen. Ich dachte, ich hole mir bei dir eine kleine Entschädigung dafür.«

Vanessa spürte, wie sich Dereks Muskeln anspannten. Ob es daran lag, dass vier seiner Freunde gerade verhaftet oder gestorben waren, oder daran, dass Shannon in Gefahr schwebte, konnte sie nicht sagen. Vermutlich Ersteres, schließlich gehörte er zu der Terrorgruppe. Warum vergaß sie das immer wieder? Sie sollte sich daran erinnern, wie er sie abgetastet hatte, und sich nicht davon einwickeln lassen, wie gut sich sein Körper an ihrem anfühlte. Oh verdammt, was dachte sie denn da? Er war ein Verbrecher, ein Mörder! Wie konnte sie das auch nur für eine Sekunde vergessen? Sie sollte sich davor ekeln, von ihm berührt zu werden und nicht so etwas wie Erregung dabei empfinden. Auch wenn sie schon lange nicht mehr mit einem Mann zusammen gewesen war und Derek rein äußerlich dem sehr nahe kam, was sie anziehend fand.

»Clint ist hier?« Ein Hoffnungsschimmer lag in Shannons Frage.

Eric lachte geringschätzig. »Noch nicht, aber er wird es bald sein, wenn er dich noch einmal lebend wiedersehen will. Was meinst du, bist du deinem Bruder wichtig genug?«

Schweigen erfüllte den Raum, und Vanessa hielt unwillkürlich den Atem an.

»Ja, ich wäre mir an deiner Stelle auch unsicher. Die liebe Karen hat sich jedenfalls geweigert, sich gegen dich austauschen zu lassen. Solltest du hier lebend rauskommen – und danach sieht es momentan nicht aus, wenn ich ehrlich bin –, würde ich mir Gedanken darüber machen, auf wen ich mich verlasse. Offensichtlich ist deiner Familie ihre eigene Sicherheit wichtiger als du.«

»Und Sie haben offenbar keine Ahnung von den Hunters. Sie würden nie jemanden im Stich lassen, selbst wenn es sie ihr Leben kostet. Das kann jemand wie Sie natürlich nicht nachvollziehen.«

Vanessa hielt den Atem an in der Befürchtung, dass Eric sich für diese Bemerkung rächen würde.

Doch als er sprach, war seine Stimme ruhig. »Oh doch, genau damit rechne ich. Sonst hätte ich dich schon längst getötet, als ich gemerkt habe, dass diese Idioten die falsche Frau entführt haben. Du bleibst so lange am Leben, wie Clint Hunter das tut, was ich sage. Tut er das nicht …« Er brach ab, und Vanessa konnte beinahe sein Schulterzucken hören.

Ein Frösteln lief durch ihren Körper, obwohl es gar nicht sie selbst war, die so kaltherzig von Eric bedroht wurde. Hoffentlich machte Clint keinen Fehler, denn es bedurfte nicht viel, um Eric davon zu überzeugen, dass Shannon für ihn keinen Wert mehr hatte. Und Vanessa wusste nicht, ob sie schnell genug würde eingreifen können. Besonders wenn Derek an ihr klebte wie eine Schmeißfliege. Im wahrsten Sinne des Wortes. Gerade zog er sie wieder dichter an sich, so als handelte er instinktiv auf ihr Zittern.

»Er wird Sie vernichten, Sie und Ihre Bande von Terroristen. Leute wie Sie verspeist er zum Frühstück!« Shannons Stimme war mit jedem Wort lauter geworden, als wollte sie sich selbst davon überzeugen.

Vanessa schnitt eine Grimasse. Es war nicht gerade klug, einen Terroristen gegen sich aufzubringen, besonders wenn man sich alleine in einem dunklen Keller mit ihm befand. Ihre Nackenhaare richteten sich auf, als sie ein leises Stöhnen hörte.

»Überleg dir gut, wie du mit mir sprichst, bisher habe ich dich gut behandelt, aber ich kann auch ganz anders.«

Ja, das konnte Vanessa sich vorstellen. Und sie wollte es nicht miterleben. Noch einmal versuchte sie, sich von Derek zu lösen, doch wieder hielt er sie fest. Seine Lippen berührten ihr Ohr.

»Rühr dich nicht vom Fleck. Wenn du abhaust, werde ich dich nicht mehr decken.« Er ließ sie los, bevor sie seine Worte richtig begriff.

Erstaunt stand sie da, während er sich umdrehte und in den Gang hinaustrat. Dann bewegte sie sich nach vorne und beobachtete, wie er direkt auf die offene Zellentür zuhielt. Was hatte das zu bedeuten? Würde er Eric davon abhalten, Shannon etwas zu tun, oder ihm sogar dabei helfen? Verwirrt sah sie dabei zu, wie er im Schatten einer weiteren Nische an der Tür vorbeischlich und ein Stück den Gang hinunterging. Kurz vor der Treppe blieb er stehen und drehte sich wieder um. Seine Hand griff in seinen Hosenbund und zog eine Pistole heraus. Nachdem er sie kontrolliert hatte, steckte er sie wieder weg. Dabei ging sein Blick zu ihrem Standort, so als wüsste er genau, dass sie ihn beobachtete. Gut, dafür brauchte man vermutlich auch kein Diplom.

Einen Moment lang starrten sie sich einfach nur an, dann machte er eine unauffällige Handbewegung, die nicht zu missdeuten war. Sie sollte sich in die Nische zurückziehen. Seltsamerweise gehorchte Vanessa, ohne lange darüber nachzudenken. Erst als ihr Rücken gegen die Wand stieß, kam Widerspruch in ihr auf. Aber sie war nicht so dumm, die Chance, die er ihr gegeben hatte, zu verspielen. Noch ahnte Eric nicht, dass sie hier war, und so sollte es auch bleiben. Würde er anfangen, sie zu verdächtigen, wäre ihre Mission gescheitert.

20

Derek bemühte sich nicht, seine Schritte zu verdecken. Wenn er etwas erreichen wollte, musste Eric ihn hören und denken, dass er gerade erst in den Keller gekommen war, um herauszufinden, was in der Zelle los war. Die Ausrede war gut, und Eric hatte keinen Grund, an ihm zu zweifeln. Zumindest nicht, was die Gefangene betraf. Schließlich hatte er ihm selbst den Auftrag gegeben, dafür zu sorgen, dass niemand in die Nähe der Zelle kam. Und genau das würde er tun, selbst wenn es Eric war.

»Was geht hier vor?« Derek begann zu sprechen, bevor er die offene Tür erreichte. »Oh, du bist es, Eric. Ich dachte schon, es wäre einer der beiden Idioten, die versuchen, noch einmal bei Shannon zu landen.« Wobei das noch sehr harmlos ausgedrückt war. Wenn er sich daran erinnerte, wie sie ausgesehen hatte, als diese Kerle sie auf den Boden gedrückt hatten … Mühsam vergrub Derek die Wut tief in sich. Es würde nichts bringen, Eric zu zeigen, wie sehr ihn die Erinnerung belastete.

Im schwachen Lichtschein konnte er sehen, wie Eric den Kopf hob und ihn anstarrte. »Was machst du denn hier?« Eine Hand hatte er in Shannons Haaren vergraben, die andere lag auf ihrem Oberschenkel.

Derek lehnte sich mit der Schulter an den Türrahmen. »Du hast doch gesagt, ich soll im Auge behalten, ob hier alles ruhig bleibt.«

Eric erhob sich langsam, und Shannon krabbelte sofort rückwärts, bis sie die Wand erreichte. Es gab Derek einen Stich, ihre weit aufgerissenen Augen zu sehen. Mit den Händen strich Eric über sein Hemd. »Ich dachte, du wolltest bald ins Bett gehen.«

»Ich hatte noch Arbeit, deshalb habe ich nebenbei das Kamerabild im Auge behalten.«

Eine Weile sagte Eric gar nichts, sondern blickte ihn nur an. Dann nickte er knapp. »Gut. Ich will nicht, dass jemand außer mir sie anfasst. Morgen ist ihr großer Tag, da muss sie ausgeruht sein.«

Dereks Magen zog sich zusammen. »Hast du mit Hunter gesprochen?«

Ein Hauch seines üblichen Grinsens zog über Erics Gesicht. »Noch nicht, aber er wird morgen kommen, wenn er nicht will, dass ich ihm seine Schwester in Einzelteilen zuschicke.«

Derek wusste, dass Eric nicht übertrieb, sondern jedes Wort genauso meinte, wie er es sagte. Shannons Zeit lief ab. »Dann sorge ich dafür, dass sie eine ruhige Nacht verlebt.«

Eric nickte noch einmal und trat dann auf den Gang hinaus. »Schließ ordentlich ab.«

Während er auf Erics Schritte lauschte, die sich die Treppe hinaufbewegten, blickte Derek Shannon an. Erst als er das Schließen der Tür am oberen Ende hörte, sprach er sie an. »Sind Sie verletzt?«

Shannon rappelte sich mühsam auf und kam auf ihn zu. »Nur ein paar blaue Flecken. Danke für Ihr Eingreifen.«

Derek neigte den Kopf. »Sie sollten ihn nicht reizen.«

Ihr Gesicht rötete sich, sie ballte ihre Fäuste. »Soll ich einfach darauf warten, dass er mich umbringt? Das kann ich nicht!«

»Wenn Sie nicht aufpassen, wird er Sie tatsächlich töten.« Rückwärts trat er aus dem Raum und griff nach der Tür.

Shannon berührte seinen Arm. »Bitte, helfen Sie mir. Lassen Sie mich gehen.«

Derek schüttelte den Kopf. »Das kann ich nicht.«

Die Hoffnung schwand aus ihren Augen, ihr Arm fiel herab. »Ich verstehe.«

Nein, das tat sie nicht, aber er konnte es ihr auch nicht erklären. Mit einem bitteren Geschmack im Mund schloss er die Tür und schob den Riegel vor. Das Geräusch des Schlüssels klang endgültig.

Mit schweren Schritten kehrte er zu der Nische zurück, in der er sich vorher versteckt hatte. Es war ein Risiko gewesen, aber er hatte nicht zulassen können, dass Vanessa sich in irgendeiner Weise einmischte. Erics Reaktion darauf wollte er lieber nicht miterleben, aller Wahrscheinlichkeit nach hätte er sie ebenfalls eingesperrt oder im schlimmsten Fall sogar getötet. Wenn es um sein Geschäft ging, ließ Eric nichts dazwischenkommen – schon gar keine Frau. Wie anziehend er sie auch finden mochte, letztlich war sie austauschbar. Vanessa würde das nicht wissen, sondern denken, sie könnte Eric irgendwie bezirzen, damit er sie gehen ließ. Höchst unwahrscheinlich.

Da er durch die Beleuchtung im Gang nichts sehen konnte, tastete er in die Nische und traf auf einen warmen Körper. Er hatte fast erwartet, dass Vanessa verschwunden sein würde, stattdessen war sie seinem Befehl gefolgt. Interessant. Vor allem aber war er froh, nicht noch mitten in der Nacht nach ihr suchen zu müssen. Das hätte seine Laune keineswegs verbessert. Er tastete nach ihrem Handgelenk und zog sie daran nach vorne. Das schwache Licht traf auf ihr Gesicht und offenbarte das wütende Funkeln ihrer Augen. Jedenfalls glaubte er, dass es Wut war und nicht etwa Verlangen. Zu schade eigentlich, aber es war sicher besser so. Noch mehr Komplikationen konnte er wirklich nicht gebrauchen.

»Was …?«

Rasch presste er eine Hand über ihren Mund. Dann lehnte er sich vor und sprach direkt in ihr Ohr. »Kein Wort, bis wir irgendwo sind, wo uns niemand belauschen kann.« Ihr Duft stieg in seine Nase und ließ ihn für einen Moment vergessen, warum er ihr so nah war. Er atmete tief ein und schloss die Augen. Zu lange war es her, dass er die seidigen Haare einer Frau an seiner Wange gespürt hatte.

Eine Faust landete in seinem Magen und ließ ihn zurückzucken. Verdammt, er musste wirklich lernen, die Verlockung zu ignorieren. Eric fände es sicher nicht lustig, wenn sein Sicherheitschef seiner neuesten Errungenschaft hinterherhechelte. Derek fing ihre Faust ein, bevor sie ihn noch einmal schlagen konnte und drückte sie warnend. »Komm jetzt.«

Dicht an der Wand entlang bewegten sie sich auf die Treppe zu. Derek ging voran, um besser reagieren zu können, sollte jemand die Stufen herunterkommen. Wobei das eher unwahrscheinlich war, die anderen schliefen längst und Eric hatte sich bestimmt zurückgezogen, um das weitere Vorgehen zu planen. Oder er würde versuchen, noch einmal bei Vanessa zu landen. Wenn er bemerkte, dass sie nicht in ihrem Zimmer war, würde er sich auf die Suche nach ihr begeben. Es wäre denkbar ungünstig, wenn er sie in der Gesellschaft seines Sicherheitschefs antraf. Aber Derek konnte sie auch nicht alleine durch das Gebäude laufen lassen.

Mit zusammengebissenen Zähnen führte er Vanessa nach oben und brachte sie zu seinem Büro. Hier war er sicher, dass niemand sie belauschen konnte, während das Gästezimmer unter Beobachtung stand. Eric hatte es extra so eingerichtet, falls er einem Besucher nicht vertraute und herausfinden wollte, was dieser zu verbergen hatte. Derek hätte die Videoüberwachung anschalten können, aber er hatte absichtlich darauf verzichtet, um sich nicht von seiner eigentlichen Aufgabe abzulenken. Jetzt fragte er sich, ob es nicht ein Fehler gewesen war, so hätte er Vanessa gleich aufhalten können, als sie das Zimmer verlassen hatte.

Derek schaltete das Licht an, schloss die Tür des Büros hinter ihnen und lehnte sich dann mit dem Rücken dagegen. Der Raum hatte kein Fenster, aber das störte ihn nicht. Die meiste Zeit starrte er sowieso auf den Monitor. Mit Vanessa nur wenige Meter von ihm entfernt wünschte er fast, es gäbe etwas, womit er sich von ihr ablenken könnte. Sie hatte sich auf die andere Seite des Raumes zurückgezogen. Mit über der Brust gekreuzten Armen stand sie da und starrte ihn misstrauisch an. Interessant, müsste nicht jemand, der beim Schnüffeln erwischt worden war, ängstlich wirken? Oder zumindest nervös?

Vanessa wirkte wie keines von beidem, sondern eher … Er konnte nicht erraten, was ihr durch den Kopf ging, er wusste nur, dass sie nicht handelte wie eine etwas einfältige Frau, die sich von einem ihr unbekannten Mann in ein Waldlager hatte abschleppen lassen. Ihre Bluse hatte sie abgelegt und trug zu schwarzen Leggins nur ein schwarzes, tief ausgeschnittenes und enganliegendes Top. Damit wurden ihre schlanke Figur und die endlos langen Beine wunderbar zur Geltung gebracht, genauso wie die helle Haut mit den Sommersprossen. Die roten Haare hatte sie zu einem lockeren Knoten auf ihrem Kopf zusammengefasst. Mit einem Wort: Sie sah heiß aus.

Derek spürte, wie sein Körper sich regte, zwang sich aber, Vanessa nichts davon zu zeigen. »Was hast du dort unten gemacht?« Die Frage kam in einem tiefen Grollen heraus, das sicher gut zu seinem Gesichtsausdruck passte.

»Die Toilette gesucht?« Sogar ihre Stimme hörte sich anders an – als hätte sie die Person, die sie Eric vorgegaukelt hatte, abgelegt und zeigte jetzt ihr wahres Gesicht.

»Die befindet sich neben deinem Zimmer. Nächster Versuch.«

Ihre grünbraunen Augen verengten sich. »Ich bin wach geworden und wollte mich nur ein wenig umsehen. Rausgehen mochte ich nachts nicht allein.«

Derek schnaubte. »Deshalb schleichst du im Dunkeln durch fremde Keller? Wohl kaum.«

»Ich fand die Architektur so interessant.«

Offensichtlich würde er keine vernünftige Antwort von ihr bekommen. Nicht, dass er eine erwartet hätte, aber trotzdem war er enttäuscht. »Wenn du nicht mit mir redest, werde ich Eric melden, dass du dich dort unten herumgetrieben hast.«

Eine ihrer Augenbrauen hob sich. »Dann sage ich ihm, dass du mich dort in eine Nische gedrängt und angefasst hast. Was denkst du, wem er glauben wird?«

Derek mochte mutige Frauen, doch im Moment war das mehr als lästig. »Mir. Auch wenn er vielleicht auf dich nicht so wirkt, geht bei ihm das Geschäft immer vor. Und du bist austauschbar für ihn, vergiss das nicht.«

Mit einem Lächeln, das nicht bis zu ihren Augen reichte, schlenderte sie auf ihn zu. Sein Körper bereitete sich auf einen Angriff vor, während sein Blick kurz in ihren tiefen Ausschnitt tauchte. Die weißen Hügel ihrer Brüste quollen daraus hervor, und er glaubte sogar, die obere Rundung ihrer Brustspitzen über dem Stoff aufblitzen zu sehen. Fast noch mehr faszinierten ihn aber beinahe die Sommersprossen, die sich von ihrem Dekolleté bis zum Ansatz ihrer Brüste zogen. Zu gern hätte er gewusst, ob …

Abrupt riss er den Kopf hoch und sah sich Vanessas abschätzigem Blick ausgesetzt. Verdammt, er sollte es besser wissen, als sich vom Körper einer Frau ablenken zu lassen. Selbst wenn er noch so unglaublich war. In ihren Augen konnte man allerdings auch versinken, aus der Nähe waren sie noch viel faszinierender. Das Grün war mit braunen Punkten gesprenkelt, ein dunklerer Ring zog sich um die Iris. Vor allem konnte er aus der Nähe ihre Reaktion sehen, als er die Hand ausstreckte und mit einem Finger über ihren Hals fuhr. Ihre Pupillen weiteten sich, und er hörte ihr überraschtes Einatmen.

Ein Blick nach unten zeigte, dass sich ihre Brustwarzen zusammengezogen hatten. Offenbar war die unerwartete Anziehung durchaus gegenseitig. Was die Sache auch nicht unbedingt besser machte. Bedauernd zog er seine Hand zurück. Er hatte einen Job zu erledigen und durfte keine Ablenkung zulassen, so gerne er auch würde. Außerdem war sie Erics Eroberung und sollte damit für ihn tabu sein. Bisher hatten ihn die Frauen, die Eric aufgegabelt hatte, auch nie interessiert, doch diese hier war anders. Geheimnisvoll und intelligent.

Deutlich konnte er den Moment sehen, in dem Vanessa erkannte, dass sie ihren Schutz vernachlässigt hatte. Es war wie eine Maske, die sich über ihr Gesicht schob. Nur in ihren Augen brannte noch ein Feuer, das ihn zu verbrennen drohte. »Ich glaube nicht, dass Eric mich so schnell wieder gehen lassen wird.« Ihre Stimme klang heiser.

»Oh doch.« Nur vermutlich nicht so, wie sie das sicher glaubte. Erst würde er sie benutzen und dann wegwerfen. Dereks Magen zog sich zusammen, als er erkannte, dass er es bei Vanessa nicht zulassen konnte. Und das machte ihn und vor allem seine Pläne angreifbar.

»Was meinst du, wenn ich jetzt schreie, wird er mir dann glauben, dass du mich angegriffen hast?« Der harte Ausdruck in ihren Augen zeigte, dass sie es ernst meinte.

Bevor sie ihren Plan in die Tat umsetzen konnte, hatte Derek sie gepackt, sich mit ihr umgedreht und ihren Rücken an die Tür gepresst. Er senkte den Kopf und legte den Mund an ihre

Lippen, um jeden Ton zu ersticken. Eine Schrecksekunde lang hielt sie sich völlig starr, dann begann sie gegen ihn zu kämpfen. Er presste seine Hüfte an ihre, um zu verhindern, dass sie ihn trat, und hielt ihre Arme mit einer Hand über ihrem Kopf zusammen. Seine freie Hand grub er in ihre Haare und zog ihren Kopf leicht nach hinten, um besseren Zugang zu ihrem Mund zu haben. Sie versuchte, ihn zu beißen, doch er brachte sich rechtzeitig in Sicherheit.

Ihr Atem strich über seine Lippen, und für einen Moment vergaß er, weshalb er hier war. Wie von selbst beugte er sich wieder vor und berührte ihren Mund mit seinem. Sanfter diesmal, seine Zunge strich über ihre Oberlippe. Vanessa gab einen rauen Laut von sich, der seine Erregung noch steigerte. Eine Mischung aus Protest und Verlangen schien darin zu liegen. Die Spannung verließ ihre Arme, ihre Hüfte schob sich gegen seine. Ihre Augen schlossen sich, zaghaft erwiderte sie seinen Kuss. Derek lockerte seinen Griff in ihren Haaren und massierte sanft ihren Nacken. Ohne es zu wollen, versank er in den Gefühlen, die Vanessas Nähe in ihm auslöste.

Oh Gott, was tat sie hier? Selbst als sie das dachte, küsste sie Derek verlangend. Auch wenn es falsch war, es fühlte sich so gut an, von ihm gehalten zu werden, sein muskulöser Körper an ihrem, seine Hand in ihren Haaren. Und sein Kuss – er wusste eindeutig, wie er seine Zunge einsetzen musste. An ihrem Bauch konnte sie seinen harten Schaft spüren, ein Zeichen, dass er genauso gefangen war wie sie. Nie hätte sie erwartet, so etwas zu fühlen, wenn ein Terrorist sie küsste. Dieser Gedanke kühlte ihre Erregung ein wenig ab, auch wenn Vanessa sie nicht ganz abschütteln konnte.

Derek hatte ihre Hände losgelassen, und sie schlang sie automatisch um seine Taille. Sie sollte ihn wegstoßen, aber es gelang ihr nicht. Zu lange war es her, dass ein Mann solche Gefühle in ihr ausgelöst hatte. Außerdem, wenn sie ihn damit in Sicherheit wiegen konnte und ihn auf ihre Seite zog, umso besser. Noch während dieser Gedanke durch ihren Kopf schoss, musste sie sich eingestehen, dass sie ihn nicht deshalb küsste. Das tat sie nur zu ihrem eigenen Vergnügen, alles andere spielte keine Rolle.

Seine zweite Hand legte sich über ihre Rippen, und Vanessas Herzschlag schoss in die Höhe. Automatisch schob sie ihre Hüfte nach vorne und rieb sich an seinem Oberschenkel. *Das war Wahnsinn, sie sollte ihren Kopf untersuchen lassen!* Sein Daumen strich über die Unterseite ihrer Brust und löste damit einen Schauer aus. Ihre Brustspitze zog sich fester zusammen, der Stoff ihres Oberteils rieb erregend darüber. Ihre Hände gruben sich in seinen Pullover, ein verlangender Laut entfuhr ihr. Dann tauchte sein Finger in ihren Ausschnitt und berührte ihre Brustspitze. Ein Pfeil reiner Lust schoss durch ihren Körper.

Vanessa riss die Augen auf und tauchte in seinen Blick. Das Braun seiner Iris wirkte beinahe schwarz, die Erregung darin war unübersehbar. Durch die Lust wirkten seine Gesichtszüge noch härter als sonst, und Vanessa wurde wieder bewusst, dass sie ihn überhaupt nicht kannte, auch wenn er ihren Körper zum Singen brachte. Ein Teil ihres Verstandes kehrte zurück, und sie ließ ihre Hände an seinem Rücken nach unten gleiten. Wieder küsste sie ihn, doch diesmal behielt sie ihre Mission im Hinterkopf. Sie wusste genau, wo seine Waffe steckte, und bewegte ihre Finger vorsichtig darauf zu.

Gerade als ihre Fingerspitzen die Pistole berührten, schloss sich etwas um ihre Handgelenke. Erst jetzt bemerkte sie, dass Derek nicht mehr ihre Brust berührte. Rückwärts drängte er sie an die Tür, und sie konnte sich nicht mehr rühren. Sein

Schaft presste sich weiterhin heiß und hart gegen ihren Bauch. Hatte er vielleicht gar nicht bemerkt, dass sie nach seiner Waffe gegriffen hatte und hielt das für einen Teil des Vorspiels? Langsam hob sie den Blick und war dem harten Ausdruck in seinen Augen schutzlos ausgeliefert.

Er löste seine Lippen von ihren. »Was wolltest du damit erreichen? Ich hätte dich bestimmt nicht mit meiner Pistole gehen lassen.«

Vanessa beschloss, mit dem Versteckspiel aufzuhören. Derek hatte sie sowieso durchschaut. »Ich hätte dich erschießen können.«

Sein Mund verzog sich zu einem schiefen Lächeln. »Sehr unwahrscheinlich.«

»Warum? Glaubst du, ich könnte das nicht?« Auch wenn sie ihr Aussehen oft zur Tarnung nutzte, nervte es sie, dass Derek sie deshalb unterschätzte.

Seine Finger schlossen sich fester um ihre Handgelenke. »Nein, aber du würdest es nicht tun, weil ein Schuss das ganze Lager aufwecken würde. Du würdest nie entkommen.«

»Wer sagt, dass ich entkommen will?«

Seine Augen verengten sich. »Was immer du vorhast, die anderen würden dich nicht lange genug am Leben lassen, um es zu erledigen.«

Damit hatte Derek unglücklicherweise recht. Es war ein Wagnis gewesen, nach seiner Waffe zu greifen, und sie hatte verloren. Die Frage war nur, was er jetzt unternehmen würde. Wenn er es Eric erzählte, war ihre Tarnung aufgeflogen, und er würde sie sofort töten oder im besten Fall aus dem Lager werfen. Wobei Letzteres nicht sehr wahrscheinlich war, besonders, wenn er erfahren würde, dass sie im Keller gewesen war.

Derek ließ sie los und trat einen Schritt zurück. Ihr Körper schmerzte, als der Kontakt abrupt endete. Ihre Brust hob und senkte sich unter ihren heftigen Atemzügen, und sie war ziemlich sicher, dass ihre helle Haut gerötet war. Der Knoten, zu dem sie ihre Haare hochgebunden hatte, hatte sich gelöst, und die langen Strähnen umgaben wirr ihr Gesicht. Einen Moment lang starrten sie sich nur stumm an, dann strich Derek mit dem Zeigefinger über ihre Brustspitze. Es war nur der Hauch einer Berührung, doch er lief wie eine Schockwelle durch ihren Körper. Die Erregung brach wieder hervor, und Vanessa schaffte es gerade noch, sich nicht auf Derek zu stürzen. Sie blickte an sich hinunter und stellte entsetzt fest, dass der Ausschnitt ihre Brust freigelegt hatte. Niemand konnte übersehen, wie sehr sie Dereks Berührungen genoss: Ihre Brustwarze war steil aufgerichtet.

Mit einem unartikulierten Laut schlug sie Dereks Hand beiseite und zog den Stoff zurecht. Zwar waren die harten Spitzen darunter immer noch deutlich auszumachen, aber sie fühlte sich wenigstens nicht mehr ganz so nackt. Verdammt, was hatte sie getan? Sie wusste es besser, als sich mit dem Feind einzulassen, besonders bei einer so heiklen Mission, wo es um das Leben von Menschen ging. War sie so ausgehungert nach menschlichem Kontakt, dass sie dafür alles aufs Spiel setzte? Noch dazu für einen Mann, von dem sie nicht mehr wusste als seinen Vornamen und dass sein Aussehen ihr gefiel und seine tiefe Stimme in ihr vibrierte.

Vielleicht hatte Dorians Tod sie doch mehr mitgenommen, als sie gedacht hatte. Wie immer, wenn sie sich daran erinnerte, wie sie ihn in seiner Wohnung aufgefunden hatte, entstand ein scharfer Schmerz in ihrer Brust. Ihre Hände ballten sich zu Fäusten, und sie versuchte, die widerstreitenden Gefühle in sich zu unterdrücken. Schon lange vor seiner Ermordung war sie nicht mehr mit ihm liiert gewesen, nur noch befreundet, es hatte also keinen Grund gegeben, warum sie sich nicht einen

Liebhaber hätte nehmen sollen. Doch das hatte sie nicht getan, sondern sich stattdessen in ihre Arbeit vertieft. Und jetzt zahlte sie den Preis dafür, dass sie ihre Bedürfnisse zu lange ignoriert hatte.

Vanessa hob das Kinn und versuchte, sich das Gefühlschaos in ihrem Innern nicht anmerken zu lassen. Jetzt durfte nur die Mission zählen. Shannons Leben hing davon ab – und ihr eigenes auch. Sie unterdrückte ein Zusammenzucken, als sie bemerkte, dass Derek sie die ganze Zeit beobachtet hatte. Seinen Gesichtsausdruck konnte sie nicht deuten, offenbar war er wesentlich besser darin, jemanden zu küssen, ohne etwas dabei preiszugeben, als sie.

»Geh jetzt schlafen, Eric steht meistens relativ früh auf.«

Verwirrt blickte Vanessa ihn an. Er würde sie einfach so gehen lassen? »Was wirst du ihm erzählen?«

Er drehte sich um und ging zu seinem Schreibtisch. »Was sollte ich denn sagen? Es ist nichts passiert.« Der Schreibtischstuhl knarrte, als er sich hinsetzte. »Und ich habe dich heute Nacht nicht gesehen.«

Eigentlich sollte sie froh sein, dass Derek schweigen würde, aber seltsamerweise störte es sie, dass er ihrem Kuss so wenig Bedeutung beimaß. Gleichzeitig verdrehte sie innerlich die Augen über ihre eigene Dummheit. Sie straffte den Rücken. »Genau, es ist nichts passiert.«

Das schiefe Lächeln tauchte für einen Sekundenbruchteil auf. »Zumindest nichts, das jemand außer uns wissen müsste.«

Noch immer durchschaute sie ihn nicht, aber das einzig Wichtige war jetzt, dass ihr kleines Abenteuer keine Konsequenzen haben würde. Und das war mehr, als sie vermutlich verdient hatte. Steif nickte sie ihm zu. »Danke.«

»Das Vergnügen war ganz auf meiner Seite.«

Bevor sie etwas dazu sagen konnte, hatte er bereits einen

Gegenstand vom Schreibtisch genommen und fummelte daran herum. Offenbar war sie entlassen. Als hätte er sich nicht gerade noch hocherregt an ihr gerieben. Vanessa presste die Lippen zusammen, um nichts zu sagen, das sie später bereuen würde. Sie sollte froh sein, dass er sie einfach so gehen ließ. Dann sah sie, was er in der Hand hielt.

»Kann ich mein Handy wiederhaben?«

Derek sah auf. »Ich bin noch dabei, es zu reparieren. Du könntest es sowieso nicht benutzen, wir haben hier nur selten Empfang.«

Vanessa biss sich auf die Zunge, um nicht die Herausgabe zu verlangen. Vermutlich hätte sie hier wirklich keinen Empfang, und sie könnte das Handy auch nicht selbst reparieren. Vielleicht würde so wenigstens das GPS-Signal wiederhergestellt werden – sofern es nicht sowieso noch funktionierte und den anderen half, den Standort des Terroristenlagers zu finden. Außerdem würde sie nur die Aufmerksamkeit darauf lenken, wenn sie darauf bestand, es wiederzubekommen.

Deshalb zwang sie sich zu einem Lächeln. »Danke, das ist sehr nett. Dieses Handy ist das Einzige, was ich außer der Kleidung, die ich auf dem Leib trage, noch besitze.«

Derek blickte sie eindringlich an. »Ich werde gut darauf aufpassen.«

Was immer er damit auch meinte. Vanessa legte ihre Hand auf den Türgriff. »Wir sehen uns vermutlich morgen, oder?«

»Auf jeden Fall. Gute Nacht.«

Froh, dass die Weite des Raumes sie trennte, erwiderte Vanessa seinen Gruß und drückte die Klinke hinunter. Nachdem sie sichergestellt hatte, dass sich niemand im Gang aufhielt, schlüpfte sie hinaus und zog die Tür hinter sich zu. Bis auf ein schwaches Nachtlicht war es stockdunkel im Flur, und Vanessa tastete sich mit einer Hand an der Wand vorwärts. Am liebsten hätte sie Shannon befreit und sich mit ihr davongemacht, doch sie wusste, dass Derek das nicht zulassen würde. Außerdem würden sie im Dunkeln im Wald auch nicht weit kommen, und es war klar, was Eric mit ihnen tun würde, wenn er sie bei einem Fluchtversuch erwischte. Nein, es war sicherer, auf die anderen zu warten, die ihnen Rückendeckung geben würden.

Vorsichtig schlich Vanessa zu ihrem Raum und atmete erleichtert auf, als sie niemandem auf dem Weg dorthin begegnete. Lautlos schlüpfte sie hinein, schloss die Tür ab und durchquerte das Zimmer im Dunkeln. Mitsamt ihrer Kleidung legte sie sich ins Bett und schloss die Augen. Doch sie war durch die Ereignisse zu stark aufgewühlt, es dauerte lange, bis sie schließlich in einen unruhigen Schlaf sank.

21

Unruhig lief Red auf dem Flur des Krankenhauses auf und ab. Wie hatte das alles so schiefgehen können? Clint hatte sich darauf verlassen, dass sie seine Familie und die Ranch beschützten, und jetzt war nicht nur der Stall abgebrannt, sondern die Ärzte kämpften auf der Intensivstation um Karens Leben. Wie es die Terroristen geschafft hatten, an den SEALs vorbei ins Haus zu kommen, war ihm noch nicht ganz klar. Niemand hatte sie gesehen, obwohl vor den Eingängen Wachen stationiert gewesen waren. Es schien beinahe, als hätten die Verbrecher schon vorher gewusst, wo es Eingänge gab, wo welche Zimmer lagen und wie sie am besten einen Zugriff starten konnten. Wenn es nicht die Hunter-Ranch gewesen wäre, hätte er einen Insiderjob vermutet. Aber die Ermittlungen dazu würden warten müssen, bis Karen über den Berg war und die Familie in Sicherheit.

Erneut wendete Red und rieb dabei über seinen Oberschenkel. Sein Bein fühlte sich an, als würde jemand glühende Nägel in den Knochen schlagen, und die Bewegung machte es nicht gerade besser. Die Ärzte hatten sich die Verletzung ansehen wollen, aber er hatte abgelehnt. Noch einmal würde er Karen nicht aus den Augen lassen. Oder vielmehr die Tür zum Operationssaal. Er hatte Clint im Stich gelassen und Karen nicht beschützt. Dank des Unvermögens seines Teams hatte sie jetzt eine Kugel in der Seite und so viel Blut verloren, dass sie beinahe auf dem Weg ins Krankenhaus gestorben wäre. Jay war als Mitglied der Familie mitgeflogen, während das Team

Clints Mutter und Tochter mit dem Wagen zum Krankenhaus gebracht hatten.

Zwei von Reds Männern waren zurückgeblieben, um George Hunter zu schützen, der sich um das Chaos auf der Ranch kümmerte. Zwei der Terroristen waren tot, einer schwer verletzt, ein vierter leicht. Auch der Schwerverletzte war zum Krankenhaus gebracht worden, allerdings mit einem Krankenwagen. Clints Vater hatte die undankbare Aufgabe, der Polizei zu erklären, was vorgefallen war. Auch deshalb war das SEAL-Team ausgerückt, denn ihre Anwesenheit auf der Ranch zu erklären, wäre zu kompliziert gewesen, und sie konnten es sich nicht leisten, von der Polizei verhört zu werden, während sie eigentlich jemanden bewachen sollten.

Als sein Bein plötzlich nachgab, konnte Red sich gerade noch an der Wand abstützen und humpelte zu einem der Stühle, die einige Meter entfernt standen. Mit einem leisen Fluch ließ er sich daraufsinken und grub seine Finger in die verspannten Beinmuskeln. Es dauerte lange Zeit, bis der Schmerz halbwegs erträglich war. Erschöpft beugte Red sich vor und rieb über sein Gesicht. Wenn er die Augen schloss, sah er wieder vor sich, wie Karen auf ihn zugelaufen war. Selbst in der Dunkelheit des Waldes hatte er die Angst auf ihrem Gesicht gesehen, aber auch die Hoffnung, als sie ihn erblickt hatte.

Er war nur noch wenige Meter entfernt gewesen, als der Schuss Karen traf und sie zusammenbrach. Fast zeitgleich hatte er den Terroristen unschädlich gemacht, aber es war bereits zu spät gewesen. Als er endlich bei ihr angekommen war, hatte Red versucht, sie zu stützen und die Blutung zu stillen, doch es hatte nicht gereicht. Karen war ohnmächtig geworden und nicht wieder aufgewacht. Gott, er wollte Clint ihre letzten Worte nicht ausrichten, auch wenn Karen ihn darum gebeten hatte. Die erste Benachrichtigung hatte Jay übernommen, aber Red wusste, dass er sich bald bei Clint würde melden müssen.

Eigentlich wartete er nur noch auf die Bestätigung der Ärzte, dass Karen überleben und wieder aufwachen würde, aber es sah nicht so aus, als würde das in absehbarer Zeit geschehen. Länger würde er den Anruf wohl nicht mehr aufschieben können. Unruhig stand er wieder auf und humpelte den Gang entlang. Als hätte er seine Absicht erkannt, trat in diesem Moment Jay durch die Tür am Ende des Gangs und kam auf ihn zu. Tiefe Linien hatten sich in sein Gesicht gegraben, unter der Sonnenbräune wirkte er blass. Seine dunklen Augen musterten Red prüfend.

»Schon was gehört?«

Stumm schüttelte Red den Kopf. »Wie geht es Maya und deiner Mutter?«

Ein Muskel zuckte in Jays Wange. »Maya schläft. Mom versucht, sich nicht anmerken zu lassen, wie nah sie an einem Zusammenbruch steht. Die Ärzte haben sich ihre Verletzung angesehen und ihr geraten, sich hinzulegen, aber sie weigert sich.«

Die typische Hunter-Sturheit. Red sagte es aber nicht laut. »Ich muss mit Clint sprechen, kannst du solange hier die Wache übernehmen?«

»Das hatte ich sowieso vor. Wenn du schon draußen bist, lass auch gleich dein Bein untersuchen.«

»Das kann …«

Jay unterbrach ihn. »Das ist ein Befehl, Lieutenant Commander.«

Reds Muskeln spannten sich an. »Ich glaube nicht, dass du mir etwas zu befehlen hast.«

Sie waren etwa gleich groß, aber Red war deutlich kräftiger gebaut als Jay. Doch davon ließ der sich anscheinend nicht beeindrucken. »Mein Bruder ist nicht hier, also muss ich das offensichtlich übernehmen, da du nicht genug Verstand besitzt, dich selbst darum zu kümmern. Wie willst du jemanden hier beschützen, wenn du selbst kaum laufen kannst?«

Red wollte protestieren und Jay sagen, dass es ihn überhaupt nichts anging, aber schließlich stand hier die Sicherheit seiner Familie auf dem Spiel, da konnte er verstehen, dass Jay sich einmischte. So nickte er nur knapp. »Wenn etwas ist, melde dich.«

»Natürlich.«

Ohne ein weiteres Wort drehte Red sich um und humpelte den Gang entlang.

Jays Stimme erklang hinter ihm. »Übrigens, ich denke nicht, dass euch irgendeine Schuld trifft, genauso wenig wie meine Eltern. Und ich bin sicher, Karen würde mir zustimmen.«

Red blieb stehen, wandte sich aber nicht wieder um. »Ich nicht.« Schneller als zuvor bewegte er sich auf die Tür zu, doch er konnte seinen Schuldgefühlen nicht entkommen.

Clint zuckte zusammen, als sein Handy klingelte. Er traute sich fast nicht, das Gespräch anzunehmen, aus Angst, es könnten schlechte Nachrichten über Karen sein. Das hielt allerdings nur einen Sekundenbruchteil an, dann presste er das Telefon ans Ohr. »Ja?« Seine Stimme war noch rauer als sonst, deshalb räusperte er sich.

Einen Moment lang herrschte Stille. »Hier ist Red.«

Sein Herz hämmerte los. »Ist etwas mit Karen? Sie …« Seine Stimme versagte.

Ein gedämpfter Fluch drang durch die Leitung. »Entschuldige, ich wollte dich nicht erschrecken. Die Situation ist unverändert, sie wird noch operiert. Jay passt gerade auf sie auf, während ich dich anrufe.«

Clint schloss die Augen und lehnte seine Stirn an den Fensterrahmen. *Halte durch, Karen, bitte. Komm zu mir zurück.* »Okay.« Mehr brachte er einfach nicht heraus. Seine Kehle war wie zugeschnürt, und er wünschte, er wäre bei Karen und Maya und nicht mit den SEALs in der Hütte des alten Mannes. Zwar glaubte er, dass die Ärzte alles für Karen tun würden, was in ihrer Macht stand, aber er hatte das Gefühl, dass er bei ihr sein und sie daran erinnern sollte, wofür es sich zu leben lohnte. Was sollte er tun, wenn sie nicht wieder aufwachte? Wie sollte er ohne sie weiterleben? Aber das würde er müssen, schon allein um für Maya da zu sein. Clints Herz zog sich schmerzhaft zusammen, und er rieb über seine Brust, als könnte er so den Schmerz lindern.

»Clint, bist du noch da?« Reds Stimme drang durch den Hörer, und Clint wurde bewusst, dass sein Freund mit ihm geredet hatte.

»Ja, entschuldige, was hast du gesagt?« Er musste sich dringend wieder unter Kontrolle bringen, das Leben von Shannon, und möglicherweise auch von Vanessa, hing davon ab.

Red räusperte sich. »Es tut mir leid, dass ich mich jetzt erst melde. Ich habe bis eben vor dem Operationssaal gesessen.«

»Schon gut, Jay hat mich auf dem Laufenden gehalten, und mit meinen Eltern habe ich auch schon telefoniert.«

Das Bild, was sie gezeichnet hatten, gefiel ihm gar nicht. Sicher konnte jeder die Adresse der Ranch herausbekommen, aber die Aktion kam ihm bis ins kleinste Detail geplant vor, sonst wäre es den Terroristen nicht gelungen, an einem SEAL-Team vorbeizukommen. Außerdem mussten sie irgendwoher erfahren haben, dass Karen sich dort aufhielt, und sie hatten gewusst, dass Maya ihre Tochter war. Ein weiterer Hinweis darauf, dass die Terroristen von irgendjemandem Insiderinformationen bekamen. Doch von wem? Nur wenige waren eingeweiht worden, eigentlich nur die SEALs und einige wenige TURTs. Und für alle würden er und Matt die Hände ins Feuer legen.

Clint rieb über seinen Nacken. Irgendetwas mussten sie übersehen haben, und sie hatten keine Zeit zu verlieren, denn noch einen Angriff konnten sie sich nicht leisten. »Habt ihr schon was aus den überlebenden Terroristen herausbekommen?«

»Nein, der eine ist noch bewusstlos. Aber sowie er aufwacht, knöpfen wir ihn uns vor. Der andere ist in Polizeigewahrsam und redet nicht.«

»Finde heraus, woher sie wussten, dass Karen ins Spa fahren wollte und auf der Ranch geblieben ist. Und wie sie ungesehen ins Haus gekommen sind. Irgendetwas ist hier faul.«

»Das habe ich vor.« Reds Entschlossenheit war deutlich zu hören. »Wenn sie etwas wissen, werden sie reden.«

»Gut.«

»Clint …«

»Ja?«

Red holte tief Luft. »Es ist meine Schuld, dass die Terroristen an Karen herangekommen sind. Ich wusste, dass der Brand im Stall ein Ablenkungsmanöver war, aber ich bin zu sicher gewesen, dass kein Terrorist an meinem Team vorbeikommt. Und als ich gemerkt habe, dass dieses Schwein Karen in seiner Gewalt hatte, war ich zu langsam. Ein paar Sekunden eher und ich hätte ihn stoppen können, bevor sie verletzt wurde.« Ein beinahe verzweifelter Laut drang durch die Leitung. »Ich bin zu spät gekommen, Clint. Ich konnte nur noch versuchen, die Blutung zu stoppen und …« Red brach ab.

Clint hatte Mühe, durch seine zusammengezogene Kehle zu sprechen. »Ich bin froh, dass du bei ihr warst. Mach dir keine Vorwürfe, niemand hat damit gerechnet, dass sie es so schnell versuchen und vor allem so geschickt vorgehen würden. Du hast Karen gerettet, Red. Wärst du nicht gewesen, hätte der Terrorist …« Er konnte es nicht sagen. Entweder wäre Karen gleich dort getötet worden, oder sie hätten sie verschleppt und anschließend umgebracht.

Red räusperte sich. »Sie hat noch etwas gesagt, bevor sie das Bewusstsein verloren hat.«

»Was?« Das Wort war so rau, dass es kaum zu verstehen war.

Einen Moment lang herrschte Stille, so als müsste Red sich zwingen, es auszusprechen. »Dass sie dich und Maya liebt.«

Feuchtigkeit sammelte sich in Clints Augen, seine Hand schloss sich so fest um das Handy, dass es knackte. »Danke.« Angestrengt starrte er in die dunkle Nacht, doch er konnte nichts entdecken, das ihn von seinem Schmerz ablenkte. »Du glaubst nicht, wie gerne ich jetzt dort wäre, aber ich kann hier nicht weg. Shannon …«

»Karen wird das verstehen und würde sagen, dass du deine Schwester retten sollst. Deine Eltern und Jay sind hier und kümmern sich um sie, wenn sie wieder wach ist. Sie ist in guten Händen.«

»Ich weiß.« Trotzdem zerriss es Clint beinahe das Herz, nicht bei ihr sein zu können. »Sagt mir bitte sofort Bescheid, wenn sich etwas ändert.«

»Natürlich.« Red zögerte einen Moment. »Gibt es bei euch etwas Neues?«

»Leider nicht. I-Mac steht mit Joe Spade in Kontakt, und sie versuchen, auf der Basis von Vanessas letztem GPS-Signal einen möglichen Standort der Terroristen herauszufinden. Aber das ist ziemlich aussichtslos.«

»Mist. Was wollt ihr machen, wenn ihr nichts findet, bis sich der Terroristenanführer bei dir meldet?«

Clints Kiefer verspannte sich. »Ich werde alles tun, um Shannon zu retten.«

»Clint …«

Rasch unterbrach er seinen Freund, er wusste auch so, was er sagen wollte. »Meine Entscheidung, Red. Sorg du dafür, dass meine Familie in Sicherheit ist.«

»Aye, Captain. Pass verdammt noch mal auf dich auf! Ich würde es dir sehr übel nehmen, wenn du dich umbringen lässt.«

Das entlockte Clint ein Schnauben. »Ich werde mich bemühen, am Leben zu bleiben. Wir sprechen uns später.«

Als er sich umdrehte, stand Matt mit besorgtem Gesichtsausdruck hinter ihm. »Gibt es was Neues von Karen?«

»Unverändert, sie wird noch operiert.«

Matt legte seine Hand auf Clints Schulter. »Sie wird es schaffen. Karen ist stark, und sie wird dich und Maya nicht alleinlassen wollen.«

»Das hoffe ich. Wenn sie stirbt …« Clint brach ab und riss sich zusammen. Karen lebte noch, nur das zählte. Da er nichts an ihrem Zustand ändern konnte, konzentrierte er sich auf die heikle Lage von Shannon und Vanessa. »Hat sich Vanessa gemeldet?« Er konnte die Antwort bereits an Matts Miene ablesen.

Sorge verdunkelte seine grauen Augen. »Kein Wort. Aber damit habe ich auch nicht wirklich gerechnet. Wenn sie es geschafft hat, dem Anführer vorzugaukeln, dass er sie vor ihrem gewalttätigen Mann gerettet hat, wird sie nicht riskieren können, sich hier zu melden. Besonders wenn ihr Handy vielleicht kaputt ist, wie das gestörte GPS-Signal andeutet.«

Frustriert strich Clint mit den Händen über seine kurzen Haare. »Ich weiß, aber es macht mich verrückt, nichts zu wissen, nichts tun zu können.«

»Willkommen bei der Arbeit mit Undercover-Agenten. Was meinst du, woher ich die vielen grauen Haare habe?« Ein Hauch seines sonstigen Grinsens blitzte auf. »Rein theoretisch gesprochen, natürlich.«

Clint schüttelte den Kopf. »Was machen wir, wenn sie sich nicht meldet?«

Sofort wurde Matt wieder ernst, seine Sorge um Shannon war deutlich sichtbar. »Wir hoffen darauf, dass I-Mac und Joe herausfinden, wo sie sich jetzt aufhalten. Sonst müssen wir warten, dass sich die Terroristen melden.«

Eindeutig nicht die Lösung, die sie bevorzugten. Es gab nichts Schlimmeres, als herumzusitzen, während jemand, den man liebte, in Gefahr war. Aber es brachte auch nichts, kopflos draufloszustürmen und die Situation damit vielleicht noch schlimmer zu machen. Noch immer fühlte Clint sich hin und her gerissen zwischen dem Wunsch, bei Karen zu sein und der Tatsache, dass er hier gebraucht wurde, wenn die Terroristen seine Auslieferung verlangten. Er wusste, dass Karen wollen würde, dass er Shannon rettete – und das wollte er auch –, aber jede Faser seines Körpers zog ihn an Karens Seite.

I-Mac rieb sich über die schmerzenden Augen und versuchte, das Bild auf dem Monitor wieder scharf zu sehen. Stundenlang hatte er davor gesessen und in Abstimmung mit Joe Spade von der National Geospatial-Intelligence Agency versucht, den wahrscheinlichsten Standort der Terrorgruppe herauszufinden. Unzählige Satellitenbilder waren sie durchgegangen, aber es gab nirgends einen Hinweis auf Behausungen, die von Terroristen genutzt werden könnten. Ein paar einzelne kleine Häuser waren zu sehen gewesen, doch eine Überprüfung hatte ergeben, dass sie seit Jahrzehnten leer standen.

Vielleicht lagen sie auch ganz falsch, und die *Krieger Gottes* hatten sich in oder am Rand der Kleinstadt niedergelassen. Oder sogar ganz woanders. Sie konnten durch den Wald gefahren sein, um ihre Spuren zu verwischen. Gut möglich, dass sie an anderer Stelle wieder herausgekommen waren. Die Wahrscheinlichkeit, sie dann wiederzufinden – vor allem ohne das GPS-Signal von Vanessas Handy – war sehr gering. Und damit auch die Chance, Shannon Hunter zu retten. Über Vanessa mochte er gar nicht erst nachdenken. Was hatte sie dazu getrieben, ein solches Risiko einzugehen? Hätte sie vorher mit ihm gesprochen, hätte er ihr ein oder zwei unauffällige Sender mitgeben können, die deutlich zuverlässiger waren als ein einfaches Handy-GPS.

Er konnte nur vermuten, dass ihr Handy bei dem Sturz aus Devils Wagen beschädigt worden war. Über die andere Möglichkeit, dass die Terroristen sie entlarvt und das Handy vernichtet hatten, mochte er gar nicht erst nachdenken. Ihre Überlebenschance wäre in diesem Fall so gut wie nicht vorhanden. I-Mac mochte Vanessa und er hielt sie für eine fähige Agentin. Aber ohne Waffen und Rückendeckung würde sie es schwer haben, lebend herauszukommen. Und das konnte er nicht zulassen.

Um seinen Augen einen Moment der Entspannung zu geben, stand I-Mac auf und machte vorsichtig einige Schritte. Auch wenn sich seine Fähigkeit zu gehen nach dem Anschlag in Afghanistan weiter verbessert hatte, musste er vorsichtig sein. Besonders wenn er längere Zeit in einer Position verharrt hatte, neigten seine Rückenmuskeln dazu, sich zu verkrampfen, was zu einer einseitigen Belastung führte. Und die war im Moment das Letzte, was er gebrauchen konnte. Auch wenn er die meiste Zeit vor dem Computer verbrachte, musste er sich bewegen können, um seinem Team eine wirkliche Hilfe zu sein. Undenkbar, dass sie auf ihn warten oder ihn erst irgendwo hintragen mussten, wenn es schnell gehen sollte.

So war es anfangs gewesen, als er wieder mit der Arbeit begonnen hatte, und dorthin wollte er nie wieder zurück. Lieber würde er den Teams den Rücken kehren und im privaten Sektor arbeiten, auch wenn ihm das Leben als SEAL unheimlich fehlen würde. Aber war er überhaupt noch ein SEAL, wenn er nicht mehr an Einsätzen teilnehmen konnte? Seine Arbeit war wichtig, das wusste er, doch war es gerecht, einen Platz im Team zu blockieren, wenn eigentlich allen klar war, dass er nie wieder an einer Mission teilnehmen würde? Nein, das war es nicht. Sosehr es ihn auch schmerzte – wenn er wieder zu Hause war, würde er eine Entscheidung treffen müssen, wie es in seinem Leben weitergehen sollte. Und das betraf nicht nur seine Arbeit, sondern auch Nurja.

Automatisch holte er sein Handy heraus und lächelte, als er sah, dass er eine SMS von Nurja hatte. Sie hatte sie am frühen Abend geschrieben. Wie immer war sie sehr kurz, trotzdem wärmte sie sein Herz und steigerte seine Entschlossenheit.

Die Kinder sind im Bett. Sie haben nach dir gefragt.

Nie im Leben würde sie etwas über sich schreiben oder ihre Gefühle, das schickte sich ihrer Meinung nach nicht. So oft er auch versuchte, sie vom Gegenteil zu überzeugen, ihr klarzumachen, dass er sehr gerne etwas über sie, über ihren Tag, ihre Erlebnisse hören wollte, weigerte sie sich entschieden. Auch wenn er verstand, dass es schwierig für sie war, weil sie aus einem anderen Kulturkreis kam, konnte er auf Dauer so nicht leben. Bei ihrem Telefonat hatte sie sich zum ersten Mal dazu geäußert und ihm ein wenig Hoffnung gegeben, dass sie auch etwas für ihn empfand. Wenn er wieder zu Hause war, würde er mit ihr darüber sprechen. Vielleicht …

Ein leiser Ton unterbrach seine Gedanken, und es dauerte einen Moment, bis er verstand, was er gehört hatte. So schnell, wie es ihm möglich war, kehrte er zum Schreibtisch zurück und blickte mit angehaltenem Atem auf den Monitor. Aufregung breitete sich in ihm aus, als er sah, dass Vanessas GPS-Signal wieder aufgetaucht war. Es befand sich mitten in den Hügeln des Bitterroot National Forests und es bewegte sich nicht. Konnte es sein, dass dort das Lager der Terroristen lag? Rasch rief er Joe an und gab ihm die Koordinaten, damit der Spezialist noch einmal nach Strukturen suchen konnte, die beweisen würden, dass dort tatsächlich jemand lebte.

Während er auf Joes Antwort wartete, betrachtete I-Mac die Satellitenbilder der Region. Es würde verdammt schwierig werden, ein Team innerhalb kürzester Zeit dorthin zu bringen, das Terrain bestand nur aus Wald und Hügeln. Wenn es befahrbare Wege gab, waren sie sicher bewacht und das Team konnte sie nicht nutzen, wenn es nicht riskieren wollte, vorzeitig entdeckt zu werden. Denn das würde unweigerlich zu Shannons Tod führen.

22

Matt nahm das Gespräch rasch an, damit Clint nicht vom Klingeln seines Handys geweckt wurde. Es war schwierig genug gewesen, ihn dazu zu überreden, ein wenig zu schlafen. »Ja?« Hoffentlich war es eine gute Nachricht, noch mehr Schlechtes konnten sie jetzt wirklich nicht mehr ertragen.

»Hier ist I-Mac. Das GPS-Signal ist wieder aufgetaucht.« Im Hintergrund war ein Klicken zu hören. »Ich habe die Koordinaten auch an Joe Spade weitergegeben, und wir überprüfen, ob dort mitten im Wald irgendwelche menschlichen Strukturen zu erkennen sind.«

Erleichtert lehnte sich Matt gegen die Wand. »Gut, ich stelle ein Eingreifteam zusammen, das sich dort in Stellung bringt.«

»Es könnte auch eine Falle sein. Das Signal war sehr lange verschwunden. Sie könnten das Handy woanders hingebracht haben, um uns dorthin zu locken. Aber selbst wenn Vanessa und Shannon doch dort sind, werden die Terroristen auf uns vorbereitet sein, wenn sie das Signal bemerkt haben.«

Matt presste seinen Hinterkopf an die Wand und schloss die Augen. »Das weiß ich, aber wir müssen es versuchen. Es kann unsere einzige Chance sein.« Allein der Gedanke, dass die Terroristen verschwinden könnten, bevor sie dort eintrafen, ließ seinen Blutdruck in die Höhe schnellen. Sie durften keine Zeit verlieren.

»Packt schon mal zusammen, ich melde mich wieder, sowie wir etwas gefunden haben. Ich sende eine Karte an Cole, damit ihr euch mit der Gegend vertraut machen könnt.«

»Okay, danke.« Matt beendete das Gespräch und steckte das Handy in seine Jackentasche.

»Wer war das?« Clints raue Stimme erklang hinter ihm.

Matt bemühte sich, nicht zusammenzuzucken. Schon immer war sein Freund ein Meister darin gewesen, sich an andere anzuschleichen. Langsam drehte er sich um. »I-Mac. Vanessas Signal ist wieder aufgetaucht. Es ist irgendwo mitten im Wald, Joe und er versuchen, das Lager auf den Satellitenbildern zu finden.«

»Gut.« Befriedigung lag in Clints Augen. »Wann geht es los?«

»Sowie wir gepackt und den Einsatz geplant haben. Clint …«

Sein Freund unterbrach ihn, harte Falten umgaben seine Augen und Mundwinkel. »Ich weiß. Ich muss hierbleiben, falls die Terroristen mich wieder anrufen.«

Matt konnte sich vorstellen, wie schwer das für Clint war. »Es tut mir leid.«

Clint zuckte mit den Schultern. »Immerhin bin ich so erreichbar, wenn etwas mit Karen sein sollte.« Seine Lippen pressten sich zusammen. »Und wer weiß, vielleicht treffen wir uns dort wieder.«

Wenn Clint sich ausliefern sollte, um Shannon zu retten. »Hoffentlich nicht! Du weißt, dass die Gefahr sehr hoch ist, dass sie dich gleich töten werden, vielleicht sogar noch auf dem Weg.«

»Das ist mir klar. Aber wenn es die einzige Möglichkeit ist, werde ich sie nutzen. Und da ist es mir lieber, wenn ich weiß, dass ihr in der Nähe seid.«

Matts Kehle zog sich zusammen. »Du kannst sicher sein, dass wir alles tun werden, um Shannon und Vanessa dort herauszuholen.«

Ein schwaches Lächeln hob Clints Mundwinkel. »Daran habe ich keinen Zweifel.«

Clints Zuversicht und Vertrauen stärkten Matts Entschlossenheit. Sie würden die Terroristen besiegen, etwas anderes würde er nicht zulassen. Das Leben zu vieler Personen hing davon ab, nicht nur Shannons oder Clints. Wenn sie die *Krieger Gottes* nicht stoppten, würden sie garantiert weitere Anschläge verüben und unschuldige Menschen ermorden. Es wurde Zeit, sie ein für alle Mal aus dem Verkehr zu ziehen. Auch wenn das für sie Konsequenzen haben sollte, weil sie keinen offiziellen Auftrag zu dieser Mission erhalten hatten. Vielleicht konnte es aber gerade deshalb klappen: Wenn ein riesiger Apparat daran beteiligt war, wurde so ein schneller Zugriff viel schwieriger, wenn nicht sogar unmöglich.

Matt ging in die Küche, wo Cole seinen Laptop aufgebaut hatte. »I-Mac schickt dir Kartenmaterial …«

Cole blickte nicht auf. »Schon erhalten. Ich drucke es vergrößert aus, damit wir den Einsatz planen können.«

»Ich rufe das Team zusammen.« Wie immer war Devil genau dort, wo er sein musste. Matt hatte keine Ahnung, wie der CO von Team 11 das immer machte, es wirkte fast, als wüsste er vieles schon vorher. Lautlos verließ Devil die Küche.

Matt konzentrierte sich auf die Karte, die aus dem mobilen A3-Drucker kam. Natürlich hatten sie auf dem Stützpunkt besseres Material, aber es würde auch so gehen. Es musste, denn Shannons Leben hing davon ab. Hoffentlich litt sie nicht zu sehr. Sofort unterdrückte Matt diesen Gedanken wieder. Wenn die Sorge überhandnahm, konnte er sich nicht mehr auf die Mission konzentrieren, und das würde unweigerlich zu Fehlern führen. Sowie sie aus der Tür traten, würde er seine Gefühle abschalten und einfach nur funktionieren müssen, sonst brachte er die anderen in Gefahr.

Als die Karte ausgedruckt war, breitete Matt sie auf dem Küchentisch aus und beugte sich darüber. Einige der kleinen

Wege waren eingezeichnet, aber er bezweifelte, dass es alle waren oder dass sich die Terroristen nicht noch andere angelegt hatten. Dafür sprach auch, dass keiner dieser Wege zum Lager führte. Tatsächlich wirkte es so, als liefen sie extra weit darum herum – sehr geschickt, wenn man Wanderer, Mountainbiker und Quadfahrer von sich fernhalten wollte.

»Die Wege sind sicher überwacht, genauso wie die Umgebung des Lagers.«

Matt sah auf und erkannte, dass sich inzwischen fast das gesamte Team in der kleinen Küche versammelt hatte. Auch Clint stand am Rande der Gruppe, es war sinnvoll, dass er ebenfalls wusste, wo sich die SEALs aufhalten würden.

Verspätet reagierte Matt auf Cats Bemerkung. »Davon gehe ich aus. Wir haben also zwei Probleme: zuerst einmal, überhaupt dorthin zu kommen, und dann, die möglichen Hindernisse zu überwinden.«

»Und außerdem wäre da noch das kleine Problem mit der unbekannten Anzahl an Terroristen, die sich dort aufhalten könnten.« Auf Docs trockene Bemerkung herrschte einen Moment Schweigen.

»Genau.« Matt wollte seinen Freunden nichts vormachen, die Mission war äußerst gefährlich, weil es so viele Variablen gab. Für ihn selbst erst recht, weil er auf keinen Fall ohne Shannon gehen würde. Und wenn er dafür jeden Einzelnen der Terroristen beseitigen musste oder auch selbst verletzt oder getötet wurde. Hauptsache, Shannon überlebte und wurde in Sicherheit gebracht. Vorzugsweise würde er gerne mit ihr zusammen herauskommen und weiterhin sein Leben mit ihr genießen, aber das war im Moment zweitrangig. Deshalb konzentrierte er sich auf seine Aufgabe. »Okay, planen wir unser Vorgehen, die Zeit läuft uns davon.«

So genau wie möglich planten sie ihre Route, wobei ihnen

die von Joe Spade übermittelte vermutliche Lage der Gebäude sehr half. Sie waren tatsächlich so gut versteckt, dass sie auf den Satellitenbildern kaum zu erkennen waren. Nur wenn man den Standort des Lagers kannte, konnte man anhand des Wachstums der Vegetation künstliche Konturen erahnen.

Matt richtete sich auf und blickte die Männer an. »Okay, machen wir uns bereit. Aber vorher möchte ich euch noch einmal daran erinnern, dass die Mission offiziell nicht abgesegnet ist. Wenn also jemand nicht mitmachen möchte, kann ich das verstehen.« Automatisch hielt er den Atem an, obwohl er wusste, wie sich die SEALs entscheiden würden.

Devil hob eine Augenbraue. »Verstanden und Gefahr akzeptiert. Wir wissen genau, was wir tun. Manche Sachen sind wichtiger als der Job.«

Die anderen nickten zustimmend.

Erleichtert atmete Matt auf. »Danke. Ich schulde euch was.«

Clint trat vor. »Wir beide. Wenn ihr jemals Hilfe braucht, werden wir zur Stelle sein.«

»Was hoffentlich nie nötig sein wird.« Zur Bekräftigung klopfte Doc auf den Holztisch.

Matt sah, wie sich Devils Augen verdunkelten, sein Blick schien durch ihn hindurchzugehen. Fast als könnte er etwas sehen, das den anderen verborgen blieb. Ein Muskel zuckte in seiner Wange, eine Falte bildete sich zwischen den Augenbrauen. Ein schlechtes Gefühl breitete sich in Matt aus, selbst als sich Devils Blick wieder klärte und er unauffällig den Kopf schüttelte. Was immer das heißen mochte, Matt traute sich nicht, Devil danach zu fragen.

Clint räusperte sich. »Dann fahre ich jetzt zu I-Mac und löse Rock und die anderen ab. Ihr könnt sicher jeden Einzelnen gebrauchen.«

»Ja. Bekommt ihr das dort alleine hin?«

Clint hob eine Augenbraue. »Du denkst nicht, dass wir zwei harmlose Männer bewachen können?«

Matt zog es vor, die Frage nicht zu beantworten. »Pass auf dich auf, Clint. Keine Heldentaten, wir werden in der Nähe sein. Sowie wir in Position sind, melde ich mich. Ab dem Zeitpunkt brauchst du die Terroristen nur noch hinzuhalten und dich ihnen nicht auszuliefern.«

»Alles klar.« Clint beugte sich vor und drückte Matts Schulter. »Bring bitte meine Schwester zurück.« Er hielt seine Stimme so leise, dass die anderen ihn nicht hören konnten.

»Das werde ich.«

Clint nickte und verließ die Küche.

Auf der Fahrt durch den Ort wäre Clint mehrere Male beinahe umgekehrt. Nur der Gedanke daran, was passieren würde, wenn die Terroristen ihn anriefen und er nicht erreichbar war, hielt ihn zurück. Wenn alles gut ging, würde Shannon bald frei sein und der Anruf nie kommen, aber das Risiko konnte Clint nicht eingehen. Auch wenn es ihm noch so schwerfiel, bei der Rettungsaktion nicht dabei zu sein. Es war seine Schwester, sie war seinetwegen entführt worden, und er konnte nur hier sitzen und Däumchen drehen, während andere ihr Leben aufs Spiel setzten.

Seine Kiefermuskeln schmerzten vom vielen Zähneknirschen, doch er schaffte es nicht, seine Anspannung zu lösen. Das würde ihm wahrscheinlich erst gelingen, wenn er die Nachricht erhielt, dass Shannon unverletzt befreit worden war. Und Karen die Operation gut überstanden hatte und wieder ganz gesund werden würde. Und seine Familie in Zukunft in Sicherheit war. Clints Hände schlossen sich fester um das Lenkrad. Es gab so viele Gründe für seine Anspannung, dass er sich nicht vorstellen konnte, jemals wieder unbeschwert zu sein. Nicht, dass er früher dazu geneigt hatte, aber in den letzten Jahren war er tatsächlich, dank Karen und Maya, ein wenig lockerer geworden und hatte das Leben genossen.

Die Bedrohung durch die Terroristen hatte er für minimal gehalten, nachdem in den ersten Jahren nach den damaligen Ereignissen nichts mehr geschehen war. Er hatte in seiner Wachsamkeit nachgelassen, und das könnte ihn nun Karens – und Shannons – Leben kosten. All seine Selbstvorwürfe würden die Sache jedoch auch nicht ungeschehen machen, deshalb schob er sie für den Moment beiseite. Sie würden garantiert wieder auftauchen, aber dann hatte er hoffentlich wenigstens die Gewissheit, dass niemand gestorben war. *Gott, bitte!* Ein Leben ohne Karen konnte und wollte er sich nicht mehr vorstellen.

Clint parkte in einer Nebenstraße und ging zu dem von ihnen besetzten Haus. Alles war ruhig, um diese Uhrzeit kein Wunder. Per Handy hatte er I-Mac informiert, dass er kommen würde. Ein leises Klopfen reichte, und der Computerexperte öffnete ihm. Rasch trat Clint ein und schloss die Tür wieder hinter sich. Einen Moment lang blickte er durch die Scheibe nach draußen, aber es rührte sich nichts. Erst dann drehte er sich zu I-Mac um. Der wirkte hellwach, auch wenn er sicher keine Minute geschlafen hatte.

»Ich löse Rock und Jackie ab, sie werden draußen gebraucht.«

»Sie packen bereits ihre Ausrüstung.« I-Mac ließ sich nichts anmerken, aber Clint war sicher, dass es ihn ebenfalls frustrierte, nicht am Einsatz teilnehmen zu können.

Es dauerte nur kurze Zeit, bis Rock und Jackie schwer bepackt ins Wohnzimmer traten. Rock wirkte, als gehörte er immer noch zu SEAL Team 11, dabei war seine letzte Mission inzwischen schon fast ein Jahr her.

»Die anderen warten auf euch im Haus des alten Mannes. Habt ihr die Adresse?«

»Im Navi.«

Jackie hüpfte beinahe vor Elan. »Ich gehe schon mal zum Auto. Danke, dass ich dabei sein darf, Clint.«

»Du bist ein wichtiger Teil des Teams, und es wäre dumm, dich hierzulassen, wenn wir die Aufgabe genauso gut erledigen können.«

Grinsend eilte Jackie davon.

»Waren wir auch mal so jung?« Kopfschüttelnd blickte Rock ihm hinterher.

Clint seufzte. »Ich kann mich nicht mehr erinnern.«

»Ihr klingt wie zwei Greise.« I-Mac lachte.

»So fühle ich mich auch, zumindest im Vergleich zu Jackie.« Clint wurde ernst. »Rock, tu mir einen Gefallen und komm gesund wieder, ich möchte Rose nicht noch einmal eine schlechte Nachricht überbringen müssen.« Er erinnerte sich noch gut daran, wie furchtbar es gewesen war, Roses Kummer mitzuerleben. Noch heute hatte er manchmal Albträume von Ghosts Tod. Und hier kam auch noch hinzu, dass es die gleichen Kerle waren, die damals Karen nach Costa Rica verschleppen ließen. Wenn sie noch einen seiner Männer töteten … Clint fühlte sich immer noch für sein altes Team verantwortlich, auch wenn er schon seit etlichen Jahren nicht mehr ihr Captain war.

»Du kannst sicher sein, dass ich das nicht zulassen werde, East. Und erzähl Rose bloß nichts davon, ich möchte nicht, dass sie sich aufregt. Das wäre in ihrem Zustand nicht gut.« Als ihm bewusst wurde, was er gesagt hatte, kroch Röte in seine Wangen. »Äh, sie denkt, ich helfe euch nur bei der Planung.«

Zum ersten Mal seit er die Nachricht von Shannons Entführung bekommen hatte, brach ein echtes Lächeln bei Clint hervor. »Glückwunsch. Und ich werde nichts sagen, keine Angst.«

»Danke.«

Clints Freude schlug schnell in Sorge um. »Vielleicht solltest du dann tatsächlich lieber hierbleiben. Wenn dir etwas passiert …«

Rocks Miene wurde grimmig. »Ich kann mich nicht nur noch in Watte packen. So sehr ich Rose auch liebe, das wäre für mich kein Leben mehr.«

Das konnte Clint durchaus nachvollziehen, ihm würde es genauso gehen, und glücklicherweise verstand Karen das auch. Für das Leben mit einem SEAL brauchte es eine besondere Frau, und das waren sowohl Karen als auch Rose. »Okay, dann los. Räuchert diese Schweine aus und sorgt dafür, dass sie es bereuen, je Hand an Shannon gelegt zu haben.«

»Das werden wir.« Tiefe Entschlossenheit schwang in Rocks Stimme mit.

I-Mac gab ihm und Jackie noch ein paar seiner Spielzeuge mit, darunter auch ein GPS-Gerät, das die Karten in allen Details und auf ein paar Zentimeter genau anzeigte. Die SEALs trugen Uhren, die ständig ein GPS-Signal abgaben, wodurch alle Standorte auf die Karte übertragen werden konnten. Selbst unter dem am Zielort herrschenden Blätterdach würde das Gerät einwandfrei funktionieren. Nur für Höhlenforschung war es nicht unbedingt geeignet, aber das würde wohl kein Problem werden. Alle Signale wurden außerdem in die Einsatzzentrale übertragen, so konnten sie auch aus der Ferne verfolgen, wo sich jeder befand, und im Notfall über Funk Anweisungen oder Hilfestellung geben.

Trotzdem war es für Clint nicht das Gleiche, wie selbst dabei zu sein, und I-Mac war anzusehen, dass es ihm genauso ging. Aber sie würden damit leben müssen, und immerhin war es besser, überhaupt in der Nähe und an der Aktion beteiligt zu sein, als zu Hause auf Nachricht warten zu müssen. Allein die

Vorstellung machte Clint nervös. Vorsichtig schob er die Gardine beiseite und blickte Rock und Jackie hinterher, als sie durch die Dunkelheit schlichen.

I-Mac trat neben ihn. »Ein blödes Gefühl, zurückzubleiben.«

»Ja.« Clint ließ die Gardine fallen und drehte sich zu ihm um. »Aber wir werden hier gebraucht.«

»Schon, aber es ist trotzdem nicht dasselbe.« In diesem Moment sah I-Mac um Jahre älter aus als sonst.

Clint berührte seinen Arm. »Ich weiß. Aber ich bin verdammt froh, dass du hier bist. Ohne dich wären wir aufgeschmissen.«

I-Mac schnaubte. »Das Team hat jetzt Cole, da fällt es bald nicht mehr auf, dass ich nicht dabei bin.«

»Da irrst du dich. Cole mag ein guter Mann sein, aber du bist trotzdem nicht zu ersetzen. Was meinst du, warum es für Red so schwierig ist, sein Team wieder aufzubauen? Da kommt es nicht nur auf die Fähigkeiten an, sondern auch darauf, wie die Männer miteinander harmonieren, wie eingespielt das Team ist. Gerade bei einem temporären Ersatz ist das schwierig.«

»Coles Einsatz wird bald nicht mehr temporär sein.« I-Mac kehrte zum Schreibtisch zurück und ließ sich vorsichtig auf den Stuhl sinken. Es wirkte, als hätte er Schmerzen.

Clint folgte ihm und setzte sich auf die Tischkante. »Wie meinst du das?«

»Glaubst du wirklich, dass ich mit all dem Metall in meiner Wirbelsäule noch einmal in den aktiven Dienst zurückkehren kann? Die Ärzte machen mir keine Hoffnung, dass sich mein Zustand noch wesentlich bessern wird. Im Gegenteil, sie waren sogar überrascht, dass ich wieder so gut gehen kann.« Mit der Hand rieb er über sein Gesicht. »Es wird vermutlich Zeit, der Realität ins Auge zu sehen und meinen Platz zu räumen.«

Clint wusste, wie schwer es war, die Teams aufzugeben, aber er hatte sich damals freiwillig dazu entschlossen, während I-

Mac wegen seiner Gesundheit dazu gezwungen war. Das machte die Sache umso schlimmer. »Das tut mir leid. Ohne dich wird das Team nicht das gleiche sein.«

»Sie werden zurechtkommen.« Er lachte freudlos. »Aber das ist fast das Schlimmste an der Sache: Irgendwie denkt man ja immer, dass es ohne einen nicht mehr funktionieren wird. Gleichzeitig will ich aber natürlich, dass sie auch weiterhin gut arbeiten.«

»Das ist normal. Als ich damals gegangen bin, wusste ich, dass Matt ein guter CO sein wird. Trotzdem fühlte es sich immer noch an wie *mein* Team, nur hatte ich nichts mehr zu sagen. Deshalb war es leichter wegzugehen. Aber als Matt dann auch aufgehört hat und Devil kam, fühlte es sich irgendwie … falsch an. Es war nicht mehr das, was ich aufgebaut hatte. Aber das liegt vermutlich in der Natur der Sache, irgendwann müssen wir alle unseren Posten räumen und anderen Platz machen.«

»In einigen Jahren wäre ich auch dazu bereit, aber jetzt bin ich noch zu jung dafür.«

Clint nickte mitfühlend. »Damit hast du recht. Aber ich habe auch schon welche gesehen, die mit Anfang zwanzig bei ihrem ersten Einsatz verletzt wurden und aufhören mussten. Du hast immerhin etliche gute Jahre gehabt.«

»Ja, aber dadurch weiß ich auch, was mir fehlen wird.« I-Macs Stimme klang hohl.

»Was willst du …?« Clint brach ab, als sein Handy klingelte. Rasch zog er es heraus und blickte auf sein Display. *Jay.* Sein Herz begann zu rasen. »Ja?«

»Hier ist Jay.«

Einen Moment lang herrschte Stille, und Clint fuhr beinahe aus der Haut vor Sorge um Karen. Sie durfte einfach nicht tot sein! »Wie geht es Karen?«

»So weit gut, die Operation ist zufriedenstellend verlaufen. Die Ärzte mussten eine ihrer Nieren entfernen, aber die Blutung wurde gestoppt, und sie sind zuversichtlich, dass Karen sich erholt. Derzeit schläft sie noch, aber sie sollte in ein paar Stunden aufwachen.«

Clint schloss die Augen. »Gott sei Dank!«

»Mom kümmert sich um Maya. Verständlicherweise ist die Kleine etwas aufgeregt, aber wenn sie erst sieht, dass es Karen gut geht, wird sie sich bestimmt beruhigen.«

Wie gerne wäre er jetzt bei seiner Tochter und würde sie trösten. Das Ziehen in seiner Brust verstärkte sich. Er konnte beinahe spüren, wie sich ihr kleiner Körper an ihn schmiegte. Aber das musste warten, bis die Gefahr durch die Terroristen gebannt war. »Sag ihr bitte, dass ich bald bei ihr bin.«

»Wann kommst du?«

Clint seufzte. »Ich weiß es nicht. Wir haben jetzt Koordinaten, von denen wir hoffen, dass sie zum Lager der Terrorgruppe gehören und sich dort auch Shannon aufhält. Das Team ist unterwegs, aber ich weiß noch nicht, ob ich gebraucht werde, deshalb kann ich hier nicht weg.«

Jay gab einen rauen Laut von sich. »Du denkst doch nicht wirklich daran, dich diesen Schweinen auszuliefern?«

»Wenn es um Shannons Leben geht, habe ich vielleicht keine andere Wahl. Aber ich hoffe, dass es gar nicht erst dazu kommt. Matt ist mit dem Team draußen, und er wird nicht ohne Shannon wiederkommen.«

»Ich habe versucht, den Terroristen zum Reden zu bringen, aber er schweigt beharrlich. Offensichtlich hat er mehr Angst vor dem, den er den Boss nennt, als vor mir.« Jays Frustration war deutlich zu hören.

»Das ist sicher einer der Gründe, warum es bisher noch niemandem gelungen ist, die *Krieger Gottes* zu finden. Aber das wird sich jetzt ändern. Noch einmal lasse ich es nicht zu, dass sie meine Familie in Gefahr bringen.«

Jay brummte zustimmend. »Immerhin haben wir jetzt herausgefunden, wie die Mistkerle ins Haus gekommen sind: durch den Keller. Offensichtlich wussten sie von dem alten Eingang, der früher für Getreidelieferungen verwendet wurde. Sie haben ihn aufgebrochen und auch die Kellertür zum Haus. Es tut mir leid, Clint, ich hätte daran denken müssen.«

Clint schloss die Augen. »Das konntest du nicht wissen, seit Jahrzehnten hat den Eingang niemand mehr benutzt, und er ist völlig überwuchert.«

»Die Frage ist, wie jemand außerhalb der Familie davon wissen konnte. Aber wir werden es schon rausbekommen. Melde dich auf jeden Fall, wenn du etwas hörst. Sei es von deinem Team oder den Terroristen.«

»Mache ich. Pass gut auf Karen auf, ja?«

»Ich werde sie nicht aus den Augen lassen, genauso wie Maya und Mom.«

Langsam ließ Clint das Handy sinken und starrte auf den Boden. Wenn er nur nicht das Gefühl hätte, dass etwas gewaltig schiefgehen würde.

23

Unruhig wälzte sich Vanessa in dem unbequemen Bett herum. Dereks merkwürdiges Verhalten ging ihr einfach nicht aus dem Kopf. Eigentlich hätte er Eric sofort melden müssen, dass er sie beim Schnüffeln erwischt hatte. Stattdessen hatte er sie gedeckt und auch Shannon vor Erics Wut beschützt. Das passte überhaupt nicht zu seinem Job als Sicherheitschef der Terroristen. Vor allem, weil ihm inzwischen klar sein musste, dass Vanessa keine unbedarfte Tussi war, die sich von jemandem wie Eric angezogen fühlte. Und warum hatte er ihr Handy repariert? Eigentlich hätte er es zerstören müssen, um zu verhindern, dass jemand das Lager fand. *Außer er wollte es nutzen, um mögliche Retter in eine Falle zu locken.* Kälte drang in ihren Körper.

Dazu würde auch passen, dass er sie in Sicherheit wiegte, bis es zu spät war. Warum hatte er sie geküsst? Um sie abzulenken? Oder ging es um ein Machtspiel mit dem Anführer? Was auch der Grund sein mochte, eines war klar: Sie hätte sich nicht dazu hinreißen lassen dürfen. Ja, sie könnte es so darstellen, dass sie ihn damit hatte um den Finger wickeln wollen, aber um ehrlich zu sein, hatte sie im ersten Moment überhaupt nicht daran gedacht. Sie hatte einfach nur das Gefühl seiner Lippen auf ihren genossen, die Art, wie sich sein Körper an ihrem anfühlte. Als sich ihr Verstand endlich wieder eingeschaltet hatte, war es zu spät gewesen.

Und auch jetzt glaubte sie noch, seinen Geschmack wahrzunehmen, den Druck seiner Erektion an ihrem Bauch. Mit einem tiefen Stöhnen zog Vanessa die Bettdecke über ihren

Kopf. Sie hatte sich bisher noch nie von einem Verbrecher ablenken lassen. Normalerweise fand sie es überhaupt nicht anziehend, wenn jemand zum Spaß und ohne jedes Gewissen Menschen tötete – und das tat sie auch jetzt noch nicht. Es war völlig ausgeschlossen, dass sie einen Mann interessant finden könnte, der zu einer Terrorgruppe gehörte. Blut klebte an den Händen, mit denen er sie so erregend berührt hatte.

Der Gedanke bewirkte, dass Vanessa mit einem erstickten Aufschrei aus dem Bett sprang. Sie bemerkte kaum den kalten Boden unter ihren nackten Füßen, während sie aufgebracht durch das Zimmer lief. Doch der Raum war zu klein, um ihren Frust abzuarbeiten, deshalb warf sie sich rasch ihre Kleidung über und lauschte an der Tür. Als sie nichts hörte, schob Vanessa sie vorsichtig auf und blickte auf den Flur. Niemand zu sehen. Lautlos schlüpfte sie hinaus und lief den Gang entlang. Sie brauchte dringend frische Luft, damit sie endlich wieder klar denken konnte.

An der Hüttentür hielt sie kurz inne. Sie konnte nirgends eine Alarmanlage erkennen, aber die war vielleicht so eingebaut, dass sie nicht auffiel. Vanessa hielt den Atem an, als sie den Riegel zurückschob und den Schlüssel umdrehte, der netterweise im Schloss steckte. Zögernd öffnete sie die Tür und atmete erleichtert auf, als kein Alarm erklang. Wenn jemand sie erwischte, konnte sie immer noch sagen, dass sie nur ein wenig frische Luft hatte schnappen wollen – und es wäre noch nicht einmal gelogen. Aber natürlich würde sie diese Gelegenheit auch nutzen, um sich im Lager umzusehen. Es war immer sinnvoll, das Gelände zu erkunden und vor allem festzustellen, wie viele Menschen sich hier aufhalten mochten. Sollte sie die Möglichkeit erhalten, den anderen eine Nachricht zu schicken, wäre es gut, wenn sie ihnen gleich Daten liefern könnte.

Draußen war es im Schatten der Bäume noch dunkel, es herrschte allerdings nicht mehr ganz so tiefe Finsternis wie bei ihrer Ankunft. Das bedeutete, dass sie noch Deckung finden, aber auch zumindest die Umrisse der Hütten erkennen konnte. Mit widerwilliger Bewunderung starrte sie darauf. Durch die Vegetation waren sie vor neugierigen Augen verborgen, sie bezweifelte, dass man sie von oben erkennen konnte. Selbst auf den Flachdächern wuchsen Gras und Sträucher, eine perfekte Tarnung, besonders im Winter, wenn die Laubbäume ihre Blätter verloren. Außerdem bestand die Vegetation fast nur aus Nadelbäumen, unter deren weit ausladenden Ästen Vanessa sich immer wieder hinwegducken musste.

Sollten die anderen ihr Signal nicht empfangen können, war die Wahrscheinlichkeit, dass sie kommen würden, ziemlich gering. Und das bedeutete, dass sie sich überlegen musste, wie sie im Notfall Shannon alleine hier herausbekommen würde. Denn auf keinen Fall konnte sie Matts Lebensgefährtin hierlassen, Erics Auftritt in der Nacht hatte gezeigt, dass er kurz davor war, sie zu töten. Heute würde er sicher von Clint fordern, dass er sich auslieferte.

Wenn Shannons Bruder darauf einging, kannte hoffentlich auch das Team bald den Standort des Lagers, aber Vanessa würde zur Sicherheit einige Fluchtrouten auskundschaften. Wie ein Schatten huschte sie zwischen den Hütten entlang, von denen es sieben gab. Die größte war diejenige, in der sie die Nacht verbracht hatte. Es konnte natürlich sein, dass auch die anderen einen Kellerbereich hatten, in dem sich Vorräte, Waffen oder eventuell auch Schlafquartiere der Terroristen befanden. So würde sie auf jeden Fall nicht herausfinden, wie viele Menschen hier lebten.

Als Nächstes ging sie den hohen Zaun ab, der das Lager umgab. Es war eindeutig ein Elektrozaun, an dessen Oberkante sich zu allem Überfluss auch noch spitze Dornen befanden. Hier hindurchzukommen würde sehr schwierig werden, genauso wie durch das Tor. Auch das war stark gesichert und mit Kameras bestückt. Vermutlich konnte Derek das alles von seinem Büro aus steuern und überwachen. Die Vorstellung, dass er sie vielleicht gerade im Blick hatte, ließ sie tiefer in die Schatten eintauchen. Nicht mehr lange und es würde zu hell sein, um noch unbeobachtet draußen herumschleichen zu können. Aber mehr würde sie vermutlich im Moment sowieso nicht herausfinden können.

Zögernd machte sie sich auf den Rückweg zum Haus. Sie mochte sich nicht darin aufhalten und erst recht nicht Eric so schnell wieder unter die Augen treten. Sein Lächeln und vor allem der durchdringende Blick machten sie nervös. Dazu noch Derek und ihr ungeplantes nächtliches Rendezvous … Ein genervtes Stöhnen entfuhr ihr. Verdammter Mistkerl! Als hätte sie nicht schon genug Probleme, auch ohne wegen eines Mannes hin und her gerissen zu sein. Noch dazu wegen eines undurchsichtigen Terroristen. Wenn die SEALs eintrafen, konnte es durchaus passieren, dass er getötet wurde, das durfte sie nicht vergessen. Sie sollte ihn möglichst schnell aus dem Gedächtnis streichen. Zu dumm nur, dass ihr eine kleine Stimme sagte, dass ihr das nicht so einfach gelingen würde.

Nach einem letzten Rundblick trat Vanessa unter den Bäumen hervor und ging auf die Hütte zu. Bevor sie diese erreichte, öffnete sich die Tür und Eric erschien. Er lächelte, aber sie konnte deutlich sehen, dass er sie gleichzeitig misstrauisch anblickte. »Guten Morgen!«

Vanessa zwang sich ebenfalls zu einem Lächeln. »Guten Morgen. Da ich nicht mehr schlafen konnte, habe ich einen kleinen Spaziergang gemacht. Die Luft ist so herrlich sauber und kühl hier.« Besorgt blickte sie ihn an. »Ich hoffe, das war in

Ordnung? Ich habe es einfach nicht mehr ausgehalten, nachdem ich die ganze Nacht Albträume wegen Eddie hatte.«

Eric legte einen Arm um ihre Schultern. »Komm erst mal rein, du bist ja ganz ausgekühlt.«

Bemüht, ihren Widerwillen nicht zu zeigen, ließ Vanessa sich von ihm in die Hütte führen. »Danke. Ich habe nicht daran gedacht, dass ich eine Jacke brauchen könnte, als ich aus dem Wagen gesprungen bin.«

Seine Finger strichen über ihren Oberarm. »Woher hättest du das auch wissen sollen. Ich werde nachsehen, ob ich nicht etwas für dich zum Anziehen finde. Oder ich lasse etwas besorgen, wenn jemand in den Ort fährt.«

Dankbar lächelte sie ihn an. »Das wäre unheimlich nett. Es ist hier im Wald doch deutlich kühler als in der Stadt.«

»Keine Angst, ich kümmere mich darum.« Während er sprach, lag sein Blick auf ihrem tiefen Ausschnitt. »Wobei es eine Schande ist, solche Schönheit zu verstecken.«

Vanessa zwang Röte in ihre Wangen. »Eric!«

Er grinste sie an. »Ich sage nur die Wahrheit. Dein Mann war unheimlich dumm, dich zu verlieren.« Mit den Fingerspitzen strich er über ihren Hals. »Ich werde den Fehler nicht begehen.«

Das klang beinahe wie eine Drohung. Aber vielleicht kam es ihr auch nur so vor, weil sie wusste, dass er der Anführer einer Terrorgruppe war. Eine andere Frau hätte ihn vermutlich charmant gefunden und sich geschmeichelt gefühlt. Vanessa versuchte, dieses Gefühl nachzuempfinden. »Ich fühle mich wirklich sehr geschmeichelt, aber ich weiß nicht …«

Eric ließ sie nicht ausreden. »Ich werde dich zu nichts drängen, Vanessa, aber ich möchte, dass du meine Absicht kennst.« Er beugte sich näher an sie heran, bis sein Atem über ihre Kehle strich. »Du wirst mir gehören, mit Haut und Haaren.«

Ein Schauer lief durch ihren Körper, der nichts mit Erregung zu tun hatte. Wie kam es, dass sie bei Eric nur Ekel empfand, während sie Derek gerne geküsst hatte? Glücklicherweise schien Eric ihre Reaktion zu missdeuten, denn er presste seine Lippen gegen ihren Hals, während sich seine Hände härter um ihre Oberarme schlossen und er sie näher zu sich heranzog. Sie versuchte, nicht zusammenzuzucken, als er eine Spur von Küssen und schmerzhaften Bissen bis zum Ansatz ihrer Brüste zog. Ihr Blick wanderte hilfesuchend durch den Raum.

Vanessa erstarrte, als sie Derek in der Tür stehen sah. Verlegene Röte stieg unter seinem abschätzigen Blick in ihre Wangen. Auch wenn sie es von seiner Seite aus nachvollziehen konnte, weil er denken musste, dass sie erst ihn küsste und dann mit Eric herummachte, ärgerte sie sich darüber und vor allem über ihre eigene Reaktion. Sie hob ihr Kinn und trat einen Schritt zurück. Zumindest versuchte sie es, doch Erics Griff hielt sie gefangen. Zwar hätte sie sich daraus befreien können, aber das wäre zu auffällig gewesen.

Stattdessen berührte sie nur leicht seine Schulter. »Eric, wir haben Gesellschaft!«

Der Terrorist ließ sich unendlich viel Zeit, den Kopf zu heben. In seinen hellen Augen lag Triumph, als er sich zur Tür umdrehte. »Was willst du, Derek?«

Er tat so, als wäre er genervt wegen der Unterbrechung, aber Vanessa hatte eher das Gefühl, dass er sich über Dereks Anwesenheit freute. Oder vielmehr darüber, ihm zu zeigen, dass er bei ihr gelandet war. Wusste Eric von Dereks Interesse an ihr und dass sie sich geküsst hatten? Nein, das konnte nicht sein. Ganz sicher hätte er das nicht zugelassen. Vielleicht war er noch ungehalten, weil Derek ihn bei Shannon gestoppt hatte. Das kam ihr schon wahrscheinlicher vor.

»Ich will nur in mein Büro, schließlich muss jemand die Umgebung beobachten.« Dereks tiefe Stimme brachte etwas in Vanessa zum Vibrieren, ein Umstand, der sie maßlos ärgerte. Besonders weil er sie dabei betrachtete, als wäre sie es nicht einmal wert, dass er ihre Anwesenheit zur Kenntnis nahm.

Eric grinste ihn an. »Dann lass dich von uns nicht aufhalten.«

Derek nickte und ging an ihnen vorbei, so dicht, dass seine Hand beinahe Vanessas streifte. Ein Kribbeln lief durch ihren Körper, und sie spürte, wie sich ihre Brustspitzen zusammenzogen. *Verdammt!*

Erst als er den Raum durchquert hatte, drehte er sich noch einmal um. »Eric, wir wollten noch was besprechen. Wann kann ich mit dir rechnen?«

An ihrem Arm fühlte sie, wie Erics Griff härter wurde. Offenbar gefiel es ihm nicht, von Derek an seine Pflichten erinnert zu werden. Vanessa allerdings war dafür sehr dankbar, denn es war klar, dass Eric dort weitermachen wollte, wo sie aufgehört hatten, und sie glaubte nicht, dass sie das ertragen hätte. Vor allem nicht, nachdem Derek so abschätzig reagiert hatte. Natürlich wusste er nicht, dass sie die Rolle nur spielte …

Vanessa sandte Derek einen Blick, der ihn daran erinnern sollte, dass er hier der Verbrecher war und nicht sie. So weit kam es noch, dass sie sich von einem Terroristen eine vermeintliche Schuld einreden ließ! Okay, er hatte nicht wirklich etwas gesagt, und vielleicht bildete sie sich die Verachtung in seinem Blick auch nur ein. Sie hasste es, sich so unsicher zu fühlen – eine Tatsache, die sie nur noch wütender machte.

Derek drehte sich einfach um und verschwand aus dem Raum, ohne sie weiter zu beachten. Mistkerl! Auf jeden Fall würde sie zusehen, dass sie ihm während ihres restlichen Aufenthaltes hier aus dem Weg ging. Er lenkte sie nur von der Arbeit ab, und das konnte sie sich nicht leisten. Vor allem konnte ihr das auch sehr gefährlich werden, denn so passierten die meisten Fehler. Schon vor langer Zeit hatte sie sich angewöhnt, keine Ablenkungen und Gefühle zuzulassen, wenn sie undercover tätig war. Dass ihr das gerade jetzt passierte, wo die Zeit drängte und Shannons Leben davon abhing, war nicht akzeptabel.

Mühsam zwang sie sich zu einem Lächeln, als Eric zu ihr zurückkam. Die Erregung war aus seinen Augen verschwunden, wofür sie einerseits dankbar war, sich andererseits aber auch sorgte. Denn wenn Eric sie nicht mehr attraktiv fand, würde er sie nicht hierbehalten, sondern sie entweder zurückschicken oder töten. Beides war nicht in ihrem Sinne. Sie hielt den Atem an, als er eine ihrer Haarsträhnen zwischen seinen Fingern zwirbelte.

»Zu schade, dass wir gestört wurden. Ich habe noch einiges mit dir vor, also lauf nicht weg.«

»Bestimmt nicht.«

Mit den Haarspitzen strich er über ihre Lippen. »Gut. Und, Vanessa?«

Sie bemühte sich erotisch zu klingen. »Ja?«

Sein Griff in ihren Haaren wurde fester, bis er fast schmerzhaft war. »Geh nicht noch mal alleine raus. Ich möchte nicht, dass du dich verläufst.« Sein Lächeln erreichte nicht seine Augen. »Wenn du nachher was sehen willst, führe ich dich gerne herum. Vorher habe ich aber noch etwas zu erledigen.«

»Das … würde mir gefallen.«

»Dann ist das abgemacht. Und halt dich von den anderen fern, sie wissen manchmal einfach nicht, wann sie aufhören müssen.«

Wenn das keine eindeutige Warnung war, wusste sie es auch nicht. »Natürlich.« Zaghaft lächelte sie ihn an. »Könnten wir uns auch etwas die Umgebung ansehen? Die Landschaft ist so wunderschön, ich war noch nie so tief in einem Wald.« Vor allem würde es den SEALs die Sache erleichtern, wenn sie den Anführer aus dem Lager locken könnte.

Erics Augen blieben eiskalt, obwohl sich seine Mundwinkel nach oben bewegten. »Wir werden sehen. Bleib am besten in deinem Zimmer, ich hole dich dann, wenn ich mit meinen Angelegenheiten fertig bin.«

»Okay. Kann ich mir ein Buch mitnehmen?« Sie nickte zu der schmalen Bücherwand hin, die in der Ecke des Raumes stand.

»Bedien dich. Wenn du frühstücken möchtest: Die Küche ist am anderen Ende des Gangs.« Er ließ ihre Haare durch seine Finger gleiten. »Und wenn ich fertig bin, werde ich dir zeigen, warum dieser Eddie der völlig falsche Mann für dich war.«

»W…wie?«

Eric brachte sein Gesicht dicht an ihres heran. »Das wirst du dann sehen.« Eine Mischung aus Erregung und Grausamkeit stand in seinen Augen. Bevor sie antworten konnte, drehte er sich um und verließ den Raum.

Nur mit Mühe unterdrückte Vanessa ein widerwilliges Schaudern. Kam der Kerl mit dieser Masche wirklich bei anderen Frauen an? Sie konnte es sich nicht vorstellen. Ja, er sah auf eine kalte, blasse Art gut aus, das musste sie zugeben. Aber jeder, der in seine Augen blickte, konnte erkennen, was für ein Mensch er war. Jemand, der Spaß am Quälen und Töten hatte. Und es lag nicht an der Farbe seiner Iris, sondern vielmehr an dem Ausdruck. So als stünde er über den anderen Menschen. Aber nicht mehr lange, das schwor sie sich. Bevor sie hier wegging, würde sie ihn zu Fall bringen.

Derek bemühte sich, nicht mehr daran zu denken, wie Vanessa in Erics Armen ausgesehen hatte. Oder vielmehr an die Gefühle, die das in ihm ausgelöst hatte. Es war idiotisch und vor allem gefährlich, dem Impuls nachzugeben, sie Eric zu entreißen, doch es war ihm extrem schwergefallen, sich zurückzuhalten. Dabei wusste er, dass Eric eine Einmischung nicht zulassen würde. Und wenn er sich nicht täuschte, hatte der Anführer seinen Besitzanspruch absichtlich öffentlich gemacht. Hätte er mit Vanessa allein sein wollen, hätte er nur abschließen müssen. Stattdessen hatte er bei offener Tür an ihr herumgefummelt.

Mit Mühe schüttelte Derek seine Irritation ab und konzentrierte sich auf das Wesentliche. »Habt ihr gestern alles bekommen?« Er wusste, dass er ein Risiko einging, wenn er Eric direkt darauf ansprach, aber er sah keine andere Möglichkeit mehr. Durch die Anwesenheit von Shannon und jetzt auch noch Vanessa geriet alles in Gefahr.

Eric sah ihn einen Moment lang nur an. »Warum interessiert dich das so sehr? Du hast doch sonst kein besonderes Interesse an unseren Plänen gezeigt.«

Gezeigt nicht, aber das bedeutete ja nicht, dass er nicht jedes bisschen an Information in sich aufgesogen hatte. »Wenn wir hier potenziell gefährliche Stoffe lagern, muss ich das wissen, um die Sicherheit im Lager gewährleisten zu können. Vor allem muss ich auch den Raum besonders bewachen, in dem die Sachen gelagert sind, damit nicht irgendwer einfach reinrennt und eine Katastrophe verursacht.«

Eric grinste herablassend. »Glaubst du wirklich, ich wäre damit so unvorsichtig? Ich mache das nicht zum ersten Mal, und meine Männer sind gut ausgebildet.«

Frustration, weil Eric ihm wieder keine richtige Antwort gegeben hatte, regte sich in Derek. »Okay, wenn du es nicht für nötig erachtest, dann sag es mir halt nicht. Aber dann werde ich auch keine Verantwortung dafür übernehmen.«

Eric schnaubte. »Das hat ja auch keiner verlangt. Glaubst du, ich wäre so dumm, die Kanister hierherzubringen? Sie sind an einem sicheren Ort, es gibt nichts, worüber du dir Gedanken machen müsstest.«

Das beruhigte ihn nicht wirklich. Im Gegenteil: Die Vorstellung, dass jetzt irgendwo gefährliche Viren lagerten, ließ ihn in Schweiß ausbrechen. Aber das durfte er Eric nicht zeigen. Der Anführer konnte Schwäche bei seinen Männern nicht ausstehen und bestrafte sie hart. Deshalb wechselte Derek rasch das Thema. »Und was ist jetzt mit der Gefangenen?« Je schneller wenigstens diese Angelegenheit gelöst war, desto einfacher würde es werden.

Nachdenklich blickte Eric ihn an. »Ich frage mich, warum du sie unbedingt so schnell loswerden willst.«

Derek zuckte mit den Schultern. »Weniger Arbeit für mich, vor allem, weil ich ständig darauf achten muss, dass sie nicht belästigt wird.«

»Keine Angst, die Sache wird sich heute noch erledigen. Wenn sie ihren Zweck erfüllt hat, entsorge ich sie.«

Das war auch nicht, was Derek hören wollte, aber um nicht den Unmut des Anführers zu wecken – und vor allem nicht sein Misstrauen –, nickte er lediglich.

»Aber wo du es gerade sagst, ich denke, es wird Zeit, dem berüchtigten Clint Hunter zu zeigen, wer hier das Sagen hat. Ich kann es kaum erwarten, ihn winselnd vor mir zu haben, wenn er sieht, was ich für seine geliebte Schwester geplant habe.« Sein Gesicht verzerrte sich vor Wut. »Noch besser wäre es natürlich, wenn wir Karen Lombard hätten. Ich habe gehört, für sie würde er alles tun. Aber leider waren die Idioten wieder zu blöd, sie sich zu schnappen.«

»Was ist passiert?«

Erics Oberlippe kräuselte sich verächtlich. »Da sie entweder tot sind oder gefangen genommen wurden, weiß ich nur, dass sie es nicht geschafft haben, die Frau zu mir zu bringen. Beim

Fahrzeug kamen sie jedenfalls nie an. Dabei hätte es nicht so schwierig sein dürfen, diese Lombard auf der Ranch von Hunters Eltern in unsere Gewalt zu bringen.«

»Vielleicht waren sie gewarnt, nachdem Shannon an ihrer Stelle entführt wurde.«

Wütend starrte Eric ihn an. »Du bist ja wahnsinnig schlau! Aber ich musste es versuchen. Zu lange habe ich darauf gewartet, sie in meine Hände zu bekommen.«

»Wofür brauchst du sie eigentlich? Nur um diesen Hunter in die Falle zu locken?«

Erics Augen loderten wie hellblaues Feuer. »Nein, ich will, dass sie bezahlen, alle beide. Und vorher brauche ich noch ihr Fachwissen als Waffenexpertin. Sie wird mir alles sagen, was ich wissen will, wenn ich ihren Geliebten in meiner Hand habe.«

Da er Karen Lombard nicht kannte, konnte Derek dieser Aussage nicht zustimmen, aber es wurde eindeutig Zeit, die Hintergründe genauer zu recherchieren, damit er Erics Motivation verstand. Es klang für ihn nach Rache, doch wofür? Weil sie damals den Plan vereitelt hatten? Nein, es musste noch etwas anderes dahinterstecken.

»Hol meine liebreizende Gefangene hoch, es wird Zeit, die Sache in Gang zu setzen. Ich kann es kaum erwarten, Hunter in meine Hände zu bekommen.«

24

Erschrocken zuckte Shannon zusammen, als die Tür ihrer Zelle aufgerissen wurde. Es kam ihr vor, als wäre sie gerade erst eingedöst, doch es könnten inzwischen auch Stunden vergangen sein. In der völligen Dunkelheit hatte sie keinerlei Anhaltspunkte, wie spät es sein mochte. War es Tag oder Nacht? Sie konnte es nicht sagen. Und es war auch egal, denn nach dem erschreckenden Auftritt des Anführers vorhin – oder war es gestern gewesen? – wusste sie, dass sie nun sterben würde. Ihr Puls raste, als sie sich an die Wand gestützt aufrichtete. Nie hätte sie gedacht, dass ihr Leben so enden würde – allein, in einer dunklen Zelle, ohne die Möglichkeit noch einmal mit Matt oder ihrer Familie zu sprechen.

Gott, sie wünschte, sie wäre nie zu diesem verdammten Spa aufgebrochen, sondern in San Diego bei Matt geblieben. Dann würde sie jetzt in der kalifornischen Sonne liegen oder an ihrem Schreibtisch sitzen und schreiben. Oder mit Matt zusammen sein. Die gemeinsamen Jahre mit ihm waren die schönsten ihres Lebens, sie bereute keinen einzigen Tag davon. Es schmerzte sie nur, nicht mehr Zeit zu haben. Zu gerne wäre sie mit Matt alt geworden, hätte vielleicht sogar Kinder bekommen. All diese Träume würden in wenigen Minuten vorbei sein. Und Matt würde allein zurückbleiben.

Hastig blinzelte Shannon die Tränen zurück, weil sie nicht wollte, dass ihre Entführer sie so sahen. Sie hob das Kinn und straffte die Schultern. Egal was auch passierte, sie würde sich nicht unterkriegen lassen. Wenn sie schon sterben musste, dann mit Würde! Auch wenn sie innerlich schlotterte, schrie und sich überhaupt nicht heldenhaft fühlte. Vor allem aber würde sie jede noch so kleine Möglichkeit zur Flucht nutzen. Und wenn sie dafür jemanden töten musste.

Licht drang in ihre Zelle, und Shannon kniff geblendet die Augen zu. Jemand packte sie am Arm und zog sie zur Tür. Sie wollte sich wehren, aber was hätte das gebracht? Solange sie hier unten war, würde sie nie entfliehen können. Der Griff war nicht schmerzhaft, aber unnachgiebig.

»Komm mit.« Dereks tiefe Stimme ertönte neben ihr.

Ein wenig legte sich ihre Angst. Er würde nicht zulassen, dass sie getötet wurde, oder? Bei dem Vergewaltigungsversuch war er eingeschritten und auch als Eric sie angegriffen hatte, aber das bedeutete nicht automatisch, dass er sie wieder schützen würde. Vielleicht mochte er es nur nicht, wenn Frauen misshandelt wurden, und zog einen kurzen, schmerzlosen Tod vor. *Oh Gott!*

Langsam gewöhnten sich ihre Augen an das Licht, und sie konnte wieder zumindest schemenhaft sehen. Derek führte sie die Treppe hinauf, und Shannon blickte sich unauffällig um. Wo war Vanessa? Sie würde doch sicher eingreifen, wenn Eric sie umzubringen versuchte. Oder war sie gestern entdeckt worden, als sie kurz mit ihr gesprochen hatte? Vielleicht war die Agentin schon längst tot, und Shannon klammerte sich an eine falsche Hoffnung.

Sie blieb auf der Treppe stehen und zwang so Derek, ihrem Beispiel zu folgen, wenn er sie nicht die Stufen hinaufzerren wollte. Flehend blickte sie ihn an. »Bitte, helfen Sie mir.«

Wenn das überhaupt noch möglich war, wurde sein Gesichtsausdruck noch düsterer, und sie kannte seine Antwort schon, bevor er den Mund öffnete. »Das geht nicht.« Seine Stimme war so leise, dass sie nur bis zu ihrem Ohr drang.

Vermutlich bildete sie es sich nur ein, aber sie glaubte, dass Bedauern darin mitschwang. Das würde ihr allerdings auch nicht weiterhelfen, wenn er sich weigerte, ihr zu helfen, und sie deshalb starb. »Warum nicht? Wollen Sie einfach zusehen, wie ich getötet werde?«

Ein Muskel zuckte in seiner Wange, und sein Griff wurde fester. »Komm, Eric hasst es, wenn man ihn warten lässt.«

Der Moment war vergangen, jetzt hatte sie wieder einen Terroristen vor sich, der über Leichen gehen würde, um an sein Ziel zu kommen. Mutlosigkeit senkte sich über sie herab, und sie ließ sich ohne Widerstand weiter von Derek die Treppe hinaufführen. Hier würde sie keine Hilfe erhalten, und andere Optionen gab es für sie nicht. Überrascht sah Shannon auf, als sie vor einer Tür hielten. Sie hatte erwartet, dass er sie hinausbringen würde oder in den gleichen Raum wie beim letzten Mal. Doch Derek schob sie in ein Büro mit einem großen Schreibtisch, auf dem ein Monitor stand.

Ihr Magen krampfte sich zusammen, als sie Eric gegenüberstand, der mit der Hüfte an den Schreibtisch gelehnt auf sie wartete. Seine Arme hatte er über der Brust verschränkt. Dereks Hand an ihrer Schulter verschwand, und sie blickte sich zu ihm um. Er hatte sich zur Tür zurückgezogen und stellte sich davor, was ihr jede Möglichkeit zur Flucht nahm. Seltsamerweise vermisste sie beinahe seinen festen Griff, denn jetzt hatte sie nichts, das sie stützte. Durch die Aufregung der letzten Tage und den Nahrungsmangel fühlte sie sich schwächer als sonst, sie musste all ihre Kraft zusammennehmen, um nicht zu schwanken. Diese Genugtuung wollte sie dem Terroristen nicht geben.

Ein kaltes Lächeln erschien auf Erics Gesicht, als Shannon das Kinn hob. »Ich bewundere starke Frauen. Es macht viel mehr Spaß, sie zu brechen.« Er stieß sich vom Tisch ab und kam auf sie zu. Shannon zwang sich, nicht zurückzuweichen. Dicht vor ihr blieb er schließlich stehen und legte seine Hand um ihren Hals. »Ich freue mich schon darauf, herauszufinden, wo bei dir der Punkt ist, an dem du aufgibst.«

Shannon zwang sich, nicht auf seine Worte zu reagieren. Ihre überbordende Fantasie hatte ihr während der langen Stunden in der Zelle bereits sämtliche Szenarien vorgespielt. Bisher war nie getestet worden, wie lange sie standhalten konnte, doch sie würde es wohl bald herausfinden. Sie wusste nur, dass sie versuchen würde, durchzuhalten. Solange sie noch nicht tot war, gab es die Möglichkeit, dass sie doch noch gerettet wurde. Immerhin schienen seine Worte anzudeuten, dass er sie vielleicht nicht sofort töten würde. Wenigstens ein kleiner Hoffnungsschimmer, der es ihr ermöglichte, nicht ganz zusammenzubrechen.

»Wie, du hast nichts dazu zu sagen? Ich dachte, ihr Autoren wärt immer so schlagfertig.«

Das konnte Shannon einfach nicht ignorieren. »Auf Papier schon. In Gegenwart von Terroristen eher weniger.«

Überrascht blickte Eric sie an, dann lachte er auf. »Ich könnte dich wirklich mögen, wenn du einen anderen Bruder hättest.«

»Was hat Ihnen mein Bruder jemals getan?« Natürlich wusste sie, was damals im Yellowstone passiert war, schließlich war sie dabei gewesen, aber sie konnte immer noch nicht verstehen, warum die Terrorgruppe jetzt, nach so vielen Jahren, plötzlich Rache nehmen wollte. Das ergab überhaupt keinen Sinn. Zumindest für sie nicht, Eric hatte damit offenbar kein Problem.

Hass stand in seinen Augen, und Shannon trat automatisch einen Schritt zurück. Erics Hand schoss vor, und er packte sie am Pullover, den sie über ihrem zerrissenen Nachthemd trug. »Du solltest mich besser nicht reizen, wenn du noch ein wenig länger leben willst. Dein Bruder ist ein Mörder!«

Shannon biss sich auf die Lippe, um nicht das zu sagen, was ihr auf der Zunge lag. Ein Terrorist bezeichnete einen Soldaten als Mörder, das klang ziemlich seltsam und vor allem lächerlich. Clint hatte im Kampf um sein und Karens Leben getötet, aber das war Notwehr und kein Mord. Die Terrorgruppe hatte vorher schon zwei FBI-Agenten umgebracht, als sie deren Auto beschossen hatten und dieses eine Klippe hinuntergestürzt war. *Das* war in ihren Augen Mord.

»Eric, die Zeit drängt.«

Dereks ruhige Stimme schien den Anführer aus seinem Wutanfall zu reißen. Ruckartig ließ er ihren Pullover los und stieß sie von sich. Shannon taumelte ein paar Schritte zurück, fing sich aber wieder. Erleichtert, dass er sie nicht mehr berührte, strich sie das Oberteil glatt und wartete angespannt darauf, was als Nächstes passieren würde. Aus irgendeinem Grund hatte Eric sie hierherbringen lassen, und sie wollte endlich wissen, welcher das war. Doch der Anführer schien ihr keine Erklärung geben zu wollen, stattdessen zog er das Satellitentelefon aus seiner Hosentasche.

Sofort begann ihr Herz schneller zu schlagen, denn sie wusste, was das bedeutete: Er würde Clint anrufen! Jetzt machte auch ihre Anwesenheit einen Sinn, denn Clint würde sich nicht ausliefern, solange er nicht wusste, ob sie noch lebte. Einerseits sehnte sie sich danach, noch einmal seine Stimme zu hören, aber sie wollte auch nicht, dass er ihretwegen sein Leben verlor. Und das würde er ganz sicher, wenn er in Erics Fänge geriet. Der Anführer hasste ihn eindeutig und würde es genießen, ihn zu töten. Das konnte sie nicht zulassen. Es musste einfach einen anderen Weg geben …

»Hunter, die Zeit ist gekommen.« Eric hörte zu und stieß dann ein Lachen aus, das Shannon einen Schauder über den Rücken trieb. »Wenn Sie wüssten, wer hier gerade vor mir steht, würden

Sie nicht so reden. Sind Sie nun bereit für einen Austausch oder nicht?« Offensichtlich stimmte Clint zu, denn in Erics Miene war Befriedigung zu lesen. »Gut. Kommen Sie zu folgenden Koordinaten, und zwar allein und ohne Waffen, Mikrofone, Sender oder sonstige Spielzeuge. Das Leben Ihrer Schwester hängt davon ab.« Er nannte Koordinaten, die Shannon nichts sagten. Es konnte hier sein oder auch in Timbuktu. Aber dass Eric Clint einfach so die Lage des Camps verraten würde, konnte sie sich nicht vorstellen. »Ein Wagen wird dort auf Sie warten.«

Shannons Magen zog sich zusammen, ihre Hände ballten sich zu Fäusten.

Eric grinste sie an und hielt ihr dann das Telefon hin. »Er will mit dir sprechen.«

Sie riss es ihm aus der Hand. »Clint?«

»Shannon, ist alles mit dir in Ordnung?« Seine raue Stimme hallte durch den Raum, offenbar hatte Eric die Lautsprecher angeschaltet, damit er mithören konnte.

»Ja. Bitte komm nicht, Clint! Er wird dich töten und …«

Clint unterbrach sie. »Keine Angst, so einfach bin ich nicht umzubringen.« Seine Stimme klang so ruhig, dass sie ihm beinahe glaubte. Aber auch wenn er ein SEAL war, konnte Eric sein Leben innerhalb kürzester Zeit beenden, wenn Clint sich in seine Hände begab.

»Ist Matt bei dir? Ich möchte mit ihm sprechen.«

»Tut mir leid, er ist unterwegs.«

Ihre Kehle zog sich zusammen. So gerne hätte sie wenigstens noch ein letztes Mal mit ihm gesprochen, ihm gesagt … Sie senkte die Stimme, obwohl klar war, dass die Terroristen sie trotzdem hören konnten. »Sag ihm bitte, dass ich ihn liebe. Es tut mir leid …«

Ohne Vorwarnung riss Eric ihr das Telefon aus der Hand. »Das reicht jetzt. Wenn ich noch ein Wort höre, muss ich mich übergeben.« Er hielt das Handy ans Ohr. »Haben Sie meine Anweisungen verstanden, Hunter? Wenn ich merke, dass Sie mich hintergehen wollen, ist Ihre Schwester tot, und es wird Ihre Schuld sein.«

Anscheinend stellte Clints Antwort ihn zufrieden, denn er beendete das Gespräch und steckte das Handy wieder in seine Hosentasche. »Ich werde mich darum kümmern, dass diesmal alles klappt.« Er ging zur Tür. »Derek, du wirst aufpassen, dass Shannon nicht auf irgendwelche dummen Gedanken kommt. Geht irgendetwas schief, werde ich dich dafür verantwortlich machen, und das wird dir nicht gefallen.«

Derek nickte mit versteinertem Gesicht. »Verstanden.« Er trat zur Seite, damit Eric den Raum verlassen konnte.

Erst als sich die Tür hinter dem Anführer geschlossen hatte, konnte Shannon ein wenig leichter atmen. Ihre Knie zitterten so sehr, dass sie sich am Schreibtisch abstützen musste. Dabei fiel ihr Blick auf ein Handy, das dort lag. Es sah genau aus wie ihres, bis auf einen Sprung im Display, und für einen Moment begann ihr Herz schneller zu klopfen. Matt hatte ihr ein Gerät mit allen möglichen Funktionen gekauft und vor allem auch eines, das sicher war, damit ihre Gespräche nicht abgehört wurden. Außerdem war darin ein GPS-Chip, der es ermöglichte, ihren Standort auf den Meter genau zu bestimmen. Konnte es sein, dass sie deshalb nicht mit Matt hatte sprechen können, weil er bereits hier war, um sie zu retten? Deshalb war Vanessa zu ihr gekommen!

Wie von selbst streckte sie ihre Hand nach dem Handy aus. Wenn sie nur mit ihm reden könnte oder zumindest eine seiner alten Nachrichten lesen, dann käme sie sich nicht ganz so allein vor. Lautlos trat Derek neben sie und zog das Handy aus ihrer Reichweite.

Nein! »Bitte, lassen Sie mich …«

Mitgefühl lag in Dereks Blick. »Das würde nichts bringen, hier unten bekommen Sie mit einem normalen Handy sowieso keine Verbindung.«

»Kann ich dann nicht wenigstens meine alten Nachrichten ansehen, es würde mir viel bedeuten.« Es gefiel ihr nicht zu betteln, aber sie brauchte dieses kleine Stück aus ihrem Leben fast mehr als den nächsten Atemzug.

Derek runzelte die Stirn. »Das ist nicht Ihr Handy.«

Sämtliche Hoffnung verließ Shannon, und sie schwankte. »Nicht?«

»Nein, tut mir leid. Außerdem ist es kaputt, ich bin gerade dabei, es zu reparieren.«

Kraftlos ließ Shannon sich in den Stuhl sinken, der vor dem Schreibtisch stand. »Gehört es Ihnen?«

»Nein.« Ein seltsamer Ausdruck huschte über sein Gesicht, nur für einen Sekundenbruchteil, aber er machte sie dennoch stutzig.

Entweder log er sie an oder … Vanessa! Shannon erinnerte sich daran, dass Matt ihr das gleiche Handy gekauft hatte, das auch alle TURT/LEs besaßen. Wie hoch war die Wahrscheinlichkeit, dass die Terroristen genau das gleiche Modell benutzten? Sehr gering. Viel eher konnte sie sich vorstellen, dass die Terroristen Vanessa ihr Telefon abgenommen hatten. Was bedeutete, dass ihre Anwesenheit hier kein Geheimnis war. Oh Gott, hatten sie Vanessa etwas getan, und das Display war deshalb kaputt? Ihre Hoffnung wandelte sich in Verzweiflung. Der Agentin durfte nichts passiert sein. Trotzdem hoffte sie natürlich weiterhin darauf, dass jemand herkommen und sie retten würde. Clint musste einfach einen Plan haben!

Derek griff wieder nach ihrem Arm. »Ich bringe Sie jetzt zurück.«

Nein! Nicht wieder in diese Dunkelheit! Shannon wehrte sich gegen ihn. »Kann ich nicht hierbleiben? Ich verspreche auch, ganz ruhig sitzen zu bleiben.« Jedenfalls solange es keine Möglichkeit zur Flucht gab.

Einen Moment lang sah er sie an, dann schüttelte er den Kopf. »Das geht nicht, ich habe noch etwas zu tun.«

Egal was sie versuchte, Derek ließ sich nicht erweichen, und sie fand sich kurze Zeit später in der Finsternis ihrer Zelle wieder. Und je länger sie in der Dunkelheit saß, desto größer wurde ihre Verzweiflung. Clint würde ihretwegen sterben, und sie konnte nichts dagegen tun. *Matt, wo bist du?*

Clint fluchte und ballte seine Hand zur Faust, um nicht auf irgendetwas einzuschlagen. Einerseits war er erleichtert, dass Shannon noch lebte und es ihr so weit gut zu gehen schien, aber allein der Gedanke, dass diese Terroristen jemanden in der Hand hatten, den er liebte, ließ ihn beinahe Amok laufen.

»Okay, ich habe die Koordinaten eingegeben. Du wirst es nicht glauben, wo sie dich treffen wollen.«

Langsam wandte Clint sich zu I-Mac um, froh, dass die Anwesenheit seines früheren Teamkollegen ihm dabei half, sich auf das Wichtige zu fokussieren. »Wo?«

»Bei Carltons Haus.«

Clint schnaubte. »Die scheinen sich ja ziemlich sicher zu sein, dass ich keinen Ärger machen werde.«

Ernst blickte I-Mac ihn an. »Und damit haben sie ja auch recht, denn du würdest nie etwas tun, das Shannon gefährdet. Oder?«

Unglücklicherweise hatte I-Mac damit ins Schwarze getroffen. »Nein.«

»Das heißt, du willst dich wirklich ohne jede Waffe in deren Hände begeben? Was machst du, wenn sie dich einfach abknallen und gar nicht erst zum Lager bringen?«

Als hätte er darüber nicht schon lang und breit nachgedacht, aber er sah keine andere Möglichkeit, wenn er nicht wollte, dass Shannon getötet wurde. »Sterben.«

Erregt sprang I-Mac auf. »Das ist kein verdammter Scherz, Clint! Diese Terroristen haben keinerlei Problem damit, jemanden einfach umzubringen, und sie halten sich nicht an Spielregeln.«

Grimmig blickte Clint ihn an. »Denkst du, das weiß ich nicht? Schließlich hatte ich schon mal mit ihnen zu tun, und wir haben nur knapp überlebt.« Tief atmete er durch. »Wo ist das Team?«

I-Mac blickte auf den Monitor. »Zu weit weg, um dir schon helfen zu können oder Shannon vorzeitig rauszuholen.«

»Sie erwarten mich in einer Stunde bei den Koordinaten, und dann dauert es ja noch einige Zeit, bis wir mit dem Auto beim Lager angekommen sind. Könnte das klappen?«

Unsicher wiegte I-Mac den Kopf. »Sehr knapp, je nachdem wie schnell sie durchkommen und was es für Verteidigungsmaßnahmen gibt. Es könnte sein, dass du dort auf dich allein gestellt bist, Clint.« Sorgenfalten hatten sich in I-Macs Gesicht gegraben.

Clint blickte auf die Uhr. »Dagegen kann ich nichts tun. Wenn ich dort nicht in achtundfünfzig Minuten auftauche, werden sie Shannon töten, und das werde ich nicht zulassen.« Matt verließ sich darauf, dass er Shannon am Leben hielt, bis das Team zugreifen konnte.

»Dann statte ich dich jetzt aus. Ein Headset kann ich dir leider nicht geben, das wäre zu auffällig, aber ich werde dir einen Sender geben, damit das Team weiß, wo es dich genau findet. Versuch, irgendwie in die Nähe von Shannon zu kommen, damit sie das beim Angriff berücksichtigen können. Und wenn möglich, gib Vanessa Bescheid.«

Unausgesprochen klang in seinen Worten die Befürchtung mit, dass die Agentin bereits tot sein könnte. Noch etwas, das auf Clints Gewissen drücken würde, sollte Vanessa ihren Mut tatsächlich mit dem Leben bezahlt haben. Nur ihretwegen kannten sie den Standort des Lagers und hatten überhaupt eine Chance, seine Schwester zu retten und die Terrorgruppe endlich auszuschalten.

»Wir werden Vanessa da rausholen.« SEALs ließen niemals ein Teammitglied zurück, und das galt auch für die TURTs.

25

Matt fluchte tonlos, als sein Fuß erneut in einem Loch versank, das in der dichten Vegetation nicht zu erkennen gewesen war. Die Wälder des Bitterroot National Forests erwiesen sich als unerwartet menschenfeindlich, zumindest wenn man die Pfade und befahrbaren Wege vermeiden musste. Auf der direkten Route zwischen ihrem Startpunkt und dem Lager der Terroristen lagen unzählige Hügel, dicht bewachsene Wälder, verbrannte Gegenden, die sie ebenfalls umgehen mussten, weil sie dort zu sichtbar gewesen wären, und Flüsse. Dort hindurchzukommen, ohne ihre Ausrüstung zu verlieren oder unbrauchbar zu machen, war besonders unangenehm. Doch sie näherten sich langsam, aber sicher ihrem Ziel, und das war für ihn das Einzige, was zählte. Immer wenn sie wieder ein Hindernis vor sich hatten, dachte er an Shannon, und damit wurde alles andere nebensächlich.

Obwohl die SEALs von Team 11 nicht so viel zu verlieren hatten wie er selbst, konnte er auch in ihren Gesichtern die Entschlossenheit sehen. Matt war dankbar, sie an seiner Seite zu haben. Zwar hätte er die Sache zur Not auch alleine durchgezogen, aber er wusste, dass seine Chancen nicht besonders hoch gewesen wären. Mit dem Team jedoch rechnete er sich gute Möglichkeiten aus, Shannon zu retten und lebend wieder herauszukommen. Hinter einer Pinie hielt er an und aß einen Müsliriegel. Seit Stunden waren sie schon unterwegs, doch es lag noch ein ganzes Stück vor ihnen. Allerdings wurde es langsam hell – auch wenn es unter den Bäumen noch ziemlich düster war –, und damit würde es leichter sein, sie zu entdecken.

Matt blickte auf sein GPS-Gerät und spürte, wie sich die Anspannung in ihm noch verstärkte. Es dauerte alles zu lange! In jeder einzelnen Sekunde, die sie später kamen, könnte Shannon sterben oder schwer verletzt werden. Er wollte bei ihr sein, jetzt sofort, und sie aus den Händen dieser Monster reißen, doch selbst wenn sie unterwegs auf keinerlei Probleme mehr stießen – was unwahrscheinlich erschien –, würde es noch einige Zeit dauern, bis sie beim Lager ankämen. Mühsam drängte er die Panik zurück, die in ihm aufstieg. Er musste seine Gefühle unterdrücken, sonst würde er nicht in der Lage sein, die Mission durchzuführen.

»Mad, hier ist East.«

Clints Stimme in seinem Ohr ließ ihn zusammenzucken. Schnell drehte er das Mikrofon auf. »Was gibt's?« Er bemühte sich, möglichst tonlos zu sprechen, damit der Schall nicht zu weit durch den Wald drang. In seinem Kopf wirbelten die schlimmsten Befürchtungen durcheinander, und er versuchte, sich dagegen zu wappnen.

»Ich werde mich in vierzig Minuten den Terroristen ausliefern.«

Matt brauchte einen Moment, das zu verdauen. »Das ist zu früh, so schnell schaffen wir das nicht!«

»Das ist mir bewusst, aber ich habe keine Wahl. Immerhin wissen wir jetzt, dass Shannon noch lebt und es ihr so weit gut geht. Und damit das so bleibt, muss ich den Anweisungen folgen, das weißt du.«

Ja, aber das hieß noch lange nicht, dass es ihm auch gefiel. Matt rieb über seine feuchte Stirn. Er wollte Clint sagen, dass er sich nicht darauf einlassen sollte, aber er konnte es nicht, weil er Shannon nicht verlieren wollte. »Clint …«

Sein Freund unterbrach ihn. »Es gibt nichts mehr dazu zu sagen. Es ist die einzige Möglichkeit. I-Mac stattet mich mit einem Sender aus, damit ihr wisst, wo ich mich aufhalte. Versucht, mich nicht zu treffen, wenn ihr angreift.«

Der Versuch eines Scherzes konnte Matt nicht aufheitern. »Wir werden uns alle Mühe geben. Sieh nur zu, dass du noch lebst, wenn wir kommen. Und bitte beschütze Shannon.«

»Mit meinem Leben, das weißt du. Von Vanessa haben wir noch nichts weiter gehört, ich hoffe, ich sehe sie dann, wenn ich dort bin.«

Der Gedanke daran, dass Vanessa sich im Lager der Terroristen aufhielt, bewirkte auch nicht gerade, dass Matt ruhiger wurde. Allerdings hoffte er, dass sie mit ihrer Erfahrung in der Undercover-Arbeit eine Möglichkeit fand, sie zu unterstützen und Shannon zu schützen, bis sie eintrafen.

»Wie geht es Karen?«

»So weit gut, sie ist aber noch nicht aus der Narkose aufgewacht. Ich hoffe, das geschieht noch, bevor ich aufbreche.« Clint räusperte sich. »Shannon hat während des Telefonats gefragt, ob sie mit dir sprechen könne.«

Matts Hand grub sich in den Baumstamm. »Was hast du gesagt?«

»Dass du unterwegs bist. Ich hoffe, sie hat verstanden, dass du auf dem Weg zu ihr bist. Ich soll dir ausrichten …« Clint verstummte.

»Was?« Matts Herz zog sich schmerzhaft zusammen.

»Dass sie dich liebt.« Clint war anzuhören, wie unangenehm es ihm war, mit ihm darüber zu sprechen. »Was auch immer passiert, hol sie da raus, okay?«

»Das habe ich vor. Ohne sie werde ich nicht gehen.«

»Gut. Wir sehen uns später.« Clint unterbrach die Verbindung, ohne seine Antwort abzuwarten.

Wie betäubt drehte Matt sein Mikrofon wieder zu, bevor er leise fluchte. Er wusste nicht wie, aber irgendwie musste es ihnen gelingen, sowohl Shannon als auch Vanessa und Clint dort herauszubringen. Ihm persönlich war egal, was sie dafür tun mussten, solange er Shannon wiederbekam, doch er wollte nicht, dass die TURTs und SEALs darunter zu leiden hatten.

Nachdem er ein paarmal tief durchgeatmet hatte, drehte er das Mikrofon wieder auf. »Männer, ihr habt es gehört: Wir müssen uns darauf einstellen, dass sich neben Shannon und Vanessa auch Clint im Lager aufhält, wenn wir dort eintreffen. Sorgen wir dafür, dass sie alle sicher rauskommen.«

Mehrere bestätigende Klicks kamen durch die Kopfhörer. Für einen Moment genoss Matt es einfach nur, nach so langer Zeit wieder von seinem alten Team umgeben zu sein. Auch wenn Rock und er eigentlich nicht mehr dazugehörten, war es trotzdem fast wie früher.

Devil meldete sich. »Cat, wie sieht es aus?«

Cat war als der Späher des Teams vorausgelaufen und erkundete die Gegend, damit sie keine Überraschungen erlebten.

»Terrain wird nicht besser. Ich stehe an einem ziemlich steilen Abhang, den wir hinuntermüssen, wenn wir keinen riesigen Umweg machen wollen.«

Genau das, was Matt nicht hatte hören wollen. War es zu viel verlangt, wenn er sich wünschte, dass endlich mal etwas glattlief? Anscheinend. Normalerweise liebte er Herausforderungen, aber nicht wenn Shannons Leben auf dem Spiel stand. So würden sie für ihre Rettung nicht nur Können brauchen, sondern auch Glück. Und das schien im Moment eindeutig nicht auf ihrer Seite zu sein.

Matt biss die Zähne zusammen. »Zur Not rutsche ich auch auf dem Hintern da runter.«

Cat gab einen amüsierten Laut von sich. »Das wird wohl nicht nötig sein. Aber es ist nicht ungefährlich und wird Zeit kosten.«

Devils Stimme drang durch den Kopfhörer. »Ich sehe mir das an, dann entscheide ich.«

Matt wollte protestieren, aber er erinnerte sich gerade noch rechtzeitig daran, dass Devil der CO des SEAL-Teams war und damit die Verantwortung für seine Männer trug. Sie würden *seinem* Befehl folgen und nicht Matts. Das war richtig so, aber in der derzeitigen Lage auch frustrierend für ihn. Er wollte einfach losstürmen und sämtliche Hindernisse überwinden, die zwischen ihm und Shannon standen. Doch das würde wohl seinen sicheren Tod bedeuten.

»Okay, los, und bis auf Weiteres Funkstille.« Niemand widersprach Devils Befehl.

Vanessa schaffte es gerade noch, in ihren Raum zurückzukehren und sich auf das Bett zu werfen, bevor die Tür aufging und Eric hereinkam.

Seine Augen wanderten über ihren Körper, und seine Lippen verzogen sich zu einem Lächeln. »Hast du jetzt Lust auf eine kleine Tour? Nachher habe ich leider noch einen Termin, aber jetzt hätte ich ein wenig Zeit.«

Langsam setzte sie sich auf und strich ihre Haare zurück. »Gerne. Gehen wir raus oder bleiben wir im Gebäude?«

»Hier im Haus ist nicht viel zu sehen, aber ich denke, einige der anderen Hütten werden dir gefallen. Wir leben hier draußen ziemlich unabhängig von der restlichen Welt.«

Vanessa erhob sich und ging auf ihn zu. »Dann seid ihr doch so etwas wie eine alternative Kommune?« Sie sagte es mit einem Lächeln, damit er sich nicht beleidigt fühlte.

»Nicht ganz, aber den Unterschied werde ich dir später erklären, dafür reicht die Zeit heute nicht.« Als sie neben ihm stehen blieb, strich er mit den Fingern eine Haarsträhne aus ihrem Gesicht. »Es ist eine Schande, dass es hier gerade so hektisch ist, ich würde mich viel lieber mit dir beschäftigen.«

Mit Mühe hielt sie sich davon ab, den Kopf wegzuziehen. »Das würde mir auch gefallen. Aber ich verstehe, dass du etwas anderes zu tun hast. Wenn du möchtest, bleibe ich gerne noch etwas länger hier.«

Eric grinste sie an. »Ich werde dich sicher nicht so schnell gehen lassen.« Er holte etwas hervor, das er hinter seinem Rücken versteckt hatte. »Ich habe dir auch etwas mitgebracht, ich hoffe, es passt.«

Vanessa bemühte sich, keine Miene zu verziehen, als sie das ärmellose Sommerkleid sah, das Eric ihr hinhielt. Es war tief ausgeschnitten, und der Rock würde ihr gerade so über den Po reichen. Vermutlich hatte er es einer Prostituierten geklaut. Immerhin war es nicht pink, sondern in einem tiefen Grün, das mit einem anderen Schnitt sicher sehr schön ausgesehen hätte. »Oh, das wäre doch nicht nötig gewesen.«

»Ich denke schon. Du kannst ja schlecht die ganze Zeit in der gleichen Kleidung herumlaufen. Zieh es an, ich will sehen, wie es an dir aussieht.« Er hielt ihr das Kleid hin.

Zögernd nahm Vanessa es an. »Würdest du solange draußen warten?«

»Ungern, aber ich verstehe, dass du noch ein wenig scheu bist. Ich warte draußen.«

Nachdem er die Tür leise hinter sich geschlossen hatte, warf Vanessa das Kleid aufs Bett und stemmte die Hände in die Hüften. Dachte dieser Verbrecher, eine Frau fände es toll, von ihm wie eine Nutte ausstaffiert zu werden? Wohl kaum. Aber sie konnte nichts dagegen tun, wenn sie ihn nicht gegen sich aufbringen wollte. Die Führung durch das Gelände war wichtiger als ihr Schamgefühl. Nicht, dass das bei ihr besonders ausgeprägt gewesen wäre. Sie war so weit zufrieden mit ihrem Körper und hatte auch nichts dagegen, ihn hin und wieder zur Schau zu stellen. Nur wollte sie selbst entscheiden, wann und für wen. Aber das war jetzt unerheblich. Solange Eric mit ihr beschäftigt war, würde er zumindest Shannon nichts tun.

Während seines Telefonats mit Clint hatte sie an der Tür gelauscht, und sie wusste, dass ihr nicht mehr viel Zeit blieb. Wenn Clint in etwa dreißig Minuten abgeholt wurde, würde er in spätestens zwei Stunden hier sein. Zu dem Zeitpunkt musste sie in Position sein, denn sie war sich sicher, dass Eric Shannon ziemlich schnell töten würde, weil sie für ihn ihren Zweck erfüllt hatte. Das musste sie unbedingt verhindern, auch wenn dadurch vermutlich ihre Tarnung auffliegen würde. Aber damit konnte sie leben, sie wollte sowieso nicht länger als irgend nötig hierbleiben. Hoffentlich war das Team dicht hinter Clint, und sie konnten die Terroristen ein für alle Mal hochgehen lassen.

Vanessa ignorierte das leise Bedauern darüber, dass dann auch Derek gefangen genommen oder sogar getötet werden würde. Er hatte sich mit den Terroristen eingelassen und musste mit den Konsequenzen leben. Genau wie sie. Und auch wenn sie jetzt noch glaubte, seine Lippen an ihren zu spüren, gab es nichts, was sie tun konnte, um ihn aus der Sache herauszuhalten. Genervt riss sie ihr Oberteil über den Kopf. Warum sollte sie das auch wollen? Derek war ein Verbrecher und Mörder, genau wie der Rest der *Krieger Gottes*. Da war es völlig egal, dass er der erste Mann seit langer Zeit gewesen war, der in ihr solche Gefühle ausgelöst hatte.

Kopfschüttelnd verdrängte sie diese Gedanken und konzentrierte sich darauf, das Kleid über den Kopf und ihre Rundungen zu bekommen. Offensichtlich war es für jemanden gedacht, der deutlich schlanker war als sie. Mit einem letzten

Ruck zog sie es über ihre Hüfte und schnitt eine Grimasse, als sie an sich hinuntersah. Ihre Brüste quollen beinahe aus dem tiefen Ausschnitt, der Stoff lag so eng an, dass man ihre Rippen erahnen konnte. Wie erwartet reichte der Saum nur bis zur Mitte ihrer Oberschenkel, sie musste unbedingt daran denken, sich nicht zu bücken oder hinzusetzen, solange sie es trug.

Eilig warf Vanessa einen Blick in den kleinen Spiegel, der an der Wand hing, und stellte fest, dass ihr die Farbe tatsächlich sehr gut stand. Ihre Augen leuchteten tiefgrün und ihre Haare wirkten noch rötlicher als sowieso schon. Wenn der furchtbare Schnitt nicht wäre … Ein letztes Mal zupfte sie am Ausschnitt, um ihn etwas weniger gewagt zu machen, doch es half nichts. Wenigstens bedeckten die breiten Träger die Narben der Schusswunde an ihrer Schulter. Vanessa ging zur Tür und öffnete sie nach einem tiefen Atemzug.

Eric streckte ihr lächelnd die Hand entgegen, während sein Blick über ihren Körper glitt. An ihrem Dekolleté blieb er hängen, und Vanessa konnte praktisch hören, wie er sich wünschte, der Stoff würde etwas tiefer rutschen. Sie legte eine Hand darüber und wartete, bis er ihr in die Augen sah.

»Ich fürchte, das Kleid ist nicht gesellschaftsfähig.«

Sein Lächeln wurde breiter. »Ich finde es wunderschön, wie für dich gemacht. Und da ich vorhabe, dich ganz für mich alleine zu beanspruchen, bin ich die einzige Gesellschaft, die dich darin sieht.«

Oh Freude! Vanessa schaffte es, ihre Grimasse zu unterdrücken. »Dann ist es ja gut. Ich möchte niemanden beleidigen.« Sie schob ihre Hand durch seine Armbeuge.

»Keine Angst, das würdest du nicht. Ich wette, sie wären alle ganz begeistert, aber ich mag dich nicht teilen.« Er drückte ihre Hand kräftiger als nötig. »Mit niemandem.«

Kurz fragte Vanessa sich, ob er von der Episode zwischen

ihr und Derek wusste, aber dann verwarf sie den Gedanken. Derek hätte nichts davon, es Eric zu erzählen, ganz im Gegenteil. Und so verächtlich wie er sie vorhin betrachtet hatte, würde niemand auf die Idee kommen, dass Derek sie nur wenige Stunden zuvor geküsst hatte, als gäbe es kein Morgen mehr. Vielleicht hatte er das auch schon wieder vergessen, und sie war die Dumme, die nicht dazu in der Lage war. Wenn sie von diesem Einsatz zurückkam, sollte sie wirklich anfangen, wieder öfter auszugehen und Männer kennenzulernen. Anscheinend hatte sie es so nötig, dass sie schon einen Terroristen anziehend fand.

Von sich selbst angewidert konzentrierte sie sich darauf, ihre Rolle für Eric zu spielen. Nur noch kurze Zeit und sie würde all ihr Können einsetzen müssen, um Shannon zu beschützen und hier rauszubringen. Hoffentlich schaffte Clint es, irgendwelche Waffen oder die anderen SEALs mit hierherzubringen, sonst sah es nicht gut für sie aus. Denn dass Vanessa nicht ohne Shannon und Clint gehen würde, war klar. Genau deshalb ließ sie sich ja von Eric die anderen Häuser und das Gelände zeigen, damit sie nachher genau wusste, womit sie es zu tun hatte.

Als ihr Nacken prickelte, drehte sie sich um, doch sie konnte niemanden sehen, der sie beobachtete. Vielleicht waren es die Kameras, die überall angebracht waren. Da sie nichts dagegen tun konnte, beschloss Vanessa, das Gefühl zu ignorieren. Im Moment tat sie nichts, was niemand sehen durfte. Im Gegenteil, je mehr Leute sie sahen und wussten, dass sie unter Erics Schutz stand, desto besser. Das würde die Sache erleichtern, wenn sie jemandem begegnete, während sie Shannon befreite. Sie musste nur den richtigen Moment abpassen. Etwas zu früh und Clint würde vielleicht sofort getötet werden. Zu spät und … Nein, darüber wollte sie gar nicht nachdenken. Matt verließ sich darauf, dass sie ihren Job erledigte. Nach einem letzten Blick über die Schulter ging sie hinter Eric her in ein weiteres Gebäude.

Lautlos folgte Derek den beiden über das Grundstück. Vielleicht war alles ganz harmlos und Vanessa diejenige, die sie zu sein behauptete, aber er glaubte es nicht. Sein Instinkt sagte ihm, dass irgendetwas bei ihr seltsam war. Sie benahm sich nicht wie eine eher einfache Frau, die sich mit einem fremden Mann einließ – oder zumindest nur dann, wenn sie mit Eric zusammen war. In Dereks Gegenwart hatte sie sich ganz anders verhalten, und er hatte die Intelligenz in ihren Augen gesehen. Inzwischen hatte er das Passwort ihres Handys geknackt und rein gar nichts gefunden. Lediglich ein paar Kontakte, die nur mit Vornamen aufgelistet waren, sonst nichts. Keine alten SMS, keine alten Verbindungsdaten. Keine Fotos. Nicht einmal Termine waren eingetragen. Es wirkte, als hätte sie es gesäubert, bevor sie hierhergekommen war. Und das tat keine Frau, die nichts zu verbergen hatte.

Mit einem Hauch schlechten Gewissens hatte er die Kamera im Gästezimmer angeschaltet und beobachtet, wie sie sich umgezogen hatte. Zuerst war er von ihrem fast nackten Körper abgelenkt gewesen und hätte so beinahe die frischen Narben an ihrer Schulter übersehen. Er hatte die Stelle herangezoomt und damit seinen Verdacht bestätigt: Es handelte sich um eine gerade verheilte Schusswunde. Natürlich könnte sie einfach Pech gehabt haben, oder ihr Mann war ein noch größeres Schwein, als sie berichtet hatte, aber daran glaubte er nicht. Zusammen mit allem anderen machten ihn die Narben verdammt misstrauisch. Genauso wie ihr Gesichtsausdruck, bevor sie die Tür geöffnet hatte. Es schien, als müsste sie sich zwingen, wieder eine Maske aufzusetzen. Nein, nach ihrem Besuch im Keller war er sich ziemlich sicher, dass sie etwas zu verbergen hatte. Die Frage war nur, ob und, wenn ja, für wen sie eine Gefahr darstellte.

Genau deshalb folgte er ihr bei dem Rundgang mit Eric. Er biss die Zähne zusammen, als der Anführer zum wiederholten Mal seine Hand auf Vanessas Po legte, während er ihr etwas zeigte. Vor allem ärgerte er sich über sich selbst, weil es ihm etwas ausmachte. So als würde Eric *seine* Frau angrapschen, was völlig lächerlich war. Er mochte Vanessa noch nicht einmal, ganz zu schweigen davon, dass er nicht schlau aus ihr wurde. Wieso störte es ihn also, wenn sie – aus welchen Gründen auch immer – Eric erlaubte, sie so intim zu berühren? Es hatte auch nicht geholfen, dass sie ihn vorhin angesehen hatte, als wäre er eine Made, die gerade unter einem Stein hervorgekrochen war.

Warum hatte sie ihn nachts geküsst? Aus Berechnung, um ihn davon abzuhalten, Eric zu erzählen, dass er sie im Keller gefunden hatte? Möglich, dass es so begonnen hatte, aber sie müsste schon eine begnadete Schauspielerin sein, um ihre Erregung vorzutäuschen. Die Laute, die sie ausgestoßen hatte, ihre harten Brustspitzen unter seinen Fingern, die Art, wie sie sich an ihm gerieben hatte. Vor allem aber den Geruch ihrer Erregung, der ihm wie eine Droge ins Blut gefahren war. Nein, für ihn gab es keinen Zweifel daran, dass sie ihn gewollt hatte. Wenn sie nicht nach seiner Waffe gegriffen hätte, wären sie beide verloren gewesen und in ihre Leidenschaft abgetaucht. So hatte er gerade noch im letzten Moment reagiert und sie daran gehindert, ihn zu entwaffnen.

Verdammt, wann war ihm das zum letzten Mal passiert? Er konnte sich nicht mehr daran erinnern. Seine Pistole war wie ein Teil von ihm, und er zögerte nicht, sie zu benutzen. Doch Vanessa hatte er nicht nur gedeckt, sondern auch die Situation ausgenutzt und sie geküsst. Das war inakzeptabel. Gerade in der derzeitigen Lage konnte er sich eine Ablenkung nicht leisten, und das war Vanessa definitiv. Warum kroch er dann immer noch durchs Gebüsch, anstatt sich um wichtigere Dinge zu kümmern? Er konnte es nicht sagen, sich aber auch nicht dazu bringen, damit aufzuhören. Stattdessen folgte sein Blick Vanessas schlanker, aber an den richtigen Stellen gerundeter Figur, die in dem ultrakurzen Kleid nicht zu übersehen war. Besonders, als sie sich bückte und er kurz ihren schwarzen Slip sehen konnte. Sein Mund wurde trocken, aber es gelang ihm nicht, den Blick abzuwenden.

Als hätte sie ihn gespürt, drehte Vanessa sich um und betrachtete die Umgebung. Auch das passte nicht zu der einfachen Frau, die sie zu sein vorgab. Dafür war sie viel zu wachsam, ihr Blick scharf. Erleichtert atmete er auf, als sie sich schließlich wieder umdrehte und an Eric schmiegte. Er sagte etwas, und sie lachte laut auf. Der überraschend sinnliche Laut drang in Dereks Körper und löste unwillkommene Erregung in ihm aus. Was hatte diese Frau nur an sich, dass seine sonst so gerühmte Beherrschung auf einmal Risse bekam? Das konnte er sich nicht leisten, weder als Sicherheitschef der *Krieger Gottes* noch als Mann. So vieles hing davon ab, dass er sich nicht ablenken ließ. Zu viel.

Mit einem angewiderten Schnauben drehte er sich um und schlich zum Haus zurück. Sollte Vanessa irgendetwas vorhaben, würde er das früh genug mitbekommen und sie daran hindern. Was sie mit Eric machte, sollte ihm völlig egal sein. Und das war es auch. Theoretisch zumindest.

26

Clint kam sich seltsam nackt vor, als er sämtliche Waffen und technischen Hilfsmittel ablegte. Zuerst hatte er überlegt, ob er sein Messer behalten sollte, aber wenn die Terroristen es entdeckten, würde ihn das in große Gefahr bringen. Und er war sich ziemlich sicher, dass sie ihn sehr genau durchsuchen würden. Damals hatten sie den Fehler begangen, sein im Gürtel verstecktes Messer zu übersehen, er konnte sich nicht vorstellen, dass ihnen dies noch einmal passieren würde. Da sie Shannon in ihrer Gewalt hatten, wollte er kein Risiko eingehen. Er konnte nur hoffen, dass sie seine Schwester am Leben ließen, bis er dort eintraf. Doch sowie er sich in ihre Hände begab, hatte er keine Kontrolle mehr darüber, was sie taten. Und das machte ihn verdammt nervös.

»Hältst du das wirklich für eine gute Idee?«

Clint blickte I-Mac nicht an. »Nein, aber ich kann auch nicht zulassen, dass sie Shannon töten, wenn ich es irgendwie verhindern kann.«

»Das verstehe ich. Aber so völlig ohne Waffen hinzugehen ist Selbstmord, und das weißt du auch.«

Jetzt drehte er sich doch zu seinem Freund um. »Wenn dir etwas einfällt, wo ich eine Waffe verstecken könnte, damit sie sie nicht finden, immer her damit.« Frustriert strich er mit den Händen durch seine Haare. »Es geht mir völlig gegen den Strich, mich auszuliefern und damit aufzugeben. Aber es geht um das Leben meiner Schwester, und ich würde alles tun, um sie zu retten. Sorg du dafür, dass die anderen immer genau wissen, wo ich bin, damit sie mich dort ganz schnell wieder rausholen.«

»Das werde ich.« I-Mac hielt ihm einen kleinen Gegenstand hin. »Hier, schluck das.«

»Ich brauche keine Beruhigungspillen!«

I-Mac grinste schwach. »Das hatte ich auch nicht angenommen. Dieses kleine Ding ist dein Sender. Wenn er sich in deinem Magen befindet, wird ihn niemand entdecken. Er hält etwa vierundzwanzig Stunden, aber so lange wirst du ihn ja nicht brauchen.«

Skeptisch blickte Clint das Ding an, das beinahe wie ein Zäpfchen aussah. Der Gedanke, so etwas schlucken zu müssen, war nicht gerade erfreulich. Aber wenn es half, Shannon zu befreien, würde er es tun. Rasch nahm er es I-Mac aus der Hand und steckte es in den Mund. I-Mac reichte ihm eine Wasserflasche, damit er das unangenehm schmeckende Ding hinunterspülen konnte. Nach einigen tiefen Schlucken stellte Clint die Flasche auf den Tisch.

»Nächstes Mal gib ihm einen besseren Geschmack. Das ist ja widerlich.«

I-Mac salutierte zackig. »Wird gemacht, Sir.« Er blickte auf den Monitor und nickte dann zufrieden. »Geh ein paar Schritte.«

Clint folgte dem Befehl und blickte I-Mac dann fragend an. »Funktioniert es?«

»Einwandfrei. Die anderen werden deine Position zentimetergenau bestimmen können. Zur Sicherheit geh aber in Deckung, wenn du Schüsse oder Explosionen hörst.« Mit hochgezogener Augenbraue blickte Clint ihn so lange an, bis I-Macs Ohren sich röteten. »Äh, ja, das weißt du natürlich. Entschuldige, ich bin nervös.«

»Nicht nur du.« Clint steckte sein Handy in die Hosentasche.

»Wenn noch etwas sein sollte, bin ich bis zu dem genannten Termin telefonisch erreichbar. Danach lasse ich das Handy im Auto liegen, sonst würden sie es mir garantiert abnehmen.«

I-Mac nickte. »Alles klar. Lass die Schweine bloß nicht gewinnen.«

»Ich bemühe mich.« Natürlich würde er alles tun, um Shannon zu retten und selbst zu überleben, aber die Chancen standen momentan nicht sonderlich gut, und das wussten sie alle. Ein letzter Händedruck, dann verließ Clint das Haus.

Mit dem Mietwagen fuhr er in einem großen Bogen um den Ort herum, um dann von der richtigen Seite aus auf Carltons Haus zuzufahren. Es könnte immerhin sein, dass ihn jemand beobachtete, und er wollte nicht, dass die Terroristen bemerkten, dass er sich schon die ganze Zeit in der Nähe aufgehalten hatte. Langsam fuhr er die Einfahrt des Grundstücks hinauf. Clint parkte in der Nähe des Hauses und stellte den Motor aus. Tiefe Stille senkte sich über ihn herab, lediglich unterbrochen vom Ticken des Motors.

Unruhig stieg er aus und blickte sich um. Nichts bewegte sich, er war allein. Eine Einsamkeit, die er kaum ertragen konnte. Deshalb zog er das Handy aus der Hosentasche und wählte Jays Nummer.

Der antwortete bereits nach dem ersten Klingeln. »Hast du Shannon?«

Clint schnitt eine Grimasse. »Noch nicht. Ist Karen schon aufgewacht? Ich muss mit ihr sprechen.« Bevor er sich Terroristen auslieferte und vielleicht nicht überlebte. Genervt schüttelte er den Gedanken ab. Er würde überleben, schon allein, um Karen und Maya wiederzusehen.

»Warte, ich sehe nach.« Jay räusperte sich. »Ich würde es dir echt übelnehmen, wenn du dich umbringen lässt, Clint. Sei also lieber vorsichtig.«

Clint musste lächeln, während sich gleichzeitig der Druck auf seine Brust verstärkte. »Das bin ich, keine Angst.«

»Gut.« Ein leises Geräusch erklang, dann hörte er Stimmen.

»Clint?« Er schloss die Augen, als Karens erschöpfte Stimme durch den Hörer drang.

»Ja, ich bin es. Wie geht es dir, Schatz?«

Sie stieß einen rauen Laut aus. »Ich fühle mich … als hätte mich … ein Lastwagen überrollt, aber sonst … geht es … mir gut.«

Er rieb über seine Brust. »Schon dich und hör gut auf die Ärzte, okay? Dann bist du bald wieder fit. Ich komme so schnell ich kann, ich muss nur noch etwas erledigen.« Wie zum Beispiel, sich unbewaffnet in ein Terroristenlager zu begeben.

»Du … lieferst … dich aus, oder?« Furcht klang in ihrer Stimme mit.

Verdammt, Karen kannte ihn eindeutig zu gut. »Es gibt leider keine andere Möglichkeit, dafür zu sorgen, dass Shannon in Sicherheit ist. Würde ich das nicht tun …«

Karen unterbrach ihn. »Das weiß ich.« Schweres Atmen drang durch die Leitung. »Ich verstehe … dass du das tun … musst. Aber bitte … sei vorsichtig.«

»Das bin ich immer.« Und das war nicht mal gelogen. Allerdings standen sonst die Chancen wesentlich besser.

»Ich liebe dich, Clint Hunter. Komm gesund zu mir zurück.« Er konnte hören, dass sie weinte, und seine Kehle zog sich zusammen.

»Das werde ich, ich verspreche es.« Seine Stimme klang noch rauer als gewöhnlich. »Gib Maya einen Kuss von mir. Ich lie…«

Ohne jede Vorwarnung traf ihn ein harter Schlag auf den Kopf. Das Handy rutschte aus seinen plötzlich gefühllosen Fingern und fiel ins Gras. Seine Beine knickten ein, und er schwankte. Clint versuchte noch, sich am Auto festzuhalten, doch seine Arme gehorchten ihm nicht. Wie ein gefällter Baum stürzte er zu Boden. Schmerz zuckte durch seine Seite und breitete sich in seinem Körper aus. Wie durch einen Nebel hörte er Karens Stimme, die seinen Namen rief. Er wollte ihr antworten, aber es gelang ihm nicht. Seine Augen schlossen sich, und er konnte nur noch daran denken, dass er versagt hatte und Shannon seinetwegen sterben würde. *Es tut mir leid.*

Matt fluchte unterdrückt, als er sah, dass Cat eher noch untertrieben hatte. Der steile Abhang entpuppte sich als beinahe senkrechte Wand, jedenfalls kam es ihm aus seiner Perspektive so vor. Zweifelnd blickte er in die Tiefe und versuchte, sich nicht vorzustellen, was passieren würde, wenn einer von ihnen den Halt verlor und hinunterstürzte. Es wäre Wahnsinn, ungesichert diesen Weg zu nehmen. Sie mussten die Schlucht wohl doch umgehen, auch wenn es viel Zeit kosten würde, die sie eigentlich nicht hatten. Gerade waren sie von I-Mac informiert worden, dass es keinen Kontakt mehr zu Clint gab und er offensichtlich bei Carltons Haus betäubt, vielleicht aber sogar getötet worden war. Immerhin funktionierte der Sender noch und lieferte ein einwandfreies Signal. Der Wagen fuhr den gleichen Weg wie Vanessa gestern Abend.

Das bedeutete, dass Clint in spätestens einer Stunde ihre Hilfe benötigen würde. Verzweiflung kam in Matt auf, die er mühsam unterdrückte. Er wandte sich an Devil, der bisher stumm neben ihm gestanden hatte. »Was meinst du?«

Es waren seine Männer, die das Risiko eingingen, und so sehr Matt auch Shannon befreien wollte, er würde nicht leichtfertig ihr Leben aufs Spiel setzen. Seelenruhig setzte Devil seinen Rucksack ab und öffnete ihn.

Irritiert sah Matt ihm dabei zu. »Willst du etwa jetzt eine Pause machen?«

»Nein.« Devil zog etwas heraus und hielt es Matt hin. »Ich ebne uns den Weg.«

Mit offenem Mund betrachtete Matt das Werkzeug, mit dem sie einen Haken in den Felsen anbringen konnten. »Woher hast du das gewusst?«

Devil zuckte mit den Schultern und setzte seinen Rucksack wieder auf. »Instinkt.«

Matt hätte ihn küssen können, aber da er wusste, dass Devil das nicht begrüßen würde, sah er davon ab. Stattdessen grinste er ihn an. »Wenn wir wieder in Coronado sind, gebe ich dir einen aus.«

»Das Angebot nehme ich an.« Für einen Sekundenbruchteil stand ein Gefühl in Devils Augen, das Matt nicht deuten konnte. Dann hockte er sich hin und begann mit den Vorbereitungen. Er bohrte ein Loch in den Fels und schlug dann den Haken hinein. Cat reichte ihm ein langes Seil, das in den Haken gefädelt und als zusätzliche Sicherung um einen Baum geknotet wurde. Nachdem er überprüft hatte, dass alles fest war, blickte Devil sich um.

Mit einem resignierten Seufzer trat Rock vor. »Jaja, ich weiß, ich soll wieder testen, ob es mein Gewicht hält. Was macht ihr eigentlich, seit ich nicht mehr im Team bin?«

»Beten.« Docs trockene Bemerkung brachte alle zum Lachen, und selbst Matts Mundwinkel zuckten. Verdammt, er vermisste das Team wirklich!

Viel zu schnell wurde ihm wieder der Grund ihres Hierseins bewusst, und die Anspannung kehrte zurück. Matt beobachtete, wie Rock sich mit den Füßen an die Felswand gestützt am Seil nach unten hangelte. Der Haken knarrte unter seinem Gewicht, hielt aber. Nach und nach seilte sich das Team ab, bis sie schließlich alle sicher auf dem Boden waren.

Cat blickte nach oben. »Was machen wir mit dem Seil?«

»Einfach hängen lassen. Hierher wird sich wohl kaum jemand verirren. Zur Not können wir zurück auch den langen Weg nehmen oder Luftunterstützung anfordern.« Matt rückte die Riemen seines Rucksacks zurecht und blickte auf das Display seines GPS-Gerätes. Noch immer waren sie nicht in der Nähe des Terroristenlagers, und Clints Zeit lief langsam ab. Jetzt konnten sie noch Tempo machen, aber sowie sie näher kamen, mussten sie vorsichtiger sein. Dadurch würden sie allerdings wertvolle Minuten verlieren.

»Hier, trink.« Doc reichte ihm eine Wasserflasche.

Matt wollte protestieren, aber er wusste, dass er trinken musste, wenn er nicht irgendwann zusammenbrechen wollte. Deshalb nickte er Doc dankend zu und nahm die Flasche entgegen. Auch wenn es Zeit kostete, war er froh, dass sein ehemaliges Team immer noch aufeinander aufpasste. Nachdem er die halbe Flasche ausgetrunken hatte, steckte er sie in die Seitentasche seines Rucksacks.

Als Devil das Zeichen zum Aufbruch gab, atmete Matt erleichtert auf. Sie alle waren erschöpft und brauchten eine Pause, aber er hätte es nicht ertragen, wenn Devil jetzt eine angeordnet hätte. Vermutlich hätte er dann dem drängenden Gefühl in seinem Innern nachgegeben und wäre alleine weitergelaufen. Jede Sekunde konnte über Leben und Tod entscheiden.

Lautlos setzte sich der Trupp auf dem weichen Waldboden in Bewegung. Normalerweise hätte Matt die Natur um sie herum genossen, doch jetzt hatte er keinen Blick für die hohen Douglasien, Pinien und Lärchen, die in einer leichten Sommerbrise raschelten. Dafür stand mit jedem Schritt Shannons Gesicht vor seinen Augen und trieb ihn zu einer immer schnelleren Gangart an. Das Team schien die Dringlichkeit zu spüren und folgte ihm, ohne zu murren. Er würde sich etwas überlegen müssen, wie er ihnen das zurückzahlen konnte. Später, wenn Shannon, Vanessa und Clint in Sicherheit waren.

Clint versuchte, seinen Magen unter Kontrolle zu halten, während der Jeep immer wieder über Schlaglöcher oder Wurzeln holperte. Sein von dem Schlag malträtierter Kopf schmerzte höllisch, und auch die Tatsache, dass er gefesselt auf dem Rücksitz lag, trug nicht gerade zu seiner Stimmung bei. Die Fesseln um seine Handgelenke waren zwar fest, aber er war sich ziemlich sicher, sie relativ schnell lösen zu können. Allerdings hätte das die Männer darauf aufmerksam gemacht, dass er nicht mehr bewusstlos war, und das wollte er noch vermeiden. Da er keine Waffen hatte, war sein einziger Vorteil, dass sie nicht mit seinem Angriff rechneten.

Karen würde sich vermutlich furchtbare Sorgen um ihn machen, und er wünschte, er hätte sich ordentlich von ihr verabschieden können. Wut gegen die beiden Männer kam in ihm auf, und er würde dafür sorgen, dass sie bereuten, ihn niedergeschlagen zu haben. Es war allerdings auch seine eigene Schuld, er hatte sich durch das Telefonat ablenken lassen und nicht genug auf die Umgebung geachtet. Einem SEAL sollte so etwas nicht passieren. Die Terroristen mussten sich in der Nähe versteckt und an ihn herangeschlichen haben. Ein sich näherndes Auto hätte er gehört.

Sein Handy hatte er wohl verloren und damit jede Möglichkeit, mit jemandem Kontakt aufzunehmen. Hoffentlich funktionierte wenigstens der Sender in seinem Körper, damit die anderen wussten, wo er war. Nicht, dass das helfen würde, wenn sie noch zu weit weg waren und nicht eingreifen konnten.

Ein besonders tiefes Schlagloch katapultierte ihn in die Höhe, und er rutschte vom Sitz. Schmerzhaft landete er im

Fußraum. Eingeklemmt zwischen dem Rücksitz und den Lehnen der Vordersitze konnte er sich kaum rühren. Hoffentlich dauerte die Fahrt nicht allzu lange, damit seine Gliedmaßen nicht einschliefen. Wenn sie ankamen, musste er kampfbereit sein, denn die Terroristen würden ihm sicher nicht erst eine Erholungspause zugestehen. Nein, sie würden jede Schwäche ausnutzen. Oder ihn sofort ausschalten, wobei sie sich dann wohl nicht die Mühe gemacht hätten, ihn hierherzubringen. Vermutlich hatte der Anführer noch etwas mit ihm vor, und das würde sicher nicht angenehm werden.

Nur mühsam schaffte Clint es, sich in den geistigen Zustand zu bringen, der es ihm erlauben würde, schnell und professionell zu handeln und keine persönlichen Gefühle zuzulassen, die ihn nur ablenken würden. Das würde schwer werden, wenn er Shannon sah, aber um sie beide zu retten, musste es sein. Gott, er konnte sich noch erinnern, wie er als Junge auf seine beiden Zwillingsschwestern Leigh und Shannon aufgepasst hatte und sie ihn regelmäßig um den kleinen Finger gewickelt hatten. Dafür hatten sie ihn nur mit ihren großen Augen ansehen müssen, und schon war es um ihn geschehen gewesen. Nicht, dass er das jemals zugegeben hätte.

Bevor er länger darüber nachdenken konnte, welche Schäden die tagelange Gefangenschaft vielleicht bei Shannon verursacht hatte, verlangsamte der Wagen seine Fahrt. Durch seine Position im Fußraum war es Clint nicht möglich, aus dem Fenster zu sehen, und das machte ihn nervös. Um vernünftig handeln zu können, musste er wissen, wo er sich genau befand. Zwar hatte er sich auf den Satellitenbildern die Lage des Camps und auch die wahrscheinliche Position der einzelnen Gebäude – soweit sie aus der Luft zu erkennen waren – eingeprägt, doch ohne Sichtkontakt brachte ihm das auch nichts. Ungeduldig wartete er darauf, dass sie endlich anhielten und ihn jemand aus seiner unbequemen Lage befreite, doch stattdessen nahm der Wagen wieder Fahrt auf.

Glücklicherweise dauerte es nicht lang, bis sie erneut zum Stehen kamen. Der Fahrer stellte den Motor ab, und Clint wusste, dass sie jetzt am Ziel waren. Türen öffneten sich, ein Luftzug strich über ihn. Tief atmete er die frische Luft ein und wünschte sich, irgendwo anders zu sein. Mit Karen und Maya in der Natur … Sofort schnitt er den Gedanken ab und konzentrierte sich auf die Mission. Schritte knirschten, dann wurde auch die hintere Autotür geöffnet. Ein Lichtstrahl drang an Clints Augen, und er bemühte sich, nicht darauf zu reagieren. Seinen Körper hielt er schlaff, die Miene ohne jede Regung.

»Verdammt, wie hart hast du denn zugeschlagen? Er ist immer noch bewusstlos!« Die Stimme erklang über ihm, offensichtlich beugte sich einer der Männer ins Auto. Normalerweise wäre das für ihn ein Angriffspunkt, aber diesmal blieb er still liegen.

»Gar nicht so stark. So was sollte ein SEAL doch wohl aushalten!« Der zweite Mann schien weiter weg zu sein. »Lebt er noch?«

Finger berührten seine Halsschlagader, und Clint bemühte sich, seinen Puls unten zu halten. »Ja. Glücklicherweise. Eric würde uns umbringen, wenn er tot wäre.«

»Und was machen wir jetzt?«

»Reintragen, was sonst? Dank dir kann er ja nicht selbst laufen.« Ärger war in der Stimme zu hören. »Ich ziehe ihn raus, und du nimmst die Beine. Klar?«

»Okay.«

Der Mann packte Clint unter den Achseln und zog kräftig. Clint unterdrückte einen Schmerzenslaut, als sein Kopf an die Tür stieß und seine Schulter sich unter dem Vordersitz verkeilte. Sein Rücken brannte an der Stelle, wo sich das Sweatshirt hochgeschoben hatte und seine nackte Haut zerkratzt wurde. Nach einigem Ziehen bemerkte der Terrorist, dass er so nicht weiterkommen würde, und ließ los. Clint fiel auf den Boden zurück, die Wunde an seinem Kopf kollidierte mit etwas Hartem, und er sah Sterne. Wenn das so weiterging, würde er in keinem guten Zustand beim Anführer ankommen.

»Hilf mir mal, wir müssen ihn erst auf die Rückbank legen, bevor wir ihn rausbekommen.«

Dafür war Clint überaus dankbar. Er hielt seinen Körper weiterhin schlaff, als sie ihn ächzend an Schultern und Füßen auf den Sitz hievten. Seine Schultergelenke schmerzten, weil er jetzt auf seinen hinter den Rücken gefesselten Händen lag. Dann packte ihn der Mann wieder unter den Achseln und bugsierte ihn aus dem Jeep. Er schwankte unter Clints Gewicht und fluchte unterdrückt. Der andere packte seine Füße, bevor sie auf den Boden schlugen. Wie Clint sah, als er vorsichtig unter seinen Wimpern heraus die Umgebung betrachtete, trugen sie ihn auf ein Gebäude zu. Sie befanden sich auf einem umzäunten Grundstück, das sich fast nicht vom umgebenden Wald unterschied.

Clint atmete noch einmal tief durch, bevor sie ihn in die Hütte trugen. Sehnsüchtig blickte er auf die Bäume zurück, bis sich die Tür schloss und er gefangen war. Unter einigen Flüchen schafften sie es, ihn in einen großen Raum zu bringen und auf einen Stuhl zu setzen. Schließlich banden sie seine Beine an den Stuhlbeinen fest, damit er nicht hinunterrutschte. Oder weil sie dachten, er könne dann nicht mehr fliehen oder sie angreifen, was völlig lächerlich war. Aber das würde er ihnen sicher nicht auf die Nase binden. Stattdessen tat er weiter so, als wäre er bewusstlos, und wartete darauf, was als Nächstes passieren würde.

Lange dauerte es nicht. Die Art, wie die beiden Männer plötzlich verstummten, war ein deutliches Indiz dafür, dass jemand anderes den Raum betreten hatte.

»Ah, da ist ja der legendäre Clint Hunter. Willkommen in meiner bescheidenen Hütte.« Die Stimme steigerte seine Anspannung beträchtlich, denn er hörte sie immer noch in seinen Albträumen. Aber das konnte nicht sein: Packard war tot und begraben. Er selbst hatte ihm das Genick gebrochen, als er versucht hatte, Karen zu vergewaltigen. Mit schierer Willenskraft gelang es Clint, nicht äußerlich zu reagieren und sich damit zu verraten.

»Was ist mit ihm los?« Die Schritte kamen näher, und Clint spürte, dass der Mann jetzt direkt vor ihm stand.

»Ted hat ihm einen Schlag auf den Kopf versetzt, damit wir ihn leichter transportieren konnten. Keine Ahnung, warum er noch nicht aufgewacht ist. Müsste jeden Moment so weit sein.« Deutlich war die Nervosität des Mannes zu hören, offenbar befürchtete er eine Bestrafung.

Etwas strich direkt über die schmerzhafte Stelle an seinem Kopf, und Clint konnte nur mit Mühe seine Reaktion unterdrücken. »Eine Platzwunde und eine dicke Beule. Aber eigentlich kein Grund, warum er jetzt noch bewusstlos sein sollte. Wenn er nicht wieder aufwacht, werde ich euch zur Verantwortung ziehen. Ist das angekommen?«

»Ja, Boss.«

»Gut. Ted, hol die Frau. Aber diesmal ohne Zwischenfälle.« Schritte erklangen, und Clints Herzschlag beschleunigte sich. Gleich würde er Shannon wiedersehen und konnte seinen Rettungsplan starten. Nicht, dass der sonderlich ausgefeilt gewesen wäre, er beinhaltete eigentlich nur, Shannon hier rauszuholen und die Terroristen ein für alle Mal auszuschalten.

Kalter Stahl strich über Clints Wange. »Du solltest dir gut

überlegen, ob du mir wirklich etwas vorspielen willst, Hunter. Es gibt Methoden, mit denen ich jeden zum Schreien bringe, auch einen SEAL.«

Als Clint nicht reagierte, lachte der Terrorist. »Ich glaube, es wird mir Spaß machen, besonders wenn ich gleich deine kleine Schwester als Druckmittel habe. Erwähnte ich schon, dass ich Rotschöpfe mag? Zu schade, dass sie mit dir verwandt ist, sonst hätte ich die Zeit mit ihr sicher genossen.«

Nur mit äußerster Willensanstrengung schaffte Clint es, nicht darauf zu reagieren. Wenn der Kerl Shannon auch nur ein Haar gekrümmt hatte, würde er ihn mit bloßen Händen umbringen.

»Aber fangen wir doch schon mal an, ich will die Kleine nicht zu lange warten lassen. Außerdem habe ich heute auch noch etwas anderes vor.«

Die Klinge wanderte weiter nach unten, bis sie an seiner Kehle lag. Clint spürte, wie etwas Feuchtes in sein Sweatshirt lief. Nur ein richtiger Schnitt und er wäre tot. Aber er konnte nichts tun, bis Shannon außer Gefahr war. Wenn er den Anführer jetzt angriff, würde einer der anderen seine Schwester töten – und ihn vermutlich auch. Clint wünschte, er wüsste, wo Matt und die anderen jetzt waren. Hoffentlich irgendwo in der Nähe, denn seine Zeit lief langsam ab.

27

Shannon sprang auf, als sich der Schlüssel im Schloss drehte. Seit dem Anruf wartete sie darauf, dass sie geholt wurde, denn es war klar, dass Eric versuchen würde, sie als Druckmittel gegen Clint zu benutzen. Und vermutlich würde es ihm sogar gelingen, denn sie wusste, dass ihr Bruder alles für sie tun würde. Schnell schluckte sie die Tränen hinunter, die in ihre Augen steigen wollten. Was auch immer geschah, sie musste stark bleiben. Für sich, aber auch für Clint. Sollte es möglich sein, würde sie ihm mit allen Kräften helfen, von hier zu entkommen. Sie wünschte, sie hätte mehr praktische Erfahrung in solchen Dingen. Es war einfach etwas anderes, nur über sie zu lesen oder zu schreiben.

Mit erhobenem Kopf blickte sie dem Terroristen entgegen, der die Tür ihrer Zelle öffnete. Sie hatte gehofft, dass es Derek wäre, damit sie ihn noch einmal anflehen konnte, ihr zu helfen. Doch diesen Mann kannte sie nicht, und ein Blick in sein Gesicht zeigte ihr, dass er nie etwas tun würde, das gegen den Wunsch des Anführers ging. *Verdammt!*

»Komm mit.«

Schweigend trat Shannon aus der Zelle und ließ sich von ihm den langen Gang entlangführen. Seine Hand lag hart um ihren Arm, doch sie wäre ihm auch freiwillig gefolgt. Clint war hier, das hielt sie stärker an diesem Ort, als Fesseln oder Drohungen es jemals gekonnt hätten. Ihr Magen rebellierte, während sie die Treppe hinaufstieg, und sie wischte ihre feuchten Hände erneut an ihrem Nachthemd ab. Ein Zittern lief durch ihren

Körper, als sie sich ausmalte, was sie erwarten könnte. Sie hatte Angst zu sterben, ja. Aber noch schlimmer wäre es für sie, dabei zusehen zu müssen, wie ein geliebter Mensch starb. Irgendwie musste es ihnen gelingen, sich zu befreien. Clint hatte doch sicher einen Plan, oder? Und sie wettete darauf, dass Matt irgendwo in der Nähe war. Niemals würde er sie oder seinen besten Freund im Stich lassen.

Der Gedanke war auch nicht wirklich beruhigend, denn wie sollten sie zu zweit – oder mit Vanessa zu dritt – gegen eine ganze Terrorgruppe ankommen? Zwar wusste sie nicht, wie viele Menschen sich hier aufhielten, aber sie hatte mindestens sechs verschiedene Männer gesehen, vermutlich waren es noch deutlich mehr. Nicht unmöglich für zwei SEALs und eine Agentin, aber für ihren Geschmack zu unsicher. Sie wünschte, es würde ein ganzes Team hier einfallen, und dafür sorgen, dass die Terroristen nie wieder jemandem schaden konnten. Allerdings war das äußerst unwahrscheinlich, SEALs durften im Inland gar keine Einsätze durchführen. Dann vielleicht das FBI oder ein SWAT-Team? Ihr war alles recht, solange es fähige Leute waren.

Diesmal wurde sie wieder in den Raum im Erdgeschoss geführt, und die Erinnerung an die Berührungen der beiden Männer drohten sie zu ersticken. Zögernd trat sie über die Schwelle und blickte sich um. Als sie Clint sah, der gefesselt in einem Stuhl hing, keuchte sie entsetzt auf. Sein Kopf war auf die Brust gesunken, Blut bedeckte seinen Hals und das Sweatshirt.

»Oh Gott, Clint!« Sie wollte zu ihm laufen, doch der Mann hielt sie fest.

Mit den Augen versuchte sie, ein Lebenszeichen ausfindig zu machen, doch sie sah keins. Neben ihm stand Eric mit einem blutigen Messer in der Hand, sein Gesicht trug einen zufriedenen Ausdruck.

»Wie schön, dass du dich auch zu uns gesellen konntest, Shannon. Bitte, setz dich doch.« Er deutete auf einen Stuhl, der ein Stück entfernt von Clints platziert war.

Sie wehrte sich gegen den Griff des Mannes, doch er war viel stärker als sie und schaffte es schließlich, sie auf den Stuhl zu bugsieren und ihre Handgelenke an die Lehne zu fesseln. Hilflos blickte sie zu Clint hinüber. Von der Seite sah sie, dass er auch eine Verletzung am Hinterkopf hatte, Blut lief aus seinen Haaren in den Kragen des Sweatshirts.

Wütend blickte sie Eric an. »Was haben Sie mit ihm gemacht?«

Der Anführer lächelte sie kalt an. »Ich wollte ihn dazu bewegen, mit der Scharade aufzuhören, aber offensichtlich braucht er noch ein wenig Überzeugungsarbeit.« Er schlenderte zu ihr hinüber. »Ob er sich wohl rührt, wenn ich dich töte?«

Verzweifelt zerrte sie an ihren Fesseln. »Sie sehen doch, dass er bewusstlos ist – er kann gar nichts sagen.«

Mit dem Messer strich Eric über ihren Arm und hinterließ eine Blutspur. Übelkeit regte sich in ihr, doch Shannon kämpfte sie nieder. »Das wäre aber sehr schade, denn das würde bedeuten, dass du umsonst stirbst.«

Kälte fuhr durch Shannons Körper, und sie biss auf ihre Lippe, um sie am Zittern zu hindern. Sie würde diesem Verbrecher nicht die Genugtuung geben, ihre Angst zu sehen. Was auch immer geschah, sie musste stark sein, für Clint, für Matt. Shannon hob das Kinn und sah dem Verbrecher direkt in die Augen. »Glauben Sie wirklich, dass Sie damit durchkommen werden?«

Etwas blitzte in seinen hellblauen Augen auf. »Ja, das glaube ich. Wer sollte mich schon daran hindern? Der heldenhafte Clint Hunter?« Er schnaubte geringschätzig. »Ich muss sagen, ich habe mehr von ihm erwartet.«

»Dann hätten Sie ihn nicht verletzen sollen! Ich bin sicher, in einem fairen Kampf würde er Sie besiegen.« Noch während es aus ihrem Mund kam, wusste Shannon, dass sie ihn besser nicht reizen sollte.

Jeglicher vorgetäuschter Humor verließ Erics Gesicht, und sie konnte deutlich die Wut sehen, die in ihm brodelte. »Dieser Mistkerl hat meinen Bruder umgebracht, und ich werde ihn dafür zur Rechenschaft ziehen. Ich sehe keinen einzigen Grund, warum ich ihm einen fairen Kampf bieten sollte. Das hat er bei meinem Bruder auch nicht getan.«

Shannon konnte sich denken, wann das gewesen war. Erics Bruder musste zu den Terroristen gehört haben, die Karen und Clint durch den Yellowstone verfolgt hatten. »Clint würde nie jemanden töten, außer aus Notwehr oder bei einem Militäreinsatz.« Sie ließ ihre Stimme sanfter klingen. »Aber es tut mir leid, dass Sie Ihren Bruder verloren haben, das muss furchtbar sein.«

In Erics Augen stand deutlich sichtbare Trauer, und für einen Moment dachte Shannon, dass sie ihn vielleicht zur Vernunft bringen konnte, doch dann schüttelte er den Kopf. »Ein guter Versuch, aber so leicht lasse ich mich nicht einwickeln. Du wirst jetzt erfahren, wie es ist, einen Bruder zu verlieren.« Er gab seinem Kumpan einen Wink. »Schneid ihm die Finger ab, Kevin, mal sehen, ob er dann aufwacht.«

»Nein, das können Sie nicht tun!« Entsetzen ließ sie für einen Moment erstarren, dann warf sie sich gegen die Fesseln. »Clint!« Doch er rührte sich noch immer nicht. Irgendetwas musste sie tun, um ihm zu helfen. »Bitte, Eric, tun Sie das nicht.«

Doch der reagierte überhaupt nicht auf sie. Er stand einige Meter von Clint entfernt mit dem Rücken zu ihr und beobachtete, wie Kevin ein großes Messer herausholte und sich hinter den Stuhl hockte, um an die Hände zu kommen. Mit festem Griff hielt er Clints Handgelenk umfangen und setzte das Messer an.

»Nein, bitte!« Hilflos riss Shannon an ihren Fesseln, doch sie gaben ihre Hände nicht frei. Tränen liefen über ihre Wangen, und sie stieß einen markerschütternden Schrei aus.

Eric drehte sich stirnrunzelnd zu ihr um. »Entweder bist du jetzt still, oder ich muss dich knebeln. Wenn du willst, können wir auch mit dir anfangen …«

Ein Krachen ertönte, gefolgt von einem abrupt abgebrochenen Schmerzensschrei. Shannons Augen weiteten sich, als sie auf Clint blickte, der aufgesprungen war und Kevin offensichtlich den Stuhl über den Kopf gezogen hatte. Sie wusste nicht, wie er die Fesseln gelöst hatte oder dem Messer entkommen war, doch sie war äußerst dankbar dafür. Eric stürzte sich mit einem beinahe unmenschlichen Laut auf Clint, seine Faust landete in Clints Magen. Der ließ sich davon aber nicht aufhalten, sondern schlug zurück. Nach dem Treffer im Gesicht taumelte Eric rückwärts, doch er fand sein Gleichgewicht schnell wieder. Hass loderte in seinen hellen Augen, als er sich erneut auf Clint warf. Seine Hand, wie eine Kralle vorgereckt, schloss sich um Clints Kehle, genau dort, wo ein langer Schnitt verlief.

Shannon konnte den Schmerz in Clints Miene sehen und wünschte, sie könnte ihm helfen. Doch sie kam noch immer nicht von ihren Fesseln los, und sie war kein SEAL, der das offenbar gelernt hatte. Mühsam rutschte sie mit dem Stuhl zur Seite, um Clint nicht im Weg zu sein, während er Eric mit Schlägen und Tritten immer weiter in Richtung Wand drängte. Shannons Atem stockte, als sie sah, dass sich der andere Verbrecher unter den Überresten des Stuhls wieder rührte. In seiner Hand glitzerte das Messer, als er sich auf Clint zubewegte, der mit dem Rücken zu ihm stand. *Oh Gott!* Sie musste etwas tun!

»Clint, Vorsicht, hinter dir!«

Ihr Bruder reagierte sofort. Er wirbelte herum und parierte den Vorstoß des Terroristen mit dem Unterarm. Dadurch verlor dieser das Messer, es flog in die Ecke des Raumes und landete mit einem Klirren auf dem Boden. Wenn sie nur irgendwie drankommen könnte … Aber es war zwecklos, Eric würde sicher nicht dabei zusehen, wie sie sich dorthin robbte. Wo war er überhaupt?

Shannon erstarrte, als sich etwas Hartes an ihre Schläfe presste. Sie brauchte nicht hinzusehen, um zu verstehen, dass es sich um den Lauf einer Pistole handelte. Furcht fuhr wie eine Schockwelle durch ihren Körper. Als es Clint gelungen war, sich zu befreien, hatte sie geglaubt, dass nun bald alles überstanden wäre und die Terroristen verlieren würden. Doch jetzt hatte Eric einen Trumpf in der Hand, der Clint die Hände binden würde.

Ein Blick in Erics Gesicht zeigte ihr, dass auch ihm das bewusst war. Einen Moment lang sah er noch zu, wie Clint seinen Kumpan auseinandernahm, dann stieß er einen schrillen Pfiff aus. Mit einem letzten Hieb setzte Clint den Verbrecher außer Gefecht und wandte sich dann schwer atmend Eric zu. Seine Augen verengten sich, als er die Waffe sah, die auf ihren Kopf gerichtet war.

»Lassen Sie Shannon da raus, sie hat mit der ganzen Sache nichts zu tun.«

Eric lächelte Clint überlegen an, was durch das Blut auf seinem Gesicht besonders furchterregend wirkte. »Warum sollte ich das tun? Sie eignet sich hervorragend als Geisel, weil ich weiß, dass du alles tun würdest, um sie zu retten.«

Womit er unzweifelhaft recht hatte. Clints Muskeln spannten sich an, seine Hände ballten sich zu Fäusten, aber er griff nicht an. Sein Blick ruhte auf Eric, und es hätte Shannon nicht gewundert, wenn der Terrorist nur davon tot umgekippt wäre. Leider war das nicht der Fall, stattdessen lachte er triumphierend. Wie beiläufig griff Eric in Shannons Haare und zog ihren Kopf nach hinten. Ihr Genick knackte protestierend, doch sie konnte nichts tun, um den Druck darauf zu mindern.

»Ich sehe, wir verstehen uns. Hände über den Kopf, Beine auseinander.« Zum Nachdruck presste er den Stahl härter gegen ihre Schläfe. Shannon biss auf ihre Lippe, um den Schmerzenslaut zu unterdrücken. Auf keinen Fall wollte sie Clint ablenken.

Panik rieselte durch ihren Körper, als Clint der Aufforderung Folge leistete. Sie wollte nicht zusehen, wie er von dem Terroristen getötet wurde! Aber sie war machtlos, nicht fähig, sich zu rühren, ohne Gefahr zu laufen, dass ihr Genick brach oder sie erschossen wurde. Tränen des Schmerzes und der Wut liefen ihr aus den Augenwinkeln in die Haare. Der Druck an ihrer Schläfe verschwand, als Eric die Waffe auf Clint richtete. Die Muskeln im Körper ihres Bruders spannten sich an, und sie wusste, dass er versuchen würde, Eric zu überwältigen, nachdem die Pistole nun nicht mehr auf sie gerichtet war. Es war Selbstmord, schlicht und einfach. Sie sah keine Möglichkeit, wie die Kugel ihn verfehlen könnte.

»Nein, bitte nicht …«

Ihre Stimme ging in einem lauten Krachen unter. Die Außenwand des Raumes explodierte nach innen, Balken und Holzsplitter regneten auf sie nieder. Shannons Stuhl kippte nach hinten, Eric verschwand aus ihrer Sicht. Die Geräusche klangen seltsam dumpf in ihren Ohren. Rauch waberte in der Luft, und Shannon musste husten. Jetzt erst merkte sie, dass sie ihre Arme plötzlich frei bewegen konnte. Rasch rollte sie sich vom Stuhl und ging dahinter in Deckung. Wo war Clint?

Vanessa presste sich in die enge Nische und wartete, bis der Terrorist an ihr vorbeigegangen war, bevor sie handelte. Mit einem Handkantenschlag setzte sie ihn außer Gefecht und nahm sich rasch seine Waffe. Eine Durchsuchung brachte auch ein Kampfmesser zum Vorschein, das sie ebenfalls einsteckte. Dann schlich sie weiter, denn sie hatte keine Zeit zu verlieren. Nachdem sie mit Eric von der Führung zurückgekommen war, hatte sie sich wieder hinausgeschlichen, obwohl Eric sie angewiesen hatte, in ihrem Zimmer zu bleiben. Aus dem Fenster hatte sie gesehen, wie Clint aus einem Auto ins Haus getragen worden war. So gerne sie auch sofort eingegriffen hätte, es wäre Selbstmord gewesen, und vor allem wäre Shannon dann immer noch im Keller gefangen.

Eine kurze Überprüfung hatte ergeben, dass Eric einen seiner Männer vor ihrer Tür postiert hatte und sie an ihm nicht vorbeikommen würde. Jedenfalls nicht, ohne Aufsehen zu erregen. Deshalb war sie aus dem Fenster geklettert und durch die Küche wieder ins Haus gelangt, nachdem sie dort den Rahmen aufgebrochen hatte. Danach hatte sie sich im Gang versteckt, bei der nächsten Gelegenheit mit Waffen versorgt und gleichzeitig den Wachposten ausgeschaltet.

Vorsichtig schlich sie zu Erics Raum, in den vor Kurzem Shannon gebracht worden war. Hoffentlich kam sie noch rechtzeitig, um das Schlimmste zu verhindern. Angespannt lauschte sie und hörte laute Stimmen und die Geräusche eines Kampfes. Shannons Aufschrei ging ihr durch Mark und Bein, und sie bereitete sich darauf vor, in den Raum zu stürmen. Wo blieben Matt und sein Team? Sie war zwar gut, aber alleine hatte sie gegen eine solche Übermacht kaum eine Chance. Besonders wenn Shannon und Clint eventuell verletzt waren und nicht laufen konnten. Doch sie hatte keine andere Wahl, sie musste es versuchen.

Sie atmete tief durch und schob alles andere von sich. Die

Pistole im Anschlag legte sie die andere Hand auf die Türklinke und drückte sie vorsichtig hinunter. Auf der anderen Seite herrschte für einen Moment furchtbare Stille. Vanessas Nacken prickelte, ihr Herzschlag erhöhte sich. Ihre Muskeln spannten sich an, als sich die Tür einen Spaltbreit öffnete. Bevor sie in den Raum schauen konnte, wurde sie von hinten gepackt. Stahlharte Arme schlangen sich um ihren Oberkörper und rissen sie zurück. Die Pistole polterte zu Boden. Einen winzigen Moment lang war sie zu schockiert für eine Reaktion, dann begann sie, sich zu wehren. Ihre Arme waren gefangen, aber sie versuchte, nach hinten zu treten. Ihr Fuß kollidierte mit etwas Hartem, doch der Griff um ihren Oberkörper lockerte sich nicht. Im Gegenteil, sie bekam kaum noch Luft.

»Halt still.« Dereks Stimme war fast nur ein Hauch an ihrem Ohr.

Verdammt, wie hatte er sich schon wieder an sie heranschleichen können? »Lass mich, ich muss …«

Wieder spannten sich seine Arme an. »Still.« Er zog sie rückwärts in Richtung Treppe.

»Eric wird die Frau töten!«

Derek reagierte nicht darauf, sondern schob sie weiter. Bevor sie noch etwas sagen konnte, ertönte eine laute Explosion. Das gesamte Haus schien zu wackeln, das Holz über ihnen knarrte bedrohlich. Die Tür von Erics Raum flog quer durch den Gang und krachte an die Wand. Wenn sie dort noch gestanden hätte, wäre sie jetzt tot oder zumindest schwer verletzt. Ein Grollen lief durch das Gebäude, und Derek warf sich mit ihr in den Armen zu Boden. Er drehte sich so, dass sie auf ihm landete, schob sich dann aber sofort über sie. Sie spürte ihn zusammenzucken, als etwas auf seinem Rücken landete. Seine Stirn lag an ihrer, und sie blickte direkt in seine offenen Augen. Etwas rieselte von der Decke herunter.

Einen Moment lang war sie wie gelähmt und versuchte zu begreifen, was geschehen war. Dann erinnerte sie sich an Shannon und Clint. Adrenalin schoss durch ihren Körper, und sie versuchte erneut, sich von Derek zu befreien. Doch er fing ihre Hände ein und hielt sie über ihrem Kopf fest. Sein Atem streifte ihren Mund, seine Hüfte presste sich in ihren Bauch.

»Bleib noch einen Moment liegen, ich will sichergehen, dass der Rest des Gebäudes stehen bleibt.« Seine Lippe rieb über ihre, als er sprach.

Ein Funken Erregung kam in ihr auf, den sie sofort unterdrückte. »Ich muss nachsehen, ob sie noch leben.«

Es war zu dunkel, um den Ausdruck in seinen Augen zu erkennen, aber sie spürte, wie sich sein Körper versteifte. »Eric wird schon zurechtkommen.«

Es klang beinahe wie Eifersucht, aber das konnte sie sich nicht vorstellen. »Eine seltsame Einstellung für einen Sicherheitschef. Müsstest du nicht eigentlich sofort dorthin und ihm helfen? Stattdessen machst du mich platt.« Sie blies eine Haarsträhne aus ihrem Auge. »Außerdem meinte ich die Frau, nicht Eric.«

Seine Brust presste sich an ihre, als er tief einatmete. »Warum interessiert sie dich?«

»Können wir die Diskussion auf später verschieben? Das Leben von mehreren Personen hängt davon ab, dass ich schnell handele.«

Derek stützte sich auf die Ellbogen und minderte den Druck auf ihren Brustkorb damit ein wenig. »Was willst du tun?«

Mehrere Schüsse ertönten, und Vanessa zuckte automatisch zusammen. Ihre verheilte Schulterwunde begann zu schmerzen, als wäre sie selbst getroffen worden. Die Verzweiflung verlieh ihr Kraft, und sie schaffte es, sich unter Derek herauszurollen. Als er nach ihr greifen wollte, schlug sie ihm den Ellbogen in die Rippen und konnte sich so ein wenig Zeit sichern. Auf Händen und Knien kroch sie vorwärts, bis sie in der Lage war, sich aufzurichten. Gerade als sie dachte, sie hätte es geschafft, umfasste Derek ihr Fußgelenk und zog das Bein unter ihr heraus. Wenig elegant landete sie auf dem Bauch und unterdrückte gerade noch einen Wutschrei. Mit allem was sie hatte, begann sie gegen Derek zu kämpfen, doch seine überlegene Körperkraft und die Tatsache, dass er auch sämtliche Kampftechniken beherrschte, vereitelten ihre Flucht.

Seltsamerweise war sie sich völlig sicher, dass er ihr nichts tun würde, sonst hätte er sie nicht mit seinem Körper vor den herunterfallenden Trümmern geschützt. Und auch jetzt bemühte er sich, sie nicht zu verletzen, auch wenn sein Griff fest war. Aber sie konnte nicht zulassen, dass er sie aufhielt, und keine Rücksicht darauf nehmen, ob sie ihn ihrerseits verletzte oder nicht. Vanessa trat ihm gegen die Schulter und hörte seinen leisen Fluch. Rasch unterdrückte sie das ungewollte Schuldgefühl und befreite sich aus seinem Griff.

Ein unheilvolles Knacken ertönte über ihr, und sie blickte nach oben. Bevor sie reagieren konnte, hatte Derek sie wieder gepackt und rollte sich mit ihr zur Seite. Ein Balken krachte genau an die Stelle, wo sie eben noch gelegen hatte. Holz, Erde und Pflanzen sackten durch das Loch im Dach, das sich schnell verbreiterte. Mehr konnte Vanessa nicht sehen, denn sie waren an der Treppe angekommen und fielen die ersten Stufen hinunter. Ihr Ellbogen kam in schmerzhaften Kontakt mit dem Geländer, unwillkürlich entfuhr ihr ein Schrei, der glücklicherweise im Lärm von oben unterging.

Auf halber Treppe stoppten sie schließlich, und Vanessa kam schwer atmend auf Derek zum Liegen. Seine Augen waren geschlossen, seine Arme schlaff. Das war die ideale Gelegenheit, ihm zu entkommen und ihren Job zu erledigen, doch sie zögerte. Sie brachte es nicht über sich, ihn hier so liegen zu lassen. Was, wenn er schwer verwundet war? Er hatte sie jetzt schon zweimal vor Verletzungen bewahrt, und wenn sie so darüber nachdachte, hatte er sich auch bei dem Treppensturz bemüht, sie mit seinem Körper zu schützen.

Zögernd berührte sie mit den Fingerspitzen seine Wange. »Derek?«

Als er sich nicht bewegte, tastete sie am Hals nach seinem Puls. Erleichtert spürte sie ein regelmäßiges Pochen. Aber warum rührte er sich dann nicht? Vanessa beugte sich dichter über ihn, bis sein Atem über ihre Lippen strich. Jetzt war der Moment, sich aufzurichten und zu verschwinden, doch sie tat nichts von beidem. Stattdessen begann sie mit den Händen seinen Körper abzutasten, um herauszufinden, ob er irgendwo Verletzungen hatte. An seinem Hinterkopf fühlte sie eine dicke Beule. Sie schnitt eine Grimasse. Das erklärte wohl seine Bewusstlosigkeit.

Froh, die Ursache gefunden zu haben, richtete sie sich auf. Derek würde bald wieder aufwachen, und bis dahin musste sie verschwunden sein. Mühsam rappelte sie sich hoch und machte die ersten wackeligen Schritte die Treppe hinauf. Nach einem letzten bedauernden Blick auf Derek straffte sie ihren Rücken und nahm die restlichen Stufen in Angriff. Das Geräusch von Schüssen und Stimmen drang seltsam gedämpft an ihre Ohren. Ob ihr Gehör in Mitleidenschaft gezogen war? Aber davon konnte sie sich nicht aufhalten lassen. Shannon und Clint brauchten ihre Hilfe, und die würden sie bekommen. Vanessa tastete nach dem Messer, das sie dem Wachmann abgenommen hatte, doch es war verschwunden. Vermutlich hatte sie es bei dem Gerangel verloren. Wütend auf sich selbst und Derek entschied sie, dass es dann eben ohne Waffen gehen musste. Sie konnte Shannon nicht im Stich lassen.

Am Ende der Treppe stand sie plötzlich vor einer Wand aus Balken, Erde und Vegetation, die ihr den Weg versperrte. Kein Wunder, dass die Geräusche so dumpf geklungen hatten. Ihr Herz begann schneller zu klopfen, als ihr bewusst wurde, dass alles unterhalb der ersten Ebene keine Fenster und Ausgänge besaß. Sie war gefangen! Wenn sie herauskommen wollte, musste sie den Schuttberg abtragen und ein Loch schaffen, durch das sie klettern konnte. Aber das würde viel zu lange dauern, die anderen brauchten jetzt ihre Hilfe! Vanessa blickte sich um, konnte jedoch in dem schwachen Licht der Notbeleuchtung keinen anderen Ausweg erkennen.

Entschlossen griff sie nach einem Balken und zog daran. Sofort rieselte ihr Erde entgegen, ein lautes Knirschen ertönte. Eine Hand legte sich auf ihre Schulter, und sie wirbelte herum. Derek stand hinter ihr, die Augen dunkel in seinem erschreckend blassen Gesicht. Als er schwankte, griff sie rasch nach seinem Arm, um ihn zu stabilisieren.

»Das ist zu … gefährlich.« Mit einer Hand stützte er sich an die Wand des Treppenhauses. »Wenn du etwas rausziehst … wird es nachrutschen.«

Genervt sah sie ihn an. »Und was schlägst du vor? Hier unten zu warten, bis uns jemand rettet?«

»Nein, ich kenne einen … anderen Weg.« Seine Stimme war nur noch ein tiefes Brummen.

»Kannst du denn laufen?« Warum fragte sie das? Es sollte ihr ganz egal sein, schließlich war er ein Terrorist und kein Freund.

»Muss, keine andere … Möglichkeit.«

»Okay.« Sie gab ihm ein Zeichen, dass er vorgehen sollte.

Seine Hand krampfte sich um das Geländer, als er unsicher die erste Stufe nahm. Vanessa schaute zu, wie er einen weiteren Schritt machte, und stieß dann einen Seufzer aus. Rasch folgte sie ihm und legte sich seinen Arm um die Schultern. Mit ihrer

Hilfe konnte er die Treppe viel schneller navigieren als alleine. Und je eher sie hier rauskamen, desto besser. Jedenfalls redete sie sich das ein, um sich dafür zu rechtfertigen, dass sie einem Terroristen half.

28

Shannon richtete sich langsam auf und schüttelte den Kopf. Noch immer klang alles seltsam dumpf, und ein nervtötendes Klingeln beeinträchtigte ihr Gehör. Sand rieselte von der Decke, in der ein großes Loch klaffte und den Blick auf Bäume freigab. Auch von der Zimmerfront fehlte ein ganzes Stück. Dort, wo Clint und Eric gerade noch gestanden hatten, herrschte ein riesiges Durcheinander. Zerborstene Balken, Gipsplatten, Möbel und Vegetation bildeten einen unordentlichen Haufen. Ihr Bruder könnte schwer verletzt oder sogar tot sein. Sie musste ihn finden!

Auf allen Vieren krabbelte Shannon los, denn sie traute ihren wackeligen Beinen nicht. »Clint!« Sie blinzelte gegen das helle Sonnenlicht, das in den Raum fiel, konnte ihn aber nicht sehen. Er musste unter dem Schuttberg begraben sein.

Sie war erst wenige Meter weit gekommen, als sich etwas in dem Haufen regte. Gebannt blickte Shannon dorthin, konnte aber nicht erkennen, wer sich von den Balken befreite. *Oh bitte, es musste einfach Clint sein!* Dumpf hörte sie es knallen, aber es schien von außerhalb des Gebäudes zu kommen. Hoffentlich war das Matt, der sie befreien wollte. Die Vorstellung, dass er ihretwegen in Gefahr sein könnte, ließ ihr Herz vor Angst um ihn hämmern. Einerseits wollte sie ihn mehr als alles andere wiedersehen, andererseits wünschte sie, dass er irgendwo weit weg in Sicherheit war. Sie könnte nicht damit leben, wenn ihm etwas geschehen würde.

Die Gestalt hatte sich endgültig aus den Trümmern befreit

und kam jetzt auf sie zu. Instinktiv wusste Shannon, dass es nicht Clint war, und begann, rückwärts zu kriechen. Als ihn ein Lichtstrahl traf, leuchteten seine hellblonden Haare auf. Eric wirkte beinahe wie ein Engel – zumindest wenn man die Pistole nicht sah, die er in der Hand hielt. Blut bedeckte seine Wange und verschwand im Kragen seines Hemdes. Seine Kleidung war verdreckt und an einigen Stellen zerrissen, er trug nur einen Schuh. Shannon hatte keine Ahnung, warum ihr gerade das auffiel, sie sollte sich lieber Gedanken darüber machen, dass er die Waffe direkt auf sie gerichtet hatte. Sein Gesichtsausdruck zeigte, dass die Schonfrist vorbei war, er würde sie töten.

Ein kaltes Lächeln spielte um seine Mundwinkel. »Zwei Hunters weniger, ein Schritt näher an meinem Ziel.« Seine Stimme klang seltsam hohl.

Shannon schüttelte den Kopf. »Warum tun Sie das? Es bringt Ihren Bruder nicht zurück, wenn Sie mich töten.«

»Das nicht, aber es wird mich ungeheuer befriedigen.« Sein Blick bohrte sich in ihren, und Shannon schauderte.

Es brachte nichts, mit ihm darüber zu diskutieren, er hatte keinerlei Gewissen oder Mitgefühl. Und das bedeutete, dass sie in wenigen Sekunden sterben würde, wenn nicht noch ein Wunder geschah. Wo waren der- oder diejenigen, die die Explosion verursacht hatten? Oder war das nur ein Versehen gewesen? Das konnte sie sich nicht vorstellen. Verzweifelt blickte Shannon sich nach einer Waffe um, doch außer Holzsplittern, Mörtel und Erde war da nichts. Sie könnte versuchen, wegzulaufen, aber so geschwächt wie sie war, würde sie nicht weit kommen. Und Eric hatte sicher kein Problem damit, ihr in den Rücken zu schießen.

Sie war gefangen, obwohl der Ausgang nur wenige Meter von ihr entfernt war. Die Sonne schien warm auf ihre Haare, trotzdem zitterte sie vor Kälte. Es kam ihr vor, als wären schon

Stunden vergangen, dabei waren es vermutlich nur wenige Sekunden. Von draußen ertönten Schreie und weitere Schüsse, doch nichts davon lenkte Eric von ihr ab. Sein Blick war vollkommen auf sie fokussiert, als er die Sicherung der Pistole löste und die Mündung direkt auf ihren Kopf richtete. *Tu etwas, Shannon! Lass das nicht zu!* Aber sie sah keinen Ausweg. Sie konnte nur versuchen, das Unvermeidliche aufzuschieben, doch früher oder später würde sie eine Kugel treffen.

Wo war Vanessa abgeblieben? Die Agentin hätte doch sicher eingegriffen, wenn sie hier gewesen wäre. Außer sie war vorhin wirklich erwischt worden und ebenfalls eingesperrt oder bereits getötet worden. Zumindest schien sie nicht mehr in der Lage zu sein, Shannon zu helfen. Aus den Augenwinkeln sah sie einen Schatten heranfliegen und blinzelte gegen die Sonne. Ein Schuss peitschte durch den Raum, und Shannon zuckte zusammen. Aber sie fühlte keinen Schmerz. Verwundert blickte sie an sich hinab, konnte jedoch kein Blut sehen. Wie hatte Eric sie auf diese geringe Entfernung verfehlen können? Shannon hob den Blick und erstarrte. Zuerst glaubte sie an eine Sinnestäuschung, doch es war wirklich Matt, der vor ihr auf dem Boden lag.

Einen Moment lang konnte sie ihn nur anstarren, dann entrang sich ihr ein verzweifelter Laut. Seine Augen waren geschlossen, Blut bedeckte den Boden rund um seinen Oberschenkel. In der Hose befand sich ein Loch, wo die Kugel eingedrungen war, die eigentlich ihr gegolten hatte. Endlich löste sich ihre Erstarrung, und sie stürzte auf ihn zu.

»Matt!« Mit zitternden Fingern berührte sie sein bleiches Gesicht. »Bitte, sag etwas.«

Doch er reagierte nicht, während sich das Blut weiter um ihn herum ausbreitete. Sie musste die Wunde verbinden, sonst würde er verbluten! Sie riss sich den Pullover über den Kopf und schlang ihn fest um Matts Bein. Er zuckte zusammen, seine Augen öffneten sich. Suchend glitt sein Blick durch den Raum, dann blieb er an ihr hängen.

Der Hauch eines Lächelns hob seine Mundwinkel. »Shannon.«

Als sie hörte, wie schwach er klang, schnürte sich ihre Kehle zusammen. »Ja, ich bin bei dir.«

Seine Hand legte sich auf ihre. »Lauf ... weg.«

»Nein, ich werde dich nicht alleine lassen!« Mit der Schulter wischte sie die Tränen von ihrer Wange.

»Wie niedlich. Verabschiedet euch schon mal voneinander, es ist vorbei.«

Shannons Kopf ruckte hoch, und sie sah, dass Eric in unmittelbarer Nähe stand, die Pistole immer noch auf sie gerichtet. *Oh Gott!* Sie hätte nie gedacht, dass es so enden würde. Die Rettung war so nah und doch so fern. Bevor sie etwas tun konnte, hatte Matt sich aufgerichtet und seinen Körper zwischen ihr und Eric positioniert. Obwohl er so schwer verletzt war, wollte er sie immer noch beschützen. Mit einer Hand zog er Shannon näher an sich, mit der anderen schob er ihr seine Pistole zu. In seinen Augen konnte sie lesen, was er vorhatte. Stumm schüttelte sie den Kopf, Entsetzen breitete sich in ihr aus. Das durfte nicht passieren!

Matt zog sie an sich und küsste sanft ihre Lippen. »Ich liebe dich über alles.«

Durch ihre Tränen lächelte Shannon. »Ich liebe dich auch, Matt. Bitte ...«

Doch es war schon zu spät. Er riss sich von ihr los und stürzte sich auf Eric. Oder zumindest auf seine Beine. Ein Knall ertönte, und Shannon sah, wie ein Ruck durch Matts Körper ging. *Nein!* Ohne weiter darüber nachzudenken, hob sie die Hand mit der Pistole und feuerte auf Eric. Die Art, wie er zurückstolperte, zeigte deutlich, dass sie ihn getroffen hatte, aber er brach nicht zusammen, sondern wirbelte herum und floh in Richtung Tür. Shannon schoss noch einmal, diesmal ging die Kugel jedoch vorbei. Im nächsten Moment war Eric im Flur verschwunden.

Als sie sicher war, dass er nicht zurückkommen würde, beugte sie sich über Matt. Sie konnte deutlich das Einschussloch an seinem Rücken erkennen, wo ihn Erics Kugel getroffen hatte. »Nein, Matt, bitte …«

Ängstlich drehte Shannon ihn auf die Seite und blickte in sein Gesicht. Die Augen waren wieder geschlossen, und er schien noch blasser geworden zu sein. Zögernd legte sie ihre Finger an seine Halsschlagader und atmete erleichtert auf, als sie einen Puls fand. *Er lebte noch!* Rasch sah sie sich um, aber es war niemand in der Nähe, der ihr helfen konnte. Ihr Magen zog sich schmerzhaft zusammen, als sie daran dachte, dass Clint irgendwo unter den Balken lag. Es zerriss sie förmlich, sich nicht um ihren Bruder kümmern zu können. Da sie draußen immer noch Schüsse hörte, nahm sie an, dass noch andere Personen zum Rettungsteam gehörten, doch bisher hatte sie niemanden gesehen.

»Wenn du mich hören kannst, mach die Augen auf, Matt. Bitte, du darfst nicht sterben. Irgendwie bringe ich dich hier raus.« Wobei sie nicht wusste, wie sie das bewerkstelligen sollte. Matt war nicht nur wesentlich größer als sie, sondern auch bedeutend schwerer. Nie im Leben würde sie ihn tragen können. Selbst wenn sie ein Auto finden sollte und es bis vor die Hütte fuhr, würde sie ihn nicht hineinbekommen – außer er half ihr. Und danach sah es momentan nicht aus. Sie runzelte ihre Stirn, als sie mit der Hand über seinen Rücken strich und keine Feuchtigkeit fühlte. Müsste er nicht bluten, wenn er angeschossen wäre?

Ihr Finger ertastete das Loch in seinem Uniformshirt. Sie steckte ihn hinein und traf auf eine harte Schicht. Erleichtert atmete sie auf. Er trug eine schusssichere Weste! Dass sie nicht gleich daran gedacht hatte, schließlich befand er sich auf einer Mission. Ohne die Weste wäre er jetzt tot. Aber auch mit den Schutzmaßnahmen war der Einsatz unheimlich gefährlich gewesen, schließlich hätte Eric anstelle des Rückens ebenso auf Matts Kopf zielen können. Dummerweise hatte ihn die erste Kugel am Oberschenkel getroffen, der nicht geschützt war. Und auch diese Verletzung konnte sich als lebensgefährlich erweisen, wenn sie nicht bald behandelt wurde. Matt verlor eindeutig zu viel Blut.

Shannon blickte sich verzweifelt um, noch immer war niemand zu sehen. Aber länger konnte sie nicht warten, sie musste es wagen. »Hilfe! Bitte, ist da jemand, der mir helfen kann?« Beim schrillen Klang ihrer Stimme zuckte sie zusammen.

Ein Ächzen ertönte, dann ein Poltern. Angespannt lauschte sie und hielt dabei die Pistole fest im Griff. Sollte es einer der Terroristen sein, würde sie ohne zu zögern schießen, um Matts Leben zu bewahren. Ihr Herz hämmerte hart gegen ihre Rippen, ihre Finger krampften sich um den Griff der Waffe, während sie sich instinktiv über Matt beugte, um ihn im Notfall zu schützen. Mit der anderen Hand strich sie durch seine Haare. Dabei blieb ihr Finger an etwas Hartem hängen. Sie zog daran und betrachtete den Gegenstand irritiert. Natürlich, ein Headset!

Vorsichtig zog sie es Matt vom Kopf und setzte es selbst auf. »Hallo, hier ist Shannon, hört mich jemand?« Keine Antwort. »Hallo?« Könnte das Set defekt sein? Dann fiel ihr etwas ein, das Matt ihr einmal erzählt hatte. Sie drehte am Mikrofon und versuchte es noch einmal. Diesmal erhielt sie sofort eine Antwort.

»Hier ist Devil. Wir hören dich. Wo ist Matt?«

»Hier bei mir im Haus. Er ist angeschossen und blutet stark. Ich brauche unbedingt Hilfe.«

»Alles klar, wir kommen. Doc, wir geben dir Rückendeckung. Shannon, ist Clint auch verletzt?«

Sie konnte deutlich die Anspannung in seiner Stimme hören. »Ich weiß es nicht. Ich glaube, er ist unter den Trümmern.«

»Okay, es kommt jetzt jemand rein.«

Erleichtert atmete Shannon auf. »Danke.« Sie blickte auf Matt hinunter. »Gleich ist alles vorbei und dir wird geholfen.« Seine Augenlider flatterten. Shannon beugte sich tiefer über ihn. »Matt, kannst du mich hören?«

Seine Lippen bewegten sich, doch sie konnte ihn nicht verstehen. Dann lag er wieder still. Zu still für ihren Geschmack. Doch solange sie den Hauch seines Atems an ihrer Wange spüren konnte, gab sie die Hoffnung nicht auf. Matt musste gerettet werden, etwas anderes wollte sie sich gar nicht vorstellen.

»Er kommt jetzt rein, Shannon.«

Ihr Kopf ruckte hoch, und sie blickte zu dem Loch, wo früher einmal die Wand der Hütte gewesen war. Ein Mann kletterte über den Schutt, doch sie konnte sein Gesicht nicht sehen, weil es im Schatten lag. Vorsichtshalber hielt sie die Waffe weiterhin auf ihn gerichtet. Als er näher kam, erkannte sie Doc, den Sanitäter von Matts altem Team, und wäre ihm am liebsten erleichtert um den Hals gefallen. Ohne zu zögern hockte er sich neben Matt und machte sich an die Arbeit. Seine Stirn war sorgenvoll gerunzelt, als er das Bein untersuchte.

Schließlich hielt Shannon es nicht mehr aus. »Er wird doch wieder gesund, Tom?«

Mitgefühl stand in seinen grünen Augen. »Matt hat schon viel Blut verloren. Ohne jetzt genauer nachsehen zu können, nehme ich an, dass seine Arterie getroffen wurde. Wenn wir nicht schnell handeln, wird er verbluten. Nur habe ich hier nicht die nötigen Mittel, um ihm zu helfen.«

Panik schoss durch ihren Körper. »Aber du musst doch etwas tun können!«

»Ich werde das Bein oberhalb der Wunde abbinden, das verschafft uns etwas Zeit. Aber das Problem ist, dass wir zu Fuß gekommen sind und uns mitten im Wald befinden.«

»Hier stehen Autos.«

Ein Muskel zuckte in Toms Wange, während er Matts Bein abband. »Die Fahrt bis zum nächsten Krankenhaus würde zu lange dauern.«

»Könnt ihr keinen Hubschrauber rufen?«

»Doch, aber auch das wird vermutlich zu lange dauern.«

Verzweifelt blickte Shannon ihn an. »Aber wir können doch nicht einfach gar nichts tun und ihn sterben lassen!«

»Wir werden alles tun, was möglich ist. Matt ist stark, er wird durchkommen.«

Shannon nickte, war aber nicht beruhigt. Wie sollten sie Matt schnell genug von hier wegbekommen?

Ein Krachen ertönte im Raum. Automatisch richtete Shannon die Waffe in die Richtung, aus der das Geräusch gekommen war. Auch Doc hatte seine Pistole gezogen, während er gleichzeitig die Kompresse weiterhin auf Matts Wunde gedrückt hielt. Shannon stieß einen erstickten Laut aus, als sie Clint erkannte, der sich langsam unter den Holzbalken und Trümmern herausrobbte. Seine Kleidung war zerrissen und schmutzig, Blut sickerte an verschiedenen Stellen hervor. An der Stirn hatte er eine übel aussehende Platzwunde, aus der Blut über sein Gesicht lief. Mit dem Ärmel wischte er es weg und blickte Shannon an. Erleichterung zeichnete sich in seiner Miene ab, die sich aber gleich wieder verdüsterte, als er Matt sah.

»Alles in Ordnung, Shannon?« Seine Stimme war noch rauer als sonst. Erneut wischte er über seine Stirn.

»Mit mir ja. Aber Matt …« Sie brach ab und schluckte hart, als die Gefühle sie zu überschwemmen drohten. »Er könnte sterben, Clint!«

Ihr Bruder hockte sich neben sie, schwankte kurz und wurde noch blasser. »Das wird er nicht.«

Sie konnte den Zweifel und die Angst in seiner Stimme hören, und das machte sie noch nervöser. Clint war normalerweise unerschütterlich, er musste für sie stark sein, so wie sonst auch immer. Als hätte er ihre Gedanken gehört, richtete er sich gerader auf, in seinen Augen stand ein entschlossener Ausdruck. Vorsichtig nahm er ihr das Headset ab und setzte es selbst auf.

»Hier ist East. Bericht.« Vor ihren Augen verwandelte er sich in den Anführer eines SEAL-Teams.

Shannon konnte die Antwort nicht verstehen, aber sie spürte förmlich, dass Clint nicht gefiel, was er hörte. »Okay, setzt sie außer Gefecht und sorgt dafür, dass sie nicht wieder aufstehen.«

Clint blickte sie an. »Wo ist der Anführer nach der Explosion geblieben?«

Ein Zittern lief durch ihren Körper. »Er wollte mich erschießen. Matt hat sich dazwischengeworfen und die Kugel abbekommen. Eine weitere hat ihn am Rücken getroffen, aber die schusssichere Weste scheint sie aufgehalten zu haben. Ich habe auf den Anführer geschossen und ihn vermutlich verwundet. Er ist geflohen.« Sie deutete auf die Tür zum Gang. »Es tut mir leid, ich konnte Matt nicht alleinlassen.«

Clint legte seine Hand auf ihre. »Das ist absolut verständlich. Ich möchte nicht, dass du noch mal in die Nähe dieses Schweins kommst.«

Das wollte sie auch nicht. Aber es ärgerte sie trotzdem, dass sie die Gelegenheit verpasst hatte, ihn auszuschalten, als sie es gekonnt hatte. Die anderen Terroristen würden doch sicher aufgeben, wenn der Anführer nicht mehr frei war, oder? Aber vielleicht war sie auch etwas naiv. Sie wollte nur eines: dass endlich alles vorbei war und sie alle in Sicherheit.

Plötzlich erfüllte Lärm die Luft, Clint und Doc blickten sich besorgt an.

»Devil, habt ihr einen Hubschrauber gerufen?« Clint sprach wegen des Lärms lauter als sonst.

Ein Hubschrauber! Das könnte Matts Rettung sein. Aufgeregt drückte Shannon seine Hand. Wie auch immer der Helikopter hierhergekommen war, sie würde denjenigen küssen, der dafür verantwortlich war. Jetzt hatte Matt eine Chance.

Die Antwort gefiel Clint offensichtlich nicht, denn seine Augenbrauen zogen sich zusammen. »Findet es heraus, wir brauchen ihn für den Transport von Matt und Shannon.«

Dagegen würde sie sicher nicht protestieren, sie würde keinen Schritt von Matts Seite weichen, bis sie wusste, dass er durchkam. Ihre Augen weiteten sich, als ihr etwas einfiel. »War Vanessa hier, oder habe ich mir das nur eingebildet?«

Clint nickte. »Dank ihr kennen wir den Standort des Lagers. Wo ist sie jetzt?«

Ein hohles Gefühl bildete sich in ihrem Magen. »Ich weiß es nicht. Ich wurde unten im Keller gefangen gehalten, und sie hat mir nur kurz etwas zugeflüstert, dann ist sie wieder verschwunden. Die Zeit kann ich nicht genau benennen, der Raum hatte kein Fenster. Es ist aber schon einige Stunden her. Kurz darauf kam Eric – der Anführer – zu mir und war furchtbar wütend, weil er durch euch einige Männer verloren hat.« Flehend blickte sie Clint an. »Könnte er ihr etwas getan haben?«

Das Gesicht ihres Bruders wirkte wie aus Stein gemeißelt. »Das werde ich herausfinden.«

»Oh Gott, wenn ihr meinetwegen etwas geschehen ist …«

Doc ließ sie nicht ausreden. »Das ist Unsinn, Vanessa weiß, was sie tut, und hat sich dafür entschieden, sich ins Lager einzuschleichen. Was auch immer mit ihr geschehen ist, nichts davon ist deine Schuld, Shannon.«

Dankbar versuchte sie ihn anzulächeln. »Danke, aber es würde mir trotzdem so vorkommen. Bitte findet sie.«

»Das werden wir.«

Clint hob eine Hand. »Ja, Devil, ich höre.« Ungläubigkeit breitete sich auf seinem Gesicht aus. »Was meinst du damit, dass Red hier ist? Sein Team soll doch auf Karen, Maya und meine Eltern aufpassen!« Er schüttelte den Kopf. »Nein, natürlich ist er genau zum richtigen Moment da. Kann er irgendwo landen?« Wieder lauschte er. »Gut, wir kommen dorthin. Matt muss dringend ausgeflogen werden. Sorgt ihr dafür, dass uns niemand in die Quere kommt? Danke.«

Aufgeregt blickte Shannon ihn an. »Können wir den Hubschrauber wirklich nutzen?«

Clint lächelte sie an. »Ja. Red ist mit seinem Team hierhergeflogen, um uns zu unterstützen. Der Pilot wird euch zum nächsten Krankenhaus bringen.«

Doc stand auf. »Ich fliege mit, falls ihr mich hier nicht braucht.«

»Kümmere dich um Matt. Zur Not hat Reds Team auch einen Sanitäter.«

»Okay, bringen wir ihn raus. Fasst du mit an, East?«

Clint nahm Matts Schultern, während Doc die Füße vom Boden hob. Matt stöhnte, als sie ihn bewegten, wachte aber nicht auf. Besorgt beobachtete Shannon die Prozedur, bereit, jederzeit einzuspringen. Nachdem sie Matt zwischen sich stabilisiert hatten, trugen sie ihn zum Loch in der Wand und manövrierten ihn vorsichtig über das Geröll.

»Alles klar, Devil?«

Was auch immer der SEAL sagte, überzeugte Clint offenbar davon, dass es sicher war, das Gebäude zu verlassen. Rasch überquerten sie das Gelände, und Shannon sah sich ungläubig um. Sie befand sich tatsächlich mitten im Wald! Es standen nur einige Hütten versteckt unter den Bäumen, eine Fahrspur führte zum ebenfalls gesprengten Tor in einem großen Zaun, der das Gelände umgab. Selbst wenn ihr die Flucht aus der Zelle gelungen wäre, wie hätte sie von hier fliehen sollen? Sie hätte nicht mal gewusst, in welcher Richtung sich die Zivilisation befand. Noch einmal wurde ihr die Gefahr bewusst, in der sie geschwebt hatte, und wenn es nicht wichtiger gewesen wäre, Matt so schnell wie möglich hier rauszubringen, wäre sie zusammengebrochen. Dankbarkeit erfüllte sie, dass es Personen wie Vanessa und die SEALs gab, die gewillt waren, ihr Leben zu riskieren, um sie zu retten.

Schneller als erwartet kamen sie auf eine kleine Lichtung, auf der ein Hubschrauber mit drehenden Rotoren stand. Shannon beobachtete, wie Matt eingeladen wurde und drehte sich dann zu Clint um. »Sei bitte vorsichtig, Clint.«

Er nickte grimmig. »Das bin ich immer. Pass für mich auf Matt auf.«

Shannon lächelte durch ihre Tränen. »Das werde ich.« Rasch umarmte sie ihren Bruder und kletterte in den Hubschrauber. Sowie Doc die Tür von innen geschlossen hatte, hoben sie ab. Durch das Fenster sah sie, wie die Lichtung unter ihnen immer kleiner wurde. Dann setzte sie sich neben Matt und nahm seine Finger zwischen ihre Hände. Sie wünschte, er würde sie noch einmal ansehen, doch seine Augen blieben geschlossen. Tom hatte ihn an eine Infusion angeschlossen, und sie hoffte, dass es reichen würde, um Matt am Leben zu halten, bis sie beim Krankenhaus ankamen.

Liebevoll strich sie ihm eine Haarsträhne aus dem Gesicht. Noch immer war er erschreckend blass, die lange Narbe auf seiner Wange beinahe weiß im schummrigen Licht des Hubschraubers. »Halt durch, Matt, denn ohne dich kann ich nicht leben.« Vermutlich bildete sie es sich nur ein, aber sie glaubte, einen schwachen Druck an ihren Fingern zu spüren. Sie beschloss, es als gutes Zeichen zu nehmen. Matt musste überleben und wieder gesund werden, etwas anderes würde sie nicht zulassen.

29

Vanessa folgte Derek durch einen unterirdischen Gang, der vermutlich früher zu einer Mine gehört hatte. Jetzt verstand sie auch, warum die *Krieger Gottes* an diesem Standort ihr Lager errichtet hatten – wegen der bereits vorhandenen Fluchtwege. Sie wünschte, sie könnte sich hier genauer umsehen, dies wäre ein idealer Ort, um Waffen zu lagern. Da sie aber kein Licht dabeihatten und sie sich nicht verlaufen wollte, hielt sie sich an Dereks T-Shirt fest und folgte ihm weiter durch die Dunkelheit. Als er plötzlich stehen blieb, lief sie auf ihn auf. Ein dumpfer Laut entfuhr ihr, und sie rieb über ihre Nase, die sie sich an seinem Rücken gestoßen hatte.

»W…?« Bevor sie ihre Frage herausbringen konnte, war er zu ihr herumgewirbelt und hatte seine Hand auf ihren Mund gepresst.

»Still.« Sein Atem streifte ihr Ohr, sodass sie das Wort eher spürte als hörte.

Stocksteif stand Vanessa da und lauschte angestrengt. Jetzt hörte sie es auch, es klang wie Schritte, die sich ihrer Position schnell näherten. Allerdings konnte sie nicht sagen, aus welcher Richtung sie kamen. Nicht von hinten, so viel war sicher. Könnte jemand vom Rettungsteam den hinteren Ausgang gefunden haben und so ins Innere des Gebäudes vordringen wollen? Für einen Moment klopfte ihr Herz bei diesem Gedanken schneller. Dann wurde ihr klar, was das für Derek bedeuten würde. Vermutlich würde er angeschossen, wenn nicht sogar getötet werden. Und das wollte sie nicht.

Sie versuchte, sich so zu drehen, dass sie vor ihm stand, doch das ließ er nicht zu. Stattdessen presste er sie mit dem Rücken an die Wand und umgab sie förmlich mit seinem Körper. Offenbar versuchte er, sie zu schützen, genauso wie sie es bei ihm vorgehabt hatte. Erneut beschleunigte sich ihr Herzschlag, gleichzeitig spürte sie einen schmerzhaften Stich. Wenn Derek kein Terrorist wäre … Aber es war müßig, sich etwas zu wünschen, das völlig utopisch war.

Da er nicht zulassen würde, dass sie sich bewegte, blieb sie still stehen, ihr Gesicht an seiner Brust vergraben, während sie weiter lauschte. Die Schritte kamen erst näher, doch dann ertönte ein seltsames quietschendes Geräusch, dicht gefolgt von einem Krachen. Der Boden zitterte unter ihren Füßen, und sie klammerte sich automatisch fester an Derek. Oh Gott, würden sie unter der Erde verschüttet werden? Sie konnte sich kaum etwas Schlimmeres vorstellen.

Dereks Hand legte sich um ihren Nacken, und sie hob ihr Gesicht an. In der Dunkelheit konnte sie ihn nicht sehen, obwohl er direkt vor ihr stand. »Komm, schnell und leise.« Sein Atem strich warm über ihre Lippen und brachte sie zum Prickeln.

Vanessa wollte fragen, was eben passiert war und wohin sie gingen, aber sie hielt sich mühsam zurück. Ihr Gefühl sagte ihr, dass derjenige, dessen Schritte sie gehört hatten, keiner von den SEALs war. Es musste jemand gewesen sein, der sich hier unten auskannte und trotz der Dunkelheit genau wusste, was er tat und wohin er gehen musste. Deshalb folgte sie Derek jetzt ohne Widerspruch, als er sie an der Hand hinter sich herzog. Sie war sogar dankbar für seine Nähe, weil sie immer wieder stolperte. Sie wollte nicht wissen, auf was sie da trat. Ihre hochhackigen Schuhe eigneten sich nicht gerade dafür, in einem alten Stollen herumzulaufen. Mit der Schulter streifte sie einen porösen Holzbalken, der hinter ihr zu Boden krachte.

Sofort blieb Derek stehen und drehte sich zu ihr um. »Alles in Ordnung?«

Vanessa nickte stumm und erinnerte sich dann daran, dass er sie nicht sehen konnte. »Ja.«

»Gut. Versuch, nichts zu berühren.« Seine Stimme war weiterhin so leise, dass sie nur bis an ihre Ohren drang.

Vanessa verdrehte die Augen. Als hätte sie absichtlich den Balken zum Einsturz gebracht. »Ich bemühe mich.«

Seine Finger drückten ihre, und sie wusste, dass er ihren ironischen Tonfall bemerkt hatte. Aber er drehte sich nur um und ging weiter. Offensichtlich hatte sich Derek von seiner Verletzung wieder erholt, denn er lief immer schneller, so als wüsste er etwas, das ihr entging. Nur mit Mühe konnte sie ihm folgen, aber sie würde alles tun, um nicht hierbleiben zu müssen. Warum nahm Derek sie überhaupt mit? Es wäre doch für ihn viel einfacher gewesen, sie zurückzulassen und alleine zu fliehen. Stattdessen ließ er sich von ihr aufhalten. Eric hätte sie sicher im Stich gelassen oder sie gleich getötet, daran hatte sie keinen Zweifel.

Warum war Derek also anders? Und war er das überhaupt, oder bildete sie sich das nur ein, weil sie es gerne so wollte? Möglich war es. Nur weil sein Kuss unerwartete Gefühle in ihr ausgelöst hatte, hieß das noch lange nicht, dass er ein guter Mensch war. Eigentlich sprach sogar fast alles andere dagegen. Schließlich gehörte er zu der gefährlichsten Terrorgruppe der USA und sorgte für deren Sicherheit. Das konnte doch wohl nur jemand tun, der die gleiche Gesinnung hatte wie Eric. Ihr Kopf wusste das, nur ihr Herz war so dumm, an das Gute in Derek zu glauben. Vanessa schnitt eine Grimasse und schüttelte die Gedanken von sich ab. Im Moment sollte es nur darum gehen, zu überleben und zu ihrem Team zurückzukommen, alles andere war zweitrangig.

Vanessa konnte nicht sagen, wie lange sie noch die unterirdischen Gänge entlangliefen, doch irgendwann glaubte sie, dass sich die Dunkelheit ein wenig verringerte. Vielleicht gewöhnte sie sich aber auch nur daran oder bildete es sich ein, weil sie unbedingt endlich wieder frische Luft atmen und den Himmel sehen wollte. Doch dann wurde Derek langsamer, bis er schließlich ganz stehen blieb.

Er drehte sich zu ihr um. »Bleib kurz hier.«

»Nein!« Das Wort war heraus, bevor sie es verhindern konnte. Verdammt, sie hasste Menschen, die immer am Rockzipfel anderer hingen.

Derek strich über ihre Wange. »Ich bin sofort wieder da, ich will nur sehen, ob die Luft rein ist.«

»Ich kann …«

Sein Finger legte sich über ihre Lippen. »Ich komme zurück, ich verspreche es.«

Einerseits war das unglaublich lieb von ihm, aber andererseits nervte es sie, dass er sie wie eine normale Frau behandelte. Bevor sie ihm sagen konnte, was sie davon hielt, erinnerte sie sich daran, dass Derek dachte, sie wäre eine hohlköpfige Tussi, die sich von einem fremden Mann in ein Lager mitten in der Wildnis abschleppen ließ. Kein Wunder, dass er sie für unfähig hielt. Aber genau so sollte es ja auch sein, deshalb biss sie sich auf die Lippe und schluckte ihre Worte hinunter. »Danke.«

Beinahe hätte sie ihn zurückgerufen, als seine Finger sie verließen und sie spürte, wie er sich von ihr entfernte, aber sie konnte sich gerade noch daran hindern. Stattdessen schlich sie langsam vorwärts, eine Hand immer an der rauen Wand. Derek bewegte sich so leise, dass sie ihn nicht mehr hörte. Er konnte auch wenige Zentimeter weiter stehen und sie würde ihn erst bemerken, wenn sie gegen ihn stieß. Aber sie konnte einfach nicht dort stehen bleiben und sich darauf verlassen, dass er zurückkehrte, das widersprach völlig ihrer Ausbildung als Agentin – und auch ihrer Natur.

Schritt für Schritt schob sie sich vorwärts, die rechte Hand vor sich ausgestreckt, um zu verhindern, dass sie unvorbereitet irgendwo gegenstieß. Nach kurzer Zeit spürte sie einen wärmeren Luftzug, der über ihre Haut strich. Ein Schauer lief durch ihren Körper, und sie atmete tief ein. Ja, sie glaubte beinahe schon den Duft der Kiefern wahrzunehmen. Trotzdem blieb es weiterhin dunkel, vermutlich führte der Schacht noch um eine Ecke. Immer langsamer bewegte sie sich vorwärts, die Augen weit aufgerissen, um jeden noch so kleinen Lichtschimmer wahrzunehmen.

Sie folgte der Kurve im Gang und blieb abrupt stehen, als sie vor sich den hellen Ausgang der Mine sah. Vorsichtig zog sie sich wieder in die Dunkelheit zurück, als sie den Schattenriss eines Mannes erblickte, der gerade den Schacht verließ. Vanessa blinzelte heftig, konnte aber weiterhin nicht mehr erkennen. Dafür war sie zu lange in der Dunkelheit gefangen gewesen, ihre Augen mussten sich erst an das Licht gewöhnen. War das Derek, den sie eben gesehen hatte? Enttäuschung breitete sich in ihr aus, dass er offenbar doch nicht vorhatte, zu ihr zurückzukommen. Was hatte sie auch erwartet?

Vanessa straffte ihre Schultern und machte einen Schritt nach vorne. Sie brauchte Derek nicht … Eine Hand schloss sich fest um ihren Arm und zog sie zurück in die Dunkelheit. Nur mit Mühe unterdrückte sie einen erschreckten Schrei und setzte zur Gegenwehr an. Ihre Handfläche traf auf eine breite Brust, die sich seltsam vertraut anfühlte.

»Du solltest doch warten.« Die tiefe Stimme war unverkennbar, und Vanessa spürte, wie sich die Anspannung in ihr löste.

Sie stellte ihren Fuß, mit dem sie den Angreifer hatte treten wollen, wieder auf den Boden und versuchte, ein Stück abzurücken, doch Derek hielt sie weiter fest. Ihre Finger gruben sich in seine Brust, und sie spürte das schnelle Klopfen seines Herzens. Seine Hand fühlte sich warm auf ihrem kühlen Arm an, sein Griff lockerte sich, bis es beinahe eine Liebkosung war.

Es dauerte einen Moment, bis sie ihre Sprache wiederfand. »Ich habe mich dort nicht sicher gefühlt.« Und das war sogar beinahe die Wahrheit. »Ohne dich.«

Seine Muskeln spannten sich unter ihrer Hand an, dann stieß er einen tiefen Seufzer aus. »Ich weiß nicht, was ich mit dir machen soll.«

Dito.

Derek starrte Vanessa an und versuchte herauszufinden, was in ihrem Kopf vor sich ging. Ständig überraschte sie ihn, und er glaubte immer weniger, dass sie einfach nur eine normale Frau war, die ungeplant in diese Situation hineingeraten war. Dazu passte weder, dass sie nachts im dunklen Keller herumschlich, noch dass sie vorhin versucht hatte, in das Zimmer zu kommen, in dem Eric sich mit Shannon und deren Bruder beschäftigte. Hätte er sie nicht daran gehindert, wäre sie von Eric erschossen oder bei der Explosion verletzt worden. Und auch die Art, wie sie sich gegen ihn gewehrt hatte … Nein, sie war eindeutig nicht die Frau, die sie vorgab zu sein. Aber wer war sie dann? Er tippte auf Undercover-Agentin, vielleicht FBI, ATF oder Homeland Security. Allerdings war es schon mehr als merkwürdig, dass jahrelang nichts passierte und plötzlich kurz nach der Entführung von Shannon Hunter jemand eingeschleust wurde. Irgendetwas musste er bei der Sicherung der Gruppe übersehen haben.

Aber das war jetzt nebensächlich, erst einmal musste es ihnen gelingen, ungesehen hier herauszukommen. Zuerst hatte er gedacht, dass sie die Einzigen waren, die diesen Gang benutzten, doch dann hatte er die Schritte gehört und war dem Verursacher gefolgt. Am Eingang des Schachts hatte er ihn schließlich erkannt: Es war Eric. Offensichtlich gab es noch mehr Zugänge zum Minensystem, die er nicht kannte. Aber auch das interessierte jetzt nicht, er musste dem Anführer der *Krieger Gottes* folgen, wenn er verhindern wollte, dass etwas Furchtbares geschah.

Nachdem er sich überzeugt hatte, dass niemand mehr in der Nähe war, führte er Vanessa aus dem Schacht heraus und tauchte mit ihr in den Wald ein. Sie waren jetzt einige Hundert Meter vom Lager entfernt, aber es waren immer noch Schüsse zu hören. Wäre Vanessa nicht gewesen, wäre er dort geblieben und hätte gekämpft, doch es war ihm wichtiger, sie aus der Gefahrenzone herauszubringen. Eine unerwartete Anwandlung, die ihn nervös machte. Er hatte ganz klare Prioritäten, und die Rettung einer Unbekannten gehörte nicht unbedingt dazu. Zumindest nicht in dieser Situation, die sehr schnell in einer Katastrophe enden könnte. Es war Irrsinn, das Leben einer Person über das so vieler zu stellen, aber trotzdem drängte ihn sein Instinkt dazu.

Vor allem konnte er nicht einmal sicher sein, dass Vanessa ihm nicht bei nächster Gelegenheit ein Messer in den Rücken rammen würde. Oder noch schlimmer: seine Pläne, für die er so lange gekämpft und so viel aufgegeben hatte, zunichtemachte. Das konnte er auf keinen Fall zulassen, zu viel hing davon ab. Außerdem würde er sein Versprechen nicht brechen, egal was er dafür tun musste.

Entschlossen drehte er sich zum Ausgang um. »Gehen wir.« Sein Nacken prickelte, aber Vanessa versuchte nicht, ihn zu überwältigen, sondern folgte ihm schweigend. Erleichtert atmete er auf, denn er hatte keine Zeit zu verlieren, wenn er Eric folgen wollte. Am liebsten würde er Vanessa den Angreifern übergeben, damit die sie in die Zivilisation zurückbrachten, aber Eric bewegte sich vom Lager weg.

Nachdem Derek einige Meter gegangen war, traf er eine Entscheidung. Es fiel ihm nicht leicht, aber er musste sie gehen lassen. Er konnte nicht zulassen, dass sie zwischen ihn und sein Ziel kam. Hinter einem dicken Baumstamm hielt er an, drehte sich zu Vanessa um und betrachtete sie prüfend. Ihre roten Haare umgaben in einer zerzausten Mähne ihr Gesicht, ein Kratzer zog über ihre bleiche Wange, die Sommersprossen standen stark hervor. Sie hätte zerbrechlich gewirkt, wenn nicht ihre grünbraunen Augen gewesen wären, die ihn ruhig beobachteten. Stärke schimmerte in ihren Tiefen, die ein weniger genauer Beobachter leicht übersehen konnte. Langsam ließ er seinen Blick tiefer wandern. Auch an ihren nackten Armen und Beinen hatte sie Abschürfungen, eine Seite des engen Kleides war aufgerissen. Es war hochgerutscht und entblößte die gesamte Länge ihrer Beine. Am spektakulärsten war aber der Ausschnitt, der sich durch die Bewegung verschoben hatte und eine ihrer Brustwarzen hervorlugen ließ.

Derek ballte seine Hände zu Fäusten, um dem Drang zu widerstehen, Vanessa zu berühren. Sich hinabzubeugen und die harte Spitze in den Mund zu nehmen. Mühsam riss er die Augen hoch und traf auf Vanessas wissenden Blick. Das stärkte seine Entschlossenheit. »Lauf zum Lager zurück, dort wird dir geholfen.«

Ungläubigkeit trat in ihre Miene und, wenn er sich nicht irrte, ein Hauch Verletztheit. »Du willst mich alleinlassen.«

Nein, das wollte er nicht, aber er musste es. »Es ist sicherer für dich. Ich habe noch etwas zu erledigen und kann dich dabei nicht mitnehmen.«

Vanessa verschränkte die Arme über ihrer Brust, was ihre

Spitze noch weiter herausrutschen ließ, aber sie schien es nicht zu bemerken. »Ich möchte dich natürlich nicht stören.«

Obwohl er wusste, dass sie ihn manipulierte, konnte er doch nichts gegen den Stich tun, den ihm ihre Worte versetzten. Automatisch trat er näher an sie heran und legte seine Hand an ihre Wange. »Ich wünschte, es wäre anders.«

Für einen Sekundenbruchteil flammte etwas in ihren Augen auf, dann schüttelte sie seine Hand ab. »Ja, das merke ich. Los, geh schon, ich möchte nicht, dass du meinetwegen deinen Termin verpasst.«

Ihm fehlte die Zeit, ihr zu erklären, warum er sie nicht mitnehmen konnte und wollte, deshalb nickte er nur knapp. Aber er konnte es nicht lassen: Mit dem Zeigefinger strich er über ihre Brustwarze, bevor er den Ausschnitt des Kleides so zurechtrückte, dass nichts mehr zu sehen war. Er konnte sich selbst nicht erklären, warum er nicht wollte, dass jemand anders sie so sah. Irgendetwas in ihm sagte ganz laut: Meins! Dabei war das völlig idiotisch, er kannte Vanessa noch nicht einmal, und wenn er sich jetzt von ihr trennte, würde das auch nicht mehr passieren. Vermutlich würde er sie nie wiedersehen.

Noch einmal ließ er seinen Blick über ihr Gesicht wandern, um es sich genau einzuprägen. Vielleicht konnte er die Erinnerung irgendwann wieder herausholen und sich fragen, was hätte passieren können, wenn sie sich in einer anderen Situation getroffen hätten.

Vanessas Miene wurde weicher. »Danke.« Bevor er reagieren konnte, hatte sie ihren Arm um seinen Nacken geschlungen und ihre Lippen auf seine gepresst. Nach einer Schrecksekunde fesselte er ihren Körper mit seinen Armen an sich und hob sie hoch. Der Kuss schmeckte nach Verzweiflung und übermächtigem Hunger. Viel zu schnell löste Vanessa sich von ihm und blickte ihm direkt in die Augen. »Sei vorsichtig.«

Da er nicht wusste, ob seine Stimme funktionierte, nickte er nur und wandte sich abrupt ab. Wenn er noch länger in Vanessas Nähe blieb, würde er sie nicht mehr gehen lassen können. Aber das musste er, wenn er sie schützen wollte. Derek konnte ihren Blick in seinem Rücken spüren, doch er drehte sich nicht noch einmal um, sondern verschwand zwischen den Bäumen. Er rieb über seine Brust, hinter der sein Herz seltsam dumpf pochte. Dann zwang er sich, seine Aufmerksamkeit auf seine Aufgabe zu richten, denn nur der kleinste Fehler konnte zu einer Katastrophe führen.

Vanessa blickte Derek hinterher, bis er nicht mehr zu sehen war. Zum Schutz gegen die plötzliche Kälte in ihrem Innern schlang sie die Arme um ihren Körper und stand wie erstarrt mitten im Wald. Die Kampfgeräusche wiesen ihr den Weg zum Lager, und sie wusste, dass sie dort die Hilfe ihres Teams finden würde. Vermutlich sollte sie ihnen auch dabei helfen, die Terroristen zu überwältigen, aber die Schritte im Gang ließen sie nicht in Ruhe. Irgendjemand war vor ihnen aus dem Schacht gekommen, und wenn sie nicht alles täuschte, wollte Derek ihm folgen. Sie glaubte nicht, dass er das bei jedem machen würde. Außerdem interessierte sie, was er »erledigen« wollte.

Ihr Instinkt sagte ihr, dass Derek nicht vor den Kämpfen floh, sondern hinter etwas oder jemandem her war. Vielleicht hatte sie es sich nur eingebildet, aber sie glaubte, in seinen Augen einen Konflikt gesehen zu haben, zwischen seiner Aufgabe und seinem Wunsch, bei ihr zu bleiben. Und dieser Kuss … Vanessa schnaubte. Zu lange war sie im Geschäft, um sich von Gefühlen ablenken zu lassen oder zu glauben, dass Derek mehr als Leidenschaft für sie empfand. Die allerdings war in dem Kuss mehr als offensichtlich gewesen. Ein Schauer lief durch ihren Körper, und sie blickte an sich hinunter. Ihre harten Brustwarzen pressten sich gegen den engen Stoff des Kleides, und die Erinnerung an Dereks rauen Finger, der über die empfindliche Spitze strich, fuhr direkt in ihren Unterleib.

Vanessa presste ihre Hand vor den Mund, um ihr Stöhnen zu unterdrücken. Verdammt, der Kerl war wirklich gefährlich für ihr seelisches Gleichgewicht. Noch einmal blickte sie in Richtung des Lagers zurück, dann traf sie ihre Entscheidung und folgte Derek. Clint, Matt und die anderen würden es auch ohne ihre Hilfe schaffen, die Terroristen zu überwältigen, aber sie wussten nicht, dass mehrere Männer entkommen waren. Wenn Vanessa ihnen jetzt nicht folgte, würden sie untertauchen, und es würde beinahe unmöglich sein, sie wieder aufzuspüren. Natürlich war es gefährlich, besonders völlig unbewaffnet, aber sie musste es zumindest versuchen.

30

Während Clint das Gebäude durchsuchte, schaffte er es nicht, seine Sorge um Matt zu unterdrücken. Als er seinen Freund blutend auf dem Boden liegen gesehen hatte, war ihm bewusst geworden, wie schnell sein ganzes Leben zusammenbrechen konnte. Erst Karen, und nun auch Shannon und Matt. So erleichtert er auch war, dass seiner Schwester körperlich nichts zu fehlen schien, er konnte sich vorstellen, wie lange es dauern würde, bis sie sich seelisch von der Tortur erholt hatte. Sollte Matt sterben … Clint biss die Zähne zusammen, bis sie knirschten. Nein, darüber konnte er nicht nachdenken, er musste sich auf seinen Job konzentrieren.

Er trat in einen Raum und riss die Waffe hoch, als er im Schummerlicht eine große Gestalt sah. Wenigstens hatte seine Wunde an der Stirn inzwischen aufgehört zu bluten, aber als die Balken auf ihn gestürzt waren, hatte er erneut einen Schlag auf den Kopf bekommen, und es bereitete ihm Schwierigkeiten, klar zu sehen. Davon konnte er sich jedoch nicht aufhalten lassen, immerhin war der Anführer der Terroristen nicht gefasst, und auch Vanessa hatten sie noch nicht gefunden.

Als der Mann sich jetzt umdrehte, sah Clint, dass er etwas in der Hand hielt. Clint kniff die Augen zusammen, bis er erkennen konnte, was es war: Kleidung. »Das sind Vanessas Sachen.«

Clint ließ die Waffe sinken, als er Rocks Stimme erkannte. »Irgendwelche Spuren?«

»Sie sind zerrissen, und es sind dunkle Flecken darauf, die

Blut sein könnten. Aber nicht genug, um anzunehmen, dass sie tödlich verletzt wurde. Es könnte auch von ihrem Sturz aus dem Auto sein.«

Mit den Fingern rieb Clint über seine Schläfe. »Aber wo ist sie jetzt?«

Rock trat näher, und jetzt konnte Clint auch seinen düsteren Gesichtsausdruck sehen. »Ich weiß es nicht. Hier oben jedenfalls nicht. Einer der Gefangenen hat gesagt, dass es hier auch Kellerräume gibt, aber durch die Trümmer ist der Durchgang versperrt.«

»Was ist überhaupt passiert? Ich nehme an, die Explosion sollte nicht so groß ausfallen.«

Rock schnitt eine Grimasse. »Schlechte Baumasse in Verbindung mit einem begrünten Dach. Und wenn mich nicht alles täuscht, hat jemand nachgeholfen.«

Clint runzelte die Stirn, weil das keinen Sinn ergab. »Was meinst du damit?«

»Ich hatte nur eine sehr schwache Explosion geplant, gerade genug, um die Tür zu öffnen und die Terroristen ein wenig aufzurütteln. Ich wollte ja auch nicht, dass ihr verletzt werdet. Mein Verdacht ist, dass schon ein Explosionskörper an der Hauswand angebracht war, der durch meine Zündung mit hochgegangen ist.«

Das war etwas, über das sie später gründlich nachdenken mussten, doch im Moment sollten sie sich darauf konzentrieren, das Lager nach weiteren Gegnern, aber auch nach einem Waffenlager und Informationen über die zukünftigen Pläne der *Krieger Gottes* abzusuchen. Zwar würden die SEALs versuchen, die Gefangenen zum Reden zu bringen, aber solange sie den Anführer nicht fanden, konnten sie nicht sicher sein, dass keine weiteren Anschläge geplant waren und ausgeführt wurden. Im Gegenteil, Clint konnte sich vorstellen, dass sich der Anführer rächen würde, wenn er entkam. Das durfte er nicht zulassen, schon allein, um Karen zu schützen.

»Okay, suchen wir Vanessa. Finde einen Weg, wie wir in den Keller kommen, zur Not spreng die Trümmer weg. Es ist wichtig, dass wir sie so schnell wie möglich finden.«

Wenn der Anführer oder einer seiner Leute sie nicht schon erwischt und sich ihrer entledigt hatte. Bei dem Gedanken zog sich Clints Magen zusammen. Zwar kannte er Vanessa nicht näher, aber das, was er bisher von ihr gesehen und gehört hatte, gefiel ihm. Und er würde ihr ewig dankbar sein, dass sie nicht gezögert hatte, sich in die Terrorgruppe einzuschleusen, und ihnen damit den Weg zum Lager gezeigt hatte. Ohne sie … Nein, darüber mochte er nicht nachdenken. Er hätte keinerlei Rückendeckung gehabt, und Shannon und er wären jetzt tot.

Clint drehte sein Mikrofon auf. »I-Mac, hast du irgendwas von Vanessa gehört?«

»Kein Wort. Und ihr Telefon hat sich auch nicht bewegt.« I-Mac räusperte sich. »Aber ich habe Jay informiert, dass du noch lebst und Shannon frei ist. Deine Familie ist darüber sehr glücklich, wie man sich vorstellen kann. Karen lässt dir ausrichten, dass du vorsichtig sein sollst.«

Seine Kehle zog sich zusammen. »Danke. Hat Jay gesagt, wie es Karen geht?«

»So weit okay, die Aufregung war nicht gut für sie, aber seit sie weiß, dass es dir gut geht, hat sie sich beruhigt. Bevor du fragst: Die Sache mit Matt habe ich ein wenig beschönigt. Wehe, er kommt nicht durch!« I-Macs Stimme war rau vor Gefühl, und er räusperte sich. »Karen schläft jetzt.«

»Kommt der Hubschrauber zurück, wenn sie Matt und Shannon abgesetzt haben? Wir könnten ihn zum Transport der Gefangenen gebrauchen und um die Umgebung abzusuchen.«

»Eye von Team 8 ist instruiert, und ich schätze, wir könnten ihn eh nicht von euch fernhalten.«

»Gut. Ich melde mich, wenn es etwas Neues gibt.«

»Seid vorsichtig und vor allem findet dieses Schwein. Wir können die *Krieger Gottes* nur ausschalten, wenn wir den Anführer haben. Kommt er davon, wird er vermutlich die Gruppe neu aufbauen.«

Dessen war sich Clint leider nur allzu schmerzlich bewusst. Er beendete die Verbindung und wandte sich dann zu Rock um. »Finden wir diesen Eric.«

Das erwies sich jedoch als gar nicht so einfach, er schien wie vom Erdboden verschluckt zu sein. Genauso wie Vanessa. Selbst als sie die Trümmer sprengten und in den Keller vordrangen, fanden sie keinen Hinweis auf deren Aufenthaltsort. Clint spürte einen Stich im Herzen, als er die Zelle sah, in der Shannon mehrere Tage gefangen gehalten worden war. Das Licht der Taschenlampe beleuchtete einen kahlen Raum, dessen Boden und Wände aus Beton bestanden. Er konnte sich vorstellen, wie furchtbar das für Shannon gewesen sein musste, besonders weil sie nicht gewusst hatte, ob sie lebend wieder herauskommen würde.

Sein Blick traf Rocks. »Wenn wir hier alles durchsucht und sämtliche Beweise gesichert haben, sprengen wir den ganzen Komplex.«

Rock lächelte grimmig. »Es wird mir ein Vergnügen sein.«

Während des Fluges löste Shannon nicht einen Moment lang ihren Blick von Matts Gesicht. Sie hatte Angst, dass er genau dann aufhören würde zu atmen. Vermutlich war das abergläubischer Unsinn, aber sie wollte es nicht riskieren, ihn zu verlieren. Am liebsten hätte sie auch weiterhin seine Hand gehalten, aber Tom brauchte den Platz, um ihn zu behandeln, und sie musste ihm dabei helfen. Da es kein Rettungshubschrauber war, gab es nur einen kleinen Erste-Hilfe-Kasten und die Dinge, die Tom in seinem Rucksack hatte. Viel zu wenig, um jemanden zu behandeln, der so viel Blut verloren hatte. Selbst sie konnte sehen, dass Matt dringend eine Infusion brauchte, sein Gesicht wirkte beinahe weiß, sämtliche Farbe war daraus verschwunden.

Sie mussten irgendetwas tun, sonst würde er sterben. »Würde es helfen, wenn ich Blut spende? Wir sind kompatibel.« Sie würde *alles* tun, um Matt zu retten, sogar ihr Leben geben, wenn es sein musste. So wie Matt es getan hatte, um ihr zu helfen.

Tom blickte nicht auf. »Das würde ich sogar annehmen, wenn ich die nötigen Instrumente hier hätte.«

»Aber was können wir dann tun? Es muss doch etwas geben …« Sie konnte die Verzweiflung in ihrer Stimme hören.

Diesmal sah Tom sie an. »Wir können nur hoffen, dass er durchhält, bis wir im Krankenhaus ankommen. Sprich ruhig mit ihm, damit er weiß, dass du bei ihm und in Sicherheit bist. Das wird ihm Kraft geben.«

Das ließ sie sich nicht zweimal sagen, obwohl sie wusste, dass Tom nur versuchte, sie zu beruhigen. Sie rutschte näher an Matt heran und strich sanft über seine Stirn. »Ich bin hier, Matt, und ich werde nicht zulassen, dass du stirbst. Hast du mich gehört?« Natürlich erfolgte keine Antwort, nicht einmal ein Flattern seiner Augenlider. »Warum warst du auch so unvernünftig, dich in den Weg der Kugel zu werfen? Du bist nicht unverwundbar, weißt du.«

Tränen traten in ihre Augen, und Shannon wischte sie rasch weg. Sie beugte sich hinunter und küsste Matt sanft auf die kühlen Lippen.

Tom legte eine Hand an sein Ohr und nickte dann. »Noch etwa fünf Minuten.«

Eine halbe Ewigkeit, wenn der Mann, den sie liebte, um sein Leben kämpfte. »Ist das Krankenhaus auf unsere Ankunft vorbereitet?«

»Ja. Ein Operationsteam steht bereit. Passende Blutkonserven sind vorhanden.«

»Hörst du, Matt? Halte noch ein paar Minuten durch, dann werden dich die Ärzte zusammenflicken.« Ihre Finger strichen durch seine schulterlangen Haare, die sich aus dem Zopf gelöst hatten. »Du hast immer gesagt, dass SEALs von allen Militäreinheiten die größte Ausdauer haben, jetzt beweise mir, dass es auch stimmt.« Aus den Augenwinkeln blickte sie Tom an, in dessen Mundwinkel sich tiefe Falten eingegraben hatten.

»In meiner Zeit als SEAL habe ich erst ein einziges Teammitglied bei einem Einsatz verloren, weil ich es nicht ausreichend behandeln konnte. Ich habe nicht vor, das noch einmal zuzulassen, also reiß dich zusammen, Matt. Denk daran, was es Rose angetan hat, Ghost zu verlieren. Das möchtest du sicher nicht für Shannon, oder?« Seine Stimme war mit jedem Wort rauer geworden.

Shannon war zwar nicht dabei gewesen, aber Matt hatte ihr erzählt, was passiert war, allerdings ohne geheime Details zu nennen. Noch heute, acht Jahre später, war die tiefe Wunde zu spüren, die Ramons Tod ins Team gerissen hatte. Von Rose ganz zu schweigen, die zwar inzwischen mit Rock glücklich war, aber trotzdem den Tod ihres Mannes nie ganz verwunden hatte. Shannon mochte sich nicht vorstellen, wie es sein musste, den Mann ihres Lebens zu verlieren. Nie wieder seine Stimme zu hören, das Lachen in seinen Augen zu sehen, sein Lächeln, wenn er sie neckte. Wie sollte sie da jemals wieder glücklich werden?

Und Matt hatte den Menschen um ihn herum noch so viel zu geben, als Anführer der TURTs, als Freund, vielleicht sogar irgendwann als Vater. Das durfte ihm und allen anderen nicht genommen werden. Egal was sie dafür tun musste, sie würde es machen, wenn es bedeutete, dass Matt weiterlebte. Aber sie wusste, dass das Leben und vor allem der Tod so nicht funktionierten.

Da sie immer noch über ihn gebeugt war, spürte sie es, als Matts Atmung aussetzte. Panisch blickte sie Tom an. »Er atmet nicht mehr!«

Mit einem Fluch prüfte er Matts Puls. Sein ernster Gesichtsausdruck bestätigte ihre schlimmsten Befürchtungen. »Kein Herzschlag. Du beatmest ihn, ich kümmere mich um die Herzmassage.«

Schweigend arbeiteten sie gemeinsam daran, Matt wieder ins Leben zurückzuholen. Während sie ihm ihren Atem einhauchte, liefen ihr Tränen über die Wangen. *Bitte Matt, lass mich nicht allein!* Bei jedem festen Stoß von Toms Händen auf Matts Brustkorb pausierte sie und suchte nach einem Lebenszeichen. Doch sie fand keines. Es schien, als hätte Matt den Kampf aufgegeben. Das konnte sie nicht akzeptieren, sie würde ihn nicht so kurz vor dem rettenden Krankenhaus verlieren.

Sie presste ihre Lippen an sein Ohr. »Kämpfe, verdammt noch mal!« Wieder beatmete sie ihn, hob den Kopf und beobachtete ihn angespannt.

»Shannon …« Toms Tonfall ließ ihren Kopf herumfahren.

»Nein, ich werde ihn nicht aufgeben!«

»Das wollte ich auch nicht vorschlagen. Wir sind da und gehen gleich in den Landeanflug. Halt dich irgendwo fest.«

Ein winziger Funken Hoffnung breitete sich in ihr aus. Im Krankenhaus würden sie Matt doch sicher retten können. Erneut beugte sie sich über ihn. »Im Krankenhaus werden sie sich um dich kümmern. Aber ich bleibe immer in der Nähe, ich verspreche es.«

Wahrscheinlich bildete sie es sich nur ein, aber sie hatte den Eindruck, dass Matt sie hörte.

Immer tiefer folgte Vanessa dem Sicherheitschef der Terroristen in den Wald. Die Bäume standen so dicht, dass es schwierig war, sich nach der Sonne zu orientieren, und es half auch nicht gerade, dass diese die meiste Zeit hinter Wolken verborgen war. Trotzdem vermutete sie, dass sie in grob südöstlicher Richtung unterwegs waren, also weiterhin vom Lager weg. Von den hochhackigen Schuhen hatte sie inzwischen Blasen an den Füßen, aber ganz ohne feste Sohle wollte sie auch nicht inmitten der Vegetation unterwegs sein. Deshalb biss sie die Zähne zusammen und ertrug die Schmerzen.

Glücklicherweise war Derek nicht so lautlos und versteckt unterwegs wie die SEALs, sonst hätte sie ihm nie folgen können – und er hätte sie schon längst gehört. Mehr als einmal war sie bereits auf trockene Zweige getreten oder über Pflanzen und Steine gestolpert. Aber es half nichts, sie musste ihm folgen, wenn sie sicherstellen wollte, dass die gesamte Terrorgruppe gefasst wurde. Bei dem Gedanken daran, ihn verletzen oder vielleicht sogar töten zu müssen, zog sich ihr Magen zusammen. Doch sie würde ihren Job nicht durch ihre Gefühle gefährden, oder vielmehr ihr Verlangen. Sie konnte nicht mehr als ein gewisses Interesse an jemandem haben, den sie eigentlich überhaupt nicht kannte und über den sie nicht mehr wusste, als dass er ein Terrorist war und ihr mit seinen Küssen die Schuhe ausziehen konnte.

Vanessa schüttelte den Kopf und ignorierte die leise Stimme in ihrem Hinterkopf, die ihr zuflüsterte, dass sie ihn nie geküsst hätte, wenn sie nicht *irgendetwas* für ihn empfinden würde. Was auch immer das war. Auf jeden Fall nicht Verachtung und Ekel wie bei Eric oder seinen anderen Kumpanen. Irgendetwas an Derek war anders, sie wusste nur noch nicht genau, was. Normalerweise konnte sie sich immer auf ihren Instinkt verlassen, aber diesmal schien es fast, als hätte er sie in die Irre geleitet. Anders war ihr irrationales Verhalten nicht zu erklären.

Mit einem genervten Schnauben schob Vanessa alles beiseite, was nicht unmittelbar mit ihrer Verfolgung zu tun hatte. Wenn sie sich nicht konzentrierte, konnte sie leicht in eine unangenehme Situation geraten. Mühsam holte sie die CIA-Agentin in sich heraus, die sich nicht von so etwas Trivialem wie Gefühlen, Schmerzen oder Hunger aus dem Konzept bringen ließ. Sie war stark, unabhängig und konnte mit nahezu jeder Situation umgehen. Froh, endlich wieder in sicherem Fahrwasser zu sein, schlich Vanessa vorwärts.

Es dauerte einen Moment, bis ihr bewusst wurde, dass sie schon seit einiger Zeit nichts mehr von Derek gehört und ihn auch nicht gesehen hatte. Sofort presste sie sich mit dem Rücken gegen den Stamm einer Lärche und öffnete ihre Sinne. Sie konnte nichts hören, nicht einmal die normalen Geräusche des Waldes. Ein Windhauch strich über ihr erhitztes Gesicht und brachte die Blätter über ihr zum Rascheln. Aber sonst war da … nichts. Als hielten sämtliche Lebewesen inne, während sich etwas Großes durch ihr Reich bewegte.

Ohne ein Geräusch zu verursachen ging Vanessa in die Hocke und blickte dann im Schutz einer alten Baumwurzel an der Lärche vorbei. Es war nichts zu sehen, kein Mann, der sich einen Weg zu ihr bahnte. Trotzdem schlug ihr Instinkt Alarm. Obwohl sie niemanden sah und auch keine verdächtigen Geräusche hörte, konnte sie beinahe fühlen, wie jemand näher kam. Wie konnte das sein? Bisher hatte Derek sich nie so leise bewegt, dass sie ihn nicht gehört hätte. Hatte er sie getäuscht, oder war noch jemand anders hier unterwegs? Vielleicht der Mann, der vor ihnen den Schacht verlassen hatte.

Gänsehaut lief über ihren Körper, und sie presste sich dichter an den Boden. Solange sie keine Waffe hatte, wollte sie nur dann eine Konfrontation eingehen, wenn es um Leben und Tod ging. Bis dahin reichte es ihr, den Terroristen zu folgen und herauszufinden, wohin sie gingen und was sie weiter vorhatten. Genau das war ihr Job als TURT/LE: Informationen zu sammeln und weiterzuleiten. Natürlich war sie auch im körperlichen Kampf ausgebildet und konnte sich behaupten, aber das war nur für den Notfall gedacht und barg in dieser Situation zu viele Risiken.

Mit angehaltenem Atem kauerte sie auf dem Boden und versuchte, eine Bewegung auszumachen. Durch die Wolken war das Licht unter den Bäumen schummrig, einzelne Konturen schwer zu erkennen. Wenn hier ein Mensch wäre, müsste sie ihn sehen, doch da war nichts. Außer er verhielt sich genauso still wie sie und wartete darauf, dass sie weiterging. Schweiß lief unter dem unbequemen Kleid über ihren Rücken. Sie konnte es sich nicht allzu lange leisten, hier zu warten, denn wenn sie sich das Ganze nur einbildete, entfernte sich Derek immer weiter von ihr. Er war das einzige Bindeglied zur Terrorgruppe, das sie jetzt noch hatte. Sollte er ihr entkommen – oder der Mann vor ihm –, konnte sie nur noch hoffen, dass die SEALs inzwischen ebenfalls einer Spur folgten.

Nachdem sie weitere zwei Minuten gewartet und gelauscht hatte, entschied Vanessa, dass sie weitergehen musste. Langsam und lautlos erhob sie sich und suchte mit den Augen die Umgebung ab. Es war weiterhin nichts zu sehen. Ein leichtes Rascheln erklang, wo ein kleines Tier durch das Unterholz schlüpfte. Vögel zwitscherten. Sogar die Sonne kam für einen kurzen Moment heraus. Vanessa nahm das als gutes Zeichen, auch wenn sie weiterhin wachsam blieb. Sie musste jetzt unbedingt herausfinden, wohin Derek gegangen war – keine leichte

Aufgabe, schließlich war sie keine Spurenleserin. Sie fand sich in jeder Stadt zurecht und konnte dort Spuren folgen oder auch selbst spurlos verschwinden. Aber in einem Wald war sie nur bedingt brauchbar, auch wenn sie das ungern zugab.

Vorsichtig machte Vanessa den ersten Schritt und atmete auf, als nichts passierte. So leise wie möglich bewegte sie sich weiter in die Richtung, in der sie Derek vermutete. Hatte er die Stille gar nicht bemerkt und war weitergelaufen? Dann würde es sehr schwer werden, ihn einzuholen, doch sie musste es zumindest versuchen. Gelang es ihr nicht, würde sie zum Lager zurückkehren und sich wieder den SEALs anschließen. Sofern sie den Weg fand … Vanessa biss die Zähne zusammen und konzentrierte sich darauf, einen Schritt vor den anderen zu setzen.

Es gab keine Vorwarnung: In dem einen Moment schlich sie noch durch den Wald, im nächsten lag sie schon mit dem Gesicht nach unten auf dem Boden, ein schweres Gewicht auf ihrem Rücken. Wärme drang an ihre Haut, und ihr wurde bewusst, dass es ein Mensch war, der ihren Körper mit seinem bedeckte. Genauer gesagt ein Mann, wenn sie die harte Beule als Indiz nahm, die sich an ihren Po presste. Eine Hand legte sich über ihr Gesicht, als sie versuchte, den Kopf zu drehen, um Luft zu bekommen. Heißer Atem strich über ihren Nacken. Panik flackerte in ihr auf, und sie begann sich zu wehren. Doch sie hätte genauso gut gegen einen Stein kämpfen können, ihr Angreifer rührte sich nicht.

»Lieg still.« Der Befehl war so leise, dass sie zuerst dachte, sie hätte ihn sich nur eingebildet.

Dann versuchte sie, ihn erneut abzuschütteln. Ein leises Grunzen war alles, was sie erreichte, als sie ihren Ellbogen nach hinten hieb. Vanessa erstarrte, als sie den vertrauten Geruch wahrnahm. *Derek!* Wie hatte er es geschafft, ihr so nahe zu kommen, ohne dass sie ihn bemerkt hatte? Gerade noch rechtzeitig unterdrückte sie ihr Schnauben. Inzwischen sollte sie daran gewöhnt sein, dass er sich ihr offensichtlich in jeder Umgebung nähern konnte, ohne dass es ihr auffiel, bis es zu spät war. Das stärkte ihr Selbstbewusstsein nicht unbedingt.

Vanessa ließ ihren Körper erschlaffen und erreichte damit, dass Derek nach einigen Sekunden zögernd ihren Mund freigab. Gierig sog sie den Atem in ihre brennenden Lungen, was mit dem zusätzlichen Gewicht auf ihrem Rücken nicht einfach war. Ohne Druck deckte seine Hand weiterhin ihr Gesicht ab, und auch sonst rührte er sich nicht. Abgesehen von seiner Erektion, die sich an ihrem Po deutlich vergrößerte. Sie wollte etwas sagen, doch Derek drückte warnend ihren Arm. Während sie noch überlegte, warum sie sich das von ihm gefallen ließ, hörte sie es auch: Leise Schritte näherten sich ihnen.

Instinktiv wollte sie weglaufen und sich verstecken, doch Derek bewegte sich nicht. Zwangsläufig blieb sie liegen und hielt die Luft an, damit sie sich nicht durch ihre Atemgeräusche verriet. Vanessa konnte die Anspannung in Dereks Muskeln spüren, sogar seinen schnelleren Herzschlag an ihrem Rücken. Noch immer strich sein Atem über ihren Hals und löste ein Zittern in ihr aus. Als Reaktion darauf presste Derek sich noch enger an sie, obwohl das gar nicht möglich schien. Schon jetzt wusste sie kaum mehr, wo ihr Körper endete und seiner begann.

31

Ein Knacken ertönte dicht neben ihnen, und Vanessa musste sich zwingen, still liegen zu bleiben. Wäre sie alleine gewesen, hätte sie sich jetzt darauf vorbereitet, den Verfolger zur Not auszuschalten. Doch Derek schien es für sinnvoller zu halten, sich tot zu stellen. Wenn man sie entdeckte, hätten sie keine Chance. Dereks Arm schloss sich fester um sie, so als könnte er spüren, was ihr durch den Kopf ging. Gut, das war in dieser Situation vermutlich auch keine große Kunst. Jeder vernünftige Mensch würde darüber nachdenken, ob er lieber floh oder kämpfte.

Ihre Muskeln versteiften sich, als ihr ein Gedanke kam: Wollte Derek sie ausliefern? Vielleicht hatte er deshalb keine Angst, entdeckt zu werden, weil er wusste, wer sich ihnen da gerade näherte, und ihre Gefangennahme abgesprochen war. Wut kam in ihr auf und auch Enttäuschung. Innerlich schüttelte sie den Kopf. Was erwartete sie von einem Terroristen? Nur weil er sie bisher noch nicht verraten hatte, hieß das noch lange nicht, dass er plötzlich keine Gefahr mehr darstellte. Und dass er nicht seine ganz eigenen Gründe hatte, sie zu schützen. Vielleicht war jetzt der Moment gekommen, an dem es für ihn günstiger war, sie zu benutzen.

Ihr ganzer Körper erstarrte, als sie ein leises Klicken hörte. Jemand hatte gerade eine Pistole entsichert. Sie rechnete jeden Moment damit, von einer Kugel getroffen zu werden, doch nichts passierte. Worauf warteten sie noch? Der Drang, sich zu bewegen, wurde immer unerträglicher. Ihre Muskeln zitterten, ihr Atem wurde schneller. Die Anspannung steigerte sich, bis sie glaubte, schreien zu müssen. Es rauschte in ihren Ohren, und sie hatte Mühe, etwas außerhalb ihres Körpers wahrzunehmen. Aber das musste sie, wenn sie nicht überrascht werden wollte.

Wieder herrschte Stille, der ganze Wald schien den Atem anzuhalten. Dann hörte sie ein Rascheln und Knacken, das sich von ihnen entfernte. War das eine Falle? Derek hatte sich noch nicht einen Zentimeter bewegt, er schien genauso wie sie zu lauschen. Irgendwann hielt sie es nicht mehr aus und rollte sich mit aller Kraft herum, sodass Derek nun unter ihr lag. Sie wusste, dass ihr das nicht gelungen wäre, wenn er es ihr nicht erlaubt hätte, und das machte sie noch wütender.

Einen Moment lang lag sie da und sog einfach nur die frische Luft ein, die ihr vorher verwehrt worden war. Dann setzte sie sich auf und krabbelte von Derek herunter. Ein Stück von ihm entfernt hockte sie sich auf den Boden und starrte ihn an. In der Dunkelheit des eingestürzten Gebäudes und des Schachtes hatte sie gar nicht seine Kleidung bemerkt. Seine Hose und sein T-Shirt waren in Tarnfarben gehalten, zusammen mit der gebräunten Haut und den dunklen Haaren war er dem Wald deutlich besser angepasst als sie selbst mit dem grünen Kleid, den roten Haaren und ihrer hellen Haut.

Vanessa schlang die Arme um ihren Körper. »Was sollte das?« Ihre Stimme hielt sie so leise, dass niemand außer Derek sie hören konnte.

Der setzte sich jetzt auch auf und betrachtete sie seelenruhig. »Ich wollte verhindern, dass du dich töten lässt.«

Ihre Augenbrauen zogen sich zusammen. »Das hatte ich auch nicht vor.«

»Es wäre aber geschehen, wenn Eric dich erwischt hätte. Spätestens seit dem Auftauchen der Rettungsmannschaft wird er sich auch fragen, ob es wirklich Zufall ist, dass du hier bist.«

Also war es tatsächlich der Anführer, der vor ihnen aus dem Schacht entkommen war. Sie hatte gehofft, dass die SEALs ihn bereits unschädlich gemacht hatten oder er beim Einsturz des Gebäudes umgekommen oder verletzt worden war. »Ich weiß nicht, wovon du redest.«

Derek hob eine Augenbraue. »Wirklich nicht? Mal von allem anderen abgesehen: Eine normale Frau wäre zum Lager zurückgegangen, so wie ich es dir gesagt habe, und mir nicht gefolgt.« Sein Blick glitt über ihren Körper. »Schon gar nicht in dem Aufzug.« Erregung blitzte kurz in seinen Augen auf, bevor er sich wieder unter Kontrolle hatte.

»Vielleicht wollte ich lieber bei dir bleiben, anstatt in die Nähe von Waffen zu geraten.«

Derek hielt seine Pistole hoch. »So was wie die hier? Irgendwie habe ich das Gefühl, dass du schon öfter in Reichweite von Waffen warst.« Er beugte sich vor und schob den Träger des Kleides zur Seite, bevor sie ihn daran hindern konnte. Mit der Fingerspitze fuhr er die Narbe nach, wo die Kugel ihre Schulter durchschlagen hatte.

Vanessa blickte ihn ruhig an. »Ich war zur falschen Zeit am falschen Ort.«

Derek hob den Kopf. »Offensichtlich. Gut, dass die Kugel nicht tiefer getroffen hat.« Sein Finger fuhr über ihre nackte Haut weiter nach unten.

Mühsam gelang es ihr, seine Hand nicht wegzuschlagen. Stattdessen blieb sie stocksteif sitzen. »Ja.« Ihre Zähne pressten sich zusammen, als er die Rundung ihrer Brust berührte. Hitze stand in seinen Augen.

Schließlich blinzelte er und zog ruckartig seine Hand zurück. Es schien fast, als hätte er gar nicht gemerkt, was er tat. Geschmeidig erhob er sich. »Tu dir den Gefallen und geh zum Lager zurück.«

»Nein.«

Sein Gesichtsausdruck verhärtete sich. »Ich könnte dich dazu zwingen.«

»Du könntest es versuchen.« Und diesmal würde sie ihn mit allem bekämpfen, was sie hatte.

Offenbar las er diese Absicht in ihren Augen, denn er seufzte. »Du solltest nicht in Erics Nähe kommen, er ist gefährlich.«

»Das ist mir bewusst.«

»Anscheinend nicht, sonst würdest du ihm nicht hinterherlaufen. Eric kann charmant sein, aber wenn ihm jemand in die Quere kommt, ist er absolut skrupellos. Er wird dich töten, Vanessa.«

Hörte sie Besorgnis in seiner Stimme? Um sie? »Das ist mir ebenfalls bewusst, aber ich muss das Risiko eingehen. Oder wirst du mich aufhalten? Schließlich bist du sein Sicherheitschef. Solltest du nicht bei ihm sein, anstatt ihm hinterherzuschleichen?«

Seine Augen verengten sich. »Du solltest mich nicht reizen.«

Derek war wesentlich größer und kräftiger als sie, und vor allem war er Mitglied einer Terrorgruppe, vermutlich hätte sie sich vor ihm fürchten sollen. Doch seltsamerweise tat sie das nicht. Wenn sie diese Sache überlebte, sollte sie dringend ihren Kopf untersuchen lassen. »Sonst was? Du erdrückst mich, wenn du dich das nächste Mal auf mich wirfst?«

Röte stieg in seine Ohren. »Ich könnte dich auch erschießen.«

Vanessa nickte ernsthaft. »Das könntest du. Allerdings wüsste Eric dann, dass jemand hinter ihm her ist.«

Jetzt stand beinahe so etwas wie Verzweiflung in seinen Augen. »Bitte, Vanessa, zwing mich nicht dazu, dir wehzutun. Vertrau mir einfach und geh zurück.«

Einen Moment lang blickte sie ihn prüfend an. »Tut mir leid, das kann ich nicht.« Und das meinte sie völlig ernst. Irgendetwas in ihr drängte sie dazu, ihm zu vertrauen, aber ihr Verstand wehrte sich dagegen. Die einzige Information, die sie über ihn hatte, war, dass er zu den Terroristen gehörte. Alles andere basierte rein auf ihren Gefühlen.

Derek sah aus, als wollte er sie am liebsten würgen, doch schließlich nickte er knapp. »Okay, aber bleib hinter mir. Und wenn wir auf Eric oder einen seiner Männer treffen, versteck dich irgendwo.«

Erleichtert lächelte sie ihn an. »Kein Problem.« Sein Nachgeben hatte ihr die Sache wesentlich erleichtert, denn so musste sie sich nicht auch noch vor ihm verstecken. Und er hatte mindestens eine Waffe, die sie im Notfall dazu benutzen konnte, Eric unschädlich zu machen.

Kopfschüttelnd drehte Derek sich um und marschierte los. Vanessa folgte ihm und schnitt eine Grimasse, als sich ihre geschundenen Füße wieder bemerkbar machten. Aber da musste sie jetzt durch, denn auf keinen Fall würde sie Derek noch einmal aus den Augen lassen. Und wenn sie ihm bis ans Ende der Welt folgen musste. Es war eine einmalige Chance, den Anführer einer der meistgesuchten Terrorgruppen der USA endlich zu fassen, und die würde sie sich nicht entgehen lassen. Egal was sie dafür tun musste.

Ein letztes Mal ließ Clint die Hütten im Lager durchsuchen, um sicherzugehen, dass keiner der Terroristen entkam. Da es keine offizielle Mission war und sie eigentlich gar nicht hier sein durften, hatten sie sich bemüht, ihre Gegner möglichst unverletzt, vor allem aber lebend gefangen zu nehmen. Das war ihnen auch weitestgehend gelungen. Ein Mann war tot, er war bei der Explosion und dem dadurch ausgelösten Einsturz der Wand und Decke umgekommen. Bedauerlich, aber leider nicht mehr zu ändern. Viel schlimmer war allerdings, dass der Anführer spurlos verschwunden war, genauso wie Vanessa. Keiner der Gefangenen wusste etwas über sie, aber ob das der Wahrheit entsprach oder gelogen war, konnte er nicht sagen.

Der Fahrer des Wagens, in den sie gestern Abend eingestiegen war, gab zu, sie zum Lager gebracht zu haben, danach hatte er sie nicht mehr zu Gesicht bekommen. Selbst mit Druck war er nicht zu einer anderen Aussage zu bewegen. Aufgrund ihres Handys und der gefundenen Kleidung wussten sie, dass Vanessa hier gewesen war, doch wo konnte sie jetzt sein? Getötet und irgendwo im Wald verscharrt? Sie konnten unmöglich alles absuchen.

Clint rieb über seine Stirn, doch der Kopfschmerz ließ sich genauso wenig vertreiben wie seine Sorgen um Vanessa, Shannon und vor allem Matt. »Verdammt!«

»Wir könnten Suchhunde anfordern.« Devils Bemerkung machte Clint bewusst, dass er nicht mehr allein war.

Er drehte sich zu Devil um. »Eigentlich müssten wir die Sache jetzt dem FBI übergeben.«

»Dann müssen wir uns zu erkennen geben und vor allem Vanessas Identität enthüllen, damit sie nach ihr suchen.« Devils Gesicht war keine Regung zu entnehmen.

Was bedeuten würde, dass sie ihren Job los wäre, schließlich hatte sie nicht im Auftrag des Pentagons gehandelt, sondern war als Privatperson hier. Ganz zu schweigen davon, welche Auswirkungen das auf die beiden SEAL-Teams, Rock und Matt hätte. Sie alle hatten die wahren Hintergründe der Mission gekannt und dennoch daran teilgenommen. Ihm selbst, und sicher auch Matt, war nur wichtig, dass Shannon sich jetzt in Sicherheit befand und auch Karen nicht mehr in Gefahr geraten konnte. Dass sie dabei auch noch eine Terrorgruppe ausgeschaltet hatten, war für sie ein sehr willkommener Bonus. Ihre Vorgesetzten würden das allerdings nicht so sehen, und Clint würde alles dafür tun, die anderen zu schützen. Das bedeutete: Im Moment noch kein FBI, sie mussten Vanessa selbst finden.

Prüfend blickte er Devil an. »Was sagt dein Gefühl?« Der SEAL war dafür bekannt, oft die richtige Vorahnung zu haben, und auch wenn Clint nicht unbedingt an so etwas glaubte, würde er nichts unversucht lassen.

»Es gibt zwei Möglichkeiten: Entweder ist Vanessa tot oder sie ist dort, wo wir auch den Anführer finden werden. Wäre sie hier, würde sie uns helfen und kämpfen …« Devil hielt kurz inne, der Gedanke »… sofern sie noch lebt« hing unausgesprochen in der Luft. »Ich vermute, sie ist mit dem Anführer weggegangen – sei es freiwillig oder gezwungenermaßen – oder sie ist ihm gefolgt, falls sie gesehen hat, dass er geflüchtet ist.«

»Das heißt, sie ist entweder schon tot oder in höchster Gefahr, denn dieser Eric kam mir nicht so dumm vor, als dass er sich nicht zusammenreimen könnte, wer uns hierhergeführt hat.«

Grimmig blickte Devil ihn an. »Ja.«

Clint drehte sein Mikrofon auf. »I-Mac, kannst du Spürhunde hierherschaffen?« Das würde zwar vermutlich zu lange dauern, aber er musste es zumindest versuchen. Vanessa hatte so viel für sie riskiert, er konnte sie nicht im Stich lassen.

Es dauerte einen Moment, bis I-Mac antwortete. »Ja, kein Problem. Ich kontaktiere einen Hundeführer in der Nähe und sage dann Eye, dass er sie mit dem Hubschrauber zu euch bringen soll.«

»Danke.«

»Ist Vanessa noch nicht wieder aufgetaucht?« Besorgnis klang deutlich in I-Macs Stimme mit.

»Keine Spur von ihr. Ich wünschte, sie hätte ihr Handy bei sich.« Clint blickte auf den Wald. Hier gab es über viele Kilometer nichts als Vegetation. Wenn Vanessa irgendwo dort draußen war, würde es vermutlich selbst mit Spürhunden schwierig werden, sie noch vor Einbruch der Nacht zu finden.

»Mhm.«

Clint wurde hellhörig. Wenn I-Mac einsilbig wurde, hatte er meist eine unkonventionelle Idee. Genau so etwas brauchten sie jetzt. »Was?«

»Ich könnte versuchen, andere Handysignale in eurer Umgebung ausfindig zu machen. Vielleicht hat ja der Anführer sein Handy bei sich.« Eine Maus begann wild zu klicken. »Das ist natürlich ein Schuss ins Blaue. Er könnte ohne unterwegs sein oder mit einem besonders abgesicherten. Oder vielleicht ist auch kein Funkturm in der Nähe, der sein Signal empfangen könnte.« Die Tastatur klapperte.

»Egal wie gering die Chance ist, dass du etwas findest, es ist besser als nichts. Vanessas Leben könnte davon abhängen.«

»Ich melde mich, sobald ich etwas habe.«

»Danke.« Clint atmete tief durch. »Gibt es was Neues von Matt?«

»Ich habe vor Kurzem mit Shannon telefoniert. Matt ist noch im OP, und es wird wohl auch noch länger dauern.« I-Mac räusperte sich. »Als sie beim Krankenhaus ankamen, war er wohl klinisch tot, nur durch Herzmassage und Beatmung haben sie ihn am Leben gehalten, bis sich die Ärzte um ihn kümmern konnten.«

Die Nachricht schnürte Clints Kehle zu, und er versuchte, gegen den Druck anzuschlucken. »Aber er wird doch durchkommen?« Seine Stimme war so rau, dass er sie selbst kaum verstand.

»Sein Herz schlägt wieder, er wird während der Operation beatmet. Aber ob er hinterher wieder aufwacht, kann noch niemand sagen. Er könnte auch Hirnschäden davongetragen haben.«

Clint wollte auf etwas einschlagen, aber außer Devil war niemand in der Nähe. Und selbst der hatte sich einige Schritte entfernt, ein weiterer Beweis dafür, dass sein Instinkt sehr gut war. Mühsam holte Clint Luft in dem Versuch, sich wieder zu beruhigen. Aber es gelang ihm nur bedingt. »Halte mich bitte auf dem Laufenden.«

»Natürlich. Ich melde mich gleich, wenn ich weiß, ob die Handysuche funktioniert.«

Clint klickte zur Bestätigung und drehte das Mikrofon wieder zu, damit keiner der anderen das Grollen hörte, das in seiner Kehle aufstieg. Hätte der Anführer in diesem Moment vor ihm gestanden, er hätte ihn ohne zu zögern getötet. Wenn nötig mit bloßen Fingern.

»Matt ist stark und er hat einen Grund zu überleben.« Mehr sagte Devil nicht, sondern nickte ihm nur zu und ließ ihn dann allein.

Clint teilte seine Einschätzung, aber würde das wirklich reichen? Wieder sah er Ghost vor sich, der in Costa Rica unter seinen Händen gestorben war. So viel Blut, so viel Schmerz der Überlebenden. Auch Ghost hatte mit Rose einen Grund gehabt zu überleben, aber er hatte es nicht geschafft. Bei diesem Gedanken sehnte sich Clint noch mehr nach seiner Familie, doch so sehr er auch zu ihnen wollte, er hatte hier eine Aufgabe zu erfüllen, die noch nicht erledigt war. Er straffte die Schultern und drehte sich wieder zu dem Haus um. Irgendwo musste es Hinweise geben, was mit Vanessa geschehen war, und er würde sie finden.

Derek blieb abrupt stehen und senkte den Kopf. Es funktionierte so nicht. Wenn er eine Chance haben wollte, Eric zu folgen, konnte er nicht weiterhin Rücksicht auf Vanessa nehmen. Und das tat er, wenn auch eher unbewusst. Anstatt seine Aufmerksamkeit nach vorne zu richten, horchte er auf jeden Schritt und jedes unterdrückte Stöhnen, das Vanessa von sich gab. Vermutlich nahm sie das nicht einmal wahr, denn egal wie unwegsam das Gelände auch wurde, sie jammerte oder beschwerte sich nie. Ein weiteres Zeichen dafür, dass sie nicht die Frau war, die sie vorgab zu sein. War Vanessa überhaupt ihr Name? Irritiert schnaubte Derek. Es war vollkommen unwichtig, wie sie hieß, Tatsache war, dass sie ihn behinderte.

Ihre Hand berührte seinen Rücken, und Derek zuckte zusammen. Gleichzeitig lief ein erregter Schauer durch seinen Körper, und das überzeugte ihn mehr als alles andere davon, dass er Vanessa so schnell wie möglich loswerden musste. Mit einem hatte sie natürlich recht: Er würde sie nicht erschießen oder auf andere Weise töten. Aber er konnte sie trotzdem daran hindern, ihm zu folgen. Und wenn er sie irgendwo festbinden musste. Allerdings gab es hier auch vereinzelt Schwarzbären und Berglöwen, und er wollte nicht, dass ihr etwas passierte. Ein echtes Dilemma.

»Derek? Was ist los?« Glücklicherweise hielt sie ihre Stimme leise.

Dadurch wirkte sie aber auch intimer und fuhr direkt in seinen Schaft. Er wollte sich umdrehen, sich an Vanessa reiben und endlich dieses Verlangen loswerden, das ihn gefangen hielt, seit er sie zum ersten Mal gesehen hatte. Derek schloss die Augen und versuchte, seinem Körper klarzumachen, dass das eine ganz schlechte Idee wäre. Doch der hörte nicht auf ihn, ganz im Gegenteil. Derek fragte sich, ob Vanessa das wilde Klopfen seines Herzens unter ihrer Handfläche spüren konnte.

Offenbar schon, denn sie zog ihre Hand so schnell zurück, als hätte sie sich verbrannt. Eine kluge Frau.

Derek drehte sich zu ihr um und blickte sie eine Weile schweigend an. Röte war in ihre Wangen gestiegen, und ihre Augen glänzten. Durch den eng anliegenden Stoff des Kleides waren ihre harten Brustspitzen deutlich zu sehen, die Brüste hoben und senkten sich unter ihren schnellen Atemzügen. Seine Augen verengten sich, als er die blutenden Kratzer auf ihrem Oberarm sah.

Ohne bewussten Befehl schloss er seine Hand um ihren Arm. »Wo hast du die her?« Noch während er es sagte, hätte er sich am liebsten in den Hintern getreten. Was machte er hier? Er musste dringend Prioritäten setzen!

Vanessa blickte an sich hinunter und zuckte dann mit den Schultern. »Keine Ahnung, irgendwelche Zweige vermutlich.«

Die Widersprüche, die sie in sich vereinte, machten ihn verrückt. Sie sah aus wie eine Frau, die das Stadtleben gewöhnt war, und ihre Haut war so weich, dass er sich kaum daran hindern konnte, mit seinem Daumen darüberzustreichen. Gleichzeitig war sie aber unheimlich zäh, und wenn er sich nicht irrte, befanden sich unter dieser weichen Haut harte Muskeln.

»Derek?«

Wieder ließ die Art, wie sie seinen Namen sagte, seinen Schaft anschwellen. Rasch ließ er sie los und stopfte die Hände in seine Hosentaschen. Doch das Ablenkungsmanöver funktionierte nicht, im Gegenteil, es lenkte ihren Blick nach unten. Ihre Augen weiteten sich, als sie die Beule in seiner Hose sah.

Die Röte in ihren Wangen vertiefte sich, während sich gleichzeitig ihre Mundwinkel hoben. »Wirklich? Sollten wir uns nicht auf etwas anderes konzentrieren?«

Ihr leichter Spott ärgerte ihn. »Genau darum geht es mir. Du hältst mich nur auf.«

Ihre Miene verschloss sich. »Ich halte dich überhaupt nicht auf! Was kann ich dafür, wenn du so langsam gehst?«

Bedeutsam blickte Derek auf ihre Schuhe. »Was meinst du, warum ich das tue?«

Vanessa öffnete den Mund und schloss ihn gleich wieder. Ihre Augenbrauen zogen sich zusammen. »Ich habe dich nicht darum gebeten.«

Gut, dass er seine Hände noch in den Hosentaschen hatte, sonst hätte er jetzt eine Haarsträhne aus ihrem Gesicht geschoben. Was war mit ihm los? Er war doch sonst nicht der Typ, der eine Frau ständig berühren musste, und erst recht nicht in so einer gefährlichen Situation. Vanessa störte seine Konzentration, und das konnte tödlich enden. Für ihn, aber auch für sie. Und genau deshalb musste er sie dringend loswerden, bevor es zu spät war.

Ein tiefer Seufzer entrang sich ihm. »Tu mir den Gefallen und geh zum Lager zurück oder bleib hier, ich schicke dir Hilfe.«

Mit schräg gelegtem Kopf blickte sie ihn an. »Warum sollte ich das tun?«

»Weil ich dich darum bitte?« Als er sah, dass sie ablehnen wollte, sprach er schnell weiter. »Bitte, Vanessa. In dem Tempo werden wir Eric nie einholen, und das wäre sehr ungünstig. Es ist wichtig, dass ich ihn nicht aus den Augen verliere.«

»Weil du ihn als Sicherheitschef beschützen musst?« Ihre Frage klang neutral, aber er konnte ihr ansehen, dass ihr seine Antwort nicht egal war. Allerdings wusste er nicht, was sie von ihm hören wollte.

»So etwas Ähnliches.« *Oder auch etwas völlig anderes.* Aber das konnte er ihr nicht sagen.

Ihre Lippen pressten sich fast unmerklich zusammen. »Okay, ich bleibe hier. Ich will ja niemandem im Weg sein.«

Erstaunt sah Derek sie an. Er hatte nicht erwartet, dass sie so einfach nachgeben würde. Schließlich fand er seine Sprache wieder. »Gut.«

»Lässt du mir eine Waffe hier?« Unruhig ließ sie ihren Blick durch den Wald schweifen. »Nur zur Sicherheit, falls ich auf irgendwelche gefährlichen Tiere treffe.«

»Das kann ich leider nicht, ich habe nur die eine Pistole, und die werde ich brauchen.« Das bedauerte er wirklich, denn er wollte nicht, dass ihr etwas geschah. Aber er hatte nur das bei sich, was er während der Explosion am Körper getragen hatte.

Etwas blitzte in ihren Augen auf, bevor sie zu Boden blickte. »Dann hoffe ich, dass du zurückkommst oder Hilfe eintrifft, bevor es dunkel wird.«

Jetzt nahm er doch seine Hände aus den Hosentaschen, damit er Vanessa an sich ziehen konnte. Ihr Körper fühlte sich so gut an seinem an, aber er hatte keine Zeit, das ein letztes Mal zu genießen. Sanft küsste er ihre Stirn. »Ich verspreche es.« Widerstrebend löste er sich wieder von ihr.

Diesmal stand Wärme in ihren Augen. »Pass auf dich auf.«

Derek nickte ihr zu, dann drehte er sich um und lief los. Sein Gefühl sagte ihm, dass er sich so schnell wie möglich von Vanessa entfernen sollte, bevor er alles andere vergaß. Erst nachdem er sich sicher war, dass sie ihm nicht folgte, verlangsamte er seine Geschwindigkeit und suchte nach Hinweisen, ob Eric weiter dem eingeschlagenen Weg folgte. Erleichtert atmete er auf, als er kurz darauf einen abgebrochenen Zweig und Schuhabdrücke in der lockeren Erde entdeckte. Das war eindeutig das Sohlenmuster von Erics Schuhen, dem er schon die ganze Zeit folgte. Er kannte Eric gut genug, um zu wissen, dass er noch lange nicht aufgeben würde. Auch wenn das Lager gestürmt und seine Leute verhaftet oder getötet worden waren, solange er selbst nicht gefasst war, würde er seinen Plan umsetzen. Was bedeutete, dass Eric so schnell wie möglich die Kanister holen und an einen sicheren Ort bringen würde.

Und das konnte Derek nicht zulassen. Mit den aus dem Labor entwendeten Viren konnte Eric noch viel mehr Schaden anrichten als bisher. Wochenlang hatte Derek darauf gewartet, mehr über den geplanten Diebstahl der Viren zu erfahren, doch der Anführer hatte ihn wieder nicht eingeweiht. Deshalb war ihm nichts anderes übrig geblieben, als abzuwarten, bis die Kanister im Lager waren und er Zugriff darauf hatte. Doch das war nie eingetreten, stattdessen war Eric auf die blöde Idee gekommen, die Frau eines SEALs zu entführen. Wie nicht anders zu erwarten, hatte das zur Stürmung des Lagers geführt. Wenn er ehrlich war, hatte Derek die Retter ein wenig unterstützt, indem er die Spannung vom Zaun genommen und auch das Tor nur einfach gesichert hatte.

Vielleicht hätte er noch mehr getan, wenn er nicht gesehen hätte, wie Vanessa durch den Gang geschlichen war und den Wachtposten außer Gefecht gesetzt hatte. Er hatte nicht zulassen können, dass sie sich in die Sache einmischte, deshalb hatte er seinen Posten verlassen und sie davon abgehalten, in das Zimmer zu stürmen. Sie wäre höchstwahrscheinlich getötet worden. Eric hätte sofort erkannt, dass sie nicht diejenige war, die sie zu sein vorgab, und wenn ihn jemand betrog, war das in den allermeisten Fällen dessen Todesurteil, wie Derek in der Zeit bei der Terrorgruppe mehrfach miterlebt hatte. Deshalb hatte er sich bisher so unauffällig wie möglich verhalten, und es hatte sich ausgezahlt. Jedenfalls bis zu Shannons Entführung und Vanessas Auftauchen. Er hatte schon immer gewusst, dass die Anwesenheit von Frauen nur Ärger bereitete.

Kopfschüttelnd schlich Derek weiter durch den Wald. Er hatte den Eindruck, dass er langsam näher kam. Eben hatte er auf dem Boden eine frische Pfütze gesehen, ob Wasser oder

Urin konnte er nicht feststellen, aber das war auch egal. Hauptsache, Eric entkam ihm nicht. Automatisch griff er nach seiner Waffe und kontrollierte, ob sie einsatzbereit war. Dummerweise hatte er kein Ersatzmagazin dabei und musste daher mit den fünf Kugeln auskommen, die noch in der Pistole waren. Etwas mehr Munition wäre ihm lieber gewesen, aber es würde reichen müssen.

Hoffentlich ging es Vanessa gut. Es gefiel ihm gar nicht, dass er sie unbewaffnet hatte zurücklassen müssen. Zwar waren die Bären und Berglöwen meistens scheu und machten einen großen Bogen um Menschen, aber wenn man in ihr Gebiet eindrang oder sie überraschte, konnten sie sehr unangenehm werden. Einer der Männer hatte vor einigen Monaten das Pech gehabt, einem wütenden Berglöwen zu nahe zu kommen. Er wäre an den tiefen Wunden fast gestorben, weil sie zu weit von einem Krankenhaus entfernt waren. Seitdem hatten sie darauf geachtet, mindestens zu zweit aus dem Lager zu gehen und immer Waffen bei sich zu tragen.

Derek schnitt eine Grimasse. Die Zeit im Lager war jetzt vorbei, daran würde er sich erst wieder gewöhnen müssen. Nach so vielen Monaten in völliger Abgeschiedenheit wusste er gar nicht, ob er überhaupt noch in der Stadt unter so vielen Menschen leben könnte. Allerdings wäre es angenehm, endlich wieder einen kurzen Weg zum Supermarkt zu haben und nicht für Wochen planen zu müssen, was man gebrauchen könnte. Plötzlicher Heißhunger auf Butter Fudge oder die Gesellschaft einer Frau waren in der Einöde äußerst ungünstig. Der Gedanke brachte ihn zum Grinsen.

Ein Knacken hinter ihm ließ ihn herumfahren. War Vanessa ihm doch gefolgt? Er sollte sie … Für einen Moment starrte er die Gestalt hinter sich nur verständnislos an, seine Reaktion kam daher zu spät. Bevor er seine Waffe hochreißen konnte, sauste ein Knüppel auf ihn nieder und traf ihn am Kopf. Schmerz zuckte durch seinen gesamten Körper, und Derek spürte, wie seine Beine nachgaben. Er versuchte, seinen Sturz mit den Armen abzufangen, aber es gelang ihm nicht mehr. Wie ein gefällter Baum stürzte er zu Boden. Glücklicherweise landete sein Kopf auf einem Büschel Moos, denn noch einen Schlag hätte er wohl nicht überlebt. Doch auch so spürte er, wie sein Bewusstsein langsam schwand. Es wurde immer dunkler um ihn, so sehr er auch dagegen ankämpfte. Das Letzte, was er sah, war ein oberarmdicker Ast, der vor seinem Gesicht auftauchte.

32

Shannon schreckte auf, als sie eine Berührung an ihrem Arm spürte. Hoffnungsvoll blickte sie auf Matt, doch der lag immer noch bewegungslos im Krankenhausbett. Er konnte sie nicht berührt haben.

»Entschuldigen Sie die Störung, aber wir müssen den Patienten jetzt versorgen. Bitte warten Sie so lange draußen.« Die Krankenschwester blickte sie bedauernd an.

Shannon wollte protestieren, aber da sie kein Familienmitglied war, hatte sie kein Recht, darauf zu dringen, bei Matt zu bleiben. Dass sie bisher niemand weggeschickt hatte, war nur der Tatsache zu verdanken, dass sie in Matts Patientenverfügung als Entscheidungsberechtigte stand, und der Nettigkeit des Krankenhauspersonals, das ihr angesehen hatte, wie wichtig ihr Matt war. Sie hatten auch dafür gesorgt, dass Shannon neue Kleidung bekam – da die aus ihrer Gefangenschaft verschmutzt und blutig war – und dass sie von einem Arzt untersucht wurde. Der hatte nur einige Blutergüsse und Abschürfungen festgestellt, ihr aber trotzdem Ruhe verordnet.

Tom war am Anfang bei ihr geblieben und hatte sich darum gekümmert, dass Matt optimal versorgt wurde. Irgendwann hatte er sich dann aber verabschiedet und war zu seinem Team zurückgekehrt – jedenfalls nahm Shannon das an, sie hatte vergessen, ihn danach zu fragen. Deshalb war sie jetzt allein hier, und sie wünschte sich, es wäre jemand da, an den sie sich anlehnen könnte. Aber das war nicht möglich, ihre Eltern und Jay waren bei Karen, und dort sollten sie auch bleiben, um sie zu schützen und für sie da zu sein. Der Rest ihrer Familie war zu weit weg, wahrscheinlich hatten sie überhaupt noch nicht erfahren, dass sie befreit worden war.

Im Flur vor Matts Zimmer blieb Shannon stehen und sah sich um. Sie hatte keine Ahnung, was sie jetzt tun sollte. Es gab vermutlich eine Cafeteria, aber ihr war jeglicher Appetit vergangen. Außerdem mochte sie sich auch nicht unter Leute begeben, dafür fühlte sie sich zu verletzlich. Verloren schlang sie die Arme um ihren Oberkörper und spürte, wie die Kälte sich in ihr ausbreitete.

»Ms Hunter?«

Erst jetzt bemerkte sie den Wachmann, der an der Wand gegenüber auf einem Stuhl saß und die Tür zum Krankenzimmer im Auge behielt. »Ja?«

Er stand auf und kam auf sie zu. »Sie können ruhig weggehen, ich werde solange auf Ihren Lebensgefährten aufpassen.«

Ihre Kehle zog sich zusammen. »Das ist nett, vielen Dank. Aber ich wüsste gar nicht, wohin ich gehen sollte. Ich vertrage momentan keinen Lärm oder viele Menschen.«

Er deutete den Gang entlang. »Am Ende des Flurs ist ein Wartezimmer. Ihre Familie ist dort und wartet auf sie.«

Mit großen Augen blickte sie ihn an. »Wirklich? Warum hat mir das niemand gesagt?«

Der Wachmann lächelte ihr zu. »Ihre Familie hat darum gebeten, Sie nicht zu stören.«

»Vielen Dank.« Shannon ging los, drehte sich aber nach ein paar Schritten wieder um. »Könnten Sie die Krankenschwestern bitten, mir Bescheid zu sagen, wenn sie fertig sind oder sich etwas an seinem Zustand ändert?«

»Gerne.«

Shannon bedankte sich noch einmal und eilte dann auf das Wartezimmer zu. So gerne sie ihre Familie auch sehen wollte, sie hoffte, dass sie Karen nicht allein gelassen hatten. Sie hatte doch niemanden außer Clint, und der war sicher noch beim Terroristenlager. Vor der Tür zum Wartezimmer blieb sie stehen und atmete noch einmal tief durch. Sie wollte nicht, dass ihre Familie sah, wie ängstlich und geschwächt sie wirklich war. Dann legte sie ihre Hand auf die Klinke und stieß langsam die Tür auf.

Die Anwesenden blickten hoch, und ihre von Sorge gezeichneten Gesichter entspannten sich etwas, als sie Shannon sahen. Ihre jüngste Schwester Chloe sprang sofort auf und rannte auf sie zu, ihre Zwillingsschwester Leigh folgte ihr etwas langsamer. Vor einigen Jahren war sie noch auf einen Rollstuhl angewiesen gewesen, deshalb war es immer wieder wie ein Wunder, wenn Shannon sie gehen sah. Auch ihre Lebensgefährten Zach und Logan waren hier, doch sie hielten sich im Hintergrund, während Shannon ihre Schwestern umarmte. Von ihren Gefühlen überwältigt schloss sie die Augen und genoss einfach nur die Tatsache, dass ihre Familie für sie da war.

Für einen Moment herrschte Stille, dann redeten alle durcheinander. Leigh und Chloe lachten und weinten gleichzeitig, und Shannon spürte auch ihre eigenen Tränen über ihre Wangen laufen. So sehr sie es auch versuchte, sie konnte sie nicht stoppen. Als wäre ein Damm gebrochen, den sie errichtet hatte, um die Gefangenschaft und Matts schwere Verletzung zu überstehen. Doch jetzt gab es kein Halten mehr, sie musste nicht mehr stark sein, sie hatte nun Menschen um sich herum, die sie auffangen würden, wenn sie zusammenbrach.

»Nun gebt Shannon doch ein wenig Freiraum, ihr erdrückt sie ja.« Die Stimme ihres Bruders Shane erhob sich über den Lärm. Neben ihm stand seine Frau Autumn, in deren Augen ebenfalls Tränen standen.

Sie waren wirklich alle gekommen! Shannon war noch niemals so froh gewesen, in solch einer tollen Familie aufgewachsen zu sein. Sowie einer von ihnen in Schwierigkeiten war, ließen die anderen alles stehen und liegen und eilten zu Hilfe. Auch Shane umarmte sie und reichte sie dann an Autumn weiter. Sie war eine der wenigen, die wussten, wie es war, tagelang in Gefangenschaft zu leben und mit körperlichen, vor allem aber auch seelischen Narben wieder herauszukommen. Bisher hatte Shannon immer nur darüber geschrieben, aber jetzt wusste sie, wie beängstigend das tatsächlich war. Und wie stark Autumn gewesen war, weil sie wieder ins Leben zurückgefunden und einem Mann vertraut hatte.

Hoffentlich würde ihr selbst das leichter fallen, weil es Fremde gewesen waren, die sie entführt hatten und die jetzt hoffentlich schon in Gewahrsam waren. Allerdings hing alles davon ab, ob Matt überleben würde. Sie konnte sich nicht vorstellen, ohne ihn jemals wieder glücklich zu werden. Zögernd löste sie sich von Autumn.

Die blickte sie wissend an. »Wenn du irgendwann reden willst, sag Bescheid.«

»Das werde ich.«

Als Letztes waren Logan und Zach an der Reihe, die sie nur leicht umarmten und sofort wieder zurücktraten. Vermutlich befürchteten sie, dass es ihr unangenehm sein könnte, nach dem, was sie erlebt hatte. Bei Fremden wäre es das sicher auch, aber die beiden Männer gehörten zur Familie und stellten keinerlei Gefahr für sie dar. Und das wollte sie ihnen auch zeigen, indem sie sie genauso herzlich umarmte wie die anderen. An der Erleichterung in ihren Gesichtern konnte sie erkennen, dass sie richtig gehandelt hatte.

Mühsam gewann sie ihre Fassung wieder und blickte in die Runde. »Wie kommt ihr hierher?«

Shane nahm es auf sich, ihr zu antworten. »Wir wären schon

früher gekommen, sobald wir wussten, dass du aus dem Hotel verschwunden warst, aber es war lange nicht klar, wo du überhaupt bist. Nachdem wir das erfahren hatten, sind wir sofort losgefahren.« Die anderen nickten bestätigend.

»Aber eure Jobs …«

Wütend blickte Chloe sie an. »Die sind ja wohl so was von egal! Wir wussten, dass du uns brauchst, also sind wir gekommen.«

Shannon lächelte durch ihre Tränen. »Und damit hattet ihr so was von recht. Ich bin froh, dass ihr hier seid.« Tief atmete sie durch. »Wisst ihr, wie es Karen geht?« Während sie auf das Ende von Matts Operation gewartet hatte, hatte sie kurz mit Jay telefoniert, der ihr berichtete, was auf der Ranch passiert war. Danach hatte sie allerdings ihr Handy ausgestellt, weil sie sonst nicht hätte bei Matt bleiben dürfen.

»Schon besser. Die Ärzte gehen davon aus, dass sie auf jeden Fall durchkommen wird. Solange es mit ihrer verbliebenen Niere keine Probleme gibt, sollte sie ein ganz normales Leben führen können.«

Erleichterung durchströmte sie. Wenn Karen durchkam, gab ihr das Hoffnung, dass es bei Matt auch so sein würde. »Das ist gut.«

Leigh war es, die schließlich die Frage aussprach, die alle im Raum beschäftigte. »Wie sieht es mit Matt aus? Er hat die Operation doch gut überstanden, oder? Uns wollte niemand etwas Näheres sagen, weil wir nicht zu seiner Familie gehören.«

»Die Operation ist so weit gut verlaufen, hat aber sehr lange gedauert und war wohl auch schwierig, weil sie seine Oberschenkelarterie flicken mussten. Er hat viel Blut verloren und …« Shannon stockte, als die furchtbaren Ereignisse wieder in ihrer Erinnerung hochkamen. »… während des Fluges hatte er keinen Puls mehr und auch keine Atmung. Tom und ich haben ihn am Leben gehalten, bis wir beim Krankenhaus ankamen.«

Logan fluchte unterdrückt, und ihre Schwestern sahen sie mit großen Augen an. Leigh räusperte sich. »Aber es wird doch alles wieder gut?«

»Das wissen sie noch nicht. Es kommt darauf an, ob er während der Zeit Hirnschäden erlitten hat. Zwar haben sie seine Gehirnströme gemessen und festgestellt, dass noch Aktivität vorhanden ist, aber es kann immer sein, dass jemand mit solchen Verletzungen nicht aus dem Koma erwacht.«

Zach wurde bei ihren Worten bleich, und Shannon wusste, dass es ihn daran erinnerte, dass Chloe vor wenigen Monaten auch im Koma gelegen hatte und nicht klar gewesen war, ob sie wieder aufwachen würde. Tag und Nacht war Zach bei ihr geblieben und hatte mit ihr geredet. Und genau das würde Shannon auch bei Matt tun.

Chloe drückte ihre Hand. »Matt wacht bestimmt wieder auf. Er weiß, dass du auf ihn wartest.«

Dankbar lächelte Shannon sie an. »Ich hoffe es.« Die Ärzte hatten sie allerdings auch gewarnt, dass Matt danach wegen der mangelnden Sauerstoffzufuhr seines Gehirns geistig behindert sein könnte. Das mochte sie sich nicht vorstellen, aber wie immer es auch ausging, sie würde für Matt da sein. An Zachs Gesichtsausdruck konnte sie erkennen, dass er wusste, was sie verschwieg.

Es klopfte an der Tür, und eine Krankenschwester steckte ihren Kopf herein. »Ms Hunter, Sie können jetzt wieder zu ihm.«

»Danke.« Sie wandte sich zu ihrer Familie um. »Entschuldigt, ich muss …«

Shane unterbrach sie. »Geh. Wir warten hier auf dich. Wenn du uns brauchst, sag Bescheid.«

Das brachte sie beinahe wieder zum Weinen. Stattdessen gelang ihr ein wackeliges Lächeln. »Danke.«

Rasch verließ sie das Wartezimmer und kehrte zu Matts Raum zurück. Bevor sie die Tür öffnete, hielt sie automatisch den Atem an und ließ ihn schließlich in einem kleinen Seufzer wieder entweichen, als sie sah, dass Matt noch genauso im Bett lag wie vorher. Seine Augen waren geschlossen, die Lippen blass. Shannon setzte sich neben ihn und nahm seine Hand in ihre.

»Ich bin bei dir, Matt. Lass dir ruhig Zeit, aber bitte komm zu mir zurück. Ich brauche dich.«

Ihre Worte lösten keine Reaktion aus, aber sie hatte auch keine erwartet. Sie wünschte nur, er würde seine Lider öffnen und sie mit seinen graublauen Augen so ansehen wie früher. Als wäre sie der Mittelpunkt seines Lebens.

Glaubte Derek wirklich, dass sie einfach das tun würde, was er ihr sagte, auch wenn es gegen ihre eigenen Interessen war? Vanessa stieß ein leises Schnauben aus. Mit einem hatte er natürlich völlig recht gehabt: Alleine kam er deutlich schneller vorwärts, und sie musste sich verdammt beeilen, wenn sie seinen Vorsprung nicht zu groß werden lassen wollte. Aber es hatte ja nie jemand behauptet, dass der Job einfach wäre. Deshalb biss sie die Zähne zusammen, ignorierte ihre schmerzenden Füße und folgte ihm immer tiefer in den Wald hinein.

Er musste sich wirklich beeilt haben, denn sie konnte deutlich die Spuren seiner Anwesenheit erkennen, etwas, das vorher nicht so gewesen war. Für sie war das allerdings umso besser, schließlich war sie keine professionelle Fährtenleserin. Vor allem konnte sie ihm so mit etwas mehr Abstand folgen und lief nicht Gefahr, von ihm entdeckt zu werden. Auch wenn sie nicht glaubte, dass er ihr etwas tun würde – aus welchen seltsamen

Gründen auch immer –, wollte sie es dennoch nicht darauf ankommen lassen. Der Wald war auch so unheimlich genug, ohne dass er sie irgendwo festband oder sie bewusstlos liegen ließ. Allein die Vorstellung hätte gereicht, um sie noch langsamer gehen zu lassen. Da sie es sich aber nicht leisten konnte, ihn aus den Augen zu verlieren, zwang sie sich, ihr vorheriges Tempo beizubehalten. Sollte er irgendwo stehen bleiben und ihr auflauern, konnte sie immer noch in die Vegetation abtauchen.

Damit sie nicht stolperte, teilte sie ihre Aufmerksamkeit gerecht zwischen dem Boden und dem, was vor ihr lag, auf. Sie war schon fast an der Stelle vorbei, als sie den aufgewühlten Boden bemerkte. Sofort blieb sie stehen und betrachtete die Vegetation näher. An den Blättern eines niedrigen Busches klebte etwas Rotes. *Blut.*

Vanessas Herz begann schneller zu schlagen, während sie sich unbehaglich umsah. Könnte hier vor Kurzem noch ein Raubtier zugeschlagen haben? Aber würde es nicht die Nähe von Menschen meiden? Und Derek hätte doch sicher einen Schuss abgegeben, um es zu vertreiben. Außer er hatte dazu keine Zeit mehr gehabt. Der Gedanke war so schrecklich, dass sie ihn sofort beiseiteschob. Sie hockte sich hin und betrachtete die Spuren genauer. Es gab keine Abdrücke von Tatzen, dafür aber mehrere Stellen mit flachgedrückten Gräsern, als hätte hier jemand auf sein Opfer gelauert oder ein Kampf stattgefunden.

Ihr Magen zog sich zusammen, als sie zwei parallele Spuren sah, die sich von der aufgewühlten Stelle entfernten. Dazwischen waren Abdrücke von Schuhen zu sehen – aber es waren nicht Dereks, denen sie die ganze Zeit gefolgt war. Eric musste ihm aufgelauert, ihn überwältigt und dann weggeschleppt haben. *Oh verdammt!* Einen Moment lang hockte sie nur da und wusste nicht, was sie tun sollte. Aber eigentlich hatte sie keine Wahl, sie konnte Derek nicht einfach seinem Schicksal überlassen. Und das hatte nur ganz am Rande etwas damit zu tun, dass sie ihn noch als Zeugen brauchen würde. Sie konnte einfach nicht dabei zusehen, wie er litt. Über die Gründe dafür wollte sie lieber nicht zu genau nachdenken.

Entschlossen erhob sich Vanessa und folgte den nicht zu übersehenden Spuren in der weichen Walderde. An einem Zweig fand sie ein Stück von Dereks sandfarbenem T-Shirt. Ihre Hand schloss sich darum und zerknüllte es. Ein Tropfen frischen Blutes klebte daran. Noch vorsichtiger als vorher schob Vanessa sich vorwärts. Bei jedem Schritt befürchtete sie, auf einen trockenen Ast zu treten und damit ihre Anwesenheit zu verraten. Sie erstarrte, als sie mit dem Arm einen Busch streifte und die trockenen Blätter raschelten. Ihr Herzschlag klang viel zu laut in ihren Ohren. Erst als sie sicher war, dass niemand sie entdeckt hatte, schlich sie weiter.

Im ersten Moment konnte sie gar nicht erfassen, was sie sah, als sie kurz darauf ihr Ziel erreichte. Dann warf sie sich zu Boden und kroch auf Händen und Knien weiter, damit Eric sie nicht entdeckte. Erst als sie einen Standort erreicht hatte, an dem er sie nicht sehen konnte, wagte sie es, wieder den Kopf zu heben. Er hatte Derek an einen Baum gebunden, seine Arme waren hinter dem Stamm gefesselt und das Seil war mehrfach um seinen Oberkörper gewickelt. Dereks Kopf war nach vorne gesunken, Blut lief aus einer Platzwunde über sein Gesicht und tropfte auf seine Schulter. Kratzer überzogen seine braunen Arme. Kein Wunder, wenn Eric ihn rücksichtslos über den Boden geschleift hatte.

Unwillkürlich hielt sie den Atem an, während sie nach Lebenszeichen suchte. Als sie sah, dass seine Brust sich regelmäßig hob und senkte, atmete sie erleichtert auf. Allerdings schwebte Derek immer noch in höchster Gefahr, denn Eric hatte eine Pistole in der Hand und neben ihm lag ein Knüppel. Der Terrorist hatte einen notdürftigen Verband an seinem Oberarm, durch den bereits Blut sickerte. Sie wusste nicht, wo Eric sich die Verletzung zugezogen hatte, aber es sah nicht so aus, als würde sie ihn behindern. Vanessa wollte eingreifen, doch sie hatte keine Waffen bei sich, und der Vorteil lag bei Eric. Wenn sie versuchte, Derek zu befreien, würde er sie einfach erschießen. Und selbst wenn sie nicht starb, würde er verschwinden, und mit ihm jede Chance, die Terrorgruppe endgültig auszuschalten. Das konnte sie nicht zulassen.

Es fiel ihr zunehmend schwerer, stillzusitzen, während sie beobachtete, wie Eric noch einmal die Fesseln kontrollierte und dann den Knüppel aufhob. Ihre Hände ballten sich zu Fäusten, und sie konnte sich kaum davon abhalten, loszustürmen.

Eric stieß mit dem dicken Ast in Dereks Bauch. »Wach endlich auf, ich habe nicht ewig Zeit.«

Wenn sie gehofft hatte, dass Eric ihn einfach angebunden zurücklassen würde, sah sie sich nun getäuscht. Zwar konnte sie sich nicht erklären, warum der Anführer seinen Sicherheitschef so behandeln sollte, aber offensichtlich wollte Eric etwas von ihm. Und er würde nicht gehen, bevor er es nicht bekommen hatte. *Verdammt!*

33

Derek wachte auf, als der Schmerz in seinem Bauch den in seinem Kopf übertraf, wobei ihm das kaum möglich schien. Mit einem Stöhnen versuchte er sich aufzurichten, wurde aber von etwas daran gehindert. *Was zum Teufel …?* Sein Herzschlag erhöhte sich, als er erkannte, dass er an einen harten Gegenstand gefesselt war und sich nicht befreien konnte. Er öffnete seine Augen einen Spaltbreit und biss die Zähne zusammen, als das helle Licht den Schmerz in seinem Kopf noch verstärkte. Offenbar saß er auf dem Waldboden, die Beine vor sich ausgebreitet. Mit den Fingern tastete er nach den Fesseln und stellte fest, dass er an einem Baumstamm lehnte. Die raue Borke rieb durch das T-Shirt an seinem Rücken.

Da er das Seil nicht lösen konnte, entschied er, Eric zu zeigen, dass er wach war. Langsam hob er den Kopf und blickte den Anführer direkt an. »Was soll das? Binde mich los.«

Eric starrte ihn an, in der Hand hielt er den Knüppel, mit dem er ihn niedergeschlagen hatte. »Das wurde aber auch Zeit. Ich habe es eilig und kann es mir nicht leisten, mich lange mit dir zu beschäftigen.«

»Noch einmal: Mach mich los, dann können wir weitergehen.«

Doch es schien nicht so, als hätte Eric das vor. Dereks Magen zog sich zusammen. Sollte seine ganze Arbeit umsonst gewesen sein?

»Was machst du hier? Ich hätte erwartet, dass du das Lager gegen die Angreifer schützt. Stattdessen schleichst du hinter mir her.« Erics Miene war seltsam starr, als versuchte er mit aller Macht, nichts von seinen Gedanken preiszugeben.

Derek wischte mit der Schulter das Blut von seinem Gesicht, damit er besser sehen konnte. »Das Haus ist teilweise eingestürzt und hat den Treppenaufgang verschüttet. Deshalb bin ich durch den unteren Schacht raus. Ich habe dich gesehen und mir gedacht, dass du Hilfe gebrauchen könntest. Bindest du mich jetzt endlich los?« Erneut zog er an den Fesseln, doch sie gaben nicht nach.

Eric stützte sich auf den Knüppel. »Du erwartest, dass ich dir das glaube?«

Nicht wirklich, aber er musste es zumindest versuchen. So lässig wie möglich zuckte er mit den Schultern, auch wenn ihm das Schmerzen verursachte. »Warum nicht? Ich arbeite schließlich schon seit zehn Monaten als Sicherheitschef der Gruppe. Du weißt, dass ich meinen Job ernst nehme.«

Nachdenklich blickte Eric ihn an. »Das dachte ich bisher auch, aber wenn es so wäre, hätten die Angreifer nicht so einfach ins Lager spazieren können.«

Womit er völlig recht hatte. »Ich hatte dir gesagt, dass es keine gute Idee ist, eine Geisel ins Lager zu bringen.«

Der Knüppel schwang hoch und presste sich gegen seine Brust. »Du weißt, dass ich es nicht mag, wenn jemand meine Entscheidungen kritisiert. Besonders, wenn du in deiner Aufgabe versagt hast.«

Ja, das war ihm durchaus bewusst. Aber er hatte die Hoffnung, den Anführer doch noch davon überzeugen zu können, dass er Derek für seine weiteren Pläne brauchte. Wenn nicht, musste er sich irgendwie befreien und ihm weiter folgen. Unauffällig testete er noch einmal die Fesseln, konnte sie aber wieder nicht lösen. Hätte Eric nicht genau vor ihm gestanden, hätte er vielleicht versuchen können, sich irgendwie darunter herauszuwinden oder zur Not das Seil an der rauen Borke aufzuscheuern, aber so war es unmöglich. Und es gefiel ihm überhaupt nicht, keine Möglichkeit zur Verteidigung zu haben.

»Meine Aufgabe war es, das Lager gegen unabsichtliche Eindringlinge und Störenfriede zu schützen, und das habe ich getan. Es war nie darauf ausgerichtet, gegen eine größere Gruppe von professionellen Angreifern bestehen zu können.« Und genau das hatte er Eric auch gesagt.

Der Anführer schnaubte. »Soll mich das jetzt irgendwie von deinen Fähigkeiten überzeugen? Ich denke eher, dass du anderes im Kopf hattest und deswegen deinen Job vernachlässigt hast.«

Derek hob das Kinn. »Und was soll das gewesen sein? Ich habe hier die letzten Monate praktisch nur für meine Arbeit gelebt.«

Der Knüppel drückte fester gegen seine Brust, und Derek musste husten. Eric beugte sich zu ihm vor. »Dachtest du, ich merke nicht, wie du Vanessa förmlich mit den Augen verschlungen hast? Ich habe euch beobachtet, und ich muss sagen, es gefällt mir nicht, eine Frau mit jemandem zu teilen.«

Mühsam unterdrückte Derek einen Fluch. Genau so etwas hatte er vermeiden wollen und sich deshalb immer von Frauen ferngehalten. »Ich weiß nicht, wovon du sprichst.«

»Wirklich nicht? War es so schlecht, dass ich deine Erinnerung auffrischen muss? Ihr habt letzte Nacht im Büro rumgemacht. Klingelt es jetzt bei dir?« Diesmal war die Wut in Erics Augen nicht zu verkennen.

Da es zwecklos war zu leugnen, bemühte Derek sich, die Sache herunterzuspielen. »Vage. Es war nicht sonderlich erinnerungswürdig, muss ich sagen. Ich war nur neugierig, wie weit sie gehen würde.«

Aus den Augenwinkeln glaubte Derek eine Bewegung im Gebüsch zu sehen. Unauffällig blickte er in die Richtung und erstarrte, als er Vanessa bemerkte, die dort kauerte. Sollte Eric sich jetzt umdrehen, würde er sie entdecken. Ohne eine Miene zu verziehen, versuchte Derek, ihr mit den Augen zu signalisieren, dass sie sich zurückziehen solle. Offenbar hatte er damit Erfolg, denn als er das nächste Mal dorthin blickte, war sie zu seiner Erleichterung verschwunden. Er wollte auf keinen Fall, dass sie in Erics Fänge geriet.

Da er sich auf Vanessa konzentriert hatte, bekam er nicht mit, wie Eric zum Schlag ausholte. Unvorbereitet traf ihn die Wucht der Keule in den Magen. Er krümmte sich nach vorne und bemühte sich, seinen Mageninhalt bei sich zu behalten. Der Schmerz verteilte sich in seinem Körper, und Derek stieß einen Fluch aus. Er sollte Eric wirklich nicht reizen, wenn er in einer so verletzlichen Position war.

Gewalttätig wurde sein Kopf an den Haaren nach oben gerissen, und er blickte direkt in die eisblauen Augen des Anführers. »Es war nicht besonders klug von dir, mich zu hintergehen. Wir werden uns noch mal in Ruhe darüber unterhalten müssen, dass niemand das anfasst, was ich als mein Eigentum betrachte.«

Derek presste die Lippen zusammen, um nicht seine Meinung dazu zu sagen. Das hätte ihm nur noch mehr Ärger eingebracht. »Ich … verstehe.«

»Tust du das wirklich? Aber keine Sorge, wenn ich mit dir fertig bin, wird sie dich auch nicht mehr haben wollen.« Diesmal schlug er mit der Faust zu.

Dereks Gesicht flog von dem Schlag zur Seite, Blut sickerte in seinen Mund. Bevor er sich davon erholen konnte, prasselten weitere Schläge auf seinen Oberkörper und Kopf ein. Derek versuchte sich zu schützen, so gut es ging, doch es half nicht viel. Maßlose Wut stieg in ihm auf, und er spürte den Schmerz kaum noch. Ohne Rücksicht auf seine Handgelenke riss er an den Fesseln und fühlte, wie sie ein Stück nachgaben. Trotzdem schaffte er es nicht, sich ganz zu befreien. Wieder sah er Vanessa durch die Vegetation, ihre Augen waren angstvoll aufgerissen. In der Hand hielt sie einen Stein.

Fast unmerklich schüttelte Derek den Kopf, als ihre Blicke sich trafen. Wenn Eric sie hier entdeckte, würde er sie töten, oder er würde sich einen Spaß daraus machen, sie vor Dereks Augen zu vergewaltigen und danach zu töten. Eric verzieh niemals einen Verrat und als solchen würde er die Tatsache ansehen, dass Vanessa Derek geküsst hatte. Von Anfang an hatte Derek gewusst, wie gefährlich das Ganze für Vanessa werden würde. Eigentlich war es beinahe gerecht, dass er jetzt für seinen Fehler bezahlen musste.

Schwer atmend ließ Eric endlich von ihm ab, und Dereks Körper erwachte pochend zum Leben. Er hätte gar nicht sagen können, welche Stelle ihm nicht wehtat. Trotzdem durfte er keine Schwäche zeigen. Denn wenn Eric etwas noch mehr verachtete als Verrat, dann war es Schwäche.

»Hör zu, ich verstehe, warum du sauer auf mich bist. Aber wie wäre es, wenn wir das für den Moment beiseiteschieben und uns auf das Wichtige konzentrieren?«

Erics Augen funkelten ihn aus seinem geröteten Gesicht abschätzend an. »Und was wäre das?«

»Die Gegend zu verlassen, bevor die Angreifer uns finden.«

Ein hässliches Grinsen hob Erics Mundwinkel. »Das werde ich, keine Angst. Du allerdings nicht. Nachdem ich das Lager nicht mehr benutzen kann, ist dein Job überflüssig geworden.« Er trat einen Schritt zurück und hob den Knüppel. »Das kann jetzt ein bisschen wehtun, aber du wirst sicher bald nichts mehr spüren.«

Verdammt, er hatte wirklich gehofft, Eric davon überzeugen zu können, ihn gehen zu lassen. Aber wie es aussah, wollte der Anführer ihn hier töten. Derek blickte auf die Stelle, an der er Vanessa vorher gesehen hatte, doch sie war verschwunden. Hatte er sie sich nur eingebildet? Oder hatte sie auf ihn gehört und sich aus dem Staub gemacht? Er könnte es ihr nicht verdenken, und ein Teil von ihm war froh, dass sie in Sicherheit war.

Der Knüppel sauste auf sein Bein herunter, und Derek konnte es gerade noch so drehen, dass der Schlag seinen Oberschenkel und nicht sein Knie traf. Der Schmerz ließ Tränen in seine Augen treten, und er zwinkerte, um wieder klar sehen zu können. Bisher hatte er Glück gehabt und war noch bewegungsfähig, aber das würde sich sicher bald ändern. Derek brauchte ein Wunder, wenn er hier halbwegs ungeschoren herauskommen wollte.

Zuerst merkte er es gar nicht, weil seine Sinne von den Schmerzen völlig überlastet waren, doch dann spürte er ein leichtes Zupfen an seinen Handgelenken. Unwillkürlich hielt er den Atem an und ließ ihn zischend entweichen, als Eric mit Wucht auf seinen Knöchel trat und ihn mit seinem Körpergewicht am Boden verankerte. Erneut hob der Terrorist den Knüppel. Diesmal würde Derek ihm nicht ausweichen können. Er konnte noch nicht einmal seinen Kopf schützen, weil seine Arme noch immer hinter seinem Rücken gefesselt waren.

»Leb wohl, Derek. Vielleicht wird dir deine kleine Freundin ja bald Gesellschaft leisten.«

Das tat sie schon, aber anders als Eric dachte. Jedenfalls hoffte Derek, dass es Vanessa war, die gerade die Fesseln bearbeitete, und nicht irgendein Bär oder Berglöwe, der ihn als Snack betrachtete. Doch dann hätte Eric ihn vermutlich schon bemerkt. Glücklicherweise war er so auf Derek konzentriert, dass er gar nicht mitbekam, was hinter dem nicht besonders dicken Baumstamm vor sich ging. Allerdings befürchtete Derek, dass es Vanessa zu spät gelingen würde, ihn zu befreien. Besser, er lenkte Eric ab.

»Warum willst du Vanessa etwas tun? Sie ist an der ganzen Sache unschuldig.« Gut, abgesehen von dem Kuss, da lag ihre Schuld etwa bei fünfzig Prozent.

Eric ließ den Knüppel ein Stück sinken und starrte ihn an. »Glaubst du das wirklich? Ich hätte nicht gedacht, dass gerade du als Sicherheitsexperte so naiv bist.«

Derek blickte ihn ohne zu blinzeln an. »Wie meinst du das?«

»Ich hatte einige Zeit, darüber nachzudenken. Sie hat es sehr geschickt angestellt, das muss ich ihr lassen. Die Sache mit ihrem Ehemann und dem Streit, der Sprung aus dem fahrenden Auto. Sehr gewagt. Natürlich haben diese unschuldigen Augen und ihr Wahnsinnskörper auch geholfen, mich zu täuschen. Und dich offensichtlich auch, wenn du ihr die Nummer abgenommen hast.«

Ein letzter Ruck, und sein rechtes Handgelenk war frei, doch Derek hielt es weiter hinter dem Baum, damit Eric es nicht bemerkte. »Aber warum sollte sie das getan haben?« Eigentlich stimmte er Eric in seiner Einschätzung völlig zu, doch solange noch nicht beide Arme frei waren, musste er ihn am Reden halten. Und es konnte auch nicht schaden, eine zweite Meinung zu hören.

»Eine interessante Frage. Mir fallen da zwei Möglichkeiten ein: Entweder sie hat etwas mit den Hunters zu tun, dazu würde die Tatsache passen, dass die Angreifer den Standort des Lagers kannten, oder sie weiß etwas über den Diebstahl der Viren und hat versucht herauszubekommen, wo sie sind.« Er lachte geringschätzig. »Als würde ich mich von einem Paar Titten blenden lassen und jede Vorsicht vergessen.«

Das stimmte allerdings. Wenn das Vanessas Absicht gewesen war, hatte sie versagt. Wenn er selbst in zehn Monaten nicht das volle Vertrauen des Anführers errungen hatte, wie sollte es Vanessa dann in ein paar Stunden gelingen? Das musste sie auch selbst wissen. Zusammen mit dem zeitlichen Zusammentreffen tippte Derek eher darauf, dass sie Shannons Befreiern den Weg gezeigt hatte. Und damit war sie durchaus erfolgreich gewesen, dafür dass sie so wenig Zeit gehabt hatte und die Sache so unsicher gewesen war. Eric hätte genauso gut gar nicht auf sie reagieren oder ihre Beweggründe erahnen und sie beseitigen können. Die Vorstellung, sie wäre jetzt tot, ließ Dereks Herz schmerzhaft klopfen.

»Ich glaube nicht, dass Vanessa das alles geplant hat. Sie schien mir nicht sonderlich … intelligent.« Er zuckte zusammen, als sie ihm zur Strafe in den Arm kniff.

Eric hob die Schultern. »Egal, ich werde jedenfalls kein Risiko eingehen. Und das bedeutet, dass ich jeden beseitige, der mir potenziell gefährlich werden könnte.« Der Knüppel hob sich wieder. »Dich eingeschlossen.«

Noch ein Ruck, und auch seine zweite Hand war frei. Keine Sekunde zu früh, denn Eric war eindeutig am Ende seiner Geduld angelangt. Ohne ein weiteres Wort schwang er den Knüppel gegen Dereks Kopf. Durch das gelockerte Seil konnte Derek den Oberkörper weit genug abknicken, um dem Schlag zu entgehen. Bevor Eric erneut ausholen konnte, packte Derek den Knüppel und zog daran. Überrascht von dieser Aktion ließ der Terrorist ihn los und stolperte zurück.

Derek löste sich von den Fesseln und sprang auf. Sein Knöchel gab nach, und er schwankte. Verdammt, offensichtlich war er schwerer verletzt, als er gedacht hatte. Aber davon ließ er sich nicht aufhalten. Wenn er Eric jetzt nicht stoppte, würde der ihn umbringen – und Vanessa auch. Derek stürmte auf den

Anführer zu und stieß ihm den Knüppel gegen die Brust. Eric strauchelte, fing sich aber schnell wieder. Zu schnell für Dereks Geschmack. In der gleichen Bewegung holte er die Pistole heraus und richtete sie auf Derek.

Schweiß ließ die Kleidung an Dereks Körper kleben und brannte in seinen Augen. Wenn kein Wunder geschah, würde er in den nächsten Sekunden sterben, denn nur mit dem Knüppel würde er Eric nie davon abhalten können, ihn zu erschießen.

Eric kam näher, die Waffe direkt auf ihn gerichtet. »Wie hast du dich befreit?«

Derek hob die Schultern. Auf keinen Fall würde er Vanessas Anwesenheit verraten. »Ein paar Talente habe ich auch.«

Erics Augen verengten sich. »Verarsch mich nicht! Du hattest keine weiteren Waffen bei dir, und die Fesseln waren zu fest, um sie in der kurzen Zeit selbst zu lösen.«

»Du siehst doch, dass es geht. Bist du sicher, dass es eine gute Idee ist, mich zu erschießen? Den Knall hört man hier sicher meilenweit, was meinst du, wie lange es dauert, bis jemand hierherkommt und nachsieht?« Tatsächlich wusste er nicht, ob jemand kommen würde, aber als Bluff funktionierte es ausgezeichnet.

»Dann bist du aber schon tot.« Eric zielte auf seine Stirn. »Und ich werde lange weg sein.«

Das war der Nachteil an der Sache. Dereks Körper spannte sich an, seine Finger schlossen sich fester um den Knüppel. Auf keinen Fall würde er kampflos aufgeben.

34

Sie musste etwas tun, sonst würde der Terrorist Derek erschießen! An Dereks Haltung konnte sie erkennen, dass er vorhatte, Eric anzugreifen. Das würde zu seinem sicheren Tod führen. Bevor sie länger darüber nachdenken konnte, handelte Vanessa. Sie verließ die Deckung und stürmte auf Eric zu. Da er mit dem Rücken zu ihr stand und völlig auf Derek konzentriert war, bemerkte er sie nicht, bis sie mit ihrem vollen Körpergewicht gegen ihn prallte. Ein lauter Knall ertönte. *Derek!* Ein kurzer Blick zeigte ihr, dass er noch stand. Erleichterung ließ ihre Knie für einen Moment weich werden, doch dann wandte sie sich Eric zu und erstarrte.

Der Terrorist hatte sich von seiner Überraschung erholt und sandte ihr ein grausames Lächeln. »Sieh an, wen wir da haben. Kann es sein, dass der gute Derek mich angelogen hat?« Diesmal zeigte seine Pistole auf Vanessa.

Bevor sie ihm antworten konnte, mischte sich Derek ein. »Lass sie da raus, Eric.«

»Sonst was?« Verächtlich schnaubte der Anführer. »Meine Kugel ist schneller als dein Knüppel.« Er schüttelte den Kopf. »Ich finde es ehrlich enttäuschend, wie leicht sie dir den Kopf verdrehen konnte. Kaum siehst du ein wenig Haut, schon vergisst du alles andere.«

Aus den Augenwinkeln sah sie, wie sich Dereks Körper versteifte. Seine Miene drückte einen so abgrundtiefen Hass aus, dass sie unwillkürlich einen Schritt nach hinten machte. Dabei galt dieser Blick noch nicht einmal ihr.

»Ich vergesse nie etwas, das solltest du dir merken, Eric.« Dereks normalerweise schon tiefe Stimme war nur noch ein Grollen.

Eric lachte nur. »Warum sollte ich das tun? Du bist tot – oder zumindest so gut wie. Ich habe dich vergessen, sobald dein Körper auf den Boden schlägt.« Er trat näher an Vanessa heran und streckte die freie Hand nach ihr aus. »Mir tut es nur leid, dass ich keine Gelegenheit hatte, zu testen, ob du wirklich so gut bist, wie du behauptest.«

Vanessa unterdrückte die Wut, die in ihr schwelte, und lächelte ihn zuckersüß an. »Oh, das bin ich.« Sie legte ihre Hand in die Taille und richtete sich so auf, dass ihre Brüste besonders gut zur Geltung kamen. »Du glaubst nicht, was du verpasst.«

Während Derek wieder ein tiefes Grollen von sich gab, wirkte Eric für einen Moment verunsichert. Beinahe unbewusst glitt sein Blick tiefer und blieb an ihrem Dekolleté hängen. Genau darauf hatte Vanessa spekuliert. Ohne Vorwarnung schwang ihr Bein hoch und traf Erics Arm. Die Pistole flog in hohem Bogen ins Gebüsch. Mit einem wütenden Aufschrei stürzte sich Eric auf Vanessa, doch sie wich im letzten Moment zur Seite aus. Er stolperte vorwärts, fing sich aber schnell wieder. Zu schnell für sie, denn er wirbelte herum und schlang seine Arme um sie.

Aus dem Gleichgewicht gebracht wich sie zurück und stolperte über ein Hindernis. Sie fiel nach hinten und riss dabei Eric mit sich, der mit seinem vollen Gewicht auf ihr landete. Für einen Moment blieb ihr die Luft weg, doch dann begann sie, gegen ihn zu kämpfen. Das erwies sich allerdings als gar nicht so einfach, denn der Terrorist war bedeutend größer und schwerer als sie, und vor allem gelang es ihm, all ihren Vorstößen auszuweichen. Er hatte eindeutig Erfahrung im waffenlosen Kampf und auch kein Problem damit, dass sie eine Frau war.

Während Derek seine Kraft bei ihr immer nur angewandt hatte, um sie zu bändigen und daran zu hindern, ihn oder sich selbst zu verletzen, bereitete es Eric offensichtlich Vergnügen, ihr Schmerzen zuzufügen. Sein Knie drückte hart in ihren Oberschenkel und hinderte sie daran, ihn dort zu treten, wo es wirklich wehtat. Er schlug den Ellbogen in ihre Rippen und umfasste mit einer Hand ihr Kinn. Die Finger der anderen Hand umschlossen hart ihre Brust.

Ein Grinsen breitete sich auf seinem Gesicht aus. »Wie es aussieht, bekomme ich doch noch, was ich die ganze Zeit von dir wollte.« Brutal drückte er zu, bis Vanessa vor Schmerz Tränen in die Augen schossen.

Mit Daumen und Zeigefinger zwang er sie, den Mund zu öffnen, wenn sie nicht wollte, dass er ihr den Kiefer brach. Er beugte sich tiefer über sie, und sie konnte die Erregung in seinen hellen Augen sehen. Übelkeit stieg in ihr auf, während sie darauf wartete, dass er nahe genug kam. Noch ein paar Zentimeter, dann könnte sie ihn mit einem Kopfstoß außer Gefecht setzen. Sie bemühte sich, die Erektion zu ignorieren, die sich an ihr Bein presste. Um ihn abzulenken, gab sie den Widerstand auf und ließ ihre Muskeln erschlaffen. Als Reaktion darauf wurde auch sein Griff für einen Sekundenbruchteil schwächer. Darauf hatte sie gewartet.

Doch bevor sie ihren Plan umsetzen konnte, traf Eric etwas von der Seite, und er rollte von ihr herunter. Einen Moment lang blieb sie schwer atmend liegen und versuchte zu verstehen, was gerade geschehen war.

Dereks Gesicht tauchte über ihr auf. Besorgnis stand in seinen braunen Augen. »Alles in Ordnung? Bist du verletzt?«

»Nein.« So ganz sicher war sie sich allerdings nicht.

Auch Derek schien ihr nicht zu glauben. »Bist du sicher?«

»Nein. Aber ich werde es überleben.« Vanessa nahm ihre

ganze Kraft zusammen und setzte sich auf. Ein scharfer Stich fuhr durch ihren Brustkorb, und sie schnitt eine Grimasse. Ja, Eric hatte wirklich gut gezielt. Sie warf einen Blick auf den Terroristen, der immer noch unbeweglich dalag. »Was hast du mit ihm gemacht?«

Derek erhob sich mit einem Stöhnen und stützte sich dabei auf den Knüppel. »Ihn mit seinen eigenen Waffen schlagen.« Seine Augenbrauen zogen sich zusammen. »Allerdings habe ich nicht so hart zugeschlagen, dass er jetzt noch bewusstlos sein sollte.«

»Ich bin dir jedenfalls sehr dankbar für die Hilfe.« Sie hätte sich zwar vermutlich auch selbst befreien können, aber so war es viel einfacher und weniger schmerzhaft gewesen.

Er lächelte sie schief an. »Gleichfalls, obwohl du mir eigentlich nicht folgen solltest.«

Vanessa verdrehte die Augen. »Sei froh darüber, sonst wärst du jetzt tot.«

Seine Miene wurde ernst. »Das bin ich. Ich wünschte nur, du wärst nicht dabei verletzt worden.«

Irgendwie war seine Besorgnis süß, wenn auch völlig unnötig. Im Training hatte sie schon schlimmere Verletzungen davongetragen als jetzt. »Gern geschehen.« Sie hielt ihm die Hände hin. »Hilfst du mir hoch?«

Dereks Hand schloss sich um ihre, und er zog sie vorsichtig nach oben. Als sie vor ihm stand, hielt er sie jedoch weiterhin fest. »Alles klar?«

Sie war ihm so nah, dass sie auf das beinahe rötliche Braun seiner Augen aufmerksam wurde. Bisher hatte sie gedacht, sie wären dunkelbraun. Fasziniert starrte sie ihn an. Ohne es zu merken, bewegten sie sich aufeinander zu, bis ihre Gesichter nur noch einen Hauch voneinander entfernt waren. Vanessa spürte seinen Atem auf ihren empfindlichen Lippen und hielt es nicht mehr aus – sie musste ihn einfach küssen. Zu groß war ihre Sehnsucht nach ihm, auch wenn ihr Verstand sagte, dass es keine gute Idee war, sich mit ihm einzulassen.

Mit offenen Augen schloss sie die wenigen Millimeter, die sie noch trennten, und rieb mit ihren Lippen über seine. Sie hörte Dereks scharfes Einatmen, dann schlangen sich seine Arme um ihre Taille, und er zog sie dicht zu sich heran. Er öffnete den Mund und riss den Kuss an sich. Nicht, dass ihr das etwas ausmachte. Im Gegenteil, es war ungeheuer erotisch, wie seine Zunge beinahe verzweifelt ihren Mund eroberte. Mit einem zufriedenen Seufzer ließ Vanessa sich in den Kuss sinken. Ihre Hand schob sich unter sein T-Shirt und glitt seinen nackten Rücken hinauf. Es tat so gut, seine Stärke und seine Hitze zu spüren, beinahe wäre beides ausgelöscht gewesen.

Es hätte sie wirklich getroffen, ihn zu verlieren. Auch wenn sie ihn noch nicht lange kannte und kaum etwas über ihn wusste. Wieso fand sie ihn trotzdem so anziehend? Sie konnte es nicht leugnen und wollte es auch nicht. Über die Konsequenzen würde sie zu einem späteren Zeitpunkt nachdenken, jetzt brauchte sie seine Nähe und seine Leidenschaft mehr als alles andere. Sie schob sich noch dichter an ihn und spürte seine sich rasch vergrößernde Erektion an ihrem Bauch. Sanft rieb sie sich an ihm. Dereks Stöhnen war beinahe unhörbar, aber es vibrierte durch seinen Oberkörper an ihren Brüsten. *Oh Gott, wenn sie nicht aufhörte, würde sie hier und jetzt über ihn herfallen!* Sie wusste, dass es einen Grund gab, warum sie das nicht tun sollte. Er fiel ihr nur gerade nicht ein.

Ein Knacken ließ sie auseinanderfahren. Schwer atmend starrten sie sich an, dann reagierten sie gleichzeitig und ließen sich zu Boden fallen. Der Platz, wo Eric zuvor gelegen hatte, war leer. Wie konnte das sein? Sie waren nur wenige Meter entfernt, sie hätten bemerken müssen, wenn er sich bewegt hätte.

Aber offensichtlich waren sie so in ihre eigenen Gefühle vertieft gewesen, dass sie nichts anderes mehr mitbekamen. Das ärgerte Vanessa, aber sie konnte den Kuss trotzdem nicht bedauern. Es war zu schön gewesen, zu aufregend … Mühsam brachte sie ihre Gedanken unter Kontrolle und konzentrierte sich ganz darauf, den Terroristen wiederzufinden.

Trotz ihrer weichen Knie kroch sie langsam vorwärts, dorthin, wo sie das Geräusch gehört hatte. Doch sie kam nicht weit, denn Dereks warme Hand schloss sich um ihren Knöchel. Verwirrt blickte sie zu ihm zurück.

Er beugte sich so weit vor, dass er direkt in ihr Ohr flüstern konnte. »Hol die Pistole, ich kümmere mich um Eric.«

Derek ließ sie los und bewegte sich vor sie. Da sie mit der Waffe einen Vorteil haben würden, änderte sie ihre Richtung dorthin, wo die Pistole durch ihren Tritt gelandet war. Aus den Augenwinkeln beobachtete sie, wie Derek schwerfällig vorwärtskroch. Er war offensichtlich schwerer verletzt, als er zugegeben hatte. Ihre Sorge um ihn nahm eine neue Dimension an. Sie musste die Pistole so schnell wie möglich finden, denn in einem Kampf würde Derek in seinem Zustand den Kürzeren gegen Eric ziehen, selbst wenn er noch den Knüppel hatte. *Verdammt, wie hatten sie ihn entkommen lassen können!* Aber es half nichts, sich darüber zu zerfleischen, es war geschehen und nicht mehr zu ändern.

Umso wichtiger war es, Eric nicht entkommen zu lassen. Da sie nicht genau gesehen hatte, wo die Pistole aufgekommen war, musste sie den Boden in einem großen Umfeld absuchen. Dabei behielt sie Derek immer im Blick. Erleichtert atmete sie auf, als sich ihre Finger um den Griff der Waffe schlossen. Nur kurz überprüfte sie deren Funktionsfähigkeit, dann folgte sie Derek. Um Eric nicht zu warnen, hielt sie sich weiterhin im Schutz der Büsche, bis sie Derek eingeholt hatte.

Deutlich war die Wut in seinem Gesicht zu erkennen, als er sich zu ihr umdrehte. »Der Vorsprung war zu groß, ich konnte ihn nicht einholen.«

Vanessa stand auf und hielt Derek eine Hand hin. »Dann nichts wie hinterher.«

Mühsam erhob Derek sich und deutete auf sein Bein. »Der Knöchel ist mindestens verstaucht, ich bezweifle, dass ich darauf schnell laufen kann.«

Sie blickte zwischen den Bäumen hindurch, in der Hoffnung, einen Blick auf Eric zu erhaschen. »Ich könnte …«

Derek drückte ihre Hand. »Nein, wir bleiben zusammen.«

»Aber mit der Pistole könnte ich ihn aufhalten!«

»Wenn du nicht bereit bist, ihn zu erschießen, weiß ich nicht, wie du ihn damit alleine aufhalten willst.«

Genervt von seinem offensichtlich mangelnden Vertrauen in ihre Fähigkeiten, funkelte sie ihn wütend an. »Wer sagt, dass ich das nicht bin? Glaubst du, ich kann das nicht?«

Ernst blickte Derek sie an. »Es ist etwas anderes, auf einen Menschen zu schießen als auf eine Zielscheibe oder einen anderen Gegenstand.«

Sein Versuch, sie zu schützen, ließ ihren Ärger sofort verrauchen. »Das ist mir bewusst. Aber wir können ihn nicht entkommen lassen.«

Derek nickte. »Also sollten wir uns beeilen.« Mithilfe des Knüppels humpelte er vorwärts.

Einen Moment lang sah sie ihm dabei zu, dann seufzte sie lautlos und folgte ihm. Bereits innerhalb weniger Schritte hatte sie ihn eingeholt, weil er auf dem unebenen Boden nur langsam vorwärtskam. Sie schob ihre Schulter unter seine Achsel und schlang ihren Arm um seine Taille. Zuerst sträubte er sich, aber dann lehnte er sich stärker auf sie. Dadurch kamen sie bedeutend schneller voran und bewahrten ihre Chance, Eric doch noch zu erwischen. Dereks Hand legte sich um ihre Schulter und drückte sie dankbar. Wärme bildete sich in ihrer Brust, und Vanessa spürte, wie etwas in ihr nachgab. Kein Wunder, dass sie ihn so mochte. Trotz seines Jobs als Sicherheitschef einer Terrorgruppe hatte sie bisher nichts Unmenschliches an ihm entdeckt. Im Gegenteil, immer wieder hatte er ihr geholfen und auch Eric gegenüber keine Grausamkeit gezeigt. Er war ihr ein Rätsel.

Sie waren etwa eine halbe Stunde lang Erics Spuren gefolgt, als plötzlich ein unerwartetes Geräusch durch den Wald dröhnte. Vanessa erkannte es sofort: ein Motor. Verdammt! Mit einer gemurmelten Entschuldigung tauchte sie unter Dereks Arm hindurch und rannte los. Dabei verfluchte sie ihre Schuhe, die jeden Schritt zur Qual machten und mehr als einmal beinahe zu einem Sturz führten. Anstatt sie näher an das Motorengeräusch heranzubringen, entfernte es sich von ihr. Plötzlich stolperte sie über zugewachsene Fahrspuren, die sich durch die Bäume schlängelten. In der Ferne sah sie etwas aufblitzen. Sofort richtete sie sich auf und zielte mit der Pistole auf das sich entfernende Quad. In rascher Abfolge drückte sie den Abzug, bis keine Kugel mehr im Magazin war. Die Schüsse zerrissen die Stille, und Vanessa hielt den Atem an. Doch das Gefährt fuhr unbeirrt weiter.

Mit einem Fluch begann Vanessa hinterherzulaufen, doch es wurde schnell klar, dass sie es nie würde einholen können. Schon jetzt war es nicht mehr zu sehen, und auch das Motorengeräusch wurde immer leiser. Sie wurde langsamer und blieb schließlich ganz stehen.

»Vanessa!«

Als sie Dereks Stimme hörte, drehte sie sich erschöpft zu ihm um. Das Gefühl, versagt zu haben, drückte auf ihre Schultern. Mit gesenktem Kopf wartete sie darauf, dass er sie erreichte. Derek blieb vor ihr stehen und hob ihr Kinn mit einem Finger an. Eine Mischung unterschiedlichster Gefühle leuchtete ihr aus seinen braunen Augen entgegen, doch sie konnte sie nicht deuten.

»Bist du verletzt?«

Stumm schüttelte sie den Kopf. Was brachte es, wenn sie unverletzt war, der Terrorist aber immer noch auf freiem Fuß?

Dereks Hände gruben sich in ihre Schultern. »Bist du eigentlich lebensmüde? Hast du mal daran gedacht, dass Eric noch eine Pistole hätte haben können?« Diesmal erkannte sie den Ausdruck in seinen Augen: Angst. Um sie.

Wärme ersetzte den Frust. »Ich musste es zumindest versuchen. Ich könnte nicht damit leben, wenn ich wüsste, dass ich nicht alles getan habe, um ihn aufzuhalten.«

Eine Weile sah er sie stumm an, dann lehnte er seine Stirn an ihre. »Du bist verrückt.«

»Ja, vermutlich.« Besonders weil ihre Gefühle für Derek immer tiefer wurden. Dabei war ihr jetzt schon klar, dass sie sich bald trennen mussten und Derek wegen seiner Mitgliedschaft in einer Terrorgruppe vielleicht sogar verhaftet werden würde.

Dereks Lippen streiften ihre in einem zarten Kuss, bevor er wieder zurücktrat. »Wir sollten den Spuren folgen, vielleicht hält er irgendwo an, und wir können ihn doch noch erwischen.«

Vanessa nickte. »Das hatte ich vor.« Obwohl sie keine Munition mehr hatte, wollte sie die Pistole nicht aufgeben. Dummerweise hatte sie keine Taschen oder wenigstens einen Hosenbund, in den sie die Waffe hätte stecken können. Zögernd hielt Vanessa sie Derek hin. »Kannst du sie nehmen?«

Noch etwas, das sie sich früher nie hätte vorstellen können: einem Terroristen eine Waffe in die Hand zu geben – selbst wenn sie nicht geladen war. Aber sie vertraute Derek, zumindest was ihre persönliche Sicherheit anging. Sie wusste nicht, warum er Sicherheitschef bei den *Kriegern Gottes* geworden war, aber sie würde es noch herausfinden. Bisher hatte sie nichts an ihm entdeckt, das darauf hindeutete, dass er anderen Menschen schaden wollte. Ganz im Gegenteil, er schien zumindest Frauen eher beschützen zu wollen. Ein Widerspruch, der sie faszinierte und ihr die Hoffnung gab, dass er nicht zu ihren Feinden gehörte.

Derek nahm ihr die Pistole aus der Hand und steckte sie hinten in seinen Hosenbund. Auf den Knüppel gestützt machte er einen Schritt und schnitt dann eine Grimasse. Trotzdem ging er weiter, ohne etwas zu sagen. Kopfschüttelnd blickte Vanessa ihm hinterher. Er würde sie tatsächlich nicht um Hilfe bitten. Verdammter starrköpfiger Mann. Eilig folgte sie ihm und schob ohne ein Wort wieder ihre Schulter unter seine Achsel, damit er sich auf sie stützen konnte. Es dauerte einen Moment, dann entspannte sich sein Körper ein wenig. Seine Hand legte sich warm um ihre Schulter.

Erst nach einigen Hundert Metern sprach er wieder. »Danke.«

»Tut mir leid, Clint, ich kriege keine vernünftige Peilung des Handys. Ich weiß, dass dort jemand mit einem Handy unterwegs ist, aber das Signal ist sehr schwach und durch die Hügel bekomme ich nur die Meldung von *einem* Funkturm, nicht mehreren, um den Standort einzugrenzen. Das Gebiet ist einfach zu groß, um euch bei der Suche zu helfen. Ich habe auch Suchhunde angefordert, doch es wird noch etwas dauern, bis eine Staffel bei euch eintrifft. Ich fürchte, ihr müsst Vanessa auf die herkömmliche Weise suchen.«

Clint rieb über seine kurzen Haare. I-Macs Bericht machte ihm nicht gerade Mut, dass sie die Agentin schnell finden würden. Dass sie darüber hinaus auch nicht wussten, wie viel Zeit

Vanessa hatte – oder ob sie überhaupt noch lebte – machte die Entscheidung nicht gerade einfacher. »Okay, danke. Sowie du ein besseres Signal bekommst, sag Bescheid.«

»Natürlich. Ich habe den Eindruck, dass sich das Signal langsam in Richtung Stadt bewegt, das ist alles, was ich dazu sagen kann. Sobald das Handy näher kommt, wird die Erfassung besser werden, und dann haben wir es.«

»Hoffen wir es. Ich melde mich, wenn wir wissen, was wir machen.« Clint beendete die Verbindung und starrte dann in den Wald.

Wo bist du, Vanessa? Wie erwartet erhielt er keine Antwort. Auf keinen Fall wollte er noch einmal jemanden aus seinem Team verlieren, und solange die Mission lief, zählte er sowohl die beiden SEAL-Teams als auch die TURTs dazu. Er konnte sich nicht vorstellen, vielleicht nie zu erfahren, was aus Vanessa geworden war. Clint biss die Zähne zusammen. Nein, das würde er nicht zulassen. Irgendwie würden sie die Agentin finden.

»Yo, East!«

Rocks Ruf ließ ihn zum Haus herumfahren. Der Senior Chief lief auf ihn zu, und Clint konnte ihm ansehen, dass er etwas entdeckt hatte. Während ihrer jahrelangen Zusammenarbeit hatte er gelernt, die verschiedenen Abstufungen von Rocks finsterem Gesichtsausdruck zu deuten. Im Moment schimmerte eine gewisse Aufregung durch, die ansteckend wirkte.

Schnell strebte er Rock entgegen. »Was hast du gefunden?«

»Genauer gesagt war es Jackie, du weißt ja, er hat ein beinahe unheimliches Talent dafür, über die entscheidenden Hinweise zu stolpern. Ein Geheimgang führt vom Haus durch einen alten Schacht und endet einige Hundert Meter weiter im Wald.«

»Irgendeine Spur von Vanessa?«

Mit einem grimmigen Lächeln nickte Rock. »Ja. Die Abdrücke ihrer hohen Hacken sind im Waldboden nicht zu übersehen. Allerdings haben wir auch die Abdrücke zweier Männer gefunden. Genau lässt es sich nicht sagen, aber da sich Vanessas Abdrücke hin und wieder über den anderen befinden, denke ich, dass sie ihnen gefolgt ist.«

»Okay, stell ein kleines Team zusammen, wir folgen ihr.«

»Schon geschehen, ich bin nur zurückgekommen, um Ausrüstung zu holen und dir Bescheid zu sagen.«

Clint hob eine Augenbraue. »Du warst dir sehr sicher, was?«

Ruhig blickte Rock ihn an. »Ich kenne dich lange genug, um zu wissen, wie du denkst, Clint. Außerdem ist Vanessa meine Kollegin, und ich würde sie nie im Stich lassen. Wenn du abgelehnt hättest, wäre ich zur Not alleine gegangen.«

Genau das, was Clint erwartet hatte. »Worauf warten wir dann noch?«

35

Ein Schuss fiel, brennender Schmerz schoss durch sein Bein, dicht gefolgt von dem Gefühl völliger Kraftlosigkeit. *Nein!* Er musste zu Shannon, sie brauchte ihn. Doch so sehr er es auch versuchte, er konnte die Dunkelheit nicht durchdringen. Sein Oberschenkel pochte, als hätte jemand einen Pfahl hindurchgebohrt. Automatisch wollte er nach der Stelle greifen, um den Schmerz zu lindern, doch er konnte sich nicht bewegen. Nicht einmal seine Augen bekam er auf. Er war in seinem Körper gefangen, unfähig, daraus hervorzubrechen. Nein, das konnte er nicht zulassen, Shannon verließ sich auf ihn. Verzweifelt suchte er nach einer Lösung, wie er zu ihr gelangen könnte.

Von irgendwoher glaubte er, Geräusche zu hören, und eine Stimme, aber sie war zu weit weg, um etwas zu verstehen. Doch das musste er auch nicht. Es reichte, dass er sie erkannt hatte. *Shannon! Sie lebte!* Erleichterung lief wie ein Fieber durch seinen Körper. Der Nebel lichtete sich ein wenig und damit auch das Gefühl, in einem Kokon gefangen zu sein. Vor allem aber klang die Stimme jetzt deutlicher, und er konnte sogar einzelne Worte verstehen. Oder zumindest hören, die Bedeutung entglitt ihm noch. Der Drang, bei Shannon zu sein, wurde immer stärker, mit aller Macht kämpfte Matt darum, an die Oberfläche zu kommen.

Es erinnerte ihn an sein Training als SEAL, wie sie gefesselt und in voller Montur ins eiskalte Wasser geworfen worden waren und sich am Boden des Beckens befreien mussten, bevor sie wieder zur Oberfläche und dem dringend benötigten

Sauerstoff zurückkehren konnten. Genauso fühlte er sich jetzt, Shannons Nähe war für ihn so lebenswichtig wie Sauerstoff. Er musste sie sehen und sich vergewissern, dass es ihr gut ging. Dafür musste er die unsichtbaren Fesseln abstreifen, die ihn zurückhielten. Aber das war leichter gesagt als getan, je mehr er dagegen ankämpfte, desto fester wurden sie.

Ein nervtötendes Piepsen drang an sein Ohr und übertönte Shannons Stimme. *Nein, er brauchte sie, wenn er jemals wieder auftauchen wollte!* Noch verbissener rang er darum, doch er schien sich immer weiter von ihr zu entfernen. Die Dunkelheit wurde noch tiefer, der Nebel undurchdringlich. Dann spürte er eine Berührung an der Hand, und sie kam ihm vor wie eine Rettungsleine, die ihm den Weg nach draußen zeigte. Mit beiden Händen griff er zu und ließ sich davon an die Oberfläche ziehen. Shannons Stimme wurde wieder lauter, und er konnte endlich verstehen, was sie sagte.

»Matt! Kannst du mich hören? Bitte, beruhige dich, du bist in Sicherheit.« Deutlich konnte er die Angst in ihrer Stimme hören, und er wollte sie beruhigen, doch noch immer konnte er sich nicht bewegen.

Was war mit ihm los, verdammt noch mal? Er konnte sich nicht erinnern, sich jemals in seinem Leben so … schwach gefühlt zu haben. Und das gefiel ihm gar nicht. Er war ein SEAL, Schwäche war keine Option.

»Es ist alles in Ordnung, Matt, ich bin bei dir.«

Und das beruhigte ihn tatsächlich. Egal wo er war und was mit ihm nicht stimmte, Hauptsache Shannon war bei ihm. Das Piepsen wurde langsamer und regelmäßiger, trotzdem nervte es ihn immer noch. Konnte endlich mal jemand den verdammten Wecker abstellen? Normalerweise wachte er immer schon vor dem ersten Klingeln auf, eben weil ihn das Geräusch so störte und er es vermied, wenn es nur ging. Das wusste auch Shannon, warum schaltete sie es also nicht ab? Etwas Weiches strich über seinen Handrücken – ihre Wange. Woher er das wusste, konnte er gar nicht sagen. Etwas Feuchtes tropfte auf seine Finger, und sein Herz zog sich zusammen. Er ertrug es nicht, wenn Shannon weinte. Besonders wenn er sie nicht trösten konnte.

Ihre Wange verschwand, und Matt wollte ihr zurufen, dass sie bei ihm bleiben solle, doch kein Wort drang über seine Lippen. Frustriert versuchte er, wenigstens seine Finger zu bewegen, aber auch das gelang ihm nicht.

»Matt Colter, ich werde ernsthaft böse, wenn du nicht endlich wieder aufwachst. Die Ärzte haben zwar gesagt, dass es Tage dauern kann, bis du dein Bewusstsein wiedererlangst, oder dass du vielleicht sogar nie wieder aufwachst, aber ich weiß, dass du stärker bist. Du lässt dich nicht von so einer kleinen Kugel und ein wenig Blutverlust unterkriegen.« Tränen schwammen in ihrer Stimme. »Du kannst mich doch hören, oder?«

Ja, das konnte er, aber er arbeitete noch daran, sich ihr verständlich zu machen. Auf jeden Fall klang es gar nicht gut, wenn die Ärzte sich nicht sicher waren, dass er wieder aufwachen würde. Was zum Teufel war passiert? Er war auch früher schon angeschossen worden, und das war zwar schmerzhaft gewesen und er hatte sich zusammenflicken lassen müssen, aber er hatte dabei nicht einmal das Bewusstsein verloren oder sich so schlecht gefühlt wie jetzt. Immerhin schien es ihm gelungen zu sein, Shannon heil aus dem Lager der Terroristen herauszubekommen. Das war die Hauptsache. Allerdings wollte er sie dringend mit eigenen Augen sehen, um sicherzustellen, dass sie tatsächlich unverletzt war.

»I-Mac hält mich auf dem Laufenden. Clint geht es so weit gut, und auch die anderen sind unverletzt. Sie haben die meisten der Terroristen überwältigt, allerdings haben sie Vanessa noch nicht gefunden. Und auch nicht Eric … den Anführer.«

In ihrer Stimme lag etwas, das Matt erstarren ließ. Was hatte dieses Schwein ihr angetan?

Wut strömte durch seinen Körper, und er spürte, wie die unnachgiebige Hülle, die ihn umgab, zerplatzte. Reißender Schmerz zog durch seinen Oberschenkel, aber Matt bemerkte ihn kaum. Stattdessen konzentrierte er sich darauf, seine Augenlider zu bewegen. Mit äußerster Mühe gelang es ihm, sie ein winziges Stück zu heben. Im ersten Moment sah er nur ein grelles Licht und einzelne Schatten. Seine Augen begannen zu tränen, doch davon ließ er sich nicht abhalten. Er musste Shannon sehen, jetzt sofort.

»Matt? Oh Gott, bist du wach?« Aufregung klang in Shannons Stimme mit.

Etwas materialisierte sich vor ihm und wurde zu Shannons Gesicht. Ihre Haut war erschreckend blass und ließ ihre dunklen Augen riesig wirken. Tränen standen darin, die nun langsam über ihre Wangen liefen. Matt wollte sie wegwischen, doch noch immer bewegte sich seine Hand nicht. Ihre Lippen zitterten, und sie biss darauf. Innerlich stöhnte Matt auf, denn er wusste, dass sie das nur tat, wenn sie völlig aufgewühlt war. Mehr als alles andere wollte er sie in den Arm nehmen und sie trösten, doch er konnte einfach nur daliegen und sie ansehen. Immerhin war das schon mehr als vorher, deshalb beschwerte er sich nicht.

»Kannst du mich hören?« Shannons Hand strich über seine Wange und fuhr zitternd die Linie seiner Augenbrauen nach.

Es war unglaublich, wie viel Kraft es ihn kostete, seine Lider zu senken und wieder zu heben, aber das war alles, was er ihr als Antwort geben konnte. Offensichtlich reichte es, denn sie lächelte ihn durch ihre Tränen an.

»Gott sei Dank!« Sie beugte sich vor und küsste ihn auf die Wange.

Eine Haarsträhne strich dabei über seine Stirn und ließ ihn innerlich seufzen. Er liebte es, wenn sie ihn mit ihren Haaren berührte. Auch wenn sie jetzt eher nach Krankenhaus rochen und ihn daran erinnerten, dass sie nicht zu Hause im Bett waren. Ungeduldig versuchte er, den Rest seines Körpers zum Laufen zu bringen, doch er funktionierte nicht. Für jemanden, der sich immer auf seinen Körper verlassen konnte, eine beängstigende Situation. Sein Herzschlag erhöhte sich, und der Nebel begann sich wieder über ihn zu senken. *Nein!* Er wollte bei Shannon bleiben, auch wenn er nichts anderes tun konnte, als sie anzusehen und ihr zuzuhören.

Shannon hob den Kopf und blickte ihn ernst an. Ihre Hand legte sie auf sein Herz. »Die Ärzte sagen, du musst dich schonen. Wegen des hohen Blutverlustes kann es zu Schwindelanfällen und Bewusstlosigkeit kommen, wenn du dich zu sehr aufregst.« Beruhigend massierte sie seinen Brustkorb. »Bleib bitte bei mir, ja? Ich glaube nicht, dass ich es ertragen könnte, dich noch einmal zu verlieren.«

Was meinte sie mit »noch einmal«? Er war doch hier.

Offenbar konnte sie die Frage in seinen Augen sehen, denn sie antwortete ihm. »Du bist im Hubschrauber gestorben.« Ihre Haut wurde noch bleicher, als sie es ohnehin schon war. »Wir haben dich so lange reanimiert, bis wir gelandet sind. Trotzdem hat es beinahe zu lange gedauert.« Eine Träne lief über ihre Wange. »Der Arzt sagte, dass sie dich fast nicht mehr hätten zurückholen können. Wäre Tom nicht gewesen …«

Tom? Es dauerte einen Moment, bis sein Gehirn die Verbindung zu Doc zog. Er war seinem ehemaligen Teamkollegen zu großem Dank verpflichtet, keine Frage. Und auch Shannon, dafür, dass sie ihn nicht aufgegeben hatte. Mühsam blinzelte er und hoffte, dass sie verstand, was er sagen wollte.

»Ich soll dem Arzt Bescheid sagen, wenn du aufwachst, damit er dich untersuchen kann. Aber vorher möchte ich dir noch etwas sagen.« Shannon strich über seine Haare. »Ich liebe dich so sehr, Matt. Die Vorstellung, dich vielleicht nie wiederzusehen, war furchtbar. Aber ich habe die Hoffnung nie aufgegeben, dass ihr mich finden würdet.« Ihre dunklen Augen brannten förmlich. »Um eines möchte ich dich aber bitten: Wirf dich nie wieder vor eine Kugel, um mich zu retten. Was bringt es, wenn ich zwar lebe, du aber tot bist?« Ihre Stimme klang belegt. »Du bist mein Leben, Matt, weißt du das denn nicht?«

Matt zwinkerte. Doch, das wusste er, aber trotzdem würde er auch weiterhin alles tun, um sie zu beschützen. Sie würde damit leben müssen. Und ab sofort würde er dafür sorgen, dass sie nie wieder in solch eine Situation geriet. Gut, zumindest sobald er wieder auf den Beinen war. Hoffentlich schalteten die anderen den Anführer aus, damit Shannon, aber auch Karen und Clint nie wieder durch die Terrorgruppe in Gefahr gerieten. Zu gerne wäre er jetzt da draußen und würde sich selbst auf die Jagd begeben. Es machte ihn unruhig, hier einfach nur herumzuliegen, während sich seine Freunde der Gefahr aussetzten.

»Hm … hm …« Offensichtlich konnte er auch nicht sprechen, was ihn noch mehr frustrierte. Er wollte Shannon sagen, wie sehr er sie liebte und wie glücklich er war, sie wieder bei sich zu haben.

Sanft rieb sie über seine Brust. »Du kannst noch nicht sprechen, erst muss überprüft werden, ob du selbstständig atmen kannst, bevor sie die Beatmungsschläuche entfernen.«

Erst jetzt wurde er sich des Gegenstands in seinem Mund bewusst und der Tatsache, dass sich seine Brust regelmäßig hob und senkte. Instinktiv wollte er dagegen ankämpfen und selbstständig atmen, doch jahrelanges Tauchtraining half ihm dabei, den Drang zu unterdrücken. Trotzdem war er froh, als endlich ein Arzt kam, ihn untersuchte und anschließend den Schlauch aus seinem Hals entfernte. Dankbar lutschte er an den Eischips, die Shannon ihm in den Mund legte. Doch dann hielt er es nicht mehr aus.

»Shan…non.«

Sie beugte sich zu ihm herunter. »Sprich noch nicht, deine Kehle muss sich erst erholen.«

Das war ihm völlig egal, er musste es unbedingt loswerden. Seine Finger schlossen sich um Shannons Hand, die erste Bewegung, die ihm gelang, auch wenn sie ihn viel Kraft kostete. »Liebe … dich mehr … als alles … andere.« Seine Stimme war heiser, aber immerhin konnte er sich verständlich machen. Erschöpft holte er Atem.

Shannon schob ihm lächelnd die Haare aus der Stirn. »Das weiß ich doch. Und ab jetzt redest du nur noch, wenn du etwas wirklich Wichtiges zu sagen hast.«

»War mir … wichtig.«

Kopfschüttelnd legte sie ihre Finger auf seine Lippen. »Dickkopf.« Das Wort klang eher wie eine Liebkosung.

Matt drückte erneut ihre Hand. Sein Blick lag so lange auf ihrem Gesicht, bis ihm vor Erschöpfung die Augen zufielen.

Jeder Schritt brannte wie Feuer in seinem Knöchel, und mehr als einmal war Derek fast schwarz vor Augen geworden. Ohne Vanessas Stütze wäre er nie so weit gekommen, aber er konnte sehen, dass auch sie am Ende ihrer Kraft angelangt war. Zwar gab sie keinen Ton von sich, doch es hatten sich Falten um ihre Mundwinkel gebildet, die vorher nicht dagewesen waren. Ihre Sommersprossen stachen auf ihrer hellen Haut stark hervor, genauso wie die dunklen Ringe unter ihren Augen. So dringend er auch Eric einholen wollte, sie mussten eine Pause einlegen, wenn sie nicht ganz ausfallen wollten. Als er eine kleine, grasbewachsene Lichtung sah, blieb er stehen. Einen besseren Ort würden sie wohl nicht finden.

Fragend blickte Vanessa ihn an. »Ist etwas?«

Derek deutete auf die Lichtung. »Ich dachte, wir machen eine kleine Pause.«

»Okay.« Dass sie nicht protestierte, zeigte, wie erschöpft Vanessa wirklich war.

Froh, nicht darum kämpfen zu müssen, humpelte Derek zu einem umgestürzten Baumstamm und ließ sich davor ins Gras sinken. Vanessa stützte ihn, bis er saß, und ließ sich dann neben ihn fallen. Eine Weile genoss Derek es einfach nur, sich nicht mehr bewegen zu müssen, dann blickte er auf Vanessa hinunter. Sie hatte die Arme hinter dem Kopf verschränkt und die Augen geschlossen. Ihre Brust hob und senkte sich in gleichmäßigem Rhythmus, und sie schien kurz davor, einzuschlafen. Dereks Blick glitt über ihren Körper, auch wenn er wusste, dass es nicht richtig war. Durch die Position ihrer Arme quollen ihre Brüste beinahe aus dem Ausschnitt, und der Saum des Kleides bedeckte gerade noch ihren Slip.

Derek wandte den Kopf ab, als er sich daran erinnerte, wie Vanessa sich umgezogen hatte. Der Slip war schwarz und äußerst knapp, ein Anblick, der sich ihm ins Gedächtnis gebrannt hatte, genauso wie der ihres an den richtigen Stellen gerundeten Körpers und der unerwarteten Muskeln an ihren Armen und Beinen. Sein Schaft rührte sich, ein Wunder angesichts des schmerzenden Knöchels und der übrigen Verletzungen, die er bei jedem Atemzug spürte. Die schienen allerdings keinerlei Einfluss auf die Erregung zu haben, die sich langsam, aber sicher in seinem Körper ausbreitete. Zum ersten Mal, seit er Vanessa gesehen hatte, war er mit ihr wirklich allein, und es bestand keine Gefahr einer Entdeckung. Die anderen Mitglieder

der Gruppe waren sicher genug mit den Angreifern beschäftigt, und Eric war weit vor ihnen.

Vögel begannen in den Bäumen um sie herum zu zwitschern, der Wind strich sanft über ihre erhitzte Haut. Mit einem tiefen Seufzer erlaubte Derek es sich, zum ersten Mal seit unendlich langer Zeit ein wenig zu entspannen.

»Alles in Ordnung?« Vanessas Stimme klang schläfrig.

Mühsam unterdrückte er den Impuls, sich zu ihr umzudrehen und sie in seine Arme zu ziehen. »Ja. Es ist schön hier. So friedlich.«

Ein Rascheln ertönte, und er sah aus den Augenwinkeln, wie Vanessa sich auf ihre Ellbogen stützte. »Das ist es.« Sie wandte sich ihm zu. »Aber du bist doch schon länger hier, oder? Hast du da nie die Gegend erkundet?«

Derek wollte eigentlich nicht darüber reden, aber er fand, dass sie eine Antwort verdient hatte. »Das habe ich, allerdings nicht, um einen schönen Ort zu finden.«

In ihren Augen war deutlich zu erkennen, was sie dachte. Doch sie sagte nichts dazu, stattdessen betrachtete sie erneut die Umgebung. Schließlich seufzte sie. »Darf ich dich etwas fragen?« Wenn er Nein sagte, würde sie es trotzdem tun, deshalb nickte er nur. Sie holte tief Luft und blickte ihn direkt an. »Wie kannst du damit leben, so viele Menschen getötet zu haben?«

Das war schlimmer, als er erwartet hatte. Seine Hände ballten sich zu Fäusten, während er versuchte, seine Stimme ruhig zu halten. »Ich habe niemanden getötet. Ich bin nur für die innere Sicherheit zuständig.«

»Ist das die Art, wie du deinen Job dir gegenüber rechtfertigst?«

Wütend funkelte er sie an. »Ich muss überhaupt nichts rechtfertigen, schon gar nicht vor dir.«

Ihre Augen weiteten sich. »Wie meinst du das? Ich bin keine Terroristin!«

»Nein, aber du lässt dich von einem Mann wie Eric anfassen.« In dem Moment, in dem er es ausgesprochen hatte, wünschte er sofort, es wieder zurücknehmen zu können. Er hatte sich doch geschworen, nicht mit ihr über Eric zu reden. Und er hatte kein Recht, darüber zu urteilen, was sie mit wem tat.

Vanessa wurde noch blasser. »Wenn ich mich recht erinnere, hast du mich viel öfter berührt und sogar geküsst.«

Allein die Erinnerung daran reichte, um ihn hart werden zu lassen. Was ihn noch wütender machte. »Und du hast es zugelassen, obwohl du denkst, dass ich ein Terrorist bin. Ich weiß nicht, ob das mehr über mich oder über dich aussagt.« Innerlich zuckte er bei seinen eigenen Worten zusammen. Er konnte sie nur damit erklären, dass er immer noch das Bild vor Augen hatte, wie sie sich im Lager an Eric geschmiegt hatte. Verdammt, konnte es sein, dass er eifersüchtig war? Lächerlich!

Er sah Vanessas Hand nicht kommen, als sie ausholte und ihm ins Gesicht schlug. Selbst wenn, er hätte sich vermutlich nicht gewehrt, denn er hatte die Ohrfeige eindeutig verdient. Ihr schien das jedoch noch nicht zu reichen, denn sie stürzte sich mit einem Schrei auf ihn und begrub ihn unter sich. Ihre Faust traf seine empfindlichen Rippen, und er zuckte zusammen. Um sie daran zu hindern, noch mehr Schaden anzurichten, schlang er seine Arme um sie und presste sie so an sich. Seine Beine legte er über ihre, damit sie ihn nicht treten konnte. Dadurch rieb seine Erektion genau über ihre Scham, und er wurde noch härter.

Derek zuckte zusammen, als Vanessa in seine Schulter biss. Zwar war es stärker als ein Liebesbiss, aber das störte ihn nicht. Es konnte für ihn beim Sex ruhig etwas rauer zugehen, wenn seiner Partnerin das gefiel. Allerdings war Vanessa alles andere als willig, deshalb bemühte er sich, seine Erregung zurückzudrängen. Es gelang ihm nicht wirklich, besonders als sie ihn erneut biss, diesmal am Hals. Sie konnte es nicht wissen, aber das war eine seiner empfindlichsten Stellen, die mehr als alles andere sein Verlangen verstärkte. Schmerzhaft presste sich sein Schaft gegen den Reißverschluss seiner Hose.

Und dann spürte er es: Vanessa rieb sich an ihm. Irgendwann zwischen dem ersten und zweiten Biss musste sich ihre Wut in Leidenschaft verwandelt haben. Sie versuchte nicht mehr, ihre Hand zu befreien, sondern zerrte damit an seinem T-Shirt. Ihre Zunge fuhr rau an seinem Hals entlang. Ein Stöhnen entfuhr Derek, und er schob eine Hand in ihre Haare. Seine andere Hand wanderte nach unten und legte sich auf ihren Po. Wärme sickerte durch ihr Kleid an seine Finger, und er wünschte sich nichts mehr, als jede Barriere zwischen ihnen verschwinden zu lassen. Aber dazu musste er wissen, ob Vanessa es wirklich wollte.

Mit sanfter Gewalt zog er an ihren Haaren, bis sie den Kopf hob. Ihre Lippen waren gerötet, und auch ihre Wangen überzog ein rötlicher Schimmer. Doch es waren ihre Augen, die ihn fesselten. In ihren grünbraunen Tiefen stand ein solches Verlangen, dass er keinen Zweifel mehr daran hatte, dass es genau das war, was sie wollte. Er hob seinen Oberkörper ein Stück an und presste seine Lippen auf ihre. Sofort öffnete sie ihren Mund für ihn, und ihre Zungen berührten sich. Derek ließ seine Beine auf den Boden sinken, damit Vanessa sich auf ihn setzen konnte. Als hätte sie seine Gedanken gelesen, tat sie genau das. Damit lag sein Schaft direkt an ihrem Eingang und wurde von ihrer Wärme eingehüllt. Nur der Stoff seiner Hose und ihres Slips war noch zwischen ihnen. Zu viel, wenn es nach ihm ging.

Immer heftiger wurde ihr Kuss, während Derek Vanessas Position nutzte, um seine Hand unter ihr Kleid zu schieben. Nur ihr Slip trennte seine Fingerspitzen davon, ihre Pobacken zu berühren. Vanessa gab einen hungrigen Laut von sich und schob ihm ihr Hinterteil entgegen. Offenbar mochte sie es, dort berührt zu werden, was ihm sehr entgegenkam. Seine Finger schoben sich unter den Seitenstrang des Slips und zogen kräftig daran. Mit einem reißenden Geräusch gaben die Nähte nach, und der Stoff verschwand. Ein Schauer lief durch Vanessas Körper, aber sie protestierte nicht dagegen. Im Gegenteil, ihr Kuss wurde noch gieriger, als sich seine Hand auf ihren nackten Po legte. Derek ließ ihre Haare los, damit er mit beiden Händen ihre glatte Haut erkunden konnte. Sie fühlte sich so gut an: fest, aber nicht knochig. Genau wie er es mochte.

Er presste sie nach unten, während er gleichzeitig seine Hüfte anhob. Hart rieb sein Schaft über ihre Weichheit. *Oh ja, genau so.* Erregung füllte seinen Körper, ließ das Blut in seinen Ohren rauschen. Sein letztes Mal war so lange her, dass es einem Wunder gleichkäme, wenn er diese süße Tortur lange durchhalten würde. Deshalb musste er dafür sorgen, dass Vanessa ihn genauso sehr begehrte, wie er sie. Ihre Hände schoben sich unter seinem T-Shirt auf seine Brust, und sie begann, seine Brustwarzen zu stimulieren. *Verdammt!* Automatisch hob sich seine Hüfte, und er wünschte, es gäbe nichts zwischen ihnen.

Er hielt ihre Pobacken fester und zog sie leicht auseinander. Ein Windhauch strich über ihre Haut, und Vanessa stöhnte in seinen Mund. Noch etwas, das sie offenkundig mochte. Derek schob seinen Daumen in den Spalt und genoss Vanessas unverstellte Reaktion. Ihre Finger schlossen sich fester um seine Brustwarzen, bis es beinahe schmerzhaft war, während sie ihren Po in seine Hände presste. Das führte allerdings dazu, dass sein Schaft keine Reibung mehr bekam und verlangend pochte. Vielleicht war es auch besser so, weil er sonst nicht lange genug durchgehalten hätte.

Derek erstarrte, als ihre Hand nach unten wanderte und sich über seine Erektion legte. Fest drückte sie ihn, und er hob ihr die Hüfte entgegen. Der zufriedene Laut an seinen Lippen ließ ihn beinahe explodieren. Sein Schaft zuckte. Vanessa hob den Kopf, und Derek stöhnte enttäuscht auf, als sich ihr Mund von seinem entfernte. Seine Lider hoben sich, und er starrte fasziniert in ihre tiefgrün leuchtenden Augen. Es stand so viel Verlangen darin, dass es ihm den Atem verschlug. Auch ihre zweite Hand verließ seine Brust und wanderte nach unten. Vanessa öffnete den Knopf seiner Hose und zog dann vorsichtig den Reißverschluss herunter. Sofort sprang sein Penis heraus, denn er trug keinen Slip. Ein Lächeln hob Vanessas Mundwinkel, bevor sie nach unten blickte.

Ihre Hand legte sich um seinen Schaft, und Derek biss sich auf die Lippe, um ein weiteres Stöhnen zu unterdrücken. Sicher konnte Vanessa die Feuchtigkeit sehen, die an der Spitze austrat, und wusste, wie nahe er dem Orgasmus war. Es wurde eindeutig Zeit, wieder die Oberhand zu gewinnen. Oder zumindest ein gewisses Maß an Kontrolle, das ihm erlaubte, ihre Berührungen zu genießen, ohne wie ein Teenager vorzeitig zu kommen. Widerstrebend löste er seine Finger von ihrem Po und griff nach dem Saum ihres Kleides. Mit einem Ruck zog er den Stoff an ihrem Körper nach oben. Ohne zu zögern hob Vanessa ihre Arme und ließ ihn das Kleid über ihren Kopf ziehen. Sofort danach kehrte eine Hand zu seinem Schaft zurück, die andere begann damit, sein T-Shirt hochzuschieben.

Doch darauf konnte er sich nicht konzentrieren, denn Vanessa war jetzt völlig nackt. Derek ließ seine Hände an ihren Seiten hinaufgleiten, bis sie direkt unter den verlockenden Hügeln ihrer Brüste lagen. Als Vanessa keine Anstalten machte, ihn aufzuhalten, strich er mit den Daumen über die harten Nippel.

36

Vanessas Brustspitzen zogen sich beinahe schmerzhaft zusammen, als sie das Verlangen in Dereks Gesicht sah. Sein Blick lag auf ihren Brüsten, während er mit seinen rauen Daumen über die Spitzen strich. Erregung durchzuckte ihren Körper und sammelte sich in ihrem Unterleib. *Oh Gott, sie brauchte mehr!* Ihre Hand schloss sich fester um seinen beeindruckenden Schaft. Sie hörte Dereks scharfes Ausatmen und spürte den Luftzug an ihren Brustwarzen.

Beinahe andächtig strichen Dereks Finger darüber, doch das war ihr nicht genug. Deshalb beugte sie sich vor und biss noch einmal in seinen Hals. Wie zuvor entfesselte das Dereks wilde Seite, und seine Finger schlossen sich fester um sie. *Ja, genau so!* Vanessa rieb ihre Wange über die Stelle, an der sie ihn gebissen hatte. Sein Schaft zuckte in ihrer Hand. Offenbar war sein Hals eine erogene Zone. Das musste sie sich unbedingt merken und später noch weiter erkunden.

Aber jetzt wollte sie endlich seinen Mund auf ihrer Brust spüren. Sie grub ihre Hand in seine kurzen Haare und drückte seinen Kopf herunter. Derek ließ sich nicht lange bitten, sondern folgte ihrem Drängen und schloss seine Lippen über ihrer Brustspitze. Die Gefühle waren so intensiv, dass sie aufkeuchte. Ihr Kopf fiel in den Nacken, und sie drängte sich enger an Derek. Sein heißer Schaft vergrößerte sich noch in ihrer Hand, und sie rieb mit der Spitze über ihre Spalte.

Ihr Herz raste, als sie endlich Dereks harten Penis an ihrer empfindlichsten Stelle spürte. Sie senkte die Hüfte, um sich noch besser an ihm reiben zu können. Derek wechselte zu ihrer anderen Brust und saugte kräftig an ihrer Spitze. Ein Schauer lief durch ihren Körper, als seine Zähne darüberschabten. Ihre Feuchtigkeit umhüllte Dereks Penis und ließ ihn leichter an ihr entlanggleiten. Aber auch das reichte ihr noch nicht.

Seine Hände strichen über ihre Hüften, bis sie wieder ihre Pobacken umfassten. Unruhig bewegte Vanessa sich, und sofort wurde sein Griff fester. Genau das, was sie erreichen wollte. Um ihm besseren Zugang zu verschaffen, spreizte sie ihre Beine weiter. Sofort nutzte Derek das aus und ließ seine Finger in ihrer Spalte nach unten wandern. Ein Prickeln lief über ihr Rückgrat, und sie wusste, dass sie nicht mehr viel Zeit hatte.

»Mehr!« Ihre Stimme klang so rau, dass Vanessa sie selbst kaum verstand.

Derek biss in ihre Brustwarze und entlockte ihr einen heiseren Schrei. Sein Schaft rieb über ihre Klitoris, und sie biss sich auf die Lippe, um den Orgasmus zurückzuhalten. Noch nicht, sie wollte …

Die Spitze seines Penis tauchte in sie ein, und Vanessa hielt die Luft an, als die Gefühle sie zu überwältigen drohten. Dann presste sie ihre Hüfte nach unten, bis er immer weiter in sie glitt. Vanessa schloss die Augen und drückte den Rücken durch. Es fühlte sich so gut an, ihn in sich zu spüren! Mit den Fingernägeln strich sie über seine Brustwarzen und wurde damit belohnt, dass er sich noch stärker in ihr verhärtete. Während eine Hand weiter ihre Spalte erkundete, schob er die andere zwischen ihre Körper, und seine Fingerspitzen berührten ihre Klitoris. Ihre inneren Muskeln zogen sich zusammen, und sie keuchte auf.

Derek brummte, und sie spürte die Vibration an ihren Handflächen. Das war es, sie musste sich bewegen, sonst würde sie verrückt werden. Langsam hob sie ihre Hüfte und ließ sie dann wieder fallen. Dadurch drang sein Schaft noch tiefer in sie, und sie stöhnten gemeinsam auf. Dereks Finger pressten auf ihre Klitoris, und sie verlor jegliche Zurückhaltung. Immer wieder nahm sie ihn in sich auf, während sich die Erregung in ihr weiter steigerte. Die Finger seiner anderen Hand bewegten sich ein Stück nach unten und strichen federleicht über ihren Anus. Empfindungen strömten direkt zu ihrer Weiblichkeit, und sie begann, sich noch schneller zu bewegen. Noch tiefer, noch härter. Immer wenn sie die Hüfte hob, pressten sich seine Finger gegen ihren hinteren Eingang, drangen aber nie in sie ein.

»Derek, mehr!«

Seine Zunge strich über ihre Brustspitze, während er sie mit seinen Zähnen gefangen hielt. Gleichzeitig glitt sein Schaft aus ihr heraus, und seine Finger drangen in sie ein. Vanessa wimmerte. Das war nicht genug! Derek zog seine Finger heraus, und sein Penis füllte sie erneut. Erleichtert wollte sie sich wieder bewegen, doch Derek hielt ihre Klitoris zwischen seinen Fingern gefangen. Bevor sie protestieren konnte, spürte sie eine Berührung an ihrem Anus. Sie erstarrte und hielt den Atem an. Langsam schob sich ein Finger tief in sie und verharrte dort.

Als sie erkannte, dass Derek auf eine Reaktion von ihr wartete, hob sie ihm ihren Po entgegen. Dadurch glitt sein Schaft fast aus ihr heraus, während der Finger noch tiefer in sie drang. *Oh Gott, ja!* Wieder bewegte sie sich nach unten und nahm den Penis in sich auf. Der Finger verschwand. *Nein!* Sie wusste nicht, ob sie es laut gesagt hatte, jedenfalls kehrte der Finger zurück, sobald sie die Hüfte hob. Immer wieder wechselte sie zwischen den beiden, bis ihr auch das nicht mehr genug war. Derek schien das zu spüren, denn er schob nun zwei Finger in sie und hielt sie dort, während sie seinen Schaft wieder in sich aufnahm. Er rieb über ihre Klitoris und saugte hart an ihrer Brustspitze.

Ohne Vorwarnung entlud sich die Anspannung in ihr. Sie vergrub ihr Gesicht an seinem Hals, um ihren Orgasmus nicht herauszuschreien. Dereks Schaft vergrößerte sich weiter in ihr, dann kam auch er. Die Wellen schlugen noch einmal über ihr zusammen, und sie konnte sich nur an Derek festklammern, bis sie ihren Körper halbwegs wieder unter Kontrolle hatte. Noch immer zuckte sein Penis in ihr, füllten seine Finger sie. Ihre Klitoris war so empfindlich, dass sie seine Berührung kaum noch aushielt. Gleichzeitig mochte sie sich aber auch nicht von ihm lösen. Ihre Muskeln entspannten sich, und sie sank schwer auf ihn.

»Aua.« Seine Finger verschwanden, und sie seufzte bedauernd auf.

Dann hob sie den Kopf und blickte in sein vor Leidenschaft gerötetes Gesicht. Seine Augen glitzerten, seine Lippen glänzten feucht. Am liebsten hätte sie sofort noch einmal von vorne begonnen, aber sie wusste, dass das keine gute Idee gewesen wäre. »Alles in Ordnung?«

Seine Mundwinkel hoben sich. »Sollte ich das nicht eher dich fragen?«

»Ich habe nicht ›aua‹ gesagt.«

»Auch wieder wahr.« Seine Hand glitt liebevoll über ihren Rücken. »Mir fiel nur gerade wieder ein, was mir alles wehtut.«

Erschrocken atmete sie ein. Das hatte sie ganz vergessen! Sie wollte sich von ihm lösen, aber er hielt sie auf sich fest. »Lass mich …«

»Was sind schon ein paar Schmerzen, wenn ich in dir sein kann?«

Wärme breitete sich in ihr aus, und sie senkte den Kopf, um ihm einen sanften Kuss zu geben. Ihre Lippen strichen über seine, und für einen kurzen Moment genoss sie noch einmal seine Nähe. Dann stützte sie sich auf ihre Arme und nahm so ihr Gewicht von seinem Oberkörper. »Besser?«

Sein Blick lag auf ihren Brüsten. »Oh ja. Etwas höher noch.«

Vanessa musste lachen. »Hattest du etwa noch nicht genug?«

Seine Augen hoben sich, und sie versank in den braunen Tiefen. »Nie.«

Ihre Brustspitzen zogen sich wieder zusammen, und sie stöhnte auf. Noch nie hatte sie so auf einen Mann reagiert. Vom ersten Moment an hatte sie gespürt, dass da etwas zwischen ihnen war, völlig unabhängig davon, wer und wo sie waren. Vanessa riss ihren Blick von ihm los und hob den Kopf. Für einen Augenblick hatte sie tatsächlich völlig verdrängt, wo sie waren, und dass sie eigentlich eine Aufgabe hatte.

Dereks Hand legte sich auf ihre Wange, und er zwang sie, ihn wieder anzusehen. »Nicht.« Fragend hob sie eine Augenbraue. »Das hier war nur zwischen uns, ohne jeden Hintergedanken.«

Sie spürte, wie sie innerlich schmolz. »Ich weiß.« Trotzdem musste sie sich jetzt von ihm lösen, wenn sie nicht alles andere vergessen wollte. Erics Verhaftung war zu wichtig, als dass sie einfach nur nach ihren Gefühlen gehen konnte.

Langsam setzte sie sich auf und kletterte von Derek herunter, ohne seine Verletzungen zu berühren. Bedauern erfüllte sie, als sein Schaft aus ihr herausglitt und sie wieder getrennt waren. Es hatte ihr gefallen, so intim mit ihm verbunden zu sein. Wie von selbst wanderte ihr Blick zu seinem Penis, und sie erstarrte.

»Was ist?« Derek blickte ebenfalls nach unten und fluchte unterdrückt. »Ich habe das Kondom vergessen, es tut mir furchtbar leid.«

Als sie sich von ihrem ersten Schreck erholt hatte, atmete sie tief durch. Es gefiel ihr, dass Derek keine Ausreden parat hatte, sondern sich einfach nur entschuldigte. Vanessa strich sich die Haare aus der Stirn und schüttelte den Kopf. »Ich habe auch nicht daran gedacht, wenn, dann sind wir beide schuld.«

Ernst blickte Derek sie an. »Ich habe seit fast einem Jahr keinen Sex mehr gehabt, und bei meiner letzten Untersuchung war ich gesund. Ich weiß, das ist zu wenig, aber ich hoffe, dir ist klar, dass ich dich nie absichtlich gefährden würde.«

Vanessa gelang ein leichtes Lächeln. »So traurig es ist, mein letzter Geschlechtsverkehr ist sogar noch länger her, und ich bin auch sauber. Und schwanger kann ich auch nicht werden, aller Wahrscheinlichkeit nach sind wir also noch mal mit dem Schrecken davongekommen.«

Erleichterung breitete sich auf Dereks Gesicht aus. »Gut. Ich möchte nur sagen, dass ich bisher noch nie außerhalb einer längeren Beziehung ohne Kondom mit jemandem geschlafen habe. Es war einfach …« Er hob die Schultern.

Sie verschränkte ihre Finger mit seinen und drückte sie sanft. »Ich weiß, mir ging es genauso.«

Ein intensiver Ausdruck lag in seinen Augen. »Zu dumm, dass uns die Zeit fehlt, und ich keine Kondome dabeihabe.«

»Wir sollten uns jetzt wieder anziehen, bevor ich noch in Versuchung gerate.« Vanessa blickte an sich hinab und dann auf Derek. »Vielmehr, *ich* sollte mich anziehen, du bist ja noch fast vollständig bekleidet.«

Er grinste sie an. »Meinetwegen bleib ruhig so.« Als sie ihn wütend anfunkelte, hob er abwehrend die Hände. »Okay, okay. Warte, ich helfe dir.« Rasch setzte er sich auf und schnitt eine Grimasse.

Vanessa hatte die Blutergüsse an seinem Oberkörper gesehen und konnte sich vorstellen, welche Schmerzen er haben musste. Sanft drückte sie ihn zurück. »Bleib liegen, ich kriege das schon selbst hin.«

Als Erstes machte sie sich auf die Suche nach ihrem Slip. Derek hielt ihn ihr hilfsbereit hin, doch dann erinnerte sie sich daran, dass er ihn ihr vom Leib gerissen hatte. Erregung durchzuckte ihren Körper, und sie spürte, wie sich Röte auf ihrem Dekolleté und Gesicht ausbreitete. Ein Blick zu Derek reichte, um zu wissen, dass er ebenfalls daran dachte.

Schief grinste er sie an. »Tut mir leid wegen des Slips.«

Vanessa schnaubte. »Ja, das glaube ich dir aufs Wort.«

Sie hob das Kleid des Grauens auf, das durch die Ereignisse nicht gerade sauberer geworden war, und stöhnte, als sie sich daran erinnerte, wie kurz es war. Ohne Slip würde sie jedem einen Einblick gewähren, sowie es etwas hochrutschte oder sie sich bückte. Im Wald war das egal, aber sie würden irgendwann auch wieder in bewohnte Gebiete kommen.

Genervt blickte sie Derek an. »Kannst du mir verraten, wie ich mit diesem Fummel unter Leute gehen soll? Ohne Slip?«

Vorsichtig richtete Derek sich auf. »Hilf mir.«

Verwirrt beobachtete sie, wie er am Saum seines T-Shirts herumfummelte. »Was hast du vor?«

»Ich will das T-Shirt ausziehen, allerdings finden das meine Rippen nicht so lustig.«

»Dann lass es doch an.«

Eine steile Falte bildete sich zwischen seinen Augenbrauen. »Ich will nicht, dass andere Männer dich so sehen. Mein T-Shirt ist länger als das Kleid, und vor allem weiter. Damit fällt niemandem auf, dass du keinen Slip trägst.«

Bei seinem besitzergreifenden Tonfall lief ein kleiner Schauer über ihren Rücken. Normalerweise hätte sie jeden Mann zu Kleinholz verarbeitet, der so etwas zu ihr gesagt oder es nur *gedacht* hätte, doch bei Derek gefiel es ihr irgendwie. Sie war wirklich ein hoffnungsloser Fall. Vanessa kniete sich neben ihn und schob vorsichtig das T-Shirt an seinem Oberkörper hoch. »Kannst du die Arme heben?«

Schweiß trat auf seine Stirn, doch er sagte nichts, während er ihrer Bitte Folge leistete. So sanft wie möglich zog Vanessa das T-Shirt über seinen Kopf und die Arme. Schnell schlüpfte sie hinein und genoss die Wärme, die noch von Dereks Körper daran haftete. Weich schmiegte es sich an ihre Kurven und endete auf halber Strecke zwischen ihren Hüften und ihren Knien. Nicht perfekt, aber deutlich besser als das Kleid. Impulsiv beugte sie sich über Derek und küsste ihn auf den Mund.

Er lächelte schief. »Wofür war das?«

»Dafür, dass du weißt, was ich brauche.«

Seine Augen verdunkelten sich, bis sie beinahe schwarz waren. »Mir tut es nur leid, dass du in die Sache hineingezogen wurdest.«

Vanessa richtete sich auf. »Daran trägst du nun wirklich keine Schuld. Ich war schließlich freiwillig dort.«

Sein Blick nahm sie gefangen. »Weswegen bist du ins Lager gekommen?«

Sie zögerte, entschied dann aber, dass die Wahrheit niemandem mehr schaden konnte. »Wegen Shannon.«

Derek nickte, als hätte er ihre Antwort erwartet. »Ist sie eine Freundin von dir?«

»Nicht direkt. Ihr Lebensgefährte ist ein Freund.«

Seine Augenbrauen hoben sich. »Der Navy SEAL?«

Das gab ihr zu denken. »Woher weißt du so viel darüber?«

Derek zuckte mit den Schultern. »Du glaubst nicht, was man alles im Internet findet, besonders wenn eine Person eine gewisse Prominenz hat. Seit Eric Shannon ins Lager gebracht hat, habe ich versucht, alles über sie herauszufinden, um zu entscheiden, was uns erwartet, wenn jemand kommt, um sie zu retten.«

Vanessa biss sich auf die Lippe, unsicher, ob sie ihn das fragen sollte, was ihr auf der Zunge brannte. Schließlich entschied sie, dass sie es wissen musste, auch wenn sie dadurch vielleicht die Illusion verlor, dass Derek kein Verbrecher war. »Hast du gewusst, dass jemand entführt werden sollte?«

»Nein. Es war eine von Erics kleinen Überraschungen, auf die ich gut hätte verzichten können. Eigentlich dachte ich, dass sich die Gruppe auf andere Sachen konzentrieren würde, doch offenbar hatte ich Erics Rachedurst unterschätzt. Dafür hat er sogar in Kauf genommen, irgendwelche Stümper mit der Aufgabe zu betrauen und die falsche Frau zu entführen. Es war ihm auch völlig egal, dass er damit die Sicherheit des Lagers kompromittierte.«

Ihr Herz zog sich zusammen. »Es stört dich also nur, dass du nicht informiert wurdest, und nicht, dass eine unschuldige Frau entführt wurde, die Eric dann töten wollte?«

»Leg mir keine Worte in den Mund. Ich wäre so oder so dagegen gewesen, jemanden aus Rachegründen zu entführen. Hätte ich vorher davon gewusst, hätte ich versucht, es Eric auszureden.«

»Weil es die Sicherheit des Lagers gefährdete?«

Ärger blitzte in seinen Augen auf. »Wofür hältst du mich?«

»Da du als Sicherheitschef für eine Terrorgruppe gearbeitet hast, als ich dich kennenlernte …« *Bitte, sag mir, dass das nur ein Irrtum war und du einen vernünftigen Grund hattest, dort zu sein.*

Doch Derek sah sie nur enttäuscht an und schüttelte den Kopf. Dann wandte er sich von ihr ab und starrte in den Wald. Es juckte sie in den Fingern, über seinen angespannten Rücken zu streichen und für den Moment alles andere zu vergessen.

Doch das konnte sie nicht, denn wenn er wirklich ein Terrorist war, musste sie ihn an die Behörden ausliefern, egal wie sehr sie ihn auch mochte und sich wünschte, es wäre anders. Zögernd streckte sie ihre Hand aus.

Als er plötzlich sprach, zuckte sie erschrocken zusammen. »Vor vierzehn Monaten gab es einen Anschlag auf einen Nachtclub in San Francisco, der hauptsächlich von Homosexuellen frequentiert wurde. Hast du davon gehört?«

»Ja.« Vanessa hatte keine Ahnung, worauf Derek hinauswollte, aber sie musste sich anhören, was er zu sagen hatte. Selbst wenn es ihr das Herz brechen würde. »Warst du damals dabei?«

»Nein.« Er atmete tief durch. »Aber mein Freund und Partner war Gast im Club. Brandon wurde damals schwer verletzt, als er versuchte, die verbarrikadierte Tür des Nachtclubs zu öffnen und den anderen Gästen die Flucht zu ermöglichen.« Ein Schauer lief durch seinen Körper und veranlasste Vanessa, ihn zu berühren. Sanft legte sie ihre Hand auf seine Schulter. Derek zuckte zusammen, dann legte er seine Hand auf ihre.

Sie versuchte zu verarbeiten, was er ihr erzählt hatte. »Aber du bist doch nicht schwul?«

Derek lachte gepresst auf. »Das solltest du eigentlich eben gemerkt haben.«

»Du sagtest ›Partner‹.«

»Okay, das war nicht eindeutig, ich gebe es zu. ›Beruflicher Partner‹ sollte ich sagen, aber auch mein – platonischer – Freund. Vor dem Anschlag wusste ich nicht, dass er Männer Frauen vorzieht. Aber das hätte für mich auch keinen Unterschied gemacht.«

Und das war nur ein weiterer Grund, ihn zu mögen. Gespannt lauschte sie dem Rest der Geschichte.

»Es gab eine Explosion an der Eingangstür, die einen Brand im Club auslöste. Etliche Besucher wurden sofort getötet, durch von der Druckwelle beschleunigte Metallteile, durch einstürzende Decken oder das Feuer. Brandon ist dem entkommen, allerdings war der Hinterausgang abgeschlossen, die Menschen saßen in der Falle. Gerade als mein Freund es geschafft hatte, die Tür zu öffnen, explodierte der zweite Sprengsatz. Die Stahltür wurde nach innen geschleudert und traf Brandon mit voller Wucht. Er …« Seine raue Stimme verlor sich, er zitterte.

Vanessa lehnte die Wange an seinen Rücken und umfing ihn vorsichtig mit den Armen. Unter ihrer Hand konnte sie das viel zu schnelle Klopfen seines Herzens spüren.

»Die Stahltür begrub ihn unter sich. Sie hat seinen Körper zermalmt, Arme und Beine gebrochen, etliche Rippen, am schlimmsten aber war die Verletzung seiner Wirbelsäule. Zumindest hat die Tür ihn größtenteils vor dem Feuer geschützt, viele Leute um ihn herum sind in den Flammen umgekommen oder hatten schwerste Verletzungen. Es war ein Schlachtfeld.«

Als er nichts weiter sagte, küsste sie seine Schulter. »Warst du dort?«

Eine Weile hörte sie nur seine rauen Atemzüge. Dann straffte er den Rücken. »Danach, ja. Die Feuerwehr hat niemanden reingelassen, bis das Gebäude gesichert war. Aber ich war im Krankenhaus und habe darauf gewartet, dass Brandon wieder aufwacht. Ich musste ihm sagen, dass er nie wieder würde laufen können, aber immerhin noch seine Arme benutzen konnte.« Sein raues Auflachen klang beinahe wie ein Schluchzen. »Als wäre das ein großer Trost. Trotz der vielen Operationen war daran nichts zu ändern, und auch sein früheres gutes Aussehen war Vergangenheit.«

»Wenigstens hatte er in dir einen guten Freund.«

»Das hat ihn auch nicht aus seiner Depression geholt.« Derek drehte sich zu ihr um, und sie konnte in seinem Gesicht lesen, wie sehr ihn die Sache auch jetzt noch quälte. »Es waren auch nicht nur seine Verletzungen, sondern die Tatsache, wo er sie sich zugezogen hatte. Etliche Kollegen haben ihm das Leben zur Hölle gemacht, weil er in einem Schwulenclub gewesen war. Davor wusste niemand von seiner Neigung, danach war es kein Geheimnis mehr. Es ging herum wie ein Lauffeuer. Die meisten haben ihn gemieden, als wäre Schwulsein ansteckend.« Hilflose Wut lag in seiner Stimme. »Brandon hat aufgegeben, als es zu schlimm wurde.«

Vanessa konnte sich gut vorstellen, wie sich Derek dabei gefühlt hatte. In ihrer Zeit bei der CIA hatte es auch den einen oder anderen Fall eines Agenten gegeben, der die Agency verlassen hatte, nachdem er geoutet worden war.

Dereks Augen schimmerten feucht. »Ich habe ihn gefunden. Als er sich ein paar Tage nicht gemeldet hat, bin ich zu seiner Wohnung gefahren, um nach ihm zu sehen. Er hat sich erschossen. In seinem Abschiedsbrief stand, dass er so nicht weitermachen konnte. Mit dem Schreibtischjob hätte er sich arrangieren können, aber durch die Kollegen …« Seine Stimme versagte. Ein paarmal schluckte er krampfhaft.

»Gott, Derek, es tut mir so leid.« Hilflos beobachtete Vanessa, wie Derek litt.

»Er hat mich geliebt, das war auch etwas, das ich erst nach seinem Tod erfahren habe. Und ich habe ihn im Stich gelassen. Hätte ich früher nach ihm gesehen …«

Vanessa legte ihre Finger auf seinen Mund. »Dann hätte er es irgendwann anders getan, wenn er es sich fest vorgenommen hatte.«

Derek wischte über seine Augen. »Ja, vermutlich. Trotzdem wünschte ich, ich hätte mehr getan, irgendwas, das ihm gezeigt hätte, wie viel ihm das Leben noch zu geben hatte. Aber ich habe versagt.«

Ihr Herz krampfte sich zusammen, und sie wünschte, es gäbe etwas, das sie ihm sagen könnte. Aber das war eine Sache, die er mit sich selbst klären musste. Sie war keine Psychologin, und sie kannte ihn nicht gut genug, um ihm wirklich helfen zu können. »Ich bin sicher, dein Freund hätte nicht gewollt, dass du dich dafür verantwortlich fühlst.«

»Nein, ganz sicher nicht. Brandon war einer der freundlichsten Menschen, die ich kenne.« Mit der Hand rieb er über seinen Oberschenkel. »Zumindest bis zu dem Anschlag. Danach war er unheimlich wütend und von den Leuten enttäuscht. Schließlich hat er aufgegeben.«

Vanessa legte ihre Hand auf seine. Eine Frage stellte sich ihr, die sie nicht mehr länger zurückhalten konnte. »Das ist furchtbar, Derek. Aber wie kommt es, dass du für genau die Terrorgruppe arbeitest, die für den Anschlag verantwortlich gemacht wird?«

Derek hob den Kopf und blickte sie einen Moment lang nur an.

»Das würde mich allerdings auch interessieren.«

37

Derek reagierte sofort, als er die fremde Stimme hörte, und schob sich vor Vanessa. Angespannt beobachtete er, wie ein Mann in Jeans und schusssicherer Weste über dem T-Shirt aus dem Gebüsch trat. Im Gesicht und an den Armen hatte er etliche Abschürfungen. In der Hand hielt er ein Gewehr, und Derek war sicher, dass er genau wusste, wie er damit umzugehen hatte. Resigniert sah er dabei zu, wie vier weitere Männer um sie herum auftauchten, alle bewaffnet, und sämtliche Waffen richteten sich auf ihn. Angespannt suchte er nach einer Lösung, wie er es so drehen könnte, dass wenigstens Vanessa unbeschadet aus der Sache herauskam. Doch bevor er etwas sagen konnte, handelte Vanessa selbst. Sie richtete sich auf und versuchte nun ihrerseits, ihn zu schützen. Auch wenn es sein Herz erwärmte, er konnte nicht zulassen, dass sie sich seinetwegen in Gefahr begab.

»Nimm die Waffe runter, Clint. Ihr anderen auch. Derek wird weder mir noch euch etwas tun.« Sie legte ihre Hand auf seine Schulter, als könnte sie ihre Behauptung damit unterstreichen.

Derek war sich nicht sicher, ob die Männer auf sie hören würden. Der offensichtliche Anführer – Clint Hunter vermutlich – sah so aus, als würde er ihn am liebsten mit bloßen Händen zerfetzen. Was durchaus verständlich war, nachdem seine Schwester entführt und beinahe getötet worden war.

»Vanessa, geh zur Seite.« Die Reibeisenstimme klang extrem ungeduldig, so als könnte er sich kaum noch beherrschen.

»Tu, was er sagt. Ich komme schon zurecht.« Zumindest wäre sie dann aus der Schusslinie, falls sich versehentlich – oder auch nicht – ein Schuss löste.

Entschlossenheit zeichnete sich auf Vanessas Gesicht ab. »Den Teufel werde ich. Ich lasse nicht zu, dass ihr den Mann schikaniert, der Shannon mehrfach geholfen hat. Und mir auch.« Ihre Miene wurde weicher. »Wie geht es Shannon, ist sie unverletzt? Ich wollte zu ihr, aber dann stürzte die Decke ein und ich kam nicht mehr durch.«

Diesmal antwortete einer der anderen Männer. »Shannon geht es so weit gut, allerdings ist Matt angeschossen worden und beinahe gestorben. Und der Anführer ist entkommen, dementsprechend sind wir nicht gerade sehr gnädig gestimmt.«

Das war der Punkt, an dem er ansetzen konnte. »Wenn wir uns beeilen, könnten wir Eric noch erwischen.«

Sofort richteten sich alle Blicke wieder auf ihn. Drohend trat Clint einen Schritt näher. »Was weißt du darüber? Wo ist er?«

Derek deutete in die Richtung, in die sich das Gefährt entfernt hatte. »Da lang. Er hat ein Quad. Wir haben versucht, ihm zu folgen, aber zu Fuß ist das unmöglich. Außerdem ist Vanessa verletzt.«

Sofort ließ ein unheimlich muskulöser Mann seine Waffe sinken und machte einen Schritt auf Vanessa zu. »Wo bist du verletzt?«

Vanessa hob eine Hand und stoppte ihn so. »Nur ein paar Prellungen und Blasen an den Füßen, nichts Gravierendes, Rock. Aber Derek hat recht: Wenn wir uns nicht beeilen, wird Eric für immer verschwinden.«

Ohne ein Wort zu sagen, berührte Clint etwas an seinem Hals. »I-Mac, wir brauchen hier einen Hubschrauber. Wie schnell kann er da sein?« Er lauschte einen Moment und nickte dann. »Okay. An meinem Standort ist eine kleine Lichtung, da sollte er landen können. Gibt es was Neues von dem Handysignal? Bewegt es sich noch in Richtung Straße? Alles klar, halt mich auf dem Laufenden.«

Mit verengten Augen blickte er Derek an. »Bis der Hubschrauber da ist, hast du Zeit, mich davon zu überzeugen, warum ich dich nicht gleich hier erschießen sollte.«

Vanessa schnaubte genervt. »Oh bitte, Clint, hör auf mit der Machonummer. Wenn überhaupt, würdest du Derek fesseln und ihn zur weiteren Befragung mitnehmen.«

Damit hatte sie zweifellos recht. Das Wenige, was Derek über Clint Hunter wusste, ließ darauf schließen, dass er hart, aber fair war. Er würde jeden unerbittlich verfolgen, der seiner Familie, seinen Freunden, seinem Team oder seinem Land Schaden zufügte, aber er würde nicht unbedacht handeln. Da Derek jedoch nichts riskieren wollte, blieb er ruhig sitzen, die Hände gut sichtbar.

»Was wollen Sie wissen?«

Clints Haltung schien sich minimal zu lockern. »Wer bist du?«

»Mein Name ist Derek Steele. Die letzten neun Monate habe ich als Sicherheitschef der *Krieger Gottes* gearbeitet.« Unter anderem.

»Und davor?«

Derek warf einen kurzen Blick in Vanessas Richtung, bevor er sich wieder auf Clint konzentrierte. »Davor war ich Detective beim San Francisco Police Department.«

»Was?« Vanessas entrüsteter Ausruf schmerzte in seinen Ohren. Sie baute sich vor ihm auf. »Du bist ein verdammter Polizist und hast mich glauben lassen, du wärst Terrorist? Kannst du dir vorstellen, was ich …« Vanessa verstummte abrupt, und aus den Augenwinkeln sah er, wie sie rot anlief. Dann drehte sie sich um und stapfte zum Rand der Lichtung.

Derek folgte ihr mit den Augen und schaffte es nicht, zu übersehen, wie gut ihr sein T-Shirt stand. Noch besser sah sie allerdings ganz ohne Kleidung aus. Was ihm jedoch ganz und gar nicht gefiel, war, wie steif sie jetzt dastand, ihre Wut und Verletztheit deutlich sichtbar. Zu gerne wäre er zu ihr gegangen und hätte sie in die Arme genommen, aber er wusste, dass die Männer das nicht zulassen würden.

»Das sollen wir dir glauben?«

Gespielt unbekümmert hob Derek die Schultern und zuckte zusammen, als der Schmerz durch seine Rippen fuhr. »Es ist die Wahrheit. Sie können sich gerne dort erkundigen.«

»Oh, das werde ich, und ich weiß auch schon genau, wer mir dabei helfen kann.« Clint holte ein Telefon hervor. »Wusstest du, dass mein Bruder Jay ebenfalls dort Detective ist? Ich frage mich, ob er dich kennt.«

»Ich hatte dort mit keinem Jay Hunter zu tun, aber er braucht nur bei der Personalabteilung anrufen. Dort wird man ihm sagen, dass ich auf unbestimmte Zeit beurlaubt bin.«

»Gezwungenermaßen?«

»Nein, freiwillig. Ich hatte etwas zu tun.«

Geringschätzig blickte Clint ihn an. »Mitglied in einer Terrorgruppe zu werden?«

Derek unterdrückte seine Wut. »Genau.«

»Wissen deine Vorgesetzten davon?«

Stumm schüttelte Derek den Kopf. Er wollte sich rechtfertigen, aber er brachte es nicht fertig, zweimal so dicht hintereinander von Brandon zu erzählen. Seine Trauer steckte wie ein Kloß in seinem Hals und hinderte ihn am Sprechen. Die Erinnerung daran, wie er seinen Partner gefunden hatte, schmerzte zu sehr. Normalerweise war er jeden Abend zu Brandon gefahren, um nach ihm zu sehen, doch durch einen komplizierten Fall hatte er eine Nachtschicht einlegen müssen und war danach todmüde ins Bett gefallen. Irgendwann war er vom Klingeln des Telefons aufgewacht. Es war eine besorgte Kollegin gewesen, die ihm berichtet hatte, dass Brandon nicht zur Arbeit erschienen war und auch nicht ans Telefon ging.

Mit einem schlechten Gefühl im Magen hatte er sich Kleidung übergeworfen und war zu Brandons Apartment gefahren. Unterwegs hatte er versucht, seinen Freund telefonisch zu erreichen, doch er antwortete nicht. Mit jeder Minute die verging, wurde seine Vorahnung schlimmer. Ein Unfall, ein Problem mit den Verletzungen, Alkohol … Als er die Tür zum Apartment öffnete, wusste er, dass es noch viel entsetzlicher war. Der Geruch nach Tod empfing ihn, etwas, das er schon zu oft erlebt hatte, um sich zu irren. Trotzdem hoffte er gegen jegliche Vernunft, dass es Brandon gut ging und er nur verschlafen hatte oder krank war und deshalb zu Hause blieb.

Derek eilte durch die Wohnung zum Ursprung des Geruchs. Die Tür zum Schlafzimmer war nur angelehnt, und er stieß sie mit hämmerndem Herzen auf. Das Bett war ungemacht und leer. Auch der Rest des Raumes war unaufgeräumt. Dereks Blick fiel auf die Tür zum angrenzenden Badezimmer, und er musste seine Füße zwingen, sich dorthin zu bewegen. Seine Hand zitterte, als er sie auf die Türklinke legte und sie langsam nach unten drückte. Was er sah, übertraf seine schlimmsten Alpträume um ein Vielfaches.

Brandon saß zusammengesunken auf dem Boden der Duschkabine, die weiße Wand hinter ihm war mit Blut bespritzt. Entsetzen ließ Derek für einen Moment auf die Pistole starren, die neben Brandons Hand lag, bevor er sich mühsam zusammenriss. Obwohl er wusste, dass er zu spät kam, beugte Derek sich in die Duschkabine und hob Brandons Kinn mit einem Finger an. Die Augen seines Freundes standen offen, der leere Blick darin machte Derek klar, dass er Brandon für immer verloren hatte.

Während er dort gestanden und auf seine Kollegen gewartet hatte, hatte Derek sich geschworen, diejenigen zur Strecke zu bringen, die dafür verantwortlich waren. Egal was es ihn kosten würde. Das war er seinem Freund schuldig.

Vanessas Herz zog sich zusammen, als sie Dereks Gesichtsausdruck sah. Es war ihr klar, dass er gerade an seinen toten Freund dachte und sich Vorwürfe machte. Ihre Wut verrauchte so schnell, wie sie gekommen war. Ja, er hatte sie in dem Glauben gelassen, dass er ein Terrorist war, aber sie konnte verstehen, dass er sich schützen musste. Sie hatte genau das Gleiche getan. Keine Frage, sie würden darüber reden müssen, aber im Moment wollte sie einfach nur seinen Schmerz lindern. Clint räusperte sich, sie blickte ihn an und schüttelte den Kopf.

Dann hockte sie sich vor Derek und legte ihre Hand auf seinen Arm. »Derek?« Er reagierte nicht, sondern schien völlig in seiner Gedankenwelt verloren zu sein. Langsam begann sie sich Sorgen zu machen. Mit beiden Händen umfasste sie sein Gesicht und hob es an, sodass er ihr in die Augen sehen musste. Sein Blick schien direkt durch sie hindurchzugehen. »Derek!«

»Was hat er?«

»Sein Freund und Partner wurde bei dem Anschlag auf den Club in San Francisco schwer verletzt. Er hat sich einige Zeit später umgebracht.«

»Mist.« In Reds Kommentar schwang Verständnis mit. Kein Wunder, nachdem fünf seiner Teamkollegen bei einem Hubschrauberabsturz umgekommen waren. Er wusste, was es hieß, Freunde zu verlieren.

Vanessa beugte sich vor, bis ihre Lippen beinahe Dereks berührten. »Kannst du mich hören, Derek? Wir brauchen dich hier.«

»Du willst ihn jetzt aber nicht beatmen, oder?« Rocks Frage hätte ihr in einer anderen Situation sicher ein Lächeln entlockt.

Im Moment jedoch konzentrierte sie sich ganz darauf, zu Derek durchzudringen. Seine Haut war feucht und kühl unter ihren Fingern, kein Vergleich zu der brennenden Hitze während ihres Liebesspiels.

Sie verstärkte ihren Griff. »Eric wird entkommen, wenn wir ihn nicht aufhalten. Das willst du doch sicher nicht. Verhilf Brandon zu Gerechtigkeit.«

Derek blinzelte, dann kehrte das Leben in seine Augen zurück. Erleichtert atmete Vanessa auf, ließ ihn los und setzte sich auf ihre Hacken zurück. Aufmerksam beobachtete sie ihn. Ein Ruck ging durch seinen Körper, gefolgt von einem heftigen Zittern. Mit großen Augen starrte er sie an, dann streckte er eine Hand aus und strich eine Haarsträhne aus ihrem Gesicht.

»Vanessa?«

»Ja. Bist du jetzt wieder bei uns?«

Verwirrt sah er sich um, dann schien er sich daran zu erinnern, wo er sich befand und dass sie nicht mehr alleine waren. Schließlich nickte er zögernd. Als Vanessa aufstehen wollte, schloss sich seine Hand um ihren Arm. »Nicht. Ich …« Wieder sah er sich nach den anderen um, schien aber zu verstehen, dass sie sicher nicht verschwinden würden. »Es tut mir leid, ich hätte es dir sagen sollen. Ich wusste zuerst nicht, ob ich dir trauen kann, und dann später …« Wieder brach er ab. »Es gibt keine Entschuldigung dafür.«

»Nein, die gibt es nicht.« Sie wartete, bis er ihr in die Augen blickte, bevor sie weitersprach. »Aber ich verstehe deine Gründe, auch wenn sie mir nicht gefallen mögen. Ich hätte an deiner Stelle genauso gehandelt.«

Ein wenig Wärme kehrte in seine Augen zurück. »Danke.«

Sie lächelte ihn an. »Gern geschehen.«

»Wenn ihr jetzt fertig seid mit der Gefühlsduselei, können wir dann mit der Befragung weitermachen? Wir haben nicht ewig Zeit.« Clints raue Stimme durchbrach ihr Hochgefühl.

Wütend drehte sie sich zu ihm um. »Manchmal könnte ich echt …« Sie fing Rocks warnenden Blick auf und verstummte.

»Was?« Clints Stimme drückte echte Neugier aus.

»Es hatte etwas mit Männern im Allgemeinen und SEALs im Besonderen zu tun.«

Rock gab einen amüsierten Laut von sich. »Gut, dass ich ein TURT bin.«

Vanessa schoss ihm einen Blick zu. »Wie hieß das noch gleich? Einmal ein SEAL, immer ein SEAL.«

»Ich freue mich zu sehen, dass du die Sache gut überstanden hast, wir haben uns Sorgen um dich gemacht. Besonders, als dein Handy kein Signal mehr gesendet hat und wir keine Ahnung hatten, wohin der Terrorist dich gebracht hat.«

Das Blut wich aus Vanessas Gesicht, und sie schwankte. Sofort war Derek bei ihr und zog sie an seinen Körper. Dankbar ließ sie sich dagegen sinken. »Es hat nicht funktioniert? Aber wie habt ihr das Lager dann gefunden?«

Ernst blickte Clint sie an. »Irgendwann kam das Signal wieder.«

»Wie kann das …?« Ihr kam ein Gedanke, und sie drehte sich zu Derek um. »Du hast das Handy repariert.«

Er hob eine Schulter. »Das schien mir eine gute Idee zu sein. Nur für den Fall, dass du kein hirnloses Flittchen warst, das Eric in der Stadt aufgesammelt hat, und dich jemand wegen der Gefangenen geschickt hat.«

Vanessas Mund öffnete sich, doch zuerst kam kein Laut heraus. Dann brach der Damm. »Du hast es gewusst? Und trotzdem hast du so getan, als wäre ich Abschaum? Du hast mich nach Waffen abgetastet!«

»Das war mein Job.« Heimlich zwinkerte er ihr zu. »Eric wäre misstrauisch geworden, wenn ich das nicht getan hätte. Außerdem war ich mir nicht sicher. Es hätte auch sein können, dass Eric mich testen wollte. Jedenfalls kam mir das Handy komisch vor, zu hochwertig, und als ich dann den GPS-Chip gesehen habe, war ich mir ziemlich sicher, dass es nur dazu da war, geortet zu werden. Also habe ich den Chip wieder eingesetzt, der herausgefallen war.«

»Danke, du hast damit Shannons Leben gerettet und meins noch dazu.« Zum ersten Mal schien Clint weniger abweisend. »Aber warum hast du nicht die Behörden gerufen? Du wusstest, dass Eric vorhatte, uns umzubringen.«

»Weil Eric dafür gesorgt hat, dass niemand im Lager unbemerkt telefonieren konnte. Es war zu gefährlich. Wenn Eric davon Wind bekommen hätte, wäre er untergetaucht, und die ganze Arbeit wäre umsonst gewesen. Das konnte ich nicht riskieren, nicht mal für Shannon.«

Clints Gesichtsausdruck wurde wieder düsterer, deshalb sprang Vanessa schnell ein. »Was wolltest du denn überhaupt in der Terrorgruppe? Und wie wolltest du das erreichen?«

»Meine Recherchen haben ergeben, dass man nie beweisen konnte, dass tatsächlich die *Krieger Gottes* hinter den Anschlägen stecken. Also habe ich handfeste Beweise dafür gesucht, allerdings nichts gefunden. Eric ist sehr vorsichtig. Dann habe ich mitbekommen, dass sie etwas Neues planen, etwas Großes. Ich habe immer nur kleine Häppchen zu hören bekommen, aber nie den gesamten Plan. Schließlich hat Eric mir anvertraut, dass sie vorhätten, in einem Labor, das am Rande der Stadt liegt, mehrere Kanister mit mutierten H5N1-Viren zu stehlen und sie bei einem Anschlag zu verwenden. Immer wenn ich mehr darüber erfahren wollte, ist Eric mir ausgewichen. Und dann kamen seine Leute plötzlich mit Shannon an.«

»Davon wusstest du vorher nichts?« Clint klang skeptisch.

»Nein. Aber nachdem ich wusste, wer Shannon ist, habe ich einige Vorbereitungen getroffen.«

»Welche?«

Derek hob eine Augenbraue. »Dachtet ihr wirklich, dass ihr ohne meine Hilfe so einfach ins Lager marschiert wärt? Ich habe euch ein wenig den Weg geebnet, weil ich wusste, dass Eric sich nicht lange aufhalten würde, wenn er erst mal Clint in seiner Gewalt hätte.«

»Verdammt, du hast den Sprengsatz in die Hauswand gelegt, deshalb ist das halbe Haus zusammengebrochen, obwohl ich nur einen kleinen Türöffner benutzt habe.« Rock starrte ihn an.

Derek schnitt eine Grimasse. »Der war allerdings nicht für euch gedacht, ich habe ihn schon vor längerer Zeit dort angebracht, falls ich irgendwann die Notwendigkeit dafür gesehen hätte. Dein ›Türöffner‹ muss ihn ausgelöst haben.«

»Weißt du, was das mit meinem Ruf anrichten könnte, wenn die anderen SEALs erfahren, dass ich ein halbes Haus in die Luft gejagt habe?« Rocks Miene verhieß nichts Gutes.

»Ich kann dir gerne ein Schreiben aufsetzen, in dem ich alles erkläre.« Derek hob die Hand, als Rock etwas erwidern wollte. »Im Moment ist aber etwas anderes wichtiger. Eric hat die Viren bereits gestohlen. Ich weiß nicht genau, wie, aber es ist in der Nacht passiert, als er Vanessa mitgebracht hat. Natürlich hat er mir vorher nichts davon gesagt, und als ich darauf drängte, sagte er nur, dass es mich nicht interessieren müsse, weil er die Kanister in der Stadt versteckt habe, nicht im Lager. Ich gehe davon aus, dass er die Wahrheit gesagt hat und jetzt in diesem Moment auf dem Weg dorthin ist, um die Kanister wegzubringen. Wenn er uns entwischt …«

Er brauchte nicht weiterzusprechen, jeder von ihnen wusste genau, was das bedeutete: Irgendwann würde es einen Anschlag geben, bei dem nicht zehn oder fünfzig Menschen getötet werden würden, sondern mehrere Hundert, wenn nicht sogar Tausende. Das mussten sie unbedingt verhindern.

Vanessa blickte Clint an. »Wann kommt endlich der verdammte Hubschrauber?«

Der SEAL wiederholte die Frage in sein Mikrofon und gab die Antwort dann an alle weiter. »Er müsste gleich da sein.« Danach schilderte er I-Mac die Situation mit den geraubten Kanistern. »Gibt es schon ein genaueres Signal?« Anscheinend war die Antwort negativ, denn er fluchte leise. »Irgendwie müssen wir ihn stoppen. Haben wir einen zweiten Hubschrauber?« Offensichtlich nicht, denn Clints Miene verdüsterte sich zusehends. »Die Teams kommen zu Fuß nicht schnell genug vom Lager zurück zur Stadt. Ja, ich weiß.«

Ein Dröhnen wurde langsam lauter, und Vanessa blickte zum Himmel. Noch konnte sie nichts sehen, aber der Hubschrauber würde sicher in kürzester Zeit hier sein. Einerseits konnte es ihr nicht schnell genug gehen, andererseits rückte dann aber auch der Moment näher, in dem sie sich von Derek trennen musste. Sie wusste nicht, ob sie schon bereit dafür war. *Oder ob sie es jemals sein würde.* Vanessa schnitt eine Grimasse, als ihr dieser Gedanke durch den Kopf schoss. Es war ein klarer Fall von falscher Ort, falscher Zeitpunkt – richtiger Mann. Auch wenn sie ihn unter widrigen Bedingungen kennengelernt hatte und sie bisher noch nicht viel Zeit miteinander verbracht hatten, wusste sie, dass sie ihn gerne näher kennengelernt hätte. Und zwar Derek, den Detective, dem ein Freund so wichtig war, dass er für ihn sein ganzes Leben änderte. Und es außerdem aufs Spiel setzte, denn wenn Eric jemals gemerkt hätte, wer Derek wirklich war, hätte er ihn sofort getötet.

Derek legte seinen Arm um ihre Schultern und lief mit ihr zum Rand der Lichtung, als der Hubschrauber über ihnen auftauchte und einige Meter von ihnen entfernt landete. Sowie sie alle an Bord waren, hob er sofort wieder ab. Clint verteilte Kopfhörer, damit sie sich in dem Lärm verständigen konnten. Vanessa ließ sich neben Derek auf dem Boden nieder und genoss es, seine Wärme zu fühlen. Als sie eine Berührung an ihren Fingern spürte, blickte sie nach unten. Dereks Hand lag mit der Handfläche nach oben direkt neben ihrer, ein Angebot, das sie nach kurzem Zögern ergriff. Sie verschränkte ihre Finger mit seinen und spürte, wie ein Teil der Anspannung von ihr abfiel.

Vanessa hob den Kopf und sah, dass Rock sie mit einem leichten Lächeln beobachtete. Hitze stieg in ihre Wangen, aber sie ließ Derek nicht los. Was waren schon ein paar Scherze auf ihre Kosten gegen den Genuss von Dereks Nähe? Deshalb blickte sie Rock direkt an und lächelte zurück.

38

Dereks Anspannung wuchs, als sich der Hubschrauber dem Ort näherte. Er hatte zwar keine Ahnung, wie sie es anstellten, aber Clint Hunter und seine Leute schienen ungefähr zu wissen, wo Eric aus dem Wald kommen würde. Das Wie war ihm auch völlig egal, Hauptsache, er konnte den Terroristen aufhalten. Der beruhigende Druck von Vanessas Hand war das Einzige, das ihn still sitzen ließ. Selbst die immer noch misstrauischen Blicke der Männer störten ihn nicht. Er hatte ihnen die Wahrheit gesagt und konnte nur hoffen, dass sich ihre Ziele mit seinen deckten. Wenn Eric entkommen sollte …

Als könnte sie den Aufruhr in ihm spüren, schlossen sich Vanessas Finger fester um seine. Er drehte sein Gesicht zu ihr, um sie zu betrachten. Ihre Haare waren zerzaust, ein Streifen Schmutz zog sich über ihre Wange. Trotzdem konnte er sich nicht erinnern, jemals eine Frau getroffen zu haben, die ihn mehr faszinierte. Und ja, er fand ihren Körper göttlich, aber es war mehr als das. Vanessa hatte sich ohne Waffen, ohne wirkliches Back-up in eine Terrorgruppe eingeschleust, um einem Freund zu helfen. Derek bewunderte ihren Mut und ihren Kampfeswillen, aber auch die Intelligenz, die er deutlich in ihren Augen sehen konnte.

Vor allem aber war er ihr dankbar, dass sie ihn nicht sofort verurteilt, sondern ihm eine Chance gegeben hatte. Selbst als er für sie noch ein Terrorist gewesen war, hatte sie ihr Leben riskiert, um ihn vor dem sicheren Tod zu bewahren. Am meisten gefiel ihm die Wärme in ihren Augen, wenn sie ihn so wie jetzt ansah. Als wäre er nicht irgendein Fremder, sondern jemand, der ihr etwas bedeutete. Vielleicht …

Clints unterdrückter Fluch unterbrach seinen hoffnungsvollen Gedanken. »Wir haben ein eindeutiges Signal. Es bewegt sich in Richtung Ortsmitte. Entweder weiß er, dass wir hinter ihm her sind, oder er hat seine Kanister irgendwo dort gelagert, wo viele Menschen leben. Wenn wir nicht vorsichtig sind, kann das in einem Desaster enden.«

Dem konnte Derek nur beipflichten. So wie er Eric kannte, würde es dem Terroristen nichts ausmachen, auf seiner Flucht ein paar Unschuldige zu opfern. Oder auch seine Pläne zu ändern und die Viren gleich hier freizusetzen. Er lehnte sich vor. »Sowie ihr ihn seht, schießt. Lasst ihm keine Möglichkeit zu entkommen oder anzugreifen. Er wird nicht zögern, andere Menschen für seine Zwecke zu nutzen oder zu opfern. Eric ist schlau, und er ist absolut kaltblütig.«

Clint nickte grimmig. »Das ist mir aufgefallen.«

»Wenn Eric schon vorher auf Rache aus war, wird er sich jetzt von nichts mehr stoppen lassen. Ihr habt ihm seine Anhänger genommen, sein Versteck und auch noch seine Geisel. Ein anderer würde sich vielleicht zurückziehen und neu formieren, doch Eric wird angreifen, wenn er eine Möglichkeit sieht.« Er malte einen Kreis in die Luft. »Du hast eine fette Zielscheibe auf deiner Brust, Clint, genauso wie Vanessa und ich.«

Der Hubschrauber flog einen Bogen, und Clint hielt sich an einem Haltegriff fest. »Genau deshalb bleibt ihr beiden auch beim Hubschrauber, während wir den Terroristen verfolgen.«

Vanessa setzte sich ruckartig auf. »Was? Ich gehöre zum Team und kann ebenfalls mit einer Waffe umgehen, schon vergessen?«

Clint warf ihr einen vielsagenden Blick zu, und Derek wusste, was kommen würde. »Einer muss auf unseren Gast aufpassen, und da du verletzt bist und außerdem schon genug durchgemacht hast, wirst du das sein.«

Genervt blickte Vanessa den SEAL an. »Ihr seht auch nicht gerade frisch aus. Außerdem braucht Derek keinen Aufpasser, ich vertraue ihm. Und ihr könnt ein paar mehr Augen sicher gut gebrauchen.«

Offensichtlich war Clint es nicht gewohnt, dass seine Befehle infrage gestellt wurden. Seine Miene verhärtete sich. »Das war kein Vorschlag, Vanessa.«

»Dann ist es ja gut, dass du nicht mein Vorgesetzter bist.«

Einen Moment lang herrschte angespannte Stille im Hubschrauber, dann räusperte sich Rock. »Vanessa, sei bitte vernünftig. Du kannst kaum noch laufen, und Dereks Brustkorb sieht aus, als wäre er mit einem Lastwagen zusammengestoßen. Wir können nicht auf euren Zustand Rücksicht nehmen.«

Vanessa schob das Kinn vor. »Das habe ich auch gar nicht verlangt. Ich möchte nur nicht, dass ihr mich wie eine Frau behandelt. Hätte einer von euch ein paar lächerliche Blasen an den Füßen, würdet ihr ihn nicht zurücklassen.«

Womit sie eindeutig recht hatte, wie man an den Mienen erkennen konnte.

Seufzend richtete Rock sich auf. »Du weißt, wie viel ich von deinen Fähigkeiten halte, Vanessa. Aber sie liegen eher im Bereich Undercover und weniger im offenen Kampf. Und auch wenn Clint dir nicht vorgesetzt ist, ich bin es.«

Derek war hin und her gerissen. Einerseits wollte er, dass Vanessa in Sicherheit blieb, andererseits konnte er aber auch ihren Ärger verstehen und schätzte ihre Unabhängigkeit. Da sie so aussah, als würde sie erneut protestieren, mischte er sich schnell ein. »Wie Vanessa schon sagte: Ich brauche keinen Aufpasser. Ich verspreche hoch und heilig, mich nicht vom Fleck zu rühren, bis ihr wieder da seid. Ehrlich gesagt bin ich froh, wenn ich hier einfach nur ruhig sitzen kann.« Und das war die größte Lüge überhaupt. Nichts wollte er lieber, als Eric eigenhändig für das bezahlen zu lassen, was er Brandon angetan hatte. Aber er wusste auch, wann sein Zustand so schlecht war, dass er die Aktion nur gefährden würde. Es war ihm lieber, dass jemand anders Eric ausschaltete, als dass der Bastard entkam.

Dankbar drückte Vanessa seine Hand, bevor sie sich wieder an Clint wandte. »Bitte, Clint, es ist mir wichtig, dabei zu sein. Ihr seid nur zu viert, und ich kann helfen.«

Clint zögerte sichtlich, doch schließlich schüttelte er den Kopf. »Es tut mir leid, Vanessa. Du kannst nicht in dem Aufzug in der Stadt herumlaufen, und wir haben keine Zeit, dir etwas anderes zu besorgen.«

Vanessa blickte an sich hinunter, als hätte sie vergessen, dass sie nur Dereks T-Shirt trug. Röte stieg in ihre Wangen, und sie nickte schließlich. »Viel Glück.«

Argwöhnisch sah Clint sie an, schien dann aber davon auszugehen, dass sie es ernst meinte. »Danke.« Er hielt den Finger ans Ohr. »Ja, I-Mac, ich höre.« Offensichtlich erhielt er keine guten Nachrichten, denn seine Miene verfinsterte sich beträchtlich. »Alles klar, wir tun unser Bestes.« Für Vanessa und Derek wiederholte er die Information, da sie die SEAL-interne Kommunikation nicht hören konnten. »Er ist in ein Einkaufszentrum gegangen.«

Derek ballte die Hände zu Fäusten. Was auch immer Eric vorhatte, konnte leicht in einer Katastrophe enden. Hoffentlich waren die SEALs so gut wie ihr Ruf, denn eine zweite Chance würden sie nicht bekommen.

Der Hubschrauber sank abwärts, bis seine Kufen schließlich sanft auf dem Parkplatz des Einkaufszentrums aufsetzten. Sofort riss einer der Männer die Tür auf, und sie sprangen nacheinander hinaus. Beeindruckt blickte Derek ihnen nach. Sie bewegten sich wie eine Einheit, so als wüsste jeder, was der andere gerade tat. Er schnitt eine Grimasse, als eine Frau ihren Einkaufswagen losließ und zu schreien begann. Unauffällig waren sie jedenfalls nicht in ihrer Tarnkleidung und den schusssicheren Westen. Von den überdimensionierten Gewehren und anderen Waffen am Körper ganz zu schweigen. Eric würde sie schon von Weitem kommen sehen. Aber leider hatte er gerade keine Alternative parat. Ihn selbst oder Vanessa würde Eric auch sofort erkennen.

»Das ist so ungerecht!« Vanessa stand in der Tür und blickte hinaus.

»Ja.« Derek versuchte, es sich auf dem harten Boden so bequem wie möglich zu machen, doch es war vergebens. Jede einzelne seiner Prellungen protestierte gegen die Bewegung. Ein weiches Bett wäre jetzt nett gewesen ... Sein Blick wanderte an Vanessas nackten Beinen hinauf. Immerhin lenkte es ihn ab, sich vorzustellen, dass sie nichts darunter trug. Ihren zerrissenen Slip hatte er schnell in seine Hosentasche gesteckt, als sie aufgebrochen waren.

»Gefällt dir, was du siehst?« Vanessa hatte die Hände in die Hüften gestützt und starrte ihn irritiert an.

»Ja, sehr sogar.«

Humor blitzte in ihren Augen auf. »Das freut mich.« Ihr Blick strich über seinen nackten Oberkörper, es fühlte sich beinahe an wie eine Liebkosung. »Bis auf die Prellungen gefällt mir auch, was ich sehe.«

Derek wusste, dass er sich nur darauf konzentrieren sollte, Eric zu stoppen, aber in Vanessas Gegenwart fiel ihm das unglaublich schwer. Eindeutig Zeit, sich von ihr abzulenken. »Ich wüsste zu gerne, was gerade passiert.«

»Moment, damit kann ich dienen.« Vanessa klopfte an die

Trennwand zum Piloten, redete kurz mit ihm und kam dann mit einem Kopfhörerset zu ihm zurück. »Leider gibt es nur noch eins, aber ich berichte dir, was gesagt wird.«

Inzwischen zog der Hubschrauber immer mehr Menschen an, deshalb erhob sich Derek schwerfällig und schloss die Tür. Kein Grund, den Leuten das zu zeigen, was er inzwischen als seines ansah. Und mit dem nackten Oberkörper und seinen Verletzungen würde er sicher auch Aufmerksamkeit erregen. Hoffentlich würde der Pilot zu neugierige Gaffer abwehren, er hatte keine Lust, sich mit ihnen auseinanderzusetzen.

»Okay, sie sind jetzt drin und kreisen die Stelle ein, an der sich laut I-Mac das Handysignal befindet. Noch bewegt es sich wohl.« Aufregung und ein Hauch Neid klang in ihrer Stimme mit.

»Tut mir leid, dass du meinetwegen hierbleiben musstest.«

Vanessa schnaubte. »Du weißt genau, dass das nur ein vorgeschobener Grund war. Ich bin …« Sie stockte und biss sich auf die Lippe. »Ich habe meinen Job gewechselt, damit mir so etwas eben nicht mehr passiert, aber wie es aussieht, ist es doch überall gleich.« Genervt schüttelte sie den Kopf. »Nein, das stimmt auch nicht. Es ist schon anders, und die meiste Zeit fühle ich mich auch gleichberechtigt. Aber manchmal …«

Zu gern wüsste Derek, was genau sie machte, aber er hatte den Verdacht, dass sie ihm nicht antworten würde. Diese Art von Vertrauen hatte er sich noch nicht verdient. Doch er hoffte, dass er das bald nachholen konnte. »Vielleicht kommen sie nicht damit zurecht, dass eine Frau ihnen ebenbürtig ist.«

»Das glaube ich gar nicht mal. Normalerweise gibt es damit keine Probleme. Ich schätze, sie wollen mich einfach schützen, das wurde durch Shannons Entführung sicher noch verstärkt. Ich kann das sogar verstehen, aber es nervt mich auch.« Vanessa seufzte. »Ganz davon abgesehen sind sie in dem Bereich einfach besser als ich.« Sie lächelte schwach. »Sag ihnen das bloß nicht! Ihre Egos sind schon groß genug.«

»Meine Lippen sind versiegelt.« Vor allem, da er es nicht beurteilen konnte. Jetzt hätte er tatsächlich gern mehr über Vanessas Job erfahren. Er konnte sich einiges vorstellen, allerdings schien das alles nicht so richtig zusammenzupassen. Besonders ihre Verbindung zu den SEALs nicht. Er hatte noch nie von einem gemischten Team gehört, und so wie die Männer eben reagiert hatten, erschien ihm das auch unwahrscheinlich. Aber dieser Rock war auch ein SEAL, und wenn er ihr Vorgesetzter war …

Vanessas Körper spannte sich an. »Sie sind jetzt nah dran, in wenigen Augenblicken können sie zugreifen.«

Ein wenig bedauerte Derek zwar, dass er nicht derjenige war, der Eric aus dem Verkehr ziehen würde, aber Hauptsache, die *Krieger Gottes* waren endlich Vergangenheit. Er hing förmlich an Vanessas Lippen, während sie dem Funkverkehr lauschte. Ihr Gesicht war so ausdrucksstark, dass er jede ihrer Regungen ablesen konnte. Er könnte sich glatt daran gewöhnen, ihr jeden Morgen am Frühstückstisch gegenüberzusitzen. Sein Herzschlag beschleunigte sich für einen kurzen Moment. Was dachte er denn da? Bisher war er sich noch nicht einmal sicher, dass sie ihn überhaupt wirklich mochte, geschweige denn auch noch sehen wollte, wenn diese Angelegenheit vorüber war. Besser, er schob diese Idee ganz schnell aus seinem Kopf, bevor sie sich noch dort einnistete.

Vanessas Gesicht entspannte sich, sie begann zu lächeln. »Zugriff erfolgt, sie haben ihn! Anscheinend wehrt er sich nicht, er …« Ihre Augen weiteten sich.

Unruhig beugte er sich vor, als sie nicht weitersprach. »Was ist? Ist er entkommen?«

Bestürzt sah sie ihn an. »Nein, offenbar war es gar nicht Eric. Der Mann, den sie aufgrund des Signals verfolgt haben, ist ein völlig Fremder.«

Verdammt! »Vielleicht gab es da eine Verwechslung des Signals?«

»Nein, laut I-Mac ist es das Handy, das er die ganze Zeit verfolgt hat. Ich verstehe das nicht.«

Ratlos blickten sie sich an.

Schließlich schüttelte Vanessa den Kopf. »Das kann nicht sein, Eric muss hier irgendwo sein. Der Mann sagt, dass er das Handy noch nie gesehen hat. Und er hat ein zweites dabei, was seine Aussage unterstützt. Sie bringen ihn gleich hierher, damit du sagen kannst, ob er zur Terrorgruppe gehört.«

»Okay.«

Unruhig stand Derek auf und trat zum Fenster. Mit einem Arm stützte er sich darüber ab und lehnte seine Stirn dagegen. Sein Magen zog sich zusammen, als er daran dachte, wie nah er der Möglichkeit gekommen war, Brandon zu rächen. Und doch hatte er versagt. Warum hatte er Eric nicht einfach irgendwann beseitigt? Gelegenheit dazu hätte er genug gehabt. Aber das hatte ihm nicht gereicht. Es war ihm wichtig gewesen, dass die gesamte Terrorgruppe ausgelöscht wurde und nie wieder jemandem schaden konnte. Fast wäre das auch gelungen, aber solange der Anführer frei herumlief, konnte er die Gruppe jederzeit neu aufbauen. Und da waren auch noch die Viren. Damit durften sie Eric auf keinen Fall entkommen lassen!

Derek zuckte zusammen, als eine Hand seinen Rücken berührte. Vanessa stellte sich neben ihn und strich beruhigend über seine Haut. Doch er sah sie nicht an. Er wollte nicht, dass sie in seinen Augen las, was für ein Versager er war.

»Wir werden ihn kriegen, Derek. I-Mac verschafft sich gerade Zugang zu den Videokameras im Gebäude. Eric kann nicht entkommen.« Es klang fast, als versuchte sie sich selbst davon zu überzeugen.

»Vermutlich sollten wir die Polizei rufen, damit sämtliche Ausgänge des Einkaufszentrums abgesperrt werden.«

Vanessa verzog den Mund. »Nur haben wir hier keinerlei Verfügungsgewalt. Sie würden höchstens uns verhaften, und bis dann alles geklärt ist, ist Eric weit weg.«

»Was schlägst du stattdessen vor? Sollen wir einfach zusehen, wie er für immer verschwindet?« Derek wusste, dass er ungerecht war, aber er konnte die Wut und Enttäuschung einfach nicht zurückhalten.

Glücklicherweise verstand Vanessa ihn offenbar, denn sie brachte ihr Gesicht dicht an seines heran. »Nein, das werden wir nicht.« In ihren Augen konnte er sehen, dass sie tatsächlich von ihren Worten überzeugt war. »Wir lassen nicht zu, dass er entkommt.«

Als wäre das so einfach, schließlich war Eric der Justiz all die Jahre entgangen. Er würde wieder abtauchen und irgendwo von vorne anfangen. Denn eines war klar: Eric würde nie etwas anderes sein als ein Terrorist. Derek wandte sich wieder dem Fenster zu und sah hinaus. Immer mehr Menschen kamen aus dem Gebäude, viele wirkten aufgeregt. Offenbar hatte sich herumgesprochen, dass sich bewaffnete Männer im Gebäude befanden und ein Zugriff erfolgt war. Es wäre leicht für Eric, sich einfach unter die Menge zu mischen und das Gebäude ungehindert zu verlassen.

Die vier SEALs würden ihn nicht schnell genug finden, um ihn aufzuhalten. Derek schlug mit der Faust gegen die Innenhülle des Hubschraubers. *Verdammt!* Sein Blick glitt über die Menschen, und er versuchte, einen schlanken Mann mit hellblonden Haaren zu entdecken. Die Farbe war so ungewöhnlich, dass er eigentlich hervorstechen sollte. Aber so sehr Derek auch suchte, er fand ihn nicht. Da waren jede Menge anderer Männer, große, kleine, dicke, dünne, mit hellen und dunklen Haaren, jung und alt – aber niemand ähnelte Eric auch nur ansatzweise.

Es war purer Zufall, dass Derek sah, wie ein Mann den Hubschrauber betrachtete und dann in eine andere Richtung weiterging. Er trug eine dunkle Baseballkappe, nichts Ungewöhnliches um diese Jahreszeit, aber dadurch konnte Derek die Haarfarbe nicht erkennen. Von der Statur her sah er Eric durchaus ähnlich, aber das taten sicher viele Männer. Merkwürdig war allerdings, dass er im Sommer ein Sweatshirt trug. Angespannt beobachtete Derek den Mann weiter, der sich, ohne auf den Aufruhr zu achten, durch die Menge schob. Am Rand des Parkplatzes wechselte er wieder die Richtung und blickte nun erneut zum Hubschrauber. Inzwischen meldeten sich Dereks Instinkte mit aller Macht.

Ein Sonnenstrahl ließ etwas auf der Brust des Mannes glitzern. Derek kniff die Augen zusammen, um besser sehen zu können. Es sah aus wie eine Kette … Das Medaillon! Eric hatte es seines Wissens nie abgelegt und würde es wohl auch bei seiner Flucht nicht tun. An seinem Oberarm bildete der Stoff des Sweatshirts eine Beule. Dieser Mann konnte natürlich trotzdem ein Unschuldiger sein und einfach nur eine gewisse Ähnlichkeit mit Eric haben. Aber das war Derek egal, er würde ihn sich genauer anschauen. Er legte seine Hand auf den Türgriff und atmete noch einmal tief durch.

Vanessa schob sich vor ihn. »Was tust du da?«

Derek versuchte, an ihr vorbei zu blicken. »Ich glaube, ich habe Eric gesehen.«

»Was? Wo?« Vanessa presste ihr Gesicht an die Scheibe.

»Hinten, in der letzten Reihe. Siehst du den Mann mit der dunklen Baseballkappe?«

Es dauerte einen Moment, bis Vanessa ihn entdeckte. »Ich weiß nicht, man kann ja nichts von ihm erkennen. Oder hast du sein Gesicht gesehen?«

»Nein. Aber er hat sich verdächtig benommen, und ich glaube, er trägt ein Medaillon. Außerdem sieht es aus, als hätte er unter dem Sweatshirt einen Verband um seinen Oberarm.« Ungeduldig versuchte er, Vanessa zur Seite zu schieben. »Wir dürfen ihn nicht entwischen lassen. Wenn er es nicht ist, entschuldigen wir uns einfach.«

Vanessa legte ihre Hand auf seinen Arm. »Moment.« Sie drehte das Mikrofon auf. »Achtung, wir haben möglicherweise unsere Zielperson gefunden. Sie befindet sich im hinteren Bereich des Parkplatzes. Blaue Jeans, graues Sweatshirt, dunkle Baseballkappe. Wir werden uns das genauer ansehen.« Was immer die anderen antworteten, ließ Vanessa eine Grimasse ziehen. »Dann ist er weg! Er will gerade in ein Auto einsteigen.«

Derek blickte wieder aus dem Fenster und erkannte, dass sie recht hatte. Die Zeit zum Reden war eindeutig vorbei. Diesmal hielt sie ihn nicht auf, als er die Tür öffnete und aus dem Hubschrauber sprang. Sofort schob der Pilot seine Tür auf und wollte ihn stoppen, aber Derek schlug einen Haken und entkam ihm um Haaresbreite. Hinter sich hörte er Vanessas Stimme, die dem Piloten etwas zurief, dann konzentrierte er sich ganz auf sein Ziel. Eric war schon mit einem Bein im Auto, als er sich umdrehte und ihn erkannte. Seine Augen weiteten sich, dann holte er seine Pistole heraus und zielte auf ihn. Mit einem Satz brachte Derek sich gerade noch hinter einem anderen Wagen in Sicherheit. Die Kugel schlug klirrend in die Seitenscheibe ein.

Das Herz hämmerte in seiner Brust, als er Vanessa sah, die sich tief gebückt durch die Fahrzeugreihen vorwärtsschob.

Noch hatte Eric sie anscheinend nicht gesehen, aber Derek hatte keinen Zweifel daran, dass er sie erschießen würde, sowie er sie erblickte. Das konnte er nicht zulassen! Eric sollte ihm nicht noch einen Menschen nehmen, den er … Derek brachte den Gedanken nicht zu Ende. Das war ja absurd. Vanessa war einfach nur eine Frau, die er bewunderte, mochte und … liebte. *Oh verdammt!* Derek schlug seinen Hinterkopf gegen die Autotür. Der Schmerz ließ ihn wieder zur Besinnung kommen. Wenn Eric verhaftet war und niemandem mehr Gefahr drohte, konnte er sich zurückziehen und in Ruhe darüber nachdenken, was das bedeutete. Doch jetzt war dafür weder der richtige Ort noch die richtige Zeit.

Vanessa hatte Erics Wagen fast erreicht, sie würde nur noch den Fahrstreifen überqueren müssen, um hinter ihm herauszukommen. Allerdings hatte sie keine Waffe und auch keine schusssichere Weste und war dem Verbrecher damit schutzlos ausgeliefert. Sowie Eric ins Auto stieg, rappelte sich Derek auf und rannte los. Hilflos beobachtete er, wie das Fahrzeug mit quietschenden Reifen rückwärts aus der Parklücke schoss. Vanessa, die im gleichen Moment ihre Deckung verlassen hatte, wurde vom Heck erfasst und durch die Luft geschleudert. Der dumpfe Knall ging Derek durch Mark und Bein.

Dann war er bei ihr und beugte sich über sie. Nur am Rande bekam er mit, wie der Wagen einige Meter weiter anhielt. Seine Hand zitterte, als er vorsichtig die Haare aus Vanessas Gesicht schob. Blut lief von einem Schnitt an ihrem Wangenknochen über ihre blasse Haut. Er traute sich kaum, sie zu berühren, aus Angst, ihre Verletzungen noch zu verschlimmern. Deshalb beschränkte er sich darauf, sein T-Shirt herunterzuziehen, damit niemand sah, dass sie keinen Slip trug. Auch an ihren Beinen waren lange Schrammen, aus denen das Blut sickerte.

»Vanessa, kannst du mich hören?«

Ihre Augenlider flatterten und hoben sich schließlich. »Derek?«

Erleichtert atmete er auf. Immerhin schien sie noch ansprechbar zu sein. »Ja. Bleib still liegen.«

»Mir geht … es gut. Schnapp dir Eric!«

Hin und her gerissen wusste Derek nicht, was er tun sollte. Einerseits wollte er Vanessa nicht allein lassen, andererseits aber auch nicht, dass Eric entkam. Derek blickte genau in dem Moment zum Auto, als es auf sie zugerast kam. Instinktiv warf er sich auf Vanessa, schlang seine Arme um sie und rollte sich mit ihr zur Seite. An der Stoßstange eines geparkten Wagens kamen sie zum Liegen, während Eric mit aufheulendem Motor an ihnen vorbeifuhr. Er hielt die Pistole aus dem Fenster und zielte auf sie.

39

Vanessa versuchte noch zu verstehen, was geschehen war, während Derek sich an sie presste. In seinen dunklen Augen konnte sie Entschlossenheit erkennen – und Resignation. Verwirrt blickte sie an ihm vorbei und sah, wie Eric sich aus dem Seitenfenster des Wagens lehnte und die Pistole auf sie richtete. Triumph stand in seinem Gesicht, genauso wie abgrundtiefer Hass. Diesmal würde er keine langen Reden halten und jemandem die Zeit geben, sie zu retten, so viel war klar. Und Derek wollte sie mit seinem Körper schützen, auch wenn das seinen Tod bedeuten würde. Trauer erfüllte sie, genauso wie ein anderes Gefühl, das sie nicht zu benennen wagte. Sie beugte sich vor und legte ihre Lippen auf Dereks. Etwas flammte in seinen Augen auf, und er erwiderte ihren Kuss. Deutlich konnte sie die Verzweiflung schmecken, genauso wie ihre Tränen. Sie durfte ihn nicht verlieren! Nicht jetzt, wo sie ihn gerade erst gefunden hatte.

Ein Knall ertönte, und Vanessa zuckte zusammen. *Nein, Derek!* Jeder Muskel in seinem Körper war angespannt, und sie konnte seine rauen Atemzüge hören. An ihrer Brust spürte sie seinen rasenden Herzschlag. Er lebte noch! Es dauerte einen Moment bis sie sich traute, ihm in die Augen zu schauen. Verwirrung stand darin, aber kein nahender Tod. Vanessa hob den Kopf und blickte zum Auto. Eric war nicht mehr zu sehen. Hatte er danebengeschossen und war zu Fuß geflohen? Das konnte sie sich nicht vorstellen. »Ich sehe ihn nicht.«

Dereks Arme lösten sich von ihr, und er rollte sich herum.

An seinen eckigen Bewegungen konnte sie erkennen, dass er Schmerzen hatte, aber alles war besser, als dass er jetzt tot oder sterbend in ihren Armen läge. Schließlich setzte er sich auf, und Vanessa tat es ihm gleich. Stimmengewirr erhob sich und machte ihr bewusst, dass sie nicht viel Zeit hatten, die Situation unter Kontrolle zu bringen. Sie wischte ihre aufgescheuerten Handflächen am T-Shirt ab und stützte sich auf die Motorhaube, um aufzustehen. Der durchdringende Ton einer Alarmanlage versetzte ihr beinahe einen Herzinfarkt. Rasch nahm sie die Hand weg und blickte Derek entschuldigend an.

Das Geheul verhinderte, dass sie andere Geräusche wahrnahm. So zuckte sie erschrocken zusammen, als sie aus den Augenwinkeln sah, wie jemand auf sie zukam. Es dauerte einen Moment, bis sie I-Mac erkannte. Dann setzte eine Erleichterung ein, die ihre Muskeln in Gummi verwandelte. Schwer sank sie gegen Derek, der beschützend einen Arm um sie legte. I-Mac ging zu Erics Wagen, öffnete die Tür und beugte sich hinein. Vanessa konnte nicht sehen, was er dort tat, doch er hielt sich nicht lange auf, sondern kam zu ihnen herüber.

Dort ging er in die Hocke und blickte sie besorgt an. »Alles in Ordnung, Vanessa?«

Wortlos nickte sie. Dann brach es aus ihr heraus: »Was ist passiert? Wie kommst du hierher? Wo ist der Verbrecher, ist er entkommen?«

I-Macs Mundwinkel hoben sich, doch seine Augen blieben ernst. »Er ist tot. Dachtest du, ich schieße daneben?« Er wandte sich an Derek. »Das war sehr mutig. Danke, dass du versucht hast Vanessa zu schützen.«

Derek nickte nur stumm.

Der SEAL hielt ihm seine Hand hin. »Ich bin übrigens I-Mac.«

Zögernd schüttelte Derek die Hand. »Derek. Du bist auch einer von den SEALs, richtig?«

Vanessa sah, wie sich I-Macs Miene verdüsterte, und ihr Herz zog sich zusammen. »Richtig.«

Rasch mischte sie sich ein. »I-Mac ist ein Zauberer, wenn es um Computer geht. Er hat mein Handysignal zum Lager verfolgt und auch Erics hierher.«

Streng blickte I-Mac sie an. »Das war eine verdammt waghalsige Aktion, Vanessa! Wir dachten schon, wir hätten dich verloren.«

Sie lächelte ihn an. »Ich bin auch froh, dich zu sehen.«

I-Mac schüttelte den Kopf. »Offenbar geht es dir besser, als du aussiehst.«

Ihr Grinsen wurde breiter. »Wow, danke für das nette Kompliment.«

»Du bist unverbesserlich.« Er wurde ernst. »Kommt ihr hier zurecht? Ich muss dafür sorgen, dass niemand dem Wagen zu nahe kommt.« Sein Mund verzog sich. »Genau genommen solltet ihr hier möglichst schnell verschwinden, denn die Polizei wird sicher bald anrollen.«

Derek nickte und stand langsam auf. Seine Schmerzen waren ihm deutlich anzusehen, trotzdem hielt er ihr die Hand hin, um ihr aufzuhelfen. Dankbar ergriff Vanessa sie und versuchte, möglichst wenig Gewicht auf Derek zu verlagern. Schwankend lehnte sie sich an den Wagen hinter ihr, dessen Alarmanlage sofort wieder losging. Erschöpft schloss sie die Augen. »Wunderbar.«

Derek zog an ihrer Hand. »Komm, lass uns gehen.«

Vanessa folgte ihm, doch anstatt gleich zum Hubschrauber zurückzukehren, machte er noch einen Abstecher zum Wagen. Ihr Magen hob sich, als sie das Loch in Erics Stirn und seine starren Augen sah. Er war eindeutig tot. Das hätte sie I-Mac auch so geglaubt, aber sie wusste, dass Derek es mit eigenen Augen sehen musste, um mit der Sache abschließen zu können. Außerdem kannte er I-Mac nicht, hatte also keinen Grund, ihm einfach zu vertrauen.

»Überzeugt?« Es lag keine Schärfe in I-Macs Stimme. Er schien Dereks Bedürfnis, seinen Widersacher tot zu sehen, zu verstehen.

Derek nickte knapp. »Einerseits bin ich froh, dass er tot ist und niemandem mehr schaden kann, aber ich glaube, ich hätte es lieber gesehen, wenn er für eine sehr, sehr lange Zeit ins Gefängnis gekommen wäre.«

»Ja, ich auch.« I-Mac strich durch seine ohnehin schon zerzausten Haare. »Aber wenn ich ihn nur verletzt hätte, hätte er garantiert auf euch geschossen, und das wollte ich nicht riskieren.«

Vanessa berührte seinen Arm. »Wofür wir dir sehr dankbar sind.«

I-Mac blickte zum Hubschrauber. »Warum gehst du nicht schon vor, Derek? Vanessa kommt gleich nach.«

Nach einem scharfen Blick auf I-Mac und einem fragenden auf sie, nickte Derek langsam. Noch zögernder ließ er ihre Hand los. Dann drehte er sich um und ging zum Hubschrauber, neben dem der Pilot schon auf ihn wartete.

Vanessa beobachtete, wie er sich auf die Ladefläche schwang, bevor sie sich wieder zu I-Mac umdrehte. »Also gut, was wolltest du mit mir besprechen, das er nicht hören soll?«

I-Mac grinste kurz, bevor er wieder ernst wurde. »Du kennst mich einfach zu gut. Ich wollte dir nur sagen, dass ich seine Geschichte gecheckt habe.«

Automatisch hielt Vanessa den Atem an. Wenn Derek sie belogen hatte … »Ja?«

»Er ist genau der, der er zu sein behauptet. Seit über zehn

Jahren ist er beim SFPD angestellt und hat eine makellose Akte. Sein langjähriger Partner, Brandon Kerry, wurde bei dem Anschlag schwer verletzt und hat sich einige Monate später das Leben genommen. Kurz darauf hat Derek sich beurlauben lassen. Seitdem hat niemand mehr etwas von ihm gehört, er hat sämtliche Kontakte abgebrochen. Selbst seine Eltern wussten offenbar nicht, wo er steckte. Er hat sich nur alle paar Monate mal kurz telefonisch bei ihnen gemeldet.«

Vielleicht lag es an der überstandenen Aufregung, aber Vanessa spürte, wie ihr schon wieder die Tränen kamen bei der Vorstellung, wie allein Derek gewesen sein musste. Nur umgeben von den *Kriegern Gottes*, die er hasste. Und die ganze Zeit hatte er ihnen etwas vorspielen und jeden seiner Gedanken verstecken müssen. Zehn Monate lang. Sie konnte sich nicht vorstellen, was ihn das gekostet haben musste.

Sie sah das Mitgefühl in I-Macs Augen. »Danke, dass du es mir gesagt hast.«

Er lächelte sie an. »Gerne. Und jetzt lass ihn nicht länger warten, er braucht dich.«

Fragend hob sie eine Augenbraue. »Woher weißt du das?«

»Weil seine Nase fast an der Scheibe klebt, während er dich keine Sekunde aus den Augen lässt.«

Hitze stieg in ihre Wangen. »Oh.«

Sanft schob er sie Richtung Hubschrauber. »Na los, ich werde es auch niemandem verraten.«

Nicht, dass es überhaupt noch ein Geheimnis war, nachdem Clint und die anderen sie auf der Lichtung gefunden hatten. SEALs entging so schnell nichts, sie konnten gar nicht übersehen haben, was sie dort getan hatten. Der Gedanke verstärkte ihre Verlegenheit noch. Automatisch setzte sie sich in Bewegung, ihren Blick auf Derek gerichtet. Mit jedem Schritt wurde sie schneller, bis sie beinahe rannte. Derek stellte sich in die

Türöffnung und blickte ihr besorgt entgegen. Vanessa bremste kaum ab, als sie sich an seine Brust warf. Er stolperte mit einem kleinen Stöhnen nach hinten, schlang aber sofort beide Arme um sie, als sie sich wieder von ihm lösen wollte.

Beschämt hob sie den Kopf. »Tut mir leid, ich hatte nicht an deine Verletzungen gedacht.«

»Kein Problem. Was ist passiert?«

Sie wurde noch verlegener. »Nichts. Du warst nur so weit weg, und ich …« Sie brach ab, nicht sicher, was sie sagen wollte. Oder vielmehr sollte.

Wärme stand in seinen Augen, und er begann zu lächeln. Fasziniert starrte sie ihn an. Bisher hatte sie ihn noch nie lächeln oder gar lachen sehen, es machte die harten Linien seines Gesichtes viel zugänglicher. Ohne bewussten Befehl hob sie ihre Hand und fuhr mit dem Daumen das leichte Grübchen nach, das sich in seiner Wange gebildet hatte. Der Ausdruck in seinen Augen wurde intensiver, und er senkte langsam den Kopf. Vanessa hätte genug Zeit gehabt, ihm auszuweichen, doch das wollte sie gar nicht. Stattdessen gab sie einen zufriedenen Laut von sich, als Dereks Mund endlich ihre Lippen berührte. Der Kuss war sanft und zärtlich – perfekt.

Lange Zeit später hob Derek den Kopf. Die Gefühle in seinen Augen brachten ihr Herz zum Klopfen. »Das geht mir genauso.« Es dauerte einen Moment, bis sie verstand, dass er ihre frühere Aussage meinte. »Ich weiß nicht, wie das geschehen konnte, aber seit ich dich zum ersten Mal gesehen habe, hast du dich unter meiner Haut eingenistet, und ich bekomme dich nicht wieder heraus.«

Verwirrt blickte Vanessa ihn an. »Willst du das denn?«

Wieder dieses Lächeln, das ihr Inneres zum Schmelzen brachte. »Anfangs schon, aber jetzt nicht mehr.« Er zog sie dichter an sich. »Ich …«

Die Tür des Hubschraubers wurde weiter aufgezogen, und Clint starrte sie von unten herauf an. »Störe ich gerade?«

Mit einem bedauernden Seufzer löste Vanessa sich von Derek, damit sie sich zu Clint umdrehen konnte. »Wenn du schon so fragst, ja.«

Seine harten Gesichtszüge wurden einen Moment lang weicher. »Tut mir leid.« Dann verwandelte er sich wieder zum SEAL-Captain. »Ihr müsst jetzt los. Die anderen fliegen mit euch, I-Mac und ich bleiben hier, um die Sache mit den hiesigen Behörden zu klären.«

Besorgt blickte sie ihn an. »Ich hoffe, ihr werdet keinen Ärger bekommen.«

Clint hob die Schultern. »Shannons Leben war es mir wert. Wegen I-Mac tut es mir leid, aber es haben zu viele gesehen, dass er der Schütze war.«

Vanessa nickte und trat zurück, um den anderen Platz zu machen, die schweigend in den Hubschrauber kletterten. »Wenn wir irgendetwas tun können, sag Bescheid.«

»Ja, lasst euch nicht erwischen.« Damit schlug er die Tür zu und klopfte mit der freien Hand an die Außenwand, um dem Piloten zu signalisieren, dass sie abflugbereit waren.

Vanessa setzte sich rasch auf den Boden. Es gefiel ihr gar nicht, dass I-Mac nun darunter leiden musste, dass er ihnen geholfen hatte. Ohne ihn wäre Derek jetzt tot, und sie vermutlich auch. Sicher hatte er disziplinarische Maßnahmen zu erwarten, weil er an einer unerlaubten Aktion im Inland beteiligt gewesen war, vielleicht sogar den Ausschluss aus der Navy. Der Gedanke, ihn zu verlieren – als Freund, aber auch als grandiosen PC-Künstler – war furchtbar. Aber sie alle waren sehenden Auges in diese Mission gegangen und hatten gewusst, was passieren würde, wenn sie erwischt wurden.

Ein Blick in die ernsten Gesichter um sie herum bewies

das, aber sie war sich ziemlich sicher, dass jeder von ihnen das Gleiche wieder machen würde. Denn bei all dem Schlechten war doch die Hauptsache, dass Shannon befreit worden war und dass sie die Terrorgruppe zerschlagen hatten und der Anführer tot war. Vanessa ließ ihren Blick über Derek gleiten, der neben ihr saß und ihre Hand hielt. Und sie hatte einen Mann gefunden, der ihr bereits nach so kurzer Zeit viel mehr bedeutete, als sie jemals für möglich gehalten hätte. Sie drückte seine Hand fester und fragte sich, wie sie ihn je wieder loslassen sollte.

Clint entfernte sich vom Hubschrauber und sah zu, wie er mit einem lauten Knattern der Rotoren abhob. Die Gaffer waren wenigstens schlau genug gewesen, dem Helikopter fernzubleiben, doch jetzt schlossen sie sich wieder enger um den Wagen, neben dem I-Mac Wache hielt. Sein Gesichtsausdruck hielt, ebenso wie das Gewehr in seinem Arm, die Leute auf Abstand. Niemand von ihnen nahm gerne ein Leben, aber Clint war verdammt froh, dass I-Mac zur Stelle gewesen war, um Vanessa zu retten. Auf jeden Fall würde er alles tun, um seinen Freund unbeschadet aus der Sache herauszubringen, das war er ihm schuldig. Ohne ihn wäre Shannons Entführung vermutlich nicht so gut ausgegangen.

Entschlossen strebte Clint auf I-Mac zu. Er würde für alles die Verantwortung übernehmen, auch wenn ihn das vermutlich seinen Job und die ehrenhafte Entlassung kosten würde. Die Navy war so lange ein Teil seines Lebens gewesen, dass ihn das zwar unheimlich schmerzen würde, aber das war es ihm wert, weil er dafür Shannon nahezu unversehrt wiederbekommen hatte und auch Karen nun keine Gefahr mehr drohte, nachdem die Terrorgruppe Geschichte war. Wenn er wieder zu Hause war, würde er genug Zeit dafür haben, sich über seine Zukunft Gedanken zu machen. Schweigend gesellte er sich zu I-Mac, der seinen Blick weiter über die Menge schweifen ließ.

»Sieh dir diese Geier an. Sowie es irgendwo Blut zu sehen gibt, kommen sie angerannt.« I-Macs Bemerkung war so leise, dass nur Clint sie hören konnte.

»Solange sie ihren Abstand halten, können sie da stehen bleiben.« Clint blickte zum Auto. »Hast du nachgesehen, ob er die Kanister dabeihat?«

»Oberflächlich. Mir ist nichts aufgefallen.«

Mist, das wäre vermutlich auch zu einfach gewesen. Hoffentlich gelang es den Ermittlern, die Schritte des Terroristen und seiner Leute innerhalb der letzten paar Tage nachzuvollziehen und den Lagerort der Viren zu finden. Nicht auszudenken, wenn sie in falsche Hände gerieten oder versehentlich freigesetzt wurden. Aber er konnte darüber jetzt nicht nachdenken, denn das Geräusch von Sirenen näherte sich. Clint verzog den Mund. Die nächsten Stunden oder auch Tage würden sicher nicht sonderlich angenehm werden. Dabei wollte er nichts mehr, als zum Krankenhaus zu fliegen und bei Karen zu sein. Auch wenn er wusste, dass sie auf dem Weg der Besserung war, musste er sie mit eigenen Augen sehen, um es wirklich glauben zu können.

»Was war der letzte Stand bei Matt?«

»Er war kurz wach und wurde untersucht. Wenn es keine Komplikationen gibt, sollte er über den Berg sein.«

Erleichtert atmete Clint aus. Sein Freund war stark, er würde es schaffen. »Gott sei Dank. Meine Familie ist bei Shannon?«

»Ja. Und deine Eltern und Jay sind weiterhin bei Karen. Es ist für alle gesorgt.« In I-Macs Augen lag Verständnis.

»Danke. Hast du Nurja angerufen?«

I-Mac verzog den Mund. »Damit warte ich lieber, bis ich weiß, wie lange ich hierbleiben muss.«

»Rose wird sich um sie kümmern.«

»Ich weiß.« I-Mac wirkte aber nicht, als würde ihn das wirklich beruhigen. »Ich möchte einfach nur bei ihr sein.« Das Letzte sagte er so leise, dass Clint nicht wusste, ob es überhaupt für seine Ohren bestimmt gewesen war. Deshalb erwiderte er nichts darauf. Er kannte Nurja nicht gut genug, um beurteilen zu können, wie sie zu I-Mac stand. Was er jedoch im letzten Jahr in Washington, D.C. gesehen hatte, deutete für ihn auf tiefere Gefühle auch bei der Afghanin hin.

Bewegung entstand am Rande der Menge und kam langsam auf sie zu. Clint straffte die Schultern und machte sich darauf gefasst, dass sich sein Leben in nächster Zeit stark ändern würde. Schließlich zwängte sich ein Mann aus dem Gedränge. Als er sie sah, beschleunigte er seine Schritte.

Clints Augenbrauen hoben sich. »Der sieht aus wie FBI-Agent Chambers.« Sie hatten den Agenten kurz getroffen, nachdem die Bedrohung durch den entflohenen ehemaligen CIA-Agenten Black ausgeschaltet gewesen war.

»Das könnte daran liegen, dass er es ist.«

Clint blickte I-Mac prüfend an. »Ich kann mir nicht vorstellen, dass er zufällig gerade in der Gegend war.«

I-Mac grinste schief. »Stimmt. Er ist der Back-up-Plan.«

»Wann hattest du denn Zeit für so was?«

Mit einer Grimasse wandte I-Mac sich wieder dem FBI-Agenten zu. »Während ihr euch da draußen vergnügt habt, habe ich nur am Schreibtisch gesessen. Eigentlich kam die Idee aber von Jade. Sie hat einen Deal mit ihrem ehemaligen Ausbilder gemacht: Das FBI kann sich die Ergreifung der Terroristen auf die Fahne schreiben, und dafür gibt es keine Untersuchung, wer tatsächlich dafür verantwortlich war. Natürlich war bei der Aushandlung noch niemand tot, ich hoffe, er tritt jetzt nicht von dem Handel zurück.«

Hoffnung keimte in Clint auf, dass sie die Sache doch noch halbwegs unbeschadet überstehen könnten. »Ich werde alles dafür tun, dass er sich daran hält.« Er trat einen Schritt vor, als Chambers die Menge hinter sich ließ. »Agent Chambers, schön Sie zu sehen.«

Der Agent schüttelte seine Hand. »Ich wünschte, ich könnte das Gleiche auch von den Umständen unseres Wiedersehens sagen.« Er deutete zum Auto. »Ich nehme an, der Verdächtige ist tot?«

»Ja. Er hat versucht, zwei Unbeteiligte zu erschießen, wir hatten keine andere Wahl.«

»Unbeteiligte, aha.« Chambers beugte sich in die offene Tür. »Wer hat geschossen?«

Clint zögerte. »Ist das wirklich wichtig?«

Langsam richtete der Agent sich wieder auf und drehte sich um. »Nein, aber ich bin neugierig, das war ein sauberer Schuss durch die Scheibe.«

I-Mac trat vor. »Das war ich. Er hatte seine Pistole auf die Personen gerichtet und hätte sie erschossen. Es war mir zu unsicher, um ihn nur zu verletzen.«

»Das war vermutlich die richtige Entscheidung, aber es wäre natürlich besser, wenn wir ihn noch befragen könnten. Kontakte, Waffenlager und so weiter. Die anderen Männer befinden sich glücklicherweise in einem besseren Zustand.«

»Woher wissen Sie das?«

»Ich habe gleich einen Hubschrauber zum Lager geschickt. Leider war ich hier etwas zu spät.«

Clint räusperte sich. »Wir konnten nicht länger warten. Die *Krieger Gottes* hatten einen größeren Anschlag mit mutierten Vogelgrippe-Viren geplant, die Kanister sollen hier irgendwo im Ort sein. Wir konnten nicht zulassen, dass der Anführer damit flieht oder sie hier irgendwo freisetzt.«

Chambers rieb mit der Hand über sein Gesicht. »Verdammt, das ist ja noch schlimmer, als ich gedacht habe. Von wem haben Sie das gehört? Ich brauche so schnell wie möglich eine Zeugenaussage.«

»Die werden Sie bekommen, allerdings nur schriftlich.« Clint fuhr erst fort, als der Agent zögernd seine Zustimmung gab. »Fragen Sie am besten beim Labor nach, was genau fehlt, der Zeuge hat meines Wissens keine genauen Informationen darüber.«

Chambers' Ärger war deutlich sichtbar. »Das Labor hätte den Diebstahl sofort melden müssen! Wie sollen wir im Land für Sicherheit sorgen, wenn alle so sorglos mit ihren Gefahrstoffen umgehen?«

Da die Frage rein rhetorisch war, sagte Clint nichts dazu. »Brauchen Sie von mir eine Aussage? Ich muss so schnell wie möglich zu meiner Frau, sie wurde angeschossen.«

Die Augenbrauen des Agenten ruckten nach oben. »Sie haben eine Waffenexpertin in die Nähe der Terroristen gebracht?«

Wütend funkelte Clint ihn an. »Natürlich nicht! Einige der Terroristen haben die Ranch meiner Eltern überfallen, wo sich auch meine Frau und meine Tochter aufhielten.«

Mitgefühl stand in Chambers' Augen. »Das tut mir leid, ich hoffe, es geht ihr gut.«

»Sie hat überlebt.« Clint atmete tief durch. »Zwei der Terroristen wurden dort erschossen, zwei andere verletzt. Sie finden sie im Krankenhaus und in Polizeigewahrsam.«

»Okay, ich übergebe die Sache hier meinen Leuten, und dann ziehen wir uns irgendwohin zurück und besprechen, was geschehen ist und wie es weitergeht. Ich verspreche, dass ich es so kurz wie möglich halten werde.«

Clint wollte protestieren, doch er wusste, dass es nichts bringen würde. Und wenn sie wirklich eine Einigung erzielen konnten, die sein Team aus der ganzen Sache heraushielt, musste er die Gelegenheit ergreifen. Karen würde das verstehen, trotzdem wollte er nichts lieber, als sie endlich wieder in den Armen zu halten und sich zu vergewissern, dass es ihr gut ging. Aber das würde wohl noch etwas warten müssen. Mit einem knappen Nicken gab Clint seine Zustimmung.

40

Die Hände in den Hosentaschen vergraben stand Derek in einer Ecke des Raumes und beobachtete, wie Vanessa und die SEALs zusammenpackten. Es herrschte eine seltsame Stille, jeder schien dabei seinen eigenen Gedanken nachzuhängen. Es hatte ihn verwundert, als der Hubschrauber sie zu einem unscheinbaren Haus im Ort geflogen hatte, zumindest bis Vanessa ihm erklärte, dass sie es als Hauptquartier genutzt hatten, während sie versucht hatten, den genauen Aufenthaltsort der Terrorgruppe herauszufinden. Es erstaunte ihn immer noch, wie ihnen das in so kurzer Zeit gelungen war, aber er war froh darüber.

Was hätte er getan, wenn Vanessa nicht gekommen wäre? Hätte er wirklich, nur um seine Undercover-Identität zu schützen, dabei zusehen können, wie Eric Shannon gefoltert und getötet hätte? Vermutlich nicht. Natürlich hatte er Brandon rächen wollen, aber es wäre nicht im Sinne seines Freundes gewesen, wenn er dafür eine Unschuldige zum Tode verurteilt hätte. Es war sowieso ein Wunder, dass er es so lange bei Eric und seinen Leuten ausgehalten hatte. Immer wieder waren Dinge vorgefallen, die ihn beinahe zum Aufgeben gebracht hätten, aber er hatte sich stets gesagt, dass weitere Menschen sterben würden, wenn er nichts dagegen unternähme.

Derek schob die Gedanken für später beiseite und beobachtete stattdessen, wie die muskelbepackten Männer die Computerhardware behandelten, als bestünde sie aus hauchdünnem

Glas. Mit den anderen Ausrüstungsgegenständen waren sie lange nicht so vorsichtig umgegangen.

Vanessa trat neben ihn und fing seinen verwunderten Blick auf. »I-Macs Ausrüstung. Wenn er hier wäre, würde er alles selbst machen, aber da er auf unbestimmte Zeit nicht verfügbar ist …«

Ihretwegen musste er sich jetzt für Erics Tod verantworten, das Schuldgefühl schwang deutlich in Vanessas Antwort mit. »Wenn es hilft, mache ich gerne eine Aussage.«

Vanessa schüttelte den Kopf. »Clint wird das regeln, sollten sie uns brauchen, werden sie es sagen. Im Moment ist es aber besser, wenn wir von hier verschwinden.« Ein schwaches Lächeln umspielte ihre Mundwinkel. »Wir dürften eigentlich gar nicht hier sein, wie du sicher schon mitbekommen hast.«

»Weil SEALs nicht im Inland eingreifen dürfen?« Er hatte sich schon gefragt, wie sie die Bestimmungen umgangen hatten.

»So ähnlich.«

Er konnte sich denken, dass Vanessa vermutlich mit einem Außenstehenden nicht darüber reden durfte, aber es störte ihn, dass er so gar nichts über sie wusste. »Aber du bist kein SEAL.«

»Offensichtlich, da ich kein Mann bin.«

Dereks Blick glitt zu ihren Brüsten, die unter ihrem Oberteil nicht zu übersehen waren. »Das ist mir tatsächlich aufgefallen.« Es tat ihm fast leid, dass sie inzwischen ihre eigene Kleidung trug und nicht mehr sein T-Shirt. Er selbst hatte ein sauberes von einem der SEALs bekommen.

Vanessa rollte mit den Augen. »Witzbold.«

Er schlang seinen Arm um ihre Taille und zog sie näher an sich. Es fühlte sich so gut an, ihre Wärme an seinem Körper zu spüren. »Das war kein Scherz.«

Ihre grünbraunen Augen verdunkelten sich. »Nach dem, was

wir zusammen getan haben, hatte ich auch nicht angenommen, dass du mich für einen Mann halten könntest.«

Derek gab der Versuchung nach und rieb seine Wange an ihrer Schläfe. »Eine schöne Ablenkung. Wenn du mir nicht erzählen willst, was du tust, dann verstehe ich das. Du brauchst es nur sagen.«

Vanessa löste sich von ihm und blickte ihn ernst an. »Es liegt nicht daran, dass ich es dir nicht sagen möchte, ich darf es nicht. Es tut mir leid.«

»Okay.« Er strich ihr eine Haarsträhne hinters Ohr. »Sagst du mir wenigstens deinen Namen?«

Sie zögerte einen Moment, dann blies sie langsam den Atem aus. »Vanessa Martin.«

»Lebst du an der Ost- oder Westküste?« Irgendwie musste er sie schließlich wiederfinden, wenn er sein Leben wieder in ordentliche Bahnen gelenkt hatte.

Ein leichtes Lächeln erschien auf ihrem Gesicht. »San Diego.«

Ja, das passte, in der Nähe befand sich ein SEAL-Stützpunkt. »Danke.«

»Und du lebst in San Francisco?«

»Ja.«

»Das ist etwa fünfhundert Meilen entfernt. Zu weit für …« Sie brach ab, und Röte stieg in ihre Wangen.

Bevor er ihr vorschlagen konnte, dass sie sich trotzdem sehen könnten, öffnete sich die Tür, und I-Mac trat in den Raum. Sofort wurde er von den anderen umringt, auch Vanessa drückte nur kurz entschuldigend Dereks Arm, bevor sie sich zu den SEALs gesellte. Derek lehnte sich mit dem Rücken an die Wand und hörte aus der Entfernung zu.

»Haben sie dich schon gehen lassen?«

»Wo ist Clint?«

»Wird ein Verfahren eröffnet?«

Die Fragen prasselten auf I-Mac ein, bis er beide Hände hob. »Ist ja gut, beruhigt euch.« Sein Gesichtsausdruck wirkte entspannt, also schien die Sache ganz gut ausgegangen zu sein, was Derek freute. »Jade hat ihre Kontakte spielen lassen und ihren früheren Ausbilder informiert. Der hat zugestimmt, die ganze Aktion als FBI-Zugriff zu deklarieren und dafür auch den Ruhm einzuheimsen. Damit sind wir aus dem Schneider. Clint ist noch dort und klärt mit ihm die letzten Dinge, danach kann auch er gehen. Unsere Leute werden gerade beim Lager abgeholt, anschließend können wir nach Coronado zurückkehren. Clint fliegt mit seinem Team an die Ostküste.«

Das war sogar noch besser, als Derek erwartet hatte. Er hätte nie gedacht, dass sich das FBI zu so einer Vertuschungsaktion bereit erklären würde. Normalerweise nahmen sie es sehr übel, wenn sich jemand in ihren Hoheitsbereich einmischte. Offenbar zählte diesmal mehr, dass die Terrorgruppe gefasst war.

I-Mac blickte an den anderen vorbei. »Derek, wir haben dich aus der Sache völlig herausgehalten. Du kannst auch von San Francisco aus eine Aussage machen, dein Name wird aber in keinem Bericht erwähnt.«

Unglaublich, dass sich diese Menschen, die ihn gar nicht kannten, so für ihn einsetzten. Seine Kehle wurde eng, als er Vanessas strahlendes Lächeln sah. »Vielen Dank. Ich stehe natürlich jederzeit für eine Befragung zur Verfügung.« Anscheinend ging die Mission für ihn tatsächlich glimpflich aus. Das war mehr, als er je zu hoffen gewagt hätte.

»Wir packen jetzt hier zusammen, und dann nehmen wir dich zum Flughafen in Missoula mit.«

Derek nickte dankbar. Momentan konnte er sich noch gar nicht vorstellen, wie es sein würde, wieder nach Hause zurückzukehren. So viele Monate waren vergangen, so viel geschehen.

Vor allem, wie sollte er einfach wieder so weitermachen wie vorher – ohne Brandon? Sein Freund hatte so viele Jahre zu seinem Leben gehört, dass nun ein wichtiger Teil fehlte. Dereks Blick fiel wieder auf Vanessa. Sie könnte die Leere in ihm vielleicht füllen, aber sie lebte weit weg. Und er würde nicht von ihr verlangen, für ihn ihren Job und all ihre Freunde aufzugeben, selbst wenn sie wider Erwarten dazu bereit wäre. Sehr unwahrscheinlich, schließlich kannten sie sich erst seit zwei Tagen – zwei Tage, in denen sich sein gesamtes Leben verändert hatte.

Unsicher betrachtete er Vanessa, die aussah, als würde sie sich inmitten der großen, kräftigen Männer und den Kisten mit Waffen, Ausrüstung und Computerteilen sehr wohlfühlen. Vielleicht war ihr Zusammentreffen nur für ihn so einschneidend gewesen, für Vanessa dagegen nur eine kleine befriedigende Episode zwischendurch. Nein, in ihren Augen hatten echte Gefühle gelegen. Oder? Kein Wunder, dass er in fünfunddreißig Jahren noch keine Frau fürs Leben gefunden hatte, offensichtlich fehlte ihm ein Sensor, der ihm verriet, wann ihn eine wirklich mochte.

Als könnte sie seinen Blick auf sich fühlen, drehte Vanessa sich zu ihm um. Ihre Augen tauchten ineinander, und Derek spürte es beinahe wie einen elektrischen Schlag. Sie sagte etwas zu I-Mac und kehrte dann zu Derek zurück.

Dicht vor ihm blieb sie stehen. »Geht es dir gut?«

Er musste sich räuspern, um überhaupt einen Ton herauszubringen. »Natürlich. Ich weiß gar nicht, wie ich euch danken soll für alles, was ihr für mich getan habt.«

Sie lächelte ihn an, das Grün ihrer Iris leuchtete intensiver. »Das ist nicht nötig. Unter Freunden hilft man sich.«

Sein Herz klopfte schneller. »Sind wir denn befreundet?« Seine Hand schloss sich um ihren Slip, den er immer noch in der Hosentasche trug.

Sie hob die Augenbrauen. »Das musst du noch fragen? Ich dachte, das wäre offensichtlich gewesen. Oder denkst du, dass ich mit jedem schlafe, der mir irgendwo über den Weg läuft?«

Rasch schlang er seine Arme um sie und zog sie an sich. Mit den Lippen berührte er ihre Stirn »Nein, natürlich nicht.«

Vanessa hob den Kopf und blickte ihm direkt in die Augen. »Ich möchte, dass wir Freunde sind.«

Das entlockte ihm ein Lächeln. »Ich auch.« Er küsste ihre Nasenspitze. »Sehr gute Freunde.«

Ihre Hände legten sich auf seine Rippen. »Das lässt sich einrichten.«

»Okay, Aufbruch, alle Mann.« Die laute Stimme durchbrach das freudige Gefühl in seinem Innern. »Wir holen die anderen von einem Flugfeld am Rand der Stadt ab.«

Ungern ließ Derek Vanessa los, aber schließlich konnte er sich nicht einfach mit ihr in ein Zimmer zurückziehen, während die anderen die Kisten in mehrere Wagen luden. Als sie damit fertig waren, fuhren sie sofort los, und er konnte immerhin neben Vanessa sitzen. So etwas wie Privatsphäre gab es zwar nicht, denn auf dem Beifahrersitz saß I-Mac und am Steuer ein weiterer SEAL. Aber die Fahrt war ohnehin zu kurz, um viel zu reden, und danach wurde es im Wagen noch enger, da ein weiterer SEAL samt Ausrüstung zustieg. Er blickte Derek prüfend an, dann stellte er sich als Cat vor. Wenigstens war er deutlich schlanker als einige der anderen SEALs, und sie konnten halbwegs bequem sitzen, während sie die siebzig Kilometer nach Missoula fuhren.

Die relative Enge ermöglichte es Derek, noch dichter neben Vanessa zu sitzen, zwischen ihren Oberschenkeln hielt er ihre Hand in seiner. Auf halber Strecke verlor sie den Kampf gegen die Müdigkeit, ihr Kopf sank auf seine Schulter. Kein Wunder, schließlich hatte sie in der Nacht nur wenig geschlafen, und die letzten Stunden waren sehr anstrengend gewesen. Er selbst war auch müde, aber er wollte keine Minute in Vanessas Gegenwart versäumen. So saß er einfach nur da und beobachtete sie beim Schlafen. Ein Lächeln glitt über sein Gesicht, als er feststellte, wie harmlos sie wirkte, wenn sie schlief. Nichts deutete auf die Kraft und Ausdauer in ihr hin, die sie ausstrahlte, wenn sie wach war.

Für Derek war die Fahrt viel zu schnell vorüber, es schienen kaum mehr als ein paar Minuten vergangen zu sein, seit sie in den Wagen gestiegen waren. Er war noch nicht bereit, sich von Vanessa zu trennen, aber wie es aussah, konnte er nichts dagegen ausrichten. Während die anderen sich um das Einchecken und die Ausrüstung kümmerten, hatte er einen kurzen Moment allein mit ihr. Ihrem Gesicht war anzusehen, dass sie sich auch noch nicht von ihm trennen wollte. Doch sie hatten keinen Einfluss darauf – Vanessa musste nach San Diego zurück, und er selbst musste sich darum kümmern, wieder in sein altes Leben zurückzukehren.

Stumm standen sie voreinander und sahen sich einfach nur in die Augen. Schließlich räusperte sich Derek. »Ich schätze, wir müssen jetzt Lebewohl sagen.«

Vanessas Lächeln war zittrig. »Ich hatte eher an ein ›Auf Wiedersehen‹ gedacht.«

»Das würde mir auch gefallen.« Er hielt es nicht mehr aus und legte seine Hand an ihre Wange. »Danke, dass du in mein Leben getreten bist, Vanessa Martin. Ohne dich wäre ich wahrscheinlich immer noch …« Er brach ab und holte tief Luft. »Ich werde dich nicht vergessen.«

Sie schmiegte ihre Wange in seine Hand. »Das will ich doch hoffen. Ich werde jedenfalls an dich denken. Ich hoffe, du kannst in San Francisco alles regeln und deinen Frieden finden.«

Dessen war er sich noch nicht sicher, aber das brauchte sie nicht zu wissen. Sie hatte genug für ihn getan. »Vanessa …«

Bevor er mehr sagen konnte, hatte sie die Entfernung zwischen ihnen überbrückt und presste ihre Lippen auf seine. Instinktiv schlang er seine Arme um sie und drückte sie fest an sich, während er sie verzweifelt küsste. Sein Herz pochte schmerzhaft. Vielleicht war es das letzte Mal, dass er sie so hielt und ihr Atem sich vermischte. Der letzte leidenschaftliche Kuss, der ihn wünschen ließ, sie wären nicht in aller Öffentlichkeit, sondern irgendwo alleine, wo er sie noch einmal lieben könnte. Aber sie waren mitten auf einem belebten Flughafen, deshalb hielt er sie einfach nur, so fest er konnte.

Mit einem letzten Streicheln seiner Zunge an ihrer beendete er den Kuss. Noch immer standen sie eng umschlungen da, während er seine Stirn an ihre presste. Wie sollte er sie jemals loslassen? Er hatte das Gefühl, dass sie sich nie wiedersehen würden, wenn er es täte. Aber das war natürlich Unsinn, deshalb zwang er sich schließlich, seine Umklammerung langsam zu lösen. Widerwillig trat er einen Schritt zurück und nahm ihre Hände in seine. »Vanessa …« Seine Kehle schnürte sich zu, und er brachte keinen Ton mehr heraus.

Vanessas Augen füllten sich mit Tränen. »Ich weiß. Gott, ich hasse Abschiede!« Ihre Finger umklammerten seine Hände, als wäre er ihr letzter Halt. Dann ließ sie ihn los und ging langsam rückwärts. »Ich muss los.« Damit wirbelte sie abrupt herum und rannte davon.

Derek lief ihr ein paar Schritte nach, dann blieb er stehen. Es brachte nichts, ihr zu folgen, das würde den Abschied nur etwas hinauszögern und noch schwerer machen. Seine Hände ballten sich zu Fäusten, während er beobachtete, wie sie in der Menge untertauchte. Das Letzte, was er von ihr sah, waren ihre roten Haare, die noch für einen Moment aufglühten und dann aus seinem Blickfeld verschwanden. Sowie sie außer Sicht war, zog sich sein Herz so heftig zusammen, dass er seine Hand darauf presste. Er schwankte und musste sich an einem Geländer abstützen, um nicht in die Knie zu gehen.

»Alles in Ordnung, Sir?«

Derek blinzelte, bis er eine Frau in Uniform vor sich sah. Offenbar eine der Flughafenangestellten. Mühsam richtete er sich auf. »Ja, danke. Ich fürchte, ich habe gerade mein Herz verloren.«

Die Frau lächelte ihn an. »Dann hoffe ich, dass die Frau das zu schätzen weiß.«

Das tat er allerdings auch. Nur, Vanessa wusste nichts davon, und jetzt war es auch zu spät, es ihr zu sagen. Er musste dringend nach Hause. Je früher er dort ankam, desto eher konnte er sein Leben wieder in Ordnung bringen. Deshalb nickte er der Frau nur dankbar zu und strebte dann auf den Ausgang zu. Er würde nicht fliegen, wie Vanessa dachte, sondern seinen Wagen holen, der hier auf dem Langzeitparkplatz stand. Darin befanden sich auch seine Papiere, ohne die er sowieso nicht hätte fliegen können. Eines war ihm allerdings jetzt schon klar: Die lange Fahrt würde eine echte Tortur werden. Nicht nur wegen seiner Prellungen, sondern auch weil er dabei viel Zeit zum Grübeln haben würde.

Clint hielt kurz inne, bevor er das Krankenzimmer betrat, in dem Matt lag. Sein Kopf schmerzte von dem Schlag und der langen Besprechung mit Chambers. Immerhin war das bestmögliche Ergebnis dabei herausgekommen: Die SEALs und TURTs würden nicht erwähnt werden, und auch Shannons Name würde nirgends auftauchen. Ihre Aussage konnte sie anonym machen. Aber eigentlich war das nur noch eine reine Formsache, da der Anführer tot war und die Terrorgruppe zerschlagen. Es war nun Aufgabe des FBI, ihnen im Nachhinein die verschiedenen Anschläge nachzuweisen und auch die Waffen und Kanister mit Viren zu finden. Doch er hatte keinen Zweifel daran, dass ihnen das gelingen würde. Egal wie die Sache ausging, für ihn war die Hauptsache, dass Shannon lebte und seine Familie nie wieder durch die Terrorgruppe in Gefahr geraten würde.

Nach einem tiefen Atemzug klopfte er kurz an die Tür und öffnete sie dann. Matts gewaltige Ausmaße beherrschten das kleine Bett, es wirkte fast, als könnte es jeden Moment zusammenbrechen. Er war noch an einen Herzmonitor angeschlossen, wurde aber nicht beatmet. Unter seiner Sonnenbräune wirkte er blass, seine hellbraunen Haare matt. Falten hatten sich in sein Gesicht eingegraben, die von seinen Schmerzen zeugten. Es tat Clint weh, seinen sonst so aktiven Freund in diesem Zustand zu sehen.

Deshalb ließ er seinen Blick weiter durchs Zimmer wandern und traf auf Shannon, die in einem Stuhl am Bett saß. Offenbar war sie völlig erschöpft, ihre Augen waren geschlossen. Sie hätte eigentlich auch in einem Bett liegen und sich von ihrem Martyrium erholen sollen, aber Clint war sich ziemlich sicher, dass sie sich geweigert hatte, Matt zu verlassen. Ihre Finger waren mit Matts verschränkt, als könnte sie es nicht einmal im Schlaf ertragen, von ihm getrennt zu sein. Clints Kehle zog sich zusammen, als er sie eine Weile betrachtete. Vielleicht sollte er sie besser schlafen lassen, das hatten sie nötiger, als mit ihm zu sprechen. Allerdings wollte er heute noch abreisen, um endlich zu Karen zu kommen. Unentschlossen stand er im Raum und wollte sich gerade abwenden, als sich Shannons Lider langsam hoben.

Sie blinzelte ein paarmal, dann setzte sie sich ruckartig auf. »Clint!« Shannon sprang auf, ihre Beine verhedderten sich in der Decke, die jemand über sie gelegt hatte, und sie wäre beinahe auf dem Boden gelandet, wenn Clint sie nicht rechtzeitig aufgefangen hätte.

Vorsichtig stellte er sie auf die Füße und wollte sich von ihr lösen, doch Shannon hatte ihre Arme um ihn geschlungen und presste sich an ihn. Ihr Gesicht hatte sie an seinem T-Shirt vergraben, und er spürte die Nässe ihrer Tränen, die den Stoff durchweichten. Gequält schloss Clint die Augen. Er ertrug es nie gut, wenn eine Frau weinte, schon gar nicht seine Schwester, die sonst so stark war. Hilflos strich er mit der Hand über ihre Haare, so wie er es getan hatte, als sie noch ein kleines Mädchen gewesen war und sich das Knie aufgeschlagen hatte. Diesmal war ihr Schmerz jedoch innerlich, und er wusste nicht, wie er ihn lindern konnte.

»Es ist alles gut, Shannon.« Seine Worte kamen ihm selbst dumm und unzureichend vor. Nichts war gut – sie war verschleppt und misshandelt worden, und ihr Lebensgefährte wäre beinahe gestorben. Es war ihr gutes Recht, ein paar Tränen zu vergießen, wenn ihr das half.

Er öffnete seine Augen und sah, dass Matt wach war und sie beobachtete. Eine schwache Kopie seines sonstigen Lächelns hob seine Mundwinkel. Sein Freund wusste genau, wie unsicher ihn solche Gefühlsausbrüche machten, und normalerweise genoss Matt es, ihn damit aufzuziehen. Aber diesmal schien es ihm zu reichen, Shannon diesen Moment zu lassen, den sie offensichtlich brauchte.

Schließlich hob Shannon den Kopf und blickte ihn mit geröteten Augen an. »Ich bin so froh, dass es dir gut geht.« Bevor er antworten konnte, redete sie weiter. »Aber ich sollte dich schlagen, weil du dich in Gefahr gebracht hast. Was hast du dir dabei gedacht, dich diesem Verbrecher auszuliefern? Beinahe wärst du getötet worden!«

»Shannon …«

Wütend funkelte sie ihn an. »Nein, jetzt komm mir nicht mit deinen Machosprüchen, dass du ein SEAL bist und niemand dir etwas anhaben kann.«

Clint brachte ein halbes Lächeln zustande. »Eigentlich wollte ich sagen, dass ich keine andere Wahl hatte. Wir wollten dich auf andere Weise befreien, konnten aber nicht schnell genug dorthin kommen. Also musste ich mitspielen, um Matt und den anderen die Zeit zu verschaffen, die sie brauchten.«

»Oh Gott.« Ein Schauer lief durch ihren Körper, und sie schlang die Arme um sich. »Ich sehe immer noch vor mir, wie er dich bedroht hat und …«

Clint zog sie wieder an sich. »Schsch, es ist alles vorbei. Niemand wird dir oder sonst jemandem noch etwas tun.«

Flehend blickte sie zu ihm auf. »Bitte sag mir, dass ihr den Anführer gefasst habt.«

»Das haben wir.« Hinter ihr fing Clint Matts fragenden Blick auf und schüttelte den Kopf.

Befriedigung breitete sich auf Matts Gesicht aus, und er lehnte sich wieder in die Kissen zurück. »Gut.«

Shannon schien das noch nicht zu beruhigen. »Was wird mit euch passieren? Werdet ihr Ärger bekommen, weil ihr gegen die Terroristen vorgegangen seid?« Manchmal war es wirklich ein Nachteil, dass Shannon als Autorin von Military Romance so viel darüber wusste.

»Nein, es ist alles geregelt. Das FBI übernimmt die Gefangenen und auch die Verantwortung für den Einsatz.«

Matts Augenbrauen hoben sich. »Einfach so?«

»Jades Beziehungen haben sich als sehr hilfreich erwiesen.«

»Ah.« Matts Miene klärte sich. »Ich wusste doch, dass es klug war, sie anzunehmen.«

Das hörte sich schon so nach dem alten Matt an, dass Clint insgeheim erleichtert aufatmete. Es würde alles gut werden.

Sein Freund würde wieder auf die Beine kommen und Shannon dabei helfen, die Erlebnisse zu verarbeiten. »Wie lange musst du hier drinbleiben?«

»Wenn es nach mir geht, bin ich morgen wieder draußen.«

Shannon warf ihm einen strengen Blick zu. Sie löste sich von Clint, kehrte zum Bett zurück und beugte sich über Matt. »Es geht aber nicht nach dir. Du wirst so lange hierbleiben, bis die Ärzte das Okay geben. Haben wir uns verstanden?«

Matt blickte Clint in gespielter Verzweiflung an. »Siehst du, was ich hier alles zu erdulden habe? Erst wirst du mit Aufmerksamkeit überschüttet und dann …«

Weiter kam er nicht, denn Shannon legte ihre Hand über seinen Mund. »Ich werde kein Risiko eingehen, wenn es um dein Leben geht.«

Matt nahm ihre Hand in seine und befreite so seinen Mund. »Das weiß ich doch. Ich werde so lange hierbleiben, wie es nötig ist, ich verspreche es.«

Shannons Miene entspannte sich. »Danke.«

Einerseits wärmte es Clint, die tiefe Liebe zwischen Matt und Shannon zu sehen, andererseits wollte er dadurch nur noch schneller zu Karen kommen.

Shannon schien seine Unruhe zu spüren, denn sie lächelte ihn an. »Ich glaube, ich muss mich ein wenig frisch machen. Denk dran, dass du den anderen Hallo sagst, bevor du gehst, sie wollen mit eigenen Augen sehen, dass es dir gut geht.«

»Den anderen?« Ihm schwante Böses.

Grinsend ging Shannon zur Tür. »Shane, Leigh und Chloe samt Anhang.« Sie wurde ernst. »Ich bin wirklich froh, dass sie gekommen sind. Als Matt nicht aufgewacht ist, habe ich mich ziemlich einsam gefühlt.«

Verständlich. Clint folgte ihr und küsste ihre Wange. »Tut mir leid, dass ich nicht mitkommen konnte.«

»Das war völlig in Ordnung. Mir war es wichtiger, dass die Verbrecher gestoppt werden, als dass mir jemand Händchen hält.« Sie tätschelte seine Wange. »Melde dich bald, okay?«

»Versprochen.« Er schloss die Tür hinter ihr.

»Du weißt, dass sie darauf bestehen wird, oder?«

Clint drehte sich zu Matt um und hob die Schultern. »Das macht mir nichts aus. Ich habe es immer noch nicht ganz verdaut, dass ich sie hätte verlieren können.« Und das war eine Untertreibung. Immer wenn er darüber nachdachte, brach ihm der Schweiß aus und sein Herz zog sich zusammen.

Jeglicher Humor war aus Matts Gesicht verschwunden. In seinen Augen konnte Clint ein Echo der überstandenen Furcht erkennen. »Es wird lange dauern, bis ich nicht mehr das Gefühl habe, jede Sekunde kontrollieren zu müssen, ob Shannon noch da ist. Ich werde sie wahrscheinlich in den Wahnsinn treiben.«

»Das hast du doch vorher schon.«

Matt belohnte Clints Versuch, ihn wie früher zu necken, mit einem kleinen Lächeln. »Stimmt.« Dann wurde er wieder ernst. »Was wirst du wegen der anderen Sache unternehmen?«

»Welcher?« Matts Blick zeigte, dass Clint ihn nicht täuschen konnte und genau wusste, wovon er sprach. Mit einem tiefen Seufzer gab Clint nach. »Ich weiß es noch nicht.«

»Irgendjemand, der sehr viel über dich und auch deine Familie weiß, hat die Informationen an die Terrorgruppe weitergegeben. Anders lässt sich nicht erklären, woher sie wussten, dass Karen im Spa sein würde, und auch nicht, wieso sie sich so gut auf der Ranch auskannten und wussten, wie sie ungesehen ins Haus kommen würden.«

Clint rieb heftig über sein Gesicht. »Ich weiß. Allerdings gibt es kaum jemanden, auf den beides zutrifft. Eigentlich nur Familienmitglieder und meine engsten Mitarbeiter.« Das machte es aber auch einfacher, den Schuldigen zu finden. Denn für seine Familie samt Anhang sowie Red und sein Team oder auch sein altes Team aus Coronado würde er die Hände ins Feuer legen. Blieb eigentlich nur noch eine Möglichkeit, aber die schlug ihm auch auf den Magen. Er konnte sich nicht vorstellen, dass er sich so in jemandem, dem er vertraut hatte, täuschen konnte.

Matt sah ihn mitfühlend an. »Lass es nicht zu lange warten. Und nimm dir Verstärkung mit.«

Clint nickte, auch wenn er sich nicht sicher war, ob das der beste Kurs war. Aber er hatte keine Wahl, er würde nicht zulassen, dass Karen noch einmal in Gefahr geriet.

41

Nachdem er zwei emotionale Treffen mit seiner Familie in zwei verschiedenen Krankenhäusern überstanden hatte, konnte Clint endlich zu Karen. Beinahe im Laufschritt durchquerte er die Krankenhausflure, bis er endlich vor ihrer Zimmertür stand. Er klopfte, wartete das »Herein« jedoch gar nicht erst ab, sondern drückte sofort die Klinke herunter. Sowie er seinen Kopf in den Raum steckte, ertönte ein hohes Quietschen.

»Daddy!« Maya sprang vom Bett und rannte auf ihn zu. »Du bist da!«

Clint konnte sie gerade noch auffangen. Als er Maya hochhob, schlang sie die Arme um seinen Nacken und gab ihm einen laut schmatzenden Kuss auf die Wange. Ein Kloß saß in seinem Hals, während er ihren kleinen Körper an sich drückte und sanft an ihrem Zopf zupfte. »Da ist ja mein kleiner Grashüpfer. Hast du auch gut auf Mommy aufgepasst?«

»Natürlich! Ich war auch ganz leise.« Das schrie sie fast heraus, und Clint wusste, dass Karen seine Ankunft auf keinen Fall verschlafen haben konnte.

Er drehte sich so, dass er das Bett betrachten konnte, und traf Karens Blick. Ein leichtes Lächeln spielte um ihren Mund, und in ihren Augen konnte er Liebe erkennen. Mit Maya im Arm ging er zum Bett und beugte sich hinunter, sodass er Karen küssen konnte. Sobald sich ihre Lippen berührten, zog sich seine Kehle erneut zusammen, und er bekam kaum noch Luft. Die überstandene Angst um Karen raubte ihm seine Kraft, und er begann zu zittern. Er konnte gerade noch Maya auf der Bettkante absetzen, bevor er sich auf dem Boden wiederfand. Mit der Seite lehnte er sich an den Nachttisch, der ihn aufrecht hielt.

Besorgt blickte Karen ihn an. »Geht es dir gut?«

Clint legte seine Wange auf ihre Hand. »Jetzt ja. Es tut mir leid, dass ich nicht früher kommen konnte.«

Karen strich über seine Haare. »So gerne ich dich auch sehen wollte, mir war es wichtiger, dass du Shannon hilfst. Ich hätte nicht damit leben können, wenn sie meinetwegen …« Als ihr bewusst wurde, dass Maya jedem Wort mit großen Augen lauschte, brach sie ab. »Aber jetzt ist ja alles in Ordnung, und du bist endlich hier.«

»Ja, die *Krieger Gottes* existieren nicht mehr.« Tiefe Befriedigung erfüllte ihn bei dem Gedanken. »Shannon ist in Sicherheit, und die SEALS und TURT/LEs werden nicht dafür belangt, dass sie uns geholfen haben.«

Karens Finger glitten über seine Schläfe. »Und du?«

»Offiziell war ich gar nicht dort. Das habe ich der TURT/LE-Agentin Jade zu verdanken, die ihren ehemaligen FBI-Ausbilder eingeschaltet hat. Er fühlte sich wohl verpflichtet, nachdem wir letztes Jahr bei der Suche nach Black geholfen haben.« Er drückte es extra so harmlos aus, weil Maya immer noch interessiert lauschte.

»Ich bin froh.« Karen lächelte ihn erschöpft an. »Wie lange kannst du bleiben?«

Das war eine schwierige Frage. Am liebsten wäre er so lange geblieben, bis Karen aus dem Krankenhaus entlassen wurde, doch er musste zurück nach Virginia und sich um die möglichen Konsequenzen seiner Abwesenheit und der des Teams kümmern. Zwar wusste er, dass Red die Sache garantiert unter Kontrolle hatte, aber es war seine Verantwortung, und er musste dort sein, falls es doch nicht so reibungslos lief.

An seinem langen Schweigen erkannte Karen wohl schon

seine Antwort, denn sie legte ihre Finger auf seine Lippen. »Es ist in Ordnung, ich weiß, dass du dich um alles kümmern musst. Die Ärzte konnten noch nicht sagen, wie lange ich hier bleiben muss. Sie wollen erst noch beobachten, ob ich irgendwelche Probleme wegen der Niere bekomme.«

Der fehlenden. *Gott!* Am liebsten hätte Clint seine Wut herausgeschrien, aber er wollte Karen und vor allem Maya nicht erschrecken. »Gut.« Seine Stimme klang belegt. Mehr brachte er nicht heraus, deshalb war er froh, dass es an der Tür klopfte und sie sich gleich darauf öffnete.

Seine Mutter steckte ihren Kopf herein und lächelte ihn an. »Ich habe mir gedacht, dass ich mein Lieblingsenkelkind für ein paar Minuten nach draußen entführe.«

Maya hüpfte vom Bett und lief zu ihr. »Ich bin doch dein einziges Enkelkind!«

Angela lachte. »Stimmt, aber deshalb habe ich dich trotzdem ganz furchtbar lieb.« Sie nahm Mayas Hand und zwinkerte Clint zu, bevor sie das Zimmer verließen.

»Ich liebe deine Mutter, sie ist einfach wunderbar.« Tränen klangen in Karens Stimme mit.

Clint kniete sich vor das Bett, sodass sein Gesicht direkt über Karens schwebte. »Und ich liebe dich.« Seine Lippen schlossen sich über ihren, und er küsste sie sanft.

Karen erwiderte den Kuss, ihre Hand grub sich in seine Haare. Das verstärkte zwar seinen Kopfschmerz, aber das war ihm egal. Hauptsache, er war endlich wieder bei Karen, konnte mit ihr sprechen und ihre Nähe fühlen. Um ein Haar hätte er sie verloren, und er wusste nicht, wie er jemals wieder ohne sie hätte glücklich werden können. Er brauchte sie wie die Luft zum Atmen. Zögernd hob Clint den Kopf und blickte in Karens Augen. In ihren braunen Tiefen konnte er deutlich ihre Liebe sehen, aber auch den Schmerz.

Widerwillig richtete er sich auf. »Ich sollte dich schlafen lassen, damit du dich schnell erholst.«

»Ich habe dich lieber bei mir.«

Clint lächelte sie beruhigend an. »Ich werde so lange bleiben, bis du eingeschlafen bist.«

»Gut.«

Clints Blick fiel auf die Beule unter der Bettdecke, wo ihr Verband war. »Es tut mir so leid, Karen.«

Ihre Augen flammten auf. »Wage es nicht, dir die Schuld dafür zu geben, Clint Hunter! Nur die Terroristen sind dafür verantwortlich, niemand sonst. Und sag das bitte auch Red, er macht sich Vorwürfe.«

Was Clint sich gut vorstellen konnte. »Das werde ich.« Sanft schob er die Bettdecke zur Seite und betrachtete den dicken Verband, der Karens Seite bedeckte. Er beugte sich hinunter und küsste das Stückchen Haut, das darüber hervorblitzte.

»Hm, das fühlt sich schon viel besser an. Vielleicht brauche ich gar keine Medikamente, sondern nur deine Küsse.«

Dankbar, dass Karen versuchte, die niedergeschlagene Stimmung zu heben, hauchte er noch einen Kuss auf ihre Rippen, bevor er wieder die Decke darüberzog. »Ich stehe jederzeit gerne zur Verfügung. Aber solange du hier bist, helfen die Medikamente sicher mehr. Zu Hause werde ich mich um dich kümmern.«

»Das klingt gut.« Karens Augen begannen zuzufallen.

Clint strich mit den Fingern durch ihre Haare, bis ihre Atemzüge ruhiger wurden. Als er sicher war, dass sie schlief, küsste er ihre Stirn und stand auf. »Ich liebe dich.« Lautlos verließ er den Raum.

Clint glaubte nicht, dass er jemals etwas so Schwieriges getan hatte, wie Karen und Maya im Krankenhaus zurückzulassen, während er ins nächste Flugzeug nach Virginia steigen musste. Etliche Stunden später kam er in Richmond an und wollte nichts mehr, als sich ins Bett zu legen und endlich zu schlafen. Aber das konnte er nicht, solange er nicht den Verräter gestellt hatte. Sosehr es auch wehtun würde, es ließ ihm einfach keine Ruhe. Deshalb zog er sich zu Hause nur schnell um und steckte eine Pistole in seinen Hosenbund, bevor er wieder losfuhr. Der Weg war so vertraut, dass es schmerzte. Noch immer wollte er sich nicht vorstellen, dass er sich so in einer Person geirrt haben könnte. Aber die Indizien sprachen dafür.

Langsam rollte sein Wagen vor dem heimeligen Bungalow in der Nähe des SEAL-Stützpunktes aus. Licht schimmerte aus den Fenstern und zeigte, dass jemand zu Hause war. Mit einem Knoten im Magen stieg Clint aus und schloss lautlos die Fahrertür. Wenn möglich sollte sein Besuch eine Überraschung sein. Er wollte die Wahrheit hören und nicht irgendeine vorgefertigte Entschuldigung oder Ausrede. Nach einer letzten Kontrolle seiner Waffe ging er die kurze Auffahrt hinauf und überquerte die zwei Stufen mit einem Schritt. Er glaubte nicht, dass er die Pistole wirklich benutzen musste, aber er hätte ja auch nie gedacht, dass er jemals aus diesem Grund hier stehen würde.

Um es sich nicht noch anders zu überlegen, drückte Clint schnell auf die Klingel. Er musste nicht lange warten, bis sich die Tür öffnete und Lieutenant Hersh auf der Schwelle erschien.

Echtes Erstaunen zeichnete sich auf seinem Gesicht ab. »Captain! Ich wusste gar nicht, dass Sie schon wieder hier sind. Ich habe vorhin mit Lieutenant Commander Redfield gesprochen, und er hat erzählt, dass Ihre Schwester unverletzt befreit wurde. Das ist großartig!« Die Sätze sprudelten nur so aus ihm heraus, bis er Luft holen musste. »Oh, entschuldigen Sie, kommen Sie doch herein.«

Sosehr Clint es auch versuchte, er konnte in Hersh immer noch keinen Verräter sehen. Entweder war er ein meisterhafter Schauspieler oder er freute sich wirklich darüber, dass die Aktion gut ausgegangen war. Und das ergab keinen Sinn, wenn er mit den Terroristen zusammenarbeitete. Außer er tat es nicht freiwillig, sondern wurde dazu gezwungen. Aber Clint hatte seine Verhältnisse überprüfen lassen, bevor er ihn als Assistenten genommen hatte, und damals hatte nichts auf irgendwelche finanziellen oder anderweitigen Probleme hingedeutet.

»Setzen Sie sich, Sir. Wenn ich das sagen darf, Sie sehen ein wenig mitgenommen aus, was ja auch völlig verständlich ist. Möchten Sie etwas trinken?« Erwartungsvoll blickte Hersh ihn an.

»Nein, danke. Ich möchte Sie etwas fragen.« Eigentlich würde er seiner Frage sogar einen Besuch beim Zahnarzt vorziehen, doch es führte wohl kein Weg daran vorbei.

»Aber natürlich. Worum geht es denn? Ich helfe Ihnen gerne, wenn ich kann.«

Clint verschränkte die Arme hinter dem Rücken, damit er leichter an die Waffe kam, wenn es nötig sein sollte. »Haben Sie Informationen über mich oder meine Familie an die *Krieger Gottes* weitergegeben?«

Fassungslos starrte Hersh ihn an. »Ist … ist d…das ein Scherz?«

Das Stottern fuhr Clint ins Herz. Der Sprachfehler zeigte sich nur, wenn Hersh besonders unsicher oder aufgeregt war. Er hatte ihn schon seit Längerem nicht mehr gehört und gedacht, dass sein Assistent selbstsicherer geworden war. »Nein, das ist es leider nicht. Es gibt keine Möglichkeit, wie die Terrorgruppe ohne Insiderinformationen wissen konnte, dass Karen ein Wochenende im Spa plante, und wie die Terroristen an gut ausgebildeten SEALs vorbei in das Ranchhaus meiner Eltern kommen konnten. Jemand hat es ihnen verraten.«

Hershs Gesichtsfarbe wirkte grau. Mit einem Finger schob er die Brille auf seiner Nase zurecht. »Und Sie d…denken, dass ich d…das war? Habe ich j…jemals irgendetwas getan, dass Ihnen v…verdächtig erschien?«

»Nein. Aber Sie sind der Einzige, der mir einfällt, der all diese Informationen hatte.«

»Und d…das macht m…mich automatisch zum V…Verräter?« Hersh trat einen Schritt zurück und ließ sich in einen Sessel fallen. Ernsthaft blickte er Clint an. »Ich würde n…nie etwas t…tun, das Ihnen schadet.«

Und Clint war beinahe versucht, ihm zu glauben. Aber das konnte er sich nicht leisten, wenn es um seine Familie ging. »Reden Sie mit irgendjemandem über Ihre Arbeit oder auch Dinge, die Ihnen vielleicht nicht so wichtig erscheinen, wie der Terminplan meiner Frau?« Was auch schon ein Grund wäre, ihn von seinem Posten zu entfernen.

Hersh richtete sich auf. »Nein, ich nehme mein Geheimhaltungsgelübde sehr ernst. Außerdem kenne ich den Terminplan Ihrer Frau gar nicht.«

»Von dem Spa-Besuch hatte ich Ihnen erzählt, weil er auf dem Wochenende mit der Übung lag.«

Hersh nickte. »Ja, daran erinnere ich mich. Trotzdem habe ich niemand anderem davon erzählt.«

Unsicherheit überkam Clint. Es hatte alles so gut gepasst. Wenn es nicht Hersh gewesen war, wer dann? Jemand, dem er noch näherstand? Nein, das war unmöglich. Er musste irgendetwas übersehen. Beinahe verzweifelt fragte er weiter. »Nicht einmal Ihrer Frau oder irgendeinem Freund?«

»Niemandem.« Hershs Hände waren zu Fäusten geballt.

»Und das war verdammt lästig, muss ich sagen.« Die Stimme kam vom Durchgang her, hinter dem die Küche lag. Hershs Frau Evelyn trat in den Raum, in einer Hand hielt sie eine Pistole.

Hersh sprang auf und starrte sie in einer Mischung aus Entsetzen und Unglauben an. »Evy? Was tust du da?«

Ihr Lächeln ähnelte eher einem Zähnefletschen. »Das, was ich schon lange machen wollte, wenn du nur nicht so nützlich gewesen wärst.« Sie warf ihre langen schwarzen Haare zurück. »Hallo, *Captain*.« Ihre Stimme troff vor Häme.

Clint hatte sie zwar nie richtig gemocht, aber er hatte auch nicht erwartet, dass gerade die recht oberflächliche Evelyn die Verräterin war. Doch genau danach sah es aus. »Evelyn. Haben die *Krieger Gottes* Sie bezahlt, die Informationen weiterzuleiten?«

Hersh mischte sich ein. »Nein, das ist sicher nur ein Missverständnis! Evy hat nichts mit irgendwelchen Terroristen zu tun.« Er warf ihr einen flehenden Blick zu.

Höhnisch grinste seine Frau ihn an. »Halt den Mund, Ray. Du würdest nicht mal was bemerken, wenn es dir in den Arsch beißt. Dachtest du wirklich, ich hätte mich jemals in ein kleines stotterndes Würstchen wie dich verliebt?«

»Aber Evy …«

»Und ich hasse diesen verdammten Namen! Wenn du mich noch ein Mal so nennst, knalle ich dich schon allein deshalb ab. Kannst du dir vorstellen, wie schwer es war, die ganze Zeit den Mund zu halten und deine Berührungen zu ertragen? Ganz zu schweigen von deinem Geschwärme über Captain Hunter dies, Captain Hunter das … Wenn du wenigstens mal etwas Wichtiges gesagt hättest. Aber nein, das musste ich mit Drogen aus dir rauskitzeln.«

Da Hersh offensichtlich sprachlos war und Evelyn anstarrte, als hätte er sie noch nie zuvor gesehen, mischte Clint sich ein.

Wenn möglich wollte er die Sache ohne Blutvergießen beenden, deshalb ließ er seine Pistole im Hosenbund. »Sie stehen also mit den Terroristen in Verbindung. Haben Sie mitbekommen, dass sie in FBI-Gewahrsam sind und der Anführer tot ist? Jetzt wird Sie niemand mehr bezahlen, es wäre also besser, wenn Sie die Pistole weglegen und sich ergeben.«

Als Evelyn lachte, klang es ein wenig wahnsinnig. Keine guten Voraussetzungen für einen positiven Ausgang. Jetzt wünschte Clint, er hätte doch jemanden zur Rückendeckung mitgenommen.

»Glauben Sie wirklich, ich hätte das alles nur für Geld getan? So viel hätte mir niemand bezahlen können.« Hersh zuckte unter ihren harten Worten wie unter Schlägen zusammen. Wie hatte er mit ihr zusammenleben können, ohne ihren so offensichtlichen Hass zu bemerken?

»Weshalb tun Sie es dann?«

Evelyn trat einen Schritt näher und richtete die Waffe direkt auf seine Brust. »Um mich an Ihnen zu rächen. Ich habe so lange darauf gewartet, Ihnen das anzutun, was Sie mir angetan haben.«

Irritiert blickte er sie an. »Was habe ich Ihnen denn getan? Ich kannte Sie noch nicht mal, bis Sie mit Hersh zusammenkamen.«

Schmerz stand deutlich sichtbar in ihrem Gesicht. »Sie haben meinen Geliebten ermordet.«

»Das muss ein Irrtum sein, ich habe noch nie einen Unschuldigen getötet.« Er hatte keine Ahnung, von wem Evelyn redete.

Ihre Hand mit der Waffe zitterte. »Patrick war sein Name, aber Sie haben vermutlich nur den Namen Packard gehört. Er war der Zwillingsbruder des Anführers, und Sie haben ihn getötet.«

Jetzt ergab alles einen furchtbaren Sinn. »Ihr Freund wollte uns töten und Karen vorher noch vergewaltigen. Ich musste ihn daran hindern.«

Seine Erklärung war völlig verschenkt, denn Evelyn hörte ihm gar nicht mehr zu. Ein glasiger Ausdruck war in ihre Augen getreten. »Ich hätte nicht auf Eric hören sollen, er wollte seine eigene Rache haben, aber das war viel zu kompliziert. Eine Kugel hätte völlig gereicht, und ich hatte mehr als einmal die Gelegenheit dazu.«

Damit hatte sie völlig recht, und das machte Clint wütend. Er wäre nie darauf gekommen, dass seine Feinde so nah sein könnten und in einer so harmlosen Verkleidung operierten. Er griff nach seiner Waffe, doch bevor er sie hervorholen konnte, sah er, wie Evelyn den Abzug betätigte. Hersh schrie entsetzt auf und sprang vorwärts. Mitten in der Bewegung ging ein Ruck durch seinen Körper, und er fiel hin. Instinktiv warf Clint sich zur Seite. Noch bevor er auf dem Boden aufkam, feuerte er ebenfalls. Sein Herz hämmerte, während er auf Bewegungen horchte. Aber da war nichts außer dem Ticken einer großen Standuhr und schweren Atemzügen. Vorsichtig hob Clint den Kopf und betrachtete die Szene vor ihm.

Hersh lag nur ein kleines Stück von ihm entfernt und presste eine Hand auf seine Schulter. Sein Gesicht war schweißnass, vielleicht waren es aber auch Tränen. Evelyn lag ein Stück weiter, ihre Augen starrten weit aufgerissen an die Decke. Sie war tot. Bedauern durchzuckte Clint. Er hatte nicht gewollt, dass sie starb, aber in der Situation war sein Training angesprungen, und als SEAL hatte er gelernt, eine Bedrohung dauerhaft auszuschalten.

Clint hockte sich neben Hersh und schob dessen Hand sanft beiseite, damit er die Wunde untersuchen konnte. Die Kugel war noch im Körper, aber immerhin saß sie so hoch, dass vermutlich keine lebenswichtigen Organe verletzt waren. »Warum haben Sie das getan?«

Hersh blickte ihn an. »Ich konnte nicht zulassen, dass Evy Sie verletzt. Das wäre nicht richtig gewesen.«

Clint nickte. »Danke.« Er sagte seinem Assistenten nicht, dass es vermutlich nicht notwendig gewesen wäre, weil er zu dem Zeitpunkt bereits abgetaucht war. Es beeindruckte ihn, dass Hersh sich für ihn vor eine Kugel geworfen hatte. »Die Verletzung ist schmerzhaft, aber nicht lebensgefährlich. Ich rufe einen Krankenwagen.« Clint stand auf und holte aus der Küche ein Geschirrhandtuch, das er auf die Wunde presste. »Halten Sie das fest.«

Schweigend tat Hersh, was sein Captain ihm sagte. Clint glaubte nicht, dass es ihn überhaupt interessierte, ob er weiterleben würde. Aber dagegen konnte er im Moment nichts tun. Rasch rief er einen Krankenwagen und die Militärpolizei des Stützpunktes. Auch wenn dies eigentlich außerhalb ihrer Zuständigkeit lag, handelte es sich dennoch um ein Verbrechen, bei dem Militärangehörige beteiligt waren.

Anschließend setzte er sich neben Hersh und drückte dessen unverletzte Schulter. »Es wird alles wieder in Ordnung kommen.«

Hersh drehte das Gesicht zu seiner Frau. »Nein, das wird es nicht. Ich habe sie geliebt.« Deutlich waren die Tränen in seiner Stimme zu hören.

Clint schwieg, denn er wusste, wie schwierig es für Hersh werden würde, sich von diesem Schlag zu erholen.

42

Das Stimmengewirr im Besprechungsraum verstummte schlagartig, als sich die Tür öffnete und Matt auf Krücken gestützt hereinhumpelte. Vanessa, die am dichtesten an der Tür saß, sprang auf und machte den Platz frei, damit Matt sich in dem engen Zimmer nicht auch noch um den Tisch quälen musste. Dankbar nickte er ihr zu und ließ sich dann auf den Stuhl fallen. Noch immer war es totenstill im Raum, deshalb wirkte das Klappern unverhältnismäßig laut, als Matt die Krücken an den Tisch lehnte.

Schließlich sah er auf und schnitt eine Grimasse. »Was ist los mit euch? Sonst seid ihr doch auch nicht auf den Mund gefallen.«

Hawk räusperte sich. »Schön dich zu sehen, Matt. Allerdings hatten wir nicht erwartet, dass du so schnell wieder die Arbeit aufnehmen würdest.«

»Ich auch nicht, aber zu Hause werde ich verrückt, und vor allem mache ich Shannon wahnsinnig. Daher fand ich es besser, euch zu nerven.«

Das entlockte Hawk ein Grinsen. »Du hast uns auch gefehlt.«

Vanessa lehnte sich vor. »Wie geht es Shannon?«

Für einen kurzen Moment verdunkelten sich seine Augen, dann lächelte er. »Sehr gut. Sie hat schon wieder angefangen zu schreiben, offenbar betrachtet sie das als eine Art Therapie.« Er brauchte nicht dazuzusagen, dass er sich trotzdem Sorgen um sie machte, das war ihm deutlich anzusehen.

Außer Matt und Hawk waren sämtliche Westküsten-SEALs, die an der inoffiziellen Mission teilgenommen hatten, sowie Rock, Vanessa, Chris, Jade und Kyla von den TURTs anwesend. Es ging sowohl um eine Nachbesprechung als auch darum, Entscheidungen für die Zukunft zu treffen.

Hawk lehnte sich vor und verschränkte die Hände auf dem Tisch. »Bevor wir anfangen, eine letzte Frage: Woher hast du gewusst, dass wir heute eine Besprechung haben, Matt?«

Matt zwinkerte Rock zu. »Ich habe meine Quellen.«

Der große SEAL richtete sich gerade auf. »Ich habe nichts …« Er verstummte, seine Wangen färbten sich dunkler. »Rose, oder?«

Matt nickte. »Rose hat es Shannon erzählt, und die wollte mich so dringend loswerden, dass sie es mir weitergegeben hat.«

Hawk mischte sich wieder ein. »Ich hätte dir auch Bescheid gesagt, Matt, aber ich dachte, du bräuchtest noch ein wenig mehr Genesungszeit. Nächstes Mal werde ich fragen.«

»Kein Problem.«

Die Atmosphäre im Raum entspannte sich deutlich. Zumindest, bis sie anfingen, die Mission Schritt für Schritt durchzugehen und zu klären, wo noch Fehlerpotenzial war, was sie hätten besser machen können oder was gut geklappt hatte. Vanessa bemühte sich, ihren Teil herunterzuspielen, zumindest was die Details ihrer persönlichen Kontakte zu Derek betraf. Zwar war sie sich ziemlich sicher, dass zumindest Rock und Doc genau wussten, dass mehr zwischen ihnen gewesen war, aber niemand erwähnte es, wofür sie äußerst dankbar war. Es reichte, wenn sie sich daran erinnerte und sich fragte, wo Derek jetzt war und ob er es geschafft hatte, sein Leben wieder zu ordnen.

Es war seltsam, jemanden so zu vermissen, über den sie eigentlich kaum etwas wusste. Ihrem Körper schienen die mangelnden Informationen jedenfalls vollkommen egal zu sein, denn der sehnte sich so sehr nach Derek, dass es wehtat. Während der Arbeit konnte sie das Gefühl noch ganz gut unterdrücken, aber wenn sie allein in ihrer Wohnung war, schien es ihr fast, als hätte sie einen Teil von sich verloren. Ihr Herz vermutlich, zumindest deutete die Leere in ihrem Innern darauf hin.

»Vanessa?«

Ihr Kopf ruckte hoch, und sie merkte, dass alle sie anstarrten. Hitze schoss in ihre Wangen. Sie wandte sich an Matt, der sie angesprochen hatte. »Ja?«

»Geht es dir gut?«

Vanessa straffte die Schultern. »Ja, natürlich. Tut mir leid, ich war gerade in Gedanken.«

Ernst blickte Matt sie an. »Ich bin dir unendlich dankbar für das, was du für Shannon getan hast.« Sie konnte das »Aber« schon in seinem Tonfall hören.

»Gern geschehen, ich bin froh, dass es ihr gut geht.« Und dass alles geklappt hatte, es hätte genauso gut schiefgehen können und sie wäre zusammen mit Shannon gestorben.

Matt seufzte. »Vanessa, ich weiß, dass du nur helfen wolltest, aber ich möchte nicht, dass du noch einmal so fahrlässig mit deiner Sicherheit umgehst. Wenn I-Mac nicht dein Handysignal erneut empfangen hätte, wäre die Sache anders gelaufen. Oder wenn der Anführer dich nach dem Angriff im Wald getötet hätte.« Er hob die Hand, als sie etwas einwenden wollte. »Ich weiß, dass du eine sehr fähige Agentin bist, aber bei TURT arbeiten wir im Team, und dazu gehört auch eine Sicherung, falls etwas schiefgeht.«

Da sie wusste, dass er recht hatte, nickte sie nur. »Ich weiß. Ich hätte mich auch von I-Mac ausstatten lassen, aber dadurch hätte ich vielleicht die einzige Chance verloren, mich an den Anführer zu hängen. Das konnte ich nicht riskieren.«

»Das ist mir bewusst. Deshalb gilt ab sofort die Regel, dass niemand auf einer Mission das Hauptquartier ohne einen Sender verlässt. Ich denke, wir möchten alle nicht noch einmal so etwas erleben.«

Darin stimmte ihm jeder im Raum zu. Glücklicherweise schien damit Vanessas Part in der Besprechung erledigt zu sein, und sie konnte sich ein wenig entspannen. Interessiert hörte sie zu, als jeder seine Erlebnisse, Entscheidungen und Probleme schilderte. Das FBI hatte in den unterirdischen Schächten rund um das Terroristenlager jede Menge Waffen und Sprengstoff gefunden und sie beseitigt. Die Kanister mit den gefährlichen Vogelgrippe-Viren waren in einem Schließfach des örtlichen Colleges entdeckt worden, eine Information, die sie alle für einen Moment zum Schweigen brachte. Ihnen war bewusst, wie viel Glück sie gehabt hatten und wie leicht es ganz anders hätte enden können.

Schließlich meldete sich Hawk wieder zu Wort. »Zumindest hat uns diese Erfahrung gezeigt, dass TURT zwar eine gute Idee ist, aber noch lange nicht ausgereift. Ich werde dem Verteidigungsminister vorschlagen, eine TURT-Kampfeinheit einzurichten, die auch im Inland operieren kann. Dazu müssten natürlich ein paar Gesetze geändert oder zumindest anders ausgelegt werden. Aber ich halte es für sinnvoll, da sich der Terrorismus zunehmend ins Inland verlagert. Wir müssen im Notfall schneller kampfbereit sein und dabei auf Spezialisten zugreifen können.«

Devil wirkte skeptisch. »Eine gute Idee, aber ich bezweifle, dass sich die Politiker darauf einlassen werden. Soldaten, die im eigenen Land gegen Terroristen kämpfen? Davor werden sie sicher zurückschrecken.«

Hawk hob die Schultern. »Mag sein, aber ich werde es zumindest versuchen. Es muss allen klar sein, dass es im Notfall zu lange dauert, wenn wir mit dem FBI oder sonst jemandem erst einmal aushandeln müssen, ob ein Zugriff sinnvoll ist. Der Apparat ist einfach zu schwerfällig für schnelle Entscheidungen. Es müssen ja auch nicht aktive SEALs sein, aber warum sollten wir nicht Bewerber aus FBI, CIA, aus militärischen Einheiten oder der Polizei danach aussuchen, welche Kampferfahrung sie haben, und sie dann dementsprechend trainieren?«

Beifälliges Gemurmel erklang. Vanessa gefiel die Idee, und wenn sie jemand bei den Politikern durchsetzen würde, dann war es Hawk. Er konnte sehr überzeugend sein, wenn er wollte.

I-Mac räusperte sich. »Da wir hier gerade schon alle zusammensitzen, möchte ich eine Ankündigung machen.« Sein ernster Gesichtsausdruck verhieß nichts Gutes. »Ich werde den aktiven Dienst quittieren. Uns allen ist klar, dass mein Körper den Anforderungen einer Mission nicht mehr standhalten kann.« Der Hauch eines Lächelns erschien. »Cole, ich denke, du passt gut zum Team. Es wäre nicht richtig, noch länger den Platz zu blockieren, nur weil ich die Wahrheit nicht akzeptieren will.«

Betretenes Schweigen breitete sich aus.

Cole räusperte sich. »Danke, John. Aber ich habe es nicht eilig, nimm dir mit der Entscheidung so viel Zeit, wie du brauchst. Ich möchte dir nicht den Job wegnehmen, du hast ihn dir verdient.«

Es war I-Mac deutlich anzusehen, wie schwer ihm die Sache fiel, und Coles nette Worte machten es nicht gerade leichter. »Die Entscheidung ist endgültig, die Ärzte sagen mir seit Monaten, dass es nie mehr so gut wird, dass ich wieder auf Missionen gehen kann. Ich wollte es nur nicht wahrhaben. Also, willkommen im Team.« Er hielt Cole seine Hand hin.

Der schlug ein. »Danke.«

»Wir müssen natürlich noch die Entscheidung des Oberkommandos abwarten, aber ich werde mich dafür einsetzen, dass du den Job bekommst, Cole.« Devil wandte sich I-Mac zu. »Es tut mir leid, dich zu verlieren. Du wirst dem Team fehlen.«

Die anderen nickten zustimmend. An ihren betrübten Mienen konnte Vanessa sehen, dass sie I-Mac tatsächlich vermissen würden. Ihr ging es genauso, auch wenn sie ihn noch gar nicht so lange kannte und nie in Aktion gesehen hatte. Aber er hatte Derek und ihr vermutlich das Leben gerettet, und das würde sie ihm nie vergessen.

Matt klopfte auf den Tisch, um sich Gehör zu verschaffen. »Du hast jederzeit bei den TURTs einen Job, I-Mac. Um ganz ehrlich zu sein, könnten wir jemanden mit deinen Fähigkeiten extrem gut gebrauchen. Das ist dir vermutlich auch aufgefallen, so oft, wie wir dich in den letzten Monaten angefordert haben.«

I-Mac lächelte dankbar. »So einen Job hat mir das SEAL-Oberkommando für die Teams auch schon angeboten.«

Matt war offensichtlich noch nicht bereit aufzugeben. »Wie wäre es mit einem übergeordneten Job, bei dem du immer da einspringen kannst, wo es gerade brennt? Ich bin sicher, das könnten wir mit dem Oberkommando aushandeln.«

»Ich denke darüber nach.« Er atmete tief durch. »Danke für das Angebot.«

Rock stupste ihn mit der Faust an. »Es wäre fast wie in alten Zeiten. Matt, du, ich …«

I-Mac lachte. »Willst du mich abschrecken? Nein, im Ernst, das wäre ein echter Pluspunkt.«

Nachdem noch kurz darüber gesprochen wurde, dass Clint den Verräter gefunden hatte und Karen in den nächsten Tagen an die Ostküste verlegt werden würde, löste sich das Treffen auf. Vanessa stand auf und verließ den Raum. Zwar hätte sie sich gerne noch mit I-Mac oder Matt unterhalten, aber sie waren beide in Gespräche vertieft, und sie wollte nicht stören. Stattdessen verließ sie das Gebäude und trat nach draußen. Die

Abendsonne schien ihr aufs Gesicht, und Vanessa schloss die Augen, um die Wärme zu genießen. Ein leichter Wind strich durch ihre Haare und brachte einen Hauch Seeluft. Für einen winzigen Moment kam beinahe so etwas wie ein Gefühl der Ruhe in ihr auf, doch es verschwand genauso schnell wieder, wie es gekommen war.

Ihre Schultern verspannten sich, und sie öffnete mit einem tiefen Seufzer die Augen. Es war eindeutig Zeit, nach Hause zu fahren, aber es reizte sie nicht wirklich, weil sie sowieso wieder nur durch die leere Wohnung laufen und nach etwas suchen würde, das nicht da war. Gott, sie war ein hoffnungsloser Fall. Eigentlich hatte sie in Kalifornien neu anfangen wollen, und das war ihr auch relativ gut gelungen – zumindest bis ihr Freund und Ex-Geliebter Dorian getötet worden war, sie angeschossen wurde und sich jetzt auch noch in einen Terroristen-Cop verliebt hatte, der weit entfernt lebte.

Eine Hand berührte ihren Arm, und Vanessa fuhr erschrocken herum. Sie war so in ihre Gedanken vertieft gewesen, dass sie gar nicht bemerkt hatte, dass Jade auf sie zugekommen war. Ihre Kollegin blickte sie wissend an. »Warum rufst du ihn nicht an?«

»Wen?« Sowie sie es ausgesprochen hatte, wusste sie, dass Jade es ihr nicht durchgehen lassen würde.

»Den Detective aus San Francisco. Es ist offensichtlich, dass du ihn vermisst.«

Vanessa wollte es abstreiten, aber sie hatte keine Kraft mehr. »Ich habe seine Nummer nicht.«

Jades Augenbrauen hoben sich. »Die sollte doch wohl zu bekommen sein. Du kennst seinen Namen und weißt, wo er arbeitet.«

»Ja, aber was ist, wenn er überhaupt nichts mehr mit mir zu tun haben will? Vielleicht war ich nur eine … Ablenkung?« Ihr

Herz sagte ihr, dass es nicht so war, aber sie wusste nicht, ob sie dem trügerischen Ding trauen konnte.

Mitfühlend blickte Jade sie an. »Das weiß ich auch nicht. Aber willst du es wirklich riskieren, nichts zu unternehmen und damit möglicherweise das Beste zu verlieren, was dir je passiert ist?«

Vanessa rieb sich über die Stirn. »Ich weiß ja. Ich glaube, ich habe einfach Angst, verletzt zu werden.«

»Damit müssen wir leider alle leben.«

Bevor sie etwas über Jades glückliche Beziehung zu Hawk sagte, erinnerte Vanessa sich glücklicherweise daran, was Jade alles durchgemacht hatte. Trotzdem war sie das Risiko eingegangen, sich noch einmal für die Liebe zu öffnen und einem Mann zu vertrauen. Wenn Jade das konnte, deren äußere Narben die in ihrem Inneren widerspiegelten, dann würde sie selbst das doch wohl auch können. Sie musste es zumindest versuchen, denn dieser Zustand in der Schwebe machte sie kaputt. Dabei waren erst ein paar Tage vergangen, seit sie sich am Flughafen von Derek getrennt hatte. Offenbar ging in ihrer Beziehung alles schneller, als sie es normalerweise erwarten würde.

Vanessa atmete tief durch und lächelte Jade dann an. »Danke, ich habe den kleinen Schubs wohl gebraucht.«

»Den brauchen wir alle von Zeit zu Zeit. Wenn Hawk es nicht verhindert hätte, würde ich wahrscheinlich jetzt noch allein in meinem Haus sitzen und mich nicht mehr nach draußen trauen.« Jades Lächeln war glücklich und traurig zugleich.

Vanessas Herz zog sich vor Mitgefühl zusammen. »Hawk ist ein toller Mann.«

Diesmal reichte das Lächeln bis zu Jades Augen. »Das ist er. Und ich habe das Gefühl, dass dein Derek genauso ist – sonst hättest du dich nicht so schnell in ihn verliebt und würdest ihm nicht so hinterhertrauern. Ergreife das Glück mit beiden Händen, du weißt nie, wie viel Zeit du hast.«

Ja, das hatte sie bei Dorian gemerkt. Er war viel zu jung gestorben. Und auch wenn sie nicht mehr in ihn verliebt gewesen war, vermisste sie dennoch ihre Gespräche und dass er sie zum Lachen brachte. »Ich weiß.«

Wieder berührte Jade ihren Arm. »Es tut mir leid, du hast auch schon einen Verlust erlitten, das weiß ich.« Sie verzog den Mund. »Und ich rede daher wie ein Glückskeks.«

Das brachte Vanessa zum Lachen. »Solange du mir damit Glück bringst, darfst du das gerne tun.« Sie legte ihre Hand auf Jades. »Danke für den Rat, ich werde ihn beherzigen.«

»Viel Glück, du hast es verdient.« Jade lächelte ihr noch einmal leicht zu und kehrte dann ins Gebäude zurück.

Einen Moment lang stand Vanessa da, dann rannte sie fast zu ihrem Auto. Mit einigen Geschwindigkeitsüberschreitungen war sie in Rekordzeit zu Hause. An der Tür warf sie ihre Tasche in die Ecke und schlüpfte aus den Schuhen, bevor sie schnurstracks zu ihrem Laptop ging. Dort suchte sie die Telefonnummer des San Francisco Police Departments heraus. Da Derek ihr nie gesagt hatte, in welcher Abteilung er arbeitete, würde sie sich durchfragen müssen.

Ihr Herz hämmerte in ihrer Brust, als sie die Nummer wählte und das Freizeichen ertönte. Beinahe hätte sie wieder aufgelegt, aber sie weigerte sich, dem Impuls nachzugeben. Sie war Agentin, verdammt, kein Schulmädchen!

»SFPD. Wie kann ich Ihnen helfen?«

»Martin, guten Abend. Ich hätte gerne Detective Derek Steele gesprochen.« Mit angehaltenem Atem wartete sie auf die Antwort, während sie im Hintergrund das Klappern einer Tastatur hörte.

»Es tut mir leid, Mr Steele ist hier nicht mehr beschäftigt. Kann Ihnen jemand anders weiterhelfen?«

Für einen Moment blieb Vanessas Herz stehen. »Nein. Es ist wirklich dringend, dass ich mit Detective Steele spreche. Ich weiß, dass er einige Monate beurlaubt war, aber soweit ich weiß, wollte er seinen Job wieder aufnehmen.«

»Ich kann Ihnen leider nicht weiterhelfen. Hier im System steht, dass er nicht mehr hier arbeitet.«

»Könnten Sie mir dann sagen, wie ich ihn erreichen kann? Hat er eine Telefonnummer hinterlassen?« Noch während sie fragte, wusste sie, wie die Antwort lauten würde.

»Ich kann Ihnen leider keine Auskünfte erteilen, Ms Martin. Einen schönen Abend noch.« Ein Klicken ertönte, und die Verbindung brach ab.

Vanessa hielt das Telefon an ihre Brust gepresst, während sie versuchte, Luft zu bekommen. Wie sollte sie Derek finden, wenn er das, was sie über ihn wusste, hinter sich gelassen hatte? Sie konnte ihn nur noch im Telefonbuch suchen, aber sie bezweifelte, dass er gelistet war, besonders nach seiner langen Abwesenheit.

Aufregung und Hoffnung schwangen in Niedergeschlagenheit um. Vanessa legte ihren Kopf an die Rückenlehne des Sofas und schloss die Augen. Mühsam kämpfte sie die Tränen zurück. Vielleicht sollte es so sein, und Derek war doch nicht der Mann, den sie in ihm zu erkennen geglaubt hatte. Aber sosehr sie sich auch zu sagen versuchte, dass es besser so war, konnte sie es doch nicht ganz glauben. Dafür hatten sich Dereks Berührungen zu echt angefühlt, hatte ein Echo ihrer Gefühle in seinen Augen gestanden. Und hatte er ihr beim Abschied nicht versprochen, dass sie sich wiedersehen würden? Aber er hatte sich nicht gemeldet und ihr damit die einzige Möglichkeit genommen, ihn zu finden. Eine Träne lief über ihre Wange, und

Vanessa wischte sie wütend weg. Dieser Bastard! Erst sorgte er dafür, dass sie sich in ihn verliebte, und dann verschwand er einfach. Wenn sie ihn …

Ein Klopfen an der Tür unterbrach ihre innere Tirade. Vanessa wollte den Eindringling ignorieren, aber da es nach einigen Sekunden erneut klopfte, brachte sie es nicht fertig. Schließlich könnte einer ihrer Nachbarn einen Notfall haben. Schwerfällig stemmte sie sich vom Sofa hoch und ging zur Tür. Dabei wischte sie sich mit beiden Händen übers Gesicht, um die Tränenspuren zu beseitigen. Nach einem eher halbherzigen Versuch, ihre Haare zu ordnen, öffnete sie die Tür einen Spaltbreit. Zuerst sah sie nichts, dann füllte eine breite männliche Brust ihr Gesichtsfeld. Ungläubig wanderte ihr Blick nach oben, und sie taumelte zurück.

Der Mann schob die Tür auf und folgte ihr in die Wohnung. Eine Weile betrachtete er sie schweigend, nachdem er die Tür wieder hinter sich geschlossen hatte. »Hallo Vanessa.«

Bevor sie sich davon abhalten konnte, schlug sie mit der Faust gegen seine Brust. Er stolperte ein Stück nach hinten, und ein Stöhnen kam über seine Lippen.

»Oh Gott, es tut mir leid, Derek. Das war ein Reflex. Habe ich dir wehgetan?« Mit den Händen strich sie über seine Brust, als könnte sie so die Verletzung wiedergutmachen.

»Ich werde es überleben. Du hast mich nur überrascht.« Seine Hände fingen ihre ein. »Vermutlich hätte ich mich melden sollen, bevor ich hier einfach so auftauche, aber ich wollte dich unbedingt sehen.«

Vanessa brauchte einen Moment, um ihre Gefühle zu sortieren. Zuerst die Trauer darüber, dass sie ihn vermutlich nie wiedersehen würde, und dann den Schock, ihn plötzlich vor sich stehen zu haben. Kein Wunder, dass sie ihn einfach nur stumm anstarren konnte.

»Ich kann auch morgen wiederkommen, wenn dir das besser passt.«

»Nein!« Sie senkte ihre Stimme. »Nein. Komm herein.« Sie führte ihn ins Wohnzimmer und deutete auf das Sofa. »Setz dich doch. Möchtest du etwas trinken?«

»Danke, im Moment nicht.« Er ließ sich in das weiche Polster sinken und stöhnte erneut auf. »Gott, das tut gut.«

Vanessa setzte sich in einen Sessel, weil sie wusste, dass sie die Hände nicht von ihm lassen könnte, wenn sie neben ihm sitzen würde. »Was tust du hier, Derek?«

Ernst blickte er sie an. »Ich wollte dich sehen.«

Als er nichts weiter sagte, verlor sie die Geduld. »Ich habe gerade mit dem SFPD telefoniert, und dort sagte man mir, dass du nicht mehr für sie arbeitest. Kannst du mir das erklären?«

Derek senkte den Kopf und fuhr mit der Hand durch seine Haare. Schließlich sah er sie wieder an. »Ich konnte es nicht. Als ich das Gebäude betreten habe, hat mich alles an Brandon erinnert und vor allem daran, wie unsere Kollegen mit ihm umgegangen sind. Ich habe mir vorgestellt, wie es sein würde, mit ihnen zusammenarbeiten zu müssen und dabei zu wissen, dass sie dazu beigetragen haben, dass Brandon nicht mehr leben wollte.« Seine Stimme klang belegt. »Ich habe es nicht über mich gebracht.«

Am liebsten hätte sie ihn in die Arme genommen, so verloren wirkte er, doch sie blieb in ihrem Sessel. »Das verstehe ich.« Ihr wäre es mit Dorian genauso gegangen. Sie beugte sich vor. »Was hast du jetzt vor?«

Ein schwaches Lächeln erschien auf seinem Gesicht. »Ich habe einen Stellentausch mit einem Detective vom San Diego Police Department beantragt. Sowie der genehmigt ist, kann ich anfangen.«

Vanessa starrte ihn mit offenem Mund an. »Du ziehst hierher? Warum?«

Unsicherheit trat in seine Augen. »Ich weiß, dass das alles sehr schnell geht, und ich erwarte auch nicht, dass du gleich mit mir zusammenziehst. Wenn du mich nicht mehr sehen möchtest, respektiere ich das natürlich. Aber ich würde mich freuen, wenn du mir eine Chance gibst und wir uns besser kennenlernen können.«

Seine Worte schwirrten durch ihren Kopf, und Vanessa hatte Mühe, sie zu sortieren. Derek zog extra hierher – ihretwegen? Ihr Herz begann, schneller zu schlagen, auch wenn sie es noch nicht wagte, daran zu glauben. »Warum willst du mich kennenlernen?«

Entschlossenheit breitete sich auf Dereks Gesicht aus. Er stand auf und hockte sich vor ihren Sessel. »Ich weiß, dass wir uns nicht gerade unter idealen Bedingungen begegnet sind und eigentlich alles viel zu schnell ging. Trotzdem, oder vielleicht auch gerade deswegen, habe ich mich in dich verliebt. Ich möchte gerne sehen, wohin uns die Sache führt. Sofern du nichts dagegen hast.«

Dagegen? Am liebsten wäre sie vor Freude durch den Raum gehüpft. Aber sie wollte Derek nicht gleich verschrecken. Es reichte, wenn er erst später von ihren zahlreichen Fehlern erfuhr – wenn sich ihre Gefühle so vertieft hatten, dass er sie deshalb nicht mehr verlassen würde. Für den Moment hatte sie eigentlich nur einen Wunsch.

Ernst blickte sie ihn an. »Derek?«

»Ja?« Hoffnung und Nervosität lagen in seinen Augen.

»Küss mich endlich.«

Sein erleichtertes Lächeln war schöner als alles, was sie je gesehen hatte. Er beugte sich vor und legte seine Hände um ihr Gesicht. »Danke.«

Seine Lippen berührten ihre, erst sanft, dann leidenschaftlicher. Vanessa öffnete den Mund und ließ sich ganz in den Kuss sinken. Erst viel später tauchte sie wieder daraus hervor und legte ihre Hand auf Dereks Brust. Sein Herz klopfte beruhigend gegen ihre Handfläche, und sie wusste, dass sie endlich angekommen war. Sie versank in Dereks warmen braunen Augen, die glücklicher strahlten, als sie es je bei ihm gesehen hatte.

Mit einem Finger fuhr sie seine Lippen nach. »Ich habe zu danken.«

Michelle Raven

Tödliche Verfolgung

Roman

Eine gefährliche Jagd beginnt

Nur widerwillig nimmt Jack Tease die Hilfe Lissa Camerons an, als ihm in einer abgelegenen Gegend der Truck gestohlen wird. Auf Lissas Harley jagen sie den Dieb quer durch den Südwesten der USA. Was sie nicht wissen: Es sind noch andere Verbrecher hinter der Ladung des Trucks her, was die Suche nach dem Wagen zu einem lebensgefährlichen Unterfangen macht.

»Perfekt vereint Michelle Raven Action, mörderische Spannung, atemberaubende Naturbeschreibungen und eine ebenso sinnliche wie gefühlvolle Liebesgeschichte!« *LoveLetter*

448 Seiten, kartoniert mit Klappe
€ 9,99 [D]
ISBN 978-3-8025-9231-7

Michelle Raven

Die Dyson-Reihe

Eine unheilvolle Begegnung

Roman

Vom Jäger zum Gejagten ...

Die Paläontologin Samantha Dyson wird Zeugin eines schrecklichen Verbrechens: Ein Mann wird bei lebendigem Leib begraben. In letzter Sekunde gelingt es ihr, ihn zu retten. Doch obwohl er schwer verletzt ist, weigert er sich, einen Arzt aufzusuchen. Denn der geheimnisvolle Fremde befindet sich auf einer gefährlichen Mission – und die Killer sind ihm weiter auf den Fersen. Nur dass sie es jetzt auch auf Samantha abgesehen haben …

Band 1 der Serie
496 Seiten, kartoniert mit Klappe
€ 9,99 [D]
ISBN 978-3-8025-8832-7

Band 2: Verhängnisvolle Jagd
352 Seiten, kartoniert mit Klappe
€ 9,99 [D]
ISBN 978-3-8025-8833-4

www.egmont-lyx.de

LYX
EGMONT